KB119104

육구연집

陸九淵集

❷

이 책은 (재)한국연구재단의 지원으로 학고방출판사에서 출간, 유통합니다.

한국연구재단 학술명저번역총서 동양편 *619*

육구연집

陸九淵集

저 육구연 陸九淵
역주 이주해 · 박소정

❷

學古房

일러두기

1. 이 책은 북경 중화서국(中華書局)에서 출판한 『육구연집』(2014년)을 저본으로 삼았다.
2. 번역문, 원문 순서로 수록하였다.
3. 한자어는 우리말 독음으로 표기한 다음 번역문에는 ( )안에 한자를 넣었고, 각주에서는 우리말 독음을 생략하였다.
4. 원주는 각주에서 【 】로 표기하고 밝혔다.
5. 원문에는 없지만 이해를 돕기 위해 필요한 내용이 있으면 [ ]안에 삽입하였다.

『육구연집(陸九淵集)』을 세상에 내놓는 데까지 꼬박 4년이 걸렸
다. 2014년 한국연구재단 명저번역 지원사업에 선정되어 본격적으로
번역에 착수한 게 2014년 9월이니, 정말 꼬박 4년이다. 처음 선정되
었을 때 참으로 많은 생각이 들었다. 육구연이라는 철학자가 세상에
남긴 거의 모든 글이 다 묶여있는 책이 바로 『육구연집』이므로 육구
연을 알고자 하는, 혹은 육구연을 연구하는, 혹은 송명 이학(理學) 내
지는 심학(心學)을 전공하는 사람들에게 최소한 책임감 있는 번역을
제공해야 한다는 생각에 마음이 무거웠다. 문집 번역은 많이 해봤으
나 『육구연집』은 기존의 문집과 그 성격이 판연히 다르므로 반드시
잘 해낼 수 있다는 보장도 없는 터였다. 게다가 분량 또한 압도적이
어서, 숱한 고민과 두려움에 쉽게 착수하지 못했다.

　이 책에서 가장 많은 분량을 차지하는 것은 편지글이다. 그는 문하
생 및 동료들과 편지를 주고받으면서 학술 토론을 벌였는데, 태어나
서 가장 많은 편지글을 번역하면서 편지라는 매체가 이토록 훌륭한
지식의 소통 담체가 되어준다는 사실에 놀라움을 감출 수 없었다. 더
구나 그가 주희와 주고받은 논변을 읽으면서, 그들이 과연 어느 지점
에서 갈리고 어느 지점에서 합치했는지, 어렴풋이나마 이해할 수 있
었다. 간이(簡易)와 지리(支離). 그들은 서로 다른 공부법을 놓고 치

5

열하게 토론하고 공박하였으되 끝내 나이와 견해 차이를 넘어서 우의를 지켜냈다. 천 년 전의 논쟁을 지면으로 감상하면서 나도 모르게 몰입되던 순간이 많았으며, 후대에 이른바 심학(心學), 이학(理學)과 같은 구분 짓기가 과연 무슨 의미가 있는가 되묻기도 하였다.

육구연에 대한 학술적 평가는 뒤에 붙인 해제를 읽으면 될 것이므로 여기서 사족을 붙일 생각은 없다. 그러나 분과학문의 틀에 묶여 번다한 도문학(道問學)을 일삼고 있는 21세기 우리들에게 육구연이 남긴 글귀는 아프게 다가온다. 육경이 내 인생을 주석해야지 왜 내가 육경을 주석하느냐? 오늘날 우리들은 하나의 학술을 놓고 허다한 주석을 달고 있다. 그래야 공부라고 여긴다. 자기 주장과 의견을 세우고, 문파를 이루고, 이를 전승한다. 그래야 번듯한 학자라 여긴다. 육구연이 남긴 글을 번역하는 내내 깊은 성찰을 하게 되었으니, 내게 있어서 아주 고마운 책이라 아니할 수 없다.

마지막으로 독자들에게 고백하고자 하는 바는, 번역의 원래 목적이 읽지 못하는 언어로 되어 있는 글을 이해할 수 있는 언어로 바꾸어냄으로써 원문 없이도 "읽을 수 있게" 해야 하는 것인데, 여전히 번역투를 다 버리지 못해 난삽한 구문이 도처에 보인다는 사실이다. 앞으로 더욱 노력할 것이다.

육구연은 1139년 3월 26일에 태어나 1193년 1월 18일에 세상을 떠났다. 자(字)는 자정(子靜)이며 강서성(江西省) 금계(金溪) 사람이다. 상산(象山)에서 강학했다 하여 사람들은 그를 상산 선생이라고 부른다.

2018년 8월 막바지에
이주해 쓰다

6

목차

권8

장춘경에게 보내는 편지

與張春卿

참람함을 무릅쓰고 아뢰옵니다. 민호에서 내는 추묘(秋苗: 秋稅)라면 한 휘[斛][1]를 재서 한 휘로 내고 한 말[斗]을 재서 한 말로 내는 것이 정법(定法)이자 상리(常理)입니다. 그런데 무주(撫州)에서의 추묘를 보니, 지낸 해에는 오직 서리의 집안이나 세도 있는 관호(官戶)만이 한 휘를 재서 한 휘로 내고, 한 말을 재서 한 말을 냈을 뿐입니다. 여러 민호들인즉 일괄 두 휘를 재서 한 휘로 내거나 혹은 그 이상이어서 백성들이 심히 고통스러워하고 있습니다.[2] 혹자가 사가(使家: 按察使 관부)에 호소하면 사가는 주가(州家)에 물어보는데, 주가에서는 곧 거절하며 말하기를, "[봄, 가을] 두 차례의 세금을 걷기 시작하던 초기, 일부는 주가에 남겨놓았고, 일부는 사가에 보냈으며, 일부는 위에 바쳤다. 주가와 사가에 제공되던 비용이 따로 있었기에 백성으

---

1) 휘[斛]는 10말에 해당하는 양을 말한다. 즉 1휘는 1섬[石]과 같다.
2) 『續通典』권8 「食貨志」8에 秘書監으로 있던 楊萬里가 올린 상소문이 기록되어 있다. "백성에게서 곡식을 가져오는 것을 일러 묘라 한다. 옛날에는 1휘를 재서 1휘를 바쳤지만 지금은 2휘를 재서 1휘를 바친다(輸粟於民謂之苗. 舊以一斛輸一斛, 今以二斛輸一斛矣.)" 1휘를 재서 1휘로 바치는 것이 아니라 2휘를 1휘로, 즉 두 배를 바쳐야 하는 까닭은 바로 각종 항목의 부가세에 있다. 남송 때는 이른바 加耗와 斛面 혹 斗面 등 명목의 부가세가 있었는데, 加耗란 운반이나 비축 시 없어지는 양을 대신해 더 바쳐야 하는 곡식이었고, 斛面 혹 斗面이란 용기에 가득 푼 다음 평평하게 밀어내면서 흘러나온 곡식을 관에서 징수하는 것이었다. 즉 1두나 1휘를 쟀다 하더라도 실제로 내야 하는 곡식의 양은 본래의 두 배 혹은 그 이상에 달했던 것이다.

로부터 많은 것을 취할 필요가 없었다. 하지만 지금 걷는 두 차례의 세금은 모두 위에 바쳐진다. 주가에는 군량도 있어야 하고, 주에서 쓸 비용도 있어야 하고, 관리들에게 줄 녹봉도 있어야 한다. 그러니 백성으로부터 취하지 않으면 어디에서 취한단 말인가? 조사(漕司)에게 매년 바쳐야 할 이른바 명회미(明會米)라는 것이 있는데, 주가에서는 매번 백성들이 낸 곡식 안에서 닷 말을 취하여 바치고 있다. 때문에 한 휘를 재서 한 휘로 내고 한 말을 재서 한 말로 내게 할 수는 없다."[3]라고 합니다. 그러면 사가는 이를 처리할 방법이 없어 끝내 내버려둔 채 더 이상 묻지 않습니다. 이에 정해진 법도 없이 세금을 취하는데, 암합(暗合)이니 곡면(斛面)[4]이니 그 명목이 이루 헤아릴 수 없을 정도입니다.

신사년과 임오년 사이 장안국(張安國)이 태수로 있을 때 진정(陳鼎)이라는 자가 임천 지현(臨川知縣)이 되었는데, 그는 몹시 어진 자였습니다. 장안국은 그로 하여금 [세금] 수령 일을 도맡게 하였습니다. 그는 주의 군량, 주의 지출 비용, 녹봉으로 나가는 쌀 등의 수량 및 조사(漕司)에게 주는 명회미의 수량까지 모조리 파악하여 합친 다음 민호에서 바치는 세금의 수와 비교하여 계산해보았는데, 한 섬[5]

---

3) 남송 전후기는 부세제도의 비리가 극심하였다. 특히 백성으로부터 징수한 지방의 세금 수입을 중앙에서 분할해감으로 지방의 재정은 더욱 쪼들렸고, 이에 백성에 대한 징수가 각박해질 수밖에 없었는데, 이에 대해 王柏은 "관에서 백성을 기르는 것이 아니라 백성이 관을 기른다. …… 농부는 대가 집에 세금을 바치고 대가 집은 주현에 세금을 바치며 주현은 조정에 세금을 바친다. 이로써 녹봉을 주고 군대를 기르는 등 경비를 쓸 곳은 무단히 많다.(官不養民而民養官矣.……農夫輸於巨室, 巨室輸於州縣, 州縣輸於朝廷, 以之祿士, 以之餉軍, 經費萬端.)"라고 비판하였다.(『魯齋王文憲公文集』 권七「賑濟利害書」.)

4) 각주 2 참고.

당 닷 말을 더 받고도[加五] 남음이 있었습니다. 이에 관호인지 민호인지 서리의 집인지 따지지 않고 일괄 두 휘를 재서 세 휘로 내게 하였는데, 이를 일러 '가오(加五)'라고 합니다. 관에서 경비로 쓰는 됫박 위에 넘치는 쌀은 백성들이 직접 평미레[6]를 가져와 평미레질 할 양을 정하게 하면서 다시는 곡면 등이 생겨나지 못하게 하였습니다. 백성들이 크게 환호하였으니, 이것이 민호에게 큰 이로움을 가져다주었기 때문입니다. 하지만 장안국과 진정 모두 임기가 차서 [떠나갔고], 후임으로 온 자들은 그 법도를 지키지 못하여서 2휘를 재서 3휘로 내던 것 위에 다시금 점차 곡면을 더하기에 이른지라 백성들이 더욱 괴로워하고 있습니다.

을미년과 병신년 사이에 조경명(趙景明)이 태수가 되었습니다. 그의 형 조경소(趙景昭)[7]와 저는 동년 진사인데, 경소는 사람됨이 매우 어집니다. 마침 사질(舍姪)[8]이 군재(郡齋)[9]에 객으로 머물고 있던 터라 경명과 더불어 추묘의 폐해에 관해 이야기를 나누게 되었는데, 그때 다시 장안국과 지현 진정이 사용했던 법이 지극히 훌륭했건만 후임자가 지켜내지 못했을 뿐이라고 말했습니다. 경명은 서리들의 말에 현혹되지 않을 수 없었기에 처음에는 그 또한 난색을 표하면서, 오늘날 현에서 써야하는 경비가 옛날에 비해 많다고 하였습니다. 저는 경

---

5) 碩은 石과 통한다. 석은 우리말로 섬이며 10말이 한 섬이다.
6) 평미레는 말이나 되에 곡식을 담고 그 위를 평평하게 밀어서 고르게 하는 방망이 모양의 기구를 말한다. 平木이라고도 한다.
7) 趙焯. 字는 景昭이고 開封 사람이다. 趙景明의 형이며 『宋元學案』 권51에서는 東萊의 門人이라고 하였다.
8) 舍姪은 자기의 조카를 남 앞에서 호칭하는 말이다.
9) 태수가 기거하는 곳을 말한다.

소 및 사질과 함께 주(州)에서 사용하는 한 해의 경비를 헤아려보았습니다. 경명은 사실이 드러나게 되면 가오(加五)를 시행하지 못하게 될까 근심하였습니다. 이에 말을 마치고 서리들을 힐책했더니, 민호가 직접 휘에 쓸 평미레를 가져오는 것에 수긍하였습니다. 다만 오늘날은 그 쓰임새가 더욱 넓어진 터라, 닷 말 위에 닷 되[升]를 보태는 것으로 바꾸겠다고 하였습니다. 저는 경소와 상의해보았는데, 한 휘 닷 말 닷 되를 재서 한 휘를 바치게 하되 곡면을 더하지 못하게 하고, 민호가 각자 평미레를 가지고 올 수 있게 한다면, 닷 되만 추가되는 셈이라 민호들에게 있어서도 그리 꺼릴 만한 일은 아니라는 생각이 들었습니다. 이에 더 이상 감해 달라 요구하지 않았으며 백성들도 과연 크게 기뻐하였습니다.

경명이 떠난 후에 그 법을 지키지 못하는 경우가 생기면 대다수의 민호들이 사가를 찾아가 조경명이 산정한 전례대로 민호가 각자 평미레를 가지고 가서 평미레질 하게 해줄 것을 요구하였습니다. 그러나 지금 경명이 한 일은 이미 아득한 옛 일이 되어버려 민호들은 이를 기억하지 못합니다. 듣자하니 올해 세금은 과한 경우 모두 배 이상을 걷었는데, 군(郡)에서 도리어 민호를 끊어내고 곡면을 다투는 통에 민간이 소란스럽다고 합니다. 지금 다행히도 수납이 아직 끝나지 않았으니, 원컨대 간악한 서리들을 징치하시고 민력을 조금이나마 풀어주시기를 간절히 바랍니다.

마침 들은 바가 있어 인편에 다급히 이러한 내용을 품고느라 인사치레 하는 공경의 도리도 따질 겨를이 없었습니다. 살펴주시기를 엎드려 바라옵니다.

某僭有白事: 民戶秋苗, 斛輪斛, 斗輪斗, 此定法也, 常理也. 撫之輪苗, 往年惟吏胥之家與官戶有勢者, 斛輸斛, 斗輸斗. 若衆民戶, 則率二斛而輸一斛, 或又不啻. 民甚苦之. 或訴之使家, 使家以問州家, 則州家之辭曰: "二稅之初, 有留州, 有送使, 有上供. 州家使家有以供用, 故不必多取於民. 今二稅悉爲上供, 州家有軍糧, 有州用, 有官吏廩稍, 不取於民, 則何所取之? 漕司每歲有所謂明會米, 州家每於民戶苗米數內, 每碩取五斗供之. 故不得而斛輸斛, 斗輸斗也." 使家無以處此, 遂亦縱而弗問. 由是取之無藝, 而暗合, 斛面等名目, 不可勝窮.

辛巳·壬午間, 張安國爲太守, 有陳鼎者爲臨川知縣, 甚賢. 安國使之領納, 於是盡取州之軍糧, 州用, 俸米等數, 與漕使明會之數共會之, 以民戶苗數計之, 每碩加五斗而有餘. 不問官民戶與吏胥之家, 一切令二斛輸三斛, 謂之'加五'. 令官斗子上米, 民戶自持斛概, 見請概量, 不得更有斛面. 百姓皆大驩呼, 大爲民戶之利. 張·陳既皆滿罷, 後來不復能守其法, 於二斛輸三斛之上, 又寖加斛面, 民益以爲困.

乙未·丙申間, 趙景明爲太守, 某與其兄景昭爲同年進士. 景昭極賢, 舍姪又在郡齋爲館客, 因與景明言輸苗之害, 且言張安國與陳鼎知縣之法極良, 但後人不能守耳. 景明不能不惑於吏言, 初亦難之, 以爲今日州縣家之用, 又多於昔時. 某與景昭舍姪, 共會州家一歲之用, 景明懼見底蘊, 則又不必加五. 於是謂已詰吏輩, 今肯令人戶把斛概矣, 但今日用度益廣, 欲更於五斗上加五升耳. 某與景昭商之, 以爲斛輸一斛五斗五升, 而使不得加斛面, 民戶自持概, 則五升之加, 在民戶亦所不憚. 於是不復求減, 民果大悅之.

景明去後, 有不能守其法, 則民戶多謁諸使家, 求依趙刪定例, 令民戶自持概盨. 今景明之事既遠, 民戶有不能記憶. 聞今歲輸苗者, 取之過者皆倍不啻, 而郡中又反斷民戶爭斛面者, 民間囂囂. 今幸輸納未畢, 願有以懲吏胥之姦, 少寬民力, 幸甚!

適有所聞, 乘便亟此布稟, 不暇修寒喧之敬, 伏幸臺察.

송 조운사[10]에게 보내는 편지
與宋漕

　　참람되이 아뢰옵니다. 금계(金谿)라는 읍은 봉지(封地)가 협소할
뿐더러, 비슷한 무리들에 비해 생업이 월등한 호상(豪商)이나 부민
(富民)도 없어서, 세금 장부에 기록된 민전(緡錢)[11]이라야 10단위
밖에 되지 않습니다. 이곳 어르신들에게 들으니 예전에는 인가가 적
어 백성들은 모두 제 힘으로 벌어먹고 살면서 일을 경외하고 자중
자애 하였다 합니다. 공가에 내는 세금은 기일보다 앞서 냈기에 기
한을 독촉하는 소란도 없었고, 집안의 경비도 넉넉하여 풍속 또한
아름다웠다 합니다. 일 년 사계절[12] 내내 닭과 돼지를 서로 보내고
술잔 들어 서로 즐거워하며 화락하게 지냈다고 합니다. 그러다 건염
(建炎: 1127~1130)과 소흥(紹興: 1131~1162) 연간 이래로 점차 예전
만 못해지더니, 백성은 나날이 가난해졌고 풍속은 나날이 피폐해졌습
니다. 매년 거듭되는 흉년으로 빈궁함이 더욱 심해졌는데, 그 원인을
거슬러 올라가보건대 실로 이들을 병들게 한 것은 관가입니다.

　　대군(大軍)에 바치는 월장전(月椿錢)은 소흥연간 전란 시에 생겨났
습니다.[13] 일단 급한 사정을 완화시키고자 만든 것이었는데, 전란이

---

10) 권36 『연보』에 보면 육구연이 순희 14년(1187) 12월에 조운사 송약수(宋若水)
에게 편지를 보냈다고 한다.
11) 緡錢은 동전 꿰미를 가리키는 말인데 한나라 때 이것으로 세금의 단위를 계산
하였기에 후대에 세금을 범칭하는 용어로 사용되었다.
12) 歲時伏臘은 일 년 사계절을 뜻한다. 복랍은 伏日과 臘日이다.

끝난 후에도 없애지 않고 세금의 명목 중 하나로 남겨두었습니다. 세금의 명목 중 하나로 삼은 지 얼마 되지 않았을 때, 구군(勾君)이라는 조사(漕使)가 그것이 횡렴이요 그런 명목일랑 있지 않다는 사실을 알아냈습니다. 그는 현을 순행하던 차에 읍리에게 월장전을 누구로부터 거두었느냐고 물었는데, 이때 사실대로 고한 자들은 모두 감면받을 수 있었습니다. 그러나 금계의 서리들만은 유독 사리에 어두워, 이실직고 했다가는 벌을 받게 될까 두려워서 다른 명목으로 거두었다고 대답했습니다. 이 때문에 금계만 감면의 혜택을 입지 못하게 되었던 것입니다. 해마다 보내는 액수가 민전(緡錢)으로 800꿰미가 넘으니, 한 해로 계산해보면 만 꿰미[緡]을 보내야 합니다. 민생을 오그라들게 하는 폐단 중에 이보다 더 큰 것은 없습니다. 탐관오리가 이를 계기로 무도하기 그지없게 백성들을 침탈하고 욕심을 부리면서, 뼈를 부수고 골수를 짜내는 통에 백성들은 살 길이 없습니다. 설사 훌륭한 관리를 만났다 하더라도 후임자가 이를 제대로 이어받지 못하기도 하였습니다. 어진 수령들이 연이어 이곳을 다스릴 때에 이 일의 시말을 설명하여 아뢰면서 이 명목을 없애줄 것을 청하였으나, 상부에서 살펴주지 않았고 서리들이 이를 끝까지 고집하는 통에 마침내 시행되지 못하였습니다.

---

13) 남송 때 軍餉을 조달하기 위해 초가로 징수하였던 세금의 명목이다. 紹興 2년 (1132)에 韓世忠이 建康에 주둔했을 때 呂頤浩 등이 江東漕司로 하여금 매달 10만 緡을 군수용으로 바치게 한 데서 비롯되었다. 漕司들은 자신들이 징수한 세금에서 이 돈을 충당하고 싶지 않아서 각 지방으로 떠넘겼으며 州縣에서는 교묘하게 각종 명목을 달아 백성들에게 마구 징수하였는데, 그 명목으로는 曲引錢, 納醋錢, 賣紙錢, 戶長甲帖錢, 保正牌限錢, 折納牛皮筋角錢 등이 있다. 후에 江浙 및 湖南까지 이 제도가 시행되었는데, 특히 江南東西路에서 받은 피해가 가장 크다.

지금 수령께서는 어질고 후덕하시며, 백성 사랑하는 마음도 매우 돈독하고 옆에서 보좌하는 자들 또한 모두 현명합니다. 몇 해 계속된 가뭄을 만났지만 올 해는 더욱 큰 가뭄이 들었습니다. 이에 진휼에 신경을 쓰면서 서리들이 백성을 침탈하는 갖은 방책들을 죄다 없애버리시니, 힘없는 백성들은 비로소 삶을 온전히 지킬 희망을 갖게 되었습니다. 하지만 다달이 쌓인 빚을 내야 하는데 갚을 길이 없습니다. 그래서 월장전의 본말을 다시금 추궁하여 이렇게 간곡한 청을 올립니다. 이 일은 현의 관리에게 있어 그저 구우일모(九牛一毛)[14]에 지나지 않습니다. 하지만 한 읍 수만 가호로 하여금 곤궁과 뿔뿔이 흩어짐을 면하게 하고, 오래도록 탄식할 일이 없게끔 해주는 일은 실로 어진 이가 기꺼이 하고자 하는 바일 것입니다. 하물며 집사처럼 어지신 분이라면 더 이상 군소리를 할 필요조차 없을 것입니다. 다만 저는 일찍이 집사의 문하에서 정의를 나눈 바 있고,[15] 또한 이 읍에 적(籍)을 두고 있는지라, 이 읍의 기쁘고 슬픈 일을 함께 해야 하는 이 때에 감히 고하지 않을 수 없었습니다.

제게 또 비루한 견해가 있어 가느다란 물줄기 혹은 티끌과도 같은 도움이나마 바치고자 합니다. 근자에 민력은 날로 고갈되고 나라 살림은 날로 비어가며 군현은 날로 쪼들려 가는데, 오직 서리들의 배만 불러있습니다.[16] 군현의 쌓인 빚이 날마다 늘어나고 해마다 증가하

---

14) 아홉 마리 소 가운데 한 개의 털이라는 뜻으로, 아주 많은 것 가운데 극히 적은 부분을 이르는 말이다.

15) 원문의 '託契'는 정의를 나눈 사이임을 뜻하는 말이고, '門牆'은 스승 집의 문을 가리킨다.

16) 원문의 '屬厭'이란 배부른 것을 말한다. 『左傳·昭公 28년』에 보면 "소인의 배로써 군자의 마음을 삼고자 하나니, 배가 부를 뿐입니다(願以小人之腹, 爲君

니, 판조감사(版漕監司)17)는 주군(州郡)을 독촉하고 군에서는 현을 독촉하며 현에서는 백성을 독촉합니다. 이때 서리들은 그 사이를 기웃거리다 서로 결탁하여 사리사욕을 채웁니다. 서리의 야욕은 날로 충족되는 반면 쌓인 빚은 매일 똑같습니다. 번다한 이문(移文),18) 빈번한 [세금의] 추궁과 독촉,19) 그리고 후한 뇌물과 각박한 취렴 등은 모두 서리 때문에 생겨난 것들입니다. 그러니 쌓인 빚을 독촉해보았자 현의 관리에게는 아무런 보탬 되지 않으며, 그저 서리들에게 뇌물 받을 여지만 만들어줌으로써 백성들을 더욱 어렵게 만들 뿐입니다. 이른바 '백성에게 독촉한다.'고는 하지만 백성이 사실 무슨 빚을 지었겠습니까? 마치 저 역참에서처럼 신임·구임 관리가 교대로 바뀌어 부세 기록한 장부가 이어지지 않은 통에 침탈과 도적질이 늘어났습니다. 빚이 쌓이게 된 근본 원인은 실로 여기에 있습니다. 독촉하러 현에 왔다가 빚을 받아낼 길이 없으면 백성들에게 횡렴하는 수밖에 없습니다. 지금 통상적인 부세 이외에 기이한 명목과 희한한 종류를 만들어 백성들로부터 취하는 것들이 있으니, 이른바 월장전과 같은 부

子之心, 屬厭而已.)"라는 말이 나오는데 杜預는 注에서 "屬이란 만족함이다. 소인도 배가 부르면 만족할 줄을 아니, 군자의 마음도 이와 마찬가지라는 뜻이다(屬, 足也. 言小人之腹飽, 猶知厭足, 君子之心亦宜然.)"라고 설명하였다.

17) 漕運司를 가리킨다. 남송 때에는 지방의 각 路에 提點刑獄司(憲司, 刑獄을 담당함), 提擧常平司(倉司, 常平新法을 담당함), 轉運司(漕司, 처음에는 路의 최고 관원이었으나 후에 財賦만을 관할 담당함) 등 세 개의 監司와 帥司(安撫司, 路의 치안과 軍政을 담당함)이 있었다.

18) 移文은 관부 사이에서 주고받던 공문의 격식이다. 주로 직무에 관해 다그치거나 깨우침을 주고자 할 때 발송한다.

19) '追逮'는 추포하다는 뜻과 추궁하여 다그치다는 뜻 두 가지가 있는데, 『漢語大辭典』에서는 바로 육구연의 이 문장을 예로 들며 두 번째 뜻으로 사용되었음을 명시하였다.

류의 것들이 이루 헤아릴 수 없을 정도입니다. 군현에서 다달이 보내고 해마다 바치는 부세는 모두 판장(版帳)20)으로 나갑니다. 판장으로 보내야 할 금액만 다그친다 하여도 미처 다 대지 못할까 걱정이거늘, 또 어떻게 쌓인 빚까지 보낼 수 있겠습니까? 속담에 "동쪽 울타리의 것을 옮겨다 서쪽 담벼락을 가린다."21)는 말이 있습니다. 어쩌다 쌓인 빚을 보내오는 자가 있으면 윗사람은 제대로 살피지도 못하고 흔연히 기뻐하면서, 이것이 공가의 이익이 아니라 서리의 편의가 되어 줄 뿐이며, 옛날 빚을 갚고 새로운 빚을 진 것임을 알지 못합니다. 훌륭한 상관이라면 차라리 옛날 빚은 놔주고 새로 진 빚만 독촉하는 편이 가장 낫습니다. 그렇게 되면 뇌물이 끊길 것이요 군현이 넉넉해져서 백성들도 어깨의 짐을 내려놓고 쉴 수 있을 것입니다. [有若은] "백성이 풍족한데, 군주가 누구와 더불어 부족하겠습니까?"22)라고 하였으니, 서생이 지껄인 일상적인 말이라 여겨 소홀히 해서는 안 될 것입니다. 고명하신 집사께서는 어찌 생각하시는지요? 요사이에는 창대(倉臺)23)며 수졸(守倅)24)이며 모두 현명하니, 부탁과 건의가 있으시거나 어떠한 조치를 시행하려 하실 때에 더불어 일을 도모하신다면 서로 어긋나는 지경에는 이르지 않을 것입니다.

---

20) '版帳'이란 남송 때 징수하던 軍用 세금의 일종이다. 『宋史』 권178 「食貨志」에 "주현의 관리들은 그것이 불법임을 알고 있었으나 그 액수가 하도 커서 백성들에게 횡렴하지 않고자 하여도 그럴 수가 없었다(州縣之吏固知其非法, 然以版帳錢額太重, 雖欲不橫取於民, 不可得也.)"라는 기록이 보인다.
21) 장구한 대책이 아닌 고식적인 임시방편을 뜻한다.
22) 『論語』 「顔淵」에 나오는 말이다.
23) 倉臺는 송나라 때 관서명으로 提擧茶鹽司를 말한다. 倉司 혹은 庚司, 庚臺 등으로 부른다. 常平, 茶鹽 등의 사무를 맡아보았다.
24) 守倅은 州郡의 군수와 副職을 말한다.

소식을 듣고 마음이 조금 급하여서 칠하고 덧붙인 글자도 있습니다. 모두 헤아려 용서해주시기 바랍니다!

僭有白事: 金谿爲邑, 封壤褊隘, 無豪商富民生産之絶出等夷者, 稅籍之爲緡錢, 不過以十計. 聞之故老, 往時人煙稀少, 民皆自食其力, 畏事自愛, 輸公先期, 無催期之擾. 家用饒給, 風俗醇美, 歲時伏臘, 鷄豚相遺, 杯酒相歡, 熙熙如也. 自建炎·紹興以來, 寖不如舊, 民日益貧, 俗日益弊. 比年荒歉, 益致窮廬. 原其所自, 官實病之.

大軍月樁, 起於紹興初用兵, 權以紓急, 兵罷不除, 因以爲額. 立額未幾, 有漕使勾君者, 知其爲橫斂, 初無名色. 行縣之次, 問邑吏月樁之所從取, 凡以實告者, 皆得蠲減. 獨金谿小吏不解事, 懼吐實則有罪, 輒以有名色對, 故金谿獨不蒙蠲減. 月解之數, 爲緡錢八百有奇, 以歲計之, 當輸萬緡. 朘民之端, 莫大於此. 貪吏並緣, 侵欲無藝, 槌骨瀝髓, 民不聊生. 縱遇循良, 莫能善後, 累有賢宰條陳本末, 祈請蠲除, 上府不察, 吏胥持之, 竟不施行.

今縣宰仁厚, 愛民甚篤, 佐貳皆賢. 適値連歲旱傷, 今歲大旱. 留意賑恤, 盡却吏胥侵漁之策, 細民始有生全之望. 而月解積負, 無所取償, 復此詢究月樁本末, 以致祈懇. 此在縣官, 特九牛一毛耳. 而可使一邑數萬家免於窮困流離, 長無歎息, 誠仁人所樂爲也. 況如執事之賢, 當不待贊. 第以某嘗託契門牆, 而占籍玆邑, 當其休戚, 不敢不告.

某復有管見, 欲效涓埃. 比年民力日竭, 國計日匱, 郡縣日窘, 獨吏胥屬厭耳. 郡縣積負, 日加歲增, 版漕監司督之州郡, 郡督之縣, 縣督之民, 吏胥睢盱其間, 轉相並緣以濟其私. 吏欲日飽, 而積負日若. 文移之煩, 追逮之頻, 賄謝之厚, 斂取之苟, 皆此其故也. 故督積負無補於縣官, 獨足爲胥吏賄謝之地, 以重困吾民耳. 所謂督於民者, 民豈眞有負哉? 官吏新故相仍, 有若郵置, 緣絶簿書以益侵盜. 積負之源, 實在於此. 督至於縣而無所從取, 則橫取諸民耳. 今常賦之外, 奇名異類以取於民, 如所謂月樁者, 不可悉數. 郡縣月輸歲供, 具之版帳, 盡責版帳之輸, 猶懼不給, 彼又安能輸積負哉? 鄙語所謂移東籬, 掩西障, 或有以積負輸者, 上之人不察, 欣然以喜. 不知其非公家之利, 乃吏胥之便也, 舊者輸而新者積矣. 善爲上者, 莫若舍積負而責新輸, 則賄謝絶, 郡縣寬, 民可以息肩. "百姓足, 君孰與不足?" 殆不可謂書生常談而忽之也. 不識高明以爲如何? 是間倉臺守倅皆賢, 有所建請, 有所施行, 皆可共事, 不致有齟齬也.

聞便稍亟, 書字有塗注處, 併幸亮恕!

진 교수에게 보내는 편지
與陳敎授

　제가 사는 마을의 사창(社倉)²⁵⁾은 지금이야 물론 농민에게 이로움이 되고 있으나, 제 어리석은 생각에 본디 미심쩍은 부분이 있었습니다. 평년이 들어 비옥한 논밭에서 곡식이 잘 익는다면야 그 이로움이 오래 갈 것이나, 곡식이 제대로 여물지 않는 논밭의 경우 한번 흉년을 만났다 하면 모두 흩어져 거둬들일 것이 없으니, 이듬해 양식이 부족한 때를 당하여 진휼할 방도를 찾을 길 없습니다. 그러니 차라리 평적창(平糴倉)을 운영하시어 풍년에는 쌀을 사들임으로써 쌀값이 떨어져 농민들이 상심하는 우환을 없애시고, 또 흉년에는 쌀을 내다 팖으로써 부유한 백성이 곳집 문을 걸어 잠그고 쌀값을 올리려는 속셈을 꺾어놓는 것이 가장 나을 것입니다. 사들인 쌀을 둘로 나눈 다음, 그 반을 항시 보관하여 흉년이 들었을 때 사창의 부족함을 대신

---

25) '社倉'은 양식을 저장하여 흉년을 대비하던 제도이다. 朱熹가 처음으로 만들었다. 저장하던 양식은 모금 혹은 기부로 모았으며, 봄에 빌려주었다가 가을에 받는 방식으로 행해졌다. 孝宗 乾道4년(1168)에 建寧府(지금의 福建성 建甌)에 큰 기근이 들자 朱熹는 知府로부터 상평미 600섬을 빌려 백성을 진휼했는데, 백성들에게 빌려준 쌀은 20%의 이자를 받고 겨울에 돌려받았다. 큰 흉년이 아닐 때는 이자를 반만 받았고 큰 기근이 들었을 때는 이자를 받지 않았다. 또 원본의 10배에 달하는 이자를 받고 나면 더 이상 이자를 받지 않고 한 섬당 耗米 3되만을 받았다. 후에 지부로부터 꿔온 상평미를 반환하였는데, 淳熙8년(1181)에 이르러서는 3100섬에 달하는 사창미를 모으게 되었다. 이 해에 주희는 「社倉事目」을 상주하였고, 孝宗은 그 법을 사방에 반포하였다.

한다면, 실로 장구한 치적을 쌓을 수 있을 것입니다.

금계(金谿)에는 올해에 가뭄이 든 지역이 꽤나 많아서, 현을 통틀어 계산해보았더니 6할 정도밖에는 쌀이 여물지 못했습니다. 제가 사는 마을에는 올해 어쩌다 비가 많이 내려서, 사창이 설치된 곳마다 제법 풍년의 기색이 있습니다. 20꿰미[緡]의 돈만 있다면 2천 섬의 곡식을 살 수 있습니다. 마을에서 관에 바친 곡식이 1천 섬이니, 내년에 1천 섬을 내다 팔고 1천 섬을 보관하여 후년을 준비하십시오. 해마다 이렇게 내다 팔다보면 사창과 더불어 드넓어져 그 이로움이 무궁해질 것입니다. 저희 마을에 사창이 설치된 곳은 2개의 도(都)에 불과하며, 우리 읍에는 유독 부유한 백성이나 대가 집이 없습니다. 이른바 농민이란 세객장(佃客莊) 아니면 세관장(佃官莊)[26]이며, 가난한 백성 중 자기 땅을 가지고 있는 사람은 얼마 되지 않습니다. 이른바 '객장(客莊)'도 대부분이 관호(官戶)를 잠시 빌려 거주하는 터라, 평상시에도 농민들을 구휼할 방도가 없습니다. 이에 쌀이 부족한 봄과 여름이 되면 모두 사방으로 나가 다른 지방의 부유한 백성으로부터 쌀을 빌려와야 하니, 지극히 가련합니다! 이곳은 금계에서도 가난한 마을이었는데, 지금 사창이 설치되자 시름과 탄식이 풍요로운 노래로 바뀌었습니다. 하물며 평적창까지 설치하여 부족한 부분을 보완하고 은혜를 넓힐 수 있다면, 기뻐 춤추는 자들이 얼마나 많겠습니까? 지금 농민들은 모두 가난하며 수확할 때가 되더라도 대부분 저장할 여력이 없

---

26) 남이 토지를 빌려서 경작하는 사람들을 가리킨다. 蘇軾은 「奏浙西災傷第一狀」에서 "예컨대 백성들의 집안에서는 장전을 두고 세객들을 불러오는데, 본래 조세를 바라서이지 인의를 행하고자 함은 아닙니다(譬如民庶之家, 置莊田, 招佃客, 本望租課, 非行仁義.)"라고 하였다. 민간인의 땅을 세내 농사짓는 사람이 佃客莊이고 관가의 땅을 세내 농사짓는 사람이 佃官莊이다.

으므로, 급히 쌀을 빌려와 기타 용도를 메우고 포흠의 독촉을 해결할 수밖에 없습니다. 만약 쌀을 사들일 곳이 없다면 쌀값이 분명 심히 떨어지게 될 것이고, 쌀알은 미상(米商)의 배와 부유한 백성의 곳집에서 줄줄 새나가 버려, 내년이 되면 필시 큰 어려움을 겪을 것입니다.

앞에서 말한 쌀값은 마을에서 내다 판 값일 뿐입니다. 올해는 값이 분명 그보다 못할 것이니, 살 수 있는 쌀의 수량은 그보다 더 많아질 터, 이로움이 적지 않을 것입니다.

예전에 사산(棱山) 가형께서 주관(主管)이신 진(陳) 어르신께 다섯 가지 이로움에 관한 이야기를 고하자 진 어르신께서는 이를 곧 창대에 아뢰었습니다. 얼마 있다가 진 어르신의 편지를 받았는데, 창대에서 이미 허가하였다고 하였습니다. 그러나 당시 마을에 사들일 만한 쌀이 없는 관계로 가형께서 청한 내용은 끝내 성사되지 못하였습니다. 저 또한 근자에 창대에 말씀을 아뢴 적이 있으나 아직 막부에 계신 두 어르신께는 품고하지 못하였습니다. 만나게 되면 그때 아뢰고자 합니다. 만약 제 말이 틀렸다 여기지 않으시고 다행히 답변을 내려 주신다면, 가형께서 마땅히 갖추어 품고함으로써 마저 청을 올릴 것입니다.

敝里社倉, 目今固爲農之利, 而愚見素有所未安. 蓋年常豊田常熟, 則其利可久. 苟非常熟之田, 一遇歉歲, 則有散而無斂, 來歲缺種糧時, 乃無以賑之. 莫若兼治平糶一倉, 豊時糴之, 使無價賤傷農之患, 缺時糶之, 以摧富民閉廩騰價之計. 析所糴爲二, 每存其一, 以備歉歲, 代社倉之匱, 實爲長積.

金谿玆歲旱處頗多, 通縣計之, 只可作六分熟. 敝里今歲得雨偶多,凡社倉所及, 皆有粒米狼戾之興. 儻得二十緡, 可得粟二千碩, 鄉斗於官爲一千碩. 來歲糶一千碩, 存一千碩, 爲後年之備. 逐年更糶之, 可與社倉俱廣, 爲無窮之利. 敝里社倉所及不過二都. 然在一邑中, 乃獨無富民大家處. 所謂農民者, 非佃客莊, 則佃官莊, 其爲下戶自有田者亦無幾. 所謂客莊, 亦多僑寄官戶, 平時不能贍恤其農者也. 當春夏缺米時, 皆四出告糴於他鄉之富民, 極可憐也! 此乃金谿之窮鄉, 今社倉之立, 固已變愁嘆爲謳謠矣. 況得平糴一倉, 以彌縫其缺, 推廣其惠, 歡舞當如何耶? 今農民皆貧, 當收獲時, 多不復能藏, 亟須糶易以給他用, 以解逋責. 使無以糴之, 則價必甚賤, 而粟洩於米商之舟與富民之廩, 來歲必重困矣.

　　前所言米價, 亦準鄉斗所糴之價耳. 今歲之價必下於此, 則所得米數當加多, 爲利不細.

　　向來梭山家兄嘗陳五利之說於主管陳丈卽以白之倉臺. 尋得陳丈書, 謂倉臺已許可. 其時家兄以鄉間無米可糴, 故不獲卒請. 某屬者亦嘗言於倉臺, 但未稟幕中二丈, 欲望會次及之. 儻不以爲不然, 却幸見報, 家兄當具稟以卒所請也.

두 번째 편지

二

가르침의 글을 받들고서 평적창(平糴倉)에 관한 논의가 막부에 계신 두 군자의 마음을 거스르지 않았음을 알게 되었습니다. 창대(倉臺)에 이와 같은 소식을 알렸더니 은혜롭게도 창대 또한 이를 허가해 주었습니다. 이번 장마로 인하여 제일 좋은 벼이삭들이 진흙탕에 처박힌 채 절로 패어버리는 우환이 생겨났습니다. 만약 이 비가 그치지 않는다면 수확에 큰 지장이 있을 것이요, 벼이삭은 크게 상할 것이요, 백성은 크게 곤궁해질 것이요, 이 대책은 시행될 길이 없을 것입니다. 오늘 들어 산속 날씨가 좀 개는 듯하여 너무도 기뻤습니다. 그래서 막 종이를 가져다가 청을 마저 드리려고 하였는데, 구름이 또다시 사방을 에워싼 눈처럼 모여드는 것이었습니다. 전부터 이 산에 오래 살아온 사람이 말하기를, 날이 갤 때면 이렇게 생긴 구름이 나타나기도 하는데, 다만 꼭 그렇다고 확신할 수는 없다고 하였습니다. 만일 이 비가 멈추지 않는다면, 이것이 관직에 있는 사람에게 끼치게 될 우환은 결코 작지 않을 것입니다. 여러 군자의 힘을 빌려 가을볕을 불러 냄으로써 이 음산한 기운을 걷어낼 수만 있다면, 산속에 사는 이 사람 또한 한 끼 배불리 먹으며 편히 지낼 수 있을 텐데 말입니다. 수확만 제대로 된다면 반드시 쌀을 사들일 수 있을 것입니다. 쌀의 양에 관하여는 계속해서 청을 넣어보아야 할 것이나, 인색하게 굴지는 않을 것입니다. 다만 금계(金谿)에 돈과 쌀을 지원하는 일만은 아마도 불가할 것 같습니다.

금계에는 본래부터 창대의 쌀과 돈이 없었습니다. 이 때문에 예전의 육 창(陸倉)께서는 흉년이 들면 2천 꿰미[緡]의 돈을 내어 공 주부(龔主簿)에게 맡긴 다음, 쌀이 잘 여문 마을로 가서 2천 섬을 사들이게 함으로써 이듬해 진휼에 대비했습니다. 그 다음해에 사용한 양이 많지 않을 경우, 나머지 것들은 현의 전창(前倉)에 비축해놓았습니다. 그러나 몇 해 전에는 사산(梭山) 가형께서 관장하시던 사창(社倉)에서만 이미 8백 섬을 지출했습니다. 또 해마다 창대에서 진휼하는 데 필요한 쌀도 모두 여기에서 가져갔습니다. 그러니 남아 있는 것이 아마 얼마 되지 않을 것입니다. 금계는 요 몇 년 동안 판장전(版帳錢)[27]과 누적된 빚으로 인해 지극히 곤궁한 형편입니다. 이전에 소(蘇) 현재는 조(趙) 수령으로부터 거듭 곤혹을 당하여 뇌물과 사례금을 바쳐야했는데, 이때도 대체적으로 무도하게 징수하였습니다.[28] 들으신 대로 엄청나게 나간 전곡(錢穀)이 이렇게 많은데, 지금 지출할 수 있는 현금[29]이 어디 있겠습니까? 가령 있다 하더라도 금계는 성곽 서쪽으로 대부분이 가문 땅이며, 오직 동서쪽 마을에만 벼가 조금 여물 뿐입니다. 마땅히 현에 직접 화적(和糴)[30]하도록 다그치어 내년 성곽 부근에 들어갈 비용에 대비하여야 할 것입니다. 창대에 부족한 것은 돈이 아닙니다. 그러니 만약 방법이 있다면 창대로 하여금 관회

---

27) 각주 20 참고.
28) 『資治通鑑·唐德宗建中 4년』에 "세금 징수하는 관리는 날로 많아지고 부렴은 날로 무거워졌다. 안으로는 도성의 읍부터 밖으로는 변방 끝자락까지, 길 다니는 사람은 칼날을 근심해야 했고, 집에 거하는 이는 가렴주구로 인해 고통 받았다(徵師日滋, 賦斂日重, 內自京邑, 外泊邊陲, 行者有鋒刃之憂, 居者有誅求之困.)"라는 구절이 보인다.
29) '見錢'은 현금을 말한다.
30) '和糴'은 관부에서 돈을 지출하여 백성으로부터 양식을 사들이는 것을 말한다.

자(官會子)31) 혹은 현금으로 지급하게 하는 편이 나을 것입니다. 돈은 비록 운반하는 데 어려움이 있으나 교환의 방편으로 사용할 수 있습니다. 만약 관회자를 얻을 수 있다면 더욱 편리할 것입니다. 마을은 또한 상인들이 다니는 길이기도 하니 이를 소비해 없앨 길도 있습니다.

예전부터 사창은 조(趙) 어르신께서 시행하고자 하셨던 일이기에 군현에 공문을 보내기도 하고 네거리에 높이 걸어 고시하기도 하였으나 몇 달이 되도록 호응하는 자가 없었습니다. 조 어르신께서는 종종 이 방면에 밝은 자를 찾아가 자문을 구하기도 하셨는데, 혹자가 아뢰기를 "이 일은 전적으로 사람을 얻는 데 달려있으니, 만약 제대로 된 사람을 얻지 못할 바엔 차라리 하지 않느니만 못하다. 건녕(建寧)의 사창은 주원회(朱元晦)와 위원리(魏元履)32)가 창시하였다. 지금 육사산 같은 자를 얻어 시행할 수만 있다면 가히 오래 지속될 수 있을 것이다." 이에 조 어르신께서 가형의 뜻을 물어봐 달라고 하시기에 즉시 인편에 가형에게 편지를 보냈더니 그렇게 하겠노라 답장을 보내왔습니다. 그 후 저 또한 조 어르신의 편지를 받았습니다. 비록 어리석은 생각에 아직 미심쩍은 바가 없지 않았으나, 일이 이미 시행되었고 또 제대로 된 사람이 나서서 잘 조절한다면 혹 실패하지 않을 수 있

---

31) 남송 때 사용하였던 최초의 지폐를 官會子라고 한다. 范成大의 『攬轡錄』에 "[금나라는 하남에 돈을 남겨두고 싶지 않아서 중국의 지폐를 모방하였다. 또 변경에 국을 설치하고 관회를 찍어내서는 '교초'라고 불렀다.([金]又不欲留錢于河南, 故仿中國楮币, 于汴京置局造官會, 謂之'交鈔'.)"라는 기록이 보인다.

32) 魏掞之(1116~1173). 字는 子實이며 후에 元履라 고쳤다. 호는 艮齋 혹은 錦江이며 建陽 招賢里 사람이다. 주희의 친구이다. 布衣 신분으로 황제를 알현하고 시무에 관한 대책을 논해 同進士出身을 하사받고 台州教授를 지냈다.

겠다는 생각이 들어 답신을 보내 그 일에 찬성하는 수밖엔 없었습니다. 이번 가을이 두 번째로 [곡식을] 내보내고 두 번째로 거두어들이는 해입니다.

마침 창대 황(黃) 어르신의 백성 사랑하는 마음이 조 어르신보다 못하지 않음을 보게 되었기에, 천분의 일의 우려를 펼쳐 보임으로써 만분의 일의 보탬이라도 되고자 하였습니다. 지금 막부에 계신 두 군자의 백성 사랑하는 마음 또한 진(陳) 주관(主管)보다 못하지 않습니다. 일전에 진 주관께서 사산 가형께 먼저 편지를 보내오셨는데, 그 뜻이 매우 진실하였습니다. 그 후 사산 가형께서는 평적법의 다섯 가지 이로움에 관하여 조목을 갖추어 논의하고, 이것이 위에 전달될 수 있기를 바라셨습니다. 지금 창사(倉使) 황 어르신과 진간(陳幹)이 사산 가형께 보낸 답장을 동봉하오니, 이것을 가지고 가 창사와 막부에 계신 두 어르신께 보여드렸으면 합니다. 조 어르신이 보낸 공문은 언제나 심히 간략하였고, 지금 사산 가형께서는 그때그때 주고받은 편지를 삼가 집에 보관하여 근거로 삼고 계십니다. 진 주관께서 혹 편지를 여러 현자들께 올리신 후 제게도 베껴 보내주시어 볼 수 있게 해주신다면 행운이겠습니다. 저는 이미 창대에 차자(箚子)를 품고하였습니다.

지면은 많이 남았으나 그만 줄이고자 하니, 세심히 살펴 주시기를 간절히 바라옵니다.

屬奉敎墨, 竊知平糴之議, 莫逆於幕中二君子之心, 已遂聞於倉臺, 倉臺亦旣惠許之矣. 然坐此霖霪, 稼之最良者, 又有仆泥自萌之患. 若此雨不止, 大妨收穫, 稼必重傷, 民必重困, 此策無所施矣. 山間今來稍有霽色, 極爲之喜. 方取紙欲以卒請, 白雲又復如擁雪, 向之久於是

山者, 以爲晴雲固有如此者, 特未可必耳. 萬一仍雨不解, 其貽有位者
之憂不細矣. 尙憑諸君子之力, 出秋陽以廓此氛曀, 山林之人亦庶幾一
飽之適. 若得善穫, 必有可糴, 而米之多少, 則繼爲之請, 當非所靳, 第
支錢米於金谿, 則恐不可耳.

金谿素無倉臺錢米, 向來陸倉以歲歉, 捐二千緡委鞏主簿於熟鄉糴
二千碩, 爲來歲賑濟之備. 次年所用不多, 餘者儲於縣前倉. 前歲梭山
所掌社倉, 已支八百碩矣. 又遞年倉臺賑恤, 皆取諸此, 所存料亦無幾.
金谿年來極窘於版帳積負, 前此蘇宰又重糴趙侯之困, 賄謝供輸, 大抵
誅求無藝. 如聞錢穀侈用頗多, 安得有見錢可支? 藉令有之, 金谿負郭
以西, 率多旱鄉, 惟東西鄉稍熟, 政宜以責之縣家, 自爲和糴, 以備來歲
近郭之用. 倉臺所乏者, 非錢也. 儻得徑就使臺支官會或見錢爲便. 錢
雖難於擎挈, 尙可爲便兌之計, 若得官會, 則尤爲順便. 蓋鄉間亦商旅
之路, 可發洩也.

向來社倉, 趙丈欲行之, 移文郡縣, 揭示衢要, 累月無應之者. 趙丈
往往以詢所善, 或告之以此事全在得人, 苟非其人, 不如勿爲之愈. 建
寧社倉, 始於朱元晦, 魏元履, 今誠得如陸梭山者爲之, 乃可久耳. 趙
丈就令詢家兄之意, 尋卽遣人致書家兄, 報書許之. 旣而某亦得趙丈
書, 雖愚意尙有未安, 事業已行, 又以其人權之, 可以不敗, 亦只復書贊
成其事. 今秋乃再散再斂矣.

適見今倉臺黃丈愛民之心不後於趙, 故輒申其千一之慮, 以爲萬一
之補. 今幕中二君子愛民之心不後於陳. 向來陳主管亦先辱梭山兄以
書, 意甚勤至. 其後梭山兄因得以平糴之法條具五利, 祈於請致. 今倉
使黃丈・陳幹所復梭山兄書, 倂往一觀, 亦恐欲携呈倉使與幕中二君
子也. 向來趙丈文移甚簡, 今梭山兄拜留逐時書問以爲根柢. 陳主管書
或呈似諸賢後, 擲示爲幸. 某已作稟箚達倉臺.

紙多不欲更續, 切幸加察.

조 추관에게 보내는 편지
與趙推

   황패(黃霸)[33]가 영천(穎川) 태수로 있을 때 홀아비, 과부, 부모 없는 자식, 자식 없는 부모[34]와 같이 장사 지내줄 자가 없는 사람들을 위해 뒷일을 처리해주며 이렇게 말했습니다. "아무 곳에 있는 큰 나무로 관을 짤 수 있고, 아무 정자에 있는 돼지로 제사를 지낼 수 있다." 관리가 가보니 모두가 황패가 말한 대로였습니다. 황패는 관리를 보내 일을 감독하게 하고, 돌아오면 위로하였습니다. 길가에서 밥을 먹다가 까마귀에게 먹이를 빼앗긴 일[35]이 있은 후로 늘 사실을 알

---

33) 黃霸(기원전 130~기원전 51). 字는 次公이며 淮陽 陽夏(지금의 河南省 太康) 사람이다. 서한의 신하로서 武帝, 昭帝, 宣帝를 모셨다. 무제 때에 河南太守丞, 廷尉正, 揚州刺史 및 穎川太守 등의 지방관직을 역임해 높은 치적을 남겼다. 후세에 龔遂와 더불어 循吏의 상징이 되었다.

34) 『孟子』「梁惠王下」에 "늙어 아내가 없는 자를 환이라 하고 늙어 남편이 없는 자를 과라 하고, 늙어 자식이 없는 자를 독이라 하고 어려 부모가 없는 자를 고라 한다. 이 네 종류의 사람은 천하의 궁핍한 백성으로 아무 데도 고할 데가 없는 자들이다(老而無妻曰鰥, 老而無夫曰寡, 老而無子曰獨, 幼而無父曰孤. 此四者, 天下之窮民而無告者.)"라는 구절이 나온다.

35) 『漢書』권89「黃霸傳」에 "일찍이 사찰하고자 하는 바가 있어 나이 많고 청렴한 관리를 뽑아 보내면서 절미 비밀로 하라고 분부하였다. 관리는 밖으로 나갔으나 감히 역의 정자에 머물지 못하고 길거리에서 밥을 먹었는데, 그만 까마귀가 고기를 낚아 채 가버렸다. 마침 관부에 아뢸 일이 있어 길을 지나던 사람이 그 광경을 보게 되었는데, 황패와 이야기를 하다가 자신이 본 광경을 말해주었다. 훗날 관리가 돌아와 황패를 알현하자 황패가 그를 맞이해 위로하며 말했다. '정말 고생했소. 길에서 밥을 먹다가 그만 까마귀에게 고기를 도둑질 당하고 말았

아 낼 수 있었고 사람들 또한 감히 속이지 못하면서 신처럼 여겼습니다. 사가(史家)들은 황패가 그렇게 할 수 있었던 이유를 기록하면서, 말하는 중에 미루어 짐작하고 아무도 모르는 속셈을 캐물은 다음, 이것들을 서로 참고했기 때문이라고 하였습니다. 후세 유자들은 이런 것을 구거(鉤距)[36]라고 여기며 비루하게 여깁니다. 황패가 이런 방법을 사용한 것을 다 잘한 일이라고 할 수 없으나, 후세 유자들이 이것을 비난하는 것은 더욱 무지의 소산입니다. 근본을 모르고 말단만을 논하거나, 마음을 보지 않고 곧장 행위만을 논하는 식으로는 사람을 판단하기에 부족합니다. 황패 마음의 근본을 미루어 논해볼 때, 본디 사람들의 속임으로부터 벗어나 사실을 알고자 하였던 것이니, 어찌 이런 일로 크게 나무랄 수 있겠습니까?

지금은 풍속이 심히 피폐하여 송사가 번다합니다. 간악한 이졸(吏卒)들이 붕당을 이루고 있어 백성들은 어떤 명령을 따라야 할지 알지 못하고, 곡직을 구분하지 못하므로 뇌물로써 승부를 가릴 수밖에 없습니다. 송사가 진행되는 사이에 비록 훌륭한 관리가 그것을 처리한다 하더라도 그 진상을 죄다 알아낼 수는 없습니다. 만약 뜻 있는 관리가 있어 그 진상을 파헤치고자 한다면, 말 가격을 묻고 소 가격을 참조하는[37] 지혜를 동원하지 않을 수 있겠습니까? 어리석은 유자들

구려.' 관리는 크게 놀라 황패가 그의 일거수일투족을 다 알고 있다고 여기면서 묻는 말에 추호도 숨김없이 답했다(嘗欲有所司察, 擇長年廉吏遣行, 屬令周密. 吏出, 不敢舍郵亭, 食於道傍, 烏攫其肉. 民有欲詣府口言事者適見之, 霸與語, 道此. 後日吏還謁霸. 霸見迎勞之, 曰: '甚苦! 食於道傍乃爲烏所盜肉.' 吏大驚, 以霸具知其起居, 所問毫毫不敢有所隱.)" 후에 '烏銜肉'은 사신의 수고를 위로하는 말 혹은 아랫사람의 상황을 긍휼히 살피는 마음을 뜻하는 말로 사용되었다.
36) '鉤距'란 이리 저리 추궁하면서 실정을 알아내는 것을 뜻하는 말이다.

은 기어코 이를 '구거'라 하며 비난하려 하는데, 그렇다면 실정을 알지 못하고 곡직이 전도되어, 간악한 짓을 멋대로 하고 무고한 이들이 고할 곳이 없게 된 연후라야 도(道)가 되는 것입니까? 때문에 어리석은 유자들의 의론은 도를 해치고 정치를 다치게 합니다. 진실한 학자라면 반드시 이러한 것을 잘 분별해야 하니, 그리 되면 정리(正理)를 얻어 믿고 따를 수 있게 될 것입니다.

근자에 왕 길주(王吉州)가 감사나 태수는 사람을 함부로 옥에 넣어서는 안 된다고 말한 것을 보았습니다. 옥관(獄官) 중에 제대로 된 사람은 없고, 이졸들은 늘 권력을 마음대로 휘두릅니다. 평민이 일단 옥에 갇히면 오직 옥리들이 하는 대로 따를 수밖에 없는데, 매질까지 당하는 판국에 무슨 요구인들 들어주지 않겠습니까? 안건이 일단 상정되면 적힌 내용에 따라 살필 뿐, 다른 것은 볼 수가 없습니다. 하지만 거기 적힌 내용들은 모두 이졸들이 지어낸 것입니다. 『한서(漢書)』에서 나오는 "상주문이 작성되고 나면 비록 고요(皐陶)가 그것을 살핀다 하여도 죽음으로도 갚지 못할 허물이 있다고 여기게 된다."[38]라는 말은 바로 이를 두고 한 말입니다.

---

37) 『漢書』 권76 「趙廣漢傳」에 다음과 같은 구절이 나온다. "구거란 만약 말의 가격이 알고 싶을 때 먼저 개를 묻고, 양을 물은 다음 다시 소를 물고서야 말을 묻는 것을 말한다. 그것들의 가격을 참고하여 미루어 짐작해 나가다 보면 말의 가격을 알게 되어 실정을 놓치지 않는다(鉤距者, 設欲知馬價, 則先問狗, 已問羊, 又問牛, 然後及馬, 參伍其賈, 以類相準, 則知馬之貴賤不失實矣.)" 후에 이 말은 옆에서부터 미루어 짐작해 올라가 실상을 파악하는 뜻으로 사용되었다.
38) 『漢書』 권51 「路溫舒傳」에 "상주문이 작성되고 나면 비록 고요가 그것을 살핀다 하더라도 죽음으로 갚지 못할 허물이 있다고 여기게 된다.(蓋奏當之成, 雖咎繇聽之, 猶以爲死有餘辜.)"는 말이 나온다. '死有餘辜'란 죄가 너무 무거워 사형을 시켜도 그 죄 값을 다 갚지 못한다는 뜻이다.

지금 두 옥사(獄辭)를 보면 각각 자기편의 말을 변호하고 있는데, 좌증이 불분명하고 장부나 계약서는 참고하여 근거할 만한 것이 없으며, 일 중에는 더러 장부나 계약서에 적혀 있지 않은 것도 있습니다. 그래서 옥중에서 사실을 추구하는 방법을 일러 '섬격(閃隔)'이라고 합니다. 가령 두 사람이 있으면 두 곳으로 격리시키고, 세 사람이 있으면 세 곳으로 격리시켜 서로 들어 알지 못하게 하는 방법입니다. 내가 의심쩍어 하는 부분과 사건의 마디 마디를 하나씩 따라가며 상세히 따져보는 것인데, 세심히 그 핵심을 살피고 조심스레 생각해 진상을 알아 낼만한 대목이 있거든 반복, 추궁하는 것입니다. 만약에 처음 작성한 내용 이외에 근거할 만한 것이 있을 것 같으면, 반드시 두 곳에서 참조, 심문한 뒤 서로 부합하는 바가 있은 연후에 근거로 삼습니다. 그러나 이 일은 가장 어려워서, 관리가 마음을 다 쏟는다 하여도 이졸의 간악함을 막지 못한다면 이졸들은 분명 몰래 그 사실을 누설할 터, 그리 되면 관리의 지혜 또한 펼칠 곳이 없게 됩니다.

따라서 송사에 있어 가장 어려운 것은 진상을 밝히는 일입니다. 당우(唐虞) 시절의 고요는 도를 봄이 매우 밝아서, 뭇 성인들이 종주로 삼았으며 순임금은 그를 사(士)로 삼았습니다. 『주서(周書)』에서 또한 이르기를, "사구인 소공이여, 공경함으로써 그대의 송사를 처리하여"라고 하였고, 『주역』「비괘(賁卦)」의 「상전(象傳)」에서 또한 이르기를 "군자는 이로써 온갖 정사를 공명정대하게 하고, 감히 함부로 옥사를 판단하지 않는다."[39]고 하였습니다. 「비괘」는 산 아래 불이 있

---

39) 『周易』「賁卦」의 「象」에 나오는 말이다. "산 아래 불이 있다. 군자는 이로써 온갖 정사를 공명정대하게 하고 감히 함부로 송사를 판단하지 않는다.(山下有火, 賁, 君子以明庶政, 無敢折獄)"

는 상[山下有火]으로, 불이란 지극히 밝은 물건임에도 불구하고 '감히 함부로 옥사를 판단하지 않는다.'고 하였으니, 이 일이야말로 배우는 이들이 힘을 쏟아야 할 바입니다. 「서합괘(噬嗑卦)」는 이괘(離卦)가 위에 있어 "송사를 사용함이 이롭다."[40]고 하였고, 「풍괘(豊卦)」는 이괘가 아래에 있으므로 "송사를 판단하여 형벌에 이르게 한다."고 하였습니다.[41] 이는 모두 밝은 판단을 귀히 여긴 말일 것입니다. 신임 관리로서 그 일을 처음 심리할 때는 매우 현명하게 할 수 있으나, 계속해서 듣다 보면 경중을 헤아리지 못하게 됩니다. 그대는 이를 더욱 조심해야 할 것입니다.

관리는 타지 사람이지만 이졸은 현지 사람입니다. 관리는 햇수가 다 찬 사람의 경우 세 번 고과(考課)[42]하고, 임기가 다 찬기 사람은 두 번 고과합니다. 하지만 이졸들은 그 사이에서 자손을 기릅니다. 관리가 일을 살필 때, 좌우전후 온통 이졸뿐입니다. 그러니 관리가 이졸에게 속고 이졸에게 배신당하는 것은 형편상 어쩔 수 없는 노릇이기도 합니다.

이졸은 제 손으로 일해 밥을 먹으면서 공무를 보아야 하는데, 그럼에도 기꺼이 하고자 하고 또 다투어 하는 까닭은 그 사이에 이득이 있기 때문입니다. 그러니 이졸이 양심이 없고 공심(公心)이 없는 것

---

40) 『周易』의 「噬嗑卦」는 불을 나타내는 離卦와 우레를 나타내는 震卦가 위아래로 이어진 것으로, 火雷噬嗑이라고도 한다. 「噬嗑卦」의 괘사에 "서합은 형통함이니 옥을 쓰는 것이 이롭다(噬嗑, 亨, 利用獄.)"라는 말이 있다.

41) 「豊卦」의 괘상은 ☳/☲ 즉 震上離下로 되어 있다. 「豊卦」의 「象」에 이르기를, "우레와 번개가 함께 이르는 것이 풍괘이니, 군자가 본받아서 형벌에 이르게 하는 옥사를 단절해야 한다(雷電皆至, 豊. 君了以折獄致刑.)"라고 하였다.

42) 三考는 관리의 考績 제도를 말한다. 즉 세 차례의 고과를 통해 승진과 강등, 상과 벌을 판결하는 제도이다.

또한 형편상 어쩔 수 없는 노릇입니다.

관리들은 늘 실상을 알고자 하지만 이졸들은 관리가 실상을 알게 되는 것을 원치 않습니다. 그렇기 때문에 관리가 실상을 알고자 하여도 [알기란] 실로 어렵습니다. 관리가 어떤 일을 이졸에게 물어 이졸이 무어라 답할 때, 결코 진실을 말하지는 않지만 반드시 실제 상황을 들어가며 말할 것입니다. 실제 모습인척 하려다보니 반드시 진실에 약간의 거짓을 보태야만 합니다. 실제 모습이 아니면 믿음을 얻을 수 없기 때문입니다. 관리가 어쩌다 스스로 사실을 알아낼 수 있다 하여도 이졸들은 갖은 수단을 다 써 이를 어지럽히고자 합니다. 설령 전부를 어지럽히지는 못한다 하더라도 조금은 어지럽힐 것입니다. 관리가 사실을 온전히 알게 되는 것은 이졸에게 이롭지 않기 때문입니다. 그렇기 때문에 관리가 사실을 밝히기란 실로 어려우며, 순전히 사실대로 행하는 것은 더욱 어렵습니다.

黃霸爲潁川守, 鰥寡孤獨死無以葬者, 霸爲區處曰: "某所大木可以爲棺, 某亭豬子可以祭." 吏往皆如其言. 遣吏司察事, 旣還而勞, 其食於道傍爲烏所攫肉事, 每得實, 人無敢欺, 皆以爲神. 史家載其得之之由, 以爲語次尋繹, 問他陰伏, 以相參考. 後世儒者乃以爲鉤距而鄙之. 此在黃霸雖未盡善, 而後儒非之者尤爲無知. 蓋不論其本而論其末, 不觀其心而遽議其行事, 則皆不足以論人. 原霸之心, 本欲免人之欺, 求事之實, 則亦豈可多罪?

今風俗弊甚, 獄訟煩多, 吏姦爲朋, 民無所歸命, 曲直不分, 以賄爲勝負. 獄訟之間, 雖有善士臨之, 亦未能盡得其情. 若有志之士欲研究其實, 豈免用問馬參牛之智? 愚儒必以鉤距非之, 則是必使情實不知, 曲直倒置, 姦惡肆行, 不辜無告, 然後爲道耶? 故愚儒之論, 害道傷治. 眞實學者必當明辨乎此, 則正理可得而信也.

近見王吉州言監司太守不可輕置人於獄. 蓋獄官多非其人, 吏卒常司其權. 平民一柢於獄, 唯獄吏之所爲, 箠楚之下, 何求不得? 文案既上, 從而察之, 不能復有所見矣. 蓋其詞情皆由於吏卒之所成練. 『前書』所謂奏當之成, 雖使皐陶聽之, 猶以爲死有餘辜者, 謂此也.

今有兩詞各護其說, 左證疑似, 簿書契要無可考據, 事又有不在簿書契要者, 則獄中求實之法, 謂之閃隔. 假令有二人則隔爲二處, 三人則隔爲三處, 不使之相聞知. 以吾所疑與其事之節目, 逐處審問, 謹思精察要領, 可以得情者, 反覆求之. 若使得在於初詞之外, 若可據信, 則必於兩處參審, 必使有若合符節者, 乃可據耳. 然此事最難, 若官人盡心, 却不能防吏卒之姦, 則吏卒必陰漏其事, 則官人之智無所施矣.

故獄訟惟得情爲難. 唐虞之朝, 惟皐陶見道甚明, 羣聖所宗, 舜乃使之爲士. 『周書』亦曰: "司寇蘇公, 式敬爾由獄." 賁象亦曰: "君子以明庶政, 無敢折獄." 賁乃山下有火, 火爲至明, 然猶言無敢折獄, 此事正是學者用工處. 噬嗑離在上, 則曰"利用獄", 豊離在下, 則曰"折獄致刑". 蓋貴其明也. 新司理初間甚賢, 繼而聞之, 亦無能爲重輕. 足下尤宜謹之.

官人者異鄉之人, 吏人者本鄉之人. 官人年滿者三考, 成資者兩考. 吏人則長子孫於其間. 官人視事, 則左右前後皆吏人也. 故官人爲吏所欺, 爲吏所賣, 亦其勢然也.

吏人自食而辦公事, 且樂爲之, 爭爲之者, 利在焉故也. 故吏人之無良心, 無公心, 亦勢使之然也.

官人常欲知其實, 吏人常不欲官人之知事實, 故官人欲知事實甚難. 官人問事於吏, 吏效其說, 必非其實, 然必爲實形. 欲爲實形, 亦必稍假於實. 蓋不爲實形, 不能取信. 官人或自能得事實, 吏必多方以亂之, 縱不能盡亂之, 亦必稍亂之. 蓋官人純得事實, 非吏人之利也. 故官人能得事實爲難, 純以事實行之爲尤難.

소 현재에게 보내는 편지
與蘇宰

　　보잘것없는 병이 몸에서 떠난 것은 모두 비호해주신 덕분입니다. 이렇게까지 신경써주시다니 더욱 몸 둘 바를 모르겠습니다. 그런데 사군(使君)의 고운 음성이 이리도 늦어지는 것은 어째서일까요? "마음에 아무런 흠이 없다면 집이 없은들 어떠하리오."[43] 몸뚱이 바깥에서 맞닥치는 일들은 때와 운명이 있기에, 우리가 어찌 해볼 수 있는 것이 결코 아닙니다. 그러나 군자는 매양 이로 인해 스스로를 성찰합니다. 이로써 결점을 알게 되고 이로써 덕업이 발전하게 됩니다. 급작스러운 어려움과 막힘은 군자의 아름다움을 이루어주기 위한 것입니다. "우환 속에서는 살 수 있지만 안락 속에서는 죽는다."[44]고 하였습니다. 고인이 처했던 우환이 어찌 사군께서 오늘날 당한 정도에 그쳤겠습니까? 원컨대 이 도를 깊이 믿으시면서, 옳지 못한 것은 날마다 없애시고 옳은 것은 날마다 드러내십시오. 그러면 다른 좋은 일이 생길 것입니다.

　　賤疾去體, 皆庇所逮, 記存之及, 尤重悚仄. 使君好音尙爾遲遲何也? "心苟無瑕, 何恤乎無家." 外之所遭, 有時與命, 初不足爲吾人重輕. 然君子每因是以自省察, 故缺失由是而知, 德業由是而進. 屯難困頓者,

---

43) 『左傳』「閔公元年」에 나오는 말이다.
44) 『孟子』「告子下」에 나오는 말이다.

乃所以成君子之美也. 故曰: "生於憂患而死於安樂." 古人之處憂患者,
又豈止如門下今日所遭而已哉? 願篤信此道, 日去其非, 以著其是, 則
終來有他吉矣.

두 번째 편지

二

예전에 칙국(勅局)[45]에 충원되었을 때, 저는 무위도식하는 것이 부끄러웠습니다. 이에 사방에서 올라온 주청이나 조정 신하들의 면대 내용 중에서 개혁에 관해 건의한 바가 있으면 대부분 상세히 살펴보았습니다. 서생이나 왕공귀족들은 백성들의 사무에 어두워 경솔히 계책을 바치는 경우가 있는데, 그것들이 일단 시행되어 문서로 발송되고 나면 억조창생이 해를 입게 된다는 사실을 저들은 알지 못합니다. 매번 동료들과 온 힘을 다하여 논박을 벌일 때마다 청명한 조정 덕분에 [그들이 올린 계책을] 늘 폐지할 수 있었습니다. 편찬[46]하는 작업이나 고증에 관한 공부가 어찌 대관의 녹을 받거나 상방검(尙方劍)[47]을 하사받을 만한 일이겠습니까? 어쩌다 그럴 듯한 일을 한다 해도 겨우 만분의 일밖에 보답할 길이 없을 것입니다.

새로운 천자께서 즉위하셨을 때, 집정 대신께서 저를 과하게 평해주신 덕분에 다시금 형문(荊門) 지군(知軍)에 임명되었습니다.[48] 저는 외람되지만 신하로서의 의리란 나아감에 충성을 다할 것을 생각하

---

45) 勅局은 송나라 때 內廷에서 어지를 받들어 법률 조례를 제정하던 기관이다.
46) '編摩'는 '編集'과 같다.
47) 尙方劍은 고대 황제가 쓰던 御用 검이다. 따라서 이 상방검을 하사받은 대신은 황권을 대신하는 권력을 지니게 된다.
48) 육구연은 光宗 紹熙 2년(1191) 9월에 荊門知軍에 임명되었다가 그 이듬해 12월 14일에 임소에서 세상을 떠났다.

고, 물러남에 허물을 보완할 바를 생각해야 한다고 여기고 있습니다. 만약 아직 내침을 당하지 않고 함께 일할 수 있게 되었다면, 조정 신하가 한번 올려 본 건의인데 담당 관리가 토론해보지 않고 갑작스레 시행함으로써 도리어 백성에게 해를 끼치는 일이 생겼을 시, 마땅히 공심(公心)을 다하고 공리(公理)를 좇아 백성들을 위해 조목 조목 분석한 다음 이것을 위에 올려야만 비로소 충성을 다하고 허물을 보완하는 뜻이 될 수 있을 것입니다. 군수나 현령은 백성들의 원수로서, 성은을 받들고 교화를 펼쳐서 백성과 더욱 가까워지도록 하는 것이 그 직임 중의 하나입니다. 옛날에는 관리가 백 리 밖에 지방관으로 나아가는 것을 일러 위로 하늘의 별자리에 상응한다[49]고 하였으니, 명을 기탁 받은 책임이 가볍지 않습니다. 저는 황상의 다스림 밑에서 비호를 받으며 매번 두터운 보살핌과 대우를 받고 있습니다. 그러니 보고 들은 것이 있는데 어찌 감히 그 앞에 모든 것을 다 말씀드림으로써 만분의 일의 도움이나마 되지 않을 수 있겠습니까!

제가 일전에 상서성(尙書省)[50]에서 내려온 공문을 보니 민호(民戶)의 둔전(屯田)을 찾아내 다시금 팔라는 내용이 있었습니다. 이는 위로는 조정의 체통을 잃는 일이요, 아래로는 착한 농민에게 해를 입히는 일이니, 그 계책의 과오가 어찌 이리도 심한지요.

이 계책은 애초에 감부(監簿)로 있는 진 군(陳君)에게서 나왔습니다. 그 자는 처음 강서(江西)에서 고을살이를 했습니다. 그가 보았던

---

49) 『後漢書』권2 「明帝紀」에 "낭관은 위로 하늘의 별자리에 상응한다. 백리 밖에 지방관으로 나아감에 있어 제대로 된 사람을 얻지 못하면 백성이 그 재앙을 입는다(郎官上應列宿, 出宰百里, 有非其人, 則民受其殃.)"라는 말이 나온다.
50) 여기서 상서성이라는 표현을 하였으나 사실은 국가의 최고 통치기구를 범칭하는 용어로 사용되었다.

니 임강(臨江)의 신감(新淦), 융흥(隆興)의 봉신(奉新), 무주(撫州)의 숭인(崇仁) 세 현 사이에서 관가에 청하여 재산이 관가에 적몰되고 후손이 끊긴 집안의 땅을 소작 붙이는 자들이 있었는데, 세금이 너무 무거워 소득을 다 들어내도 관가에 바치기에 부족하였습니다. 소작농들은 이에 간교한 계략을 내어 더 이상 관가에 바치지 않고 서리들을 매수하여 구차히 벗어갈 궁리를 하였습니다. 봄과 여름이면 한데 몰려와 농사지어 수확하고, 가을과 겨울엔 버리고 도망가 숨어 지내는 방법이지요. 도망가 숨어 지낼 때는 찾아낼 길이 없고, 이윽고 한데 몰려올 때는 무리를 믿고 사납게 항거하니, 그 흉포하고 간교함이 이와 같았습니다. 한편 선량한 자들은 관가에 바칠 세금으로 인해 곤경에 빠져 급기야 사방으로 떠돌다 죽어버리고, 땅은 다시금 황무지로 버려졌습니다. 이에 경작지를 침탈했다느니 소작지를 맘대로 빼앗았다느니 소송이 더욱 번다해지고, 공사(公私)의 폐단이 날로 쌓여갔습니다. 진 군은 직사관(職事官)으로 소환되자 이 일에 관하여 주청을 올리고, 소작농들을 모조리 찾아낸 다음 세금을 감면해주고자 하였습니다. 그렇게 하면 백성들은 기꺼이 세금을 낼 것이고 관가에는 실제 수입이 생길 것이라 여겼던 것이지요. 이것이 그가 이런 청을 올린 까닭이니 심각한 실수라고는 할 수는 없습니다.

하지만 이 명령이 처음 조대(漕臺)[51]에 하달되고 주현에 선포되어 시행되는 사이, 이미 그러한 청을 건의했던 본래 취지와는 달라지고, 마침내 나라에서 세금을 징수하는 둔전[52]까지 모조리 찾아내기에 이

---

51) 漕運總督을 말한다. 양식을 취합하고, 상납하고, 운반하는 일 등을 총괄한다.
52) 송나라 때는 국가의 정상 재정 수익을 '系省錢物'이라 하였다. '系省額屯田'이라함은 국가 정상 예산에 포함되어 있는 둔전을 말한다.

르렀으니, 참으로 어리석고도 무모합니다. 관가에 재산이 적몰되고 후손이 끊긴 집안의 땅을 소작 붙이는 경우, 어떤 때는 서리들이 일시에 세금을 책정하기도 하고 어떤 때는 지주들이 번갈아가며 조세를 늘려 소작농을 핍박하기도 합니다.[53] 이렇게 조세를 이중으로 내는 우환이 있었기에 세금을 내지 않고 버텼던 것입니다. 혹자는 황무지로 도망치기도 하고, 혹자는 남의 경작지에 침입해 함부로 소작을 붙이기에 이르러, 공적으로나 사적으로나 모두 피해를 입었습니다. 진감부(陳監簿)가 주청한 바는 전적으로 이런 것에 관한 것이었습니다. 그러나 나라에서 세금을 징수하는 둔전의 경우, 앞의 사항과 그 일의 체통이 전혀 다릅니다. 거기서 바치는 조세가 비록 일반 세금을 바치는 경작지에서 비해 무겁기는 하나, 그곳의 소작농들은 모두 선량한 농부들로서 남녀노소를 불문하고 모두 힘써 일할 수 있으며, 밭 갈고 씨 뿌리고 북돋우고 물대는 방편에도 밝아서 일반 세금을 바치는 경작지보다 종종 많은 수확을 올리기도 합니다. 그래서 관가에 바치고 난 나머지 것으로 자급자족할 수 있습니다. 사람들은 모두 자중자애하며 앞 다투어 세금을 내려 하면서 포흠 따위는 하려하지 않으니, 이 또한 일반 세금을 바치는 경작지보다 우월한 점이라 할 수 있습니다. 또한 이러한 관전(官田)에는 모두 장(莊) 이름이 붙어있습니다.

---

53) 지주와 소작농 사이의 갈등에 관한 설명이다. "지주는 농민들 사이의 모순을 이용하여 조세를 늘리고 소작지를 깎는 방식으로 토지세를 늘리려고 했고, 농민들은 지주들 사이의 모순을 이용하여 다른 집의 땅을 소작하는 방식으로 토지세를 낮추고자 하는 목적을 달성했다(地主利用農民之間矛盾, 用增租劃佃方式試圖增加地租, 而農民則利用地主之間矛盾, 用轉佃他人之田的方式來達到降低地租的目的.)"(『兩周土地制度新論』, 袁林, 東北師範大學出版社, 2000) 따라서 여기서 농민이라고 표현하였으나 기실은 소작농에 대비하여 사용한 말일 뿐, 지주를 가리키고 있음을 알 수 있다.

예컨대 제가 살고 있는 마을에는 이른바 대령장(大嶺莊)이 있고 이른바 정보장(精步莊)이 있습니다. 다른 곳에 물어보아도 하나같이 다 [무슨] 장이라는 명칭이 있습니다. 마을 원로들이 전하는 바에 따르면, 원우연간(元佑年間: 1086~1093) 선인태후(宣仁太后)가 수렴청정하던 시절에 탕목읍(湯沐邑)⁵⁴⁾의 수입을 내놓아 대농(大農)에게 보태주고, 관전을 장(莊)으로 구획하여 빈민을 구휼하며, 그들의 이름과 인원수를 기록해 경작지 넓이를 계산한 다음 조세를 결정함으로써 영원토록 그곳에서 먹고 살 수 있도록 해주었다고 합니다. 지금 마을의 원로 중에는 아직도 선인태후께서 돌아가신 해와 날짜를 기억하는 자가 있습니다. 세월이 오래 흐른 뒤 백성들은 이 땅을 서로 사고팔기 시작했는데, 이를 '자배(資陪)'라고 합니다. 그 가격은 일반 세금 바치는 밭과 비슷하였습니다. 법률 규정에서도 소작하는 일을 허락하였고 자배에 관한 문서도 분명히 있습니다. 계약서를 쓰게 한 것이나 아세(牙稅)⁵⁵⁾를 바치도록 한 것이나, 일반 세금 내는 경작지와 다르지 않습니다. 주현의 장부에 이름과 소작량이 올라간 곳은 성장(省莊)⁵⁶⁾으로 간주합니다. 그것의 조세 수입을 계산할 때는 위로는 성장에서부터 계산해 아래로 군현까지 이르는데, 이를 총합하여 '묘둔미(苗屯米)

---

54) 탕목읍은 주나라 때부터 존재하던 제도이다. 제후가 천자를 알현하면 천자가 경기 이내의 땅을 하사하던 것인데, 후에는 國君, 皇后, 公主 등이 부세를 징수할 수 있었던 私邑을 칭하는 말로 사용되었다.

55) 牙契稅라고도 부른다. 땅이나 건물을 매매할 때 관가에 납부해야 하는 거간 세금이다. 송나라 葉適의 『經總制錢一』에 보면, "재산을 얻을 경우 감합이 있고, 전매했을 경우에는 아계가 있다(得産有勘合, 典賣有牙契.)"라는 말이 보인다.

56) 省은 국가의 최고 통치기구를 뜻하므로 여기서는 나라에 속한 장원으로 보면 될 것이다.

얼마'라고 합니다. 이런 것을 어떻게 세상에서 쫓겨나고 관가에 재산을 적몰당하고 자손도 끊겨서 상평(常平)에 땅과 재산이 예속되어 팔리게 된 땅과 나란히 놓고 말할 수 있겠습니까? 세월이 흘러 이리저리 사고팔고는 했지만, 이 땅을 소작하는 자들 중에 당시 이 땅을 소작 주었던 사람들은 남아 있지 않고, 현재 사람들은 모두가 자배에 속하는 민호입니다. 조세 납부만 보아도 포흠하는 사람이 거의 없어서, 군현의 재정 조달은 이들에게 의지하는 바가 실로 큽니다. 담당 관리가 진 군의 주청으로 인하여 일괄적으로 조사를 시행한 것부터가 소홀한 처사였습니다. 그런데 조대(漕臺)에서 또 이로 인해 내다 팔라 주청하였다니, 이는 더욱 더 깊이 생각하지 않은 처사입니다. 관가에 재산이 적몰되고 후손이 끊긴 집안의 토지인들 조정에서 언제 내다 팔라고 명하지 않은 적이 있었습니까? 그러나 오직 팔리지 않았기 때문에 소작농들에게 보급하는 길을 열어놓았던 것이고, 또 이로써 백성들의 경작을 권면함과 동시에 땅을 놀리지 않고 조세가 줄어들지 않도록 하였던 것입니다. 지금 이중 조세 탓으로 앞에서 말한 몇 가지 폐단이 생겨났습니다. 논자들은 바야흐로 조세를 감면할 방책을 건의하고 있는데, 이에 근거하여 [감면책을] 시행하지는 못하고 도리어 내다 판다는 소리를 하고 있으니, 이는 가히 잘못 된 토론이라 할 수 있습니다. 게다가 관가에서 땅을 판다는 것은 결코 아름다운 명예가 아닙니다. 지금은 살 사람도 없을뿐더러 가령 살 사람이 있다 하더라도 한꺼번에 그 값을 다 받을 수는 없을 터이니, 현의 세금 조달에 무슨 보탬이 되겠습니까? 결국에는 모두 없어져 버리고 말 것입니다. 담당 관리가 아무 보탬 되지 않는 분석을 하여 현의 관리에게 아름답지 못한 명예만 지게 하였으니, 이런 식으로 백성을 근심한다면 또한 황당하지 않습니까? 이런 식으로 나라 일을 도모한다면 소홀하지 않습니까? 이른바 둔전을 다시금 언급해보자면 그 과실은 더욱 심각합니다. 지금 둔전을 가지고 있는 자들은 모두 선량한 농민입니다. 호적에 기입된 자들은 자배의 값을 치렀고, 법률 조항에는 자배에 관한 문서가 있으며, 계약서를 작성할 때에는 아세를 바칩니다. 또 조세를 한 번도 포탈한 적이 없어 군현에서는 이들 덕분에 물자를 조달합니다. 관가에서 일단 다시 조사하여 그것을 내다 팔고자 한다면, 이 땅을 소유하고 있는 자들은 겨우 자급자족밖에 할 수 없을 터, 어찌 또 다시 돈을 마련하여 이 땅을 살 수 있겠습니까? 설령 살 수 있다 하더라도 이는 까닭 없이 이들에게 땅 사는 값을 다시금 내게 하는 꼴이니, 어찌 곤혹스럽지 않겠습니까? 어찌 억울하지 않겠습니까? 땅을 살 수 있는 자는 본디 백분의 일도 되지 않으며, 나중에라도 돈이 있어 사는 사람이라면 필시 호족들이 심어놓은 세력들을 두루 추종하는 집안일 것입니다. 선량한 농민들이 본래 가지고 있던 비옥한 땅을 빼앗아 호족 세력을 추종하는 집안에게 보태주고, 농민으로 하여금 사방을 떠돌면서 곤궁하게 지내게 하며, 억울함을 품은 채 고통을 안게 하고, 서로 포개진 채 드러누운 도랑 속 파리한 시체가 되게 한다면, 이게 대체 무슨 계책이란 말입니까? 판조(版曹)[57]에서의 감당(勘當)[58]이나 상서성의 명령 모두 그 본말을 제대로 따지지 못하고 있으니, 이 일이 더욱 커질수록 그 해는 더욱 늘어날 것입니다. 진 군이 주청한 바는 세 개 현에 한정된 것이었습니다. 그러나 상서성에서 내려온 명령이나 삼사(三司)[59]에서 올린 주청은 이내 세

---

57) 송나라 때 戶部左曹를 가리키는 말이다. 版籍을 주로 다루었기에 그런 이름이 붙었다. 넓게는 호부를 범칭하기도 한다.
58) 당송시대 공문서 중에 勘當 혹은 勘會 등 용어가 보이는데, 이는 심사(조사)하여 議定함을 뜻한다.

개 군에 [시행 범위가] 미쳤습니다. 판조에서 감당한 내용인 즉 또한 일 개 로(路)⁶⁰) 전체까지 미쳤습니다. 또한 시행된 바와 애초에 주청한 바와는 그 본지가 완전히 어긋나 있으니, 참으로 이른바 '글자를 세 번 베꼈더니 까마귀[烏]가 말[馬]이 되었다.'는 꼴이라 하겠습니다. 지금 이를 바로 잡지 못한다면 또한 온 천하에 시행될 것입니다. 정말로 어명이 내려왔다 하더라도 담당 관리가 만약 잘못된 것임을 깨달았거든 마땅히 자신의 직분을 지키어 쟁론해야 할 것입니다. 하물며 지금은 아직 어명이 내려오지 않았거늘, 어찌 가만히 앉아 종이만 매만지며 부질없이 기회만 바라다보면서⁶¹) 서리의 간교함이 만연해져 선량한 농민의 삶이 어지러워지는 것을 내버려둘 수 있습니까? 어떻게 하층 백성의 곤궁함을 보면서 집정 관리의 잘못된 계책을 성사시킬 수 있단 말입니까?

문하(門下)⁶²)께서는 평상시 부모 사랑하듯 백성을 사랑하고 [내 몸의] 질병 근심하듯 백성을 근심하십니다. 일의 본말을 깊이 궁구하고 그것의 이해(利害)를 상세히 헤아린 후, 상부에 올리고 삼사에 열거하여 조정에 들어갈 수 있도록 부탁함으로써 이 논의를 멈추고 나라 위한 계책 도모를 편리하게 하며 민심을 안정시키는 일, 이는 필시 문하께서 즐겨 하실 일일 것입니다. 서리들의 계책이란 서로 결탁하여 뇌물을 긁어모으려는 것이므로 반드시 이 일을 달가워하지는 않을 것입니다. 하지만 어진 군자의 마음은 오직 내 백성의 질고와 정령의

---

59) 計臺는 計省이라고도 하며 三司를 가리킨다.
60) '路'는 송원 시대 때 사용하던 행정구역 명칭으로 명청 시대의 省에 해당한다.
61) '嚴' 자는 '瞰' 자와 통용된다. 따라서 멀리 내디보다, 바라보나의 뜻으로 해석하였다.
62) 足下 혹은 閣下와 마찬가지로 편지에서 2인칭으로 사용하는 용어이다.

이해(利害)를 듣지 못할까 두려워하나니, 반드시 저 서리들의 모략과 천하의 지극한 계책을 맞바꾸지는 않을 것입니다. 제가 비록 한 읍의 호구책(戶口策)을 상세히 알지는 못하지만, 보고 들은 바로써 헤아려 보건대 이 읍에서 둔전을 경작하는 백성은 3천 호(戶)가 넘습니다. 인구의 경우, 한 농부가 일곱 식구를 먹여 살리는 것을 기준으로 삼아보면, 즉 삼 곱하기 칠은 이십일, 마땅히 2만 1천 명이 될 것입니다. 일만 가호를 다스리는 읍에서 선량한 농민이 3천 호, 늙은이와 아이들이 2만 1천명인데, 저들이 하루아침에 생업을 잃는다면, 처량히 집안은 풍비박산 나고 가산도 흩어져 버려 이리저리 떠돌다 죽고 마는 우환이 따를 것입니다. 어진 군자가 이런 꼴을 어찌 차마 보면서 이를 위해 계책을 세우지 않을 수 있겠습니까? 지금 마침 수확하여 쌀을 빻을 시기입니다. 속히 편지를 써주시어 문서의 기한을 잠시 늦추어주시고, 후에 명을 변경해줄 것을 청해주신다면, 근심어린 곤경이 기쁜 마음으로 바뀌고, 참담함과 처량함이 흩어져 화기가 되어 노랫소리, 북 소리, 춤판이 들판에 넘치고 골목마다 펼쳐질 터이니, 이 또한 아름답지 않겠습니까? 이는 관가에 바치는 조세에 결락이 생기는 일도 아니요 재정 조달에 손해를 끼치는 일도 아닌지라, 이로 인해 상부나 삼사에 득죄하는 일은 결코 없을 것입니다. 사랑해주시는 마음 우러러 믿고 감히 속 이야기를 펼쳐보았습니다.

　某往時充員勑局, 浮食是慚. 惟是四方奏請, 廷臣面對, 有所建置更革, 多下看詳. 其或書生貴游, 不諳民事, 輕於獻計, 不知一旦施行, 片紙之出, 兆姓蒙害. 每與同官悉意論駁, 朝廷清明, 常得寢廢. 編摩之事, 稽考之勤, 顧何足以當大官之膳, 尙方之賜, 或庶幾者, 僅此可少償萬一耳.

新天子卽位, 執事者過聽, 又復畀之荊門. 某竊惟爲臣之義, 進思盡忠, 退思補過. 儻尙未罹擯斥, 得共乃事, 脫或朝臣一時建請, 有司失於討論, 遽施行之, 而反爲民害者, 亦當用公心, 循公理, 爲百姓條析, 以復于上, 庶幾盡忠補過之義. 郡守縣令, 民之師帥, 承流宣化, 其職任一也, 而令尤親於民. 古者卽官出宰百里, 上應列宿, 寄命之責, 固不輕矣. 某托庇治下, 每辱眷待之厚, 苟有所見, 安可不盡陳於左右, 以爲萬一之助哉!

比者竊見省符, 責括民戶屯田, 將復賣之. 上失朝廷之體, 下爲良農之害, 甚哉計之過也.

其初出監簿陳君, 初官江西, 因見臨江之新淦, 隆興之奉新, 撫之崇仁, 三縣之間, 有請佃沒官絶戶田者, 租課甚重, 罄所入不足以輸官. 佃者因爲奸計, 不復輸納, 徒賄吏胥以圖苟免. 春夏則羣來耕穫, 秋冬則棄去逃藏. 當逃藏時, 固無可追, 尋及羣至時, 則倚衆拒捍, 其强梁奸猾者如此. 若其善良者, 則困於官租, 遂以流離死亡, 田復荒棄, 由是侵耕冒佃之訟益繁, 公私之弊日積. 陳旣被召爲職事官, 因以此陳請, 欲行責括, 減其租課. 以爲如此, 則民必樂輸, 而官有實入. 此其爲說, 蓋未爲甚失.

其初下之漕臺, 布之州縣, 施行之間, 已不能如建請者之本旨, 遂倂與係省額屯田者一槪責括, 亦鹵莽矣. 蓋佃沒官絶戶田者, 或是吏胥一時紐立租課, 或是農民遞互增租剗佃, 故有租重之患, 因而抵負不納. 或以流亡抛荒, 或致侵耕冒佃, 而公私俱受其害. 陳監簿之所爲建請者, 特爲此也. 若係省額屯田者, 則與前項事體迥然不同. 其租課比之稅田, 雖爲加重, 然佃之者皆是良農, 老幼男女, 皆能力作, 又諳曉耕種培灌之利便, 終歲竭力其間, 所收往往多於稅田, 故輸官之餘, 可以自給. 人人自愛, 其爭先輸公, 不肯逋負, 亦優於有稅田者. 又此等官田, 皆有莊名. 如某所居之里, 則有所謂大嶺莊, 有所謂精步莊, 詢之他處, 莫不各有莊名. 故老相傳, 以爲元佑間宣仁垂簾之日, 捐湯沐之入以補大農, 而俾以在官之田, 區分爲莊, 以贍貧民, 籍其名數計其頃畝, 定其租課, 使爲永業. 今里中之老, 猶有能言宣仁上仙之年與其月日者. 歲月寖久, 民又相與貿易, 謂之資陪, 厥價與稅田相若, 著令亦許其承佃, 明有資陪之文, 使之立契字, 輸牙稅, 蓋無異於稅田. 其名數之著於州縣簿籍者, 目曰省莊. 計其租入, 則上而計省, 下而郡縣, 皆總之曰苗屯米若干. 此其與逐時沒官絶戶田産隷於常平而俾之出賣者, 豈可同年而語哉? 歷時旣多, 展轉貿易, 佃此田者, 不復有當時給佃之人, 目今無非資陪入戶, 租課之輸, 逋負絶少, 郡縣供億, 所賴爲多. 有司因陳君之請, 槪行責括, 亦已疏矣. 漕臺又因有出賣之請, 此不審之甚者也. 若沒官戶絶田産, 朝廷何嘗不令出賣? 惟其不售也, 是以開給佃之門, 亦所以勸民之耕, 且使土無曠而租無虧也. 今以租重之故, 致前數弊, 議者方建減租之策, 乃不能因而推行之, 而復爲出賣之說, 可謂失於討論矣. 且官有賣田之名, 固自不美. 今固無買者, 假令有買者, 亦必不能齊一所收之直, 又安能有補於縣官之調度? 終亦化爲烏有耳. 有司坐析無補之秋毫, 徒使縣官負不美之名, 憂民如此, 不亦謬乎? 謀國如此, 不亦疏乎? 若復及於所謂屯田者, 則其失又甚矣. 今有屯田者無非良農, 入戶有資陪之價, 著令有資陪之文, 立契有牙稅之輸, 租課未嘗逋負, 郡縣賴以供億. 一旦官復責括而賣之, 則有是田者往往僅能自給, 豈復能辦錢以買此田哉? 縱或能買, 是無故而使之再出買田之價, 豈不困哉? 豈不冤哉? 其能買者固不百一, 異時有錢以買者, 必兼拜豪植之家也. 奪良農固有熟耕之田以資兼拜豪植之家, 而使之流離困窮, 啣冤茹痛, 相枕藉爲溝中瘠, 此何策也? 版曹之勘當都省之符下, 皆不復究其本末, 其事益熾, 其害益滋. 陳君之請, 不過三縣, 省符之下, 計臺之奏, 遂及三郡. 版曹勘當則又遍於一路. 且其施行與其建請, 本旨絶相背違. 眞所謂'字經三寫, 烏焉成馬.' 失今不救, 又將遍於天下矣. 假令有成命, 有司苟知其非, 猶當各守其職而爭之. 況今未成命, 豈可坐糜紙札, 徒嚴期會, 滋吏姦以擾良農, 安視下民之困以成執事者之過計哉?

門下平日愛民如父母, 憂民如疾痛, 今誠爲之深究其本末, 詳計其利病, 陳之上府, 列之計臺, 丐聞于朝, 俾寢其議, 以便邦計, 以安民心, 此必門下之所樂爲也. 胥吏之計, 方將並緣以招賄謝, 必不樂此. 諒仁人君子之心惟恐不聞吾民之疾苦, 政令之利病, 必不以吏胥之謀而易天下之至計. 某雖不能周知一邑之版籍, 以所聞見計之, 此邑之民耕屯田者當不下三千石.[63] 以中農夫食七人爲率, 則三七二十一, 當二萬一千人. 撫萬家之邑, 而其良農三千戶, 老稚二萬一千, 一旦失職, 凜凜有破家散業, 流離死亡之憂也. 豈仁人君子之所能忍視而不爲之計者? 今方收穫春揄之時, 誠得亟爲剗牘, 而其文書期會姑遼緩之以煩後庚之命, 使慮憂之逼仄轉爲歡心, 慘凄怛悍散爲和氣, 而謳歌鼓舞溢於田畝, 遍於塗巷, 不亦休哉! 此非有缺於供輸, 損於調度, 決不至以此獲罪於上府計臺也. 仰恃愛念, 敢布腹心.

---

63) 원문에는 '石'으로 되어 있다. 그러나 내용으로 보아 곡식의 양을 세는 것이 아니라 사람의 숫자를 헤아리는 것이기에 '호'로 고쳐 해석하였다.

세 번째 편지

三

들은 바로는 마부에게 떠날 차비를 시키고 장차 군저(郡邸)로 가신다고 하던데, 혹 태수께서[64] 장차 너그러이 진휼하는 정사를 크게 펼치시어 민력을 두텁게 하시고, 나라 키우는 근본으로 삼아 만세에 흔들리지 않을 기틀을 마련하고자 하심인지요? "보살피고 사랑하느라 마음은 수고로우나, 세금을 다그치는 정치는 잘하지 못하네."[65] 이것이 곧 양도주(陽道州)가 당대 큰 현자가 된 까닭이요 사가(史家)들이 기록하여 미담으로 삼고 있는 이유입니다. 하늘이 이 백성을 우리 임금에게 맡기심에 우리 임금께서는 또 이 백성을 태수에게 맡기셨습니다. 그러니 관직을 마련하고 관리를 배치한 것 또한 백성을 위해 베푼 것입니다. 그런데 이로써 민생을 두텁게 하지는 못하고 도리어 백

---

64) '黃堂'은 태수가 거하는 아문의 正堂을 말하는데, 태수 본인을 가리키는 말로도 사용된다. 여기서 태수란 편지의 상대인 소 현재를 가리킨다.

65) 陽道州는 당나라 때의 정치가 陽城이다. 송나라 朱翌이 편찬한 『猗覺寮襍記 下』에 나오는 내용이다. "덕종 때 양성은 자신의 고과 성적을 직접 기록하며 '보살피고 사랑하느라 마음은 수고로우나, 세금을 다그치는 정치는 잘하지 못하네.'라고 하였다(德宗時陽城自書其考曰, 撫字心勞, 催科政拙.)" 당나라 韓愈의 『順宗實錄四』에도 "양성은 도주자사로 나갔다.……그는 장부에 일절 마음 쓰지 않아 세금을 제대로 걷지 못했다. 이에 관찰사가 몇 차례 꾸짖었다. 고과 성적을 메기는 날, 양성은 직접 이렇게 적었다. '보살피고 사랑하느라 마음을 수고로우나, 세금 걷는 정치는 잘 하지 못하여 성적인즉 下下이다(陽城出為道州刺史……一不以簿書介意. 稅賦不登. 觀察使數誚讓. 上考功第, 城自署第曰: '撫字心勞. 征科政拙.考下下.')"라는 기록이 보인다.

성을 병들게 하고 있으니, 이는 조정에서 관직을 마련하고 관리를 둔 본래 의미를 잃은 처사라 하겠습니다. "군자가 없으면 들판의 사람들을 다스릴 수 없고, 들판의 사람들이 없으면 군자를 먹여 살릴 수 없다."[66] 조정과 관부의 비용은 마땅히 들판의 사람들이 바쳐야 하나니, 지금 부세 납부에 관한 법은 백성들이 마땅히 따르며 어기지 말아야 합니다. 이를 어기며 세금을 바치지 않는다면 이는 백성의 죄입니다. 관리가 이에 따라 그들을 독촉하는 것은 도리상 마땅한 일입니다. 태수 된 자 또한 "세금 다그치는 정치는 잘하지 못한다."는 말을 빌미 삼아 부세에 관한 사무를 내버려 둔 채 일괄 처리하지 않을 수 없습니다. 『주역』에서도 "재부를 다스리고 언사를 바르게 하며 백성의 옳지 못한 행실을 금하는 것을 일러 의(義)라 한다."[67]라고 했습니다. 장부나 기한 등을 가리켜 우리가 힘써야 할 바가 아니라고 말하는 것은 대도(大道)를 들어보지 못한 진부한 유생과 비루한 서생이 함부로 허망한 말을 지껄임으로써 자신의 무능함을 덮고자 하는 수작일 뿐입니다. 장부를 처리하지 않아 서리들이 이를 틈타 문란해지면 장리(長吏)된 자가 살피기 어렵습니다. 서리는 간악한 백성과 한 패가 되어 장리로 하여금 그 종적을 찾아내지 못하게 할 것이기 때문입니다. 이야 말로 깊이 생각하고 정밀히 살펴야 할 일이니, 본말을 엄히 따져 관건이 무엇인지 추궁해야 합니다. 이것이 이른바 "재부를 다스리고 언사를 바르게 하며 백성의 옳지 못한 행실을 금하는 것을 일러 의(義)라 한다."[68]는 것입니다. 장부가 가지런히 정리되어 있어 명명백

---

66) 『孟子』「滕文公上」.
67) 『周易』「繫辭下」.
68) 『周易』「繫辭下」.

백하다면, 서리가 간교함을 부릴 여지가 없으므로 간악한 백성은 두려워하게 될 것이요 폐단은 다스려질 것입니다. 사단이 일어날까봐 두려워하던 선량한 백성들과 하급 민호들은 더 이상 괴롭힘을 당하지 않아도 될 것입니다.

만약 도리대로 부세 납부를 다스렸으나 상부의 독책을 늦출 길이 없어 신하의 자리를 그만 두고 떠난다면, 이 어찌 심히 공정하고 심히 영예로운 일이 아니겠습니까! 문(文) 어르신은 귀읍의 현자로서 훌륭한 분들이 종주로 삼는 분이신데, 그분 또한 깊이 위로하시며 내가 현자를 얻었으니 양도주에게 부끄러움이 없다 여기실 것입니다. 세상에 부귀한 자야 얼마나 많습니까. 그러나 모두 저 초목과 더불어 썩어 사라져버리고, 스스로 분발해 저 양도주와 사서에 이름을 나란히 할 자가 그 몇이나 됩니까? 만약에 "지금은 부득이하다. 내 평생의 뜻을 일단 굽혀 임시 모면하는 방도를 찾겠다."라고 하신다면, 이는 제가 들어온 바가 아닙니다. 우리는 마땅히 옛날 성현들과 식견 있는 군자들 사이에서 스승을 찾아야 합니다. 저 서리들로부터 계책을 들어서는 안 되나니, 서리란 내가 제어해야할 상대이거늘 어찌 도리어 그들의 손아귀 속으로 들어갈 수 있겠습니까?

如聞徒御戒行, 將如郡邸, 豈黃堂將大行寬恤之政, 以厚吾民之力, 爲國家培固根本, 爲萬世不拔之基耶? "撫字心勞, 催科政拙." 此陽道州所以爲當世大賢, 而史家載之爲美談者. 天以斯民付之吾君, 吾君又以斯民付之守宰, 故凡張官置吏者, 爲民設也. 無以厚民之生, 而反以病之, 是失朝廷所以張官置吏之本意矣. "無君子莫治野人, 無野人莫養君子." 朝廷官府之用, 固當野人供之, 今賦輸之法, 斯民所當遵而不違也. 違而不供, 民之罪也. 官從而督之, 理之宜也. 爲守宰者固不可以託'催科政拙'之言而置賦稅之事一切不理. 『易』曰: "理財正辭, 禁民爲非曰義." 必指簿書期會爲非吾所當務, 此乃腐儒鄙生不聞大道, 妄爲繆悠之說, 以自蓋其無能者之言也. 今簿書不理, 吏胥因爲紊亂, 爲長吏者難於稽考, 吏胥與姦民爲市, 使長吏無所窺尋其蹤迹, 此所當深思精考, 覈其本末, 求其要領, 乃所謂'理財正辭, 禁民爲非'者也. 簿書齊整明白, 吏無所容姦, 則姦民懼而弊事理, 良民下戶畏事之人, 不復被擾矣.

若循理而治賦輸, 又不能寬上府之督責, 則致爲臣而去, 豈不甚公甚正, 甚榮甚美哉! 有如文丈, 大鄉之賢, 善類所宗, 亦必甚慰, 其意以爲吾有賢子, 不愧於陽道州矣. 世間富貴何限, 往往與草木俱腐, 其能自拔而與陽道州儷駕於方冊者, 幾何人哉? 若曰: "今不得已, 且屈吾平日之志, 爲苟免之道." 非某之所聞也. 吾人要當求師於往聖昔賢, 有識君子, 不可聽計於吏胥, 吏胥者, 吾之所御, 豈可反入其籠罩之中也?

권 9

왕겸중에게 보내는 편지
與王謙仲

가르침의 말씀으로부터 멀어진 후로 해가 세 번이나 바뀌었습니다. 발돋움하며 그리워하는 구구한 정을 어찌 말로 다 설명할 수 있겠습니까. 지난 겨울 보내주신 편지를 받아보니 대의(大義)가 환히 빛을 발하였기에 흡족한 위로의 마음, 이길 길이 없었습니다. 강가 고을이 무슨 행운으로 이토록 크신 현자의 다스림을 받게 되었을까요. 그러나 조정의 입장에서 말해보자면 경중(輕重)과 완급(緩急)이 이미 어그러져 있습니다. 성명하신 천자께서는 집사(執事: 2인칭)를 중히 여기며 의지하고 계시지만, 혹 집정자들이 불편하게 여길까 저어되어 기어이 이러한 계책을 내신 것 같습니다. 그러나 이 또한 식자들이 미리 예측했던 바라 그다지 이상할 것도 없습니다. 다만 겹겹의 음습한 분위기가 아직 씻겨나가지 않았기에 해바라기 같은 충심으로 대명(大明)하신 천자를 위해 이 일을 안타까워하지 않을 수 없을 뿐이지요. 작년 겨울에 "시끌벅적한 곳에 발을 디디고 싶지 않아 오직 내려놓고 쉬고 싶다."고 하신 말씀은 더더욱 제가 바라는 바가 아닙니다. 외람되이 요량해보건대, 집사의 가리어진 생각이 쉬이 없어지지 않는다면 이번 걸음은 아마도 사적인 편의밖엔 되지 않을 것입니다. 저는 강서(江西)에 호적을 둔 사람인지라, 사적으로 말하자면 저들의 계책에 혹 시행되지 못하는 바가 있을까 그것이 두려울 따름입니다. 개부(開府)는 어느 날 하시는지요? 임지에 도착하셨다는 말을 듣고 열 번 잇달아 경하를 외쳤습니다. 이는 편지에서 쓰는 빈 말이 아닙니다.

원회(元晦: 朱熹)도 주청을 올리기 위해 이미 길을 떠났다고 하니, 강서를 가히 덕성(德星)의 집결지라 부를 만하군요.

저는 지난여름 편지를 받은 뒤 채 열흘도 되지 않아 둘째 형님 자의(子儀)[1]의 상을 치렀는데, 가을에 또 아들 하나를 잃어 통곡하였나니, 바로 작고하신 형님 자수(子壽)[2]의 뒤를 잇기로 했던 아이입니다. 이렇게도 부덕하고 박복하다니요. 저는 옛날부터 하찮은 병을 앓고 있었는데, 슬픔과 고통 속에 크게 도져 거의 죽을 뻔하였습니다. 그러다 섣달에 갑자기 좋아지더니 지금은 지난봄과 마찬가지로 다시 강건해졌습니다.

마을 사람 팽세창(彭世昌: 彭興宗)이 산을 하나 얻었는데, 신주(信州)의 귀계(貴溪) 서쪽 경계에 있으며 제 오두막으로부터는 60리[3] 정도 떨어져 있어 서로 가깝습니다. 당나라 승려 중에 이른바 마조(馬祖)[4]라는 자가 있었는데, 그 북쪽에 오두막을 짓고 살았다 하여 마을 사람들이 선사산(禪師山)이라 부릅니다. 원풍연간(元豊年間: 1078~1085)에는 승려 영(瑩)이라는 자가 산의 남쪽에 절을 짓고 응천사(應天寺)라 이름 지었는데, 지금은 없어진 지 오래입니다. 건물은 허물어져 남은 것이라곤 없고, 옛 터도 가시덤불에 뒤덮여 있으며, 좋은 밭 맑은 못도 띠 풀과 갈대에 묻혔습니다. 팽자(彭子: 팽세

---

1) 육구연의 둘째 형 陸九叙를 가리킨다.
2) 復齋先生 陸九齡(1132~1180).
3) 원문에는 '二舍'라고 되어 있다. 1舍는 30리에 해당한다.
4) 당나라 때 승려로, 俗姓은 馬, 이름은 道一이다. 회양을 따라 禪을 배운 후 江西 지방 각지를 다니며 선의 가르침을 널리 전했다. 마조의 사상은 '보통의 평범한 마음이 곧 도'라는 말로 대변된다. 처음에는 처적 밑에 출가해 선을 배웠고, 후에 유주 원율사에게 구족계를 받았다. 그 후 湖南 지방에 머물며 좌선에 전력을 기울였다.

창)는 힘을 다해 그 땅을 개척한 다음 오두막 한 채를 지어놓고 저를 불렀습니다. 지난 겨울에 그 산에 한번 올라가 보았는데, 집이 좁아 보이기에 그 동쪽에 초당 하나를 더 지었습니다. 산속에는 경작할 만한 밭도 대충 있습니다. 사일(社日)[5]이 지난 후에 두 자식을 데리고 몇 명의 친구와 함께 산에 올라 며칠간 머무르면서 이 산의 감춰진 곳을 모조리 찾아다녔습니다. 가장 빼어난 곳에 가보니 눈앞에 절경이 펼쳐졌는데, 예전의 승려들도 알지 못하던 곳이었습니다. 지난 겨울에 지은 당이 절터에 있어서 마음에 그다지 흡족하지 않았기에, 다시 경치 좋은 곳을 차지하여 집을 지은 다음 거주하였습니다. 산의 형상을 돌아보니 완연히 커다란 코끼리 같았기에 이에 '상산초당(象山草堂)'이라는 이름을 짓고 '상산정사(象山精舍)'라는 편액을 달았습니다. 본디 이 산의 명칭이 이교(異敎: 불교)에 의해 모욕 받아온 것을 안타까워했던 마을 사람들은 지금은 너도나도 '상산'이라고 부릅니다.

고(故) 시랑(侍郎) 장남중(張南仲)의 거처가 이 산 아래에 있습니다. 장남중은 휘(諱)가 운(運)입니다. 그의 자식들은 모두 비루하여 파양(鄱陽)으로 이사 갔고, 조카들은 모두 고향에 남았습니다. 조카들 모두 유술(儒術)을 우러렀기에 예전에는 그들을 따라 노니는 자들 또한 많았습니다. 팽세창은 몹시 가난하여서, 산을 개척하는 일은 기실 여러 장 씨들이 도와주었으며, 이 일을 경영하던 초창기에도 역시 장 씨들의 도움을 받았습니다. 지금 장 씨네 자제들 모두가 이곳으로 와서 함께 지냅니다. [장 씨네 중] 한 집은 동쪽 둑 위에 오두막을 지

---

5) 음력 2월 1일을 春社日이라고 하는데, 이날 토지신께 제사 지내면서 풍년을 기원한다.

었는데, 제 집보다 조금 더 높은 데 있고 이름은 '저운(儲雲)'입니다. 이 산에 늘 구름이 출몰하는데, 구름이 나오는 곳이 늘 높은 곳에 있기 때문입니다. 한 집은 앞산 오른쪽에 오두막을 지었는데, 바위 사이로 계곡물이 폭포처럼 쏟아지며 그 옆을 휘둘러 감아 흐르기에 이름을 '패옥(佩玉)'이라 지었습니다. 뒤따라 와서 오두막을 짓는 자들이 아직 끊이지 않고 있지만 미처 이름을 다 짓지는 못하였습니다.

제 집 처마 사이로 층층의 봉우리와 겹겹의 산들이 뛰어올라 날아 움직이는 것이 보입니다. 가까운 것은 수십 리, 먼 것은 수백 리에서 기이함을 다투고 수려함을 겨룹니다. 아침저녁으로 비와 해, 구름과 안개가 나타났다 사라졌다 천태만상으로 변화하는데, 그 모습은 말로 표현할 길이 없습니다. 두 산이 그 앞에서 서로 빙 둘러 만나, 마치 두 팔을 둥글게 맞잡은 듯한 형상을 취하고 있습니다. 그 두 팔 사이의 밭은 백 묘(畝)도 넘습니다. 물줄기가 아래로 몇 리에 걸쳐 쏟아져 내리면서 바위에 따라 형상을 바꾸나니, 작은 것은 실 같고 큰 것은 비단 자락 같습니다. 푸른 숲이 울창한 그늘을 드리우고, 거대한 돌이 어지러이 널려져 있어 한 여름에도 더운 줄을 모릅니다. 그 사이에서 책을 끼고 있노라면 하루 종일이라도 보낼 수 있을 듯합니다. 동산 기슭에는 반경석(繙經石)이 있어 십여 명이 쉴 수 있고, 서산 기슭에는 헐석(歇石)이 있어 대여섯 명이 앉을 수 있습니다. 두 곳 모두 푸른 소나무가 그 위를 휘감아 덮고 있고 그 아래는 만 길이나 되는 바위벽입니다. 산의 북쪽을 보면 산꼭대기에 진호(塵湖)가 있습니다. 천연으로 이루어진 못으로 물이 거울처럼 깊지요. 큰 가뭄이 들어도 물이 마르지 않으니, 오두막을 짓고 살아도 좋겠습니다. 진호에서 북쪽으로 말할 것 같으면 몇 개의 산 이외에 마조암(馬祖庵)이라는 곳이 있는데 그 곳 또한 승경입니다. 풍동(風洞)이 있고 침월지(浸月池)

가 있고 동롱(東壠)이 있고 화목롱(樺木壠)이 있고 동서오(東西塢)가 있고 제일봉(第一峰)이 있습니다. 이 모두는 예전부터 명성이 높던 곳들입니다.

이 산의 큰 줄기는 남쪽으로부터 뻗어 나왔는데, 꺾이어 동으로 뻗어 가다가 다시 꺾이어 남으로 뻗어갑니다. 서북쪽이 높으며, 초당의 서쪽이 가장 높습니다. 아홉 봉우리가 마치 병풍처럼 이어져 있는 곳이 바로 취병(翠屏)입니다. 그 위는 모두 숲이지요. 북쪽 봉우리 중 높은 것은 마치 수레덮개처럼 생겼는데 올라가면 [사방을] 조망할 수 있습니다. 남쪽을 바라보면 뭇 산들이 더욱 멀리 보이고, 계곡이며 들판이며 한 눈에 다 들어옵니다. 동쪽으로 영산(靈山)이 바라다 보이는데, 저 하늘 높이 우뚝 솟아오른 모습이 아득하기 그지없어 마치 그림과도 같으며, 산의 형체는 네모반듯하면서도 날카로운 것이 오(吳)와 월(越) 지역에서 본 바 없는 모습입니다. 아래로 귀봉(龜峰)이 보입니다. 치켜든 머리나 둥글게 덮여 있는 등이나6) 그 형상이 정말 [거북과] 똑 닮았습니다. 아마도 옥산(玉山)의 물은 4백 리를 내려가 귀봉 아래에서부터 흘러 나왔을 것이며, 대략 귀계도 이 산의 왼쪽을 경유하였을 것입니다. 서쪽을 바라보면 막고석(藐姑石) · 고비파(鼓琵琶) 등 여러 봉우리가 사람을 위협하듯 드높아 마치 하늘에서 떨어진 것만 같습니다. 광택(光澤)에서 흘러나온 계곡 사이로 푸른 옥판(玉板)처럼 생긴 산기슭이 보입니다. 북쪽을 바라봄에 상청(上淸)과 선암(仙巖), 그리고 대산(臺山)이 겨우 언덕처럼 느껴집니다. 동서로 흐르는 두 계곡은 마치 띠를 두른 듯 아름답습니다. 두 계곡이 합류

---

6) 원문의 '穹背'는 거북의 등을 형용한 모습이다. 커다란 거북을 '穹龜'라고 부른다.

하는 곳은 백 리 정도로 가깝습니다. 그러나 지세가 낮고 평평하여 물이 그다지 맑지 못하며, 늘 푸르고 아득한 안개 속에 휩싸여 있습니다.

팽세창이 지난 겨울 일찍이 무위(無爲)[7]로 찾아가 뵙기를 청하였을 때 사산(梭山) 가형의 책을 끼고 갔습니다. 그러나 행장을 꾸리시느라 바쁘시다는 말을 듣고 미처 우러러 뵙지 못하였다고 합니다. 그는 지금 쉬면서 이곳에서 함께 공부하며 농사짓고 있습니다. 팽 공의 지향은 결코 범범해지고자 하지 않아, 사람들은 그를 모두 미치광이라고 부릅니다. 하지만 평생의 행실을 보면 세속의 무리들과는 실로 다르니, 개인을 위해 하는 일은 늘 거의 없고 대의를 위해 하는 일은 늘 많습니다. 안타깝게도 이전에 제대로 된 사우(師友)를 만나지 못했는데, 이는 모두 세심히 가려 사귀지 못한 탓입니다. 이제부터라면 분명 희망이 있을 것입니다.

某違遠誨言, 三換歲矣. 區區瞻企, 何可云喩. 去冬拜手翰之辱, 大義煥然, 豈勝慰沃. 江鄕何幸得大賢出鎭, 然自朝廷而言, 則輕重緩急亦已舛矣. 明天子注倚, 豈其或疾執事者之不便, 計必出此, 亦識者之所前料, 殆無足怪. 獨陰氣重重, 殊未廓淸, 葵藿之心, 不能不爲大明惜之. 然[8]去冬"不願着足閙籃, 只欲休去歇去"之語, 尤非所望. 竊料執事此蔽未能遽解, 則此行殆爲私便. 某占籍江西, 以私言之, 亦惟恐彼人之計有所不行也. 開府用何日? 傳聞下車, 十連胥慶, 此非尺牘虛辭也. 元晦聞已起行入奏事, 江西可謂德星聚也.

某去夏拜書後, 不旬日卽有仲兄子儀之喪, 秋初又哭一殤子, 乃將爲

---

7) 安徽省 蕪湖市에 속한 지명. 王謙仲이 安徽省 사람이다.
8) [원주] '然'은 원래 '心'으로 되어 있으나 道光本에 근거하여 바로 잡는다.

先兄子壽後者, 薄德鮮祐如此. 舊有拙疾, 哀苦中大作, 幾至於斃. 臘月頓愈, 今頑健復如去春時矣.

鄉人彭世昌新得一山, 在信之貴溪西境, 距敝廬兩舍而近. 唐僧有所謂馬祖者, 廬于其陰, 鄉人因呼禪師山. 元豐中有僧瑩者, 爲寺其陽, 名曰應天寺, 廢久矣. 屋廬毀撤無餘, 故址埋於荊榛, 良田清池, 沒於茅葦. 彭子竭力開闢, 結一廬以相延. 去冬嘗一登山, 見其隘, 復建一草堂于其東. 山間亦粗有田可耕. 社日後, 携二息, 偕數友朋, 登山盤旋數日, 盡發玆山之秘. 要領之處, 眼界勝絶, 乃向來僧輩所未識也. 去冬之堂在寺故址, 未愜人意, 方於勝處爲方丈以居. 顧視山形, 宛然鉅象, 遂名以'象山草堂', 則區曰'象山精舍'. 鄉人蓋素恨此山之名辱於異教, 今皆翕然以象山爲稱.

故侍郎張南仲之居, 寔在山下. 南仲諱運, 其諸子鄙, 徙居鄱陽, 其諸姪咸在故里, 皆尊尚儒術, 舊亦多遊從者. 彭世昌極貧, 開山之役, 諸張實佽助之, 其經營之初, 亦張爲之地. 今張氏子弟, 咸來相從, 一家結廬於東塢之上, 比方丈爲少高, 名之曰'儲雲'. 玆山常出雲, 雲之自出, 常在其高故也. 一家結廬於前山之右, 石澗飛瀑, 縈紆帶其側, 因名曰'佩玉'. 相繼而來結廬者未已, 未及名也.

方丈簷間, 層巒疊嶂, 奔騰飛動, 近者數十里, 遠者數百里, 爭奇競秀, 朝暮雨暘雲煙出沒之變, 千狀萬態, 不可名模. 兩山迴合其前, 如兩臂環拱. 臂間之田, 不下百畝. 沿流而下, 懸注數里, 因石賦形, 小者如線, 大者如練. 蒼林陰翳, 巨石錯落, 盛夏不知有暑. 挾冊其間, 可以終日. 東山之崖, 有繙經石, 可憩十許人. 西山之崖, 有歇石, 可坐五六人, 皆有蒼松蟠覆其上, 其下壁立萬仞. 山之陰, 有塵湖在其巓. 天成一池, 泓然如鑑. 大旱不竭, 可以結廬居之. 自塵湖而北, 數山之外, 有馬祖庵, 其處亦勝. 有風洞, 有浸月池, 有東壠, 有樺木壠, 有東西塢, 有第一峰. 凡此皆舊名嘉者.

此山大勢南來, 折而東, 又折而南. 其高在西北, 堂之西最高, 九峰聯絡如屏, 名曰翠屏. 其上皆林木也. 北峰之高者如蓋, 可以登望. 南望羣山益遠, 溪谷原野畢露. 東望靈山, 特起凌霄, 縹緲如畫, 山形端方廉利, 吳越所未見有也. 下見龜峰, 昂首穹背, 形狀逼眞. 玉山之水, 蓋四百里而出於龜峰之下, 略貴溪以經玆山之左. 西望藐姑石鼓琵琶諸峰, 嶕崒逼人, 從天而下. 溪之源於光澤者, 間見山麓如靑玉版. 北視上淸·仙巖·臺山, 僅如培塿. 東西二溪, 窈窕如帶. 二溪合處百里而近. 然地勢卑下夷曠, 非甚淸徹, 常沒於蒼茫煙靄中矣.

彭世昌去冬亦嘗至無爲求見, 挾梭山之書. 聞治行之忙, 不及瞻望. 今已息肩, 共學耕於此矣. 此公志向不肯碌碌, 人皆謂之狂生. 然其平生所爲, 甚異流俗, 爲私者嘗少, 而爲義者嘗多. 惜其前日不甚得從師友, 擇之未精耳, 自此當有可望.

두 번째 편지
二

팽세창이 돌아가고 나서 마침 가르침의 편지를 받았습니다. 고정적
으로 오는 인편[9]이 거듭 이르러 좋은 소식을 연달아 받들었으니, 그
기쁨과 위로를 어찌 말로 형용할 수 있겠는지요. 세상일도 새로워지
고 어둔 분위기도 갑자기 밝아져, 실로 모든 사람들이 즐거워하고 있
습니다. 하지만 이 뒤를 이어 다시금 새롭게 하지 못한다면, 실로 보
내주신 가르침의 말씀처럼 나중에 지금을 보는 것이 지금 옛날을 보
는 것과 다를 바 없을 것입니다.

지난달에 내린 비는 며칠이나 이어진 폭우였기에, 산 계곡이 갑자
기 불어나고 평야가 호수나 바다처럼 질펀한 물이 되었습니다. 이런
비는 예전에 없던 것이었으나 다행히 큰 해를 입지는 않았습니다. 비
가 내린 후로 벼와 기장이 더욱 잘 자라 예년의 배도 넘게 열매 맺었
습니다. 열흘 안에 비가 또 내린다면 밭의 작물도 잘 여물 것입니다.
보마다 저장해놓은 물이 있으니, 가을 가뭄이 든다 해도 늦벼를 살려
낼 수 있어 작년처럼 되지는 않을 것입니다. 강서(江西)의 백성들이
대부(大府) 덕분에 추수를 바랄 수 있게 되었습니다.

근자에 듣자니, 요주(饒州) 관할 부량현(浮梁縣)[10]의 성곽을 등진

---

9) 원문의 '專人'이란 한 사람이 문서를 보내기 위해 고정적으로 부리고 사람을
말한다.
10) 요주의 관할 지역으로는 都陽(府治), 餘干, 萬年, 德興, 浮梁, 樂平, 餘江 일곱
개 현이었다.

사찰에서 우물 샘이 솟아 넘쳐 땅이 함몰되는 바람에 떠내려간 집이며 떠다니는 시체가 이루 헤아릴 수 없다고 합니다. 물난리가 난 뒤에 배를 타고 다니던 자들이 보았더니, 물가에 사는 주민들이 떠내려온 목재를 거두어 쌓아놓은 것이 종종 담장만큼이나 되어 다친 이가 적지 않다고 합니다. 들은 바로는 임강(臨江)과 균원(筠袁)에도 수재가 났다고 하니, 대부에서는 그 상세한 정황을 아셔야 할 것입니다.

지금은 풍속이 무너진 지 오래요, 인재가 줄어든 지 오래요, 군현에 폐단이 쌓인 지 오래요, 재력이 소모된 지 오래요, 민심이 동요된 지 오래요, 화기가 손상된 지 오래입니다. 위는 비어 있고 아래도 고갈되어 있으니, 한 차례 수확을 한다 하더라도 감히 크게 경하할 수 없습니다. 마치 사람의 모습은 바뀌지 않았으나 내장과 기운이 다친 지 오래인 것과 같은 형국이니, 이는 곧 진화(秦和)와 편작(扁鵲)[11]이 근심하는 바입니다. 얼마 전에 물리친 해독은 가히 크다고 할 수 있습니다. 그러나 섭생하고 조리하며 안무하고 구제하는 정사야 말로 실로 어렵습니다. 군신이 한결같은 덕을 지니고 본말을 통찰해야 한다지만, 이것이 어찌 쉽게 할 수 있는 말이겠습니까. 나라 안의 책임은 반드시 져야할 사람이 있어야 합니다. 배고프고 목마른 것 이상으로 이 말의 뜻을 가만히 궁구해보시기 바랍니다.

가을이 깊어 날씨도 좋으니 한번 문안을 여쭈러 가야 마땅할 것이나 그 전에 급히 불려 들어가시지나 않을지 걱정입니다. 그때 사람을

---

11) 고대의 良醫인 和와 扁鵲을 말한다. 『漢書』 권30 「藝文志」에 "태곳적에는 기백과 유부가 있었고 중세에는 편작과 진화가 있었다(太古有岐伯·兪拊, 中世有扁鵲·秦和.)" 顔師古는 注에서 "화는 진나라의 의원 이름이다(和, 秦醫名也.)"라고 설명하였다.

보내어 소식 전해주시고 떠나시는 날짜와 경유하실 물길 혹은 육로를 알려주신다면, 지나시는 길로 한번 찾아가 뵙겠습니다.

날마다 선정에 관한 소문을 듣습니다. 듣자니 하세(夏稅)의 경우 백성의 큰 편의를 봐 주셨다 하던데, 안타깝게도 상세한 내용을 알지 못합니다. 추묘(秋苗: 秋稅)의 이해(利害)에 대해서는 이미 모든 토론을 다하였다고 생각합니다. 고을살이 하는 사람으로서 이 두 가지 사항에 있어 해악을 제거하고 이로움을 이끌어낼 수 있다면, 그 선정이 미친 범위는 이미 드넓다 하겠습니다. 제가 지난 겨울 송 전운사에게 보낸 차자(箚子)에서 금계(金谿)의 월장전(月椿錢)에 관한 말씀을 드렸는데, 안타깝게도 아직 시행되지 못하고 있습니다. 일단 베껴 올리겠으니, 만약 여력이 있어 한번 살펴보아 주신다면 큰 행운이겠습니다!

彭世昌歸, 適領敎翰, 專人薦至, 連奉好音, 慰浣何可言喩. 時事一新, 陰氛頓釋, 良心之所共快. 繼是而無以新之, 則後之視今, 猶今之視昔, 誠如來敎.

前月之雨, 霧霈連日, 山溪暴漲, 平野渺如湖海, 積年所無, 幸不甚爲害. 水落之後, 禾黍暢茂, 倍於常歲. 旬日更得一雨, 旱田¹²⁾十分成熟矣. 陂池皆有蓄水, 縱有秋旱, 晚稻亦有可救, 不至如去年也. 江西之民, 當藉大府之德, 而望一稔矣.

近聞饒之浮梁, 負郭一寺中, 井泉涌溢而地陷, 漂廬浮尸, 不可勝數. 水後舟行者, 見沿流居民, 收積漂材, 往往如堵, 所敗傷不少矣. 如聞臨江筠袁, 亦有水患, 大府當知其詳.

今風俗積壞, 人材積衰, 郡縣積弊, 事力積耗, 民心積搖, 和氣積傷,

---

12) 원문에는 '早田'이라고 되어 있으나 문맥상 '旱田' 즉 밭을 가리키는 듯하여 고쳐 해석한다.

上虛下竭, 雖得一稔, 未敢多慶. 如人形貌未改而臟氣積傷, 此和扁之所憂也. 比日所去之蠹, 可謂大矣. 爕調康濟, 政爾惟難. 非君臣同德, 洞見本末, 豈易言此. 海內之責, 當有在矣. 願得從容以究此意, 不啻飢渴.

秋深佳天氣, 當求一扣函丈. 第恐前此促召, 亦賴遣介相聞, 告以起行之日, 水陸所由, 定當前途求一見耳.

善政日有所聞. 聞夏稅甚便於民, 恨未知其詳. 秋苗利病, 想已討論甚悉. 爲郡者只能於此二節去其害而致其利, 則及物已廣矣. 某去冬有與宋漕箚子, 言金谿月椿, 惜其不及施行. 謾錄呈, 倘有餘力及之, 幸甚!

전백동[13]에게 보내는 편지
與錢伯同

　기조(記曹)[14]께 안부도 여쭙지 못하고 또 시간을 넘겼습니다. 하지만 아침에 일어나 저녁에 잠들고, 목마르면 마시고 배고프면 먹는 것 그 모두가 임금의 은혜 속에서 헤엄치는 것과 다르지 않으니, 얼마나 자주 편지를 보내느냐가 어찌 족히 따질 만한 일이겠습니까.

　형공(荊公)[15]의 빼어난 재주는 세상을 덮을 만했습니다. 평상시 학문을 할 때도 언제나 요순을 목표로 삼았습니다. 신종(神宗) 재위 시절에 군신들 간에 의론을 주고받을 때도 [황제가] 늘 요순처럼 되기를 기대하였습니다. 다만 학문을 추구함에 있어 본원으로 나아가지 못하고 온갖 정력을 말단에 쏟았기에 끝내 패하고 말았던 것입니다. 고대로부터 시대가 멀어지자 당대 군자라는 사람들마저도 종종 일상에 안주하고 구습에 젖는 우환을 면하지 못하였기에, 형공은 그들 모두를 속세의 부류로 지목하였던 것입니다. 이리 되자 배척하는 자들이 벌떼처럼 일어나 갖은 비방을 다 해댔으나, 더 이상 지극한 이치를 가

---

13) 錢象祖(1145~1211). 字 伯同, 號는 止安이며 台州(절강성 臨海) 사람이다. 吳越王 錢俶의 후예이자 參知政事 錢端禮의 손자이다. 음서로 벼슬에 임명되어 太府寺主簿丞, 刑部郞官, 知處州, 知嚴州, 知撫州 등을 거쳐 江東運判侍右郞官, 樞密院檢詳 등을 역임했다. 후에 知臨安府, 知建康府를 거쳐 兵部尙書에 제수되었다.
14) 表章이나 공문서 등을 장관하는 관서 혹은 관원을 이르는 말이다. 전백동이 맡은 관직 중에 이와 관련된 것이 있어(華文閣學士) 그렇게 호칭한 것이다.
15) '荊公'은 王安石(1021~1086)을 말한다.

지고 형공을 꺾지는 못했기에 그 폐단이 무엇인지 분석하기에도 부족했을 뿐더러 도리어 신종이 형공을 믿고 쓰고자 하는 마음만 더욱 굳어지게 만들었습니다. 따라서 신법이 시행된 사안에 대해서는, 당시 그를 비방했던 사람들 또한 마땅히 형공과 더불어 그 죄값을 나누어 받아야 할 것입니다. 이 학문이 밝아지지 못한 탓에, 아직까지도 이러쿵저러쿵 소리 내는 사람들이 날로 많아지고 있는데, [그런 자들이] 어찌 형공을 탓할 수 있겠습니까! [형공 모신] 사당이 무너져 내린 지 이미 오래이나 감히 손을 대려하는 자가 없으니, 이 또한 습속이 그리 만든 것입니다. 그런데 집사(執事: 2인칭)께서 분연히 일어나 새롭게 고치셨습니다. 남다른 식견과 탁월함이 아니라면 어찌 능히 그리 할 수 있었겠습니까? 근자에 부관(副官)[16]의 편지를 받았는데, 집사께서 기문(記文)을 제게 부탁하고 싶어 한다고 하시기에 저도 모르게 온 몸에 기쁨이 넘쳤습니다. 이 일로 저도 마음이 답답하였던 차라 이제라도 한번 그 답답함을 펼쳐보기를 깊이 원합니다.

인편이 임시 이곳에 머무는 동안 저는 마침 다른 곳에 가있던 터라 즉시 답신을 올리지 못하였습니다. 그래서 이것으로나마 늦게 답신 올리는 죄를 사과드리고자 합니다. 기문은 아직 열흘 정도 더 걸릴 것 같으니, 내용이 완성되면 그 즉시 보내드리고 가르침을 구하겠습니다.

不訊記曹, 又復逾時. 然早作晚寢, 渴飲飢食, 皆涵泳邦君之澤, 尺牘疏數, 尙奚足言.

荊公英才蓋世, 平日所學, 未嘗不以堯舜爲標的. 及遭逢神廟, 君臣

---

16) 원문의 '倅車'는 郡의 장관 바로 밑의 副職을 가리킨다.

議論, 未嘗不以堯舜相期. 獨其學不造本原, 而悉精畢力於其末, 故至於敗. 去古旣遠, 雖當世君子, 往往不免安常習故之患, 故荊公一切指爲流俗. 於是排者蜂起, 極詆訾之言, 不復折之以至理, 旣不足以解荊公之蔽, 反堅神廟信用之心. 故新法之行, 當時詆排之人當與荊公共分其罪. 此學不明, 至今吹聲者日以益衆, 是奚足以病荊公哉! 祠宇隳敗, 爲日之久, 莫有敢一擧手者, 亦習俗使然耳. 執事慨然而一新之, 非特見超卓, 其何能如是? 比得倅車書, 謂執事欲以記文下委, 不覺喜溢支體. 蓋玆事湮鬱, 深願自是一發舒之.

遣人臨存, 適越在他境, 不卽奉答, 姑此以謝緩報之罪. 記文尙遲旬日, 當成就其說, 馳納求敎.

두 번째 편지
二

　산에서 산 지도 두 달[17]이 넘어, 구름 낀 산의 변화무쌍(雙)한 모습을 실컷 보았습니다. 쌀밥 먹고 생선국 먹으며, [공자께서 당한] 진(陳) 땅에서의 곤액[18]을 면하고 지냈으니, 이 모두 크나 큰 비호 덕분입니다. 이 산의 승경으로는 폭포가 특히 빼어납니다. 동쪽으로는 체담(磏潭)이 있고 서쪽으로는 반산(半山)이 있습니다. 체담은 옥연(玉淵)보다 못하지 않으며 반산은 와룡(臥龍)에 버금갑니다. 정사(精舍) 앞에 두 산이 빙 돌아 만나는데, 그곳에 절로 계곡이 생겨나 수 리(里)에 뻗어 흐르면서 무성한 수풀 사이로 물보라를 일으키며 콸콸 쏟아집니다. 첫 번째 폭포의 이름은 풍련(風練), 두 번째 폭포의 이름은 분옥(噴玉), 세 번째는 번도(飜濤), 네 번째는 소주(疎珠), 다섯 번째는 빙렴(冰簾), 여섯 번째는 쌍련(雙練), 일곱 번째는 비설(飛雪)입니다. 나무와 돌이 절로 계단이 되어주므로 따라 올라가며 볼 수 있습니다. 양쪽 벼랑에는 구불구불한 소나무와 괴석이 고고한 자태로 서서 나뭇가지 사이로 얼핏 얼핏 모습을 드러냅니다. 때때로 이것들을 감상하노라면 돌아갈 일조차 잊기 일쑤이고 날마다 아이 둘 셋과

---

17) 원문은 '一甲子'라고 되어 있는데, 원래는 60년을 가리키는 말이지만 상황으로 볼 때 60일 정도를 가리키는 말로 사용된 것 같다.
18) 『論語』「衛靈公」에 "[공자께서] 진 땅에 계실 때 식량이 떨어져 따르던 사람들이 모두 병들어 쓰러진 채 일어나지 못했다.(在陳絕糧, 從者病, 莫能興.)"라는 말이 나온다.

더불어 이 사이에서 시를 읊조리고 있습니다. 가슴 속에 품은 우리 어진 사군의 덕이야 어찌 그 끝이 있겠습니까. 그래서 이렇게 기꺼이 집사를 위해 설명해드리고 있는 것입니다.

왕약옹(王弱翁)은 술과 기녀에 빠져 지내는데, 그가 어찌 글씨를 쓸 수 있겠습니까? 「문공사기(文公祠記)」[19]는 제가 글씨까지 같이 써서 열흘 쯤 뒤에 보내도록 하겠습니다.

居山逾一甲子, 益飽雲山之變. 飯稻羹魚, 無復在陳之厄, 藉庇宏矣. 玆山之勝, 尤在瀑流. 東有碌潭, 西有牛山. 碌潭不下玉淵, 牛山可亞臥龍. 精舍之前, 兩山迴合, 又自爲一澗, 垂注數里, 噴薄飛灑於茂林之間. 一曰風練, 二曰噴玉, 三曰飜濤, 四曰疎珠, 五曰冰簾, 六曰雙練, 七曰飛雪. 木石自爲階梯, 可沿以觀. 兩崖有蟠松怪石, 却略偃蹇, 隱見於林杪. 時相管領, 令人忘歸. 日與二三子詠歌其間, 懷吾賢使君之德, 何有窮已, 故亦樂爲執事道之.

王弱翁力酣於綠尊紅妓, 安能作字哉? 「文公祠記」某當倂書之, 遲旬日納去.

---

19) 육구연이 왕안석의 사당에 지은 기문은 이 책 권19에 실려 있다.

양 태수에게 보내는 편지
與楊守

　나라도 고을도 시들어 쇠락해감에 솥 안의 물고기처럼 이제 곧 죽지나 않을까[20] 깊은 시름하고 있던 차에, 어진 태수께서 떨치고 일어나 백성들을 보살펴 주셨다는 이야기를 갑작스레 듣게 되었습니다. 내심 기뻐하고 다행스러워하는 제 마음이 결코 들판의 노인들보다 못하지 않을 것입니다. 일전에 존경의 뜻을 표한 후로 몇 번이나 불러 담소를 허락해주시었기에, 몇 년 동안 쌓인 목마름이 큰 위로를 받았습니다. 늘 분에 넘치는 예우를 해주시어 특히나 깊이 감사하옵고 또 두렵습니다. 집에 도착하여 감사의 뜻을 갖추어 편지를 올리고자 하였으나, 불민한 탓에 이리저리 미루다 오늘에 이르렀습니다. 겉모습의 화려함은 날로 기승을 부리는 반면, 내면의 진실함은 날로 옅어져 갑니다. 이는 후세의 공통된 우환입니다. 저희들은 신의로써 함께하는 사이인지라 자질구레한 문장 따위는 신경 쓰지 않으므로 감히 그런 것을 가지고 스스로 깊이 자책하지 않습니다. 고명하신 태수께서도 결코 그것으로 저를 나무라지 않으시리라 생각합니다.

　저는 이달 7일에 책을 싸들고 산에 올라 9일에 비로소 산방에 도착했습니다.

---

20) '魚游釜中'의 줄임말이다. 물고기가 솥 안에서 헤엄친다는 것은 위험에 처해 곧 죽게 된 것을 뜻한다. 『後漢書』 권86 「張綱傳」에 "마치 솥 안 물고기처럼 이제 곧 숨이 넘어갈 것입니다(若魚游釜中, 喘息須臾間耳.)"라는 말이 보인다.

금계(金谿)는 요주(饒州)의 안인(安仁), 신주(信州)의 귀계(貴溪)와 서로 이웃하고 있는데, 두 주의 경내에는 도적의 우환이 있으나 금계에만은 없습니다. 몇 걸음 떨어져있지 않지만 상황이 이렇게나 다릅니다. 진(晉)나라의 도둑이 진(秦)나라로 도망갔다는 말[21]이 무얼 뜻하는지 지금에야 알게 되었습니다. 어진 사군(使君)의 힘이 이 정도로군요. 이는 제가 직접 보아서 알게 된 것이지 전해들은 것이 아닙니다.

금계에는 올해 가문 곳이 또한 많아서, 현을 통틀어 계산해 보건대 6할 정도밖엔 곡식이 여물지 않았습니다. 그런데 제가 사는 곳 좌우에만은 유독 비가 많이 내려 제법 풍년의 기색이 있습니다. 다만 며칠 전 불어 온 남풍으로 벼가 퍽이나 상했습니다. 지금도 비 기운이 농후한데, 이제는 속히 개어야만 수확을 바랄 수 있을 터, 만일 또 오래도록 그치지 않는다면 근심할 만한 일이 다시 생길 것입니다. 현자의 마음 씀을 살펴봄에, 언제고 백성에게 가있지 않은 적이 없는지라 감히 고하지 않을 수 없습니다. 요즘 창대(倉臺)로부터 쌀을 제법 사들였으니, 평적창(平糴倉)을 설치하시어 예전부터 조(趙) 어르신께서 건의하셨던 사창(社倉)의 보완으로 삼으십시오. 그 상세한 내용은 진(陳) 교수가 알고 있으니, 그에게 제가 보낸 차자(箚子)를 달라고 하여 한번 보아주신다면 크나 큰 행운이겠습니다!

---

21) 『左傳』「宣公 16년」에 "진나라 제후가 면복을 하사하며 사회를 장중군에 명함과 동시에 태부로 삼았더니 晉나라의 도적이 秦나라로 도망갔다(晉侯以黻冕命士會將中軍, 且為太傅, 於是晉國之盜逃奔于秦.)"는 내용이 보인다. 즉 정사가 훌륭해지면 도적이 그 땅을 떠난다는 뜻이다.

鄉邦凋弊, 方深游釜之憂, 遽得賢師帥振起而撫摩之, 欣幸之私, 不在田夫野老之後矣. 屬者修敬, 數獲款晤, 深慰積年傾渴之懷. 至蒙禮遇之寵, 每踰涯分, 尤深感怕. 抵家欲具謝尺紙, 以不敏, 因循迨今. 然文華日勝, 情實日薄, 此後世公患. 吾人相與以信義, 苟文非所計, 故不敢深以自訟. 諒惟高明, 必不以是督過之.

某此月七日, 始得束書登山, 九日始遂達山房.

金谿與饒之安仁, 信之貴溪爲隣, 二境皆有盜賊之患, 金磎獨不然. 相去踵步之間, 事體便相遼絶. 晉國之盜, 逃奔于秦, 乃今見之. 賢使君之效乃如此, 是事乃得之親見, 非傳聞也.

金谿今歲旱處亦多, 通縣計之, 可作六分熟. 敝居左右, 獨多得雨, 頗有粒米狼戾之興. 但前數日南風, 亦頗傷稻. 目今雨意甚濃, 此去却要速晴, 以便收穫. 萬一成積雨, 則又有可憂者. 切窺賢者用心, 未嘗不在於民, 不敢不告. 近日頗從倉臺需糴本, 爲平糴一倉, 以輔向來趙丈所建社倉, 其詳教授知之. 得就渠索某箚子一觀, 幸甚!

두 번째 편지

二

　　제자들을 가르치고 난 여가에 탄식을 이길 길 없습니다. 조용히 평정한 마음으로 오직 이치[理]만을 추구하면서 고대의 사적을 고찰해 보니, 천년이 한결같았습니다. 주(周) 황실의 도가 쇠하자 백성들은 기교(機巧)를 숭상하면서 공리(功利)에 빠진 채 본심을 잃었습니다. 장차 그것으로 명예를 낚으려 했으나 명예도 끝내 사라졌고, 장차 그것으로 이득을 얻으려 했으나 이득도 끝내 없어졌습니다. 오직 군자만은 언제나 마멸되지 않아, 비록 용속한 자들로부터 인정받지 못했다 하더라도 식견 있는 자들로부터 인정을 받았고, 뭇 소인배들에게 용납 받지 못했다 하더라도 고인에게 부끄러움이 없었습니다. 호연한 기운으로 땅을 굽어보고 또 하늘을 우러르며, 나아가건 물러나건 여유로웠습니다. 내 안에 있는 고귀함과 내 몸을 적시는 부유함으로 날로 새롭게 빛을 발하며 무궁한 명성을 얻었으니, 저 벽옥 품은 자와 수레 탄 자[22] 보기를 어찌 모기나 파리, 개미나 벌레 이상으로 여겼

---

22)　『左傳』「桓公 10년」에 "주나라 민요 중에 '필부는 죄가 없다네, 옥을 품에 품은 것이 죄일 뿐'이라는 노래가 있다.(周諺有之, '匹夫無罪, 懷璧其罪'.)"는 내용이 있는데 杜預 는 注에서 "사람들이 그의 벽을 탐내므로 벽이 죄가 있다고 한 것이다(人利其璧, 以璧爲罪.)"라고 하였다. 후에 '懷璧'은 재산이 많아 재앙이나 시기를 불러일으키는 것을 가리키는 말로 사용되었다. 『주역』「雷水解卦」의 六三爻辭에 "짐을 짊어지고 수레를 타면 도적을 부른다. 바르다 해도 길하지 않다(負且乘, 致寇至, 貞吝.)"라는 말이 보인다. 후에 '負乘'은 지위와 신분이 서로 어울리지 않는 사람을 가리키는 말로 사용되었다.

겠습니까?

세 번이나 편지에 답을 주시면서 이 마음을 더욱 격려해주셨기에, 감히 하고픈 말을 다 펼쳐 놓으면서 영원히 좋은 관계를 유지하고자 하나니, 집사께서도 끝까지 은혜로써 보살펴 주시기를 바랍니다.

敎之緖餘不勝降嘆. 從容平易, 惟理是求, 稽諸前古, 千載一轍. 周道之衰, 民尙機巧, 溺意功利, 失其本心. 將以沽名, 名亦終滅, 將以徼利, 利亦終亡. 惟其君子, 終古不磨, 不見知於庸人, 而見知於識者, 不見容於輩小, 而無愧於古人. 俯仰浩然, 進退有裕, 在己之貴, 潤身之富, 輝光日新, 有無窮之聞, 其視懷璧負乘之人, 何啻蚊蚋蟻蟲哉?

三復來貺, 益厲此心, 敢悉布之, 永以爲好, 惟執事終惠顧之.

세 번째 편지

三

    온화하신 얼굴로부터 멀리 떨어져 지내다보니 시간이 훌쩍 지났습니다. 넘쳐나는 백성들의 노래 소리가 향리 다스리는 덕을 더욱 보태줍니다. 저는 사리를 분별하기 시작한 이래 50년이 되었습니다. [그 간] 몇 명의 태수가 바뀌었는지 모르나, 어질다 일컬어질 만한 사람은 오직 장안국(張安國)·조경명(趙景明)·진시중(陳時中)·전백동(錢伯同) 네 사람뿐입니다. 이들이 마치 새벽 별처럼 서로 뒤를 이어 다스렸으니, 참으로 쉽지 않은 일입니다. 거기다 지금은 집사까지 광림하시어 앞의 공들보다 더 큰 빛을 발하고 계시니, 백성들에게 있어 얼마나 큰 행운인지요!

    비록 그러기는 하나, 예전부터 어려움에 처해 있던 군정(郡政)이 이제는 심각한 지경입니다. 누적된 폐단과 오래된 해독을 쫓아내 제거하기도 어려운데, 간교한 서리와 호족들이 서로 표리가 되어 뿌리에 도사리고 앉아 번갈아가며 백성들을 해치고 있습니다. [집사와 서리들은] 바탕의 순박함과 교활함, 세력의 강함과 약함의 차이가 너무도 현격하여 본디 짝이 될 수 없습니다. 서리들은 관아에 살면서 문서를 도맡아 봅니다. 또 태수 옆에 오래도록 머물면서, 한가롭고 편안하면 기뻐하고 바쁘고 수고로우면 화내는 속성을 살피고, 시일이 짧으면 기억하고 시일이 오래되면 잊어버리는 습관을 살핍니다. 그런 다음 먼저 할 일과 나중 할 일, 천천히 할 일과 급히 할 일, 열어놓을 일과 닫아야 할 일, 손해를 봐야할 일과 이익을 봐야할 일을 결정함으로써 나의 총명을 가리고 나의 시비판단을 어지럽히며, 또 이로써 자신의 계략을 실행해 옮깁니다. 호족들은 갖고 있는 재산도 많고 따르는 무리도 많습니다. 좌우의 사람들에게 붙어서 일 바깥에서 사단을 일으켜 본지를 어지럽히고, 당파들과 증좌를 꾸며내 거짓을 진실로 바꿉니다. 명목을 만들어 내는 일에 능해, 서리와 입을 맞추어 자기의 말을 성사시킵니다. 태수는 타향 사람인지라 갑자기 그들이 하는 말을 듣는다 해도 이곳 세간의 사정에 대해 제대로 파악할 길이 없습니다. 또 관부는 깊고 높은 곳이라 마을의 일을 자기 눈으로 확인할 수도 없고, 거리와 골목에 떠도는 이야기를 자기 귀로 들을 수도 없습니다. 피해를 본 사람들은 또 순박하고 유약하여 대부분 스스로의 결백을 밝히지도, 사정을 위에 전달하지도 못합니다. 따라서 듣고 판단해야 할 때, 그 실정을 파악하여 제아무리 저들에게 속임을 당하지 않고자 하여도, 이는 매우 현명한 사람에게 있어서도 어려운 일입니다. 태수가 비록 실정을 파악했다고 하여도 저들에게는 그것을 견제하고 시행을 막을 능력이 있습니다. 급히 판단할 경우 문장이 거칠고 일에 누락된 게 많아 저들의 말을 꺾을 길이 없고, 상세히 알고자 할 경우 세월만 질질 끌게 되어 저들이 간교함을 부리기에 딱 좋습니다. 하물며 시비와 곡직이 아직 나뉘지 않았고, 늘 태수를 배신하고자 하는 마음을 품고 있는 터에 나의 생각까지 의심하게 된다면 분명 사실을 바꾸어 어지럽힐 것이니, 그리되면 실정을 쉬이 알아내기 어려워질 것입니다. 저들의 계략에 한번 빠지고 나면 간악한 자들은 두려워할 바를 모를 것이고, 선량한 자는 믿고 의지할 바를 잃게 될 것이니, 어찌 어렵지 않겠습니까!

선악의 습관은 음양이 하나가 사라지면 하나가 자라나는 것과 마찬가지로 둘이 같이 커지는 법은 없습니다. 한 사람의 몸에 선한 습관이 자라나 악한 습관이 사라지면 어진 자가 되고, 이와 반대로 되면 어리석은 자가 됩니다. 한 나라의 습속에 선한 습속이 자라나 악한 습속이 사라지면 잘 다스려진 나라가 되고, 이와 반대로 되면 어지러운 나라가 됩니다. 시대에 성쇠가 있는 것 또한 이것 때문입니다. 천지개벽 이래 복희씨(伏羲氏) 밑으로 성스런 임금과 어진 재상과 이름난 경(卿)과 훌륭한 대부가 서로 쓰러뜨리지 않고 지키고 심어왔던 것이 바로 선이요, 방비하고 두절했던 것이 바로 악이었습니다. 밝디 밝게 위에 거하는 자는 바로 이것에 밝은 자일뿐입니다. "불이 하늘 위에 있는 것이 「대유(大有)」"23)라 했으니, 이것이 곧 밝음의 지극함입니다. 「상전(象傳)」에서 말하기를 "군자는 이로써 악을 막고 선을 드날리며 하늘의 아름다운 명을 받는다."고 하였습니다. 『좌전(左傳)』에서도 "나라와 집안을 경영하는 사람은 악을 보았거든 마치 농부가 힘껏 잡초를 제거하듯 해야 한다. 베어다가 쌓아두고 썩히어 뿌리를 없앰으로써 자라나지 못하게 한다면, 좋은 것이 잘 자랄 것이다."24)라고 하였고, 부자께서도 "소송을 다스릴 때는 나도 사람과 다르지 않으나, 반드시 소송이 없어지게 해야 하지 않겠느냐?"25)라고 하셨습니다. 부자께서 지금 세상에 태어나 오늘날의 관리가 되었다 하더라도, 어찌 갑자기 사람들 사이의 소송이 없어지게 할 수 있겠습니까? 『주역』에도 「송괘(訟卦)」가 있으니 [소송의] 유래는 참으로 오래입니다. 소송이 없을 수 없었던 것이 어찌 오늘날만의 일이겠습니까! 만약 소송을 다스리는 중에 시비를 전도하고 선악을 뒤

---

23) 『周易』「大有卦」의 「象傳」에 나오는 말이다.
24) 『左傳』「隱公 6년」에 보인다.
25) 『대학』에 보인다.

집으면서, 사람들 사이의 소송이 없어지게 할 방법이 절로 있다고 말한다면, 이는 있을 수 없는 이치일 것입니다. 순임금이 천자의 자리를 계승했을 때, 기어이 공공(共工)을 유주(幽州)로 유배 보내고, 환두(驩兜)를 숭산(崇山)으로 추방하고, 삼묘(三苗)를 삼위(三危)로 쫓아 보내고, 곤(鯀)을 우산(羽山)에서 죽게 한 후에야 천하가 모두 복종했습니다. 부자께서 노나라 정치를 맡게 되었을 때, 기어이 소정묘(少正卯)를 양관(兩觀) 아래서 주살한 후에야 심유씨(沈猶氏)는 감히 아침에 양을 속여 물을 먹이지 않았고, 공진씨(公鎭氏)는 아내를 내쫓았으며, 진궤씨(鎭潰氏)는 경계를 넘어 이사했고, 노나라에서 소와 말을 팔던 자는 값을 더 얹지 않았습니다.26) 악을 막고 선을 드날리며, 하늘의 아름다운 명에 따른 것은 전대의 성인이나 후대의 성인이나 한결같이 지킨 법도였습니다. 기어이 소송을 없앨 방법이라면 마땅히 소송을 다스리는 중에 찾아야 할 것입니다. 군자가 사람들과 다른 것은 마음을 간직하고 있기 때문입니다. 악을 막고 선을 드날리며

---

26) 『孔子家語』 「相魯」에 "노나라의 양을 파는 사람 중에 심유씨가 있었는데, 늘 아침에 양에게 물을 먹여 속였다. 저자 사람 중에 공신씨가 있었는데, 처가 음란한데 통제하지 않았다. 신궤씨는 사치함이 법을 넘었고, 노나라의 六畜을 파는 자는 값을 에누리하여 부풀렸다. 공자가 정사를 펼치자 심유씨는 감히 아침에 양에게 물을 먹이지 않았고, 공신씨는 그 처를 내쫓았으며, 신궤씨는 경계를 넘어 이사 갔다. 세 달이 되니, 우마를 파는 자는 값을 에누리하지 않았고, 양과 돼지 파는 자는 값을 더 얹지 않았다. 남자와 여자는 다닐 때 길을 달리하고, 길에서는 떨어진 것을 줍지 않았으며, 남자는 충신을 숭상하고, 여자는 정순함을 숭상했다(初, 魯之販羊有沈猶氏者, 常朝飮其羊以詐. 市人有公愼氏者, 妻淫不制. 有愼潰氏, 奢侈踰法. 魯之鬻六畜者, 飾之以儲價. 及孔子之爲政也, 則沈猶氏不敢朝飮其羊. 公愼氏出其妻, 愼潰氏越境而徙. 三月, 則鬻牛馬者不儲價, 賣羊豚者不加飾. 男女行者別其塗, 道不拾遺. 男尙忠信, 女尙貞順.)"라는 내용이 보인다. 육구연이 인용한 것과 글자가 약간 차이가 있다.

하늘의 아름다운 명을 따르는 것, 그것이 바로 마음을 간직하는 방법입니다. 구차히 관리의 책임으로부터 도망치려 하고, 병기를 들고 위세나 세우려는 후세 사람들과 어찌 나란히 놓고 말할 수 있겠습니까? 이 마음을 들어 저기에 가져다 놓음으로써 선한 습관이 날로 자라나게 하고, 악한 습관이 날로 사라지게 하십시오. 악을 억누르고 선이 뻗어나가게 하십시오. 그리 하신다면 송사는 반드시 없어질 것입니다.

평상시 크나큰 지우(知遇)를 입었기에, 구구한 마음을 바침으로써 만분의 일이나마 보탬이 되고자 하였습니다.

違遠色笑, 倏爾經時, 治聞謳謠, 益用鄕德. 某自省事以來五十年矣, 不知幾易太守, 其賢而可稱者, 唯張安國・趙景明・陳時中・錢伯同四人, 殆如晨星之相望, 可謂難得矣. 今執事臨之, 又光於諸公, 邦人何幸.

雖然, 屬者郡政不競已甚, 積弊宿蠹殆難驅除, 猾吏豪家相爲表裏, 根盤節錯, 爲民蟊賊. 質之淳黠, 勢之强弱, 相去懸絶, 本非對偶. 吏胥居府廷, 司文案, 宿留於邦君之側, 以閒劇勞逸嘗吾之喜慍, 以日月淹速嘗吾之忘憶. 爲之先後緩急, 開闔損益, 以蔽吾聰明, 亂吾是非而行其計. 豪家擁高貲, 厚黨與, 附會左右之人, 創端緖於事外以亂本旨, 結左證於黨中以實僞事, 工爲節目, 以與吏符合而成其說. 吾以異鄕之人一旦而聽之, 非素諳其俗. 而府中深崇, 閭里之事不接於吾之目, 塗巷之言不聞於吾之耳. 被害者又淳厚柔弱, 類不能自明自達. 聽斷之際, 欲必得其情而不爲所欺, 此甚明者之所難也. 吾雖得其情, 彼尙或能爲之牽制, 以格吾之施行. 吾斷之速, 則文疏事漏, 而無以絶其辭. 吾求之詳, 則日引月長, 適以生其奸. 況其是非曲直之未分, 而常有以貳吾之心, 疑吾之見, 變亂其事實, 而其情亦未易得也. 一墮其計, 奸惡失所畏, 善良失所恃矣. 豈不難哉!

善惡之習, 猶陰陽之相爲消長, 無兩大之理. 一人之身, 善習長而惡習消, 則爲賢人, 反是則爲愚. 一國之俗, 善習長而惡習消, 則爲治國, 反是則爲亂. 時之所以爲否泰者, 亦在此而已. 開闢以來, 羲皇而降, 聖君賢相名卿良大夫相與扶持封植者, 善也, 其所防閑杜絶者, 惡也. 明明在上者, 明此而已. 火在天上「大有」, 明之至也.「象」曰: "君子以遏惡揚善, 順天休命."「傳」亦有之: "爲國家者, 見惡如農夫之務去草焉, 芟夷蘊崇之, 絶其根本, 勿使能植, 則善者信矣." 夫子曰: "聽訟吾猶人也, 必也使無訟乎?" 使夫子生今之世, 爲今之吏, 亦豈遽使人無訟哉!『易』有「訟卦」, 其來久矣, 不能無訟, 豈唯今日. 若其聽訟之間, 是非易位, 善惡倒置, 而曰自有使人無訟之道, 無是理也. 舜之受終, 必流共工于幽州, 放驩兜于崇山, 竄三苗于三危, 殛鯀于羽山, 而後天下咸服. 夫子之得魯政, 必誅少正卯於兩觀之下, 而後沈猶氏不敢朝飲其羊, 公愼氏出其妻, 愼潰氏踰境而徙, 魯之鬻牛馬者不豫價. 遏惡揚善, 順天休命, 前聖後聖, 其揆一也. 必使無訟之道, 當於聽訟之間見之矣. 君子之所以異於人者, 以其存心也. 遏惡揚善, 順天休命, 此其存心也. 與後世苟且以逃吏責, 鉤距以立威者, 豈可同年而語哉? 擧斯心以加諸彼, 使善習日長, 惡習日消, 惡者屈, 善者信, 其無訟也必矣.

　　蒙照知之素, 輒效區區以裨萬一.

황 감사에게 보내는 편지
與黃監

　저는 이전에 조 어르신께서 사창(社倉) 시행하는 것을 확실히 보고 서, 저희 마을에도 사창을 만들어 사산 가형께 그 일을 주관해 달라 맡겼습니다. 그러고도 내심 편안치 못한 부분이 자못 있기에, 어제도 제 어리석은 견해를 갖추어 올리면서 평적창(平糴倉) 하나를 설치하 시어 그것을 보완하심으로써 장구한 대책을 세우는 것이 가장 낫다고 말씀드렸습니다. 평적창은 단독으로 시행할 수 있으나 사창은 꼭 단 독으로 시행할 수 있는 것이 아닙니다. 사창은 곡식이 늘 잘 여무는 고을에 설치하실 경우 오래 갈 수 있으나, 곡식이 잘 여물지 않는 땅 이라면 흉년이 들고 난 뒤 진휼하는 데 아무런 도움이 되지 못합니 다. 평적창은 풍년일 때 농민의 곡식을 거둘 수 있으니, 쌀값이 떨어 져 농민을 다치게 할 우환이 없고, 흉년일 때 곳간을 닫아걸고 쌀값 을 올리려는 부민(富民)들의 계략을 꺾을 수도 있습니다. 평적창을 단독으로 시행한다 해도 장구한 이로움이 있을 것이요, 지금 사창이 미치지 못하는 부분을 보완하여 결점을 미봉한다면 둘 모두에게 좋은 점이 있을 것입니다. 상세한 내용은 진 교수(陳敎授)에게 아뢰어 드 리라고 부탁해 놓았습니다.

　某切見鄕來趙丈擧行社倉, 敝里亦立一倉, 委梭山家兄主其事. 某頗 有所未安者, 昨亦嘗稟聞愚見, 以爲莫若爲平糴一倉以輔之, 乃可長 久. 平糴則可獨行, 社倉未必可獨行也. 社倉施於常熟鄕乃可久, 田不常熟, 則歉歲之後, 無補於賑岫. 平糴則豊時可以受農民之粟, 無價賤傷農之患, 歉時可以摧富民閉廩騰價之計, 政使獨行, 亦爲長利. 今以輔社倉之所不及而彌縫其缺, 又兩盡善矣. 其詳已嘗託陳敎授布稟.

임숙호에게 보내는 편지
與林叔虎

　그대는 재주가 뛰어나서, 일 개 현에 시험해보니 칼을 휘두름에 참으로 여유가 넘쳤습니다.[27] 다만 그 뜻한 바와 문채가 꽉 막혀 있어서 아직 재주를 다 펼치어 높이 솟아오르지는 못했습니다. 학교에서의 장한 모습도 아직 괄목상대할 만하지 못한 듯하여 안타깝습니다. 기문(記文)을 위탁받았으니 도의상 힘써야 마땅하겠으나, 갑자기 완성하지 못하고 있을 따름입니다. 지난 겨울에 진 귀계(陳貴溪)를 위해 「중수학기(重修學記)」를 지어주었으니, 한번 가서 새겨진 글을 읽어보도록 하십시오. 일전에 오중권(吳仲權)[28]을 위해 「의장학기(宜章學記)」를 지어주었는데, 본 적이 있습니까? 아직까지도 새기지 않았다면 혹 그 가운데 중권의 뜻에 맞지 않는 부분이라도 있는 것입니까? 근자에 중권의 나아가는 바를 보건대 가히 염려할 만한 바가 있습니다.
　유순수(劉淳叟: 劉堯夫)의 장례도 거칠게나마 마쳤긴 하였으나 또

---

27) 『莊子』「養生主」에 나오는 庖丁 고사를 인용하였다. "뼈마디에는 틈이 있고 칼이란 그다지 두꺼운 것이 아닙니다. 두껍지 않은 칼로 틈 사이를 파고 드니, 칼을 놀림에 넉넉히 여유가 있는 것이지요(彼節者有間, 而刀刃者無厚. 以無厚入有間, 恢恢乎其于游刃必有餘地矣.)"
28) 吳鎰. 字는 仲權이며 臨川 사람이다. 隆興年間에 진사가 되었고, 知義章縣 및 知武岡軍을 역임한 뒤 司封郎中에까지 올랐다. 『雲巖集』을 남겼고, 詞에도 뛰어나 『敬齋詞』 1권을 남겼다.

한 지극히 가련합니다. 만년에 오중권 및 진정기(陳正己)[29]와 막역한 벗이 되었거늘, 죽은 자는 그만이지만 산 자가 그의 죽음을 알지 못하고 있으니 이 또한 가련합니다. 장수와 요절, 가난과 부유함, 귀함과 천함, 이 모두 학자들에게 자주 언급할 만한 것이 못됩니다. 옛날의 성현들 가운데 관용봉(關龍逢)은 주살 당했고,[30] 왕자 비간(比干)은 심장이 갈리는 형벌을 받았으며,[31] 안연(顔淵)과 민자건(閔子騫)은 요절하거나 병에 걸려 죽었고,[32] 공자와 맹자도 궁액을 당했습니다. 하지만 오늘날까지도 우주 사이에서 휘황히 빛을 발하고 있으니, 마음 아파할 게 무엇입니까?

저는 작년 늦봄에 산속에 있다가 조카 백번(伯蕃)의 부음을 듣고 돌아갔습니다. 친구나 가족들을 염하고 장례 치를 일들이 계속 이어져서 한 해를 보냈음에도 아직도 질부의 장례를 마치지 못하고 있는 형편입니다. 그러나 많은 일을 겪을수록 이 도(道)는 더욱 분명해지는지라 더욱 더 감히 힘쓰지 않을 수 없습니다.

몇 해 동안 지은 서신과 기문이 자못 많아 다 기록하지 못했습니

---

29) 陳剛. 字는 正己이다. 진사 출신으로 敎授를 지냈다.
30) 하나라 마지막 왕인 桀王의 신하이다. 關은 豢으로 나오기도 한다. 걸왕이 황음에 빠져 정사를 돌보지 않자 直諫하였다가 감옥에 갇혀 결국 주살 당했다. 은나라 比干과 더불어 직언을 서슴지 않았던 直臣의 표본으로 자주 거론된다.
31) 太丁帝의 둘째 왕자이자 은나라 마지막 紂王의 숙부였던 比干은 정사를 바로 잡기 위하여 직언하다가 심장을 갈림당하여 죽었다.
32) 공자의 제자 중 德行에 속하는 인물로 顔淵과 閔子騫, 伯牛와 仲弓이 있는데, 이중 안연은 32세에 요절하였고, 병을 얻어 죽은 자는 민자건이 아니라 백우이다. 『논어』「雍也」에 "백우가 악질에 걸리자 공자께서 찾아가 위문하시며 창문 사이로 손을 잡고 말씀하시길, '운명이구나! 이런 사람이 이런 병에 걸리다니, 운명이구나.'라고 하셨다.(伯牛有惡疾, 孔子往問之, 自牖執其手, 曰, '命也夫! 斯人也而有斯疾, 命也夫!')"라는 기록이 보인다.

다. 그래서 작은 아이에게 「경덕당기(經德堂記)」를 적게 하여 보내오니, 이 글은 우리의 도에 자못 보탬 되는 바가 있을 것입니다. 「형공사당기(荊公祠堂記)」 비각본도 한데 보냅니다. 이는 백여 년 동안 결론나지 않은 일대 공안(公案)을 결단한 것이라, 성인이 다시 일어난다 해도 제 말을 바꾸지는 못할 것입니다. 비각의 여섯 번째 줄에 있는 "도의상 마땅히 그와 더불어 힘써야 한다." 밑으로 "만약 세월만 공연히 허비한다면 이는 자포자기이다."라는 아홉 글자가 빠져 있습니다. "의론을 좋아한다." 밑에는 '인(人)' 한 자가 더 들어가 있습니다. 사람을 시켜 이것들을 베끼게 한 다음 보탤 것은 보태고 뺄 것은 빼서 읽어주신다면 여한이 없겠습니다. 그때 당시 전백동(錢伯同)이 약옹(弱翁)에게 부탁하여 글씨를 쓰게 하였는데, 약옹이 팔이 아파 쓸 수가 없게 되자 백동이 급히 대신 쓸 사람을 찾다가 내게 직접 쓰라며 다시 보내왔습니다. 마침 이전 본이 남아 있기에 조각난 종이에 적어 보냈더니 우연찮게 이런 오류가 생겼습니다. 그런데 백동이 제가 내용을 늘이거나 줄이려는가보다 여기어 마침내 나중에 보낸 본에 따라 글자를 새겼습니다. 저는 이 일이 아직까지도 불만입니다. 후에 작은 본을 다시 써서 이와 같은 사정을 서술한 후, 뒤에 발문을 붙여 벽에 걸어놓도록 할 것입니다.

회옹(晦翁: 朱熹)과 편지를 주고받다가 그가 평생토록 해온 학문의 병폐가 무엇인지 찾아냈습니다. 가까이로는 친구 된 도의를 다할 수 있고, 멀리로는 후학들의 의구심을 깨뜨릴 수 있으니, 또한 후세에게 도움이 될 것입니다. 하지만 뜻은 낮고 학식은 어두우며 이 세상에 살면서 이 세상의 무리밖에 되지 못한 자들과는 본디 이런 것을 논할 가치가 없습니다.

장사(長沙)의 호계수(胡季隨)는 오봉(五峰)[33]의 막내아들인데, 장남헌(張南軒: 張栻)을 스승으로 모셨고 또 그의 딸을 아내로 맞았습니다. 남헌이 세상을 뜬 후에는 회옹 문하에서 강학하였는데 일찍이 임안(臨安)으로 와서 같이 어울린 적이 있습니다. 그 사람은 품행이 근엄하고 학문에 둔 뜻 또한 매우 독실합니다. 그러나 제대로 된 방도를 얻지 못한 탓에, 큰 곤경에 처했으면서도 돌아올 줄을 모릅니다. 작년에 이곳으로 편지를 보내왔는데, 제가 그에게 보낸 답장 및 진군거(陳君擧)에게 보낸 답장을 기록하여 같이 보내드립니다.

세상에는 기꺼이 소인이 되려 하는 자가 있으니, 그런 자에게는 해줄 말이 없습니다. 소인이 되려 하지는 않으나 기꺼이 일반인이 되려하는 자도 있으니, 그 또한 말해줄 말한 자가 아닙니다. 일반인이 되고자 하지 않으나 유속(流俗)에 떨어져 스스로 빠져나올 능력이 없고, 또 손잡아 이끌어줄 어진 사우(師友)도 없는 자라면 가히 염려해줄 만합니다. 또 자신의 힘으로 빠져나오지 못하는 것도 아니고, 행실에도 종종 유속과 다른 면이 있으며, 굳고 독실하게 또 정성껏 부지런히 배우면서 한 순간도 여유를 부리지 않는 자도 있습니다. 또 무리를 지어 학문을 전수받아 익힘에 단 하루도 쉴 겨를이 없고, 지닌 서책이 한우충동(汗牛充棟)할 정도임에도 불구하고, 한 가지에 미혹되고 깊이 빠져서 고질병으로 흘러들어가 헤어나지 못하는 자도 있습니다. 이들은 기꺼이 소인이 되려 하는 자보다, 기꺼이 일반인이 되려는 자보다 더 심각하니, 어찌 더욱 가련히 여기지 않을 수 있겠

---

33) 胡宏(1102~1161). 字는 仁仲이고 호는 五峰이다. 사람들은 그를 五峰先生이라 칭한다. 福建省 崇安 사람. 胡安國의 아들이자 湖湘學派를 세운 사람이다. 어려서 楊時와 侯仲良에게서 배웠다. 주요 저서로는 『知言』·『易外傳』 등이 있다.

습니까! 상고적 성현들은 이 도를 먼저 터득해 이 도로써 이 백성들을 깨우쳤습니다. 후세에 와서 학문도 끊기고 도도 사라져 사설(邪說)이 벌 떼처럼 일어났습니다. 그렇게 썩어 문드러져 오늘날에 이르렀기에, 이 백성들은 무엇을 따라야할지 알지 못합니다. 사인(士人)이란 자들이 사사로움에 의지해 주관적으로 판단을 내린다면 이도 가련할진대, 학자라 일컬어지는 자들마저 또 그렇게 한다면, 도가 무엇을 통해 밝아질 수 있단 말입니까? 회옹에게 보낸 두 번째 답장은 대부분이 이 학문의 강령에 관해 의견을 제기한 것들입니다. 무극(無極)에 대한 변론만 있는 것이 아니니, 다시 한 번 숙독해보셔도 좋을 것입니다.

叔虎才美, 試於一縣, 眞游刃有餘地矣. 顧其志義文采, 鬱未盡施行且觀騰驤耳. 學宮之壯, 恨不得卽一拭目. 記文見委義當效力, 第非倉卒所能成耳. 去冬爲陳貴溪作「重修學記」, 謾往其刻一觀. 向爲仲權作「宜章學記」, 莫曾見否? 今竟未刻, 豈其有不當仲權之意者耶? 近觀仲權所向, 亦有可念者.

淳叟身後事亦粗辦, 然極可憐. 晩節與仲權 · 正己爲莫逆友, 死者已矣, 生者顧未知其所終, 又可憐也. 壽夭貧富貴賤, 皆不足多爲學者道. 古之聖賢, 如關龍逢之誅, 王子比干之剖心, 顔 · 閔之夭疾, 孔 · 孟之厄窮, 至今煌煌在宇宙間, 庸何傷哉?

某去年春尾在山間, 聞伯蕃侄訃以歸, 親舊家庭撫棺視窆之役, 相尋以卒歲, 今猶有姪婦之喪未葬. 然更閱涉歷, 此道益明, 益不敢不勉.

數年間, 書問文記頗多, 不能盡錄. 令小兒錄「經德堂記」往, 此文頗有補於吾道. 「荊公祠堂記」刻倂往, 此是斷百餘年未了底大公案, 聖人復起, 不易吾言矣. 刻中第六行內"義當與之戮力"字下, 脫"若虛損歲月是自棄也"九字, "好議論"字下羨'人'一字, 若令人寫出, 增損而讀之, 乃無遺恨. 當時錢伯同託弱翁書, 弱翁臂痛不能書, 伯同逼替, 復送來某自書, 恃有前本, 碎紙寫去, 偶有此脫羨, 伯同恐是意欲增損, 遂依後本刻, 至今不滿. 後當更書小本, 敍此曲直, 跋其後, 置諸壁間也.

與晦翁往復書, 因得發明其平生學問之病, 近得盡朋友之義, 遠則破後學之疑, 爲後世之益. 若夫志卑識闇, 居斯世爲斯世之徒, 固不足以論此.

長沙胡季隨, 乃五峰之幼子, 師事張南軒, 又妻其女. 南軒沒後, 又講學於晦翁之門, 亦嘗至臨安相聚. 此人操行甚謹慤, 志學亦甚篤. 但學不得其方, 大困而不知反. 去年亦有書來此, 今錄所答渠書倂所復陳漕君擧書往.

世固有甘心爲小人者, 此無可言矣. 有不肯爲小人而甘爲常人者, 又未足言也. 有不肯爲常人而墮於流俗中, 力不能自拔, 又無賢師友提掖之, 此可念也. 又有非其力不能自拔, 其所爲往往不類流俗, 堅篤精勤, 無須臾閒暇. 又有徒黨傳習, 日不暇給, 又其書汗牛充棟, 而迷惑浸溺, 流痼纏綿, 有甚於甘心爲小人, 甘心爲常人者, 此豈不重可憐哉! 上古聖賢先知此道, 以此道覺此民. 後世學絶道喪, 邪說蜂起, 熟爛以至今日, 斯民無所歸命. 士人憑私臆決, 大抵可憐矣, 而號稱學者, 又復如此, 道何由而明哉? 復晦翁第二書, 多是提此學之綱, 非獨爲辨無極之說而已, 可更熟復之.

진군거에게 보내는 편지

與陳君擧

정미년(1187) 겨울에 한번 만날 기회를 놓친 뒤로 주고받던 서신마저 보내지 못하였습니다. 근년 이래 산속에서의 생활이 더욱 편벽해지다보니 지인들의 소식도 종종 끊겨버리고, 공연히 치닫는 그리움만 쌓여갑니다. 심부름꾼이 이곳에 임시 머물고 있는데, 서신과 예물까지 보내주시고 근자의 동향에 대해서도 일일이 알려주시어 한량없는 위로를 받았습니다. 존형처럼 재능이 뛰어나신 분께서 이처럼 부지런히 하문하시고, 진심으로 간곡히 대해주시며, 참으로 능력 있는 분으로서 무능력한 자에게 묻고, 많이 아시는 분으로서 부족한 자에게 물어주시니, 더욱이 감탄만 나옵니다.

세상의 습속이 피폐하고 쇠미해진 것에 대하여는 본디 이렇다 할 말이 없습니다. 학문으로 자임하는 자들이 거듭 사견(私見)에 갇히고 사설(私說)에 가리어, 바늘도 물리치고, 돌 침도 거부하고, 당파를 잔뜩 끌어 모아 선현의 가르침을 빌리고, 비슷한 것을 훔쳐다가 자기에게 가져다 붙이면서, 실은 [선현의 가르침과] 반대로 치닫고 있다는 사실조차 알지 못한 지 이미 오래되었습니다. 하늘이 이 이치[理]를 사람에게 주었거늘 온 세상이 그에 대한 책임을 지지 못하고 있어 인극(人極)[34]이 거의 설 수 없습니다. 긴 긴 생각이 이에 미치면 슬픔

---

34) 인극이라는 용어는 일반적으로 태극과 비교되어 周敦頤의 「太極圖說」에 나온다. 태극이 우주만물의 최고의 準則이라면 인극은 인간으로서 최고의 준칙, 혹

과 두려움이 더욱 절실해집니다. 우둔한 주제임을 잊고서 스스로 힘을 다 바치고자 하기에 저는 감히 스스로 힘쓰지 않을 수 없습니다. 대공(大公)을 드러내고 사사로움을 멸하며, 지극한 신의를 밝히고 거짓을 불식시키는 일이라면, 존형이 아니고서 그 누구에게 기대할 수 있겠습니까? 늙었다는 말씀은 받들 수 없나이다.

부자연(傅子淵: 傅夢泉)은 이미 형양(衡陽)에 도착했습니다. 그가 보낸 편지를 받았는데, 이미 존형께 소식을 알렸다고 하더군요. 자연은 인품이 매우 높아 다른 자들과 비할 수 없습니다.

유순수(劉淳叟: 劉堯夫)는 지난 달 초에 더위를 무릅쓰고 강가에 나갔다가 열흘도 넘게 이질을 앓더니, 끝내 일어나지 못하고 말았습니다. 슬프기 그지없습니다! 요 몇 년 사이 사우(師友)들을 멀리하고 상리(常理)를 거슬러 거꾸로 행동하더니만, 너무도 애통합니다. 저는 봄여름 사이에 어려움과 좌절을 겪고 성곽 근처까지 갔다가 순수가 몸져 누워있는 것을 보았습니다. 그래서 좀 좋아질 때를 기다려 그를 늪에서 꺼내 도와주어야겠다고 생각하였건만, 생각지도 않게 영영 가버리고 말았습니다. 생각할수록 상심어린 탄식만 나옵니다! 순수와 정기(正己: 陳剛)가 처음 배움에 나아갔을 때, 스스로 애쓰고자 하는 뜻이 참으로 볼만 했던지라 향리의 자제들 중에 그들로 인해 마음이 움직여 떨치고 일어난 자가 매우 많았습니다. 그러나 중도에도 이르지 못하고 각각 다른 뜻을 품었습니다. 순수는 불교에 귀의했고 정기는 재술(才術)을 흠모하였습니다. 뜻을 맡긴 바가 다르기는 하나 [다를 곳으로] 향한 것은 마찬가지입니다. 이렇게 눈이 가려지더니, 앞에서 말한 '학문으로 자임하는 자'들과도 또 크게 달라지고 말았습니다.

은 준칙이 된 사람, 즉 聖人을 말한다.

정기와는 근자에 예의를 지켜가며 만나긴 하지만, 그가 어울리는 벗이나 그가 지은 문사를 보고, 또 그의 외관과 용모를 확인하여 그가 지향하는 바를 살펴본즉 전혀 달라지지 않았습니다. 이 점이 특히 염려스럽습니다.

丁未之冬, 失於一見, 尺書往復, 莫遂輪寫. 比年山居益左, 知舊消息往往闊絶, 徒積傾馳. 遣人臨存, 辱以書幣, 備承近日動息, 慰浣可量. 以尊兄之才之美, 下問之勤, 懇然情實, 眞以能問於不能, 以多問於寡, 尤用降嘆!

世習靡敝, 固無可言. 以學自命者, 又復封於私見, 蔽於私說, 却鍼拒砭, 厚自黨與, 假先訓刣形似以自附益, 顧不知其實背馳, 久矣. 天以是理畀人, 而擧世莫任其責, 則人極殆不立矣. 永思及此, 益切悼懼. 忘其駑蹇, 以自效竭, 此某所不敢不勉. 著大公以滅私, 昭至信以熄僞, 非尊兄尙望誰? 老矣之論, 未敢聞也.

傅子淵已至衡陽, 得其書, 謂亦已相聞矣. 子淵人品甚高, 非餘子比也.

劉淳叟前月初冒暑歸自臨江, 病痢踰旬, 竟不起, 可哀可哀! 此卽年來避遠師友, 倒行逆施, 極可悼念. 春夏之間, 適有困折, 某近抵城闉, 見其臥病, 方將俟其有瘳, 大拯拔之, 不謂遂成長往, 念之尤用傷歎! 淳叟·正己初向學時, 自厲之意蔚然可觀, 鄕里子弟因之以感動興起者甚衆. 曾未半塗, 各有異志. 淳叟歸依佛乘, 正巳慕用才術, 所託雖殊, 其趣則一. 此其爲蔽, 與前所謂以學自命者又大不侔矣. 正己比來相與禮貌, 然視其朋游, 觀其文辭, 驗之瞻視容色, 以考其指歸, 未之有改, 此尤可念也.

권 10

이성지에게 보내는 편지
與李成之

　제가 지난 겨울 대반(對班)을 며칠 남겨놓고서 갑자기 장승(匠丞)[1]에 임명되는 바람에 왕 급사(王給事)가 대신 들어가게 되었습니다. 나중에 들어보니 "우두머리 재상의 앞잡이가 누구인지 내 장차 찾아내고 말겠다."고 말하는 자가 있어서 이로 인해 두려움에 떨었다고 하니, 또한 가련하다 하겠지요!

　옛 사람들이 정사를 흠잡고 사람 지적하는 일[2]을 하찮게 여기며 임금의 마음을 바로잡기 위해 힘썼던 까닭은 임금의 마음이 바르지 않으면 한 가지 사악함이 물러나도 또 다른 사악함이 등장하고, 한 가지 폐단이 제거되어도 또 다른 폐단이 일어나, 서로 꼬리에 꼬리를 물듯 이어지며 그칠 날이 없기 때문입니다. 임금의 마음이 바로잡히면 그 규모나 지향하는 바가 [이전과 비교하여] 연(燕)나라와 월(越)나라만큼이나 차이가 나고,[3] 사정(邪正)과 시비가 파란색과 흰색만큼

---

1) 將作監에 속한 관직 명칭이다.
2) 『孟子』「離婁上」에 "맹자가 이르기를, 등용한 인물에 대해 (임금과) 더불어 일일이 허물을 지적할 수가 없으며, 정사를 일일이 다 흠잡을 수가 없다. 오직 대인이라야 임금의 그릇된 마음을 바로잡을 수 있으니, 임금이 어질면 누구도 어질지 않을 수 없고, 임금이 의로우면 누구도 의롭지 않을 수 없으며, 임금이 바르면 누구도 바르지 않을 수 없다. 한번 임금의 마음이 바르게 되면 나라는 안정된다고 하였다.(孟子曰, 人不足與適也, 政不足間也. 惟大人爲能格君心之非, 君仁莫不仁, 君義莫不義, 君正莫不正, 一正君, 而國定矣.)"라는 말이 나온다.
3) 연나라는 북방에 있던 나라이고 월나라는 지금의 절강성 일대, 즉 남방에 있던

이나 분명해져, 큰 광명이 떠오르고 뭇 어두움이 숨습니다. 이런 때
가 되면 이 자질구레한 것들이 어찌 다시 사람의 입을 더럽힐 수 있
겠습니까?

일전 황상과의 면대에서 큰 줄거리만 거칠게 아뢰었는데, 현명하신
주상께서 광망하다 여기지 않으셨습니다. 하지만 아직 조목을 완성하
지 못하였고 계통 또한 세우지 못했습니다. 이토록 오랜 동안 망설이
고 있는 것은 주상의 청광(淸光)을 다시 뵈올 때를 기다려, 제 마음
속 충심을 다 쏟아냄으로써 신하 된 도의를 바치기 위함입니다. 그러
나 이루지 못한다 해도 이 또한 하늘의 뜻이니, 저 왕 씨네 아들이
어찌 제가 주상을 만나지 못하도록 방해할 수 있겠습니까?[4]

某去冬距對班數日, 忽有匠丞之除, 王給事遂見繳. 旣而聞之, 有謂
"吾將發其爲首相爪牙"者, 故皇懼爲此, 抑可憐也!
古人所以不屑屑於間政適人, 而必務有以格君心者, 蓋君心未格, 則
一邪黜, 一邪登, 一弊去, 一弊興, 如循環然, 何有窮已. 及君心旣格,
則規模趨鄕有若燕·越, 邪正是非有若蒼素, 大明旣升, 羣陰畢伏, 是

---

4) 『孟子』「梁惠王下」에 나오는 내용이다. "악정자가 맹자를 만나 말했다. '저 극
이 평공에게 말해 임금이 와서 맹자님을 만나려 했습니다. 그러나 왕의 총신인
장창이라는 자가 임금이 오는 것을 막아 임금이 오지 못했습니다.' 맹자 말했다.
'가는 것도 하늘이 시킨 것이고 멈춘 것도 하늘이 붙잡았을 것입니다. 가고 멈춤
은 사람이 능히 시킬 수 있는 바가 아닙니다. 내가 노나라 제후를 만나지 못한
것도 하늘의 뜻입니다. 장 씨네 아들이 어찌 내가 평공을 만나지 못하도록 할
수 있겠습니까?(樂正子見孟子曰, '克告於君, 君爲來見也. 嬖人有臧倉者沮
君, 君是以不果來也.' 曰, '行或使之, 止或尼之. 行止, 非人所能也. 吾之不
遇魯侯, 天也. 臧氏之子焉能使予不遇哉!)" 여기서는 육구연의 대면이 왕급사
로 인해 성사되지 않았기 때문에 臧氏를 王氏로 바꾼 것이다.

瑣瑣者, 亦何足復汚人牙頰哉?

　鄕來面對, 粗陳梗槪, 明主不以爲狂, 而條貫靡竟, 統紀未終. 所以低回之久者, 欲俟再望淸光, 輸寫忠蘊, 以致臣子之義耳. 然而不遂, 則亦天也. 王氏之子, 焉能使子[5]不遇哉?

---

5) 원본에는 '子'로 되어 있으나 『맹자』를 인용한 것이 분명한 바, 『맹자』 본문에 의거하여 '予'로 고쳐 번역하였다.

두 번째 편지
....
二

이 위(李尉)로부터 그대가 3월 그믐날 보낸 편지를 받았는데, 꺼내 읽어보고 지극히 큰 위로를 받았습니다! 별지에서 진심을 더욱 보여주시며 병세에 관해서도 일일이 서술하셨으니, 스스로를 매우 깊이 알고 있다 이를 만합니다. 인(仁)을 행한다는 것은 스스로 말미암는 것이지 남을 통해 하는 것이겠습니까? 분발하여 우뚝 서는 것 또한 나에게 달린 일 아니겠습니까? 만약 나무라고 논평하는 일만 일삼으면서 시속(時俗)을 인습하고, 용감하게 일어나 우뚝 서지 못한다면, 이는 관부에서 간악한 서리를 눈감아주고 집안에 도적을 남겨두는 것과 마찬가지이니, 우환이 쌓여 가는데도 용기 내어 단번에 제거하지 못한 책임이 기실 누구에게 있겠습니까? 지금 다행히 그들이 간악한 도적임을 알고서 골치아파하고 계시는데, 만약 오랫동안 보호하면서 쉬게 해주고, 차츰 익숙해져 그들을 편히 여기게 되면 도리어 그들을 충량(忠良)이라고 여기게 될 수도 있을 것입니다. 현자를 임용함에 두 가지 생각을 가져서는 안 되고, 사악함을 제거함에 있어 망설여서는 안 됩니다. 어찌 나라 일만 그렇겠습니까? 집안이며 몸이며, 모두 한 가지 이치입니다. 원컨대 정밀히 생각하고 깊이 통찰하시어 하루라도 극기복례할 수 있는 능력을 얻으십시오. 그리하면 해가 중천에 떠오르듯 빨리 아무 근심 없는 상태에 이를 것입니다.[6]

---

6) 『周易』「豊卦」의 괘사에 "풍은 형통함이니, 왕이 이르게 하는 바이라 근심이

李尉處附至三月晦日書, 發讀, 慰浣之極! 別紙尤見情實, 歷述病狀, 可謂自知之審矣. 爲仁由己, 而由人乎哉? 奮拔植立, 豈不在我? 若只管議評因循, 不能勇奮特立, 如官容奸吏, 家留盜虜, 日積憂患, 而不勇於一去之決, 誰實爲之? 今幸尙知其爲奸盜而患苦之, 護惜玩愒之久, 寢以習熟便安之, 未必不反以爲忠良也. 任賢勿貳, 去邪勿疑, 豈獨爲國而然, 爲家爲身, 蓋一理也. 願精思深察, 致一日克己復禮之力, 當有勿憂, 宜日中之快矣.

응중식에게 보내는 편지
與應仲寔

　　예전에 강동(江東)을 다스리실 적에 보내주신 편지에 대충 답장을
했었는데, 얼마 있다 또 몇 글자를 받들게 되어 향리 사람 편에 답장
을 보냈습니다. 그런데 집사(執事: 2인칭)를 남복(南服)[7] 안무사(按
撫使)[8]로 이동시킨다는 어명이 내려오는 바람에 결국 전해드리지 못
하고 말았습니다. 그때 저는 마침 융흥(隆興: 江西省 南昌의 옛 이름)
에 도착해 취암(翠岩)과 홍정(洪井) 사이에 머물고 있었는데, [집사를]
수종하는 자들이 이곳에 도착해 머물고 있다는 말을 듣고 황급히 성
으로 돌아가 보았으나, 의장 행렬이 다시 남쪽으로 떠난 뒤라 몹시도
마음이 아팠습니다! 일찍이 조대(漕臺) 어른께 보낸 답장에 이와 같
은 뜻을 적은 바 있는데, 말씀 나누시던 차에 혹 이에 대한 언급은
없으셨는지요?
　　창오(蒼梧)는 순임금의 발자취가 미친 곳이며, 교지(交趾)·합포
(合浦)·구진(九眞)·일남(日南)은 군(郡)이 된 지 오래입니다. 월
(粤: 지금의 廣東 지역) 땅은 천자의 행렬이 남쪽 강을 건너간 이래로
더욱 중국의 땅에 가까워졌으며, 황제의 명을 선포하는 임무를 맡은
자들도 모두 명유(名儒)와 중신들입니다. 그간 장부에 계산이 잘못된

---

7) 고대에는 王畿 이외의 지역을 다섯 지역으로 나누어 五服이라 칭했다. 따라서
　　南服은 곧 남방을 뜻한다.
8) 원문의 '帥'는 '帥使'를 지칭한다. 송나라 대는 安撫使를 帥使라고 칭하였다.

부분이나 쌀과 소금 같은 말단의 업무를 돌보면서 황상께서 남쪽을 보살피고자 하는 근심스런 마음도 우러러 받드셔야 했을 터이니, 관인의 어려움이 이와 같습니다. 이곳에서 수곤(帥閫)9) 노릇을 하게 한 것은 잠시 어진 현자를 굽히게 한 처사이나, 영해(嶺海)10) 지역 백성들에게 베풀어진 은택은 가히 지극하다 이를 만합니다. 보듬어 품고 안무하심에 분명 여유가 넘칠 것이니, 먼 땅 백성이 예법을 알아11) 예의가 융성해질 때가 바로 지금입니다. 조대 어르신은 사려가 뛰어나신 분이시니, 두 분이 함께 계실 적에 분명 매우 즐거우셨을 것입니다. 금란(金蘭)의 우의12)가 이에 입증되었을 터, 몹시도 부럽습니다.

저 또한 몇 해 전에 과분한 은혜를 입어 형문(荊門)을 지키게 되었는데, 남겨주신 가르침을 우러러 받들며 큰 허물을 피하고자 하였습니다. 구구한 근황에 대해서는 비루한 문장 몇 편이 있으니, 공무를 보신 여가에 한번 훑어보신다면 그 대강을 알 수 있으실 것입니다. 작년 가을과 겨울에 회옹(晦翁: 朱熹)과 두 번 서신을 주고받았으나, 지난 이야기는 일단 하지 않겠습니다.

---

9) '帥閫'은 한 지방을 진무하는 군사의 수장을 말한다.
10) '嶺海' 역시 남방을 뜻한다. 중국의 남방은 五嶺 이남에 있고 바로 바다와 접해 있기 때문에 이렇게 부른 것이다.
11) 『論語』「先進」에 "[자로가 말하기를] 천승의 제후국이 대국 사이에서 속박을 받고, 전란까지 가해져 기근이 들어도 유(由: 子路)가 다스리면 3년 만에 백성들을 용맹하게 할 수 있고 또한 예법을 알게 할 수 있습니다.(千乘之國, 攝乎大國之間, 加之以師旅, 因之以饑饉. 由也爲之, 比及三年, 可使有勇, 且知方也.)"라는 내용이 보인다.
12) 『周易』「繫辭上」의 "두 사람이 마음을 하나로 하면 그 날카로움이 쇠를 끊고, 마음을 하나로 하여 말하면 그 향기가 난초와 같다(二人同心, 其利斷金, 同心之言, 其臭如蘭.)"에서 나왔다. 金蘭之交는 친구 사이의 깊은 우의를 뜻하는 말로 사용된다.

向自使華在江東時, 草草具復來睍. 尋拜數字, 附鄉里士人以行. 而執事移帥南服之命已下, 用不果達. 其時某適至隆興, 在翠岩·洪井間, 得聞從者至止, 亟還城下, 則棨戟又南矣, 甚爲悵然! 屬嘗於復漕臺書中寄意, 語次亦曾及之否?

蒼梧, 舜迹所及, 交趾·合浦·九眞·日南, 爲郡古矣. 粤自翠華南渡更爲近服, 班宣之任, 類皆名儒重臣. 間者猶以簿書遺策, 米鹽末務, 仰勤晁旒南顧之憂, 官人之難乃如此. 玆焉帥闈, 暫屈明賢, 此其加惠嶺海之民可謂至矣. 撫柔安輯當有餘地, 遠民知方, 興於禮義, 此其時也. 漕臺心事犖犖, 伏想相得甚歡. 金蘭之誼, 於是有證, 健羨健羨!

某往歲亦蒙誤恩, 俾壘荊門, 尙遲餘敎, 以逃大戾. 區區近況, 有鄙文數篇, 公餘過目, 可槪見矣. 去年秋冬, 又兩通晦翁書, 然前說且倚閣矣.

장계해에게 보내는 편지
與張季海

　　한번 찾아뵙고자 한지 오래이나 장마로 인해 길이 질어서 실행에 옮기지 못하고 있는 처지인지라 황공하기 그지없습니다.

　　금계(金谿)의 서북으로 임천(臨川)에 가까운 곳은 대부분이 마른 밭이라, 반드시 세발 쟁기[13]로 밭을 갈아야만 가을에 수확을 기대할 수 있습니다. 평년이라면 지금 보습을 들고 가 땅을 갈아놓아야 하는데, 지금은 추위로 꽁꽁 얼어붙은 탓에 농사 시작도 못하고 있어서 농부들은 흉년 들 근심에 떨고 있습니다. 그러나 땅 속에 움츠려있던 우레가 먼저 기지개를 켜고, 샘물도 녹아 흐르기 시작하였습니다. 콸콸 솟는 샘물은 60년이 되어야 그친다는데, 일찍 녹아 흐르면 여름에 수심이 낮고, 늦게 녹아 흐르면 여름에 수심이 깊다고 합니다. 샘과 우레는 서로 표리 관계에 있어, 빨리 녹아 흐르는 것은 가뭄이 들 징조요, 늦게 녹아 흐르는 것은 풍년이 들 징조입니다. 하지만 지금은 우레가 먼저 움츠렸던 기지개를 켜고 샘이 녹아 흐른다 해도 여름이 되면 이미 늦습니다. 근년 들어 샘이 날로 말라가 민생이 날로 빈곤해져가고, 곡식 값이 비록 싸다고는 하나 종종 식량이 부족하곤 합니다. 거기다 초봄임에도 눈이 이어지고 비가 계속 내려 밭은 진흙탕이

---

13) 원문은 '三鏵'인데, '鏵'는 없는 글자이다. 아마도 쟁기를 뜻하는 '犁'에 쇠 금 부수를 더한 듯하다. '三犁'는 세발 쟁기[三脚耬]라는 농기구인데, 한나라 이후 이 농기구의 개발로 농업 생산량이 크게 늘었다.

되고 두둑도 무너지는데, 어찌해볼 도리조차 없는지라 그 곤궁함이 더욱 심해지고 있습니다. 장마가 그치지 않는다면 어찌해야 할까요? 포성(浦城)의 좀도둑들을 다행히 체포하긴 하였으나, 저들을 방비하는 것은 지금 능히 감당할 수 있는 일이 아닙니다.

읍의 백성들 중 공무로 관부에 다녀온 자들은 하나 같이 그대의 어진 덕을 칭송하였습니다. 그러나 떠돌며 담론을 일삼는 자들은 종종 아전14)의 뜻을 믿고 따른다며 의심하고 있습니다. 비록 근본 없는 말이라 깊이 근거할 바는 못 되지만 그런 말이 나오게 된 비슷한 정황은 있을 것이니, 더욱 살피셔야 합니다.

久欲詣謁, 坐此塗潦, 政爾未遂, 缺然斯懷.

金谿西北近15)臨川處, 率多旱田, 耕必三鏵, 秋乃可望. 常歲及今再粗挾矣, 今阻寒凍, 曾未擧趾, 農者凜然有無年之憂. 雷先啓蟄, 泉源已動. 泉之盛, 一甲子而止, 動早則及夏淺, 動晚則及夏深. 泉與雨澤亦相表裏, 故動早旱徵, 動晚稔徵. 今先啓蟄而動, 則不及夏矣. 比年貨泉日縮, 民生日貧, 穀價雖廉, 往往乏食. 重以冬春仍雪積雨, 畦塗隴敗, 無所施力, 困亦劇矣. 霖霪未止, 爲之奈何? 浦城小寇, 幸已成擒, 警候之事, 尤非今日所能堪也.

邑民以公事至廷者, 莫不稱頌賢德. 而游談之士往往以聽信百石爲疑, 雖其無根, 不足深據, 然形似則有以致之, 更惟加察.

---

14) 원문의 '百石'은 원래 한나라 때 관직을 뜻하는 말로 十六斛을 월급으로 받는 하급관리를 지칭한다. 후에는 州郡의 장관이 직접 임용한 屬吏를 가리키는 말로 사용되었다.

15) [원주] 원문의 '近'은 원래 '幷'으로 되어 있으나 道光本에 근거하여 바로 잡았다.

두 번째 편지
二

    오래도록 땅이 질어 찾아뵙지 못하였습니다. 16일에 편지 한 통을 적어 구구한 마음을 실었는데, 얼마 지나지 않아 날이 조금 개기에 보류했다가 직접 만나 말씀드려야지 한 것이 끝내 전해드리지 못하고 말았습니다. 지금 그 편지도 함께 보내니 한번 읽어 보십시오.

    신임 현재(縣宰)가 결국 부임하지 않게 되어, 우리 읍은 이제 오래도록 어지신 분의 은택을 입을 수 있게 되었습니다. 그대가 줄곧 장구한 계획을 세우고 있지 않은데, 이는 그대의 잘못이라 생각합니다. 고인은 매사에 있어 크건 작건, 먼 일이건 가까운 일이건 한결같이 처리하였습니다. 하루를 머물러도 나의 도를 다해야 마땅합니다. 학문이 끊기고 도가 사라진 지 이미 오래인지라 이익만을 좇아 행동하는 자가16) 넘쳐납니다. 일전에 주부(主簿)와 더불어 '의에 밝다, 이익에 밝다.'17)는 말씀에 관해 변론하셨다는데, 대화중에 혹 이것에 관한 언급은 없으셨는지요?

    저희 읍은 비루하여 풍속이 아직 곧아지지 못하였습니다. 다행스러운 것은 주부의 뜻이 심히 아름답다는 것입니다. 다만 경험이 부족할 따름이지요. 그밖에 더는 정직하다 할 만한 사람이 없는지라 미천한

---

16) 『論語』「里仁」에 "이익만을 따라 행동하면 원망을 사게 된다(放於利而行, 多怨.)"라는 말이 나온다.

17) 『論語』「里仁」에 나오는 "공자께서 말씀하시기를, 군자는 의에 밝고 소인은 이익에 밝다(子曰, 君子喩於義, 小人喩於利.)" 구절을 가리킨다.

저로서도 그대를 위해 깊이 심려하지 않을 수가 없습니다. 요컨대 우뚝 고인처럼 되겠노라 스스로 자임하고, 상심할 만큼 유속(流俗)을 측은히 여긴 후라야 함정에 빠져 허우적대지 않을 수 있을 것입니다. 사람들은 벗이 없을까 근심하고, 듣고 보지 못할까 근심합니다. 하지만 옳지 못한 자를 가까이 하고, 옳지 못한 말을 듣는 것보다는 차라리 없는 편이 낫습니다. 만약 어질지 못한 행동을 보고서 안으로 스스로를 성찰한 뒤, 좋지 못한 행동을 찾아내 고칠 수 있다면, 모두가 나의 스승입니다.

久以道濘, 不遂往見. 旣望, 常作一紙以致區區. 尋以少霽, 欲留面剖, 又不果達. 今倂往一觀.

新宰旣不果來, 吾邑遂可以久被賢者之澤. 向來不作久計, 深爲足下不取. 古人於事, 無小大, 無久近, 其處之一也. 居一日亦當盡吾道, 學絶道喪, 所從來久矣, 放利而行者滔滔也. 比嘗與主簿論喩義喩利之說, 語次曾及之否?

弊邑之陋, 風俗未還於正. 所幸主簿意向甚美, 第未甚更歷耳. 外此不復有正人, 區區亦不能不爲左右深慮. 要當卓然以古人自期, 憫惻流俗如失心者, 而後能無所陷溺. 人患無朋友, 無聞見. 與其親不正之人, 聞不正之言, 則寧其無也. 若見不賢而內自省, 擇其不善者而改之, 則皆吾師也.

장원정에게 보내는 편지
與張元鼎

    근자에 지금까지의 공무에 관해 논한 편지를 받았습니다. 결락된 부분을 헤아려 조절하고, 오래된 폐단을 기록하여 바로 잡는 것은 본디 당연한 일일 것입니다. 일전에 사군(使君)[18]께 보내드린 답장이 바로 그에 관한 이야기였습니다. 그러나 새로운 세금 명목을 만들어 징수하겠다는 것은 절대로 불가합니다. 그대의 논변은 염구(冉求)가 전유(顓臾)를 치려할 때 했던 것[19]과 거의 비슷합니다.

---

18) 州郡의 長官을 가리킨다.

19) 『論語』「季氏」에 나오는 내용이다. "계씨가 장차 전유를 치고자 하였다. 염유와 계로가 공자를 만나 말하길, '계씨가 전유를 치려합니다.'라고 하니 공자께서 말씀하시길, '구야. 네가 너무 과하지 않았느냐? 전유는 옛날 선왕께서 동몽의 제주로 삼으셨고 또한 나라 가운데 있으니 또한 사직의 신이다. 어찌 칠 수 있겠느냐?'라고 하였다. 염유가 말하기를, '계씨가 하고자 하는 것이지 우리 두 신하는 원치 않습니다.'라고 하자 공자께서 말씀하셨다. '구야! 주임이 말하기를, 힘을 다하여 벼슬에 나아가서 능치 못하면 그만두어야 한다고 하였다. 위태로운데도 잡지 못하고 넘어졌는데도 일으키지 못한다면, 저 소경 돕는 사람을 무엇하러 쓰겠느냐? 너의 말이 지나쳤다. 범과 들소가 우리에서 나오고 거북과 옥이 궤 안에서 망가졌다면 이것은 누구의 허물이냐?' 염유가 말했다. '전유는 견고하고 비 땅에 가까우니 지금 거두지 않으면 후에 자손에게 우환이 될 것입니다.' 공자께서 말씀하셨다. '구야. 군자는 자신의 욕심이라 말하지 않고 기어이 핑계를 찾으려는 행위를 싫어한다. 내가 듣기로 나라와 집안을 다스리는 자는 적음을 걱정하지 않고 고르지 못한 것을 걱정하며, 가난을 걱정하지 않고 불안을 걱정한다고 하였다. 고르면 가난하달 것이 없고 편안하면 부족하달 것이 없다.……나는 계손씨의 우환이 전유에 있는 것이 아니라 담장 안에 있는 것이 아닐지 걱정이구나.'(季氏將伐顓臾. 冉有季路見于孔子, 曰, '季氏將有事于顓

금계(金谿)의 도호(陶戶)들은 대체로 농민들로, 농한기 때에만 그 일을 하는지라 상황 자체가 번양진(番陽鎭)의 그것과 매우 다릅니다. 지금 농민들은 대부분이 곤궁합니다. 농사지어 얻는 이윤이 적은 것은 이미 오래된 사실이므로 농한기에 다른 일을 함으로써 가계를 보조하는 일은 그만둘 수가 없습니다. 수령으로서 그 부족함을 메워주고 넉넉지 못한 생계를 도와주지는 못할망정, 부업 삼아 하는 일에 대고 또 세금을 징수하겠다니, 이것이 어찌 될 법한 일이겠습니까? 처음에 이 말을 듣고서 깜짝 놀랐는데, 뒤 이어 이런 이야기가 심 위(沈尉)로부터 나왔다는 말을 듣고서, 이런 계책이나 내는 자라면 백성 구제하는 일에 보탬 될 리가 없다는 것을 깨달았습니다. 만약 그 일이 수령의 다스림의 요체를 상하게라도 한다면, 더는 무슨 말로도 문식할 수 없게 될 것입니다. 심 아무개 애송이는 본래 지식이라곤 없는데, 어찌 고을을 근심하겠습니까? 어찌 수령을 사랑하겠습니까? 어찌 어린 백성을 염려하겠습니까? 다만 사심 가득한 자들의 부림만 당할 뿐입니다. 거듭 안타까운 것은 마침내 어진 사군까지 사심 가득한 자들에게 부림을 당하도록 만들었다는 사실인데, 그대 또한 그 사심 가득한 자들을 위해 변호까지 하고 있습니다. 이 자의 술수가 어찌 이리도 대단하여 한 가지 사설(邪說)을 가지고 두 현자를 부릴 수

臾.' 孔子曰, '求! 無乃爾是過與? 夫顓臾, 昔者先王以爲東蒙主, 且在邦域之中矣, 是社稷之臣也. 何以伐爲?' 冉有曰, '夫子欲之, 吾二臣者皆不欲也.' 孔子曰, '求! 周任有言曰, 陳力就列, 不能者止. 危而不持, 顚而不扶, 則將焉用彼相矣? 且爾言過矣. 虎兕出于柙, 龜玉毀于櫝中, 是誰之過與?' 冉有曰, '今夫顓臾, 固而近于費. 今不取, 後世必爲子孫憂.' 孔子曰, '求! 君子疾夫舍曰欲之而必爲之辭. 丘也聞, 有國有家者, 不患寡而患不均, 不患貧而患不安. 蓋均無貧, 和無寡. ……吾恐季孫之憂不在顓臾, 而在蕭墻之內也.')"

있는지, 거듭 괴이하기만 합니다. 지금은 어떻게 시행되어가고 있는지 모르겠습니다. 아직 깊어지기 전에 그것을 고치시어 이런 자의 웃음거리가 되지 않도록 해야 마땅할 것입니다.

比方得向來論事之書. 張權缺造簿正其宿弊, 此固當然, 比復使君書, 固是之矣. 若創征之事, 此甚不可, 足下之辯, 殆類冉求之辯伐顓臾.

金谿陶戶, 大抵皆農民於農隙時爲之, 事體與番陽鎭中甚相懸絶. 今時農民率多窮困, 農業利薄, 其來久矣. 當其隙時, 藉他業以相補助者, 殆不止此. 邦君不能補其不足, 助其不給, 而又征自補助之業, 是奚可哉? 初甚駭聞玆事, 繼而聞其說出於沈尉, 卽悟其爲此謀之人豈能有補於調度? 若其傷邦君之政體, 不復可得而文飾矣. 沈生小子, 本無知識, 豈恤州郡? 豈愛邦君? 豈念小民? 獨爲挾私者聽嗾耳. 所重可惜者, 遂使賢使君爲挾私之人所役, 而足下又代挾私者爲辯, 此人之術, 何其如此之高, 乃能挾一邪說以役二賢者, 又重可怪也. 今未知已如何施行? 正宜及其未深, 有以改之, 無爲此人所笑.

황강년[20]에게 보내는 편지
與黃康年

　이 도(道)는 우주에 가득 차있고 천지는 이 도를 따라 운행합니다. 그렇기 때문에 일월에 오차가 없고 사시에 어그러짐이 없는 것입니다. 성인은 이 도를 따라 움직이므로 형벌이 청명하여 백성이 복종합니다. 따라서 고인은 황망한 중에도 반드시 인(仁) 안에 있고 넘어지는 중에도 반드시 인 안에 있었던 것입니다.[21] 잠깐이라도 이를 따르지 않는다면 이를 일러 불경(不敬)이라 합니다. 비록 그렇긴 하지만, 사람을 얽어매는 개인의 사사로움은 큰 용기가 아니고서는 극복할 수 없습니다. "하루라도 극기복례할 수 있다면 천하가 인(仁)으로 돌아간다."[22]고 했으니, 어찌 그저 배척하는 데 그칠 뿐이겠습니까? 설사 경계에 소홀하여 구습이 다시 도졌다 하더라도, 이를 생각하고 이를 깨닫고 이를 회복하고자 할 때, 또한 큰 용기가 있어야만 그 곧음을 얻을 수 있을 것입니다. 더욱 힘쓰기 바랍니다!

---

20) 黃椿. 字는 康年이며 黃壺隱의 넷째 아들이자 黃枏의 아우, 黃棐의 형이다.
21) 『論語』「里仁」에 "군자는 밥 먹는 동안에도 인을 거스름이 없어야 하니, 황망한 중에도 반드시 인에 있어야 하고 넘어지는 중에도 반드시 인에 있어야 한다(君子無終食之間違仁, 造次必於是, 顚沛必於是.)"는 말이 나온다.
22) 『論語』「顔淵」에 "안연이 인에 대해 물으니 공자께서 말씀하시길, 극기복례를 일러 인이라 한다. 하루라도 복기복례할 수 있으면 천하가 인으로 돌아간다.(顔淵問仁, 子曰: '克己復禮爲仁. 一日克己復禮, 天下歸仁焉.')"라는 말이 나온다.

此道充塞宇宙, 天地順此而動, 故日月不過, 而四時不忒. 聖人順此而動, 故刑罰淸而民服. 古人所以造次必於是, 顚沛必於是也. 斯須不順, 是謂不敬. 雖然, 己私之累人, 非大勇不能克. 一日克己復禮, 天下歸仁焉, 豈直推排而已哉? 縱使失於警戒, 舊習乘之, 當其思之, 覺之, 復之之時, 亦必大勇而後能得其正也. 願益勉之!

호무상[23]에게 보내는 편지
與胡無相

보내온 편지에서 속학(俗學)을 근심하여 안타까워하시고, 사견(邪見)을 가슴 아파했는데, 오늘날의 병폐를 깊이 찌른 말들이었습니다. 다만 지나치게 성대한 칭찬만은 감히 받들 수 없습니다.

유정부(劉定夫)는 며칠 머물다 돌아갔고, 장성자(張誠子)[24]는 시험 기간이 임박해 미처 만나지 못했습니다. 다만 "돌아오는 날 뵈러 가겠다."는 소식을 받았습니다. 정부도 조만간 산에 올라오겠다고 약조했습니다.

산에 있는 벗들은 근자에 『상서』를 많이 읽습니다. 상고시대의 도의(道義)는 본디 밝은 것이어서, 이것과 더불어 창화(倡和)하다보면 통하지 않는 느낌이 없습니다. 하지만 [그 내용인즉] 그저 일상적인 다반사일 뿐입니다. 그런데도 지금 사람들은 이익과 영예에 현혹되고 사설(邪說)에 눈이 가려져, 이 도리를 듣고서 마치 대단한 뜻인 양 뒤집어 놓으니, 어찌 가련하지 않겠습니까!

惠書憂憫俗學, 傷悼邪見, 深中時病. 惟是推許過盛, 非所敢承.
劉定夫得數日之款. 張誠子迫試期不及一見. 但得訊云: "回日見過."

---

23) 臨川 사람이며 『陸子學譜』권15에 육구연의 문인으로 기록되어 있다. 일설에는 승려라는 말이 있다.
24) 張明之. 字는 誠子. 信州 貴溪 사람으로 대대로 龍虎山에 살았다.

定夫亦約早晚登山.

　山間朋友近多讀『尙書』. 上古道義素明, 有倡斯和, 無感不通, 只是
家常茶飯. 今人旣惑於利祿, 又蔽於邪說, 見說此理, 翻成特地, 豈不
可憐哉!

주익숙에게 보내는 편지

與朱益叔

보잘것없는 학문을 스스로 그만두지 못하고 벗들과 더불어 공부하다보니, 또한 달마다 달라지고 해마다 같지 않음을 느낍니다. 매번 예전에 쓴 문장을 다시 꺼내 읽어보곤 하는데, 커다란 단서와 커다란 요지인즉 오래 전부터 정론(定論)이 있어왔고 지금까지도 바뀌지 않았습니다. 하지만 지엽적인 내용이나 조목 등에 누락되고 잘못 된 부분이 종종 있는지라, 반드시 산삭을 가해야만 세상에 전할 수 있습니다. 전에 벗들 사이에서 가끔 제 문장이 전해지는 것을 보았는데, 개중에는 전부 위작인 것도 있었습니다. 이 점은 더욱이 잘 알고 있어야 합니다.

정월이 되면 한번 만나서 그 진위를 따져봅시다. 학문이 끊기고 도가 사라지자 사사로운 주장과 편파적인 의론이 세상을 가득 뒤덮었습니다. 그러니 벗들끼리 강습함에 있어 서로 부합하지 못하는 바가 있는 것은 형세상 당연한 일이라 하겠습니다. 그러나 지론은 하나로 귀결되어야 하고 정밀한 뜻은 둘이 있을 수 없다 하였으니,[25] "마음에 있어서만 공통된 바가 없겠습니까?"[26] 이것은 지극한 말씀입니다. 그

---

25) 이 말은 程頤의 "공은 하나이고 사는 만 가지로 다르다. 지론은 응당 하나로 귀결되어야 하고, 정밀한 뜻은 둘이 있을 수 없다(公則一, 私則萬殊. 至當歸一, 精義無二.)"를 인용하였다.

26) 『孟子』「告子上」에 "맛에 대해 모든 입은 좋아하는 맛이 같다. 소리에 대해 귀는 같은 듣고자 하는 것이 같다. 색에 대해 눈은 아름답게 여기는 것이 같다.

저 「벌목(伐木)」편[27]을 읊고 그 일에 환해지신다면, 종국에는 반드시 흠잡을 곳[28]이 없어질 것입니다.

　區區之學, 不能自已, 朋儕相課, 亦謂月異而歲不同. 每觀往年之文, 其大端大旨則久有定論, 至今不易. 若其支葉條目, 疏漏舛錯, 往往有之, 必加刪削, 乃可傳也. 向在朋友間, 時見所傳鄙文, 亦有全僞者, 此尤不可不知也.
　開歲合幷, 當究其說. 學絶道喪, 私說詖論, 充塞彌滿, 朋友講貫, 未能符合, 其勢然也. 然至當歸一, 精義無二, "至於心獨無所同然乎?" 此孟子之至言. 但詠歌「伐木」之篇, 緝熙其事, 終必有無間然者矣.

<hr>

그러니 마음에만 공통된 바가 없겠는가?(口之於味也, 有同耆焉. 耳之於聲也, 有同聽焉. 目之於色也, 有同美焉. 至於心, 獨無所同然乎?)"라는 내용이 보인다.

27) 『詩經』「小雅」의 편명이다.

28) 『論語』「泰伯」에 "공자께서 말씀하시길, '나는 우임금에게 아무런 흠을 잡지 못하겠다. 푸성귀를 먹으면서 귀신에게 효를 다하고, 헤진 옷을 입으면서 祭服을 성대히 하였으며, 낮은 궁실에 살면서도 도랑 만드는 일에는 최선을 다했으니, 나는 우임금에게 아무런 흠을 잡지 못하겠다.'(子曰, '禹, 吾無間然矣. 菲飮食, 而致孝乎鬼神, 惡衣服, 而致美乎黻冕, 卑宮室, 而盡力乎溝洫. 禹, 吾無間然矣.')"라는 구절이 나오는데, '無間然'이란 틈이나 단점이 없는 것을 말한다.

노언빈[29]에게 보내는 편지
與路彦彬

가르침을 주고 성대한 작품까지 보여주었는데, 그 성대한 문장과 간곡한 뜻을 무엇으로 감당해야 할지 모르겠습니다. 비록 그러하나 아직 깨치지 못한 부분이 있는 것 같은지라, 도의상 제 뜻을 펼쳐 전하지 않을 수가 없습니다.

못난 나는 스스로 능력도 헤아리지 못하고서, 보잘것없는 학문이지만 맹자의 계승은 나에 이르러서야 비로소 밝아졌다고 자부하고 있습니다. 내가 평상시 그대를 아껴온 것이 어찌 그저 친척이라는 이유 하나 때문이겠습니까? 고인들은 갓끈이 끊어지거나 [옷이 헤져] 팔꿈치가 드러나도 큰일이라 여기지 않았고, 며칠 동안 밥을 지어먹지 못했어도 울려나오는 노래 소리는 참으로 아름다웠습니다. 혹 이 말을 깊이 믿지 못하시는 것입니까? 믿으십시오.

아직 등자(登滋)를 건너지 못하셨다면, 마땅히 끌채를 옆에 끼고 수레바퀴를 밀어주며 함께 넓은 길로 나아가게 해드려야겠지요. 그러나 금전이나 곡식 등을 보내어 은혜를 베푸는 일이라면, 이는 제 책임이 아닙니다. 모여 사는 친족이 많아 한 해 동안의 생계라야 굶주림을 면치 못합니다. 정월 초하룻날에 공당미(公堂米)를 받았지만 터럭만큼의 보조도 되지 못했습니다. 또한 이 일보다 더 큰 일이 있기 때문에 감히 이러한 책임은 지지 못하겠습니다. 때를 얻어 도를 행하

---

29) 路謙亭이라는 설이 있으나 확실치 않다.

는 것, 이것이 본디 우리가 해야 할 직분 안의 일입니다. 저 부귀를 흠모하는 속세의 사람들과는 천양지차가 나는지라, 깨우쳐줄 가치도 없습니다. 보내준 시는 아직 속세의 뜻을 면치 못한 듯하여 더욱 기대하던 바를 벗어났습니다. 고명한 사람이 아니라면 이처럼 직언을 올리지 못했을 것입니다.

得函敎, 又辱以盛製, 文盛意勤, 顧何以當. 雖然, 似有未相曉者, 義不敢不宣達於左右.

竊不自揆, 區區之學, 自謂孟子之後至是而始一明也. 平日拳拳於左右者, 豈徒以親戚之故哉? 古人纓絶肘見, 不以爲病, 累日不火食, 歌聲若出金石, 或者未能深信與? 信之.

而未濟登滋, 則玆當挾轅推轂以相從於康莊也. 若金錢穀粟之惠遺, 非某之任也. 聚族之衆, 終歲之計, 未免於飢. 歲日索公堂米, 無毫髮補助, 亦以事有大於此者, 未敢任此責也. 得時行道, 固吾人分內事, 然與世俗羨慕富貴者, 天淵不足諭也. 來詩似未免俗意, 尤非所望. 非高明不敢直言如此.

도입백에게 보내는 편지
與涂任伯

　편지를 보내와 간곡한 뜻을 고해주었는데, 대략인즉 여기 배우러 온 자들이 꼭 더불어 말할 만한 사람은 아닐 터여서, 기운만 소진하고 몸만 수고로울 우환이 있을 것이라는 말이었습니다. 이는 진실로 나를 사랑하는 그대의 마음입니다. 비록 그렇긴 하지만, 그대가 스스로를 사랑할 줄 모르는데 어떻게 나를 사랑할 수 있겠습니까? 근자에 몇 차례 그대와 만나 이야기 나눌 기회가 있었는데, 이 나라 사인(士人)들 중 미혹된 자가 심히 많고, 더 나아가 그 말을 흉내 내는 자 또한 적지 않으니, 대저 그 모두가 더불어 인의의 뜻을 이야기하기에 부족한 사람들이라고 하셨지요. 그러나 넓은 자리에 잔뜩 모인 사람들을 보면 그 뜻이 다 이와 같지는 않습니다. 그 뜻이 이와 같은 자라면 필시 스스로를 사랑할 줄 모르는 자일 것이고, 그 뜻이 이와 같지 않은 자라면 스스로 사랑할 줄 아는 자일 것입니다. 지금 그대의 말은 스스로를 사랑할 줄 모르는 자들의 그것과 부절처럼 들어맞습니다. 이는 내가 정말로 그대를 긍정할 수 없는 점이기도 합니다.

　『소문(素問)』이라는 책은 진한(秦漢) 이후에 나온 의가서로서, 황제(黃帝)와 기백(岐伯)[30]의 이름을 빙자한 것에 불과합니다. 상고시

---

30) 황제는 오제 중의 하나로 人文의 시조라 일컬어지며 중국에서 처음으로 의학을 창시하였다고 전해진다. 기백 역시 명망 높은 의학가이다. 『帝王世紀』에 "황제가 기백에게 백 가지 풀의 맛을 보게 하였다. 질병 치료하는 일을 장관하였는데, 오늘 날 경방이나 본초와 같은 책이 모두 그에게서 나왔다.(黃帝又使岐伯嘗味

대에는 도가 순정하고 덕이 완비되어 있어 공리(功利)에 관한 이야기가 생겨나지 않았고, 의학과 점술에 관한 이야기 또한 이와 달랐습니다. 근자에 보니 그대는 이 책에 나온 이야기 읊조리기를 좋아하던데, 이는 본래부터 강학을 해오지 않은 탓에 그 그릇됨을 모르고 있을 뿐입니다. 나는 타고난 기가 본디 쇠약하여 나이 열네댓 살이 되도록 손발이 따뜻했던 적이 없었습니다. 후에 지향해야 할 바를 조금 알게 되자 체력 또한 따라서 강건해졌습니다. 지금은 쉰 살이 넘었는데, 비록 강건했을 때에 비해 조금 쇠약해지기는 하였으나 한창 나이인 그대라도 아마 나의 체력을 따라오지 못하지 않을까 싶습니다.

언제 한번 만나거든 이 뜻을 강구해보도록 합시다.

來喩勤勤, 大槪謂來學者未必可語, 而有耗氣勞體之患, 此誠足下愛我之心也. 雖然, 足下顧未知自愛, 安能愛我哉? 比數得與足下接語, 此邦之士惑焉者甚衆, 進而效說者亦不少矣. 大抵皆是何足與言仁義之意. 然稠人廣坐, 其意蓋不皆如是也. 其意如是者, 必其不知自愛者也. 其意不如是者, 必其知自愛者也. 今足下之言, 乃與其不知自愛者若合符節, 此吾所以甚爲足下不取也.

『素問』之書, 乃秦漢以後醫家之書, 託之黃帝·岐伯耳. 上古道純德備, 功利之說不興, 醫卜之說亦不如是. 比見足下好誦其言, 特素未講學不知其非耳. 某氣禀素弱, 年十四五, 手足未嘗溫暖. 後以稍知所向, 體力亦隨壯也. 今年過半百, 雖少加衰於壯時, 然以足下之盛年, 恐未能相逮也.

何時合幷, 以究斯義.

百草. 典醫療疾, 今經方, 本草之書咸出焉.)"는 기록이 보인다.

동원석에게 보내는 편지
與董元錫

옛날에 그대는 늘 배움에 나아가고자 하는 뜻이 있었는데, 중도에 스스로 그만두고 말았습니다. 매번 그 일을 안타깝게 생각하고 있었으나, 받들어 전달할 길이 없다가 지금에야 구구한 마음을 전하게 되었으니, 바라건대 내 말에 귀기울여주십시오.

옛날의 교훈 중에 소인을 언급한 것이 참으로 많으나, 일괄적으로 보아서는 안 됩니다. 소인이라는 글자는 비록 같지만 그것이 가리키는 바는 하늘 땅 만큼이나 차이나는 경우도 있기 때문입니다. 『논어』에서 이르기를 "너는 군자유가 되지, 소인유가 되지 말라."[31]고 하였고 또 "말은 반드시 믿음 있게 하고, 행동은 반드시 과단성 있게 하는 것은 융통성 없는 소인이다."[32]라고 하였습니다. 또 윤사(尹士) 같은 이는 맹자의 말을 듣고서 "사는 정말 소인입니다."[33]라고 하였습니다. 이 부류의 사람들은 배웠으되 도에 이르지 못하고, 사사로운 견해에 갇혀 끝내 그 큰 요체를 따르지 못하였기에 소인이라고 불렸던

---

31) 『論語』「雍也」.
32) 『論語』「子路」.
33) 『孟子』「公孫丑下」에 보인다. "[맹자께서] '내가 어찌 소장부처럼 하겠는가! 임금께 간하다가 받아들이지 않으면 성이 나서 얼굴이 붉으락푸르락해지고, 그 나라를 떠날 때는 하루가 멀다고 힘을 다한 뒤에 유숙하리오.'하니, 윤사가 그 말을 듣고 말하기를 '사는 실로 소인이다.'라고 하였다('予豈是若小丈夫然哉! 諫於其君而不受則怒, 悻悻然見於其面, 去則窮日之力而後宿哉.' 尹士聞之曰, '士誠小人也'.)"

것입니다. 『주역』에 이르길, "소인은 어질지 못함을 부끄러워하지 않고, 의롭지 못함을 두려워하지 않는다. 이익을 보지 않으면 힘쓰지 않고, 위세를 보이지 않으면 징계되지 않는다."[34]고 하였습니다. 이런 자는 기질이 어그러진, 간사하고 흉악한 소인이라, 태평성대 치세에 만약 행동거지를 바꾸고 교화를 따르지 않았다면 형벌 받아 죽임을 면치 못했을 것입니다. 이 두 부류 소인의 선함과 악함, 고아함과 속됨, 그리고 더러움과 깨끗함의 구분은 마치 눈과 진흙처럼 분명합니다.

그대는 평상시 섬기기를 좋아하고 수행을 즐겼거늘, 어쩌다 후자에 속하는 소인이 되었습니까? 전자에 속하는 소인은, 그대가 능히 미칠 수준이 아닌 듯합니다. 지금 속세의 배우지 못한 사람들이라도 그 기질이 어질지 못한 것을 부끄러워하지 않고, 의롭지 못한 것을 두려워하지 않는 지경에까지는 이르지 않았습니다. 하지만 앞선 성왕의 가르침으로 [성정을] 도야하지 못하고, 사적인 의견을 믿고 스스로 훌륭하다 여긴다면, 곧 속인이 되는 것입니다. 이들은 사인이라 부를 수 없고 유자라 부를 수 없습니다. 이런 부류의 사람들은 필시 윤사처럼 스스로를 밝히 알지 못할 것이기 때문입니다. 하지만 속인이라도 그 기질에는 후박(厚薄)과 경중과 대소의 차이가 있습니다. 평소 그대에게 안타까웠던 것은 어쩌다 보니 두텁고 무거운 기질을 타고나지 못했다는 사실이었습니다. 그래서 시정배들의 누습에서 벗어나지 못하고, 또 번번이 그것에 의지해 남의 장단점을 망령되이 의론하며 견해가 날로 비루해진 것입니다. 보내온 편지에서 말한 '수(讐)'와 같은 것이 바로 비루한 견해입니다. 지기(知己)에 관한 이야기 역시 비루합

---

34) 『周易』「繫辭下」에 나오는 말이다.

니다. 그러나 나는 비루한 것을 광대한 것으로 바꿀 수가 있나니, 청컨대 그대가 말한 '지기'를 빌려 한번 이야기해보도록 하겠습니다. 그대가 정말로 지기를 구하고자 한다면, 지금 세상에 내가 아니면 누구이겠습니까? 다만 그대가 지기 만나기를 두려워할까 걱정일 뿐입니다. 그대가 진실로 구습에 불안해하며 새로워질 것을 도모한다면, 본심(本心)은 그 즉시 회복될 수 있고, 구습은 그 즉시 소멸될 수 있습니다. 인에 거하며 의(義)를 말미암는다면, 대인의 할 일이 그 안에 다 갖추어져 있거늘 그 누가 가로막을 수 있겠습니까?

元錫舊常有向學之意, 而中自畵, 每切念之, 無由奉達, 今因此輒致區區, 幸少垂聽.

往訓中言小人者甚多, 不可一槪觀. 小人字雖同, 而其所指乃有相去天淵者. 『論語』所謂: "女爲君子儒, 無爲小人儒." 又曰: "言必信, 行必果, 硜硜然, 小人哉!" 又如尹士旣聞孟子之言則曰: "士誠小人也." 此等則是學不至道, 而囿於私見, 不能終從其大體, 故謂之小人. 『易』曰: "小人不耻不仁, 不畏不義, 不見利不勸, 不威不懲." 此則氣質乖戾, 姦憸凶惡之小人也. 治世盛時, 若不格面從化, 則刑戮之所不貸. 此兩者, 善惡雅俗, 汚潔之辨如雲泥矣.

元錫平時喜事好修, 何至爲由後之小人哉? 若由前之小人, 則恐非元錫之所能及. 今流俗不學之人, 而其質不至於不耻不仁, 不畏不義, 又不得陶冶於先聖王之敎, 方憑其私意自以爲善, 此則是俗人, 不得謂之士, 不得謂之儒, 此輩必不能如尹士自知之明也. 然俗人中, 氣質又有厚薄輕重大小. 平時所惜於元錫者, 爲其氣質偶不得其厚重者, 故不能自拔於市井之習, 又輒憑之以妄議人之長短, 所見日陋. 如來書所謂讐, 卽陋見也. 知己之說亦陋. 然吾能化陋以爲廣大, 請借元錫知己之說而言之, 元錫誠欲求知己, 當今之世, 捨我其誰哉? 但恐元錫怕逢知

己耳. 元錫誠能不安其舊, 惟新是圖, 則本心可以立復, 舊習可以立熄,
居仁由義, 大人之事備矣, 誰得而禦之?

예제보[35]에게 보내는 편지
與倪濟甫

   정시(程試)에 응하지 않고 산에 올라올 결심을 했다고 들었습니다. 기쁘기 한량없습니다! 요수옹(饒壽翁)이 보낸 「중추분운(中秋分韻)」을 읽고 그 훌륭함에 탄복하였습니다! 하늘은 물처럼 맑고 달은 수정처럼 밝으니, 요 몇 년 사이로 오늘 같은 저녁은 없었습니다. 이로 인해 일어난 이 늙은이의 흥이 얕지 않군요. 오늘 한밤중에 문을 반쯤 열어놓고 동쪽 산을 바라보았습니다. 생각해보건대 이 달을 저버리지 않는 것은 오직 여러 현자들뿐입니다. 스스로 밝은 덕을 환히 비춤이 어찌 꼭 오늘 같은 저녁만 그렇겠습니까? 황망할 때나 넘어져 쓰러질 때나 모두 마땅히 그러하시겠지요. 존심양성(存心養性)을 깊이 체득하시어 날로 새로워지고 있음을 가히 알 수 있습니다. 산옹(山翁)이 여기 있으니, 제보 그대는 너무 지체하지 말고 이곳을 찾아와주십시오.

   聞不就程試, 決計登山, 甚爲之喜! 壽翁寄示「中秋分韻」, 尤用嘉歎! 天宇澄澈, 月華晶瑩, 頻年未有如此夕者. 老子於此興復不淺. 是夕月午, 啓門相半, 東望玆山, 亦念不負此月者, 在諸賢爾. 自昭明德, 何必是夕, 造次顚沛, 莫不當然. 涵泳存養, 計當日新. 山翁在此, 濟甫之來, 不當遲遲也.

---

35) 倪巨川. 濟甫는 그의 자이다. 『陸子學譜』에 따르면 象山精舍에서 육구연에게 학문을 배웠고, 饒壽翁과 가까웠다고 한다.

황언문에게 보내는 편지
與黃彦文

  고맙게도 보내주신 성대한 작품을 받아보았는데, 문사는 전아하고 구문은 노련하였으며, 곳곳마다 근거가 있어 실로 요즘의 후생들이 미칠 수 있는 바가 아니었던지라 감탄이 나왔습니다! [배움의] 증진을 구하고자 하는 뜻에서 하문하였던데, 시냇물이 바야흐로 이르는 것 같아36) 더욱 미칠 바가 아니었습니다. 높은 덕의 발전이 문자와 같이 표면적인 것에 드러났다면, 이른바 진정한 비결이란 것도 그 안에 있었을 것입니다. 하지만 안타깝게도 일정이 급한 탓에 차분히 그 이야기를 궁구해보지 못하였습니다. 바라건대 굴원의 "기주를 유람하고도 남음이 있으니, 사해를 가로지른들 어찌 끝이 있을까?"37)라는 구절을 통쾌히 읊조리며 더욱 강건해지는 뜻을 고무하십시오. 나는 눈 비비며 고대하고 있겠습니다.

  寵示盛製詞典句老, 動有稽據, 非近時後生所及, 深用降歎! 下問求益之意, 如川方至, 此尤不可及. 然有如耆德所進, 當在文字之表, 則所謂眞訣在其中矣. 恨行役匆匆, 未得從容以究其說. 尙冀快誦屈子 "覽冀州兮有餘, 橫四海兮焉窮"之句, 以厲益壯之志. 當刮目以俟.

---

36) 『시경』「小雅·鹿鳴」중 「天保」에 "하늘이 그대를 보호하시어 흥하지 아니함이 없는지라. 산 같고 언덕 같고, 산마루 같고 산능선 같고, 냇물이 바야흐로 이르는 것 같아서 불어나지 아니함이 없도다(天保定爾, 以莫不興. 如山如阜, 如岡如陵, 如川之方至, 以莫不增.)"라는 구절이 보인다.

37) 굴원의 『楚辭』「九歌」중 「雲中君」의 구절이다.

유지보에게 보내는 편지
與劉志甫

조중성(趙仲聲)이 돌아온 뒤 편지를 받았는데, 읽고 나니 온갖 근심이 풀리고 크나 큰 위안과 기쁨이 느껴졌습니다. 왕순백(王順伯)과 그대가 잇달아 책부(冊府)[38]에 들어가게 되었으니, 이는 전에 없던 일이라 외직을 구하여도 그리 빨리 가능할 것 같지는 않습니다.

'성(誠)'이란 자신[己]을 이룰 뿐만 아니라 외물[物]을 이루는 것이기도 합니다. 자신을 이루는 것은 인(仁)이요 외물을 이루는 것은 지(知)입니다. 이는 본성이 지닌 덕이요, 안팎의 도를 합친 것입니다. 벗과 교유하는 중에 타고난 기질이 사사건건 부딪히는 데까지 이른 자가 아니라면, 분명 나날이 빛나고 윤택해지는 이로움이 있을 것입니다. 이는 뚜렷이 나타나는 진덕(進德)의 징험입니다. 풍전지(馮傳之)는 타고난 기운이 호탕하여 오늘날 얻기 힘든 인재이니, 모두가 아끼고 사랑하는 것도 당연합니다. 그러나 예전에 같이 지낼 때 제가 너무 게을렀던 탓에 그에게 큰 단서를 열어주지 못하였습니다. 작년에 편지 한 통을 보내 면려한 바 있는데, 근자에 그로부터 편지가 왔기에 보았더니 아득히 멀어진 채 매사마다 부딪히고 있었기에 심히 안타까웠습니다! 그대는 아직 이러한 것에 힘을 쏟을 수 있겠는지요? 지금 [사람들과] 그간 주고받은 편지들을 베껴 보냅니다. 만약 절차탁마하는 데 힘을 쏟는다면, 아마도 단서를 얻을 수 있을 것입니다. 바

---

38) 고대 제왕들이 책을 보관하던 곳, 즉 궁중의 장서각을 말한다.

로 얼마 전에 나춘백(羅春伯)에게 편지 한 통을 보내면서 이미 고질이 된 그의 누습에 아픈 일침을 놓았습니다. 그것도 달라하여 읽어보실 수 있다면 좋겠습니다.

도가 행해지고 행해지지 않고는 하늘에 달려있습니다. 운명에 달려있습니다. 하지만 이를 설명하여 드러내는 것은 운명에 달려있다고 말할 수 없습니다. 말을 잘 아는 사람이라면, 꼭 그 징험이 드러나야만 그가 도달한 경지를 알게 되는 것은 아니니까요. 이 마음은 본디 영명하고, 이 이치[理]는 본디 명백합니다. 그러나 타고난 기질에 가려지고, 습관에 얽매이고, 또 속론(俗論)과 사설(邪說)에 눈이 가려지면, 이를 다시 쪼개고 깎고 갈고 자르지 않고서는 영명하고 명백한 것을 증험할 길이 없어집니다.

趙仲聲還, 得書, 讀之渙然, 深用慰懌! 順伯與足下相繼入冊府, 亦前時所無, 求外想亦未容遽也.

'誠'者, 非自成己而已也, 所以成物也. 成己, 仁也, 成物, 知也. 性之德也, 合內外之道也. 交游間氣質不至捍格者, 當日有麗澤之益, 此其爲進德之驗甚著. 馮傳之氣禀恢然, 當今難得, 所當共愛惜之. 向來相聚, 失於懶散, 不曾與之啓其大端. 去歲嘗有一書勉之, 近得其書, 殊覺其邈然不相入, 深爲惋惜! 志甫尙能致力於此乎? 今錄向來書藁去, 若致力切磋, 庶有其端也. 近與春伯一書, 痛箴其陋習膏肓, 能索觀之爲佳.

道之行不行, 固天也, 命也. 至於講明, 則不可謂命也. 知言者, 亦何必俟其效之著而知其所到哉? 此心本靈, 此理本明, 至其氣禀所蒙, 習尙所梏, 俗論邪說所蔽, 則非加剖剝磨切, 則靈且明者曾無驗矣.

소숙의에게 보내는 편지
與邵叔誼

이제껏 지켜온 학문의 본말에 대해 가르쳐주시고, 지난 날 들리던 소문에 대해서도 상세히 설명해주시니, 참으로 다행스럽습니다! 다만 어리석은 나의 학설을 서술한 부분만은 모두 진실을 놓쳤으며, "모름지기 자신의 물건으로 여겨야 한다."는 구절은 특히나 본래 의미를 해쳤습니다. 정말로 이와 같다면 이는 남에게 죄를 덮어씌우는 것이나 마찬가지라 말할 수 있습니다. 전에 보낸 편지에서는 그래도 도적이었는데, 이번 편지에서는 급기야 강도가 되었습니다. 강도가 되고도 마다하지 않는다면, 어찌 이 세상에 용납될 수 있겠습니까?

초하룻날 다시 만났을 때는 그대가 배움 좇기를 좋아한다고 자못 느꼈으나, 몇 마디 말로 배운 바에 대해 서술하는 것을 보니 늘 사실과 어긋나 있었습니다. 그 후 열흘 동안 정성을 다해 가르침을 줄 수 있었기에 지난날의 잘못을 이제는 깨달았으리라 생각했는데, 뜻밖에 다시금 이런 말을 할 뿐 아니라 처음보다 더 심해졌으니, 병중 중에서도 큰 병증입니다. 이때를 놓치고 바로잡지 않는다면 필시 고질병이 될 터, 어찌 다시 학문을 할 수 있겠습니까? 이 마음이 바로 잡힌다면, 듣는 말이나 하는 말이나 모두 바르게 될 것입니다. 남의 말을 듣되 그 바름을 얻지 못한다면, 그 마음이 바르지 못한 까닭입니다. 한 사람이 말하고 여럿이 들었다 칠 때, 그 여럿에게 들은 바를 서술해보라고 하면 필시 제각각일 것입니다. 이는 말한 사람이 다르게 말한 것이 아니라 들은 사람이 다르게 들었기 때문입니다. 그대가 보내온 편지를 이곳에 있는 벗들이 보더니 모두 깜짝 놀라면서 "어떻게 이런 말을 하셨습니까?"라고 물었습니다. 그래서 나는 "이는 내 말이 아니다. 소기의(邵機宜: 邵叔誼)의 말이다."라고 대답했습니다. 나는 누차 "먼저 그 큰 것을 세우라."[39]는 말을 하였고, 또 그 뜻을 펼치어 "진실로 그 큰 것을 세울 수 있는 자라면 필시 남을 따라 이런 말을 하지 않을 것이다."라고 말했습니다. 나는 누차 "인(仁)을 자신의 책임으로 여기라."[40]는 말을 하였고, 또 그 뜻을 펼치어 "진실로 인을 자신의 책임으로 여긴다면, 필시 남을 따라 이런 말을 하지 않을 것이다."라고 말했습니다. 대개 후세 학자들의 병폐는 무익한 말을 떠받들기 좋아하는 데 있습니다. 가령 언사를 기억함에 조금도 틀리지 않는다 하더라도 무익하고 도리어 해만 있을 뿐이거늘, 하물며 그 본

---

39) 『孟子』「告子上」에 나오는 내용이다. "공도자가 물었다. '같은 사람인데 혹자는 대인이 되고 혹자는 소인이 되는 것은 어째서입니까?' 맹자가 말했다. '대체를 따르면 대인이 되고, 소체를 따르면 소인이 된다.' '같은 사람인데, 혹자는 대체를 따르고 혹자는 소체를 따르는 것은 어째서입니까?' '눈과 귀는 생각하지 못하므로 외물에 가려진다. 그래서 사물에 접하게 되면 그것에 끌려가게 마련이다. 그러나 마음은 생각할 줄 안다. 생각하면 얻을 수 있고, 생각하지 않으면 얻을 수 없다. 이것은 하늘이 내게 부여한 것이다. 먼저 그 큰 것을 세우면 작은 것이 그것을 빼앗을 수 없다. 이렇게 하면 대인이 되는 것이다.'(公都子問曰: '鈞是人也, 或爲大人, 或爲小人, 何也?' 孟子曰: '從其大體爲大人, 從其小體爲小人.' 曰: '均是人也, 或從其大體, 或從其小體, 何也?' 曰: '耳目之官不思, 而蔽於物. 物交物, 則引之而已矣. 心之官則思, 思則得之, 不思則不得也. 此天之所與我者. 先立乎其大者, 則其小者不能奪也. 此爲大人而已矣.')"
40) 『論語』「泰伯」에 "증자가 말하기를, '선비는 크고 굳세지 않을 수 없으니, 책임은 무겁고 길은 멀기 때문이다. 인으로써 자기의 책임을 삼으니 또한 무겁지 아니한가? 죽은 뒤에야 그만두니 또한 멀지 아니한가?'(曾子曰, 士不可以不弘毅, 任重而道遠. 仁以爲己任, 不亦重乎? 死而後已, 不亦遠乎?)"라는 내용이 보인다.

지를 크게 어그러뜨리고 사실을 전부 놓친다면 어떻겠습니까?

지금까지 서로 만나 잠깐 동안 대화하면서 처음에는 그대의 마음에 굶주림이 없을 수 없겠구나하고 느꼈습니다. 후에 이 이치[理]를 드러내 밝히면서 조금씩 절차탁마해보니, 조금 상쾌해짐을 느꼈습니다. 그러나 다시 만났을 때는 이야기하는 도중에 더 이상 예전과 같지 않음을 발견했습니다. 그 후로는 비록 며칠을 함께 있다 하더라도 사람들 틈에서 범범한 이야기만 할 뿐, 끝내 단독으로 가르침을 청해오지 않더군요. 그러다 지금 이 편지를 읽고서 아직도 처음과 마찬가지로 꽉 막혀있음을 알게 되었습니다. 지금까지 사우(師友)의 진실한 강습과 전수를 받아보지 못한 탓에, 전부가 텅 빈 소견 공허한 말이 되어버려 공연히 황당무계함만 늘어난 것입니다. 지금이라도 지난날의 잘못을 모두 버리고 정리(正理)를 밝히기 위해 힘쓸 수 있다면, 이 마음의 영명함과 이 이치의 명백함을 그 누가 능히 가릴 수 있겠습니까? 내가 지난 편지에서 전해준 면려의 뜻은 가히 지극하다 이를 만합니다. 다시금 숙독하여 간절히 궁구해보기 바랍니다.

원회(元晦: 朱熹)의 편지를 받았습니다. 가려져 있는 것은 아직도 여전했으나 문장의 기운이 근엄하였으니, 어쩌면 고칠 수 있을 것 같기도 합니다. 내가 답장을 보내 더욱 명확하게 진술하였는데, 같이 베껴 보내니 세심히 읽어보기 바랍니다.

敎以向來爲學本末, 又加詳於前日所聞, 甚幸! 但敍述愚言處則盡失其實, "便須認爲己物"一句尤害義理. 誠如此, 可謂罪人處矣. 前來所說猶是竊盜, 此擧遂爲强盜. 爲强盜而不讓, 豈可容於世哉?

初一再見時, 頗覺左右好隨, 卽爲數語述所聞, 每乖其實. 旣得旬日浹洽[41]之款, 意必已悟前非, 不謂又作此等語, 乃復甚於初時, 此卽病證之大者. 失今不治, 必爲痼疾, 豈更可言爲學哉? 此心苟得其正, 聽言發言皆得其正. 聽人之言而不得其正, 乃其心之不正也. 一人言之, 衆人聽之, 使衆人各述其所聽, 則必不齊. 非言者之異也, 聽者之異也. 來書之至, 此間友朋觀之, 皆駭而問曰: "何爲有此言?" 因答之曰: "是非吾言也. 邵機宜之言也." 某屢言: "先立乎其大者." 又嘗申之曰: "誠能立乎其大者, 必不相隨而爲此言矣." 屢言: "仁以爲己任." 又嘗申之曰: "誠仁以爲己任, 必不相隨而爲此言矣." 蓋後世學者之病, 多好事無益之言, 假令記憶言辭盡無差爽, 猶無益而有害, 況大乖其旨, 盡失其實邪?

　向來造見, 對語移時, 初間頗覺左右之心不能無餒. 旣而發明此理, 稍相切磋, 殊覺小快. 及再相見, 接語之間, 已覺非復前日矣. 是後相從雖累日, 衆中泛語, 終不得獨相叩問. 玆得來示, 方知窒塞如初. 此乃向來不得眞實師友講貫傳授, 類皆虛見空言, 徒增繆妄. 今能盡棄前非, 務明正理, 則此心之靈, 此理之明, 誰得而蔽之? 某前書所以相勉者, 可謂至矣, 幸復熟而究切之也.

　得元晦書, 其蔽殊未解, 然其辭氣窘束, 或恐可療也. 某復書又加明暢, 倂錄往, 幸精觀之.

---

41) [원주] '洽' 자는 원래 누락되어 있으나 道光本에 근거하여 보충하였다,

강덕공에게 보내는 편지
與江德功

보여주신 회옹(晦翁: 朱熹)의 편지를 삼가 받들었습니다. 회신은
이제 바로 보내려고 합니다. 부본 베낀 것이 소숙의(邵叔誼)에게 있
으니, 찾아 읽어보실 수 있으실 겁니다. 흰 것을 희다 하고 어른을
어른으로 여기는 것에 관한 말[42]은 고인들이 변론하던 바이지 힘쓰
던 바는 아닙니다. 말이 이치에 부합하지 않는 것은 아직 이치에 밝
아지지 못해서일 따름이니, 성의(誠意)의 죄는 아닙니다.

蒙示晦翁書, 敬領, 回書徑自此遣往矣. 副本錄在邵叔誼處, 可索觀
之. 白白長長之言, 是古人辯論處, 非用工處. 言論不合於理, 乃理未
明耳, 非誠意之罪也.

---

42) 『孟子』「告子上」에 나오는 고자와 맹자의 性에 대한 대화를 말한다. "고자가
말했다. '식욕과 성욕이 사람의 본성이니 仁은 내면에 있지 외면에 있지 아니하
며, 義는 외면에 있지 내면에 있지 아니하다.' 맹자가 말했다. '어찌하여 인은
내면에 있고 의는 외면에 있다고 하는가?' 고자가 말했다. '저들이 어른이라고
하므로 내가 어른으로 여기는 것이다. 나에게 그를 어른으로 섬기려는 존경심이
있는 것은 아니다. 마치 저들이 희다 하므로 내가 그것을 희다고 여기는 것이니
그 흰색을 외면에 따르는 것과 같다. 그러므로 이것을 외면에 있다고 말한 것이
다.' 맹자가 말했다. '흰 말을 희다고 하는 것은 흰 사람을 희다고 하는 것과
다름이 없다. 잘 알지 못하겠지만, 말의 나이 많은 것을 가엾게 여기는 것이,
사람의 나이 많은 이를 존경하는 것과 다름없는가? 또한 나이 많은 이를 의로움
이라 여기는가, 나이 많은 이를 어른으로 높이는 것이 의로움이라 여기는가?(告
子曰, '食色性也. 仁, 內也, 非外也. 義, 外也, 非內也.' 孟子曰, '何以謂仁內
義外也?' 曰, '彼長而我長之, 非有長於我也, 猶彼白而我白之, 從其白於外
也. 故謂之外也.' 曰, '異於白馬之白也, 無以異於白人之白也, 不識長馬之長
也, 無以異於長人之長與? 且謂長者義乎, 長之者義乎?)"

증택지에게 보내는 편지

與曾宅之

    열흘간 친구들의 서신이 지극히 많이 왔습니다. 일전에 보내주신 편지는 끝내 찾을 길이 없고, 그때 보내드린 답장 또한 초고가 없는지라 지금 전부 기억할 수 없습니다. 보내온 편지에서 말하길, 내가 일찍이 "문의(文義)가 뜻을 매몰시킨다."는 경계를 드리운 적이 있다고 하셨습니다. 나는 평상시 벗들과 더불어 강습할 적에 감히 범범한 말은 하지 않습니다. 대저 근거하는 바가 있은 후라야 말을 하지요. 만약 정말로 그런 말을 했다면, 반드시 보내온 편지에 의거하여 한 말일 것입니다. 또한 대략 기억하기로 일찍이 두루마리 하나를 가져온 적이 있는데, 종이를 수 폭 이어 붙여 선배들의 의론 열 몇 조목을 베껴 쓴 다음, 뒤에 자신의 견해나 의문스러운 점을 주석으로 달고, 그 뒤에 다시 공란을 두어서 제 이야기를 기다렸지요. 이것이 혹 내 벗이 내게 보여준 것 아니었습니까? 기억하건대 당시 그 책을 다 본 뒤에 나는 그대가 학문에 뜻을 둔 것이 심히 기쁘면서도 한편으로는 배움에 있어 그 방향을 알지 못하는 것이 심히 안타까웠습니다. 그것을 또 친구 한 두 명에게 보여주었더니 "이 사람의 기질이나 지향이 녹록치 않습니다. 다만 사우(師友)를 가까이하지 못해 흉중이 어지럽고, 본말과 선후의 순서에 더욱 밝지 못합니다. 지금 천 리 밖에서 편지를 보내와봤자, 종이와 붓으로 어찌 그 의혹을 갑자기 풀어줄 수 있겠습니까? 일단 독서하는 법을 알려주어 그가 정신을 허비하지 않을 수 있도록 해준다면, 훗날 만났을 때 해줄 만한 이야기가 있을 것입니다."라고 말했습니다. 회신의 큰 줄거리도 대략 기억하고 있는데, 고서를 읽을 때는 마땅히 문의가 명확한 부분을 읊고 익히고 살펴야 하나니, 그것이 깨치기 쉽다하여 소홀히 하지 말고, 이미 깨쳤다 하여 과신하지 않는다면 한참 뒤에 실제로 얻는 바와 실제로 보탬 되는 바가 있을 것이라는 내용이었습니다. 의문스러운 점에 이르러서는 여유를 가지고 깊이 음미하며 기다려야지, 억지로 파고들고 힘껏 찾아내려 해서는 안 되며, 훗날 문의가 깨치기 쉬웠던 곳에 발전이 있으면 이른바 의혹 가득하고 깨치기 어려운 곳까지도 종종 저절로 해결될 것이라고 하였습니다. 하지만 "뜻을 매몰시킨다."는 말을 한 기억은 없습니다. 앞으로 하문하실 적에는 전후의 편지를 같이 기록하여 보여주십시오. 그래야 의거할 바가 있을 테니까요.

근자에 보니 이곳의 벗들 중에 이치를 논하기는 좋아하지만 도리어 문의에 통하지 못한 자들이 많습니다. 아마도 배움에 스승이 있어야 함을 모르기 때문일 것입니다. 하늘이 이 백성을 내었을 때, 먼저 안 사람이 나중 안 사람을 깨우치고, 먼저 깨우친 사람이 뒤에 깨우친 사람을 깨우치게 하였으니, 이것이 곧 이치인 것입니다. 진실로 제대로 된 스승을 만난다면, 전수하는 가운데 저절로 본말선후가 생겨나, 학자들이 어지러이 뒤엉긴 채 시력만 허비하고 정신만 소모하되 아무데도 도달하지 못하는 지경에 이르지 않도록 해줄 것입니다. 이에 관한 이야기는 만나지 않고서는 다 할 수 없습니다. 가을 들어 날이 서늘해지면 한번 오실 수 있겠습니까?

선형께서는 평소에 그다지 많은 저술을 남기지 않으셨습니다. 오직 학문에 대해 논하면서 주고받은 서신만 있을 따름인데, 중간에 편차를 아직 완성하지 못하고 있습니다. 훗날 이곳을 찾아주신다면 함께 읽어보도록 합시다.

十日朋舊書問至多, 向所惠書卒難尋檢, 其時復書亦無草藁, 今皆不能記憶. 來書謂某嘗有"文義溺志"之戒. 某平時與朋舊講貫, 不敢泛爲之說, 大抵有所據而後言. 若誠有是, 是必據來書而言之耳. 亦略記得曾有一卷, 粘紙數幅, 寫前輩議論十數段, 於後註所見與所疑, 又各空其後, 以俟某之說, 此豈非吾友所示耶? 記得當時看畢, 甚喜其有志於學, 亦甚惜其學未知方. 亦嘗以示一二朋友, 因謂之曰: "此人氣質志向, 固不碌碌, 但未得親師友, 胸中雜然, 殊未明本末先後之序. 今千里寓書, 紙筆之間, 豈能遽解其惑. 且當示以讀書之法, 使之無徒耗其精神, 後日相見, 當有可言耳." 亦略記回書大意, 謂讀古書, 且當於文義分明處誦習觀省, 毋忽其爲易曉, 毋恃其爲已曉, 則久久當有實得實益. 至於可疑者, 且當優游厭飫以俟之, 不可强探力索. 後日於文義易曉處有進, 則所謂疑惑難曉者往往渙然而自解. 却不記得有"溺志"之辭. 此後枉問, 得備錄前後書辭見示, 庶有據依也.

近見所在友朋, 多有好理會, 文義反不通者, 蓋不知學當有師. 天之生斯民也, 以先知覺後知, 以先覺覺後覺, 此其理也. 誠得其師, 則傳授之間自有本末先後, 不使學者叢然雜然, 費其目力, 耗其精神, 而無所至止也. 此說要非相見不能究, 秋涼能一來乎?

先兄平日無甚著述, 惟有往來論學之書, 中間編次未就, 後日垂訪, 當共讀之也.

주원충에게 보내는 편지
與周元忠

    계속되는 비에 풍련(風練)과 비설(飛雪)[43]의 장관이 아득히 그리워집니다. 간절히 원컨대 공들과 함께 그 사이를 오가며 지초(芝草)가 무성히 피어날 때를 기다리고 싶습니다. 이런 마음만 있다면 기약이 또 무슨 필요 있겠습니까? 날이 개어 아름다운 경치가 펼쳐지고, 흰 구름이 찬란한 무늬를 드리우면, 그때가 바로 제가 말을 몰고 나갈 때입니다. 지금은 봄이 한창이니, 희화(羲和)[44]가 잠깐 저 어둡고 험한 곳에서 나와 하늘 위를 느릿느릿 수레 몰고 가면서, 우리들 머리 위를 비추며 이 성대한 모임을 성사시켜 주시겠지요.

    積雨, 遐想風練·飛雪之壯. 甚願與諸公繙經其間, 以俟玉芝之茂. 倘有意於此, 何以期爲? 霽日媚景, 晴雲絢文, 此吾命駕時也. 今日平分一春, 羲和會當少出幽險, 緩轡天衢, 照臨吾徒, 成此盛集.

---

43) 육구연이 직접 지은 서원 뒤에는 磔潭, 風練, 飛雪, 冰簾, 榾子 등 이름의 폭포가 있었다.

44) 신화에 나오는 인물로 아침마다 해를 수레에 태우고 나와 서쪽으로 몰고 간다는 해의 신이다. 여기서는 해를 상징한다.

첨자남에게 보내는 편지

與詹子南

　　매일 매일 실사(實事)의 즐거움을 누리느라 언어 사이에서 판별하고 분석할 겨를이 없다니, 훗날에 더욱 밝아지시면 스스로 족히 언어의 병폐를 절로 알게 되시겠군요. 판별하고 분석하는 데에 급급한 것이 바로 배우는 자들의 큰 병폐입니다. 비록 상세하게 밝힌다 하더라도 그것이 내게 누가 됨이 많다는 사실을 모르고 있습니다. 섬[石]으로 달고 길[丈]로 재면 간편하고도 실수가 적지만, 1 수(銖: 1냥의 24분의 일)씩 달 경우 한 섬에 이르러 반드시 오류가 생기고, 한 마디[寸]씩 잴 경우 한 길에 이르러 반드시 오차가 생깁니다.[45] 오직 황망한 중에도 반드시 인에 있고, 넘어지는 중에도 반드시 인에 있으며,[46] 잊지도 않고 조장하지도 않는다면[47] 또한 즐겁지 않습니까? 무엇 때문에 기어코 대소의 판별을 분분히 해야 한단 말입니까?

---

45) 『漢書』 권51 「枚乘傳」에 "한 수(銖: 1냥의 24분의 일)씩 달아도 한 섬에 이르면 반드시 차이가 나고, 한 마디씩 재도 한 길에 이르면 반드시 지나치게 되어 있다. 섬으로 달고 길로 재면 간결하고도 실수가 적다(夫銖銖而稱之, 至石必差, 寸寸而度之, 至丈必過. 石稱丈量, 徑而寡失.)"는 말이 보인다.

46) 『論語』 「里仁」에 "군자가 仁道를 버린다면 어찌 제 이름을 이루겠는가? 군자는 밥 먹는 사이라도 인도를 어기지 말아야 하고 급할 때라도 인에 반드시 의지해야 하고 엎어져 넘어질지라도 인에 의지해야 한다.(君子去仁, 惡乎成名? 君子無終食之間違仁, 造次必於是, 顚沛必於是.)"라는 말이 나온다.

47) 『孟子』 「公孫丑上」에 "반드시 어떤 일이 있을 때 미리 바로잡아 정하지 말고, 마음속으로 잊지도 말고, 억지로 도와서 자라게 하지도 말아야 하느니라.(必有事焉而勿正, 心勿忘, 勿助長也)"라는 말이 나온다.

日享事實之樂, 而無暇辨析於言語之間. 則後日之明, 自足以識言語之病. 急於辨析, 是學者大病, 雖若詳明, 不知其累我多矣. 石稱丈量, 徑而寡失, 銖銖而稱, 至石必謬, 寸寸而度, 至丈必差. 今吾但造次必於是, 顛沛必於是, 勿忘勿助長, 則不亦樂乎? 又何必紛紛爲大小之辨也?

두 번째 편지

二

　요(廖) 수령48)으로부터 그대가 4월 24일에 보내준 편지를 받았습니다. 꺼내 읽어보고 심히 위로되는 한편 그리움이 치달았습니다. 해이해지지 않고 노력 중에 있고 별다른 의혹이 없다니, 훌륭하십니다! 이 마음은 지극히 영명하고, 이 이치[理]는 지극히 명백하니, 요컨대 또 무슨 의혹이 있겠습니까? 그런데도 의혹이 없는 것 자체에 의구심을 지니고 있으니, 아직 의혹이 없어졌다 할 수 없습니다. 사리에 아직 밝아지지 못한 면이 있다면 의혹을 갖지 않을 수 없습니다. 하지만 그에 대해 사색하고 묻고 판별해본다면 의혹이 언젠가는 풀릴 것입니다. 의혹이 어찌 소원할만한 것이겠습니까? 그런데 기왕에 "의혹이 없다." 하시고서 의혹이 없는 것에 대해 의구심을 갖는 것은 또 어째서입니까? 원컨대 속히 고치시어 그 의혹이 더 커지지 않도록 하십시오.

　포(包) 씨 형제 둘이는 이곳에 오래 머물다가 지금 모두 집으로 돌아갔는데, 가을에 다시 오겠다고 약조하였습니다. 안자견(顔子堅)은 이미 머리를 깎고 호복(胡服)49)을 입었으니, 내 사람이 아닙니다. 그 자는 타고난 바탕이 본디 허망하더니, 끝내 이 지경에 이르고 말았습니다. 육왕사(育王寺)에 조신(祖新)이라는 승려가 있었는데, 성은 조

---

48) 원문의 倅는 작은 읍이나 현의 원을 지칭하는 용어이다.
49) 승려의 옷을 말한다. 안자견은 출가하여 승려가 되었다.

(趙)이고 자(字)는 일신(日新)입니다. 그가 중이 된 것은 본래 의지가 아니었으며, 기질이 심히 온중하고 독실할 뿐 아니라 또한 다시 [유자의] 의관으로 갈아입고자 하는 뜻도 있습니다. 혹 알고 있는지요?

보내온 편지를 받고 급히 이 부탁을 드립니다. 요 어르신께 보낼 편지도 동봉하니 받들어 전해주십시오. 더 쓰지 못합니다.

廖倅處送至四月二十四日書, 發讀, 甚慰馳系. 用力不懈, 無他疑惑, 甚善甚善! 此心至靈, 此理至明, 要亦何疑之有? 然又以無疑爲疑, 是未能無疑也. 事理有未明, 則不容不疑, 思索之, 問辨之, 則疑有時而釋矣. 疑亦豈足願哉? 今旣曰"無疑"矣, 乃以無疑爲疑, 何哉? 願速更之, 毋滋其惑.

二包至此久矣, 今皆歸其家, 約秋間復來. 顔子堅旣已去髮胡服, 非吾人矣. 此人質性本亦虛妄, 故卒至於此. 育王有一僧曰祖新, 姓趙, 字日新. 其爲僧非本志, 質甚穩實. 亦有服衣冠之志, 曾識之否?

得來書亟作此託. 廖丈附便奉達, 不能多具.

오현중에게 보내는 편지
與吳顯仲

　편지를 읽고서 편안히 잘 있다는 것과 쉬지 않고 배움에 정진하고 있다는 사실을 알고 큰 위로를 받았습니다. 보내온 편지에서 배움에 대해 말하고 또 포민도(包敏道)에 대해 말하면서 퍽이나 기예와 능력이 그 사람만 못한 것을 근심하였는데, 이는 심히 틀린 생각입니다. 『논어』에 나오는 '제자는 집에 들어가면 효도하고 나가면 공경한다.'50) 일 장(章)과 '어진 사람을 어질게 여기되 여색을 좋아하는 마음과 바꾸며'51) 일 장을 책상 사이에 적어 놓고, 조석으로 살피며 이전의 과오를 고치십시오. 독서와 작문은 때때로 힘닿는 대로 하시면 됩니다. 재주와 능력이 부족한 것은 그다지 근심할 만한 것도 못 되며, 부끄러워할 만한 것도 못 됩니다. 억지로 할 수 없는 재주와 능력을 기어이 근심하고 부끄러워한다면, 이는 과시하기 좋아하고 이기기를 좋아함이요, 본심을 잃은 것이니, 참으로 '본분을 따르지 않는' 행위라 할 수 있습니다. 그대의 기질은 본래 질박하고 성실한데, 무슨 까닭으로 이리 되셨습니까? 그저 본분과 순박한 면을 따라 □□□□□□ □□□□□□가 되시고, 의심스러운 곳이 있으면 남에게 바로잡아 달라 부탁하십시오. □□□□□□□□□□□ 안 될 것이 무엇이 있겠습니까. 그저 앞에서 말한 두 장을 자주 자주 보시기만 한다면

---

50) 『論語』「學而」의 여섯 번째 장이다.
51) 『論語』「學而」의 일곱 번째 장이다.

본말이 전도되는 지경에 이르지는 않을 것입니다.

得書, 承比來履用佳適, 進學不替爲慰. 來書見諭所學, 仍見敏道說, 頗以藝能不如人爲憂, 此甚非也. 當書『論語』'弟子入則孝出則弟'一章, 倂'子夏賢賢易色'一章於幾案間, 朝夕觀省, 以改前過. 讀書作文之事, 自可隨時隨力作去, 才力所不及者, 甚不足憂, 甚不足恥. 必以才力所不可强者爲憂爲恥, 乃是喜誇好勝, 失其本心眞所謂不依本分也. 看顯仲氣質本自質朴淳實, 何故如此? 但自依本分朴實頭, 作箇52)□□□□□□□□□□□求正於人有所疑缺□□□□□□□□□□□□□不去亦且隨見在, 有何不可. 但頻頻看前兩章書, 便自不至顚倒也.

---

52) [원주] 여기부터 총 스물일곱 글자가 누락되어 있다. 成化·正德·嘉靖·萬曆·道光本 모두 마찬가지이다.

권11

주제도[1]에게 보내는 편지
與朱濟道

우주 사이에 있는 이 이치[理]는 달아나 숨은 적이 없습니다. 천지가 천지인 까닭은 이 이치를 따르며 사사로움이 없기 때문입니다. 사람이 천지와 나란히 서서 삼극(三極)이 되었으니, 어떻게 스스로 사사로움을 도모하며 이 이치를 따르지 않을 수 있겠습니까? 맹자께서 말씀하시길, "먼저 큰 것을 세우면 작은 것들이 빼앗지 못한다."[2]고 하였습니다. 오직 사람만이 큰 것을 세우지 못하기 때문에 작은 것에 의해 침탈당하고, 그럼으로써 이 이치를 배반하게 되어 천지와 같아지지 못하는 것입니다. 진실로 그 큰 것을 세울 수 있는 사람이라면, 저 보잘것없는 시문(時文) 공부 따위가 어찌 존형을 골몰케 할 만한 것이겠습니까?

아드님은 그 품은 뜻이 지극히 가상합니다. 생각건대 이제껏 해 온 과거 공부면 매우 충분할 것입니다. 이런 것은 부족하지 않으니 이제 고서를 읽어 뜻을 함양할 수 있도록 면려해주신다면 실로 다행한 일이겠습니다!

此理在宇宙間, 未嘗有所隱遁, 天地之所以爲天地者, 順此理而無私焉耳. 人與天地並立而爲三極, 安得自私而不順此理哉? 孟子曰: "先立

---

1) 朱桴. 字는 濟道이고 金溪 사람이다.
2) 『孟子』「告子上」.

乎大者, 則其小者不能奪也." 人惟不立乎大者故爲小者所奪, 以叛乎
此理, 而與天地不相似. 誠能立乎其大者, 則區區時文之習, 何足以汩
沒尊兄乎?

　賢郎志尙極可嘉, 向來供課想甚富, 此非不足也, 得勉之讀古書以涵
養此志, 幸甚!

두 번째 편지
二

　일전에 보내주신 편지를 받고서 여러 형님들 그리고 여러 조카들과 돌아가며 읽었는데, 모두 찬탄에 마지않으며 손에서 놓지 못하였습니다. 그에 비하자면 지금 이 편지의 문사는 도리어 두 사람과 같아졌습니다. 지난 날 내가 존형의 뜻을 대충 소홀히 여기고서 마음과 정성을 다해 밀어주고 이끌어주지 못한 탓에 끝내 남아 있는 습관을 용감히 제거하지 못하고 이렇게 배회하게 되었으니, 심히 부끄럽습니다. 그러나 시는 매우 훌륭했으며, 시의(詩意) 또한 편지와는 달랐습니다. 그러나 시의 앞 두 구절만으로도 할 말을 다 하였기에 나머지 두 구절은 군더더기 말이 되어버렸으며, 문리도 자못 이어지지 않았습니다. 지금 뒤의 두 구절을 고치고 겸사겸사 앞 [구절]의 두 글자도 고쳐보려 합니다. 존형의 뜻을 표현해내지는 못하겠지만 문장에는 좀 더 맞을 것입니다.

　　이 이치는 사람에게 있어 차이가 없거늘
　　어둡고 밝음은 어찌하여 천양지차인가
　　한가로이 끌려 다니기를 끊은 이후로
　　부앙하고 살아감에 오직 하늘만을 섬기네

　존형께서는 평상시에 오직 한가롭게 끌려 다니시기 때문에 스스로 서지 못하는 것입니다. 이제 이 이치를 보셨으니 앞으로는 스스로 서야 마땅할 것입니다. 이 이치가 곧 '큰 것'인데, 꼭 남에게 '큰 것'이라 명확히 지목하게 할 필요가 있겠습니까? 이 이치를 보았다면 이 이치는 옳지 않는 것이 없으니, 어찌 지금이 옳다는 것을 모를 수 있겠습니까? 이 이치는 사사로운 지혜로써 헤아리거나 갖다 붙일 수 없습니다. 만약 사사로운 지혜의 그릇됨을 알 수 있다면, 사사로운 지혜는 훼멸되고 이 이치는 절로 밝아질 것입니다. 사사로운 지혜를 부린다면 아무리 훌륭한 재능을 지닌 자라도 미혹될 것이요, 사사로운 지혜를 부리지 않는다면 아무리 재주 없는 자라도 밝아질 것입니다. 안자(顔子)의 학문이 본말이 매우 분명하기는 하나 존형께서 반드시 여기에 집착하여 [이 이치를] 구하실 필요는 없습니다. 그저 이 이치를 능히 볼 수 있는지 스스로 헤아려보신 다음 천천히『논어』를 꺼내 읽으신다면, 얼음 녹듯 모든 문제가 풀릴 것입니다.

　나는 후학들에게 책을 읽게 할 때마다 문장의 뜻이 분명하고 내용이 알기 쉬운 부분을 정독하면서 여유 있게 읊조리고 흠뻑 젖어들게 하였는데, 이때 일용과 서로 어우러지게 하여 그저 빈 말이나 부화한 학설이 되지 않게 하면 이제까지 의혹스러웠던 곳이 절로 얼음 녹듯 풀리곤 하였습니다. 설령 풀리지 않는 곳이 있다 하더라도 기다려야 마땅하지 억지로 탐구하고 애써 찾아내려하면 안 됩니다. 오랜 후에 저절로 통하게 되어 있기 때문입니다. 그 통한 바는 필시 진실된 것이 터, 사사로운 지식으로 헤아린 것과는 천양지차라는 말로도 그 거리를 비유하기 어려울 정도입니다.

　더 이상 말하지 않겠나니, 오직 힘쓰시길 바랄 뿐입니다!

　向辱惠書, 諸兄諸姪傳玩贊歎, 不能去手. 比之今此書辭反如二人. 甚愧前日簡忽, 不能悉意盡誠以相推挽, 遂使尊兄不能勇去餘習, 尚此遲回. 然詩却甚佳, 詩意書辭亦不相似. 詩只兩句便說盡了, 後兩句却成剩語, 文理頗不相紹續. 今欲易後兩句, 兼易前二字, 固不能出尊兄之意, 但稍次其文耳.

　　此理於人無間然, 昏明何事與天淵?
　　自從斷却閑牽引, 俯仰周旋只事天.

　尊兄平日只被閑牽引, 所以不能自立. 今旣見得此理, 便宜自立. 此理卽是大者, 何必使他人明指大者? 旣見此理, 此理無非, 何緣未知今是? 此理非可以私智揣度傅會. 若能知私智之非, 私智廢滅, 此理自明. 若任其私智, 雖高才者亦惑, 若不任私智, 雖無才者亦明. 顏子之學, 本末甚明, 尊兄未須泥此而求. 但自理會眞能見得此理, 後日徐徐取『論語』讀之, 渙然冰釋矣.
　某嘗令後生讀書時, 且精讀文義分明事節易曉者, 優游諷詠, 使之浹洽, 與日用相協, 非但空言虛說, 則向來疑惑處, 自當渙然冰釋矣. 縱有未解, 固當候之, 不可强探力索, 久當自通. 所通必眞實, 與私識揣度者天淵不足諭其遠也.
　不在多言, 勉旃是望!

세 번째 편지
三

　편지로 알려주신 일상 중의 공부가 실로 훌륭하십니다. 존형께서는 기질이 충후하시어 타고나신 바가 남들보다 몇 단계 높습니다. 다만 이제껏 외부의 것에 연루된 바가 많았는데, 날마다 그런 것들을 벗겨 내심으로써 타고난 것을 온전히 하실 수 있다면 우리 도(道)에 있어 큰 행운일 것입니다. "마음으로 간절히 구하면, 적중하지는 못할지라도 멀리 벗어나지는 않는다."3)라고 하였으니, 평상시 일을 하고 있지 않을 때 밝디 밝게 채찍질하며 상제를 높이 모시는 일에4) 어두워져서는 안 됩니다. 그리 된다면 어떤 일을 만났을 때 절로 힘을 절약할 수 있을 것입니다.

　示敎日用工夫甚善! 尊兄氣質忠厚, 得於天者加人數等. 但向來累外處多, 得日剝落之, 以全吾天, 則吾道幸甚. 所謂"心誠求之, 雖不中不遠矣." 平居不與事接時, 切須鞭策得炯然, 不可昧沒對越上帝, 則遇事時自省力矣.

---

3) 『大學』 제9장에 나온다.
4) '對越'은 높이 드러내는 일 혹은 은혜에 보답하여 찬송하는 일을 가리킨다. 『詩經』 「周頌 · 淸廟」에 "많고 많은 선비들, 문왕의 덕을 받드네. 하늘의 신령 높이 모시며 묘당 사이를 분주히 오가네(濟濟多士, 秉文之德, 對越在天, 駿奔走在廟.)"라는 구절이 나온다.

오자사[5]에게 보내는 편지
與吳子嗣

　상례(喪禮)에 있어서는 애도는 부족하되 예법은 넘치는 것보다 예법은 부족하되 애도가 넘치는 편이 낫습니다. 이는 성인이 남기신 격언입니다. 천자가 아니면 예법을 논의할 수 없으니, 예법이란 가벼이 논할 수 있는 것이 아닙니다. 심히 불경스럽고 비속한 것들을 없애어 대략 옛 것에 비슷해지고자 한다면, 고 문정공(文正公)께서 지으신 『서의(書儀)』[6]가 있는데 다른 것을 찾아볼 필요가 있을까요?

　喪禮與其哀不足而禮有餘也, 不若禮不足而哀有餘也, 此聖人之格言, 非天子不議禮, 禮亦未可輕議也. 欲去其不經鄙俗之甚者而略近於古, 則有先文正公『書儀』在, 何必他求?

---

5) 吳元子. 臨川 사람이며 慶元 2년(1196)에 진사에 급제했다.
6) 司馬光이 지은 『書儀』(총 10권)를 말한다.

두 번째 편지
....
二

  지난번에 보낸 답장을 나무라지 않고서 다시금 하문해주었군요. 구차히 유속을 따르고자 하지 않고 부지런히 예법을 강구하여 의거할 바를 구하고자 하니, 그대의 뜻이 참으로 훌륭합니다. 그러나 일에는 경중과 본말이 있으니, 먼저 할 것과 나중 할 것을 알아야만 합니다. 예악(禮樂) 의제(儀制)가 땅에 떨어지고 결락된 지 오래입니다. 그러나 등문공(滕文公)이 질문한 내용과 맹자가 답한 내용 모두가 커다란 단서입니다.[7] 의례나 절차와 같은 말단의 것들이라면 그 중 비속하고 불경스런 것만 없애면 됩니다.

  보내온 편지에서 하인에게 '정(定)' 자를 쓰게 했다고 했는데, 이는 특히나 온당치 않습니다.[8] 그대가 상중이라 부득이하다면 상례 절차

---

7) 『孟子』「滕文公上」에 滕定公(등문공의 아버지)이 승하했을 때 세자가 然友(世子의 스승)를 보내 맹자에게 상례에 관해 묻자 맹자가 "참으로 훌륭하지 아니한가! 친상은 진실로 자신의 힘을 다해야 하는 법이다. 증자가 말씀하시기를 '살아서는 예로서 섬기고, 죽은 후에는 예로서 장례를 치르며, 예로서 제사를 지낸다면 가히 孝라 이를 만하다.'라 하셨다. 제후의 상례에 대해서 내가 배운 것은 없지만, 그러나 일찍이 들은 적은 있다. 삼 년의 상을 행하며 거친 베로 만든 상복을 입고 미음과 죽을 먹는 것은 천자로부터 서민에 이르기까지 三代가 공통이었다.(不亦善乎! 親喪固所自盡也. 曾子曰, '生, 事之以禮, 死, 葬之以禮, 祭之以禮, 可謂孝矣.' 諸侯之禮, 吾未之學也, 雖然, 吾嘗聞之矣. 三年之喪, 齊疏之服, 飦粥之食, 自天子達於庶人, 三代共之.)"라고 대답한 부분을 가리킨다.

8) 『塋元通書』라는 풍수 관련 책에 보면 장례와 관련한 민간의 풍속이 소개되어 있는데, 그 중 「鎭法」이라는 것을 보면 우선 7촌 길이의 나무로 인형[柏人]을

를 집행자에게 맡기시면 될 일이지 어찌 진압법[定]을 쓰겠다고 하십니까? 백인(柏人)이란 무당들이나 하는 짓이라, 심히 불경스러워 내 집에서는 한 번도 써본 일이 없습니다. 복인(卜人)이 장사 날을 고른다 하면 축사에서 자손을 부르는 호칭과 남편을 부르는 호칭을 달리 합니다.9) 두 상주의 오류10)를 보면 나머지도 미루어 알 수 있습니다. 상례와 제례에는 주로 삼을 것을 논해야지 [流俗과] 같아질 것을 논해서는 안 됩니다. 의례 가운데 이 세 가지를 제외하고는 모두 큰 해될 것이 없습니다.

만들고 그 위에 朱砂로 '定' 자를 쓴다. 그런 다음 묘에서 세 걸음 떨어진 곳에 그것을 묻고 아무 방향의 백인을 부르면 곧 찾아와 이른다고 한다. 이런 방식으로 진압하면 흉사가 영원토록 생기지 않는다는 것이다.

9) 『禮記』 「雜記下」에 "卜人이 장사지낼 날을 가린다고 하면 축사에 자손을 '애자'·'애손'이라고 하고 남편을 '내'라 하고 형제를 '모'라 한다.(祝稱卜葬虞, 子孫曰哀, 夫曰乃. 兄弟曰某.)"라는 기록이 보인다.

10) 『禮記』 「曾問」에 보이는 내용이다. "증자가 묻기를, '상에 두 상주가 있고 사당에 두 신주가 있는 것이 예에 맞습니까?'하니 공자께서 말씀하시기를, '하늘에 두 개의 태양이 없고 땅에 두 왕이 없으며 상·체·교·사의 제사에는 두 지존이 없다. 그러니 두 상주 두 신주가 예에 맞는다는 것을 알지 못하겠다. …… 상에 두 상주가 있게 된 것은 이러하다. 옛날에 衛 영공이 노나라에 갔다가 계환자의 상을 만났다. 衛君이 조문하기를 청하자 魯 애공이 사양하였으나 衛君이 듣지 않았다. 애공이 主가 되니, 객이 들어와서 조문하였다. 이때 계환자의 아들 계강자가 문 오른쪽에 북면하고 서있었다. 애공이 읍양하고 동쪽 계단으로부터 올라와서 서향하니 객이 서쪽 계단으로부터 올라와서 조상하였다. 애공이 절하고 일어나 곡하니 계강자가 그 위치에서 절하고 이마를 조아렸다. 그것을 유사가 바로잡지 못한 것이다. 지금 상에 두 상주가 있는 것은 계강자의 잘못에서부터 생긴 일이다.'(曾子問曰, '喪有二孤, 廟有二主, 禮與?' 孔子曰, '天無二日, 土無二王, 嘗禘郊社尊無二上, 未知其爲禮也. …… 喪之二孤, 則昔者衛靈公適魯, 遭季桓子之喪, 衛君請弔, 哀公辭不得命, 公爲主, 客入弔. 康子立於門右. 北面, 公揖讓, 升自東階, 西鄕, 客升自西階弔, 公拜興哭, 康子拜稽顙於位. 有司弗辯也. 今之二孤 自季康子之過也.')"

不以前所復書爲罪, 又下問之, 不肯苟徇流俗, 孜孜禮法, 以求依據, 吾子之志善矣. 然事有輕重本末, 當知所先後. 禮文殘闕, 其來久矣. 滕文公所問, 孟子所答, 皆其大端. 儀節之末, 去其鄙俗不經者可也.

來書謂定之僕手, 此尤未宜. 吾子在衰絰之中, 不得已, 次序以授執事者可也, 安可謂之定? 柏人者, 乃巫覡所爲, 不經甚矣, 吾家未嘗用也. 祝稱卜葬虞, 子與夫異辭, 觀二孤之過, 可以類見. 喪祭當論所主, 不可言同也. 儀中除此三節, 諸皆無害.

세 번째 편지

三

　지난해에 보내온 편지에서는 상례에 관해 질문했었습니다. 그대는 나이가 어린데도 유속을 따르지 않고 옛 제도를 구할 줄 알며, 문장에서 글자를 사용한 것이나 구문을 만든 것이나 모두 기이함을 흠모하며 범범한 데 머물고자 하지 않습니다. 궁벽한 고을 작은 읍에 이와 같은 후생이 있다니, 이 또한 쉬이 얻을 수 있는 바가 아닙니다! 그렇기 때문에 그대의 편지글에 비록 법도에 맞지 않는 바가 많았어도 미처 다 따지지 않고서 물어온 주요 사항에 대해서만 답함으로써 인도하여 이끌어 주며 발전이 있기를 바랐습니다. 그런데 후에 듣자니 그대가 괴이한 복색을 하고서 무당을 불러와 일을 치렀다 하기에, 몹시 놀랍고도 슬펐습니다! 또한 그대를 전혀 알지 못하고서 그리 바삐 답을 해주느라 실언의 허물을 짓고 만 것이 무척이나 후회스러웠습니다. 이번에 받은 편지에는 스스로 후회하고 스스로 탓하는 내용이 있더군요. 누군들 잘못을 저지르지 않겠습니까? 잘못을 저지르고도 고치지 않는 것이 곧 잘못입니다. 잘못을 저지르고 고칠 줄 안다면, 이보다 더 훌륭한 것은 없습니다. 지금 그대가 정말로 스스로 완전히 새로워질 수 있다면, 이처럼 다행한 일이 또 어디 있겠습니까? 비록 그렇긴 하지만, 그대의 집은 이곳에서 백 리밖에 안 되는 가까운 거리이거늘 장자(長者)를 급히 찾아보고자 하는 뜻은 없고 그저 편지만 몇 차례 보내올 뿐이니, 잘못을 고치겠다는 말 또한 깊이 믿지 못하겠습니다. 그러나 내가 지금 이렇게 이러니저러니 말하는 것도 후생에게 거는 기대가 두텁기 때문이니, 엄숙히 한번 생각해보시기 바랍니다.

往歲蒙致書, 見問以喪禮. 如生年少, 能不徇流俗, 求古制. 又其文用字造語, 皆慕奇異, 不肯碌碌. 以爲窮鄕下邑乃有後生能如此, 亦不易得. 故生之書辭不合律度者雖多, 皆不暇責, 獨答所以問之要務, 誘掖之, 庶幾其進. 旣而聞生詭異其服, 爲巫覡事, 深用駭怛! 亦頗悔初不知生, 而遽相對答, 有失言之罪. 玆奉書乃有悔過自訟之辭, 人誰無過? 過而不改, 是爲過矣. 過而能改, 善莫大焉. 今生誠能幡然自新, 何幸如之? 雖然, 生家相距百里而近, 乃有不亟於求見長者, 而徒數以書來, 則改過之言, 亦未敢深信. 然吾今猶云云若此者, 望於生厚矣, 生其謹思之.

네 번째 편지
四

    문자가 도착해 보았더니 찬연히 조리가 서있고 도(道)에 위배됨이 없었기에 매우 기뻤습니다. 다만 내실에 도달하는 데 더욱 힘써야지 문사에만 의지해서는 안 될 것입니다. 말하지 않아도 남들이 믿어주는 것은 덕행에 달려 있습니다. "덕 있는 사람은 반드시 바른 말을 한다."11)고 하였으니, 진실로 내실이 있으면 반드시 좋은 글이 되는 법입니다. 내실이란 근본이고 글이란 말단입니다. 지금 사람들의 습속에서는 말단을 중시하는데, 어찌 근본을 잃기만 하겠습니까? 마침내는 그 말단마저 함께 잃어버리고 말 것입니다.

    진 교수(陳敎授)와는 대략 어울려본 적이 있으나, 근본이 없는 탓에 학문이 날로 그릇되어갔습니다. 편지의 말미에서 바로 잡은 세 조목은 글의 뜻이 정밀하고 적실하였습니다. 하지만 그 앞에 취한 몇 마디 말들은 모두가 옳지 않았습니다. 학문에 단서가 없으면 아무리 성현을 모방하여 말을 한다 하여도 요컨대 그 귀착점이 이미 어긋나 버리고 맙니다. 난잡하고 얕은 말들이 어찌 족히 근거로 삼을 만한 것이겠습니까? 이른바 "명성을 얻은 후에도 어지럽게 굴거나 범범하게 행동하지 않는다."라고 한 부분은 더욱 더 따져보지 않을 수 없습

---

11) 『論語』「憲問」에 "덕이 있는 사람은 반드시 바른 말을 하지만, 바른 말을 한다고 해서 다 덕이 있는 것은 아니다. 어진 사람은 반드시 용기가 있지만, 용기가 있는 사람이라고 해서 반드시 어진 사람은 아니다(有德者必有言, 有言者不必有德. 仁者必有勇, 勇者不必有仁.)"라는 구절이 나온다.

니다. 사람에게 실제 덕이 있다면, 이른바 "죽어 이름이 일컬어지지 못함을 싫어할 줄 안다."[12]란 이름이 없음을 싫어하는 것이 아니라 덕이 없음을 싫어한다는 뜻일 것입니다. "훌륭한 명성 드넓은 명예가 자신에게 갖추어져 있다."[13]란 실제 덕이 펼쳐지기에 그렇게 된다는 뜻일 것입니다. "아침부터 밤까지 부지런히 일하여 아름다운 명예를 영원히 보존한다."[14]란 그 덕이 언제나 이어져 그치지 않기를 바란다는 뜻일 것입니다. 하지만 그 사람은 극기의 공부를 깊이 해본 적도 없고, 사사로운 뜻으로 자신을 주재하고 있어 덕에 대해 아무 것도 알지 못합니다. 그런즉 이 말은 그저 명성을 좋아하고 이기기를 바라는 누습을 더 보태주기에 딱 좋을 따름입니다. 이 점은 더욱 더 변별하지 않을 수 없습니다.

文字之及, 條理燦然, 弗畔於道, 尤以爲慶! 第當勉致其實, 毋倚於文辭. 不言而信, 存乎德行. "有德者必有言." 誠有其實, 必有其文. 實者, 本也, 文者, 末也. 今人之習, 所重在末, 豈惟喪本, 終將幷其末而失之矣.

陳敎授舊亦曾略相從, 惟其無本, 故其學日謬. 書末所糾三條屬意精切, 但前所取數語亦皆非是. 學無端緒, 雖依放聖賢而爲言, 要其旨歸實已悖戾, 龐雜膚淺, 何足爲據. 若所謂"致其譽聞, 不泯泯碌碌"者, 尤不可不辯. 人有實德, 則"知疾沒世而名不稱"者, 非疾無名, 疾無德也.

---

12) 『논어』「衛靈公」에 나오는 말이다. 『논어』 원문에는 문장 '~할 줄 안다[知]'는 글자가 없다.
13) 『孟子』「告子上」에 "훌륭한 명성과 드넓은 영예가 자기 몸에 갖추어져있기 때문에 아롱진 수를 놓은 남의 옷을 원치 않는 것이다(令聞廣譽施於身, 所以不願人之文繡也.)"라는 구절이 보인다.
14) 『중용』 26장에 나오는 말이다.

"令聞廣譽施於身"者, 實德之發, 固如是也. "庶幾夙夜, 以永終譽"者, 欲其德之常久而不已也. 彼未嘗深致自克之功, 私意自爲主宰, 方懵於知德, 則斯言殆適以附益其好名求勝之習耳. 此尤不可不辯.

다섯 번째 편지
五

　지난 번 편지에서 했던 '명성을 얻다.'는 말은 후세 학자들의 크나
큰 병입니다. 이 병을 깊이 알아서 힘껏 그 누습을 고치지 못한다면,
고인의 실학(實學)은 쉬이 이야기할 수 없을 것입니다. 나의 벗님께
서 이러한 부분을 깊이 살피어, 거동이며 말이며 예전과 판연히 달라
질 수 있다면, 우리 도(道)에도 희망이 있습니다. 지난번 편지에 답장
할 때 진 교수(陳敎授)와 왕래하지 말 것을 권면하려고 했는데, 나중
에 어쩌다 잊어버리신 것 같아 지금까지도 불만입니다.
　근자에 상산(象山)에서 돌아와 보니 만사가 번다한지라 문자 한 번을
못 보냈습니다. 그러나 조만간 산에 올라가야 할 것 같으니 한번 올 수
있으면 만나서 이런 저런 일들을 다 이야기합시다.

　前書'致其聞譽'之說, 乃後世學者大病, 不能深知此病, 力改敝習, 則
古人實學未易言也. 吾友更當深於此處觀省, 使擧動云爲判然與曩者
異轍, 則吾道有望矣. 復前書時, 亦欲相勉未須與陳敎授往復, 後偶忘
之, 至今不滿.
　近歸自象山, 諸事冗擾, 文字亦不曾將歸. 旦晩亦須便登山, 儻能一
來, 諸當面盡.

여섯 번째 편지

六

　그대의 군(郡)에서 낸 첫 번째 책문(策問)의 요지를 기록해 보내주었더군요. 나는 잘 이해가 되지 않습니다. 새 수령이 부임한 지 아직 한 해가 되지 않았거늘, 갑작스럽게 "실효가 없음에 대해 책임을 묻겠다."고 말했다니, 무슨 실효에 대한 고과(考課)가 이리도 빠르단 말입니까? 부자 같은 성인께서도 "3년이면 이룸이 있을 것이다."[15]라고 말할 뿐이었고, 당우(唐虞)의 조정에서도 비록 3년마다 고과를 진행했지만 세 차례 고과한 이후라야 어둔 자를 내치고 밝은 자를 올려주셨으며,[16] [鯀을] 우산(羽山)으로 유배 보낸 것도 [치수한 지] 9년이 지난 뒤였습니다. 백우(伯禹)는 사공(司空)이 되고서도 8년이나 밖에 있었으며,[17] 연주(兗州)의 부세는 경작한 지 13년이 지난 후에야 다

---

15) 『論語』「子路」에 "공자께서 말씀하시기를, 진실로 나를 써주는 사람이 있다면 1년이면 괜찮게 될 것이고 3년이면 이룸이 있을 것이다(子曰, 苟有用我者, 其月而已可也, 三年有成.)"라는 말이 나온다.

16) 『尙書』「虞書 · 舜典」에 "삼년마다 考課하시고, 세 번 고과하여 어두운 자를 내치고 밝은 자를 올려주시니, 모든 공적이 다 빛나 삼묘족을 나누어 등져가게 하셨다(三載考績, 三考黜陟幽明. 庶績咸熙, 分北三苗.)"라는 말이 나온다.

17) 伯禹는 곧 夏禹이다. 『尙書』「虞書 · 舜典」에 "백우가 사공이 되었다(伯禹作司空.)"라는 말이 나오는데, 孔穎達은 『疏』에서 賈逵의 말을 인용하여 "伯은 작위이다. 우는 곤을 대신하여 숭백이 되고 입조하여 천자의 사공이 되었다. 그가 백작이었기 때문에 백우라고 칭한 것이다(伯, 爵也. 禹代鯀爲崇伯, 入爲天子司空, 以其伯爵, 故稱伯禹.)"라고 설명하였다. 『孟子』「滕文公上」에는 "이 때에 우는 8년이나 밖에 있으면서 세 번이나 자기 집 문을 지나면서도 들어가지

른 주와 같아졌습니다.[18] 고금의 어렵고 쉬운 사정이 설령 같을 수야 있겠냐마는 반년 만에 갑자기 실효를 다그치는 이치가 어디 있단 말입니까?

옛날에 이른바 '성과에 대해 책임을 묻는다.'라는 것은 임금이 [직책을] 위임한 도를 딴 마음 없이 전념하여 행해야 함을 뜻한 말입니다. 그런 후라야 신하들이 사지를 움직여 임금이 맡긴 일을 책임질 수 있으며, 심력을 다 쏟고 재지(才智)를 다 바치면서, 쓰이지 못했다는 원망을 갖지 않기 때문입니다. 임금이 높은 곳에서 가만히 앉은 채, 자신의 생각으로 간섭하지 않고, 소인으로 이간질하지 않으며, 구구한 법도와 규약으로 통제하지 않음으로써 신하들이 견제당할까 근심하지 않도록 해준 연후라야 완성을 다그칠 수 있습니다. 기왕에 맡겼다면 그의 행위를 각박하게 사찰하지 말고 그저 완성 여부만 물으면 그만입니다. 이것이 곧 고인이 사용한 '성과에 대해 책임을 묻다'라는 단어의 본래 뜻입니다. 오늘날에 와서는 모든 공효(功效)에 대한 고과에 이 단어를 쓰는데, 이는 온당치 못한 용례입니다.

또한 옛날에 이른바 '상벌'이란 것은 사람이 사업에 임해 성공 거두기를 바라고서 만든 것이 아닙니다. "하늘이 덕 있는 자에게 명하여 오복(五服)으로 다섯 가지 등급을 밝혔다. 하늘이 죄 있는 자를 벌하

않았다.(當是時也, 禹八年於外, 三過其門而不入.)"는 내용이 보인다.

18) 『漢書』 권28 하 「地理志」에 "제수와 황하가 연주를 에워싸 흐르고 구하가 다스려졌다. 뇌하택으로 옹수와 저수가 흘러 들어가고 뽕밭에선 양잠을 했다. 백성들은 언덕에서 내려와 땅에 살았다. 땅은 비옥했으나 풀이 무성하였고 토지는 6등급이었다. [개간이 어려워] 낮은 세금을 매겼으나, 13년이 되자 다른 주와 같게 하였다(沛河惟兗州, 九河旣道, 雷夏旣澤, 雍沮會同, 桑土旣蠶, 是降丘宅土. 厥土黑墳, 草繇木條, 厥田中下, 賦貞, 作十有三年乃同.)"는 기록이 보인다.

여 오형(五刑)으로 다섯 가지 등급으로 나누어 썼다."[19] 상벌은 모두 천리로서, 이 백성이 대중(大中)으로 들어가게 하고, 이 세상이 태화 (太和)로 발돋움하게 하는 방도입니다. 후세의 공리(功利)나 추구하는 누습과는 연(燕) 땅과 월(越)[20] 땅 만큼이나 거리가 먼 이야기입니다. 언제 산에 올라오면 이에 관해 상세히 이야기하겠습니다.

내일은 운대(雲臺)에 올라 귀곡(鬼谷)을 내려다보며 남산(南山)이 어디서부터 뻗어왔는지 연구해볼 참입니다. 그런 다음 매담(梅潭)에 일엽편주를 띄워 유구(醹口)를 따라갔다 돌아오려 합니다. 예상컨대 열흘 정도 후에는 산방으로 돌아올 수 있을 것 같습니다.

錄示仙郡首篇策問大旨. 竊所未喩. 新君卽位, 曾未期月, 而遽曰"責成無效", 何課效之速如此哉? 以夫子之聖, 不過曰三年有成, 唐虞之朝, 雖三載考績, 必三考而後黜陟幽明, 羽山之殛, 蓋在九載之後. 伯禹作司空, 猶八年於外, 兗州之賦, 作十有三載乃同. 古今難易, 縱有不同, 安有於半年之間而遽責其成效之理哉?

又古所謂'責成'者, 謂人君委任之道, 當專一不疑貳, 而後其臣得以展布四體以任君之事, 悉其心力, 盡其才智, 而無不以之怨. 人主高拱於上, 不參以己意, 不間以小人, 不維制之以區區之繩約, 使其臣無掣肘之患, 然後可以責其成功. 故旣已任之, 則不苛察其所爲, 但責其成耳. 此古人用'責成'二字之本旨也. 今泛課功效, 而用此二字, 則用字亦未愜當.

---

19) 『尙書』「皐陶謨」에 나오는 말이다. 오복이란 天子, 諸侯, 卿, 大夫, 士의 복식이며 오형이란 墨, 劓, 剕, 宮, 大辟의 형벌이다.
20) 북에 있는 연 땅과 남에 있는 월 땅을 인용하여 서로 간의 거리가 매우 멀다는 것을 형용한다.

且古所謂賞罰者, 亦非爲欲人趨事赴功而設也. "天命有德, 五服五章哉. 天討有罪, 五刑五用哉." 其賞罰皆天理, 所以納斯民於大中, 躋斯世於太和者也. 此與後世功利之習燕·越異鄉矣. 何時登山, 當究其說.

明日欲登雲臺, 瞰鬼谷, 究南山之所自來, 却扁舟浮梅潭沿醾口以歸, 度旬日而後可反山房也.

일곱 번째 편지
七

    벌써 산에 올라와 띠 집을 지었다는 말을 듣고서 가상한 마음에 탄성이 나왔습니다. 근자에 주원충(周元忠)의 편지를 받았는데, 간백(幹伯)과 예백진(倪伯珍) 등 여러 명이 가마꾼을 보내 나를 맞이해갈 의사가 있다면서, [언제가 좋을지] 기일을 물어왔습니다. 나는 날 개어 경치 아름답고 깨끗한 구름이 찬연한 날이야말로 내가 수도에 정진해야 할 때라고 답했습니다. 오늘이 춘분이고 내일이면 꽃이 만발할 텐데, 가마꾼이 아직까지도 오지 않으니, 땅이 마를 때를 기다리다가 그만 어둔 비에 갇혀버린 까닭일까요? 어제는 해가 나고 바람이 불어 자못 예전의 경관을 회복한 듯 보이더니, 오늘은 짙은 구름이 하늘에 가득하고 차가운 바람이 비에 앞서 불어와 다시 가을 같이 스산한 날씨가 되었습니다. 아득히 그리나니, 운대(雲臺) · 영수(領袖) 등 봉우리엔 꽃들이 활짝 피어나 서로 치장들을 하고 있겠지요. 이 생각을 하면 늙은이의 흥이 자못 깊어집니다. 떠나고 멈추고 느리고 빠르고는 하늘과 사람에 달려있을 뿐입니다. 만약 이 비가 그치지 않아도 능히 비를 무릅쓰고 와줄 수 있다면, 학문에 대한 사랑을 더욱 잘 볼 수 있을 텐데 말입니다.

    承已登山結茅, 深用嘉歎, 近得周元忠書, 謂幹伯 · 伯珍諸人, 有意遣輿夫相迎, 且問期日, 吾答以霽日麗景, 晴雲絢文, 卽吾就道時也. 是日正春分, 明日卽大開徹, 輿夫至今未來, 豈其俟后土之乾, 又窘陰雨故耶? 昨日光風頗還舊觀, 乃今祁雲漫天, 寒飈先雨, 又復凄然似秋矣. 遐想雲臺領袖諸峰, 儲英育秀, 以相料理, 老子於此興復不淺. 行止久速, 在天與人而已. 若此雨未止, 能冒之一來, 尤見嗜學.

여덟 번째 편지

八

이 이치[理]는 우주를 가득 채우고 있어서 천지 귀신도 거스르거나 달리 하지 못하거늘, 하물며 사람이겠습니까? 진실로 이 이치를 안다면 너[彼] 나[己]와 같은 사사로움은 없어질 것입니다. 다른 사람이 행한 선(善)은 내가 행한 것과 마찬가지입니다. 그래서 "남에게 선한 행실이 있으면 마치 내게 있는 양 여긴다."라고 하고, "남의 성품이 훌륭하고 통명한 것을 보면 마음으로 좋아하며 마치 자기가 말한 것 그 이상으로 여긴다."[21]라고 하고, "서로 가르치고 서로 보호하며 서로 깨우치라."[22]고 한 것입니다. 이는 인지상정이요 당연한 이치일 터, 무엇을 꺼리고 무엇을 의심하겠습니까? "성(誠)이란 자신을 이루는 것뿐만이 아니라 외물을 이루어주는 것이기도 하다. 나를 이루는 것은 인(仁)이요 외물을 이루어주는 것은 지(智)이다. 이는 성(性)의 덕이요 내외를 합한 도이다."[23] 하지만 자신도 이루지 못할까 두려울

---

21) 『대학』에 나오는 내용이다. 그러나 『대학』에는 '善' 자 대신 '技' 자로 되어 있다. "'여기 한 신하가 있다. 그는 우직하나 별 재주가 없다. 그러나 그 마음이 곱고 포용성이 있다. 남이 재주가 있는 것을 보면 마치 자기가 그러한 재주를 가지고 있는 것처럼 기뻐한다. 남의 성품이 출중하고 通明한 것을 보면 마음으로 좋아하면서 마치 자기 입으로 말한 것 이상으로 여긴다. 이러한 신하는 관용이 있기에 나의 자손들을 보호할 수 있고 백성에게도 이로울 것이다.(若有一个臣, 斷斷兮無他技, 其心休休焉其如有容焉. 人之有技, 若己有之, 人之彦聖, 其心好之, 不啻若自其口出. 寔能容之, 以能保我子孫, 黎民尙亦有利哉.)"

22) 『尙書』「周書 · 無逸」에 나오는 말이다.

따름입니다. '사숙(私淑)'[24] 두 글자 같은 경우, 『맹자』에 나오기는 하지만 그 요지를 깊이 깨우쳐야지 여기서 함부로 사용해서는 안 됩니다. 이렇게 글자 사용에 하자가 생기면 이치에 도달하지 못하게 되고 도리어 이치에 누만 끼치게 됩니다.

『오대사(五代史)』는 마침 점검, 대조해야 했는데, 보내온 본이 매우 훌륭하더군요. 초가집이 두 연못 사이에 있어서 '탁영(濯纓)'이라 이름 붙이고자 하니, 여기 오거든 글씨를 써주십시오.

此理充塞宇宙, 天地鬼神, 且不能違異, 況於人乎? 誠知此理, 當無彼己之私. 善之在人, 猶在己也, 故"人之有善, 若己有之." "人之彦聖, 其心好之, 不啻若自其口出." "胥訓告, 胥保惠, 胥敎誨." 此人之情也, 理之所當然也, 亦何嫌何疑? "誠者, 非自成己而已也, 所以成物也. 成己, 仁也, 成物, 智也. 性之德也, 合內外之道也." 顧恐未能成己耳. 若'私淑'二字, 則出於『孟子』, 當深明其旨, 不當輕用於此. 此用字之疵, 不足以達理, 而能爲理之累.

『五代史』政須點對, 來本極佳. 草廬在二池之間, 欲名以'濯纓', 須來此, 當爲書之.

---

23) 『中庸』 25장에 나오는 말이다.
24) 『孟子』 「離婁下」에 "나는 맹자의 제자가 되지는 못하였지만 여러 사람을 통해 공자를 사숙할 수 있었다(予未得爲孔子徒也, 予私淑諸人也.)"는 말이 나온다.

부계로[25]에게 보내는 편지
與傅季魯

24일에 제 오두막을 출발해 저녁에 자국사(資國寺)[26]에서 일박했습니다. 25일에는 반산(半山) 폭포를 보고 새로 난 지름길로 해서 처소에 이르니 이미 정오였습니다. 산의 나무들은 더욱 울창하였고 매미 소리는 더욱 청아했습니다. 흰 구름이 높이 떠있고 첩첩 산이 모두 모습을 드러냈습니다. 가랑비가 이따금 흩뿌리고 맑은 바람이 시원히 불어와 지금이 여름임을 알지 못하겠습니다. 언제 한번 이리로 와서 함께 즐겨보시지요.

마침 『국기(國紀)』[27]를 점검 대조하고자 하는데, 혹시 오실 수 없거든 먼저 보내주셔도 됩니다.

二十四日發敝廬, 晚宿資國. 二十五日觀半山瀑, 由新蹊抵方丈, 已亭午. 山木益稠, 蟬聲益淸, 白雲高屯, 疊嶂畢露, 疏雨遞灑, 淸風濯然, 不知其爲夏也. 何時來此共之.

適欲『國紀』點對一事, 或未能來, 可先遣至.

---

25) 傅子雲. 字는 季魯이며 號는 琴山이다. 金溪 사람이다. 鄧約禮에게서 먼저 공부를 배워 그의 제자가 되었고, 후에 육구연의 제자가 되었다. 天山精舍를 지었을 때 육구연은 그를 위해 한 자리를 내주면서 때때로 대신 강의하게 하였다. 후에 4년(1231)에 袁甫는 江西를 다스리면서 象山學을 제창하고 象山書院을 세웠는데, 육구연의 제자 중에 傅子雲이 상좌에 올랐으니, 가히 육구연의 수제자라 이를 만하다. 『易傳』, 『論語集傳』 등의 저술을 남겼다.
26) 江西省 吉安 梅塘의 龍鬚山에 있는 사찰이다.
27) 本朝의 편년사를 일컫는 말이다.

진 현재에게 보내는 편지
與陳宰

    소나무를 도벌한 도적에 대해서는, 엄정한 법의 기강을 우러러 결단코 처벌로부터 빠져나가게 할 수 없습니다. 하지만 그 자가 최근 산으로 찾아와 자신의 죄상을 모조리 자백하고 죄 추궁을 면하게 해달라고 간청하였습니다. 그 자는 초심이 몹시 삐뚤어져있는데다가 심지어 소송문[28]으로 관부를 어지럽히고 현의 관료들까지 끌어들여 온 고을을 시끄럽게 하였으며, 또 어진 대부의 정신을 거듭 허비하게 하였으니, 어찌 용서할 수 있겠습니까? 그 자는 본디 악습이 몸에 배어 오래도록 향리의 해악이 되어 왔지만, 지금 마침 어진 수령을 만난 덕에 기꺼이 잘못을 뉘우치고 충순함을 바치며 사는 방식을 완전히 바꾸고자 하고 있으니, 이 또한 기쁜 일입니다. 이곳에 와서 스스로 호소하는 개과천선의 의지도 매우 강하였습니다. 만약 지금부터 마음을 돌리고 생각을 고쳐먹어 선(善)으로 돌아간다면, 인자하신 마음으로 반드시 기뻐하실 것입니다. 지난날에도 주처(周處)의 사례를 들어가며 몇 번이고 권면하였습니다. 엎드려 바친 공문서가 있사온데, 감히 직접 갖고 가지 못하기에 여기 한데 봉하여 넣었습니다.

---

28) 원문은 '雀角'인데, 다툼이나 獄訟을 가리키는 말이다.

伐松之盜, 仰見嚴明, 不容逭戮. 比至山間, 具狀其罪, 祈免窮究. 論其初心, 乖戾殊甚, 至以雀角之詞, 煩瀆官府, 牽率縣僚, 喧動隣里, 重費賢大夫之神明, 此豈可貸? 然斯人素狃惡習, 久爲鄕里之害. 今玆適逢令尹之賢, 乃肯悔過效順, 幡然改圖, 亦有可喜. 來此自訴其悔艾遷改之意甚力, 儻其自此回心易慮, 以歸於善, 諒於豈弟之懷, 亦必喜之. 前日亦以周處之事, 反復勉之矣. 斯人有公狀首伏, 未敢自前, 倂用封納.

두 번째 편지

二

　못난 발자취, 그저 칩거나 하기에 어울리건만, 여러 공들께서 [저에 대한 소문을] 넘치게 들으시고 제 이름자를 기록해주신 덕분에 급히 성에 올라 방어하라는 명령을 받게 되었으니, 참으로 진퇴양난입니다. 형문(荊門)은 동정호(洞庭湖)의 북쪽에 있으며, 도원(道院)으로 이름 나 있고[29] 자력 또한 넉넉합니다. 그러니 옛날 조물주께서 현귀한 자가 거하도록 마련해 놓은 곳이지 [저처럼] 바짝 여윈 사람이 얻어 마땅한 곳은 아닐 것입니다. 그러나 [형문의] 몽천(蒙泉)과 [이 산 속의] 비설(飛雪),[30] 또 금련화(金蓮花)[31]과 옥지(玉芝) 중에 어느 것이 더 나은지 모르겠군요. 뜻을 함께하는 사인들과 바야흐로 여기에 모여[32] 간책의 내용을 찬술하며 상고 시대에 관해 토론을 하노라면

---

29) 『荊門州志』 기록에 따르면 송나라 당시 荊門 성안 교차로에 岑偉觀이라는 도원이 있었는데, 북송 말 전쟁으로 인해 허물어졌으나 邱長春이 이곳에 왔다가 형문에 역병이 심하게 돌고 있는 것을 보고는 岑偉觀 터에 새 도관을 짓고 長春院이라 이름 붙였다 한다. 그곳에서 역질도 고치고 많은 이로움을 끼쳤기에 참배하러 오는 자가 매우 많았으며, 이 도관으로 인해 형문은 유명해졌고 한다.
30) 蒙泉은 荊門 象山의 동쪽 기슭에 있다. 육구연은 荊門知軍으로 있는 동안 蒙泉叟라는 자호를 사용했다. 飛雪은 육구연이 머물고 있는 象山精舍 근처에 있던 폭포 이름이다.
31) 荊門 蒙泉에는 특이하게 생긴 수중 식물이 자라났는데, 연꽃 같기도 하고 부평 같기도 하였다. 황금색 꽃술이 있어서 역대 시인들은 그것을 '金蓮', '水金蓮', '金菡萏', '黃玉花' 등으로 불렀다. 육구연도 금련화를 여러 번 언급했다.
32) 『周易』「豫卦」에 "의심하지 않으면 동지들이 모임을 가지리라(勿疑, 朋盍簪.)"

거칠게나마 즐거움이 있습니다! 비록 타고난 성품과 자질이 다르고, 어둡고 현명함에도 차이가 있어 순일(純一)하지 못하기는 하지만, 그들을 열어주고 이끌어준 바를 징험하고, 변화시킨 한 바를 확인해보면 한도 끝도 없다고는 말할 수 없습니다. 이 산에 오래 머무르면서 이 일을 마칠 수 있다면 얼마나 좋겠습니까! 부족한 부분을 메우고 끝까지 백성들을 은혜로써 위무하시는 일은 오직 어진 대부만 바라볼 뿐입니다.

無似之蹤, 屛處是適, 諸公過聽, 錄其姓名, 遽叨乘障之命, 進退惟谷. 荊門在重湖之北, 有道院之號, 事力優衍, 異時造物所以處貴游者, 尤非枯槁之所宜得. 然蒙泉之與飛雪, 金蓮之與玉芝, 未知孰愈? 同志之士, 方此盍簪紬繹簡編, 商略終古, 粗有可樂! 雖品質不齊, 昏明異趣, 未能純一, 而開發之驗, 變化之證, 亦不可謂無其涯也. 儻得久於是山, 以畢厥事, 是所願幸! 彌縫其闕而終惠撫之, 則惟賢大夫是望!

는 말이 나오는데, 王弼은 『注』에서 "盍은 모인다는 뜻이고 簪은 빠르다는 뜻이다(盍, 合也, 簪, 疾也.)"라고 설명하였고 孔穎達은 『疏』에서 "여러 벗들이 한데 모여 빨리 오는 것을 말한다(羣朋合聚而疾來也.)"고 하였다. 후에 벗들의 모임, 혹은 벗 자체를 뜻하는 말로 사용되었다.

이 현재에게 보내는 편지
與李宰

「학기(學記)」에 쓰신 내용을 보여주셨는데, [文才가] 비루하지 않음을 족히 알만했습니다. 그러나 이 글을 지은 것이 어찌 진 군(陳君)만을 위해서이겠습니까? 묘지명과 비교해볼 때 차이가 있는 것은 아닙니까? 귀계(貴溪)·안인(安仁)·금계(金谿) 세 읍은 가장 가까이 있는데, 십여 년 간 어진 수령이 있었다는 이야기를 들어보지 못하였습니다. 서리들이 창궐하여 어지러이 소송을 걸어 이익이나 낚으려는 간악한 백성과 더불어 표리가 되고, 공공연히 싸움을 벌이며, 아무 거리낌 없이 횡행하는지라, 힘없는 백성이 편히 다니지 못합니다. 진 현재께서 하는 일에 사람 성에 차지 않는 점이 많긴 합니다만, 이런 자들로 하여금 목을 움츠린 채 자취를 감추게 하고, 힘없는 백성으로 하여금 은연중 그 혜택을 받게 한 것은 잘한 일입니다. 십여 년 간 세 읍에서 이런 일을 한 사람은 없었습니다. 이전의 정사에 비교해도 우월하고, 옆 현과 비교해도 우월하니, 과한 칭찬은 아닌 것 같습니다. 일전에 그가 이곳을 찾아온 적이 있었는데, 대의에 관한 이야기를 한번 듣더니 정말로 망연자실 부끄러워하는 모습을 보였습니다. 이 마음을 간직한 채 거듭 침과 약으로 처방 받는다면 갑자기 변화하게 될지 또 어찌 알겠습니까! 문하(門下)된 도리로서 허물은 대강 적고 장점은 세심히 찾으려 함이 당연합니다. 다만 그대의 고명하심과 두터운 사랑을 믿고 감히 숨김없이 말한 것이니, 너무 책망하지 않으시리라 생각합니다.

敎以「學記」所施, 足認不鄙. 然此文之作, 豈爲陳君設, 比之墓銘,
不有間乎? 貴溪·安仁·金谿三邑最爲比隣, 十餘年間不聞有賢令尹.
吏胥猖獗, 姦民以囂訟射利者, 與吏相表裏, 公爲交鬪, 肆行無忌, 柔良
不得安迹. 陳宰所爲固多未滿人意, 至其使此輩縮首屛迹, 柔良陰受其
惠, 則亦其所長也. 三邑十餘年間誠未見有此. 視前政則優, 視比縣則
優, 似未爲過許. 嘗蒙渠見訪, 一聞大義, 誠有愧惡自失之實. 使此心
不泯滅, 復遇箴藥, 亦安知其不能幡然也? 在門下尤宜略於錄其罪, 而
詳於求其長. 恃高明與契愛之厚, 不敢有隱, 諒不督過也.

두 번째 편지
....
二

보내주신 편지에서 말씀하시길, "마음에 두고 다른 뜻을 품느니 차라리 평정심으로 이치에 맡기는 편이 낫다."고 하셨는데, 말씀인즉 참으로 훌륭합니다. 하지만 '마음에 두다[容心]'라는 두 글자는 경전에 보이지 않으며 오직 『열자(列子)』에만 "내가 왜 마음에 두어야 하는가?"[33]라는 말이 나옵니다. '평정심[平心]'이라는 두 글자도 경전에 보이지 않습니다. 이 말은 원래 『장자(莊子)』 중 "수평(水平)이란 물이 가득 차 정지해 있는 것입니다. 그것은 준칙으로 삼을 수 있으니, 안으로 고요함을 잘 보존하여서 겉으로 일렁이지 않기 때문이다."[34]에

---

33) 『列子』「天瑞」에 杞憂에 관한 이야기를 소개하고 열자가 뒤이어 한 말 중에 나온다. "천지가 무너진다고 하는 것도 틀리고 천지가 무너지지 않는다고 하는 것도 틀린다. 무너지고 무너지지 않고는 내가 알 수 있는 바가 아니다. 그렇긴 하지만 저것도 하나요 이것도 하나다. 때문에 삶은 죽음을 알지 못하고 죽음은 삶을 알지 못하며, 오는 것은 가는 것을 알지 못하고 가는 것은 오는 것을 알지 못한다. 그러니 무너지고 무너지지 않고를 내가 왜 마음에 두어야 하는가(言天地壞者亦謬, 言天地不壞者亦謬. 壞與不壞, 吾所不能知也. 雖然, 彼一也, 此一也. 故生不知死, 死不知生, 來不知去, 去不知來. 壞與不壞, 吾何容心哉?)"

34) 『莊子』「德充符」에 보인다. "[哀公이] 물었다. '무엇을 일러 德이 겉으로 드러나지 않는다고 합니까?' 仲尼가 말하였다. '水平이란 물이 가득 차 정지해 있는 것입니다. 그것은 준칙으로 삼을 수 있으니, 안으로 고요함을 잘 보존하여서 겉으로 일렁이지 않기 때문입니다. 德이란 마음을 조화롭게 하는 수양을 이루는 것입니다. 덕이 겉으로 드러나지 않는 사람은 사물이 그를 떠날 수가 없습니다.'('何謂德不形?' 曰, '平者, 水停之盛也. 其可以為法也, 內保之而外不蕩

서 나왔습니다. 비록 공자가 한 말이라고 갖다 붙였지만 기실 부자의 말씀이 아닙니다. 그가 스스로 지은 우언일 가능성이 열에 아홉입니다. 이 책에서 부자의 언행을 언급한 부분을 보면 종종 비웃음과 모욕의 뜻을 담고 있거나, 아니면 이를 빌미로 자신의 스승을 높이거나, 아니면 이를 통해 자신의 학설을 설파하기 위해서입니다. 모두가 사실이 아니거늘, 후세 사람들이 이를 근거로 삼는 것은 참으로 못난 짓입니다! 이밖에 한창려(韓昌黎: 韓愈)가 문장에 대해 논하며 이익에게 보낸 편지 중에도 "평정심으로 그것을 살피다."라는 말이 보입니다.[35] 한창려의 문장이 성행한 이후로 학사대부들의 말이나 글 가운데 '평정심'이라는 글자가 점차 많아지기 시작했습니다. 그러나 이치를 끝까지 궁구해봄에 이 두 가지 모두 지언(至言)은 아닙니다.

"내가 왜 마음에 두어야 하는가?"라는 [열자의] 말은 곧 마음이 없다는 말입니다. '마음이 없다[無心]'라는 두 글자도 경전에 보이지 않습니다. 사람이 목석이 아닐진대 어찌 마음이 없을 수 있겠습니까? 마음은 오관(五官) 중에 가장 존귀하고 위대합니다. 『상서』「홍범(洪範)」에서 이르기를 "생각하는 것을 일러 예지라 하며, 예지는 성인을 만든다."고 하였고, 『맹자』에서 이르기를 "마음이 맡은 것은 생각하는 것이니, 생각하면 얻고 생각하지 않으면 얻지 못한다."[36]고 하였으며, 또 이르길 "사람에게 있는 본성엔들 어찌 인의의 마음이 없겠는가?"[37]라고 하였고, 또 이르길 "마음에만 똑같이 여기는 바가 없겠는

　　也. 德者, 成和之修也. 德不形者, 物不能離也'.)"
35) 韓愈(768~824)는 字가 退之이며 河南省 河陽 사람이다. 본적이 昌黎여서 韓昌黎라 불린다. 당나라를 대표하는 문학가로 당송팔대가 중 한 명이다. 이 편지의 제목은 「答李翊書」이다.
36) 『孟子』「告子上」에 나온다.

가?"38)라고 하였습니다. 또 이르길 "군자가 남들과 다른 까닭은 바로 마음을 간직하고 있기 때문이다."39)라고 하였고, 또 이르길 "현자만이 이 마음을 가지고 있는 것이 아니라 모든 사람들이 갖고 있다. 현자는 이것을 잃지 않을 수 있을 뿐이다."40)라고 하였으며, 또 이르길 "사람이 금수와 다른 바가 거의 없는데, 보통 사람들은 이것을 없애고 군자는 이것을 보존한다."41)고 하였습니다. '이것을 없앤다.'란 이 마음을 없앤다는 뜻입니다. 그렇기 때문에 "이렇게 하는 것을 일러 본심을 잃는다고 한다."42)고 말한 것입니다. '이것을 보존한다.'란 이 마음을 보존한다는 뜻입니다. 그렇기 때문에 "대인은 적자의 마음을 잃지 않는다."43)고 말한 것입니다. 사단(四端)이란 곧 이 마음이요, 하늘이 내게 준 것 역시 이 마음입니다. 사람은 모두 이 마음을 지니고 있고, 마음은 모두 이 이치를 갖추고 있습니다. 마음이 곧 이치[心即理]이기 때문에 "이(理)와 의(義)가 우리의 마음을 기쁘게 하는 것이 마치 고기 요리가 우리 입을 즐겁게 하는 것과 같다."44)고 말한 것입니다. 학자가 소중한 이유는 바로 이 이치를 궁구하고자 하고 이 마음을 다하고자 하기 때문입니다. 우매하여 가리워진 바가 있고, 빼앗긴 바가 있고, 함몰되어 빠진 바가 있다면, 이로 인해 이 마음은 영명해지지 못하고 이 이치는 밝아지지 못합니다. 이를 일러 '그 바름을

---

37) 『孟子』「告子上」에 나온다.
38) 『孟子』「告子上」에 나온다.
39) 『孟子』「離婁下」에 나온다.
40) 『孟子』「告子上」에 나온다.
41) 『孟子』「離婁下」에 나온다.
42) 『孟子』「告子上」에 나온다.
43) 『孟子』「離婁下」에 나온다.
44) 『孟子』「告子上」에 나온다.

얻지 못했다.'고 하나니, 그 견해는 사견(邪見)이 되고 그 학설은 사설(邪說)이 됩니다. 한번 여기에 빠지고 나면, 강학(講學)이 아니고서는 스스로 회복할 길이 없습니다. 따라서 마음을 논할 때는 사정(邪正)을 논해야지 [마음이] 없다고 해서는 안 됩니다. 내게 마음이 없다고 여긴다면, 이는 곧 사설입니다. 어리석고 못난 자가 기준에 미치지 못하는 것은 물론 그 바름을 얻지 못해서입니다. 그러나 현명한 자와 지혜로운 자가 과실을 범하는 것 역시 그 바름을 얻지 못해서입니다. 소리와 여색과 재화와 이익에 빠지고, 거짓과 간특함에 익숙해지며, 말단의 절목와 자질구레한 행실에 얽매이고, 고담준론이나 부화한 언설로 흘러들어감에 있어 지혜로운 자와 어리석은 자, 현명한 자와 못난 자 사이에 물론 차이야 있겠지만, 만약 마음이 그 바름을 얻지 못하고 사사로움에 눈이 가리어 이 도가 밝아지지도 행해지지도 못한다면, 그 병폐는 한 가지일 것입니다.

주(周)나라의 도가 쇠미해지자 겉모습의 꾸밈이 날로 기승을 부리고 양심(良心)과 정리(正理)는 날로 황폐해갔으니, 그것이 우리 도에 끼친 해악이 어찌 소리와 여색과 재화와 이익 정도에 그치겠습니까? 양주(楊朱)와 묵적(墨翟)은 모두 당대 영웅이었으며 사람들은 모두 현자라 칭했습니다. 그렇기 때문에 맹자는 이들을 막아내고 물리치기 위해 장의(張儀)나 추연(鄒衍)[45] 같은 무리들에 비해 훨씬 더 많은 노력을 기울여야 했습니다. 세 성인을 계승하였다고 자부했던 바는[46]

---

45) 張儀는 蘇秦과 더불어 縱橫家를 대표하는 인물이고, 鄒衍은 陰陽家의 대표적 학자이다.
46) 『孟子』「滕文公下」에 "나는 사람들의 마음을 바로잡고 사특한 말들을 종식시키며, 비뚤어진 행동을 물리치고, 음란한 말을 추방함으로써 세 성인을 이어받고자 한다. 어찌 말하기를 좋아해서이겠는가? 부득이하여 한 것이다. 양주와 묵적

아마도 양주와 묵적[을 내친 데]에 있지 추연과 장의에 있지 않을 것입니다. 사람의 마음에 정리(正理)가 있기에 이를 일러 '본디 있대固有]'고 한 것입니다. "쉬우면 알기 쉽고, 간단하면 따르기 쉽다."[47]고 하였으니, 대단히 고상해서 실행하기 어려운 일이 전혀 아닙니다. 그러나 마음을 잃은 자의 입장에서 말해보자면, 반드시 정학(正學)을 통해 사사로움을 극복한 연후라야 말해줄 만합니다. 이 마음이 바르지 못하고 이 이치가 밝지 못한데도 '평정심'이라고 말한다면, 평온한게 대체 무슨 마음인지 알지 못하겠습니다. 『대학(大學)』에 이르기를 "그 마음을 바로 잡고자 하는 자는 먼저 그 뜻을 진실하게 하고, 그 뜻을 진실하게 하고자 하는 자는 먼저 앎에 이르렀다. 앎에 이르는 길은 사물을 다스림에 있다."[48]고 했습니다. 사물이 이미 다스려지고 나면 앎에 자연히 이르게 되고, 앎에 이르고 나면 뜻이 절로 진실해집니다. 뜻이 진실해지고 나면 마음은 절로 바로 잡히는 것, 이는 당연한 추세일 뿐이지 억지로 끌어낸 결과가 아닙니다. 맹자께서는 이르기를, "나는 사람들의 마음을 바로잡고 사특한 말들을 종식시키며, 비뚤어진 행동을 물리치고, 음란한 말을 추방함으로써 세 성인을 이어받고자 한다."[49]고 하였습니다. 그 당시 천하 사람들이 하는 말은 양주 아니면 묵적인지라 양주와 묵적의 말이 세상에 가득했는데, 맹자께서 세상에 나온 이래로 천하 사람들은 비로소 양주와 묵적을 가

을 물리치는 말을 할 수 있는 자라면 성인의 무리이다(我亦欲正人心, 息邪說, 距詖行, 放淫辭, 以承三聖者. 豈好辯哉? 予不得已也. 能言距楊·墨者, 聖人之徒也.)"라는 말이 나온다. 여기서 세 성인이란 禹, 周公, 孔子를 가리킨다.
47) 『周易』「繫辭上」에 나오는 말이다.
48) 『大學』1장에 나오는 말이다.
49) 각주 46 참고.

리켜 이단이라고 말했습니다. 그러나 맹자가 세상을 뜬 후로 그 도가 전해지지 못했습니다. 맹자를 높이고 믿는 사람들은 그 이름만을 높이고 믿을 뿐, 그 실제를 알지 못합니다. 양주와 묵적을 가리켜 이단이라고 하는 자들 역시 그들의 이름만을 가리킬 뿐, 그 실제를 알지 못합니다. 입으로는 종종 양주와 묵적을 내친다 하면서 몸으로는 그들의 도를 행하고 있는 자들도 많습니다. 주나라가 쇠한 이래로 이 도는 행해지지 않았으며, 맹자가 세상을 떠난 이후로 이 도는 밝아지지 않았습니다. 오늘날 천하의 사인들은 모두 과거(科擧)의 누습에 빠져 있습니다. 그래서 그들이 하는 말을 보면 종종 『시경』이니 『상서』니 『논어』니 『맹자』니 떠들지만 그 실제를 종합해보면 그저 이를 빌려 과문(科文)이나 지으려 할 따름입니다. 그 도를 진실로 아는 자가 누구이겠습니까? 입으로는 공자와 맹자의 말을 외지만 몸으로는 양주와 묵적의 행위를 따라하는 자라면, 아마도 개중 고상한 자일 것입니다. 그 아래 사람들은 종종 양주와 묵적에게조차 죄인이 되나니, 더 무슨 말을 하겠습니까? 맹자가 세상을 뜨자 이 도도 전해지지 않았다는 말, 이 말을 소홀히 여겨서는 안 될 것입니다.

여러 사람들이 이구동성으로 그대의 어짊을 칭송하기에 저도 모르게 이렇게까지 성토하고 말았습니다. 이제 겨우 병을 털고 일어난 터라 미처 문장을 수정할 겨를도 없었습니다. 통달하신 분이시니 잘 살펴주시겠지요. 미덥지 못한 부분이 있다면 나중에 다시 편지 하겠습니다.

來敎謂: "容心立異, 不若平心任理." 其說固美矣. 然'容心'二字不經見, 獨『列子』有"吾何容心哉"之言. '平心'二字亦不經見, 其原出於『莊子』"平者, 水停之盛也. 其可以爲法也, 內保之而外不蕩也." 其說雖託之孔子, 實非夫子之言也. 彼固自謂寓言十九. 其書道夫子言行者, 往往以致其斬侮之意. 不然, 則借尊其師, 不然, 則因以達其說. 皆非事實, 後人據之者陋矣! 又韓昌黎「與李翊論文書」, 有曰: "平心而察之." 自韓文盛行後, 學士大夫言語文章間, 用'平心'字寖多. 究極其理, 二說皆非至言.

"吾何容心"之說, 卽無心之說也. 故'無心'二字亦不經見. 人非木石, 安得無心? 心於五官最尊大. 「洪範」曰: "思曰睿, 睿作聖." 『孟子』曰: "心之官則思, 思則得之, 不思則不得也." 又曰: "存乎人者, 豈無仁義之心哉?" 又曰: "至於心, 獨無所同然乎?" 又曰: "君子之所以異於人者, 以其存心也." 又曰: "非獨賢者有是心也, 人皆有之, 賢者能勿喪耳." 又曰: "人之所以異於禽獸者幾希, 庶民去之, 君子存之." 去之者, 去此心也, 故曰: "此之謂失其本心." 存之者, 存此心也, 故曰: "大人者, 不失其赤子之心." 四端者, 卽此心也, 天之所以與我者, 卽此心也. 人皆有是心, 心皆具是理, 心卽理也, 故曰: "義理之悅我心, 猶芻豢之悅我口." 所貴乎學者, 爲其欲窮此理, 盡此心也. 有所蒙蔽, 有所移奪, 有所陷溺, 則此心爲之不靈, 此理爲之不明, 是謂不得其正, 其見乃邪見, 其說乃邪說. 一溺於此, 不由講學, 無自而復. 故心當論邪正, 不可無也. 以爲吾無心, 此卽邪說矣. 若愚不肖之不及, 固未得其正, 賢者智者之過失, 亦未得其正. 溺於聲色貨利, 狃於譎詐姦宄, 牿於末節細行, 流於高論浮說, 其智愚賢不肖, 固有間矣, 若是心之未得其正, 蔽於其私, 而使此道之不明不行, 則其爲病一也.

周道之衰, 文貌日勝, 良心正理, 日就蕪沒, 其爲吾道害者, 豈特聲色貨利而已哉? 楊·墨皆當世之英, 人所稱賢, 孟子之所排斥拒絕者, 其爲力勞於斥儀·衍輩多矣. 所自許以承三聖者, 蓋在楊·墨而不在衍·儀也. 故正理在人心, 乃所謂固有, "易而易知, 簡而易從", 初非甚高難行之事. 然自失正者言之, 必由正學以克其私, 而後可言也. 此心未正, 此理未明, 而曰平心, 不知所平者何心也. 『大學』言: "欲正其心者, 先誠其意, 欲誠其意者, 先致其知. 致知在格物." 物果已格, 則知自至, 所知既至, 則意自誠, 意誠則心自正, 必然之勢, 非强致也. 孟子曰: "我亦欲正人心, 息邪說, 詎詖行, 放淫辭, 以承三聖者." 當是時, 天下之言者, 不歸楊則歸墨, 楊朱・墨翟之言盈天下, 自孟子出後, 天下方指楊・墨爲異端. 然孟子旣沒, 其道不傳. 天下之尊信者, 抑尊信其名耳, 不知其實也. 指楊・墨爲異端者, 亦指其名耳, 不知其實也. 往往口闢楊・墨, 而身爲其道者衆矣. 自周衰此道不行, 孟子沒此道不明. 今天下士皆溺於科擧之習, 觀其言, 往往稱道『詩』・『書』・『論』・『孟』, 綜其實, 特借以爲科擧之文耳. 誰實爲眞知其道者? 口誦孔・孟之言, 身蹈楊・墨之行者, 蓋其高者也. 其下則往往爲楊・墨之罪人, 尙何言哉? 孟子沒此道不傳, 斯言不可忽也.

諸人交口稱道門下之賢, 不覺吐露至此. 病方起, 不暇隱括其辭, 亦惟通人有以亮之. 儻有未相孚信處, 當遲後便.

조경소에게 보내는 편지
與趙景昭

새로운 관직에 임명되었다기에 참으로 기뻤습니다! 나라의 사직(司直)50)을 맡을 자, 존형이 아니면 그 누구이겠습니까. 형관(刑官)은 고인들도 중시 여겨, 고요(皐陶)는 계책을 올려 도(道)의 책임을 진술하였고, 순임금은 그를 사(士)에 명했습니다.51) 오늘날 사직은 그 이름이 여전히 대리시(大理寺)에 속해 있고, 마침 현자를 등용하는 계단이 되어주나니, 옛날을 흠모하는 정회를 더욱 깊어지게 합니다. 오늘날의 법제가 비록 사람이 그 명분을 실현하는 것을 받아내지 못하는 면이 있긴 하나, 구슬을 품고 있으면 못이 절로 아름다워지듯, 존형이라면 반드시 옳게 처신할 방도가 있을 것입니다.

新除極爲贊喜! 邦之司直, 非兄其誰歸. 刑官古人所重, 皐陶尸陳謨論道之任, 而舜命作士. 今司直之名猶在大理, 又適爲賢者進用之階, 殊令人增慕古之懷. 今日法制, 有未容人遽實其名耳. 然珠藏淵媚, 兄其必有以處之矣.

---

50) 송나라 때 司直은 大理寺에 소속되어 있었으며, 총 6인을 두었다. 탄핵이나 옥사, 심판 등을 맡아보았다.

51) 『史記』 권2 「夏本紀」에 "고요가 사가 되어 백성을 다스렸다. 순임금 때 우, 백이, 고요가 임금 앞에 나가 계책을 진술하기를, '道德을 바로 세우고 誠信을 지켜나간다면 계략이 밝히 시행되고 군신이 화해로울 것입니다.'라고 하였다. (皐陶作士以理民. 帝舜朝, 禹・伯夷・皐陶相與語帝前. 皐陶述其謀曰, "信其道德, 謀明輔和'.)"라는 기록이 보인다.

왕순백에게 보내는 편지

與王順伯

저는 녹질(祿秩)52)이 다 찼기에 처음에는 다시 부탁해볼까 생각했습니다. 마침 사우(士友) 한 두 명이 여러 공들의 뜻을 편지로 보내오며 어서 답장을 보내라고 재촉하였는데, 이를 통해 함께 거처할 수 있는 방도를 도모하고자 하는 듯하였습니다. 그러나 스스로 헤아리건대 숨어사는 버려진 사람이 집정자에게 누를 끼쳐서는 안 될 것 같아, 마침내 이와 같은 생각을 끊어버리고 가난과 굶주림을 달게 여기며 죄와 허물로부터 벗어나기로 마음먹었습니다. 그러다 뜻밖에도 형문(荊門) 지군(知軍)에 임명되었는데, 관직은 한가롭고 경치는 아름다우며 재정도 풍부하여 부족과 결핍에 대한 근심도 없습니다. 또 산에 머무를 수 있는 여가를 얻어 샘과 바위를 찾아다니기도 하고 학문의 즐거움도 만끽할 수 있으니, 이 얼마나 큰 행운인지요! 잡아 끌어주고자 하는 마음과 드넓은 의론의 도움이 아니었다면, 어찌 이런 것을 얻을 수 있었겠습니까? 제가 어찌 감히 그것을 모르겠습니까!

"둔전(屯田)을 파하고 선주(羨鑄)를 거두는" 상세한 상황에 대해 알려주셨는데, 은혜와 위엄을 나란히 세우고 제대로 된 구제 방도를 얻었다 이를 만하였으니, 참으로 부럽습니다! 그러나 존형이 해야 할 직분에 있어 이런 일은 여사에 지나지 않습니다. 조만간 환옥을 하사받고53) 위의 넘치게 궁궐로 들어와, 온화하면서도 애쓰는 모습으로

---

52) 관료로서 받는 녹위나 봉록을 가리킨다.

충성을 다 바침으로써 지극한 이치가 밝아지게 하고 어두운 분위기가 깨끗이 트이게 하며, 뭇 의심이 사라지게 하고, 모든 선(善)이 만개하도록 하십시오. 그러면 자리가 있고 직분이 있는 모든 사람들이 한마음으로 힘을 합쳐 대의를 완성시킬 터이니, 이 어찌 장자(長者)의 책임이자 군자의 바라는 바가 아니겠습니까?

보내주신 편지에서 이르시기를, "배운 바를 조금이나마 펼치어 나라를 위하고 백성을 위하고자 하지만 하루가 멀다 하고 날마다 어려움에 봉착합니다."라고 하셨는데, 이는 이미 그렇게 되어버린 추세 탓입니다. 하지만 그렇게 되게 한 것 역시 사람이니, 이것을 구제하는 것도 사람 아니겠습니까? 맹자께서는 "임금에게 어려운 일로 다그치는 것을 일러 공(恭)이라 한다."[54]고 말했습니다. 우리가 평소에 스스로를 면려하고 벗과 더불어 서로 권면할 때 본디 이 도를 따를 수 있어야만 임금에게도 어려운 일로 다그칠 수 있습니다. 대우(大禹)가 이른바 "임금이 임금 되기 어려움을 알고, 신하가 신하 되기 어려움을 안다."[55]와 부자께서 이른바 "임금 되기도 어렵고 신하 되기도 쉽지 않다."[56]는 말은 모두 그 어려움을 생각하여 쉬운 것을 도모하기를 바라서 한 말이지, 그것이 어렵다 하여 두려워하라고 한 말도, 그것이 어렵다는 것을 알고서 반드시 안 될 것이라 여기라고 한 말도 아닙니다. 천하의 일이란 아무리 해도 되지 않을 때가 있습니다. 그러나 군

---

53) '賜環'이라고도 한다. 옛날 쫓겨났던 신하가 사면되어 다시 부름을 받는 것을 말한다. 『荀子』「大略」의 "사람을 내칠 때는 패옥으로써 하고, 내친 자를 돌아오게 할 때는 환옥으로써 한다(絕人以玦, 反絕以環.)"라는 구절에서 나왔다.
54) 『孟子』「離婁上」에 나온다.
55) 『尙書』「大禹謨」에 나온다.
56) 『論語』「子路」에 나온다.

자의 마음, 군자의 논의란 그것이 절대 안 될 것이라고 여기는 법이 없습니다. 춘추전국이 어떤 시대였습니까? 그런데도 부자께서는 "나를 써주는 자가 있다면, 나 그를 위해 동쪽의 주나라를 세우리라."[57] 라고 말했고, 또 "진실로 나를 등용하는 사람이 있다면, 일 년이면 괜찮게 될 것이고, 3년이면 이룸이 있을 것이다."[58]라고 말했습니다. 맹자께서는 "제나라를 가지고 천하를 통일하는 것은 손바닥 뒤집는 것과 같다."[59]고 하였고, 또 "배고픈 자에겐 먹게 하기 쉽고 목마른 자에겐 마시게 하기 쉽다."[60] "따라서 일은 고인의 반밖에 안 하고서 공은 그 배로 거둘 수 있나니, 지금이 바로 그러한 때이다."[61]라고 하였습니다. 또 "왕께서는 그래도 충분히 선정을 행할 수 있는 분이시다. 만일 왕께서 나를 써 주신다면 어찌 다만 제나라 백성만 편안할 뿐이겠는가? 천하 백성 모두가 편안할 것이다. 부디 왕께서 생각을 바꾸시기를 나는 날마다 바라고 있노라."[62]고 하였고, 또 "천 리를 찾아와서 왕을 뵌 것은 내가 바라던 바이지만 뜻이 맞지 않아 떠나는 것이 어찌 내가 바라던 바이겠는가?"[63]라고 하였습니다. 사람이 때를 만나고 만나지 못하는 것, 도가 행해지고 행해지지 않는 것은 천명에 달려 있습니다. 그러나 쉽고 어렵고에 관한 논의는 여기에 함께 넣을 수 없습니다. 옛날에 자리만 차지하고 국록을 받아먹던 사람들은[64]

---

57) 『論語』「陽貨」에 나온다.
58) 『論語』「子路」에 나온다.
59) 『孟子』「公孫丑上」에 나온다.
60) 『孟子』「公孫丑上」에 나온다.
61) 『孟子』「公孫丑上」에 나온다.
62) 『孟子』「公孫丑下」에 나온다. 그러나 첫 구절 "王猶足用爲善"의 '猶' 자는 「맹자」 원문에 '由' 자로 되어 있다.
63) 『孟子』「公孫丑下」에 나온다.

본디 조정의 크나 큰 화근이자 뭇 소인배의 뿌리였습니다. 옛날에는 하늘이 그런 자들을 내쳤고 오늘날에는 하늘이 그런 자들을 죽이나니, 하늘이 우리 임금을 사랑하고 이 백성을 도와주시는 그 힘이 실로 드넓습니다. 관직을 맡은 군자로서 어찌 길이 한 마음에 맡기지 않을 수 있겠습니까?[65] 서로 면려하여 우리 임금을 보좌하는 것이 하늘의 뜻을 우러러 받드는 것 아니겠습니까? 사람의 재지(才智)에 각각 분수와 한계가 있지만, 관직을 맡기고 직분을 내릴 때에는 오로지 능력만을 보아야 합니다. 상(商)나라의 세 어진 이[66] 또한 사람들이 선왕께 바친 인물들이라 일괄해서 말할 수는 없지만, 이 마음과 이 덕은 서로 달랐다고 할 수 없습니다. 장저(長沮)·걸익(桀溺)·접여(接輿)[67]가 어찌 용렬하고 범범한 인사이겠습니까? 그러나 저들이 성

---

64) 『尙書』「五子之歌」에 "태강은 하는 일 없이 자리만을 차지하고, 놀고 게으름만 피우며 덕을 망쳤다(太康尸位, 以逸豫滅厥德.)"는 말이 나온다. '尸位'란 벼슬아치가 직책을 다하지 않으며, 자리만 차지하고 국록을 받아먹는 것을 가리킨다.

65) 『尙書』「盤庚下」에 "공경히 백성들에게 덕을 펴서 길이 한마음에 맡기도록 하라(式敷民德, 永肩一心.)"는 말이 보인다. 『孔傳』에서 이를 설명하기를, "백성에게 반드시 덕의를 펼침으로써 길이 마음을 맡겨 임금을 섬기게 한다(用布示民必以德義, 長任一心以事君.)"고 하였다.

66) 『論語』「微子」에 "미자는 떠나고 기자는 종이 되고 비간은 간언하다가 죽었다. 공자는 '은나라에 세 어진 이가 있었다.'고 말했다(微子去之, 箕子爲之奴, 比干諫而死. 孔子曰, '殷有三仁焉'.)"라는 구절이 보인다.

67) 『論語』「微子」에 등장하는 은자들이다. "초나라 미치광이 접여가 노래를 부르며 공자 곁을 지나갔다. '鳳이여, 봉이여, 그대의 덕은 어찌 그리 쇠하였는가! 지나간 일이야 간할 수 없지만, 닥쳐올 일은 그래도 미칠 수 있네. 그만두라, 그만두라. 지금 정치하는 것은 위태롭도다.' 공자가 내려서 그와 말하려 했으나 빨리 피해버려서 말하시지 못했다. 장저와 걸익이 나란히 밭을 갈고 있었는데 공자가 그곳을 지나가시다가 자로를 시켜 나루터 있는 곳을 물어보게 하였다. 장저가 물었다. '저 수레 고삐를 잡고 있는 사람은 누구요?' 자로가 답했다. '공구입니다.' '노나라의 공구요?' '그렇습니다.' '그러면 나루터를 알고 있소.' 걸익

인과 다른 점은 바로 이기적인 사사로움을 면치 못한 데 있습니다.

보내주신 편지에서 말씀하시기를, "이것으로써 관직을 얻고자 함이 아니라, 그저 나라를 이롭게 하고 백성을 이롭게 할 수 있는 것을 힘 닿는 만큼 하려할 뿐, 감히 꼭 조정에서 일하겠다거나 사업을 이루겠다는 마음은 없습니다."라고 하셨는데, 이는 진실로 장자(長者)의 본심입니다. 능히 이를 확충해 나가고 넓혀 나갈 수 있다면, 그 고명함과 광대함을 그 누가 막을 수 있겠습니까? 앞에서 한 말을 따른다면 장차 절로 밝아질 터, 구구한 말은 할 필요조차 없을 것입니다.

某祠秩之滿, 初欲復丐之. 適一二士友郵致諸公之意, 來促此文, 謂欲因是圖所以相處. 自度屛棄之人, 豈宜上累當塗, 遂絶此念, 且甘貧餒以逃罪戾. 不謂竟蒙荊門之除, 官閑境勝, 事力自贍, 無匱乏之憂. 又假以遲次, 使得旣泉石之事, 究問學之樂, 爲幸多矣! 非出推轂之素, 餘論之助, 何以逮玆? 敢不知自!

에게 물었더니 걸익이 물었다. '당신은 누구요?' '중유입니다.' '노나라 공구의 제자요?' '그렇습니다.' '온 천하가 다 한 물결에 휩쓸려 가는데 누가 그 방향을 바꾸겠소? 우리같은 사람을 피해 사는 인물을 따라다니기보다 세상을 피해 사는 인물을 따르는 게 어떻소?'라고 말하며 뿌린 씨를 덮어 가는 일을 멈추지 않았다. 자로가 가서 이일을 아뢰자 부자는 서글프게, '금수와는 함께 살 수 없으니, 내가 이 세상 사람들이 아니라면 누구와 더불어 살겠는? 천하에 도가 행해진다면 나는 세상을 바꾸려고 않을 것이다.'라고 하였다.(楚狂接輿歌而過孔子曰, '鳳兮! 鳳兮! 何德之衰? 往者不可諫, 來者猶可追. 已而, 已而! 今之從政者殆而!' 孔子下, 欲與之言. 趨而辟之, 不得與之言. 長沮 · 桀溺耦而耕, 孔子過之, 使子路問津焉. 長沮曰, '夫執輿者爲誰?' 子路曰, '爲孔丘.' 曰, '是魯孔丘與?' 曰, '是也.' 曰, '是知津矣.' 問於桀溺, 桀溺曰, '子爲誰?' 曰, '爲仲由.' 曰, '是魯孔丘之徒與?' 對曰, '然.' 曰, '滔滔者天下皆是也, 而誰以易之? 且而與其從辟人之士也, 豈若從辟世之士哉?' 耰而不輟. 子路行以告, 夫子憮然曰, '鳥獸不可與同羣, 吾非斯人之徒與而誰與? 天下有道, 丘不與易也'.)"

敎以"罷屯田, 收羨鑄"之詳, 可謂恩威並立, 調度有方, 健羨健羨! 然
在尊兄分上, 直餘事耳. 且暮賜環, 入儀禁掖, 雍容密勿, 以究忠嘉, 使
至理昭明, 陰氛澄廓, 羣疑消釋, 衆善敷榮, 在位在職, 莫不協力同心,
以終大義, 此豈非長者之任, 而君子之所欲乎?

來敎謂: "若要稍展所學, 爲國爲民, 日見難如一日." 此固已然之成
勢, 然所以致此者, 亦人爲之耳. 能救此者, 將不在人乎? 『孟子』曰: "責
難於君謂之恭." 吾人平日所以自勵與朋友所以相勉者, 素由斯道, 而
後能責難於君. 大禹所謂"後克艱厥後, 臣克艱厥臣", 夫子所謂"爲君
難, 爲臣不易"者, 皆欲思其艱以圖其易耳, 非懼其難而不爲, 與知其難
而謂其必不可爲也. 天下固有不可爲之時矣, 而君子之心, 君子之論,
則未嘗必之以不可爲. 春秋戰國, 何如時也, 而夫子則曰: "如有用我
者, 吾其爲東周乎?" 又曰: "如有用我者, 期月而已可也, 三年有成." 孟
子則曰: "以齊王, 猶反手也." 又曰: "飢者易爲食, 渴者易爲飮, 故事半
古之人, 功必倍之, 惟此時爲然." 曰: "王猶足用爲善. 王如用予, 則豈
徒齊民安, 天下之民擧安. 王庶幾改之, 予日望之!" 曰: "千里而見王,
是予所欲也. 不遇故去, 豈予所欲哉?" 人之遇不遇, 道之行不行, 固有
天命, 而難易之論, 非所以施於此也.

曩者尸位之人, 固爲朝廷之大祟,[68] 羣小之根柢, 而往年天去之, 今
年天殺之, 則天之所以愛吾君而相斯人者, 爲力宏矣. 有官君子, 豈可
不永肩一心, 相與勵翼以助佐吾君, 仰承天意乎? 人之才智各有分限,
當官守職, 惟力是視. 商之三仁, 亦人自獻于先王, 不容一槪, 至於此
心此德, 則不容有不同耳. 沮·溺·接輿, 豈是庸人凡士? 然所以異乎
聖人者, 未免自私耳.

來敎謂: "旣非以此要官職, 只是利國利民處隨力爲之, 不敢必朝廷

之從與事功之成." 此眞長者之本心也. 誠能廓而充之, 推而廣之, 則高明廣大, 誰得而禦? 由前之說, 將自昭白, 有不待區區之言者矣.

두 번째 편지
二

  사절(使節)이 회수(淮水) 일대에 머물러 있을 때 저는 일찍이 답장
을 보내 구구한 속내를 바치면서 만분의 일이나마 도움이 되길 바랐
습니다. 나중에 포민도(包敏道)가 절강(浙江)에서 돌아오고 나서야
그제야 제 편지를 막 꺼내 읽으셨음을 알았습니다. [그 편지에 대해]
답장을 보내주시고는 지론이라 말씀해주셨습니다. 그런데 지금 세 번
째 보내신 답장과 전해 들리는 의론을 통해, 제 뜻이 제대로 살핌을
받지 못했음을 알게 되었습니다. 예전부터 존형과 함께 교유했던 이
유는 그저 친척이기 때문만은 아니니, 이치상 편치 못한 바가 있으면
도의상 침묵할 수 없습니다.

  존형께서는 맑고 곧고 욕심이 적어 무엇과 더불어 경쟁하고자 하
지 않으며, 사람들과 함께 할 때에도 어눌한 사람처럼 보이기에 누구
나 존형을 사랑합니다. 하지만 뜻 있는 사인(士人)들 중에는 종종 존
형께 불만을 지니고 있는 사람도 있습니다. 예전에 영가(永嘉)에서
왔던 여러 사람들은 존형의 정적을 무척이나 우러렀으나, 반면에 존
형의 엄혹하심에 대해 왈가왈부하며 유자의 기상이 없다고 말하기도
하였습니다. 물론 이는 잘못된 논의인지라 제가 깊이 배격한 바 있으
니, 딱히 말할 만한 일은 못 됩니다. 하지만 그 사이에 또 존형의 행
동이 유속을 면치 못한다며 의심하거나 혹은 향원(鄕原)[69]과 같은 부

---

69) 향리에 있는 언행이 불일치하거나 위선적인 사람을 가리킨다. 『論語』「陽貨」에

류라고 말하는 사람도 있었습니다. 존형께서는 뜻을 저 높이 고인에 게 두는 것을 그릇되다 여기시면서 '어떻게 뜻이 장대하고 말이 과장된 것70)을 옳다 여길 수 있겠는가?'라는 생각을 지니고 계신데, 이 의론인즉 진실에 가깝습니다. 예전에 맏형께서 존형과 더불어 감사의 직책에 대해 논하실 때, 존형께서 "일을 찾아다녀서는 안 되고, 앞으로 나왔을 때 그때 처리하면 된다."고 말씀하시는 것을 듣고는 물러나 심해 불쾌해 하셨습니다. 그런 식으로 감사 업무를 수행한다면 백성이 누굴 의지하겠느냐 생각하셨던 것이지요. 저 또한 이에 대해 조금 변호한 바 있으나, 사람들은 모두 속됨을 면치 못한다고 말했습니다. 게다가 원회(元晦: 朱熹)는 존형께서 남이 이미 이루어놓은 공을 허물어트리고 집정자들을 떠받는다고까지 말하였는데, [원회에게 보낸] 답장에서는 이에 대해 미처 변론하지 못했습니다.

제가 보기에 존형께서는 타고난 자질에 남보다 뛰어난 부분이 지극히 많음에도 큰 뜻을 세우지 못한 탓에, 더러운 세상과 같아지고 유속과 하나 되는 것을 면치 못하신 것 같습니다. 다만 본바탕이 강직하고 내면이 밝기 때문에, 선을 좇고 의를 위해 일하고자 하는 장

"향원은 덕을 해치는 적이다(鄕原, 德之賊也.)"라는 말이 나온다.
70) 『孟子』「盡心下」에 "'왜 그 사람들을 뜻이 크다고 하십니까?'라고 묻자 맹자가 말했다. '그 사람들은 뜻도 크고 말도 과장되어서 말끝마다 옛 사람이 어떻고 옛 사람이 어떻고 말한다. 하지만 행동을 보면 말대로 다 행하지 못한다. 뜻이 큰 사람을 얻지 못한다면 깨끗하지 못한 일은 달갑지 않게 여기는 사람을 얻어 그 사람과 함께 하고자 했으니, 이런 사람은 고집이 센 사람으로서 뜻이 큰 사람 다음가는 사람이다('何以謂之狂也?' 曰, '其志嘐嘐然, 曰古之人, 古之人, 夷考其行, 而不掩焉者也. 狂者又不可得, 欲得不屑不絜之士而與之, 是獧也, 是又其次也'.)"라는 내용이 나오는데, 趙岐는 注에서 "'교교'란 뜻이 장대하고 말이 과장된 것을 말한다(嘐嘐, 志大言大者也.)"고 설명하였다.

점이 있습니다. 이제껏 보면, 집안에서 의론을 벌였을 때나, 존형께서 처음으로 서백(西百) 관저에 오셨을 때나, 한 겨울 한 달도 넘게 함께 지내며 화로에 모여 통쾌히 대화를 나눌 때나, 모두 처음에는 의심하였지만 나중엔 모두 풀렸고, 처음엔 갑론을박 주고받았으나 나중엔 그쳤으며, 처음엔 절대 안 된다고 여겼던 것들이 나중에는 적절하다는 평을 받았습니다. 필시 존형의 마음에 무언가 와 닿은 것이 있어 사리에 맞는다고 여기셨기에, 의심을 풀고 논변을 멈추고 또 적절하다 여겨주셨을 것입니다. 존형께서는 결코 구차히 따르며 아부나 하려는 분이 아니니까요. 그러나 진주관저리(進奏官邸吏)[71]가 되신 이후, 비록 서로 가까이에 있었지만 존형의 마음은 이미 예전과 조금씩 달라지고 있었습니다. 아마도 서로 모여 목청 높여가며 대화 나눌 기회가 적어지고, 절차탁마하며 주거니 받거니 연구하고 탐구하는 공부를 계속할 수 없었던 탓에, 존형의 마음이 다시 박(亳) 땅으로 돌아간 것일 테지요.[72] 하물며 지금 소원히 지낸지가 이토록 오래이니, 제 뜻을 그렇게도 살펴주시지 못하는 것도 당연합니다. 매일 같이 함께 노닐며 의론을 주고받는 자들 중에 존형의 뜻을 열어줄 만한 사람이 어디 있겠습니까? 용렬하고 무지하여, 존형을 끌어들여 다 같이 망하려는 자[73]라면 아마도 있겠지요.

---

71) 송나라 때는 進奏院이라는 곳이 있었는데, 이는 중앙과 지방 사이에서 소식을 전하는 역할을 담당하였다. 여기에 속한 관리를 進奏官邸吏라고 하는데, 이들은 지방 관부에서 작성한 奏章을 중앙에 전달하기도 하고 중앙의 주장이나 각각 명령을 抄錄하고 지방에 보고하는 일 등을 맡아보았다.
72) 『尙書』「太甲」에 "즉위 3년 12월 초하루 날에 이윤이 면복을 싸 가지고 가 사왕을 받들어 박읍으로 돌아왔다(惟三祀十有二月朔, 伊尹以冕服, 奉嗣王, 歸于亳.)"는 구절이 보인다. 이윤이 桀임금의 하나라에게서 가능성을 찾지 못하고 박 땅으로 돌아갔다는 뜻이다.

존형께서 하신 "영재를 키워내는 참 즐거움을 그만 두고, 번잡하기 짝이 없는 공문서를 가까이 하는 일이라면 아마도 좋아하시는 바가 아니겠지요."라는 말씀은 실로 말을 두 토막으로 쪼개놓는 화법입니다. 좋아하고 좋아하지 아니하고에 대한 판단은 제 마음에 있는 바라 속일 수 없겠지요. 그러나 존형의 이 말은 노자(老子)가 부자를 비난하며 "예의에만 밝지 사람의 마음을 아는 데는 무능력하다."[74]고 한 말과 정말로 똑같습니다. 또 진군거(陳君擧)가 복당(福唐)에 있을 때와 회옹이 절동(浙東) 있을 때를 인용하며 경계를 주셨지요. 또 "친가(親家)[75]께서는 더욱이 성실한 사람이니, 소인으로써 사람을 대하지는 않을 것"이라고 말씀하셨는데, 존형의 사람 보는 눈의 어두움이 이 지경에 이르셨단 말입니까! 저는 평상시 진실로 남을 소인으로 대하지 않습니다만, 존형께서 말씀하신 그런 뜻과는 차원이 다릅니다. 대개 사람은 천지의 중화(中和)의 기운을 받아 태어나므로[76] 본심에는 선하지 않음이 없습니다. 저는 언제나 이 본심을 사람들에게 기대하는 것입니다. 맹자께서 "사람은 누구나 요순이 될 수 있다."[77] "제나라 왕은 백성을 지킬 수 있다."[78]고 말씀하신 뜻인즉 그 사람의 지난

---

73) 서로 끌어들여 같이 망하게 하는 것을 말한다. 『詩經』「小雅·雨無正」에 "이토록 죄 없는 자들을 모두 고통 속에 빠뜨렸네.(若此無罪, 淪胥以鋪.)"라는 구절이 나온다.

74) 이는 장자가 유가를 비판하며 한 말이다. "중국의 군자는 예의에는 밝지만 인심을 아는 데는 무능력하다(中國之君子, 明乎禮義而陋于知人心.)"(『莊子』「田子方」)

75) 사돈지간에 서로 부르는 호칭이지만, 이 외에 친척의 범칭으로도 쓰인다.

76) 『左傳』「成公 13년」에 "유자가 말하길, 사람은 하늘의 中을 받아 태어났다고 하였다(劉子曰, 民受天地之中以生.)"는 말이 나온다. 현대 유학자 牟宗三은 '中'을 '天地沖虛中和之氣' 혹은 '一元之氣'라고 해석하였다.

77) 『孟子』「告子下」에 보인다.

날의 행실이 모두 군자였다는 것은 아닙니다. 사람의 간과 폐까지 다 들여다보고 그 정상을 곡진히 헤아릴 수 있게 되면, 언젠가 발전이 있으리라고 생각했던 것입니다. 옛날 화롯가에서 존형과 인물에 대해 논평할 적에 적절하다는 평을 들었던 것도 다 이런 것 때문이었습니다. 그러나 이별한 후 삼생 동안 국왕을 하다 오셔서 모두 다 잊으셨나 봅니다.[79] 풍전지(馮傳之)는 아직까지 미흡한 면이 많으나 탄복할

---

78) 『孟子』「梁惠王上」에 보인다. "(제나라 선왕이) '과인 같은 자도 백성을 보호할 수가 있겠습니까?' 하니, 맹자가 '할 수 있습니다.'라고 대답하였다. 선왕이 '어떻게 내가 할 수 있다는 것을 압니까?' 물으니, 맹자께서 대답했다. '신이 호흘에게 한 이야기를 들었습니다. 왕께서 당 위에 앉아 있었는데 앞으로 소를 끌고 지나가는 자를 보시고는 소가 어디로 가느냐고 물었습니다. 그 자가 종 만드는 데 피를 바르려고 한다며 대답하자 왕께서는 그것을 놓아주어라. 내가 차마 그 소가 두려워 떨면서 아무 죄도 없이 죽음의 장소에 가는 것 같은 모양을 차마 볼 수가 없다고 하셨습니다. 그 자가 그렇다면 종 만드는 일을 폐지하겠느냐 물으니 왕께서는 어찌 가히 폐지하리오? 양으로 바꾸어 쓰라고 하였습니다. 정말 이런 일이 있었습니까?'하였다. 왕이 '있었다.'고 대답하자 맹자가 말했다. '이 마음이면 왕천하의 근본이 될 수 있습니다. 백성들은 모두 왕께서 아낀다고 하나, 신은 왕의 차마 죽이지 못하는 마음을 알고 있습니다.'(曰, '若寡人者, 可以保民乎哉?' 曰, '可.' 曰, '何由知吾可也?'. 曰, '臣聞之胡齕曰, 王坐於堂上, 有牽牛而過堂下者, 王見之曰, 牛何之. 對曰, 將以釁鐘, 王曰, 舍之, 吾不忍其觳觫, 若無罪而就死地. 對曰, 然則廢釁鐘與? 曰, 何可廢也, 以羊易之. 不識有諸?' 曰, '有之'. 曰, '是心足以王矣. 百姓皆以王為愛也, 臣固知王之不忍也'.)"

79) 「天台山國淸禪寺三隱集記」에 당나라 때 승려이자 시인이었던 寒山과 拾得에 관한 이야기가 전한다. "(습득이) '영산에서 이별한 후 지금까지의 일을 아직 기억하는가?'라고 물었으나 潙는 대답하지 않았다. 습득이 지팡이를 짚고서 '노형은 이걸 무어라고 부르는가?'라고 물었으나 潙는 또 대답하지 않았다. 한산이 말했다. '그만 둬! 그만 둬! 물을 필요도 없어, 이별한 후에 삼생 동안 국왕을 하다 와서 다 잊어버렸다고!(曰, '自從靈山一別迄至於今, 還相記麼?' 潙亦無對. 拾拈柱杖曰, '老兄喚這箇作什麼?' 潙又無對. 寒曰, '休! 休! 不用問它. 自從別後已三生作國王來, 總忘却也!)"

만 한 점은 대부분 인물 논평에 있습니다. [품평의] 대상이 풍전지와
는 매우 가깝고 저와는 매우 생소하거나 알지 못하는 사이인 경우,
풍전지가 논평하는 내용만 보아도 그 사람의 내면까지 다 알 수 있으
니, 풍전지는 이 점만으로도 공경할 만합니다. 근자에 복당으로부터
온 한 사인이 이곳에 머물고 있는데, 본인의 고향 사람에 관한 이야
기를 하다가 저에게 거듭 꺾였습니다. 그 사람은 처음에는 힘껏 변론
했지만 마침내는 굴복하고 말았습니다. 지금 그 사람이 우리 도(道)
에 대해 깊이 터득하지 못하고도 따르고자 하는 뜻을 굳힌 것도 사실
이런 점 때문이었습니다. 그 또한 회옹에게서 배운 자입니다. 저는
평상시 존형께 기대하는 바가 매우 두텁습니다. 그러나 만약 이런 것
으로 서로 부딪힌다면, 저는 더 이상 할 말이 없습니다.

도의상 이렇게만 할 수는 없기에, 이로써 가르침을 구하는 단서로
삼고자 합니다. 저와 뜻을 함께 할 수 없다 하더라도 오직 절제하는
일에 힘써 입신양명의 효를 이루십시오.

使節在淮間時, 嘗復書薦區區, 幾有萬一之助. 後包敏道自浙歸, 乃
知其時方得啓觀, 蒙復書謂爲至論. 今三復來貺, 與所傳聞議論, 乃知
實未蒙省察. 疇昔相與, 非徒親戚, 理有未安, 義不容默.

尊兄淸修寡欲, 與物不競, 與人處, 似不能言者, 人莫不愛之, 獨有志
之士往往有不快於尊兄. 向來永嘉諸人, 甚敬尊兄政績, 而又議其嚴
酷, 無儒者氣象. 此固是謬論, 某嘗深排之矣. 是不足道. 又其間却有
疑尊兄所爲不免流俗, 或謂是鄕原之類. 尊兄以抗志古人爲非, 有何以
是嘐嘐之意, 此一論則近是. 向來伯兄因與尊兄論及監司之職, 見尊兄
說"不應求事, 但當因其至前而處之", 退甚不說, 以爲如此作監司, 民
亦何賴. 某亦嘗稍辯之, 然衆咸謂未免俗. 元晦又謂尊兄壞人已成之
功, 以奉執政, 此乃復書未及與辯.

以某觀之, 尊兄天資極有過人處, 而大志不立, 未免同乎汚世, 合乎流俗, 獨其質剛而內明, 故有從善服義之長. 向來家庭議論, 與尊兄初至西百官宅時, 窮冬踰月之集, 火爐中劇談, 皆始疑而終釋, 始辯而終息, 始之所甚不可而終乃有切當之稱, 此必有以當尊兄之心, 而以爲切事合理, 故疑釋辯息而稱之. 尊兄必非苟從而見誘者. 自爲奏邸, 居雖相邇, 而尊兄之情已寖異於前日. 蓋相聚劇談時少, 切磋往復研礱之工不繼, 尊兄之心, 復歸于亳矣. 況今相疏如是之久, 固宜不相亮之甚. 日與游處議論者, 豈能啓尊兄之意, 其庸陋無知, 牽引尊兄相與淪胥, 則有之矣.

如謂"輟育英才之眞樂, 親朱墨之塵冗, 想非所好", 此是話作兩截, 好與不好, 此在某之心, 不可誣也. 尊兄政如老氏所譏夫子所謂"明乎禮義, 而陋於知人心." 又引陳君擧之在福唐, 晦翁之在浙東以相警. 至謂: "親家尤更誠實, 不以小人待人", 尊兄昧於知人, 一至於此哉! 某平日誠不以小人待人, 但非如尊兄所謂. 蓋人受天地之中以生, 其本心無有不善, 吾未嘗不以其本心望之, 乃孟子"人皆可以爲堯·舜", "齊王可以保民"之義, 卽非以爲其人所爲已往者皆君子也. 至其見人之肺肝, 能曲盡其情, 則自謂有一日之長. 向來火爐中與尊兄論人物, 所以得切當之稱者皆以此. 別後三生作國王來總忘之也. 馮傳之至今未相符合, 然所以相敬服者, 多在論人物處. 蓋其人與傳之甚稔, 而與某甚生, 或不相識, 而但見其言論事節, 便能知其心曲, 傳之以此相敬. 近福建一士人在此, 因言其鄉人事行, 某屢折之, 其人始力辯之, 而終屈服. 今其人於吾道, 雖未甚有得, 而決其相從之意者, 實在此也. 此人亦晦翁處學者. 某平時所望於尊兄者甚厚, 若以此扞格, 則是無復可言矣.

義不應只如此, 姑以此爲請敎之端. 未能合倂, 更惟節抑以逾揚名之孝.

우연지[80]에게 보내는 편지
與尤延之

    스승님[81]과 멀리 헤어져 5년이나 출입하는 동안, 그 그리움의 마음을 어찌 말로 표현하겠습니까? 유약한 기유(耆儒)께서 조반(朝班)에 오래 머무르면서, 환난을 당했을 때는 봉상(奉常)[82]을 장관하고, 사태의 변화에 대처할 때는 홀로 대전(大典)을 결정하셨습니다. 아득히 옛날을 떠올리자니 감개와 탄식만 더해갑니다! 수황(壽皇)[83]께서 중화전(重華殿)에 참죽나무를 심고[84] 성상께서 황위에 오르시어[85] 나라를 다스리실 때부터 어르신께서 중서성(中書省)과 학사원(學士院)[86]에 계시면서 지으신 고아한 문장과 위대한 책문은 실로 대단한

---

80) 尤袤. 朱熹·楊萬里 등과 창화한 시가 많이 보인다. 台州 태수를 역임했다.
81) 옛날 周나라에서 大司徒가 제자와 마주 앉을 때, 가로 세로 각기 1 丈이 되는 자리를 펴는데 그 넓이를 삼등분하여 3尺3寸 남짓한 3분의 1의 자리를 大司徒의 자리로 하고, 가운데 3尺3寸 남짓한 자리는 비워두고, 끝에 3尺3寸 남짓한 자리에 弟子가 앉게 하였다. 그래서 스승을 모시고 앉은자리를 '丈席' 또는 '三席', '函丈' 또는 '函席'이라고 한다.
82) '奉常'은 후에 '太常'으로 바뀌었다. 국가의 예전을 주관한다.
83) 송나라 孝宗은 淳熙 16년(1189)에 자식인 光宗에게 황위를 물려주었다. 이에 광종은 효종에게 '至尊壽皇聖帝'라는 존호를 내렸는데, 이를 줄여 '壽皇'이라 칭한다. 『宋史』 권34 「孝宗紀」에 관련 내용이 보인다.
84) 효종은 광종에게 양위하고 스스로 上皇으로 칭하며 重華殿에서 지내다가 1194년에 붕어했다. 참죽나무[椿]는 부친 혹은 장수를 상징하므로 참죽나무를 심었다는 표현을 쓴 것이다.
85) 원문의 '丹極'은 궁궐의 붉은 칠한 기둥을 뜻한다.
86) 원문의 西掖은 中書省의 별칭이고, 北門은 學士院이 궁궐 북문에 있었다 하여

필력이었습니다.[87] 산 속에 사는 사람이 성대한 일을 우러르며 한 마디 말이라도 덧붙이려 해도 어찌 그리 할 수 있겠습니까? [황제와 더불어] 강독하고 사상을 논의하기에는[88] 이미 너무 늦었다며, 식견 있는 선비들은 모두 성대히 온축되어 있는 바를 다 끌어내기에 부족하다고들 말하고 있습니다. 그러나 날마다 임용에 신중을 기하시며 인재들을 줄줄이 등용함으로써[89] 재야에 버려한 현자가 없게 하셨고, 우리 임금을 위해 태평성세의 기틀을 세우셨습니다. 그럼에도 저 보잘것 없는 자들이 향 풀과 누린내 나는 풀처럼 판연히 다른 자질로써 걸핏하면 함부로 사실을 날조하여 무고하고 있으니, 거듭 놀라 탄식이 나옵니다. 이곳은 지방관이 백성을 편히 다스리는 곳이요 경기에서 가까운 곳이거늘, 공도(公道)라는 것을 다시 믿을 수 있겠습니까?

저는 지난번에 돌아왔을 때 용호산(龍虎山) 상류에 산방 하나를 얻었습니다. 샘과 바위의 아름다움과 구름 낀 산의 기이함은 평생 보기 드문 것이었습니다. 그 대략은 친구들에게 보낸 서신에 누차 썼습니다. 상세히 기록하고픈 마음은 있지만 두루 다 탐색해보지 못한 탓에

붙은 이름으로 翰林學士를 가리킨다.
87) '椽筆'은 『晉書』「王珣傳」에서 나온 말이다. "왕순의 꿈에 한 사람이 나타나 서까래만큼이나 큰 붓을 그에게 주었다. 꿈에서 깬 뒤 누군가에게 말했더니 그 사람이, '위대한 글을 쓸 일이 생길 것이다.'라고 말했다. 얼마 후 황제가 붕어하여, 애책과 시의의 초고를 모두 왕순이 썼다(珣夢人以大筆如椽與之, 旣覺, 語人云, '此當有大手筆事.' 俄而帝崩, 哀册諡議, 皆珣所草.)" 후에 '椽筆'은 필력이 웅건함을 뜻하는 말로 사용되었다.
88) '論思'는 의론하고 사고하는 것을 말하는데, 특히 황제와 학사 및 신하들 사이의 학문적 토론을 가리키는 말로 사용된다.
89) 흰 띠풀은 뿌리가 서로 얽혀있어 하나만 잡아 뽑으면 나머지도 줄줄이 따라올라온다. 한 사람이 누군가를 추천하면 서로가 추천하여 많은 인재를 등용할 수 있음을 뜻하는 말로 사용된다.

아직도 못쓰고 있습니다.

형문(荊門)에 [知縣으로] 임명된 것은 실로 뜻밖의 일이었는데, 혹 저를 추천해주시어 이런 결과가 있었던 것은 아닌지요? 다행히 좀 더 이곳에 머무를 수 있어서 초당 짓는 일은 마무리 지을 수 있을 것 같습니다. 다만 개인적으로 가문에 우환이 거듭되어, 5년 사이에 치른 어른과 아이 초상이 햇수보다도 많습니다. 처가 역시 다사다난하여, 이제 겨우 장모님의 대상(大祥)인데 어제 또 처남의 부음을 들었습니다. 처남은 바로 몇 해 전 도성을 찾아가 명문(銘文)을 부탁했던 사람입니다. 겨우 목숨 붙어 있는 몸뚱이로90) 거의 견딜 수가 없을 것만 같습니다! 큰조카인 환지(煥之)가 만나 뵙겠다며 곧장 떠나갔습니다. 장차 절동(浙東)에 들러 교수(敎授)를 지낸 선형의 형수 및 질녀를 맞이하여 돌아온 다음 오 정자(吳正字)와의 혼례를 치를 예정입니다. 이런저런 일들은 만나 뵙고서야 고할 수 있습니다.

違遠三席, 出入五年, 其爲傾依, 何可云喩? 退然耆儒, 久滯朝著, 當人之難, 晉掌奉常, 處事之變, 獨裁大典, 緬懷疇昔, 秖增愾嘆! 越自壽皇種椿重華, 聖上攬圖丹極, 而西掖北門, 高文大册, 允屬椽筆. 山林之人, 矯首盛事, 欲贊一辭, 何可得哉? 講讀論思, 固已甚晚, 有識之士咸謂未足以究盛蘊, 日遲柄用, 拔茅連茹, 使野無遺賢, 爲吾君立太平之基. 而瑣瑣者自以薰蕕之不同, 輒肆媒孽, 使人重爲駭歎. 玆焉僑藩近甸, 公道其復信乎?

某曩者之歸, 得山房於龍虎山之上游, 泉石之勝, 雲山之奇, 平生所

---

90) 『禮記』「玉藻」에 "말과 모습이 견견하다(言容繭繭.)"는 말이 나오는데, 『疏』에서는 "간신히 이어지는 것과 같다. 소리와 기운이 겨우겨우 미세하게 붙어있는 모양이다(猶綿綿, 聲氣微細繭繭然.)"라고 설명하였다.

鮮見. 其略亦屢見於朋舊書中, 尙欲稍記其詳, 亦以探討未遍, 猶未及也.

荊門之除, 良出望表, 豈推轂之賜有以致之耶? 幸尙遲次, 猶可畢草堂之役耳. 第私門禍故重仍, 五年之間, 尊幼之喪, 多於年數. 妻家亦復多事, 妻母甫及大祥, 昨日又聞妻弟之訃, 乃鄕年至都下相見乞銘者. 繭然之軀, 殆無以堪! 長姪煥之徑往求見, 將過浙東迎先兄敎授, 家嫂與姪女歸, 成吳正字婚禮, 諸事當能面稟.

풍택지[91]에게 보내는 편지
與豊宅之

　　요 몇 년 산속에 사느라 샘과 바위의 정취를 퍽이나 누렸습니다만 벗들이 찾아와 즐거운 시간을 보낼 때마다 늘 그대와 함께 하지 못하는 것이 안타까웠습니다. 부족한 제 글이 필요하다고 하셨는데, 대필해주는 서리가 부족하여 많이 베끼지 못하는지라 아무렇게나 몇 편 적어 보냅니다. 산과 들의 정취를 느끼기에는 충분할 것입니다. 유선암(遊仙巖) 바위벽에 새긴 글 말미에 두 조카가 나오는데, 한 명은 이름이 유지(燋之)로 사산(梭山) 가형의 아들입니다. 그 아이는 타고난 자질이 순수하고 고아하여 집안 살림에 간여하는 법이 없고, 윗사람 모실 때나 아랫사람 부릴 때나 쓸 데 없는 소리라고는 전혀 하지 않았습니다. 또한 경사(經史)에 두루 통달하였고, 활쏘기며 말 타기며 글씨며 문장까지 또래보다 훨씬 뛰어났습니다. 금(琴)은 유난히 잘 타서 평상시 이를 업으로 삼는 자라 하여도 모두 따라오지 못할 정도였습니다. 올해 스물여섯 되었는데, 늦봄에 아무 병도 없이 저녁에 담소를 나누다가 갑자기 영영 이 세상을 떠나버리고 말았습니다. 너무나 마음이 아픕니다! 혹 알고 싶어 하실까 싶어 말씀드렸습니다.

　　그대가 보낸 사람이 이미 산속에 도착했다는데, 하필 지지(持之)가 병에 걸렸고 이 늙은이 또한 두통으로 고생했습니다. 산에 오른 지 얼마 되지 않아 벗들이 연이어 찾아오는 통에, 부지런히 접대하

---

91) 豊有俊. 字는 宅之이고 鄞縣 사람이다.

느라 정신이 없어서 지금 이 답장을 보내면서도 속마음을 다 적지
못합니다.

比年山居, 頗有泉石之趣, 朋來之樂, 每恨不得與吾宅之共此. 承需
鄙文, 乏筆吏, 不能多錄, 謾往數篇, 亦足以知山野況味. 遊仙巖題壁
之末二姪, 其一名熰之者, 乃棱山兄之子, 賦質純雅, 少贊家政, 事上使
下, 眞無間言. 又博通經史, 射御筆札皆絶出等夷, 琴尤高, 平時業此
者, 皆在下風. 今年二十有六, 春末無疾, 一夕談笑間, 奄然長逝, 極爲
痛心! 亦恐欲知.

使人到山間, 又値持之疾作, 老夫亦苦頭痛. 登山未久, 友朋踵至,
應酬殊役役, 作復, 莫究所懷.

권 12

조연도[1]에게 보내는 편지
與趙然道

경칩 전, 날 갤 때를 틈 타 산에 올랐으나 이내 다시 긴 비가 이어지다가 24일에야 조금 개이기에 비로소 풍련(風練)과 비설(飛雪) 폭포의 장관을 보러 갈 수 있었습니다. 어진 그대 형제[2]와 함께 보지 못함을 슬퍼하고 있던 차에 그날 저녁 마침 보내주신 편지가 당도하였으니, 얼마나 기뻤을지 가히 알 수 있을 것입니다! 잘못을 없애고 선을 따르겠노라 이토록 용감하게 결단하시다니, 성대한 장관이 흉중에 있는 것을, 폭포는 보아 무엇 하겠습니까?

광망함과 성스러움[3]은 그 거리가 멀지만 '제대로 생각하지 못하는 것[罔念]'과 '제대로 생각할 수 있는 것[克念]'[4]의 단초는 순식간에 나뉘니, 인심의 위태로움을 어찌 심히 두려워하지 않을 수 있겠습니까?

---

1) 趙師雍. 字 然道이고 黃岩 사람이다. 淳熙 14년(1187)에 진사 급제했다. 朝議大夫와 直寶章閣學士를 지냈다. 『宋元學案』 권49에는 주희의 문인으로, 권77에는 육구연의 문인으로 기록되어 있다.
2) '昆仲'은 남의 형제에 대한 존칭이다. 趙師雍은 그의 아우 趙師蒇과 함께 육구연에게서 수학했다.
3) '聖'과 '狂'에 대한 해석을 보면, 우선 蔡沈은 『尙書集傳解釋』에서 聖을 通明으로 狂을 昏愚로 풀었다. 孫星衍의 『尙書今古文注疏』에서는 『中論』 「法象」 및 「法象」에서 인용한 『尙書大傳』 鄭玄 注에 의거하여 聖을 心思가 通明한 것으로, 狂을 心思가 거만한 것으로 풀었다.
4) 『尙書』 「多方」에 "성인이라도 제대로 생각을 하지 않으면 광인이 되고, 광인이라도 제대로 생각만 하면 성인이 될 수 있다(惟聖罔念作狂 惟狂克念作聖.)"는 말이 나온다.

순임금의 조정에서조차 '능히 어렵게 여길 수 있어야 한다.[克艱]'는 간언과 '악을 따른다면[從逆] [흉하리래'는 경계를 백우(伯禹: 禹)가 아뢰었습니다.5) '근심 없을 때 오히려 경계하라.'는 간언과 '안일과 즐거움, 태만함과 게으름'에 대한 경계를 또한 백익(伯益)이 아뢰었습니다.6) 공경과 밝음으로7) 정신을 모았기에, 그 절차탁마의 공력이 이와 같았던 것입니다. 만약 이미 이욕(利欲)에 빠지고 이단에 눈이 가려져 있다면, 뜻을 이루어도 그릇된 것이 됩니다. 그런 채로 다시 돌이킬 수 없다면, 새벽닭이 울 때 일어나고 한밤중이 되어야 자리에 눕는다 하여도 해악만 더욱 깊어질 뿐이며, 도(道)로부터는 더욱 멀어지게 될 것입니다. 그런 자라면 이런 말을 해 줄 필요나 있겠습니까? 지금 그대가 이욕의 누습을 부끄러이 여기고 이단의 그릇됨을 깨우

---

5) 『尙書』「大禹謨」에 "[禹개] 말하기를, 임금이 능히 임금됨을 어렵게 여기고 신하가 능히 신하됨을 어렵게 여길 수 있어야 비로소 정사가 다스려져서 백성이 덕에 속히 귀화될 것입니다(曰後克艱厥後, 臣克艱厥臣, 政乃乂, 黎民敏德.)"라는 내용이 보이고, "우가 말하기를, 도를 따르면 길하고 거스름을 따르면 흉할 것이니, 이는 그림자나 메아리와 같습니다(禹曰, 惠迪吉, 從逆凶, 猶影響.)"라는 내용이 보인다.

6) 『尙書』「大禹謨」에 "익이 말하기를, '아, 경계하소서. 근심 없을 때에 오히려 경계하고, 법도를 잃지 말며, 안일함에 젖지 말고, 즐기는데 빠지지 마십시오. 어진 이를 등용하되 이간질을 막고, 사악한 자를 내침에 망설이지 말며, 의심스런 계획을 세우지 아니하면 모든 일이 다 이루어질 것입니다. 도를 어김으로써 백성의 기림을 구하지 마시고, 백성을 어기며 자신의 욕심을 좇지 마십시오. 태만과 게으름을 없애면 사방 오랑캐가 와서 조알할 것입니다(益曰, 吁戒哉! 儆戒無虞, 罔失法度, 罔遊於逸, 罔淫於樂, 任賢勿貳, 去邪勿疑, 疑謀勿成, 百志惟熙. 罔違道以干百姓之譽, 罔咈百姓以從己之欲, 無怠無荒, 四夷來王.)"라는 내용이 보인다.

7) 『尙書』「呂刑」에 "공경함으로 윗자리에 있고 밝음으로 아래서 섬기니, 온 세상을 비추어 덕을 부지런히 않음이 없게 되었다.(穆穆在上, 明明在下, 灼于四方, 罔不惟德之勤.)"라는 내용이 보인다.

쳐, 도를 확충해 가고자 하는 공력에 더욱 매진하고자 한다면, 우리
도에 있어서 크나 큰 행운일 것입니다!

　某驚蟄前乘晴登山, 尋復積雨, 二十四日少霽, 始得一訪風練飛雪之
狀, 方念不得與賢昆仲共之. 是晚來書適至, 喜可知也! 去非從善, 勇
決如此, 沛然之壯, 在胸中矣, 又何以觀瀑爲哉?
　狂聖之相去遠矣, 而罔念克念之端頃刻而分, 人心之危, 豈不甚可畏
哉? 有虞之朝, 克艱之說, 從逆之戒, 伯禹進之. 警戒無虞之說, 逸樂怠
荒之戒, 伯益又進之. 明明穆穆, 聚精會神, 其切磋琢磨之功如此. 若
已汨於利欲, 蔽於異端, 逞志遂非, 往而不反, 雖復鷄鳴而起, 夜分乃
寐, 其爲害益深, 而去道愈遠矣. 奚足以言此哉? 今然道方耻利欲之習,
知異端之非, 願益致擴充之功, 則吾道幸甚!

두 번째 편지

二

보내주신 편지를 지금 읽어보니 [道로 나아가고자 하는] 이 뜻이 더욱 굳어진 것 같습니다.

대저 도(道)란 한 가지일 뿐입니다. 천 리 밖에 있는 사람이나 천년 후에 태어난 사람이라도 마치 부절(符節)처럼 합치되나니, 하물며 가까이 있는 자야 말해 무엇 하겠습니까? 하지만 고인들이 사우(師友) 찾는 일에 급급해 하고, 널리 배우고, 자세하게 묻고, 신중하게 생각하고, 명확하게 판단하는 일[8]에 급급해 했던 것은 이 도가 밝아지지 않을까 깊이 우려했기 때문입니다. 커다란 단서와 커다란 주지에 있어 그것의 사정(邪正)과 시비(是非)를 가릴 줄 알고, 겉모습은 비슷하지만 실상은 멀리 차이나는 것까지도 파악할 줄 안다면, 정미한 곳에 이르러서도 또한 마찬가지임을 알게 될 것입니다. 부자께서 열다섯에 학문에 뜻을 두었으니[志學] 이미 그 단서를 얻으신 것인데, 그럼에도 반드시 서른이 되어서야 바로 섰고[而立], 마흔이 되어서야 미혹됨이 없었으며[不惑], 쉰이 되어서야 천명을 알았다[知天命]고 하셨습니다. 노년에 이르러서도 "나는 배우는 것을 싫어하지 않는다."[9]고 말씀하

---

8) 『中庸』 20장에 "널리 배우고, 자세히 물으며, 신중히 생각하고, 명확히 분별하여, 돈독하게 수행한다(博學之, 審問之, 愼思之, 明辯之, 篤行之.)"는 내용이 보인다.

9) 『孟子』 「公孫丑上」에 "공자께서 말씀하시기를, '나는 성인은 될 수 없으나 배우기를 싫어하지 않고 가르치기를 게을리 하지 않았다.'고 하셨다(孔子曰, '聖

셨습니다. 오늘날의 학자들이 진실로 그 단서를 안다면, 부지런히 또 조심조심, 날로 새로워지는 공력 얻는 일을 스스로 그만 둘 수 있겠습니까? 가을 선선할 때에 한번 찾아오시면 이에 관한 이야기를 끝까지 해보겠습니다.

요즘의 시사(時事)는 그저 긴 탄식만 나올 뿐, 실로 말로 하기 어렵습니다! 왕참(王參)은 소문에 전하는 것과 같은 지경에까지는 이르지 않은 듯합니다만, 답장에는 실제 사정이 드러나 있지 않습니다. 그는 늘 그런 태도이지요. 그 자가 고인처럼 되지 못하는 까닭도 바로 여기 있습니다. 그대의 말은 그의 병폐를 정곡으로 찔렀다고 이를 만합니다.

茲閱來書, 知此志不替有加.

夫道一而已, 相去千里, 相後千歲者, 猶若合符節, 況其近者乎? 然古人所以汲汲於師友, 博學, 審問, 愼思, 明辯之者, 深懼此道不明耳. 於其大端大旨, 知其邪正是非, 形有相近而實有相遠, 則知精微之處亦猶是也. 夫子十五而志學, 則旣得其端緖矣, 然必三十而立, 四十而不惑, 五十而後曰知天命, 及其老也, 猶曰我學不厭. 今學者誠知端緖, 則亹亹翼翼, 自致日新之效者, 其能自已乎? 秋凉過我當究是言.

時事第可永歎, 良難言也! 王參恐未至如傳者之言, 回書不見情實, 此其常態. 其所以不如古人者, 蓋在於此. 然道之言可謂切中其病矣.

則吾不能, 我學不厭而敎不倦也'.)"는 말이 보인다.

세 번째 편지
三

　이전에 황순중(黃循中)에게 스승을 존경하고 도를 존중하는 성심이 없었던 것은 아니나, 집안일에 얽매어 뜻을 이루지 못하였습니다. 그의 기질은 본디 탁 트인 편이지만 강건함이 부족한 탓에 세습(世習)에 빠져 스스로 일어서지 못할까 심히 염려되는 바, 지난번에 편지를 보내 그 뜻을 조금이나마 진작시켜주었던 것입니다.

　부귀와 이익과 영달이 흠모할 바 못 된다는 것은 알기 어렵지 않습니다. 도가와 불가를 믿는 자들이나 속 좁고 비뚤어진 사인(士人)들도 종종 이러한 것들을 훌륭하게 끊어 버리며 돌아보지도 않습니다. 저들에게는 이미 깊이 빠져있는 곳이 있으니, 모든 것을 끊어 버리는 것이 뭐가 어렵겠습니까? 하지만 모든 것을 끊어 버린다면, 이 또한 도(道)가 아닙니다. 도를 아는 사인은 스스로 이런 것에 빠지지 않을 뿐, 절대 끊어 버리지는 않습니다. 때문에 "부귀에 처하면 부귀에 맞게 행하고, 빈천하면 빈천에 맞게 행하며, 오랑캐 땅에 있으면 오랑캐에 맞게 행하고, 현재 환난에 처해 있으면 환난에 맞게 행하니, 군자는 어디를 가도 스스로 이루지 못할 것이 없다."[10]고 한 것입니다. 이른바 '스스로 이룬대[自得]'란 그 도를 이룬다는 뜻입니다. 부자께서는 "부귀는 사람들이 바라는 것이지만, 도로써 얻은 것이 아니라면 거기에 머무르지 않겠다."[11]고 말씀하셨습니다. 그렇다면 도로써 얻었을

---

10) 『中庸』 14장에 나오는 말이다.

경우 군자는 거기에 머무르겠다는 뜻이니, 언제 잘라 버린 적이 있었습니까? 맹자께서 팽경(彭更)에게 말씀하시기를, "그것이 정도(正道)가 아니면 한 소쿠리의 밥도 남에게 받을 수 없지만, 만일 그것이 정도라면 순임금은 요임금으로부터 천하를 받으면서도 지나치다고 여기지 않았다. 그런데 그대는 지나치다고 여기는가?"[12]라고 하였습니다. 군자에게는 오로지 정도만이 있을 따름입니다. 이른바 "천하의 넓은 집에 거하고, 천하의 바른 위치에 서며, 천하의 큰 도를 행한다. 뜻을 얻으면 백성과 더불어 함께하고, 뜻을 얻지 못하면 홀로 그 도를 행한다. 부귀가 타락시킬 수 없고, 빈천이 지조를 바꾸게 할 수 없으며, 무력이 굴복시키지 못한다."[13]고 한 말은 허언이 아닙니다. 학자의 성취가 설령 여기에 미치지 못하더라도, 진실로 도에 뜻만 있다면 그 나아가는 바는 저 세속과 [북쪽의] 연(燕)과 [남쪽의] 월(越)만큼이나 차이 날 것입니다. 뜻하는 방향이 결정 되었다면 다른 생각일랑 할 필요 없습니다. 머리가 무거워지면 꼬리가 가벼워지는 것, 이는 당연한 일입니다. 생각을 지어내고 학설을 세워 외물과 더불어 소일이나 하려는 자라면, 그가 도의(道義)에 참 뜻을 두지 않았음을 알 수 있습니다. 욕심나는 것 중에서도 사는 것보다 더한 것도 있고, 싫어하는 것 중에서도 죽는 것보다 더한 것이 있습니다. 살고 죽는 것처럼 큰일도 이것과 바꾸기 부족하거늘, 하물며 부귀 따위이겠습니

---

11) 『論語』「里仁」에 나오는 말이다.

12) 『孟子』「滕文公下」에 나오는 말이다. 彭更이 "뒤따르는 수레 수 십대와 따르는 사람 수 백인으로 제후에게 밥을 전달 받는 것이 너무 지나치지 않습니까?(後車 數十乘, 從者數百人, 以傳食於諸侯, 不以泰乎?)"라고 질문하자 맹자가 이어 답한 내용이다.

13) 『孟子』「滕文公下」에 나오는 말이다. 맹자가 대장부를 설명하며 한 말이다.

까? 부귀가 흠모할 만한 것인지 아닌지, 그런 것이 어찌 학자 앞에서 비교할 가치나 있는 것이겠습니까? 일전에 황순중에게 준 편지에서 이래저래 말했던 것은, 그저 그가 횡행하는 물결 속에서 연약한 몸으로 고립될까, 또 이러한 뜻을 스스로 떨치고 일어나지 못할까 걱정되어서였습니다.

　비록 그렇다고는 하나 주(周)나라가 쇠미해지자 이 도가 행해지지 않았고, 맹자께서 세상을 뜨자 이 도가 밝아지지 않았습니다. 천오백여 년 동안, 격언과 지극한 가르침은 부화한 겉치장에 의해 썩어 문드러졌고, 공리(功利)를 추구하는 누습이 천하에 범람했습니다. 아름다운 기질을 지닌 자도, 두터운 천도를 얻은 자도, 말류(末流)를 가리킬 줄만 알았지 근원을 가리키지 못했습니다. 학설을 세우고 행실을 통제하면서, 섶을 지고 불을 끄러 들어가거나[14] 뜨거운 물을 덜어 내 끓는 것을 멈추게 하려는 자[15]들은 많았습니다. 지금 세상에 뜻 있는 사인이 누구일까요? 이 세상에서 진실한 학자를 찾는다는 것은 참으로 어려운 일입니다! 도를 알기 어려운 것도 아니요 사람을 얻기가 어려운 것도 아니요 그저 형세가 그러할 따름입니다. 하지만 뜻 있는 사인이라면, 어찌 이러한 이유로 스스로를 용서하려 들며 그 뜻을 구하지 않을 수 있겠습니까! 지금 거칠게나마 그런 뜻을 지니고도 실제

---

14)『史記』권44「魏世家」중 中 蘇代가 魏安釐王에게 한 말에 나온다. "이 땅으로 진을 섬긴다면, 마치 섶을 지고 불을 끄러 들어가는 것과 같으니, 섶이 다하지 않는 한 불은 끌 수 없을 것입니다(且夫以地事秦, 譬猶抱薪救火, 薪不盡, 火不滅.)" 뜻인즉 잘못된 방법으로 화를 제거하려다 오히려 화를 키우는 것을 의미한다.

15) 뜨거운 물을 한 국자씩 덜어 내 식힌 다음 다시 넣음으로써 끓어오르는 것을 막으려는 행위를 말한다. 즉 근본적인 대책이 될 수 없는 고식적이고 잘못된 대책을 뜻한다.

로 스스로 떨치고 일어나지 못한다면, 이른바 강학이란 그저 공언이나 일삼음으로써 거짓된 습관을 조장하는 것이 되고 말 터이니, 어찌 무익한 데 그치겠습니까? 그 해악이 더욱 클 것입니다. 만약 선(善)과 이익 사이에서 무엇을 택해야 할지를 일찍이 알아서 큰 단서도 명확해지고 큰 뜻도 이미 섰다 하더라도, 청명하고 강건한 가운데 늘 머물러 있지 못한다면, 단 한 번의 해이해진 틈을 타고서 그림자나 메아리보다도 더 빠르게 구습이 도질 것입니다. 그리되면 더불어 응답하고 홀로 염려하는 사이에 [구습의] 복류에 은밀히 빠져버리고, 또 스스로 깨닫지도 못하여 갈수록 더욱 깊어질 것입니다. 어쩌다 침과 약으로 다스려도, 이기고자 하는 마음으로 대하면서 도리어 가리고 꾸미고자 할 것입니다. 이로 인해 스스로 돌아오지 못하는 자가 있으니, 심히 두려워할 만합니다. 하물며 큰 단서를 명확히 본 적도 없고, 큰 뜻을 세운 적도 없으며, 겉은 강해보이지만 안은 메마른 증세만 보이고, 마음이 넓고 몸이 편안한 즐거움16)도 없는 자라면 사려를 깊이 하여 그 허물을 살핌으로써 실제를 추구하지 않을 수 있겠습니까? 이를 소홀히 여겨 살피지 않은 채 구차한 큰 소리로 잘못된 습관을 덮고, 자기만의 편의를 도모하며, 자기가 이겼다고 떠벌린다면, 어찌 남을 속이기에만 부족하겠습니까? 일상 중에 고요히 생각해본즉 그것으로 자기 자신인들 속일 수 있겠습니까? 이 지경에 이르고도 그 마음을 스스로 속이려 든다면, 그런 자를 일러 "가장 어리석은 자는 변하지 않는다."17)라고 말합니다. 이에 대해 깊이 또 명확히 알 수 있다

---

16) 『大學』 제42장에 "부는 집을 윤택하게 하지만 덕은 몸을 윤택하게 하니, 마음이 넓고 몸이 편안하다(富潤屋, 德潤身, 心廣體胖.)"라는 말이 보인다.
17) 『論語』 「陽貨」에 "가장 지혜로운 사람과 가장 어리석은 사람은 변하지 않는다(唯上知與下愚不移.)"는 말이 나온다.

면, 다복(多福)을 스스로 이루고 스스로 말하고 스스로 구할 권병(權柄)이 곧 내게 있게 됩니다. [선현들이 남긴] 지난날의 말씀과 과거의 가르침은 모두 내 마음에 똑같이 지니고 있는 것을 먼저 얻은 것일 뿐입니다. 이끌어주고 권면하느라 하루가 부족한데, 무슨 겨를에 장구(章句)나 일삼는 유자들과 시끄럽게 쟁변하면서 쓸모없는 공언으로 세월을 허비한단 말입니까?

별지에서 물어온 것들은 대부분 고인들이 후학들을 가엽게 여겨 상세히 주석을 달아 분명하게 알려주신 내용들인데, 해와 별처럼 밝아 조금의 몽폐됨 없이 환히 해결해주셨다 이를 만합니다. 그러니 고요히 앉아 그 뜻을 풀어봄으로써 함양과 편달의 내실을 늘리셔야지, 사족을 붙여 혹을 더해서야 되겠습니까?

昔循中不無尊師重道之誠, 而家庭牽制, 不克自邃. 其質固自通爽, 而殊乏剛强, 深懼其汨沒於世習而不能以自立, 故前書稍振翼之耳.

富貴利達之不足慕, 此非難知者. 仙佛之徒, 拘曲之士, 亦往往優於斷棄, 而弗顧視之. 彼既自有所溺, 一切斷棄, 亦有何難? 但一切斷棄, 則非道矣. 知道之士自不溺於此耳, 初未嘗斷棄之也. 故曰"素富貴行乎富貴, 素貧賤行乎貧賤, 素夷狄行夷狄, 素患難行乎患難. 君子無入而不自得焉." 所謂自得者, 得其道也. 夫子曰: "富與貴, 是人之所欲也, 不以其道得之, 不處也." 然則以其道而得焉, 君子處之矣, 曷嘗斷棄之哉? 孟子之答彭更曰: "非其道, 則一簞食不可受於人. 如其道, 則舜受堯之天下不以爲泰, 子以爲泰乎?" 君子亦惟其道而已矣. 所謂"居天下之廣居, 立天下之正位, 行天下之大道, 得志與民由之, 不得志, 獨行其道, 富貴不能淫, 貧賤不能移, 威武不能屈", 非虛言也. 學者所造縱未及此, 苟志於道, 便當與俗趣燕越矣. 志鄉一立, 卽無二事. 此首重則彼尾輕, 其勢然也. 作意立說以排遣外物者, 吾知其非眞志於道義者矣. 所欲有甚於生, 所惡有甚於死, 死生大矣, 而不足以易此, 況富貴乎? 富貴之足慕不足慕, 豈足多較於學者之前哉? 前與循中書所以云云者, 懼其弱植孤立於橫流之中, 而此志不能以自拔耳.

雖然, 姬周之衰此道不行, 孟子之沒此道不明. 千有五百餘年之間, 格言至訓熟爛於浮文外飾, 功利之習汎濫於天下. 氣質之美, 天常之厚者, 固知病其末流矣, 而莫知病其源. 立言制行之間, 抱薪救火, 揚湯止沸者多矣. 當今之世, 誰實爲有志之士也? 求眞實學者於斯世, 亦誠難哉! 非道之難知也, 非人之難得也, 其勢則然也. 有志之士其肯自恕於此, 而弗求其志哉! 今粗有其志, 而實不能以自拔, 則所謂講學者, 遂爲空言以滋僞習, 豈唯無益, 其害又大矣. 若其善利之間, 嘗知抉擇, 大端已明, 大志已立, 而日用踐履, 未能常於淸明剛健, 一有緩懈, 舊習乘之, 捷於影響. 應答之際, 念慮之間, 陰流密陷, 不自省覺, 益積益深, 或遇箴藥, 勝心持之, 反加文飾, 因不能以自還者有矣, 甚可畏也. 況其大端未嘗實明, 大志未嘗實立, 有外强中乾之證, 而無心廣體胖之樂者, 可不深致其思, 以省其過, 求其實乎? 略此不察, 而苟爲大言以蓋謬習, 偸以自便, 囂以自勝, 豈惟不足以欺人, 平居靜慮亦寧能以自欺乎? 至是而又自欺其心, 則所謂下愚不移者矣. 誠能於此深切著明, 則自成自道自求多福者, 權在我矣. 前言往訓, 眞先得我心之所同然耳. 引翼勉勵, 惟日不足, 何暇與章句儒譊譊, 玩愒歲月於無用之空言哉?

別紙所問, 多是古人憐憫後學, 詳爲註釋以曉告之, 可謂昭若日星, 煥然無少蒙蔽. 但當從容紬繹, 以滋其涵養鞭策之實, 豈宜復爲蛇畫足, 重爲贅疣乎?

네 번째 편지

四

   내 마음에 함몰된 바도 없고 몽폐됨도 없다면, 고락(苦樂)의 변화를 마치 번갈이 찾아오는 사계절인 양 보면서 스스로 편안히 여기게 될 것입니다. 『예기(禮記)』에서 말한 "예법이 없는 예에서 그 거동이 절도에 맞는다."[18]는 것이 거의 이것에 가깝습니다. "자기의 사욕을 이겨 예에 돌아가는 것이 인(仁)을 행하는 것이다."[19]라는 부자의 말씀은 터럭만큼도 사심으로 인한 누가 없을 수 있다면 절로 예에 돌아갈 수 있다는 뜻입니다. 예는 이치[理]이니, 이 이치가 어찌 내게 없겠습니까? 이 뜻이 사라지지 않는다면, 날로 밝아지고 날로 드러남이 마치 시내가 날로 불어나는 것처럼, 나무가 날로 무성해지는 것처럼 될 것입니다. 기어이 밖의 것을 안으로 집어넣고자 한다면, 이는 근원을 스스로 막는 짓이요, 뿌리를 스스로 쳐내는 짓입니다.

   옆에서 모시며 간곡히 뜻을 전하고 싶습니다만, 번거로이 여기저기 다니며 사람들과 만나느라 미처 편지를 쓰지 못하였습니다.

---

18) 『禮記』「檀弓上」에 보인다. "장문 문자의 상이 났는데, 이미 제상한 후에 월나라 사람이 찾아와 조문했다. 주인은 심의와 연관 차림으로 사당에서 기다렸다가 눈물을 흘렸다. 자유가 이 모습을 보고 말하기를, '장문 문씨의 아들은 예에 가깝구나. 예법이 없는 예에서 그 거동이 절도에 맞는구나.'라고 하였다(將軍文子之喪, 旣除喪而後越人來弔. 主人深衣練冠, 待于廟垂涕洟. 子游觀之曰, '將軍文氏之子,其庶幾乎! 亡於禮者之禮也, 其動也中'.)"

19) 『論語』「顔淵」에 나온다.

吾心苟無所陷溺, 無所蒙蔽, 則舒慘之變, 當如四序之推遷, 自適其宜. 『記』之所謂"亡於禮者之禮也, 其動也中", 蓋近之矣. 夫子所謂"克己復禮爲仁", 誠能無毫髮己私之累, 則自復於禮矣. 禮者, 理也, 此理豈不在我? 使此志不替, 則日明日著, 如川日增, 如木日茂矣. 必求外鑠, 則是自湮其源, 自伐其根也.

侍旁千萬致意, 適旅應酬之冗, 不及拜書.

조영도[20]에게 보내는 편지
與趙詠道

　지당(至當)함은 하나로 귀결되며 정밀한 뜻[精義]에 둘이란 없습니다. 정밀함과 지당함을 얻을 수 있다면 "그물에 벼리가 있어 엉클어짐 없이 가지런해 질 것"[21]입니다. 따라서 "내 몸에 근본하여 여러 백성에게 징험하며, 백 대(代) 후에 성인이 다시 나와도 흔들리지 않으니"[22] 정밀함과 지당함에는 실로 둘이 있을 수 없습니다.

　그대의 형님께서 이르기를, 여러 공들이 책을 저술하느라 심력을 다치게 하고 있지만 마음은 오히려 그로 인해 가려지고 있다고 하였는데, 이치는 심히 정밀하지 못하고 말은 심히 지당하지 못합니다. 배움이 도(道)에 이르지 못하여 그 마음에 가려짐이 없을 수 없기에 그 말이 지리멸렬한 것입니다. 저들은 자신들의 학문이 도에 이르지 못하였다는 사실을 스스로 알지 못하고, 스스로 가려져 있다고 생각하지 않기 때문에 감히 책을 저술하는 것뿐입니다. 그러니 어찌 저술

---

20) 趙師蕆. 字는 詠道이고 黃岩 사람이다. 趙師雍의 아우이다. 趙師蕆 형제 이외에도 趙師淵, 趙師夏, 趙師游, 趙師端, 趙師騫 등이 모두 육구연의 문인이었다.

21) 『尙書』「盤庚上」에 나온다.

22) 『中庸』29장에 나온다. "이 때문에 군자의 도는 자기 몸에 근본하여 여러 백성들에게 징험하며, 삼왕에게 상고해도 틀리지 않으며, 천지에 세워도 어그러지지 않으며, 귀신에게 질정하여도 의심이 없으며, 백 대 후에 성인이 다시 나와도 흔들리지 않는 것이다(故君子之道, 本諸身, 徵諸庶民, 考諸三王而不謬, 建諸天地而不悖, 質諸鬼神而無疑, 百世而俟聖人而不惑.)"

로 인해 도리어 가려졌다고 말할 수 있겠습니까! 마음에 가려진 바가 있기에 말 또한 가려졌다고 말해야 마땅할 것입니다. 그러니 지금 세상에서 사우(師友)와 가까이 하고자 할 적에도 마땅히 그 학문을 논해야 하고, 과거의 성인들 중에서 스승을 구하고 저서에서 벗을 찾고자 할 적에도 마땅히 그 학문을 논해야 합니다.

　至當歸一, 精義無二. 誠得精當, 則"若網在綱, 有條而不紊." 故自本諸身, 徵諸庶民, 至於百世俟聖人而不惑者, 誠精當之不容貳也.
　令兄謂諸公傷於著書, 而其心反有所蔽, 此理甚不精, 此言甚不當矣. 彼學不至道, 其心不能無蔽, 故其言支離. 彼惟不自知其學不至道, 不自以爲蔽, 故敢於著書耳. 豈可言由其著書而反有所蔽! 當言其心有蔽, 故其言亦蔽, 則可也. 故親師友於當世, 固當論其學, 求師往聖, 尚友方冊, 亦當論其學.

두 번째 편지

二

　학문에는 강학하여 깨우치는 것과 실천 [두 가지가] 있습니다. 『대학(大學)』에서 말한 '지극한 앎에 이르는 것[致知]'과 '사물의 이치를 궁구하는 것[格物]', 『중용(中庸)』에서 말한 '널리 배우고[博學], 자세하게 묻고[審問], 신중하게 생각하고[愼思], 명확하게 따지는 것'[明辯],23) 『맹자(孟子)』에서 '조리를 시작하는 것은 지혜로운 자의 일이다.'24)라고 한 것 등은 모두 강학하여 깨우치는 것에 해당합니다. 『대학』에서 말한 '몸을 닦고 마음을 바로 하는 것', 『중용』에서 말한 '돈독히 실천한다는 것', 『맹자』에서 '조리를 끝내는 것은 성스러운 자의 일이다.'라고 한 것 등은 모두 실천에 해당합니다. "사물에는 본말이 있고 일에는 시종이 있으니, 그 선후를 알면 도에 가까울 것이다." "그 몸을 닦고자 하는 자는 먼저 그 마음을 바로 하고, 마음을 바로 하고자 하는 자는 먼저 그 뜻을 성실히 하고, 그 뜻을 성실히 하고자 하는 자는 먼저 그 앎을 지극히 하였으니, 앎을 지극히 함은 사물의

---

23) 『中庸』 20장에 나오는 내용이다.

24) 『孟子』「萬章下」에 "공자를 일러 집대성한 이라 하니, 집대성이란 종과 같은 쇠 소리가 퍼지게 한 뒤에 경쇠 같은 옥 소리가 퍼진 소리를 거둬들임을 말한다. 쇠 소리를 퍼지게 하는 것은 갈라져 나가는[條理] 것의 시초이고, 옥으로 거둔다고 하는 것은 갈라진 것을 끝내는 것이다. 갈라져나가는 시초는 지혜로운 자의 일이나 갈라지는 것을 끝내는 것은 성스러운 자의 일이다.(孔子之謂集大成, 集大成也者, 金聲而玉振之也. 金聲也者, 始條理也. 玉振之也者, 終條理也. 始條理者, 智之事也, 終條理者, 聖之事也.)"라는 내용이 보인다.

이치를 궁구함에 있다.”[25] 『대학』으로부터 말해보자면 강학하여 깨우치는 것이 먼저일 것이고, 『중용』으로부터 말해보자면 “배우고도 능하지 못하고, 묻고도 알지 못하며, 생각하고도 알지 못하고, 분별하고도 분명하지 못하다면 또한 어디에다 쓰겠는가?”[26]일 것입니다. 배우지도 묻지도 생각하지도 분별하지도 않고서 ‘나는 오로지 그것을 독실히 행할 뿐이다.’라고 말한다면, 이는 행한다는 것이 무엇인지 잘 알지 못하는 자입니다. 『맹자』로부터 말해보자면, 시작은 없고 끝만 있는 일이란 있지 않습니다. 강학하여 깨우침이 아직 지극해지지 못했는데도 그저 스스로 노력으로 행할 수 있다고 믿는다면, 이는 활 쏘는 자가 정교한 가르침의 법도도 익히지 않은 채 그저 자기 힘만 믿고 ‘나는 백 보 바깥에서 맞힐 수 있다.’고 말하면서 절대 맞히지 못하리라는 사실을 생각지 못하는 것과 같습니다. 그래서 “[백 보 바깥에서 활을 쏠 때 화살이] 그 거리까지 미치는 것은 힘으로 가능하지만 명중시키는 것은 힘으로 가능하지 않다.”[27]고 말한 것입니다. 강학하여 깨우침에 있어 아직 지극하지 못한 부분이 있다면, 아무리 탁월한 자질을 타고나고 또 아무리 순정하고 독실하게 실천궁행한다 해

---

25) 두 구절 모두 『대학』에 나온다.
26) 『중용』 20장에 보이는 내용이지만 원문 그대로를 인용한 것은 아니다. 원문은 “배우지 않음이 있을지언정 배우고도 능하지 못한다면 그만두지 말고, 묻지 않음이 있을지언정 묻고도 알지 못하거든 그만두지 말며, 생각하지 않음이 있을지언정 생각하고도 알지 못하거든 그만두지 말고, 분변하지 않음이 있을지언정 분별하고도 분명하지 못하거든 그만두지 말며, 행하지 않음이 있을지언정 행하고도 독실하지 못하거든 그만두지 말라(有弗學, 學之弗能弗措也. 有弗問, 問之弗知弗措也. 有弗思, 思之弗得弗措也. 有弗辨, 辨之弗明弗措也. 有弗行, 行之弗篤弗措也.)”이다.
27) 『孟子』「萬章下」에 나오는 말이다.

도, 또 성인으로 자임한 이윤(伊尹), 맑고 깨끗한 백이(伯夷), 중화로운 유하혜(柳下惠)[28]처럼 생각하지 않고 힘쓰지 않아도 조용히 도에 맞아 가히 성인이라 일컬을 만하다 해도,[29] 맹자께서는 배우고자 하지 않는 바가 있다고 하였습니다. 편협한 유자나 눈먼 학생들이 어찌 그 국량 좁은 행위로써[30] 배울 줄 아는 사인들을 무시할 수 있겠습니까? 반드시 한 뜻으로 실제 학문을 하며 공언을 일삼지 않은 연후라야 그것을 일러 강학하여 깨우친다 말할 수 있을 것입니다. 만약 입과 귀로 하는 학문으로 강학하고 깨우친다면, 이 또한 성인의 무리가 아닐 것입니다.

爲學有講明, 有踐履. 『大學』致知·格物, 『中庸』博學·審問·愼思·明辯, 『孟子』始條理者智之事, 此講明也. 『大學』修身·正心, 『中庸』篤行之, 『孟子』終條理者聖之事, 此踐履也. "物有本末, 事有終始, 知所先後, 則近道矣." "欲修其身者, 先正其心, 欲正其心者, 先誠其意, 欲誠其意者, 先致其知. 致知在格物." 自『大學』言之, 固先乎講明矣. 自『中庸』言之: "學之弗能, 問之弗知, 思之弗得, 辯之弗明, 則亦何所

---

28) 『孟子』「萬章下」에 "백이는 성인 중에 맑고 깨끗한 이요, 이윤은 성인을 자임한 이요, 유하혜는 성인을 중화시킨 이요, 공자는 성인 중에 어느 때나 알맞은 사람이다(伯夷, 聖之淸者也. 伊尹, 聖之任者也. 柳下惠, 聖之和者也. 孔子, 聖之時者也.)"라는 내용이 보인다.

29) 『中庸』 20장에 "성실은 하늘의 도요, 성실히 하려는 것은 사람의 도이니, 성실한 자는 힘쓰지 않고도 도에 맞으며, 생각하지 않고도 조용히 도에 맞으니, 성인인 것이다(誠者, 天之道, 誠之者, 人之道也. 誠者不勉而中, 不思而得, 從容中道, 聖人也.)"라는 내용이 보인다.

30) 『論語』「子路」에 "말을 반드시 미덥게 하고 행실을 반드시 과단성 있게 하는 것은 국량이 좁은 소인이나, 그래도 또한 그 다음이 될 만하다(言必信, 行必果, 硜硜然小人哉, 抑亦可以爲次矣.)"라는 내용이 보인다.

行哉?" 未嘗學問思辯, 而曰吾唯篤行之而已, 是冥行者也. 自『孟子』言之, 則事蓋未有無始而有終者. 講明之未至, 而徒恃其能力行, 是猶射者不習於敎法之巧, 而徒恃其有力, 謂吾能至於百步之外, 而不計其未嘗中也. 故曰: "其至爾力也, 其中非爾力也." 講明有所未至, 則雖材質之卓異, 踐行之純篤, 如伊尹之任, 伯夷之淸, 柳下惠之和, 不思不勉, 從容而然, 可以謂之聖矣, 而孟子顧有所不願學. 拘儒瞀生又安可以其硜硜之必爲, 而傲知學之士哉? 然必一意實學, 不事空言, 然後可以謂之講明. 若謂口耳之學爲講明, 則又非聖人之徒矣.

세 번째 편지
三

이달 10일에 보내온 편지를 받아 보고서야 아우님으로 인한 슬픔을 겪으셨음을 알았습니다. 편지를 어루만지며 놀라 탄식하면서, 그 아파오는 심정을 막을 길이 없었습니다. 예전에 이곳에서 아우님을 만난 적이 있었는데, 기질이 순하고 아름다우며 뜻한 바가 전일하고 돈독하였습니다. 또한 듣고 말하는 중에 막히고 답답한 구석이 없기에 매우 기쁘고 흐뭇했습니다. 그런데 갑자기 이런 병이 걸려 끝내 이 세상을 버리고 말았다니, 슬픕니다! 그대 형제처럼 우의가 돈독했던 사이라면 실로 견디기 어렵겠지요. 하지만 천명이 이와 같은 것을 어찌합니까! 하물며 옆에서 부모님을 모셔야 하니, 마음 너그러이 잡수시고 부모님의 마음을 편히 해드리는 것이 도리일 것입니다.

추시에서 좋은 결과를 얻지 못하셨으나 난초와 국화는 피어날 때가 따로 있습니다. 그대와 같은 인재에게 있어 한번 급제쯤은 말할 필요도 없으니, 이런 일은 특히나 마음에 두기에 부족합니다. 학력이란 것이 이런 것을 따지는 것이 아니겠지만, [그대에게 있어 급제란 봄날 얼음 깨지듯 쉬울 일일 따름이지요. "장마철이 시작되기 전에, 재빨리 뽕나무 뿌리를 물어다가 출입구에 얽어두었더라면, 지금 너같은 낮은 백성이 감히 나를 업신여기겠는가?"[31] "일을 미리 준비하면 이루어지고, 미리 준비하지 않으면 패한다."[32] 이 때문에 『상서』

31) 『詩經』「豳風·鴟鴞」에 나오는 구절이다.

에서 "아직 어지러워지기 전에 다스리고, 아직 위태로워지기 전에 나라를 보호하라."33)고 했던 것입니다. 이 때문에 옛 사람들이 "황망한 중에도 반드시 인(仁)에 있고 넘어지는 중에도 반드시 인에 있어",34) "사보(師保)가 없어도 부모님이 임하신 듯 공경하며",35) "전전긍긍, 마치 깊은 못에 임한 듯, 얇은 얼음을 밟는 듯"36) 하였던 것입니다. 만약 평소에 한번이라도 느슨해지거나 한번이라도 한 군데 지체하는 바가 생기면 정신이 그 즉시 날아가 버리고 일[事]과 물[物]이 나를 찾아오나니, 곤경에 처해 실패하는 우환이 뒤따르는 것도 당연합니다. 그렇기는 하지만 이때에 만약 깊이 성찰하고 통렬히 채찍질한다면 무슨 곤경이랄 게 있겠습니까? 부자께서는 "인이 멀리 있는가? 내가 인하고자 하면 곧 인에 이른다."37)고 하셨습니다. 또 "인을 행하는 것이 나로 말미암는 것이지 남으로 말미암는 것이겠는가?"38)라고도 하셨습니다. 맹자께서는 "다만 사람들이 그것을 찾지 않는 것이 병폐일 따름이다."39)라고 하셨고, "또한 해볼 따름이다."40)라고 하셨습니다.

---

32) 『중용』 20장에 나온다.
33) 『尙書』「周官」에 나오는 말이다. 글자에 약간의 출입이 있다. 『상서』 원문에는 "아직 어지러워지기 전에 질서를 유지하고, 아직 위태로워지기 전에 나라를 보호한다(制治于未亂, 保邦于未危.)"라고 되어 있다.
34) 『論語』「里仁」에 "군자가 仁道를 버린다면 어찌 제 이름을 이루겠는가? 군자는 밥 먹는 새라도 인도를 어기지 말아야 하고 황망한 중에도 반드시 인에 있어야 하고, 넘어지는 중에도 반드시 인에 있어야 한다.(君子去仁, 惡乎成名? 君子無終食之間違仁, 造次必於是, 顚沛必於是.)"라는 말이 나온다.
35) 『周易』「繫辭上」에 나오는 말이다. 師保는 임금이나 태자의 스승을 뜻한다.
36) 『詩經』「小雅·小旻」에 나오는 구절이다.
37) 『論語』「述而」에 나오는 말이다.
38) 『論語』「顔淵」에 나오는 말이다.
39) 『孟子』「告子下」에 나오는 말이다. "대저 도란 큰 길과 같으니, 어찌 알기 어렵겠는가? 다만 사람들이 그것을 찾지 않는 것이 병폐일 따름이다(夫道, 若大路

만약 이런 것에 힘을 쏟아 보았지만 성현의 말씀과 부절처럼 일치하지 않는다면, 평상시에 한 말은 모두 망언이요, 평상시에 지녔던 뜻은 모두 망의(妄意)였던 것입니다. 정말로 이러하다면, 스스로를 속이지 말고 힘껏 성찰해야 합니다. 억지로 끌어다 붙이지 않고서도 성현께서 내 마음에 똑같이 지니고 있는 것을 먼저 얻었다는 사실을 성대히 믿을 수 있게 된 연후라야 괜찮을 것입니다.

奉此月十日書, 方知有叔氏之戚, 撫紙驚嘆, 怛焉痛心, 不能已已. 向見此令弟, 氣質淳美, 志向專篤, 聽言之次, 殊無凝滯, 深用慰喜! 胡爲遽有斯疾, 竟棄斯世, 哀哉! 有如賢伯仲情義之篤, 信不易堪也. 天命旣如此, 亦無可奈何! 況在慶侍之側, 只得寬釋以安庭闈之心, 此卽理也.

秋試失利, 亦蘭菊有時耳. 詠道之才, 一第豈足爲道, 此尤不足置懷. 學力不究此等, 眞正畫春冰耳. "迨天之未陰雨, 徹彼桑土, 綢繆牖戶, 今此下民, 或敢侮予?" "事豫則立, 不豫則廢." 故『書』曰: "致治于未亂, 保邦于未危." 古人所以造次必於是, 顚沛必於是, 無有師保, 如臨父母, 戰戰兢兢, 如臨深淵, 如履薄冰. 若平居一有緩懈, 一有凝滯, 則精神立見凌奪, 事至物來, 固宜有困敗之憂. 雖然, 到此若能深省痛鞭, 何困之有? 夫子曰: "仁遠乎哉? 我欲仁, 斯仁至矣." 又曰: "爲仁由己, 而由人乎哉?" 孟子曰: "人病不求耳." 又曰: "亦爲之而已矣." 於此用

然, 豈難知哉? 人病不求耳.)"

40) 『孟子』「告子下」에 나오는 말이다. "'제가 듣건대 문왕은 키가 10척이고 탕왕은 9척이라 하였습니다. 저는 키가 9척4촌이나 되는데 밥만 축내고 있으니, 어찌하면 되겠습니까?' 맹자가 말했다. '그런 것이 무슨 상관이겠소. 또한 해볼 따름이지요'('交聞文王十尺, 湯九尺, 今交九尺四寸以長, 食粟而已, 如何則可?' 曰, '奚有於是? 亦爲之而已矣'.)"

力, 而又不能使聖賢之言如符契, 則是平日之言皆妄言, 平日之意皆妄意矣. 果如是, 故不可自欺, 却當力加省察, 必使不待傅會, 而沛然有以信聖賢爲先得我心之所同然, 而後可也.

네 번째 편지
···········
四

　우주를 가득 채우고 있는 것은 이치[理] 하나뿐입니다. 학자들이 학문을 하는 이유도 바로 이 이치를 밝히기 위해서입니다. 이치의 광대함에 어찌 한량이 있겠습니까? 정명도(程明道)가 이른바 "천지에 한하는 바가 있은즉 천지보다 큰 것이 있다."[41]라고 한 것도 바로 이 이치를 두고 한 말입니다.

　[天·地·人] 삼극(三極) 모두 이 이치를 공유하고 있는데, 그 중 하늘이 가장 높습니다. 때문에 "오직 하늘만이 큰데, 오직 요임금만이 하늘을 본받았도다."[42]라고 말한 것입니다. 오전(五典)은 하늘의 순서이고, 오례(五禮)는 하늘의 질서이며, 오복(五服)으로 밝히는 것은 곧 하늘의 명이고, 오형(五刑)으로 집행하는 것은 곧 하늘의 형벌입니다.[43] 오늘날 학자들이 능히 마음을 다하고 본성을 다할 수 있다면

---

41) 『中庸』 12장의 "천지가 아무리 커도 사람들에게는 여전히 한하는 바가 있다(天地之大也, 人猶有所憾.)"에 대한 설명이다.
42) 『孟子』 「滕文公上」에 나오는 말로 공자의 말을 인용한 것이다.
43) 『尙書』 「皋陶謨」에 "하늘의 질서에 법이 있으니, 五典을 바로잡아 다섯 가지로 도탑게 하십시오. 하늘의 등급에 예가 있으니, 우리 五禮로부터 하여 다섯 가지를 떳떳하게 하십시오. 군신이 공경을 함께하고 공손함을 합하여 和와 衷에 이르게 하십시오. 하늘이 덕 있는 자에게 명하시거든 五服으로 다섯 등급을 밝히십시오. 하늘이 죄지은 자를 벌하시거든 五刑을 다섯 등급으로 써서 징계하십시오(天敍有典, 勅我五典五惇哉. 天秩有禮, 自我五禮有庸哉. 同寅協恭, 和衷哉. 天命有德, 五服五章哉. 天討有罪, 五刑五用哉.)"라는 내용이 보인다. 五典은 五常과 같다. 즉 父義, 母慈, 兄友, 弟恭, 子孝 다섯 가지 윤리이

이는 곧 하늘을 아는 것[知天]이요, 마음을 간직하고 본성을 기를 수 있다면 이는 곧 하늘을 섬기는 것[事天]입니다. 사람은 하늘이 낸 것이며 본성은 하늘이 명한 것입니다. 이치로부터 말한다면 '천지보다 크다'고 해도 괜찮을 것이지만, 사람[人]으로부터 말한다면 어떻게 천지보다 더 크다고 할 수 있겠습니까?

「건곤(乾坤)」은 하나의 이치입니다. 공자께서는 「건(乾)」에 대해 "크도다, 「건」의 원(元)이여."[44]라고 하였고, 「곤(坤)」에 대해 "지극하도다, 「곤」의 원이여."[45]라고 하였습니다. 요순(堯舜)은 하나의 이치입니다. 공자께서는 요임금에 대해 "크도다, 요의 임금 되심이여."라고 하였고, 순임금에 대해 "임금답도다, 순이여."[46]라고 하였습니다. 이는 곧 존비(尊卑)에 관한 자연의 질서로서, 자식이 아비의 자리에 함께 앉을 수 없고, 아우가 형보다 앞서 걸을 수 없는 것과 마찬가

다. 『尙書』「舜典」에 "신중히 오전을 찬미하여 삼가 따르도록 하다(愼徽五典, 五典克從.)"라는 말이 나온다. 五禮란 嘉禮 · 吉禮 · 凶禮 · 軍禮 · 賓禮를 말한다. 五服은 孔穎達의 『傳』에 따르면 "천자와 제후와 경과 대부와 사의 의복(天子 · 諸侯 · 卿 · 大夫 · 士之服也)"이다. 五刑은 墨 · 劓 · 剕 · 宮 · 大辟을 말한다.

44) 『周易』「乾卦」의 「象辭」에 나오는 말이다. "크도다, 乾의 元이여! 만물이 여기에서 비롯되나니, 이에 하늘의 모든 것을 다스리는도다(大哉乾元. 萬物資始, 乃統天.)"

45) 『周易』「坤卦」의 「象辭」에 나오는 말이다. "지극하도다, 坤의 元이여! 만물이 여기에서 비롯되나니, 이에 순순히 하늘을 받드는도다(至哉, 坤元, 萬物資生, 乃順承天.)"

46) 『孟子』「滕文公上」에서 공자의 말을 인용한 부분이다. "크도다, 요의 임금 되심이여! 오직 하늘만이 큰데 오직 요만이 본받았도다. 한없이 드넓어 백성이 무어라 이름 짓지 못하였도다. 임금답도다, 순이여! 덕이 높아서 천하를 가지고도 거기엔 아무런 생각이 없었도다(大哉, 堯之爲君! 惟天爲大, 惟堯則之, 蕩蕩乎民無能名焉! 君哉舜也! 巍巍乎有天下而不與焉.)"

지인지라, 사람이 사사로운 생각으로 안배하거나 지어낼 수 없습니다.

塞宇宙一理耳, 學者之所以學, 欲明此理耳. 此理之大, 豈有限量?
程明道所謂有憾於天地, 則大於天地者矣, 謂此理也.

三極皆同此理, 而天爲尊. 故曰: "惟天爲大, 惟堯則之." 五典乃天叙,
五禮乃天秩, 五服所彰乃天命, 五刑所用乃天討. 今學者能盡心知性,
則是知天, 存心養性, 則是事天. 人乃天之所生, 性乃天之所命. 自理
而言, 而曰大於天地, 猶之可也. 自人而言, 則豈可言大於天地?

「乾坤」, 同一理也. 孔子於「乾」曰: "大哉「乾」元." 於「坤」則曰: "至
哉「坤」元." 堯舜, 同一理也, 孔子於堯曰: "大哉, 堯之爲君." 於舜則曰:
"君哉舜也." 此乃尊卑自然之序, 如子不可同父之席, 弟不可先兄而行,
非人私意可差排杜撰也.

진정기에게 보내는 편지

與陳正己

새해에 답장을 받아보고 몸이 아직 완쾌되지 않았음을 알게 되었습니다. 요즘 몸조리는 어찌 하고 계신지요? 회복은 되셨는지요?

그대에게는 몸의 병뿐 아니라 마음의 병까지 있습니다. 그대 몸의 병은 마음의 병으로 인해 더욱 위중해진 것입니다. 그대가 근자에 배우는 바가 예전과 다르다고 이야기한 바 있지만, 이는 그저 요(遼) 땅을 떠나 계(薊) 땅으로 들어가는 것47)이나 다르지 않습니다. 예전에 도성에 있을 적에 그대의 걸음걸이와 외관을 보니 마치 무언가를 잊은 듯 무언가를 빼먹을 듯하였고, 밤에 잘 때는 잠꼬대를 많이 하였으며, 사지를 굽히고 펴는 것이 정상적이지 못하였습니다. 이 모두가 재기(才氣)만 앞세우고 학문의 법도를 잃었기 때문이니, 열심히 경영하고 힘쓰던 그 모든 것들이 그저 그 마음을 병들게 하기에 딱 좋았을 뿐입니다. 옛날의 학자들은 [배움으로써] 마음을 길렀으나 오늘날의 학자들은 [배움으로써] 마음을 병들게 합니다. 옛날의 학자들은 [배움으로써] 일을 이루었지만 오늘날의 학자들은 [배움으로써] 일을 그르칩니다. 그대는 늘 "일 바깥에 도란 없고, 도 바깥에 일이란 없다."고 말했는데, 오늘날 그대의 지혜와 사려를 살펴보면 이 말의 뜻을 아는 것 같지 않습니다. 그저 이 말을 익히 듣고서 개인적 의견을 갖다 붙였을 뿐입니다. 이와 같이 책을 읽다가는 거의 방게를 먹는

---

47) 서로 근접해 있는 땅(것)을 의미한다. 즉 거기가 거기라는 뜻이다.

지경에 이를 것입니다.[48] 옛날 사람이 한 말과 행동은 널리 알아야
하며, 고금의 흥망과 치란, 시비와 득실 또한 광범위하게 읽고 상세히
탐구해야 합니다. 그러나 마음이 병들어 있다면, 이런 것에 힘을 쏟
는다 해도 귀머거리가 종소리 북소리를 상상하고, 장님이 해와 달을
관측하는 것보다 더 터무니없을 터, 결국엔 기력만 소비하고 본심을
잃게 되어 그저 무익할 뿐만 아니라 잃는 바가 실로 많을 것입니다.
방관(房琯)이 전차(戰車)를 만들어 싸운 것이나[49] 형공(荊公)이 균수
법(均輸法)[50]을 추진한 것처럼, 훗날 인사를 그르친 일들이야 어찌
이루 다 열거할 수 있겠습니까? 일전에 소일거리 삼아서라고 말하던
데, 소일거리가 무슨 보탬이 됩니까?

　　그대는 대장부이니, 대장부의 일을 가지고 한번 책망해보겠습니다.

---

48) 『世說新語』「紕漏」에 나오는 蔡謨에 관한 고사로, 책을 제대로 읽지 않아 위험
　　에 처할뻔 한 일을 기록하고 있다. "채사도(채모)가 강을 건너 남쪽으로 왔을
　　때 방게를 보고는 크게 기뻐하며 말했다. '이 게는 다리가 여덟에 집게발이 두
　　개 더 있구나.' 삶게 하여 먹었으나 결국 위로 토하고 아래도 설사하고 쓰러져버
　　렸다. 후에 사인조에게 이 이야기를 했더니 사인조가 말했다. '그대는 『이아』를
　　제대로 읽지 않아 하마터면 「권학」에 의해 죽을 뻔하였구려'(蔡司徒渡江, 見彭
　　蜞, 大喜曰, '蟹有八足, 加以二螯.' 令烹之, 旣食, 吐下委頓, 方知非蟹. 後向
　　謝仁祖說此事, 謝曰, '卿讀『爾雅』不熟, 幾爲『勸學』死.)" 『爾雅』에 "작은 게
　　를 蟧라 하는데, 이것이 곧 방게이며 게와 비슷하나 작다(蟛蜞小者勞(蟧), 卽
　　彭蜞也, 似蟹而小.)"는 내용이 보이며, 『荀子』「勸學」에는 "게는 발이 여섯에
　　집게발이 두 개다(蟹六跪而二螯.)"는 내용이 보인다.
49) 당나라 때 安史의 난이 터졌을 때, 재상이었던 房琯은 古制에 따라 戰車를
　　만들어 반란군과 싸웠으나 결과 대패하고 말았다. 이에 옛 것만 맹종하며 변화
　　시킬 줄을 모른다(食古不化), 시무를 알지 못한다(不識時務)는 여론의 뭇매를
　　맞았다.
50) 荊公은 북송 王安石을 가리킨다. 왕안석은 신법을 단행하며 均輸法과 保甲法
　　등을 추진한 바 있다.

그대의 허물은 한 가지 사항 한 가지 일에 해당하는 작은 허물이 아니라 평상시 마음을 해치는 큰 허물입니다. 천지가 닫히고 일월이 잠식당하는데 그밖에 또 무슨 말을 하겠습니까? 그대는 본성이 효성스럽고 공경스러운데도 오직 이 한 가지 허물 때문에 모든 것이 옮겨가고 뒤바뀌어 더 이상 순진함이 남아 있지 않습니다. 이것이 바로 동중서(董仲舒)가 말한 "선(善)으로 여겨 행하였으나 그 뜻을 알지 못한다."[51]는 것입니다. 급히 이런 점을 버리고 용감하게 고쳐서 다시는 옛날 생각과 구습에 연연해하며 얼씬거리지 않는다면, 본심의 선은 비로소 밝히 드러날 것입니다. 애써가며 경영하던 사심도, 근심스런 생각과 억울한 마음도 얼음 녹듯 날이 개듯 다 사라질 것입니다. 인삼이나 복령 등 약초를 드시고 혈기를 보하십시오. 체력이 강건해진 뒤에 고인이 남긴 말과 행동을 널리 보시고, 고금의 흥망과 치란, 시비와 득실을 상세히 탐구하십시오. 진실로 해이해지거나 나태해지지 않을 수만 있다면 차츰 차츰 발전하게 될 터이니, 잘못된 것을 보며 거꾸로 치닫는 지경에는 이르지 않을 것입니다.

며칠 후 동쪽으로 올라가게 되었기에 보잘 것 없는 견해나마 이렇게 펼치었습니다. 성실히 절차탁마하실 것과 마음을 길러 성취의 징험을 드러내는 것, 이것이 제가 그대에게 바라는 바입니다!

開歲得報書, 切承體中尙未脫然, 比日不審調護如何? 亦已平復否?
　　足下不獨體病, 亦有心病. 足下之體病, 亦心病有以重之. 足下近日謂所學與曩者異, 直去遼入薊耳. 向在都下, 見足下行步瞻視, 若忘若遺, 夜臥多寐語, 肢體屈伸不常, 皆由足下才氣邁往而學失其道, 凡所

51) 이 말은 司馬遷의 『史記』 권130 「太史公自序」에 나온다.

經營馳騖者, 皆適以病其心耳. 古之學者以養心, 今之學者以病心. 古之學者以成事, 今之學者以敗事. 足下嘗言: "事外無道, 道外無事." 足下今日智慮, 非知此者, 特習聞其說, 附會其私意耳. 如此讀書, 殆將食蟛蜞矣. 前言往行所當博識, 古今興亡治亂, 是非得失, 亦所當廣覽而詳究之. 顧其心苟病, 則於此等事業, 奚啻聾者之想鍾鼓, 盲者之測日月, 耗氣勞體, 喪其本心, 非徒無益, 所傷實多. 他日敗人事, 如房琯之車戰, 荊公之均輸者, 可勝旣乎? 向言排遣, 排遣亦安能有濟?

足下固大丈夫, 今責足下以大丈夫事. 足下之過, 非一節一事之小過, 乃平日害心之大過. 天地之閉, 日月之蝕, 其他尙復何言? 足下性本孝弟, 惟病此過, 故遷徙展轉, 所存無復眞純. 此董生所謂以善爲之, 而不知其義者也. 能頓棄勇改, 無復回翔戀戀於故意舊習, 則本心之善乃始著明. 營營馳騖之私, 憂思抑鬱之意, 當冰釋霧晴矣. 幸進參苓等藥, 補助氣血, 俟體力强健, 乃博觀前言往行, 詳考古今興亡治亂, 是非得失, 苟不懈怠, 自當循循以進, 不至左見背馳矣.

某後日卽東上, 輒布此少見. 切磋之誠, 養心成事之效, 是所望於足下!

두 번째 편지

二

　근자에 들으니 유순수(劉淳叟)와 소산사(疏山寺: 江西省 金溪에
있음)에 다녀오셨다던데, 몹시 즐거우셨겠습니다. 예전에는 두 분이
서로 화목하지 못해 탈이었는데, 최근 들어서는 도(道)가 같아지고
뜻도 잘 맞아 서로에게 도움이 되어주고 있군요. [벗과의 사귐에 있
어] 처음엔 반짝하다 끝내 갈라지고 마는 잘못은[52] 옛날의 현자들도
간혹 저지르곤 했으니, 지금 두 분은 이런 사람들보다 한 등급 높은
셈입니다. 비록 유자들이 불자(佛者) 내치기를 좋아하여 그들과 절교
하며 이야기 섞지 않지만, 이 또한 다 옳은 행동은 아닙니다. 가령

---

52) 『後漢書』 권27 「王丹傳」에 "사귐의 도의 어려움은 쉬이 말할 수 없다. 세상에
　　서는 管仲과 鮑叔을 칭송하고, 그 다음으로 王吉과 貢禹를 칭송한다. 하지만
　　張耳와 陳餘는 그 끝이 흉했고, 蕭育과 朱博도 마지막에는 틈이 갈라졌으니,
　　교우를 온전히 지킨 자가 드묾을 알만하다(交道之難.未易言也. 世稱管鮑. 次
　　則王貢. 張陳凶其終, 蕭朱隙其末, 故知全之者鮮矣.)"는 내용이 보인다. 이
　　고사에서 유래하여 '隙末'은 우정을 끝까지 지키지 못한 것을 가리키는 말로
　　사용되었다. 宋나라 歐陽澈은 「游春八詠」 제3수에서 「嬌鶯喚友」에 "엷은 연
　　기 낀 꽃나무, 그 위에 노란 꾀꼬리가 목청을 가다듬네. 부드러운 정으로 벗을
　　부르는 소리 분명한데, 동풍을 맞으며 춤이라도 추는 듯하구나. 아! 저 새는
　　영령한 존재도 아니거늘, 벗 찾느라 꾀꼴꾀꼴 울 줄도 아네. 처음에만 반짝이다
　　끝엔 갈라서고 마는 경박한 자들이여, 귀 씻고 저 새소리 한번 들어본들 어떠하
　　리(輕烟漠漠籠芳樹, 上有黃鸝調巧語. 分明喚友度柔情, 似對東風欲掀舞.
　　嗟哉彼鳥非英靈, 猶能求友鳴嚶嚶. 光初隙末輕薄子, 洗耳何妨聽此聲.)"라
　　고 읊은 바 있다.

그들이 하는 이야기가 삿되고 망령된 것이라면, 그 밑바닥까지 환히 살필 줄 알고 그들의 눈이 무엇에 가려져 있는지 알고 난 연후라야 그들을 끊어낼 수 있습니다. 지금 그들이 하는 이야기의 끝이 어딘지 전혀 알지 못하면서 그저 명분만 가지고 내친다면, 결코 훌륭한 유자가 되지 못할뿐더러, 어지러이 불문을 기웃거리며 가련함을 구걸하는 자들과 비교하여서도 그 우열이 과연 어떠할지 모르겠습니다. 비록 그렇긴 하지만, 진실로 그 도(道)에 커다란 진전이 있어서 어두운 세계에서 빠져나올 수만 있다면, 보통 사람으로서 얻는 사적인 이익은 적지 않을 것입니다. 다만 어두운 세계라는 곳이 빠져나오기가 쉽지 않아 걱정이지요. 유순수나 그대 같은 사람이라면, 혹여 승려들이 포섭하고 유인하여 저들 법문의 바깥 보호벽으로 삼으려 들지나 않을지 걱정일 뿐입니다. 착실히 이해시킨다면 저들이라 하여도 반드시 그 잘못을 모르지는 않을 터, [이것이 바로 제개 두 분께 감히 바라는 바입니다. 그대와 함께 지내온 지 오래인지라 감히 직언을 고하지 않을 수 없습니다.

近聞與淳叟同爲疏山之行, 想甚得意. 二公前日頗有不相能之病, 比來道同志合, 相與羽翼. 光初隙末, 昔賢猶或蹈之, 今二公亦加於人一等矣. 雖儒者好關釋氏, 絶不與交談, 亦未爲全是. 假令其說邪妄, 亦必能洞照底蘊, 知其所蔽, 然後可得而絶之. 今於其說漫不知其涯涘, 而徒以名斥之, 固未爲儒者之善, 第不知其視棲棲乞憐於其門者其優劣又何如耶? 雖然, 誠使能大進其道, 出得陰界, 猶爲常人之私利不細, 政恐陰界亦未易出耳. 如淳叟‧正已輩, 恐時僧牢籠誘掖, 來作渠法門外護耳. 若着實理會, 雖渠亦未必不知其非, 所敢望於公等也. 與正已相處之久, 不敢不直言.

장성자에게 보내는 편지
與張誠子

    태지(泰之)가 가져다준 그대의 편지를 읽고서 책도 검도 모두 물 건너가고[53] 선암(仙巖) 아래서 머뭇거리며 더 이상 나아가고 있지 못하고 있다는 사실을 알았습니다. 그대에게 실망했습니다. 듣자니 그토록 급히 과거 공부도 그만 두었다고 하던데, 꼭 그럴 필요는 없을 것 같습니다. 그저 여유롭게 나아가시면 언젠간 이를 때가 있을 테니까요. 그대 고향에서 온 벗이 절대 광록훈(光祿勳)이 될 수 없다고 하는 이유는 무엇입니까? 제가 늘 말하였지요. 시비의 판단은 밝음[明]에 의거해야지 어두움[暗]에 의거해서는 안 되며, 숫자의 많고 적음으로 판단해서는 안 된다고 말입니다. 부자께서는 이리저리 바삐 다니며 어찌할 바를 모른다[54]는 의심을 받았고, 마을의 근엄한 체하는 위군자[鄕原]는 어디를 가건 위군자가 아닌 적이 없으며,[55] 양주(楊朱)와 묵적(墨翟)의 말은 천하에 넘쳤습니다. 진실로 내면을 살피어 허물이 없고 뜻한 바에 악이 없다면, 어찌 꼭 마을 사람 모두를

---

53) '已東'은 '水已東流去'의 줄임말로 더 이상 남아 있지 않음을 뜻한다.
54) 『論語』「憲問」에 "미생무가 공자에게 '구는 어찌하여 이리저리 바삐 돌아다니는가? 말재간을 피우기 위해서인가?'라고 묻자 공자께서 답했다. '저는 감히 말재간을 피우는 것이 아니라 고집피우는 것을 싫어해서입니다.'(微生畝謂孔子曰, '丘何爲是栖栖者與? 無乃爲佞乎?' 孔子曰, '非敢爲佞也, 疾固也.')"라는 말이 나온다.
55) 『論語』「陽貨」에 "마을에서 근엄한 체 하는 자는 덕을 해치는 도적이다(鄕原, 德之賊也.)"라는 말이 나온다.

위군자라고 칭할 수 있겠습니까? 그대의 편협한 기질 및 말과 행동의 허물은 대부분 너무 절박하고 편급한 데서 생겨납니다. 이런 방식으로 학문을 한다면 어찌 능히 켜켜이 쌓인 사심을 허물어 평평 대로로 만들 수 있겠습니까? 성급하고 쉬이 화내는 밑바탕이 잠재적인 화근이 된다면, 아무리 채찍질을 가하며 면려한다 해도 우주의 중화(中和)를 더욱 상하게 할 뿐입니다.

泰之出所惠字, 知書劍已東, 躊躇仙巖之下而不得進, 亦爲子不滿. 傳聞鑅院如許之巫, 殆未必然, 第從容以進, 當無不及也. 友朋自仙鄕來者, 斷斷不可光祿勳何耶? 吾嘗謂是非之決, 于其明, 不于其暗, 衆寡非所決也. 夫子有栖栖俍俍之疑, 而鄕原無所往而不爲原人, 楊朱·墨翟之言, 至盈天下. 誠內省不疚, 無惡於志, 則亦何必鄕人皆稱原人也? 然誠子氣質之偏, 云爲之過, 多在於迫切糾急. 以此爲學, 安能壞積私之植, 以底蕩蕩平平之? 地狷忿潛爲厲階, 雖加鞭勉, 益傷宇宙之和矣.

장보지에게 보내는 편지
與張輔之

이 이치[理]는 우주를 가득 채우고 있어서 옛날의 성현들은 늘 눈앞에 두고 목격하였는데, 이는 일찍이 사사로운 지혜를 쓰지 않았기 때문이다. "알지 못하고 깨닫지 못하더라도 하늘의 법을 따르라."[56] 이 이치에 어찌 앎과 깨달음이 끼어들 수 있겠느냐? "내가 아는 것이 있는가?"[57] 이 이치에 어찌 앎이 끼어들 수 있겠느냐?

내가 이 글을 쓰는 까닭은 감히 그대에게 보내고자 함이 아니라 이로써 내 스스로를 경계하고자 함이다.

此理塞宇宙, 古先聖賢常在目前, 蓋他不曾用私智. "不識不知, 順帝之則." 此理豈容識知哉? "吾有知乎哉?" 此理豈容有知哉? 吾書此, 非敢以贈輔之, 亦聊以自警耳.

---

56) 『詩經』「大雅·文王之什」에 "상제께서 문왕에게 이르기를, 나 밝은 덕을 좋아한다. 소리치고 얼굴색 달리하지 말라. 회초리와 채찍을 늘리지 말라. 알지 못하고 깨닫지 못하더라도 하늘의 법을 따르라라(帝謂文王, 予懷明德, 不大聲以色, 不長夏以革. 不識不知, 順帝之則.)"라는 구절이 나온다.

57) 『論語』「子罕」에 "공자께서 말씀하시기를, 내가 아는 것이 있는가? 나는 아는 것이 없다(子曰, 吾有知乎哉? 無知也.)"라는 구절이 나온다.

요수옹에게 보내는 편지
與饒壽翁

이 마음이 그 바름을 얻지 못했다고 한다면, 생각건대 [바름이 무엇인지] 모를 뿐이지 알면 이에 바르게 될 것입니다. 인(仁)을 행한다는 것은 스스로 말미암는 것일 뿐, 어찌 남으로 인해 말미암는 것이겠습니까? 만물에는 본말이 있고 만사에는 시종(始終)이 있습니다. 먼저 할 것과 나중 할 것을 안다면, 이에 도(道)에 가까워질 것입니다. 이 마음이 진실로 그 바름을 얻을 수 있다면, 이에 그것을 알게 될 것입니다.

"사람에게 있는 것 가운데 눈동자보다 더 선한 것은 없나니, 눈동자는 사람의 악을 덮지 못한다. 흉중이 바르면 눈동자가 맑고, 흉중이 바르지 못하면 눈동자가 흐리다."[58] 이른바 '바르지 않다'란 꼭 삿되고 치우친 생각이 있어야만 그리되는 것은 아닙니다. 얽매이고 가리어져 나로 하여금 스스로 밝아지고 스스로 도달할 수 없게 만드는 모든 것이 다 바름을 얻지 못한 것들입니다.

근래에 조카들이 수옹의 모습을 보고 와서는 세속에 젖어 어둡고 나약해졌다면서 탄식하였습니다. 이것이 바로 마음이 바름을 얻지 못하였다는 명백한 증거입니다. 깊이 성찰하시고 통렬히 채찍질하시어 머뭇거리다 스스로 매몰되는 지경에 이르지 않도록 하십시오.

---

58) 『孟子』「離婁上」에 나오는 말이다.

是心有不得其正, 想不知耳, 知之斯正矣. 爲仁由己而由人乎哉? 物有本末, 事有終始, 知所先後, 則近道矣. 是心誠得其正, 斯知之矣.

"存乎人者, 莫良於眸子. 眸子不能掩其惡. 胸中正則眸子瞭焉, 胸中不正則眸子眊焉." 所謂不正者, 不必有邪僻之念, 凡有係累蒙蔽, 使吾不能自昭自達자, 皆不得其正也. 比來諸姪見壽翁狀貌, 深歎其塵俗昏弱, 是乃心有不得其正之明驗也. 宜深省痛鞭, 無遲回以自取湮沒.

두 번째 편지
二

    뜻을 방자히 하고 탐욕을 마음껏 부리는 부류는 혈기 왕성하고 정력이 한창일 때면 음탕하고 추악한 무리들과 떼를 지어 시시덕대며 세력을 형성합니다. 한창 득의하여 신이 날 때면 눈에서 빛이 나고 근력이 갈수록 세지며, 걸음걸이며 행동거지며 하나같이 날렵합니다. 이럴 때에 그들을 본다면, [소인들의] 눈동자가 흐릿하다는 말을 어찌 확인해볼 수 있겠습니까? 그러나 그들이 군자를 만나 바른 말을 듣고, 바른 일을 보고, 음탕한 벗들의 도움도 받지 못하고, 바른 사람들 사이에서 고립된 채 정신도 날아가고, 기운도 빼앗기고, 감정도 막히고, 위세도 부릴 수 없는 상황이 되면, 눈동자가 흐릿하다는 말이 무엇인지 혹 확인해볼 수도 있을 것입니다. 저 한갓 말만 일삼으며 스스로 밝아지지도, 스스로 도달하지도 못하는 자들이 만약 무언가에 억눌리고, 무언가에 눈이 가리고, 무언가에 꽉 막히게 되면, 나자빠진 채 스스로 일어서지 못하고, 어둡고 나약해진 채 스스로 떨쳐 일어나지 못하고, 깊이 빠진 채 스스로 빠져나오지 못하고, 괴롭고 고달픈 채 스스로 버티지 못하고, 의혹을 품은 채 스스로 해결하지 못하는 지경에 이르게 될 터이니, 이것이 바로 눈동자가 흐릿하다는 말의 명백한 징험입니다. 이는 본디 밝고 깨끗한 이 마음이 매몰되고 깊이 가라앉아 이 지경에까지 이른 것이니, 어찌 심히 가련하지 않겠습니까!

    행하되 거처를 잃지 않고, 거하되 도(道)를 거스르지 않아야 합니다. 그리하면 사업을 경영하고 사람들과 교유하는 동안 변통(變通)이 실로 무궁할 것이나 잠시 동안도 그 자리[位]를 벗어나는 일이 없을 것입니다. 이것이 제가 최근에 터득한 도리이니, 한번 참고해보십시오.

一種恣情縱欲之人, 血氣盛强, 精力贍敏, 淫朋醜徒, 狎比成勢. 其逞志快意之時, 目睛有光, 筋力越勁, 步趨擧動, 莫不便利, 此時視之, 豈有眊然之驗? 及其見君子, 聞正言, 見正事, 無淫朋之助, 而孤立於正人之中, 神褫氣奪, 情有所格, 勢有所禁, 則眊然之說, 時或有證. 若夫徒言之人, 不能自明自達, 有所抑壓, 有所蒙蔽, 有所滯礙, 至於顚躓而不能自起, 昏弱而不能自奮, 沉溺而不能自拔, 困憊而不能自持, 疑惑而不能自解, 此時乃眊然之明驗也. 此心之精明, 堙沒沉淪, 一至於此, 豈不甚可憐哉!

行不失其居, 居不違其道, 是故經綸酬酢, 變通不窮, 無須臾其或離其位也. 此吾新得, 試參之.

세 번째 편지
三

  수옹께서 날마다 구름 낀 산을 마주하고 앉아 경사(經史) 서적을 끌어안고 있을 때, 조물주께서 간간이 은세계를 펼쳐 사방을 비추어 주실 터이니, 흉금이 명쾌해지고 기운이 탁 트여 문장 같은 여사(餘事)마저 산악처럼 우뚝해지고 냇물처럼 불어나는 것이 당연하겠지요. 그런데 어제 자식과 조카들의 처소에서 외람되이 [그대의] 시(詩)와 척독(尺牘)을 읽어보았는데, 비루한 습관과 세속적인 언어가 때로 눈에 거슬리는 것이 저의 기대에 너무나 못 미쳤습니다. 무리를 떠나 외로이 사느라 기강이 느슨해지고 기둥이 휘어져버리자, 시정배들의 행태가 우리 상산(象山) 꼭대기까지 찾아와 다시금 해코지를 한 것입니까? 깊이 성찰하시고 통렬히 채찍질하시어 운대(雲臺)에 수치를 남기는 일이 없도록 하시길 바랍니다.

  壽翁日對雲山, 坐擁書史, 造物者時鋪張瓊瑤以照映, 宜其胸襟明快, 氣宇軒豁, 翰墨餘事, 嶽聳川增耳. 昨於兒姪處, 竊覽詩什簡尺, 鄙習塵言, 時刺人眼, 殊未厭所望. 豈離羣索居, 綱弛棟撓, 市井羣兒之態復得爲祟於吾象山之顚耶? 幸深省痛鞭, 毋貽雲臺羞也.

네 번째 편지

四

    유덕고(劉德固)와 수옹 두 벗이 산에서 함께 지내고 계시다니, 지극한 즐거움을 가히 상상할 수 있습니다. 수옹 그대는 타고난 기질이 아름답긴 하지만 근래 들어 배움의 공력에 발전이 있는지는 모르겠습니다. 이 이치[理]를 철저하게 알지 못하였을 때 외부의 얽매임에 휩싸이게 되면, [상대의] 칼날을 부러뜨리고 적진을 함몰시키는 공은 세우기 어렵거니와, 움츠려들고 나약해지는 모습만 보이게 됩니다. 그렇게 된다면 막연히 헤매면서 구차히 면할 계책만 궁리하는 꼴을 스스로 면할 수 있겠습니까? 이 모두가 그저 지혜가 밝지 못하여 스스로 면려하지 못하기 때문입니다. 덕고는 제법 시비를 명백히 가릴 줄 안다고들 하던데, 저를 위해 판단해주시기 바랍니다.

    德固·壽翁二友居山, 想至可樂也. 壽翁氣質自佳, 而比來學力未知其進. 此理未能昭徹, 外累圍繞, 殊無摧鋒陷陳之功, 而有蓄縮巽懦之態, 昏昏默默, 爲苟免之計, 此亦安能自免哉? 但其智不明, 不能自勉耳. 德固頗聞是非明白, 幸爲我斷之.

다섯 번째 편지
五

산에서 편히 잘 지내고 있다는 편지를 받게 되어 심히 위로가 됩니다! 최근에 지은 시는 특히 훌륭해서 도연명(陶淵明)과 위응물(韋應物)[59]의 기운이 느껴지니, 배움에 발전이 있음을 가히 알 수 있습니다.

보내오신 편지에 적힌 '저찰마려(著察磨礪)' 이 네 글자는 한데 붙여서 사용할 수 없습니다. 만약 '감히 해이해지지 않고 갈고 닦으면 날마다 밝히 드러나는 징험이 있다.'라고 말한다면 그건 괜찮습니다. '저찰(著察)' 두 글자는 효험을 뜻합니다. '찰(察)' 자에는 두 가지 쓰임이 있습니다. 돌아보아 살피다, 살핌을 가하다, 자세히 살피다와 같은 것은 내가 어떤 일이나 이치나 사람이나 외물에 관찰력을 기울이는 것을 말합니다. 그러나 "모친을 효로 섬긴 까닭에 이 일이 땅에 드러났다."[60]라든가, "순임금은 인륜에 밝다."[61]라든가, 『주역』에서

---

59) 陶淵明(365~427)은 이름이 潛으로, 東晉 말부터 南朝의 宋 초기에 걸쳐 생존했던 중국의 대표적인 田園詩派 시인이다. 韋應物(737~786)은 王維와 더불어 당나라 田園詩派를 대표하는 시인이다. 주로 전원풍물을 간결하고 담백한 언어로 묘사하였다.

60) 『孝經大義』「傳十章」에 "옛날의 명왕은 부친을 효로 섬긴 까닭에 이 일이 천하에 빛났고, 모친을 효로 섬긴 까닭에 이 일이 땅에 드러났다(昔者明王, 事父孝, 故事天明, 事母孝, 故事地察.)"라는 말이 나온다.

61) 『孟子』「離婁下」에 "순임금은 모든 사물에 명철하시며 인륜에 밝으시니, 인의를 따라서 행하시는 것이요, 인의를 실행하는 것이 아니다(舜明於庶物, 察於人倫, 由仁義行, 非行仁義也.)"라는 말이 나온다.

말한 "백성의 연고를 안다."[62]라든가, 사서에서 말한 "내 관문의 정사가 모두 드러나다."[63]와 같은 것은 모두 지혜와 식견이 명찰하여 이로부터 도망칠 수 있는 것이 아무 것도 없음을 말하는 것이지, 내가 한 대상에게 관찰력을 기울임을 말하는 것이 아닙니다. 맹자가 "행하면서도 밝히 알지[著] 못하고, 익히면서도 그것을 살피지[察] 못한다."[64]고 한 것이 '저(著)·찰(察)' 두 글자의 출처이니, 그 뜻이 더욱 분명해집니다. 만약 '저(著)' 자와 함께 사용한다면 그것이 효험을 뜻하고 있음이 더욱 분명해집니다. 이러한 점은 글자 사용에 있어서의 흠이라 할 수 있습니다.

덕고에게 따로 편지 보내지 않습니다. 본말과 선후의 순서가 뒤집어지게 해서는 절대 안 됩니다.

得信承居山安適, 甚慰! 近詩尤佳, 眞有陶·韋氣韵, 可見所學之進.

來書'著察磨礪'四字不可連用. 若云磨礪不敢懈, 日有著察之驗則可. 蓋'著察'二字是效驗. '察'字尙有兩用, 如省察·加察·熟察, 則是我致察於事理人物. 若"事母孝故事地察", "舜察於人倫", 『易』言"察於民之故", 史言"其境關之政盡察", 此皆是言其智識之明察, 物無能逃者, 非是言我致察於彼也. 孟子之"行矣而不著焉, 習矣而不察焉", 此乃'著察'字出處, 其義尤分明. 若同著字使, 則其爲效驗明甚, 此用字之疵也.

德固不別紙. 本末先後之序, 切不可使倒置也.

---

62) 『周易』「繫辭上」에 "그러므로 하늘의 도에 밝고 백성의 연고를 안다(是以明於天之道而察於民之故.)"는 말이 나온다.

63) 이 말은 『荀子』「富國」에 나온다. "(국경의) 보초병들이 어지러이 오가며 순찰하여, 경내 관문의 정사를 모두 안다면, 그것은 혼란한 나라이다(其候徼支繚, 其竟關之政盡察, 是亂國已.)"

64) 『孟子』「盡心上」에 나오는 말이다. 다만 원문에 약간의 출입이 있어서 '行矣而不著焉'은 『맹자』에 '行之而不著焉'로 나와 있다.

여섯 번째 편지
六

　사람을 많이 겪을수록 인재 얻기의 어려움을 더욱 알게 됩니다. 조카 번(蕃: 伯蕃)의 경우, 평상시 일가 모두가 그에게 의지해 살았으며 작은 일 큰일을 막론하고 모두 그의 손을 거쳤습니다. 우아하고 고요한 성품에 금(琴)과 서책에도 스스로 조예가 깊었습니다. 요 한 두 달 동안 그가 정리하고 수습한 사무가 지극히 많은데, 간간이 『진서(晉書)』 정선본(精選本) 전질을 빠짐없이 번역하였으니, 그 우월한 재주와 능력은 실로 당해낼 자가 없었습니다. 시문(詩文)의 창작도 범범한 무리들이 이를 수 있는 경지가 아닌데, 그저 깊이 음미하고 온축해 놓기만 할 뿐, 가벼이 드러내고자 하지 않았습니다. 이치와 도리에도 정통하였으니, 윗사람 모시고 아랫사람 부리며, 일을 처리하고 외물을 다스린 그 모든 일이 증거라 할 수 있습니다. 그럼에도 스스로 만족하지 못하면서, 마치 활쏘기에 뜻을 둔 자가 적중시키지 못하면 멈추지 않는 것처럼 [부단히 노력]하였습니다. 이 모든 것은 스스로 감당할 능력이 있어서이지 혹여 누가 시켜 그렇게 된 것이 아니었습니다. 이처럼 지극히도 쉬이 얻을 수 없는 인재이거늘, 하늘이 어찌 그리도 황급히 빼앗아갔단 말입니까? 가슴 아프고 한스럽습니다! 향당과 이웃들도 모두 상심하여 애달파하고 있으니, 우리 수옹이야 오죽하겠습니까?

　지금 이미 양자를 세웠는데, 이름은 소손(紹孫)으로 백구(百九) 조카의 다섯째 아들입니다. 장지는 정해졌으나 장례 일자는 아직 잡히지 않았습니다. 알고 싶어 하실까봐 말씀드립니다.

閱人之多, 益知人材之難. 蕃姪平日一家賴之, 事無巨細, 皆經其心
手, 而閒雅沉靜, 琴書之致, 深造自得. 比一二月間, 所整葺事務至多,
間繙選粹『晉書』, 皆盡帙無遺, 材力優贍, 誠難其輩. 詩文下筆, 皆非汎
汎所到, 而其涵泳儲蓄, 不肯輕發. 理道精明, 見於事上使下, 處事御
物, 可謂有證矣. 而甚不自足, 若射之有志, 不中不止. 凡此者皆其有
以自處, 非或使之然也. 此其爲難得也至矣, 天何奪之遽耶? 痛哉寃乎!
鄕黨隣里, 莫不傷悼, 況吾壽翁乎?

今已爲立嗣子, 名曰紹孫, 乃百九姪第五子也. 見擇葬地, 未有葬期.
恐欲知之耳.

일곱 번째 편지
七

　근자에 지지(持之)에게 보낸 편지와 시문(詩文)을 보았는데, 커다란 요지는 대략 갖추어져 있더군요. 비록 상세히 읽어 보지 못했지만 요컨대 상세히 읽을 필요도 없습니다. 시 중에서는 한 편이 좀 괜찮은 듯 하였고 나머지는 채택할 만하지 못하였습니다. 대체로 문리가 통하지 않고 산문의 자구(字句)에도 답답하게 막힌 곳이 너무 많았습니다. 제가 젊은 시절 문장을 배울 때는 이렇지 않았습니다. 이런 곳 있으면 그 즉시 깨달을 수 있었습니다. 요즘 후배들이 글 짓는 것을 보면 대부분 이와 같은 병폐를 지니고 있는데도 스스로 깨닫지를 못합니다. 산에 살고 있으니 책 읽을 겨를이 분명 있을 터인데, 어찌하여 이를 깨닫지 못하십니까? 자신의 문장이 이와 같을진대, 옛 사람의 문자가 훌륭한지 졸렬한지 어찌 판단할 수 있겠습니까? 지금까지 이런 글을 짓는 사람들을 살펴보니, 모두가 대체(大體)를 세우지 못해 정신이 어둡고 쇠약한 탓에 책을 읽건 문장을 짓건 모두 공력을 제대로 얻지 못하였습니다. 최근에 보낸 편지 몇 통도 큰 요지만 대략 갖추어져 있을 뿐이었습니다. 이른바 대충 갖추어져 있는 것마저도 어쩌면 익숙하게 들어 온 내용이나 짐짓 기억해 두었던 이야기들일 뿐, 분명코 흉금으로부터 우러난 문사가 아닐지도 모릅니다.

　近見與持之書及詩文, 其間粗存大旨, 雖不及詳看, 要亦不必詳看. 詩似有一篇稍佳, 餘無足采. 大抵文理未通, 散文字句窒礙極多. 吾少時學文, 未嘗如此. 此等可以立曉. 比見後生作文, 多有此患, 竊所未喩. 居山必須有暇讀書, 何爲未能曉此. 其文旣如此, 則安能知古人文字工拙? 鄕來見此等, 皆歸之大體不振, 精神昏弱, 故觀書下筆, 皆不得力. 比數書又粗存大旨. 或恐所謂粗存者, 但習聞之熟, 姑存故事, 非胸襟流出之辭決矣.

예구성에게 보내는 편지
與倪九成

    봄날 방문해주셨는데, 안타깝게도 화기애애한 환담을 나누지 못하였습니다. 그때 보았더니 그대의 정신과 지향(志向) 모두 이미 무언가에 깊이 빠져있었습니다. 지난 날 나를 좇아 배우고자 하던 뜻을 돌이켜 생각해봄에 너무도 달라져있었습니다. 그리하여 어리석은 속내를 바치기로 하였는데, 바라건대 혹 이로 인해 퍼뜩 바뀌기라도 한다면 이익이 적지 않을 것입니다.

    보내주신 편지에서 "증상만 이야기하고 병의 근원에 대해서는 말해주지 않았다."는 의문을 제기하셨더군요. 이는 속된 견해가 고착되어 있고 속된 관습이 깊고 무거운 탓에, 바른 말을 듣고도 멈추지 못하고서 이리저리 꼬인 뜻으로 이리저리 꼬인 말을 하고 있는 것입니다. 이 또한 형세상 당연한 일이라 하겠습니다. 비유하자면, 어린아이가 책 읽기를 게을리 하기에 게으름 고칠 방법을 많이 이야기해주었는데도 끝내 서원에 들어가려 하지 않는 것과 같습니다. 병의 근원을 알고자 하신다면, 바로 이것입니다. 그대의 곧은 자질이라면 속된 견해와 속된 관습의 가증스러움이 사람의 영명함을 매몰시킬 수 있고 곧은 이치를 가려버릴 수 있다는 것을 깊이 생각할 수 있을 것입니다. 생각 끝에 모든 것이 분명해져서 퍼뜩 바뀌고 분연히 떨치고 일어나, 마치 함정에서 빠져나온 듯, 그물을 찢고 나온 듯, 가시덤불을 잘라버린 듯 되어서, 사통팔달한 길에서 춤을 추고 푸른 하늘을 훨훨 날아다닌다면, 어찌 장쾌하지 않겠습니까? 어찌 위대하지 않겠습니까? 또 누가 있어 이를 막을 수 있겠습니까? 이에 대해 스스로 결단 내리실 수만 있다면, 뛰어난 처방은 바로 그대의 팔꿈치 뒤에 있고, 훌륭한 약제는 그대의 주머니 안에 있을 터, 돌아가 그것들을 구한다면 충분하고도 남을 것인데, 어찌하여 나를 쳐다보며 입을 벌리고 계십니까?[65]

春間承訪, 恨不及款. 其時見九成精神意向, 皆已汨沒, 追念向時從游之意, 無復髣髴矣. 遂獻愚衷, 或冀自此幡然, 爲益不細.

來書乃有"但說病狀, 未說病源"之疑. 此乃俗見膠固, 俗習深重, 雖聞正言, 未肯頓舍, 自以曲折之意爲曲折之說, 亦其勢然也. 譬如, 小兒懶讀書, 多說懶方, 未肯便入書院耳. 要知病源, 卽此是也. 以九成之質直, 誠能深思俗見俗習之可惡, 能埋沒人靈, 蒙蔽正理. 思之旣明, 幡然而改, 奮然而興, 如出陷穽, 如決網羅, 如去荊棘, 而舞蹈乎康莊, 翺翔乎靑冥, 豈不快哉? 豈不偉哉? 尙誰得而禦之哉? 誠能於此自決, 則名方乃在九成肘後, 良劑乃在九成囊中, 反而求之, 沛然甚足, 尙何事觀我朶頤云哉?

---

65) 『周易』「頤卦」의 「初九」에 "너의 신령한 거북을 버리고 나를 보고서 입을 벌리니, 흉하니라(舍爾靈龜, 觀我朶頤, 凶.)"라는 말이 나온다.

장계열에게 보내는 편지
與張季悅

  댁의 종복66) 능운(凌雲)이 편지를 가져왔기에 봉투를 열고 빠르게 읽어보았는데, 문사의 내용이 환한 것이 배움의 효험을 깊이 확인할 수 있었습니다. 어떤 위안이 이와 같겠습니까!

  근래 들어 3일에 등자(登滋)를 건넜습니다. 빗발이 잦아들 기미가 보이지 않더니 수레에 오르자 이내 비가 그쳤습니다. 다만 거의 도착할 무렵에 다시 비를 만났지요. 이곳에 도착하니 벌써 4일이었는데, 뭉게뭉게 흰 구름이 피어올랐습니다. 저는 날마다 사우(師友)들과 응대하느라 편히 쉬지 못하였습니다. 운대(雲臺)는 겨우 다시 한 번 가보았을 뿐이고, 남산(南山)도 가끔 옥전(玉田)에 이를 때마다 아득히 멀리 드러난 몇 개 봉우리만 보았을 뿐입니다. 풍련(風練) 등 여러 폭포들도 여전히 콸콸 흐르겠지만, 그것도 미처 한번 찾아가보지 못했습니다.

  응(應)·주(朱) 두 공이 보낸 서신에도 미처 답하지 못하고 있었는데, 사나흘 뒤에 종복을 보내 가져가시면 될 것 같습니다. 그대의 이와 같이 성대한 사랑과 어진 덕에 대해 저는 늘 두 공께 즐겨 이야기하곤 합니다.

  전해오신 문장을 보았는데, 고아한 말씀대로 소견으로부터 벗어나지 못하고 있더군요. 시작과 끝을 보니 모두 이 산 늙은이가 평상시

---

66) 원문은 '盛僕'인데, 상대의 종복을 높여 부르는 말이다.

에 하던 언사를 표절하고 있었으나, 취지는 어긋나고 얼키설키 비루하여서, 보고 있노라니 적에게 무기를 빌려주고 도적에게 식량을 대준[67] 것 같아 심히 부끄러웠습니다. 육예(六藝)는 성인이 지은 것이지만 소인들은 그것을 빌려다가 간악한 말을 문식합니다. 천하에 소인과 이류(異類)가 없다면 다행이겠지만 소인과 이류를 단절시킬 방도가 없는 한 무슨 말인들 빌려다 쓰지 못하겠습니까? 다만 밝디 밝은 이 도(道)와 많고 많은 선인(善人)들은 저들이 어찌하지 못하리니, 이내 스스로 사그라들어 멸절되고 말 것입니다.

성 담장에 사는 여우와 토지묘에 사는 쥐[68]는 밤을 틈타 간교한 술수를 부리지만, 정직한 사람을 만나면 술수를 부릴 방법을 잃고 맙니다. 그것에 홀리는 자라면 그 마음이 본디 사악했을 것이니, 이를 일러 유유상종이라 하지요. 비록 그렇긴 합니다만 그런 자의 본래의 마음이라고 어찌 그러하겠습니까? 그저 함정에 갇히고 물에 빠졌는데

---

67) 秦나라 李斯가 지은 「諫逐客書」에 "지금 백성들을 버려 그들이 적국을 돕고, 빈객을 내쳐 그들이 제후를 섬긴다면, 천하의 사인들은 물러나 감히 서쪽으로 향하지 못할 것이고 발을 싸맨 채 진나라로 들어오지 않을 터이니, 이를 일러 적에게 무기를 빌려주고 도적에게 식량을 주어 보낸다고 합니다(今乃棄黔首以資敵國, 却賓客以業諸侯, 使天下之士退而不敢西向, 裹足不入秦, 此所謂借寇兵而賷盜糧者也.)"라는 말이 나온다. 이후 '借寇兵而賷盜糧'은 적을 도리어 돕게 되는 행위를 가리키는 말로 사용되었다.

68) 성의 담장에 굴을 뚫고 사는 여우와 토지묘에 구멍을 뚫고 사는 쥐라는 뜻으로 권세에 빌붙어 나쁜 짓을 하는 무리를 비유한다. 『晏子春秋』「內篇問上」에 "토지묘는 나무를 묶어 만들고 색칠을 하기 때문에 쥐가 그곳에 빌붙어 산다. 연기를 피우면 나무를 태울까 걱정이고, 물을 붓자니 색칠이 벗겨질까 걱정이다. 쥐가 죽임을 당하지 않는 것은 바로 토지묘 덕분이다(夫社, 束木而涂之, 鼠因而托焉, 薰之則恐燒其木, 灌之則恐敗其涂. 此鼠所以不可得殺者, 以社故也.)"라는 말이 보인다.

스스로 돌아오지 못하다가 이 지경에 이르렀을 뿐입니다. 그러니 개과천선할 수 있는 문을 열어놓고 측은한 마음과 간곡한 정성으로 이끌어주어야 마땅합니다. 아직 깊이 갇히고 깊이 빠지지 않아서 스스로 소리를 내 도움을 구하고 응할 수 있는 자라면 더욱 측은지심과 간곡함으로 이끌어주어야 마땅합니다. 밝히 깨우쳐주고 분석해줌으로써 의심의 여지없이 시비와 사정(邪正)을 판별해준다면, 소인과 이류, 요사스런 여우와 화근이 되는 쥐가 그 형체를 숨기지 못할 것입니다. 그리되면 아직 깊이 갇히고 깊이 빠지지 않은 자가 혹 마음을 돌려 도(道)를 향하지 않을지 또 어찌 알겠습니까? 옛날 우(禹)임금이 홍수를 다스리고 난 뒤, 구주(九州)의 우두머리들에게 쇠를 바치게 하여 솥을 주조하고 거기에 [지방에서 바친] 풍물을 새기니, 만물이 이에 모두 갖추어졌습니다. 백성들에게 신과 괴물을 알려주니, 강이나 연못이나 산림에 들어가도 괴물을 만나지 않았으며, 산천의 괴물 도깨비를 만나더라도 해를 입지 않았습니다.[69] 고인이 널리 배우고, 자세히 물으며, 신중하게 생각하고, 명확하게 판단하는 것[70]을 중히 여긴 까닭은 바로 인정(人情)과 물리(物理)를 알게 하고자 함이었습니다. 두루 통달하여 가려짐도 막힘도 없어지면, 소인과 이류들이 그

---

69) 『左傳』「宣公 3년」에 "옛날 하나라의 천자가 덕을 가지고 있었을 때에, 먼 나라에서는 산천과 기이한 물건의 형상을 그려서 바쳤습니다. 이에 쇠를 구주의 우두머리들에게 바치도록 명하여 솥을 주조하여 거기에 지방에서 바친 풍물을 새기니 만물이 이에 모두 갖추어졌습니다. 백성들로 하여금 신과 괴물을 알게 하여 강이나 연못 산림에 들어가도 괴물을 만나지 않았으며, 산천의 괴물인 치매망량을 만난다고 하더라도 그 해를 당하지는 않았습니다(昔夏之方有德也, 遠方圖物, 貢金九牧, 鑄鼎象物, 百物而爲之備, 使民知神姦. 故民入川澤山林, 不逢不若, 螭魅罔兩, 莫能逢之.)"라는 내용이 나온다.
70) 『中庸』 20장에 나오는 구절이다.

간악함을 숨길 수 없게 될 것입니다. 그들이 하는 말이나 행동을 간과 폐 들여다보듯 훤히 꿰뚫는다면, 그들이 무슨 수로 사그라들어 멸절되지 않을 수 있겠습니까?

그대가 도달한 수준을 보면 대체적인 것에 있어서는 가히 밝다 이를 만합니다. 이제 정미함에 더욱 힘을 쏟으시어 저 어두운 자들의 의지처가 되어주십시오. 이것이 제가 바라는 바입니다.

盛僕凌雲致書, 發緘快讀, 辭旨煥然, 深見進學之驗, 何慰如之!

比來三日乃濟登滋. 雨意未怠, 而登車輒霽, 獨垂至而値雨. 至此踰四日矣, 白雲繾綣, 日相周旋, 猶未卽安. 雲臺僅一再見, 南山亦時至於玉田中, 縹緲呈露數峰, 風練諸瀑, 淙淙自振, 猶未及一顧之也.

應·朱二公書, 未及卽治, 更三四日, 可遣盛僕來取. 盛親賢德如此, 此所樂爲二公言者.

傳來之文, 誠如雅諭, 宜不逃所見. 觀其首尾, 皆語用山翁平日言辭, 獨其旨趣乖違繆陋, 覽之深有假寇兵, 資盜糧之愧. 然六藝聖人作也, 小人猶假之以文姦言. 天下無小人異類則已, 誠未能絶去小人異類, 何言而不可假也. 惟此道之明, 善人之衆, 彼無所施, 則自熄絶矣.

城狐社鼠, 託夜以神其姦, 使遇正人, 自無所施. 惑之者, 必其心之素邪, 所謂物各從其類也. 雖然, 彼其心之本然, 豈其然哉? 惟其陷溺而不能以自還, 故至於此. 要當開其改過之門, 懇惻而開導之. 凡陷溺之未深, 而自以其聲氣相求應者, 尤當懇惻而開導之. 發明剖析, 使是非邪正判然無疑, 則小人異類, 妖狐孼鼠無所逃其形, 而陷溺之未深者, 安知不幡然回心而鄕道哉? 昔大禹旣平水土, 貢金九牧, 鑄鼎象物, 百物而爲之備, 使民知神姦, 以入山林川澤, 魑魅魍魎, 莫能逢之. 古人所貴於博學·審問·謹思·明辯者, 政欲究知人情物理, 使之通達而無所蒙蔽窒礙, 小人異類無所竄其姦, 於其言論施設, 如見肺肝, 則彼亦安得而不熄絶乎?

　季悅所到, 其於大槪, 可謂明矣. 政當益盡精微, 使蒙蔽者有所賴,
是所望也.

두 번째 편지
二

　새로운 공부에 관해 알려주시니 그저 부러울 따름입니다. 유속의 범속하고 비루한 습관과 그릇되고 망령된 학설에 대해서 우리는 그저 애처로워하고 가슴 아파해야 합니다. 열어주고 이끌어주고 또 붙잡아 도와주어서 적진을 일망타진하는 공을 세울 때, 그것이 곧 배움에 나아간 효험인 것입니다. 만약 유속을 원수나 적국으로 여기면서 그저 저들에게 동요되지 않는 것을 나의 효험이라 여긴다면, 아마 이래서는 안 되지 않을까요?

　承諭新工, 但覺健羨. 第流俗凡鄙之習, 謬妄之說, 止可哀憐傷悼, 當有開導扶掖, 摧陷廓淸之功, 乃爲進學之驗. 若視之如讐方敵國, 苟以不爲所搖, 爲吾效驗, 恐未可也.

유백협[71]에게 보내는 편지
與劉伯協

저는 보잘것없는 뜻으로 이 이치[理]를 지켜내고자 소원하였습니다. 외람되지만 나는 '이(理)'와 '세(勢)' 이 두 글자의 경우 반드시 누가 손님이고 누가 주인인지 구분해야 한다고 생각합니다. 천하에 '세'가 없던 적이야 없었지만 '세'는 반드시 '이'에서 나왔습니다. 그러니 '이'가 주인이고 '세'가 손님인 셈이지요. 천하가 이와 같이 된다면 도 있는 세상이요, 나라가 이와 같이 된다면 도 있는 나라요, 집안이 이와 같이 된다면 도 있는 집안이요, 사람이 이와 같이 된다면 도 있는 사람입니다. 이와 반대라면 도가 없는 셈입니다. 도 없는 시대를 만나면 소인이 자리를 차지하고 군자는 야인이 됩니다. 소인은 득의양양하고 군자는 환란으로 인해 곤경에 빠집니다. 심한 경우 옥에 갇히기도 하고 처형당하기도 하고 황폐한 변방으로 유배되기도 합니다. 이런 때를 당하면 오로지 '세'가 주인이 됩니다. 뭇 소인배들이 기승을 부리며 오로지 '세'만 논할 뿐 '이'는 논하지 않습니다. 그렇기 때문에 옛날 태평성세에 '세'를 논하는 자들을 깊이 증오했던 것입니다.

지금 그대가 기꺼이 나와 함께 이 '이'를 지켜내 유속의 누습을 씻고, '이'로써 마음가짐을 삼으며, '이'로써 일을 논하고자 하시니, 어떤 행운이 이와 같겠습니까! 삼가 마음을 비워놓고 가르침을 기다립니다.

---

71) 劉恭. 字는 伯協이고 建昌 南城 사람이다. 紹熙 원년(1190)에 진사가 되어 知瑞安縣이 되었고, 中順大夫에 올랐다.

區區之志, 素願扶持此理. 語謂'理'·'勢'二字, 當辨賓主. 天下何嘗無勢, 勢出於理, 則理爲之主, 勢爲之賓. 天下如此則爲有道之世, 國如此則爲有道之國, 家如此則爲有道之家, 人如此則爲有道之人. 反是則爲無道. 當無道時, 小人在位, 君子在野, 小人志得意滿, 君子阨窮禍患, 甚者在囹圄, 伏刀鋸, 投荒裔. 當此之時, 則勢專爲主. 羣小熾然, 但論勢不論理, 故平皆深惡論勢之人.

今門下誠肯相與扶持此理, 洗濯流俗之習, 以理處心, 以理論事, 何幸如之! 敬虛心以俟敎.

두 번째 편지
二

한 집안의 흥망은 의리(義理)에 달려있지 부귀에 달려있지 않습니다. 가령 공경재상의 귀한 자리에 오르고 석숭(石崇)이나 왕개(王愷)[72]에 버금가는 부를 누리고 있다 하더라도, 그 사람에게 의리가 없다면 그로 인해 집안은 망하고 맙니다. 한 소쿠리의 밥과 한 바가지의 물로 연명하고, [옷이 헤져] 팔꿈치가 드러나고 갓끈이 끊어져도, 그 사람에게 의리가 있다면 그로 인해 집안이 일어납니다. 우리들이나 자신을 위해 무언가를 도모할 때나 자손을 위해 도모할 때나 친척을 위해 도모할 때나, 모두 이와 같은 연후라야 충성이라고 할 수 있

---

72) 東晉의 石崇과 王愷는 화려함과 부귀를 다투던 사이이다. 『世說新語』「汰侈門」에 다음과 같은 고사가 소개되어 있다. "무제는 왕개의 생질이라 매번 왕개를 도와주었다. 한번은 2척이나 되는 산호수를 왕개에게 하사했는데, 가지와 잎이 무성한 것이 세상에 견줄 바가 없었다. 왕개가 석숭에게 자랑을 했는데, 석숭은 다 보고나더니 쇠로 된 여의로 내리쳐 부숴버렸다. 왕개는 아깝기도 하고 석숭이 자기의 보배를 질투한다 여겨 몹시 화를 냈다. 석숭이 말하기를, '안타까워할 것 없네. 지금 돌려줄 테니.' 그리고는 집에 있는 산호수를 모두 가려오라 명했는데, 3척 짜리 4척 짜리, 가지며 줄기며 세상에 둘도 없고 광채는 왕개의 것보다 더한 것이 예닐곱 개나 있었으며 왕개의 것과 비슷한 것은 매우 많았다. 왕개는 이에 망연자실했다(武帝, 愷之甥也, 每助愷. 嘗以一珊瑚樹高二尺許賜愷, 枝柯扶疏, 世罕其比. 愷以示崇, 崇視訖, 以鐵如意擊之, 應手而碎. 愷旣惋惜, 又以爲疾己之寶, 聲色甚厲. 崇曰, '不足恨, 今還卿.' 乃命左右悉取珊瑚樹, 有三尺四尺, 條幹絶世, 光彩溢目者六七枚, 如愷者甚衆. 愷惘然自失.)"

습니다. 스스로 도모할 때 혹 이렇게 하지 못하는 경우도 있는데, 이 또한 내 몸에 불충을 저지르는 일입니다. 제가 지금껏 지켜오고 있는 보잘것없는 뜻에 본디 이해(利害)와 관련된 말이 없는 것은 바로 이 때문입니다.

보내오신 편지 내용 중에 이른바 '명분을 함부로 범한다.'는 말이 있었는데, 이는 심히 이치에 맞지 않는 말입니다. 명분에 관한 이야기는 전대의 유자들도 미처 궁구하지 못한 바가 있기에, 평소 논문을 써서 이를 밝히고자 하는 마음이 있었습니다. 근래에 이르러서는 그 폐단이 더욱 심각해졌습니다. 탐욕스럽고 용렬한 군수가 백성 괴롭히는 짓을 할 때 현령이 의리를 가지고 간언을 해보지만, 그때마다 군수는 명분을 범했다는 이유로 탄핵하고, 조정에 앉아 고기를 먹는 자들은 그 사실을 명확히 변별하지도 못한 채 죄명을 씌워 쫓아내기까지 하니, 이것이 대체 무슨 이치란 말입니까! 이치[理]가 있는 일이라면 필부라도 범해서는 안 됩니다. 이치를 범한 자라면, 지극히 부유하고 존귀하여 세상에서 어찌하지 못하는 자라 하더라도 마땅히 『춘추(春秋)』의 주벌을 받아야 합니다. 이 도(道)가 밝아지지 않고 행해지지 않아 뭇 소인배가 자리를 차지해 정사를 돌보게 되었다 하더라도, 그들인들 그 언제 도리를 빌미 삼아 이야기하지 않겠습니까? 다만 저들이 말하는 도리가 결코 참된 도리가 아니라는 것을 모를 뿐입니다. 만일 저의 이 말을 허물 삼지 않으신다면, 감히 속내를 다 끄집어내서 이 이야기를 마쳐볼까 합니다.

저의 이야기는 우리들의 큰 방향과 큰 요지를 바로잡기 위한 것이므로 무엇보다 먼저 따져보아야 마땅합니다. 이것을 따져보지 않고서 답답하게 말하는 목소리나 웃는 모습 따위를 도(道)라고 여긴다면, 이것이야 말로 밥을 마구 퍼먹고 국물을 줄줄 들이키면서 이로 고기

를 잘라 먹어서는 안 된다는 작은 예절 따위를 따지는 꼴이요,73) 손
가락 하나만 고치고 어깨와 등을 잃는 꼴일 터이니,74) 이는 곧 맹자
께서 말씀하신 '할 일을 모른다.' '경중을 모른다.'75)에 해당하는 사람
일 것입니다.

　人家之興替, 在義理不在富貴. 假令貴爲公相, 富等崇·愷, 而人無
義理, 正爲家替. 若簞食瓢飮, 肘見縷絶, 而人有義理, 正爲家興. 吾人
爲身謀, 爲子孫謀, 爲親戚謀, 皆當如此, 然後爲忠. 其自謀者, 或不
然, 亦是不忠於吾身矣. 某向來區區之志, 素有不在利害間之語, 正爲
此耳.
　來示所謂輕犯名分之語, 甚未當理. 名分之說, 自先儒尙未能窮究,
某素欲著論以明之. 流及近時, 爲弊益甚. 至有郡守貪黷庸繆, 爲厲民
之事, 縣令以義理爭之, 郡守輒以犯名分劾令, 朝廷肉食者不能明辯其
事, 令竟以罪去, 此何理也! 理之所在, 匹夫不可犯也. 犯理之人, 雖窮
富極貴, 世莫能難, 當受春秋之誅矣. 當此道不明不行之時, 羣小席勢
以從事, 亦何嘗不假借道理以爲說, 顧不知彼之所言道理者, 皆非道理
也. 儻不以斯言爲罪, 敢傾倒以畢其說.

---

73) 『孟子』「盡心上」에 "[예의 없이] 밥을 마구 퍼먹고 국물을 줄줄 들이키면서 이로
　　고기를 잘라먹어서는 안 된다는 작은 예절을 따진다면, 이를 일러 할 일을 모른
　　다고 한다(放飯流歠而問無齒決 是之謂不知務.)"는 말이 나온다.
74) 『孟子』「告子上」에 "손가락 하나만 고치고 어깨와 등을 잃고서도 이를 모른다
　　면, 이를 일러 흐릿한 사람이라고 한다(養其一指而失其肩背, 而不知也, 則爲
　　狼疾人也.)"는 말이 나온다.
75) 『孟子』「告子上」에 "손가락이 남과 같지 않은 것을 싫어할 줄은 알지만, 마음이
　　남과 같지 않은 것을 싫어할 줄 모른다면, 이를 일러 경중을 모른다고 한다(指
　　不若人, 則知惡之, 心不若人, 則不知惡, 此之謂不知類也.)"라는 말이 나온
　　다.

某之說, 正吾人大趨向, 大旨歸, 所當先辨者. 此之不辨, 而規規然以聲音笑貌爲道, "眞放飯流歠而問無齒決", "養其一指而失其肩背", 孟子所謂'不知務', '不知類'.

황순중에게 보내는 편지

與黃循中

산속에 살면서 강습을 일삼노라니 처음 품었던 뜻이 자못 만족스럽습니다. 형문(荊門) 지현(知縣)에 임명된 것은 조정에서 저를 잊지 않으신 뜻에서 나왔겠지만, 저는 본디 관리가 되는 일에 흥미가 없습니다. 다행히 아직은 머뭇거릴 시간이 있으니, 천천히 거취를 정해도 될 것 같습니다.

사람에게 배움이 없어서 안 되는 것은 물고기에게 물이 없어서 안 되는 것과 다르지 않습니다. 그런데 세상에서는 배움을 심지어 혹이나 사마귀처럼 여기고들 있으니, 어찌 깊이 탄식하지 않을 수 있겠습니까? 천지간에 부귀를 도둑질하는 사람이야 오죽 많습니까마는 오직 용렬한 인간이나 비루한 사내만이 그런 것을 흠모할 따름입니다. 식자들은 그런 사람을 보며 깊이 가련해하고 심히 불쌍해합니다. 사람의 형상을 부여받고도 사람의 도리를 구하지 못하고, 마침내 개미나 벌레들과 배부르고 편안함을 추구하는 호오(好惡)를 같이하면서 헛되이 살다 허무하게 죽어버리고 마는 것을 가슴 아파합니다. 그런 자가 높은 자리를 차지한다면, 악을 퍼뜨리고 추악함을 남김으로써 군자들에게 경계를 드리우기에 딱 좋을 것입니다.

이는 그대가 깊이 알고 있는 바일 터이나, 지금 세상에 살면서 이런 이야기를 하지 않을 수 없었을 뿐입니다. 저의 이 말을 싫어하지 않으리라 생각합니다.

某山居講習, 粗適素懷. 荊門之命, 固出廟朝不忘之意, 然雅未有爲吏之興. 幸尙遲次, 可徐決去就耳.

人之不可以不學, 猶魚不可以無水, 而世至視若贅疣, 豈不甚可歎哉? 穹壤間, 竊取富貴者何限, 惟庸人鄙夫羨之耳. 識者視之, 方深憐甚憫, 傷其賦人之形, 而不求盡人之道, 至與蟻蟲同飽適好惡, 虛生浪死. 其在高位者, 適足以播惡遺臭貽君子監戒而已.

此固循中所宜深曉, 第居今之世, 不得不申言之. 諒亦不厭於此也.

두 번째 편지

二

　강덕공(江德功)은 타고난 자질이 용렬하고 어두운데, 거기다 배움마저 그릇되었으니 더 이상 논할 만한 것이 어디 있겠습니까? 다만 안타까운 것은 나의 벗이 그에게 끌려들어가 변론할 필요도 없는 것을 변론하고 있다는 점이지요.

　옛 서책 중에는 이치[理]를 밝힌 말이 있고, 사람에게 힘쓸 바를 가르친 말이 있습니다. 『중용』 첫 장의 "보이지 않는 바를 조심하고, 들리지 않는 바를 두려워한다."[76) "홀로 있을 때 삼간다."[77)는 힘써야 할 곳입니다. 그 다음 장의 "중화(中和)에 이르다."[78)도 힘써야 할 곳입니다. 나머지 글들은 모두 이치를 밝힌 말들입니다. 이런 식으로 미루어가다 보면 나머지도 유추할 수 있습니다.

　회옹(晦翁)과 주고받은 편지를 기록해 보내니, 예백진(倪伯珍) · 순

---

76) 『중용』 1장의 "그러므로 군자는 보이지 않는 바를 조심하고 삼가며, 들리지 않는 곳을 두려워하는 것이다(是故君子戒愼乎其所不睹, 恐懼乎其所不聞.)"를 말한다.
77) 『중용』 1장, 위의 구절 다음에 나오는 말이다. "숨겨진 것보다 더 잘 드러나는 것은 없으며, 작은 것 보다 더 잘 나타나는 것은 없다. 그러므로 군자는 홀로 있을 때 삼가는 것이다(莫見乎隱, 莫顯乎微, 故君子愼其獨也.)"
78) 『중용』 1장에 나오는 구절이다. "中은 천하의 대본이요, 和는 천하의 달도(통용되는 도)이다. 中和에 이르면, 하늘과 땅이 제 자리에 서고 만물이 자란다.(中也者, 天下之大本也, 和也者, 天下之達道也. 致中和, 天地位焉, 萬物育焉.)"

보(舜輔)와 모일 적에 보여주시면 좋겠습니다.

江德功質本庸闇, 加以所學之謬, 豈復有可論者. 所惜吾友爲其所引, 辯於其不足辯耳.

古書有明理之言, 有敎人用工之言, 如『中庸』首章惟"戒愼不覩, 恐懼不聞", 及"愼其獨", 是用工處, 次章惟"致中和"是用工處, 他辭皆明理之言. 推此可類見.

與晦翁往復書錄往, 伯珍·舜輔會次幸示之.

권 13

곽방일[1]에게 보내는 편지

與郭邦逸

전담 심부름꾼이 가져온 편지를 받고 봉투에 적힌 글씨를 자세히 보며 성대하신 덕에 읍하였습니다. 급히 꺼내 읽어보고 실로 격한 위로를 받았습니다. 대대(大對)[2] 한 통도 보내주셨던데, 더욱 깊은 탄식이 나왔습니다! 명명백백 정확한 것이 대충 지은 과거 문장과는 달랐으니까요. 군자는 의(義)를 바탕으로 삼으니, 의를 얻으면 무겁고 의를 잃으면 가벼우며, 의로 걸어가면 영화롭고 의를 어기면 욕됩니다. 가벼움과 무거움, 영화로움과 욕됨이 오직 의의 존재 여부에 달려 있나니, 과거니 지위니 하는 것이 내게 무얼 더해주고 덜어낼 수 있을 것이며, 또한 무슨 언급할 가치가 있겠습니까? 우리들이 배운 바는 본디 이와 같습니다. 하지만 세속에서 말하는 영화와 욕됨, 가벼움과 무거움은 이와 다릅니다. 세속에 물들다 보면, 조금만 분별하지 않아도 이 의가 흐려지고 맙니다. 그러니 날마다 드러나게 하고 날마다 밝아지게 하여, 어지러워지지 못하게 환히 지켜야 훌륭하다고 할 수 있습니다.

보여주신 회옹(晦翁: 朱熹)과의 문답은 실로 이해하지 못하겠습니다. 성인도 나와 같은 사람이니, 이 마음 이 이치를 그 누가 달리 할

---

1) 郭逍遙. 字는 邦逸. 그의 형인 郭邦瑞와 함께 육구연에게서 수학했다. 『儒林宗派』 권10에는 주자의 문인으로 기록되어 있다.

2) 천자의 策問에 대한 답을 적은 글이다. 관리라면 실제로 올리기도 하였으나 대부분은 과거에 응시하기 위해 연습 삼아 짓는 경우가 많았다.

수 있단 말입니까? 맹자께서 말씀하시길, "사람은 누구나 요순이 될 수 있다."[3]고 하였고, 또 말씀하시길 "마음에 있어서만 공통된 바가 없겠는가?"[4]라고 하였으며, 또 말씀하시길 "이 사단(四端)을 가지고도 스스로 하지 못한다고 말하는 자는 스스로를 해치는 사람이요, 그 임금더러 하지 못한다고 하는 자는 그 임금을 해치는 자로다."[5]라고 하였습니다. 그렇다면 누군가를 일러 하지 못한다고 한다면, 이는 그 사람을 해치는 것이 아니겠습니까? 인(仁)에 거하며 의(義)의 길로 걸어가는 것, 이 안에 대인이 해야 할 일이 모두 갖추어져 있습니다. 내 몸이 인에 거하지 못하고 의의 길로 걸어가지 못한다면, 이를 일러 스스로를 버린다고 합니다. 성인은 이러한 이치에 노력하지 않아도 절로 들어맞고, 생각하지 않아도 절로 터득합니다. 하지만 안자(顔子)와 같은 현인도 생각하지 않고 노력하지 않아도 되는 경지에는 이르지 못하였습니다. "세 달 동안 인을 거스르지 않았다."[6]고 하였으니 때론 어긴 적도 있었다는 말입니다. "훌륭하지 못한 점이 있으면 알지 못하는 적이 없고, 알았으면 거듭 범하는 적이 없다."[7]고 하였으니 [道로부터] 멀어지기 전에 돌아왔다는 말입니다. 그런즉 비록 생각

---

3) 『孟子』「告子下」에 나오는 말이다.
4) 『孟子』「告子下」에 나오는 말이다.
5) 『孟子』「公孫丑上」에 나오는 말이다.
6) 『論語』「雍也」에 "안회는 그 마음이 세 달이나 仁을 거스르지 않았다. 그 밖의 사람들은 하루나 한 달에 한번 仁에 이를 뿐이다(回也, 其心三月不違仁, 其餘則日月至焉而已矣.)"라는 내용이 보인다.
7) 『周易』「繫辭下」에 나오는 말이다. "공자께서 말씀하셨다. '안씨의 자식 정도면 거의 도를 체득하게 되었다고 할 수 있지 않을까? 좋지 못한 점이 있으면 늘 알아차렸으며, 일단 알아차렸거든 다시는 이러한 행동을 되풀이하지 않았다. (子曰: '顔氏之子, 其殆庶幾乎? 有不善, 未嘗不知, 知之, 未嘗復行也.)"

하지 않고 노력하지 않아도 되는 경지까지는 이르지 못하였지만, 생각하고 노력하는 데 들인 공부는 더욱 정미하였다고 할 수 있습니다. 타고난 기질이 더욱 아래일수록 더욱 수고롭게 공부해야 하나니, 이것이 성인과 현인과 중인(衆人)의 구분입니다. 『논어』에서 이르기를, "안회는 그 마음이 세 달이나 인(仁)을 거스르지 않았다. 그 밖의 사람들은 하루나 한 달에 한번 [仁에] 이를 뿐이다."라고 하였습니다. 하루나 한 달에 한번 이르는 것과 세 달 동안 거스르지 않는 것은, "지성(至誠)은 쉼이 없다."8)는 말과 간격이 있습니다. 하지만 이르는 것이나 거스르지 않는 것이나 쉼이 없는 것이나, 그 사이에 어찌 두 개의 이치[理]가 있을 수 있겠습니까? 고인은 오직 이 이치를 터득했기에 "순(舜)은 어떤 사람인가? 나는 어떤 사람인가? 하려고 하는 자라면 또한 그렇게 될 수 있을 것이다."9)라고 말했고, "도라는 것은 잠시라도 내게서 떠날 수가 없다. 떠날 수 있는 것이라면 도가 아니다. 이러한 까닭에 군자는 보지 못하는 것을 경계하고 삼가며, 들리지 않는 바에 조심하고 두려워한다."10)고 말한 것입니다. 배우는 자라면 반드시 도를 들은 연후라야 잠시도 떨어질 수 없음을 알게 되고, 잠시도 떨어질 수 없음을 안 연후라야 보지 못하는 것을 경계하고 삼가며, 듣지 못하는 것을 조심하고 두려워할 수 있습니다. 원회(元晦: 朱熹)는 문장의 뜻을 파악하는 것을 좋아하는데, '이러한 까닭에[是故]' 두 글자도 제대로 파악하지 못하고서 대체 무엇을 가리켜 성현의 지위라고 하는 것인지, 또 어떻게 유의하려는 것인지 모르겠습니다. 이

---

8) 『中庸』 26장에 "그러므로 至誠은 쉼이 없다. 쉼이 없으면 오래가고, 오래가면 징험이 드러난다.(故至誠無息. 不息則久, 久則徵.)"는 내용이 보인다.
9) 『孟子』 「滕文公上」에 나오는 말이다.
10) 『中庸』 1장에 나오는 말이다.

런 언어들은 모두 흉금이 밝지 못함을 보여줍니다. 따라서 이와 같이 지어낸 의견들은 스스로를 미혹시킬 뿐만 아니라 사람까지 미혹시킵니다.

댁의 심부름꾼이 이곳에 도착했을 때 질부 상을 당한데다가 또 천한 몸뚱이가 더위까지 먹은 터라 며칠 동안 계속해서 답장을 쓰지 못하였습니다. 산속에 벗들이 운집하여 있는데, 그들을 그토록 오래 기다도록 내버려둘 수도 없으니 한번 가봐야 마땅할 것입니다. 뿐만 아니라 현재(縣宰)의 임기가 다해서 그와 작별 인사도 나누어야 합니다. 여러 가지 일들이 어지러이 널렸기에, 급히 종이를 가져다 답장을 씁니다만, 너무 서두른 탓에 문장에 조리가 없습니다. 근자에 원회에게 보낸 답장이 있는데, 베껴 보내니 한번 읽어보십시오. 사평(史評) 하나와 책 두 권, 그리고 「의장현학기(宜章縣學記)」와 「왕문공사기(王文公祠記)」도 함께 베껴 보내드립니다. 한가로울 때 자세히 읽어보시면 커다란 요강을 알 수 있을 것입니다.

專介奉書, 細視緘題, 如挹盛德. 亟發讀之, 慰浣良劇教以大對一本, 尤深降歎! 鑿鑿精實, 非泛泛場屋之文也. 君子義以爲質, 得義則重, 失義則輕, 由義爲榮, 背義爲辱. 輕重榮辱, 惟義與否, 科甲名位, 何加損於我, 豈足言哉? 吾人所學固如此. 然世俗之所謂榮辱輕重者, 則異於是. 薰染其間, 小有不辨, 則此義爲不精矣. 當使日著日察, 烱然不可渾亂則善矣.

垂示晦翁問答, 良所未喩. 聖人與我同類, 此心此理誰能異之? 孟子曰: "人皆可以爲堯舜." 又曰: "至於心, 獨無所同然乎?" 又曰: "人之有是四端, 而自謂不能者, 自賊者也. 謂其君不能者, 賊其君者也." 今謂人不能, 非賊其人乎? 居仁由義, 大人之事備矣. 吾身不能居仁由義, 則謂之自棄. 聖人於此理, 不勉而中, 不思而得. 賢如顔子猶未至於不思不勉, 曰"三月不違", 則猶有時而違也. 曰"有不善未嘗不知, 知之未嘗復行", 則言其不遠而復也. 然則雖未至於不思不勉, 而思勉之工益微矣. 氣稟益下, 其工益勞, 此聖人·賢人·衆人之辨也. 『語』曰: "顔子三月不違仁, 其餘則日月至焉而已矣." 日月至, 三月不違, 與至誠無息則有間矣. 若其所至·所不違·所無息者, 豈容有二理哉? 古人惟見得此理, 故曰"予何人也, 舜何人也, 有爲者亦若是." "道也者, 不可須臾離也, 可離非道也. 是故君子戒愼乎其所不覩, 恐懼乎其所不聞." 學者必已聞道, 然後知其不可須臾離, 知其不可須臾離, 然後能戒愼不覩, 恐懼不聞. 元晦好理會文義, '是故'二字也不曾理會得, 不知指何爲聖賢地位, 又如何爲留意. 此等語皆是胸襟不明, 故撰得如此意見, 非唯自惑, 亦且惑人.

　盛价至此, 偶有姪婦之喪, 又賤體中暑, 連日不得占復. 山間友朋雲集, 亦不可久孤其望, 勢當一往. 又縣宰終滿, 與之爲別. 諸事紛擾, 亟取紙作復, 遽甚, 不能倫理. 近有復元晦書, 錄往一觀, 及有史評一首, 又有書二本, 「宜章學」·「王文公祠」二記倂錄呈. 得暇精觀之, 亦可見統紀也.

곽방서에게 보내는 편지
與郭邦瑞

  이에 앞서 아우님이신 방일(邦逸)이 사람을 보내 친히 안부를 물어 오셨기에 답장을 보내 감사의 뜻을 전했습니다. 최근에 가서(家書)를 받아보셨는지요? 지금 상황은 어떠한지요?

  새로운 천자께서 등극하시어 온 나라가 주목하고 있는 판국에 감찰(監察)[11]을 맡은 곳에서 승진시키고 강등시키는 처사가 물망과 어긋나는 것은 작은 일이 아닙니다. 산속에 사는 사람으로서 단지 초야의 여론을 들어 말씀드릴 뿐입니다. 내면을 수신(修身)하는 것에 관해서는 또 의론들이 어떠한지 모르겠습니다.

  양심과 정성(正性)은 모든 사람이 균일하게 지니고 있습니다. 그 마음을 잃어버리지 않고 그 본성을 어그러뜨리지 않는다면 누구인들 바른 사람이 아니겠습니까? 설사 어그러뜨리고 잃어버렸다 하더라도 생각하여 복구시킨다면, 뭐가 그리 멀겠습니까? 이렇게 하지 못한다면, 이는 그 마음을 스스로 어둡게 만드는 것이고 그 몸을 스스로 망치는 것일 뿐입니다. 만약 요직에 있으면서 고칠 줄을 모른다면, 장차 나라를 망치게 될 것입니다. 그러나 눈을 밝게 뜨고 충심을 펼쳐서 이런 것을 바로 잡을 자가 있습니까? 측은지심과 공경으로 사람들

---

11) '風憲'은 감찰 및 법률과 기율을 장관하는 부문을 범칭하는 말이다. 宋나라 陳亮은 「謝張侍御啓」에서 "감찰과 법기를 맡은 곳에서는 직분을 잘 지켜내는 것이 우선입니다(風憲之地, 執守是先.)"라고 말한 바 있다.

을 감화시켜 깨우칠 자가 있습니까? 보잘것없는 주(周)나라 과부의 마음으로12) 그대에게 희망을 걸지 않을 수 없습니다. 이별한 후에 관직에 제수된 일은 그대에게 말할 만한 게 못 됩니다.

질손 준(濬)이 태학에 있는데, 가서를 보내 한번 찾아뵈라고 일렀습니다. 그 아이는 최근 들어 배움에 약간의 발전이 있긴 한데, 다행히 받아들여 주신다면 자제인 양 여겨주셔도 무방합니다.

前此辱令弟邦逸遣人臨存, 復書中託拜意. 近亦嘗得家問否? 今爲況如何?

新天子登極, 海內屬目, 而風憲之地, 陞黜殊乖物望, 非細故也. 山林之人, 但以草野興議言之耳. 未知修身之內, 其議論又何如也?

良心正性, 人所均有, 不失其心, 不乖其性, 誰非正人. 縱有乖失, 思而復之, 何遠之有? 不然, 是自昧其心, 自誤其身耳. 及處華要而不知改, 是又將誤國矣. 有能明目張膽而糾正之者乎? 有能惻怛豈弟以感悟之者乎? 區區周嫠之心, 猶不能無望於左右. 別後遷除, 未足爲門下言也.

姪孫濬處太學, 家書戒令求見. 此子近亦少進于學, 幸與進, 以子弟視之可也.

---

12) '嫠不恤緯'라는 성어를 사용했다. 『左傳』「昭公 24년」에 "과부는 씨줄이 부족해 베를 짜지 못하는 것은 두려워하지 않고, 오직 주나라의 멸망이 장차 닥칠 것을 근심하였다(嫠不恤其緯, 而憂宗周之隕, 爲將及焉.)"라는 내용이 보인다. 후에 이 용어는 나라 근심에 개인적인 사정을 잊어버린 것을 뜻하는 말로 사용되었다.

이신중에게 보내는 편지
與李信仲

관부로 두 차례나 편지를 보냈지만 어르신께 편지를 올리지 못하고 단지 소기의(邵機宜: 邵叔誼)와 조 통판(趙通判)에게 제 마음을 전해 달라 부탁만 하였기에, 지금까지도 몹시 죄송스럽습니다! 일전에 어르신께서 보내주신 병중 소회는 듣고 있자니 참으로 마음이 시원했습니다. 지금 이 편지에서 [그 글에 대한] 제 구구한 느낌을 적지는 않겠습니다만 번거로워도 한 가지 이야기만은 나의 벗님께 전달해 드리고자 합니다.

대저 학문을 함에 있어서는 반드시 옛날의 의견을 찾아가며 좇을 필요는 없습니다. 이 마음과 이 이치[理]는 우주 사이에 밝히 존재하므로 만일 그 단서를 얻을 수만 있다면 이른바 "하루라도 극기복례하면 천하가 인(仁)으로 돌아간다."[13]는 말처럼 될 터이므로, 옛날의 의견 따위는 가져다 비교할 필요도 없습니다. 이는 내가 본디 지니고 있는 것이지 밖으로부터 스며들어간 것이 아니기 때문에 옛날의 의견을 본래부터 있던 것으로 여기실 필요 없다는 것을 기필코 이 편지를 통해 아뢰고자 합니다.

소기의에게 보낸 편지에 본말이 잘 갖추어져 있으니, 다시 한 번 자세히 읽어보시면 감사하겠습니다.

---

13) 『論語』「顏淵」에 나오는 말이다.

兩遣府中書, 皆不及拜丈丈書, 但託邵機宜·趙通判道意, 至今歉然! 前者蒙丈丈教以病中所得, 聽之灑然. 今玆書中不及寓區區之意, 有一說煩吾友侍下達之.

大抵爲學, 不必追尋舊見. 此心此理昭然宇宙之間, 誠能得其端緒, 所謂"一日克己復禮, 天下歸仁焉", 又非疇昔意見所可比擬. 此眞吾所固有, 非由外鑠, 正不必以舊見爲固有也, 千萬以此紙稟之.

所與邵機宜書, 本末備矣, 幸復熟之.

반문숙에게 보내는 편지
與潘文叔

　　그대는 자상하고 성실하고 뜻이 간곡하여, 오로지 선한 이를 배우고자 흠모하고, 선한 일을 몸소 행하려고 하기에, 외물에 가탁하는 일을 빌미삼아 자신을 과시하려는 무리들과는 한데 놓고 이야기할 수 없습니다. 그러나 늘 지나칠 정도로 두려워하고 놀라 근심하니, 이 또한 강학함에 있어 아직 밝아지지 못하고, 군자의 대도를 아직 듣지 못한 까닭이겠지요. 이는 『우서(虞書)』에서 말한 "근심 없음을 경계하라."[14]나 『주서(周書)』에서 말한 "능히 스스로 조심하고 두려워하였다."[15]나 『중용(中庸)』에서 말한 "보지 못하는 것을 경계하고 삼가며, 들리지 않는 바에 조심하고 두려워한다."[16]와 또한 같이 놓고 말할 수 없습니다. 이른바 '경계한다.' '조심하고 두려워한다.' '경계하고 삼간다.' '두려워한다.'는 것은 순전히 정(正) 하나에서 나온 것들이니, 팔베개 베고 누추한 골목에 사는 즐거움이나 무우(舞雩)에서 바람 쐬고 시를 읊으며 돌아오는[17] 뜻과 서로 어긋나지 않습니다. 그러나 만

---

14) 『尙書』「虞書 · 大禹謨」에 "근심 없음을 오히려 경계하고, 법도를 잃지 말며, 안일함에 젖지 말고, 즐기는 데 지나치지 말라(儆戒無虞, 罔失法度, 罔遊于逸, 罔淫于樂.)"라는 말이 나온다.
15) 『尙書』「周書 · 無逸」에 "주공이 말하기를, 아아! 그 또한 우리 주나라의 태왕과 왕계가 능히 스스로 조심하고 두려워하셨나이다(周公曰, 嗚呼! 厥亦惟我周太王王季, 克自抑畏.)"라는 말이 나온다.
16) 『中庸』 1장에 나오는 말이다.
17) 『論語』「先進」에 "늦봄에 봄옷이 만들어지면 관 쓴 이 대여섯 명과 동자 예닐곱

약 시들어 떨어지고 곤궁해 쪼그라든 채 중(中)에 맞지 않는다면,[18] 명분이 비록 선하다 할지라도 그 바름[正]을 얻을 수 없고 사사로움에서 벗어날 수 없습니다. 배움에 뜻을 두지 않는다면, 아무리 훌륭한 재주와 아름다운 바탕을 지니고서 수많은 사물에 대해 넉넉히 배운 사람이라 하더라도 결국에는 사사로움으로 인해 누를 끼치고 마니, 하물며 재주가 보잘 것 없는 사람이야 말해 무엇 하겠습니까? 윤사로(尹師魯)[19]는 기질이 비범하고 성취 또한 걸출하다 이를 만합니다. 하지만 그대가 거론한 「한자정에게 보내는 답장(答韓資政書)」[20]과 같은 글은 사사로움을 면치 못하였습니다. "바다를 본 사람 앞에서는 물이 되기 어렵고, 성인의 문하에서 유학해본 사람 앞에서는 훌륭한 말 되기가 어렵다."[21]고 하였습니다. 그대가 성인의 문하에서 아직 유학해보지 못해서 그런 것입니다.

오늘날의 풍속은 이미 무너질 대로 무너졌고, 인재는 쇠할 대로 쇠했으며, 공적으로 축적해놓은 재산이나 민력이나 모두 바닥이 날 대

명을 데리고 기수에서 목욕하고 무우에서 바람을 쐰 다음 시를 읊으며 돌아오겠습니다(莫春者, 春服旣成, 冠者五六人, 童子六七人, 浴乎沂, 風乎舞雩, 詠而歸.)"라는 구절이 나온다.

18) 『尙書』「洪範」에 "[백성들의 행위가] 中에 맞지 않더라도 허물에 걸리지 않는다면 대법으로 받아들이옵소서(不協于極, 不罹于咎, 皇則受之.)"라는 말이 나오는데, 여기서 '極'은 '中'의 뜻으로 해석할 수 있다.

19) 尹師魯는 북송의 문인 尹洙(1001~1047)를 가리킨다. 그는 河南省 洛陽 사람으로 河南府 戶曹參軍 등을 역임하고 館閣校勘을 거쳐 太子中允까지 지냈다. 范仲淹·歐陽脩 등과 친분이 두터우며 문학적으로는 古文派에 속한다.

20) 韓資政은 북송 때 승상을 지낸 韓琦(1008~1075)를 가리킨다. 윤수가 한기에게 보낸 이 편지는 윤수의 『河南集』 권10에 수록되어 있으며 원 제목은 「答揚州韓資政書」이다.

21) 『孟子』「盡心上」에 나오는 말이다.

로 났습니다. 날로 새로워지는 정치란 실로 어렵기 짝이 없습니다!

저는 지금 산에 오를 차비를 하느라 경황이 없어서 가슴속 이야기를 다 펼치지 못합니다. 언젠가 만나게 되면 다 쏟아내도록 하겠습니다.

文叔慈祥懇惻, 一意師慕善人, 服行善事, 友朋間所共推重, 與一輩依憑假託以濟其驕矜者, 不可同年而語矣. 然恐懼憂驚每每過分, 亦由講之未明, 未聞君子之大道, 與『虞書』所謂"儆戒無虞", 『周書』所謂"克自抑畏", 『中庸』所謂"戒愼乎其所不覩, 恐懼乎其所不聞"者, 亦不可同年而語也. 蓋所謂儆戒·抑畏·戒愼·恐懼者, 粹然一出於正, 與曲肱陋巷之樂, 舞雩詠歸之志不相悖違. 若彫零窮蹙, 弗協于極, 名雖爲善, 未得其正, 未離其私耳. 不志于學, 雖高材美質, 博物洽聞, 終亦累於其私, 況下才乎? 尹師魯氣質固自不凡, 其所植立, 可謂表表. 然如文叔所擧「答韓資政書」辭, 蓋不免乎其私者也. "觀於海者難爲水, 游於聖人之門者難爲言", 文叔第未得游聖人之門耳.

今日風俗已積壞, 人才已積衰, 公儲民力皆已積耗, 惟新之政, 亦良難哉!

某方此治登山, 倥偬占復, 莫究所懷. 何時合幷, 以遂傾倒.

주자연에게 보내는 편지

與朱子淵

오월에 깨우침을 내려주신 서찰을 삼가 받들어 입하(立夏) 이후의 동정에 대해 모두 알 수 있었기에 크나 큰 위로를 받았습니다! 몸조리하는 방법을 상세히 일러주고, 존귀한 분이 타는 수레까지 보내주시니, 부지런히 살펴주신 은혜 우러러 흠모함에 어찌나 감격스러운지요!

떠돌며 먹고 살아온 지가 거의 5, 6년이 되어 가건만, 이렇다 할 일을 해내지 못해 날마다 부끄럽고 두렵습니다. 옛날에 들어온 학문에 자못 본말이 갖추어져 있어, 일전 황상과의 면대에서 큰 줄거리만 거칠게 아뢰었는데, 현명하신 주상께서 광망하다 여기지 않으셨습니다. 하지만 아직 조항을 완성하지 못하였고 계통 또한 아직 세우지 못했습니다. 이토록 오랜 동안 망설이고 계시니, 주상의 청광(淸光)을 다시 뵈올 때를 기다려 제 마음 속 충정을 다 쏟아냄으로써 신하된 도의를 바치도록 하겠습니다.[22]

지난 겨울 대반(對班)[23]을 겨우 며칠 남겨두고 갑자기 장승(匠丞)[24]에 임명되어 동성(東省)[25]에서 쫓겨났습니다. 잃는 것을 두려워

---

22) 이 부분은 권10에 있는 「이성지에게 보내는 편지」와 정확히 일치한다.
23) 송나라 때에는 황제가 신하들로부터 국가 중대사에 관한 의견을 듣고자 輪對制를 시행했는데 이 輪對에 참여하게 된 신하들이 곧 對班이었다. 육구연은 淳熙 11년(1184)에 윤대에 참여하게 되었는데, 모두 5통의 상주문을 준비했으며, 사전에 朱熹에게 의견을 구하기도 하였다.

하는 사람들은 본디 의구심이 가득한데, 간교한 자들이 말을 꾸며 그들을 사주함에 무릅쓰고 그런 행동을 하였을 터이니, 그들 또한 가련합니다. 하지만 우리들이 때를 만나고 만나지 못하고, 우리의 도가 행해지고 행해지지 못하고는 본디 천명에 달려 있습니다. 저 보잘것없는 자들이 어찌 우리를 불우하게 만들 수 있겠습니까?

너그러운 은혜로 사록(祠祿)[26]을 하사해주셔서 시골로 돌아와 엎드려 날마다 집안의 어른 아이, 향리의 훌륭한 인재들과 더불어 옛날 책을 뒤적이고 옛날 도(道)를 강습하고 있습니다. 무우(舞雩)에서 노래하며 돌아오는 즐거움[27]에 비해 크게 뒤질 것 같지 않습니다. 그러나 이 마음의 영명함과 이 이치[理]의 밝음은 주(周)나라 과부의 근심[28]보다 더 잊을 수가 없습니다.

언제 한번 만나 배움을 청하겠습니다. 편지를 쓰노라니 그리움의 마음 이길 길이 없습니다.

五月間拜誨箚之辱, 備承入夏動息, 尤用慰沃! 敎以調度詳細, 既以上尊兼乘, 仰佩眷勤, 感戢之至!

某浮食周行, 侵尋五六載, 不能爲有無, 日負愧惕. 疇昔所聞, 頗有

---

24) 將作監에 속한 관직 명칭이다.
25) 송나라 때 東省은 秘書省을 가리킨다.
26) 대신이 관직에서 물러나면 예우 차원에서 食俸을 하사한 것을 가리킨다. 관직명이긴 하나 실제 직책은 없었다. 『宋史』 권161 「職官志十」에 "송나라 제도에서는 사록이라는 관을 설치하여 노인을 편히 모시고 현자를 우대했다. 그 전에는 인원수가 적었으나, 희녕연간 이후로 더 많이 두었다.(宋制, 設祠祿之官, 以佚老優賢, 先時員數絶少, 熙寧以後乃增置焉.)"라는 기록이 보인다.
27) 각주 17 참고.
28) 각주 12 참고.

本末, 向來面對, 粗陳大略, 明主不以爲狂. 而條貫靡竟, 統紀未終. 所以低回之久者, 思欲再望淸光, 少自竭盡, 以致臣子之義耳.

往年之冬, 去對班纔數日, 忽有匠丞之除, 遂爲東省所逐. 患失之人素積疑畏, 而又屬有憸狡設辭以嗾之, 故冒昧出此, 亦可憐已. 然吾人之遇不遇, 道之行不行, 固有天命, 是區區者, 安能使予不遇哉?

寬恩畀祠, 歸伏田畝, 日得與家庭尊幼, 鄕里俊彦, 繙古書, 講古道, 舞雩詠歸, 不敢多遜. 然此心之靈, 此理之明, 周婺之憂, 益所不能忘也.

何時合幷以請敎, 臨楮不勝馳情.

두 번째 편지
二

얼마 동안 기조(記曹)를[29] 찾아뵙지 못했더니, 그리움에 치닫는 마음이 날로 더해만 갑니다. 여릉(廬陵: 江西 吉州)은 그간 쌓인 폐단이 아직 남아 있는 상태에서 흉년까지 만났음에도 제대로 된 방도로써 구휼하심에 풍년과 다름이 없다 하니, 오직 부러울 따름입니다!

저는 이제 막 산에 올라왔고, 뜻을 같이 하는 자들도 조금씩 모여들기 시작했습니다. 이 산의 승경에 관해서는 이전 편지에서 대략 말씀드린 바 있습니다. 근래 들어 그윽한 곳을 더 많이 찾아냈는데, 거의 평생 보지 못한 풍경이었습니다. 여생을 보낼 곳은 여기로 결정했습니다. 당나라 승려 중에 마조(馬祖)라는 자가 있었는데, 이 산 북쪽에 집을 짓고 살았다 하여 마을 사람들은 여기를 선사산(禪師山)이라 부릅니다. 원풍연간(元豊年間: 1078~1085)에는 또 영(瑩)이라는 승려가 이 산 남쪽에 절을 짓고 응천사(應天寺)라 이름 지었습니다. 지금 저희들은 이곳에 살게 되자 산의 이름이 이교(異敎: 불교)에서 나온 것이 싫어서 바꾸려고 생각하였으나, 다른 이름을 찾지 못하고 있었습니다. 그렇게 며칠을 조용히 지내다가 이 산의 요지를 찾아냈는데, 지금껏 승려들조차 알지 못하던 곳이었습니다. 지난 겨울 그곳에 당을 짓기는 하였으나 옛 절터에 있는지라 마음에 들지 않았습니다. 그

---

29) 표문이나 奏章 등 각종 문서를 장관하는 관서 혹은 관리를 지칭한다. 여기서는 편지의 대상을 호칭한 것이다.

래서 이 요지에 당 하나를 새로 지으려고 하던 차에 산의 형태를 돌아보니 완연히 거대한 코끼리 상이었습니다. 그래서 이름을 상산(象山)이라 하고 자호(自號)를 상산거사(象山居士)라 하였지요. 산의 동남쪽을 바라보면 층층 봉우리가 나란히 펼쳐져있는데, 가까운 것은 수십 리요 먼 것은 수백 리입니다. 아득히 빼어난 모습으로 기이함을 다투고 수려함을 경쟁하며 처마 사이에서 날아오를 듯 춤을 춥니다. 아침저녁으로 비 오고 비 개고, 운무가 출몰하는 등 [그 천태만상의] 변화가 끝도 없습니다. 위로 올라 층층 봉우리에서 쉬면서 동쪽을 바라보니 영산(靈山)과 귀봉(龜峰)이 그림처럼 우뚝합니다. 옥산(玉山)의 물은 4백리를 더 가 귀봉 아래서 발원하여 귀계(貴溪)를 지나 이 산 왼쪽을 경유합니다. 서쪽을 바라보니 막고(藐姑)·석고(石鼓)·비파(琵琶) 등 여러 봉우리가 하늘에서 내려온 듯 높다랗게 솟아올라 사람을 압도합니다. 광택(光澤)에서 발원한 계곡물이 맑고 깨끗하게 굽이굽이 흐르는데, 그 사이로 산등성이가 푸른 옥판(玉版)처럼 드러납니다. 비교해보면 용호(龍虎)와 선암(仙巖)과 대산(臺山)도 겨우 둔덕처럼 느껴집니다. 동서로 흐르는 두 줄기 계곡물은 띠처럼 어여뿝니다. 두 계곡물이 합쳐지는 곳은 백 리 정도로 가깝습니다. 그러나 지세가 낮고 평평해질수록 물이 그다지 맑지 않아 눈으로 구분할 수 없으며, 언제나 푸른 안개 속에 보였다 사라졌다 합니다. 아래로 맑은 물줄기를 따라 돌 계곡이 구불구불 흐르는데, 만 가지 형상으로 모였다 나뉘었다 합니다. 물줄기가 몇 리까지 쏟아져 내리고, 울창한 숲이 그늘을 드리우며, 거대한 바위가 어지러이 널려 있어 한 여름에도 더운 줄을 모릅니다. 그 사이에 책을 끼고 있노라면 종일도 보낼 수 있으니, 조물주께서 내게 주신 선물이 참으로 많습니다.

집사(執事: 2인칭)께서는 바야흐로 외용(外庸)30)을 쌓으시며 크게 쓰이시길 기다렸다가 뜻을 다 펼치시려 하고 계십니다. 언젠가 부귀와 공명[31]을 실컷 누리신 뒤, 혹 저를 좇아 노닐고자 하는 뜻이 있으실런지요?

팽세창(彭世昌)이 산양(山陽)으로 갈 때 전 군(錢君)께서 매우 두터운 예를 표했는데, 종복이 주머니를 뒤져 도망치는 바람에 속수무책으로 돌아오고 말았습니다. 그 궁색함이 참으로 심합니다! 팽 공은 지향하는 바가 매우 기특하니, 하늘이 혹 이렇게 하여 그로 하여금 성취하게 하려 하심일까요? 지금은 쉬면서 이곳에서 함께 농사지으며 공부하고 있습니다. 그가 빌려갔던 병사를 돌려주었기에,[32] 대충 편지를 보내 문후를 여쭙니다.

稍不訊記曹, 日益馳鄕! 廬陵積弊之餘, 仍以旱歉, 調度有方, 無異豊歲, 惟竊健羨!

某屬方登山, 同志亦稍稍合集. 玆山之勝, 前書嘗槪言之. 此來益發其秘, 殆生平所未見. 終焉之計, 於是決矣. 唐僧有所謂馬祖者, 嘗廬于其陰, 鄕人因呼禪師山. 元豊間, 又有僧瑩者, 爲寺其陽, 號曰應天. 乃今吾人居之, 每惡山名出於異敎, 思所以易之而未得. 從容數日, 得玆山之要, 乃向來僧輩所未識也. 去冬所爲堂, 在寺故址, 未愜人意. 方於要處草創一堂, 顧盼山形, 宛然鉅象, 因名象山, 輒自號象山居士. 山面東南, 疊嶂騈羅, 近者數十里, 遠者數百里, 縹緲磊落, 爭奇競秀, 飛舞於簷間. 朝暮雨暘雲煙出沒之變, 不可窮極. 上憩層巓, 東望靈

---

30) 지방관의 政績을 말한다.
31) 唐나라 때 재상이었던 裴度의 별장이었던 綠野堂을 가리킨다. 배도는 높은 지위와 권세를 누린 인물이었으므로 공명과 부귀영화를 대신 받은 용어로 사용한 듯하다.
32) 여기서는 팽세창과 함께 떠나갔던 편지 심부름꾼이 다시 돌아온 것을 말한다.

山·龜峰, 特起如畫. 玉山之水, 蓋四百里而出於龜峰之下, 略貴溪以經姣山之左. 西望藐姑·石鼓·琵琶羣峰, 嶠崒逼人, 從天而下. 溪之源於光澤者, 縈紆泓澄, 間見山麓如青玉版. 比視龍虎·仙巖·臺山, 僅如培塿. 東西二溪窈窕如帶. 二溪合處, 百里而近, 然地勢卑下夷曠, 非甚清徹, 目不能辨, 常沒於蒼茫煙靄中矣. 下沿清流, 石澗曲折, 分合萬狀. 懸注數里, 蒼林陰翳, 巨石錯落, 盛夏不知有暑. 挾冊其間, 可以終日, 造物之遺予多矣.

執事方書外庸, 竚觀大用, 以究厥志. 異時厭飫綠野, 倘有意從吾游乎?

世昌山陽之行, 錢君禮之甚厚. 僕夫探囊以竄, 搏手來歸, 甚哉其窮也! 此公趨尙甚奇, 天其或者竟以是成之耶? 今已息肩, 共耕學於此矣. 因其遣還借兵, 草草寓此問訊.

세 번째 편지
三

    지난겨울에 먼 곳에서 안부를 물어오셨기에 즉시 답장을 갖추어 올렸거늘, 벌써 봄[33]이 찾아왔다가 제 할 일을 다 마쳤군요. 남산을 바라다봄에 치닫는 그리움을 이길 길이 없습니다! 구구한 행적은 전과 다름이 없습니다. 지난해 섣달에 집이 너무 비좁아 하는 수 없이 서까래 몇 개를 더 증축해야 했는데, 모든 일을 조카에게 맡긴 채 전혀 상관하지 않았습니다. 괴로운 것은 편지로 물어오는 손님들로 인해 한가할 날이 없다는 것이지요. 이 때문에 뒤 이어 편지를 쓰고자 하였으나 오늘 내일 하다 지금에 이르렀습니다.

    봄 내내 비가 내려 청명에 가까워서야 비로소 산방에 올 수 있었습니다. 천 그루 고송(古松)이 들쭉날쭉 사방에 빙 둘러 서있고, 그 사이로 흰 구름이 오며 가며 숨었다 나타났다 열흘 동안 흩어지지 아니하고 기이한 변화를 다 보여주었습니다. 앞 봉우리 수려한 경관은 깊은 곳에 숨어 있는데, 가끔씩 하얀 은세계 속에서 하나 둘 어렴풋 드러나곤 합니다. 그제야 한퇴지(韓退之: 韓愈)가 "비낀 구름 때때로 평온히 모여들어, 산봉우리 사이에서 한 점 한 점 그 모습 드러내네. 하늘에 긴 눈썹 떠오르니, 짙은 초록빛 그림이 이제 막 완성되었네."[34]라고 한 것은 직접 보고 느낀 것이었지 억측으로 상상해

---

33) 원문의 '靑陽'은 봄을 뜻하는 말이다.
34) 당나라 韓愈의 「南山詩」에서 인용하였다.

낸 것이 아님을 알았습니다. 며칠 만에야 그 바닥까지 [전체가] 다 드
러났는데, 아침 햇살이 환히 비추면 마치 그림처럼 밝고, 저녁놀이 한
줄기 빛을 드리우면 마치 비단처럼 찬란하였습니다. 저씨(楮氏)가 글
의 줄을 바꾸고 붓을 멈춰 바라보는 사이,[35] 천군(天君)은 이미 옅은
구름 성근 빗속으로 아득히 돌아가 버리고 말았습니다. 수천 리 밖에
서 서로 바라만 보고 있으나, 다행히 팽택(彭澤)의 여러 분들이 있어
이렇게까지 정회를 펼칠 수 있으니, 한 장소 같은 자리에 있는 것과
거의 다르지 않습니다.

去冬遠辱記存, 尋已具復, 駛哉靑陽, 行旣厥事, 矯首南山, 豈勝馳
遡! 區區之迹, 無異前日. 去臘以敝廬迫隘, 不得已增葺數椽, 然其事
盡付之猶子, 了不相關. 所困者, 獨書問賓客亦無暇日耳. 用是欲嗣致
尺紙, 因循迨今.
一春積雨, 近淸明始得至山房. 古松千章, 環布錯立, 白雲往來其間,
遞爲隱見, 彌旬未解, 頗盡奇變. 前峰蘊秀深藏, 時於白銀世界中微見
一二. 乃知退之所謂"橫雲時平凝, 點點露數岫, 天宇浮修眉, 濃綠畫新
就." 蓋得於親目, 非臆想也. 數日始見根底, 朝陽麗景, 明若圖畵, 暮燒
聯光, 爛若綺繡. 楮氏更端, 停毫注目, 天君已復縹緲於薄雲疏雨間矣.
相望數千里, 憑彭澤諸君發舒及此, 庶幾無異於合堂同席也.

---

35) '楮氏'는 종이를 가리킨다. 풍광을 묘사하는 글을 짓다가 줄을 바꾸고 경치를
감상하는 장면을 묘사한 것이다.

설상선에게 보내는 편지
與薛象先

저보(邸報)36)를 읽고 성심과 공도(公道)가 밝혀졌음을 알고서 깊고도 절실한 탄식이 나왔습니다. 그러나 마음만 있고 도울 길이 없으니, 어찌하면 좋습니까? 근자에 옛 동료들의 편지를 받았는데, 오직 유지보(劉志甫)만이 어느 정도 만족스러울 뿐입니다. 정부지(鄭溥之)는 예전만 못한 듯하지만, 이 또한 얻기 어려운 인재입니다. 풍전지(馮傳之)는 기질이 호걸스럽고 드넓어 제가 몹시 아끼는데, 다만 함께 있던 시간이 짧아 커다란 단서를 열어주지 못한 것이 안타까울 따름입니다. 이 정도에 그친다면 끝내는 학업에 큰 도움이 되지 못할 것 같아 매번 그를 위해 애석해하고 있습니다. 그대에게 혹시 이에 관한 방책이라도 있으십니까? 저는 비록 산에 거한지 오래이지 않으나 제법 영재들을 얻었습니다. 임천(臨川) 남성(南城)에 바야흐로 울창한 기운이 일어나고 있습니다. 아무리 칼과 검을 잘 다루는 사람이라도 좋은 쇠가 필요할 터, 제가 비록 칩거하고 있지만 족하를 위해 산속의 화로를 꺼내드리리 못하리라는 법은 없습니다. 사록(祠祿)37) 임기가 다 차갑니다. 만약 계속 받을 수 있다면 밥을 굶지는 않을 것 같습니다. 옛날에 풍전지에게 보냈던 편지를 대충 베껴 보냅니다.

---

36) 조정에서 반포하던 신문의 일종이다. 邸抄 혹은 朝報라고도 한다. 조정에서 정치에 관련한 조치나 상황을 알리고자 반포한다.
37) 각주 26 참고.

근자에 태학(太學)에서 하계 사시(私試)에 냈던 대책(對策)의 제목을 보았더니 참으로 이상하더군요. 학문이 밝아지지 못하고 사람 마음이 바름을 잃은 것이 이 지경까지 이르다니요. 산방 벗들 중에는 두 번째 편에 답을 작성한 사람이 많았습니다. 그 중 두세 사람의 글이 가장 훌륭하기에 아이를 시켜 베껴 보낼 터이니 한번 읽어보심이 어떻겠습니까? 『논어』에서 이르기를 "말을 알지 못하면 사람을 알 수 없다."[38]고 하였고, 『맹자』에서도 이르기를, "나는 말을 안다."[39]고 하셨습니다. 그러니 사람의 언론을 어찌 살피지 않을 수 있겠습니까? 어찌 사람을 보는 것뿐이겠습니까. 나라를 잘 보는 것 역시 반드시 여기에서 결판이 나게 마련입니다.

형공(荊公: 王安石)의 학문은 바름을 얻지 못하였습니다. 그런데도 재기가 드넓고 의지가 확고하였기에 천하를 그르치기에 딱 좋았습니다. 저는 「사당기(祠堂記)」에서 [이 일을] 상세히 논한 바 있는데, 스스로 말하기를 "성인이 다시 나와도 내 말을 바꾸지 못할 것"이라 하였습니다. 당시 여러 현자들 중에 형공을 따라잡을 만 한 자는 아마 없었을 것입니다.

'상동(尙同)'이라는 말은 가장 천루합니다. 천하의 이치[理]를 논함에 있어 시비를 논해야 마땅하지 어떻게 이동(異同)을 논할 수 있습니까? 게다가 '이단'이라는 말은 공자에게서 나왔는데, 지금 사람들은 어리석게도 오로지 불교와 노장(老莊)만을 가리켜 이단이라고 합니

---

38) 『論語』 「堯曰」에 나온다.

39) 『孟子』 「公孫丑上」에 나오는 이야기이다. "공손추가 말했다. '감히 묻건대 선생께서는 그 중 어떤 것을 더 잘하십니까?' 맹자 말하기를, '나는 사람의 말을 안다. 또 나의 호연지기를 잘 기른다.'(敢問, '夫子惡乎長?' 曰, '我知言. 我善養吾浩然之氣.')"

다. 공자 때에 불교와 노장이 없었다는 사실을 모르고서 말입니다. 비록 노자가 있었으나 그의 학설이 세상에 그다지 밝히 드러나지는 않았습니다. 부자께서 향원(鄕原)을 미워했던 사실은 맹자의 논의 속에 모두 보이지만,[40] 노자를 배격했다는 말은 보이지 않습니다. 그런즉 이른바 이단이란 불교와 노장을 가리키는 것이 아님에 분명합니다. '이(異)' 자와 '동(同)' 자는 짝을 이루니, 같음이 있은 후라야 다름이 있습니다. 맹자께서 이르시길 "귀에는 모두가 좋아하는 소리가 있고, 눈에는 모두가 좋아하는 아름다움이 있으며, 입에는 모두가 좋아하는 맛이 있고, 마음에는 모두가 그러한 이치가 있다."[41]라고 하셨고, 또 "부절처럼 일치했다."라고 하셨고, 또 "그 헤아림은 하나였다."[42]라고 하셨습니다. 이 이치가 있는 곳에 어찌 다름이 끼어들 수 있겠습니까? 이 이치를 달리 하면 이단인 것입니다. 희녕연간(熙寧年間: 1068~1077)에는 형공을 배척하던 자들이 본디 많았는데, 유릉(裕陵: 宋 神宗)이 일찍이 '상동'의 설로 형공을 힐책하자 형공은 "도덕은 하나요 풍속은 같다."는 말로 대답했습니다. 이에 유릉은 [형공을] 배척하는 자들을 옳지 않다고 여겼으니, 형공의 주장이 시행된

---

40) 『孟子』「盡心下」에서 맹자는 萬章과의 문답을 통해 공자가 싫어했던 향원이 어떤 부류인가를 설명하였다.
41) 『孟子』「告子上」에 보인다. 『맹자』원문을 그대로 인용한 것은 아니다. 원문은 이러하다. "맛에 대해 모든 입은 좋아하는 맛이 같다. 소리에 대해 귀는 같은 듣고자 하는 것이 같다. 색에 대해 눈은 아름답게 여기는 것이 같다. 그러니 마음에만 공통된 바가 없겠는가?(口之於味也, 有同耆焉. 耳之於聲也, 有同聽焉. 目之於色也, 有同美焉. 至於心, 獨無所同然乎?)"
42) 『孟子』「離婁下」에 "[순임금과 문왕은 뜻을 얻어 중국에 행하심에 마치 부절처럼 일치하였고, 선성과 후성이 이어짐에 그 헤아림은 하나였다.(得志行乎中國, 若合符節, 先聖後聖, 其揆一也.)"라는 말이 나온다.

것이 어찌 형공만의 죄이겠습니까? 근자에 어사대의 탄핵문을 읽어보니 다시금 '상동'을 되풀이하고 있습니다. 호(胡) 군자처럼 순박하고 독실하여 다른 허물이 없는 분마저도 이러한 의론을 펼치시니, 다른 사람에게야 더 무얼 바라겠습니까?

閱邸報, 得誠心公道之章, 深切降歎! 然愛莫助之, 奈何? 近得舊同官書, 唯劉志甫差強人意. 鄭溥之似不及前, 然亦難得矣. 馮傳之氣質恢傑, 吾甚愛之, 恨向來相聚日淺, 不能發其大端. 若只如此, 恐終不甚濟事也, 每惋惜之. 足下尚能有方略及此乎? 某居山雖未久, 亦頗得英才. 臨川南城, 氣象蔚然其興, 善爲刀劍者亦須好鐵, 吾雖屛居, 未必不爲足下出山爐也. 祠祿之滿, 儻復畀之, 似亦未爲空餐也. 舊與馮傳之一書, 謾錄往.

比見太學夏季私試策題, 異哉! 學之不明, 人心之失其正, 一至於是. 山房朋友多有擬答第二篇者, 就中二三人之文最勝. 令小兒錄往, 試監之如何? 『語』曰: "不知言, 無以知人也." 『孟子』亦曰: "我知言." 人之言論, 豈可不察? 豈惟觀人, 善觀國者亦必於此決之矣.

荊公之學, 未得其正, 而才宏志篤, 適足以敗天下, 「祠堂記」中論之詳矣, 自謂: "聖人復起, 不易吾言." 當時諸賢蓋未有能及此者.

'尚同'一說, 最爲淺陋. 天下之理但當論是非, 豈當論同異. 況異端之說出於孔子, 今人鹵莽, 專指佛老爲異端, 不知孔子時固未見佛老, 雖有老子, 其說亦未甚彰著. 夫子之惡鄕原, 論孟中皆見之, 獨未見排其老氏. 則所謂異端者非指佛老明矣. 異字與同字爲對, 有同而後有異. 孟子曰: "耳有同聽, 目有同美, 口有同嗜, 心有同然." 又曰: "若合符節." 又曰: "其揆一也." 此理所在, 豈容不同? 不同此理, 則異端矣. 熙寧排荊公者固多, 尚同之說裕陵固嘗以詰荊公, 公對以"道德一, 風俗同"之說, 裕陵乃不直排者, 然則荊公之說行, 豈獨荊公之罪哉? 近見臺評, 復尾尚同之說. 以胡君子淳慤無他, 議論猶如此, 他尚何望?

나춘백에게 보내는 편지
與羅春伯

   태상소경(太常少卿)[43]으로 승진하여 재상 자리를 향해가고 있다는 말을 들었습니다. 우리 도를 위해 큰 경사입니다. 거대한 좀 벌레가 제거되는 과정을 사방에서 보았으나, 날로 새로워지는 정치에 관해서는 아득한 채 들리는 소문이 없습니다. 그간 함께 했던 시간이 길지 않다고는 할 수 없는데, 발전이 있도록 도와주지 못한 것 같아 늘 참 괴해하고 있습니다. [그러던 차에] 보내오신 글을 읽고 근심이 더욱 깊어졌습니다.

   우주는 끝이 없고 천지는 공활하여 본래 일가일 뿐입니다. 옛날 성인들이 태어났던 곳은 천 리도 넘게 떨어져있고, 태어났던 시간도 서로 천 여 년이나 차이나지만, 뜻을 얻어 중국에서 시행함에 부절처럼 일치하였으니, 이는 본디 일가였기 때문입니다. 보내온 편지에서 '한 집안 사람'이라고 하신 말씀은 너무 비루하지 않습니까? 편지에서 주림(朱林)에 관한 일을 언급하시며, '한 집안 사람끼리 서로 모순된다.'고 하셨는데, 그렇다면 다른 집안 사람은 누구입니까? 옛 사람들은 그저 시비와 사정(邪正)만을 물었지 내 집안 남의 집안은 묻지 않았습니다. 군자의 마음은 언제나 그가 잘못을 없애 옳음을 취하고, 사

---

43) 원문은 '貳奉常'이다. 송나라 때에 奉常은 太常寺로 바뀌었으며. 앞에 '貳'가 붙은 것은 副使 직임을 표시한 것이다. 羅點(春伯)은 일찍이 1188년에 부름을 받고 太常少卿 兼 侍立官이 되었다.

특함을 버려 정당함으로 나아가길 바랄 뿐입니다. 그가 형세를 믿고 끝내 후회하지 않는다면[44] 「쾌괘(夬卦)」의 상육(上六) 효사처럼[45] 될 것입니다. 순임금이 사흉(四凶)을 유배 보낸 것도, 공자께서 소정묘(少正卯)를 주살한 것도 이 또한 집안 사람을 다스렸을 뿐입니다. 분수에 넘게 당여를 모아 옥(玉)과 돌을 한데 섞어 태워버리는 것은 배움이 지극해지지 않아 사사로움을 멋대로 부리려는 자들의 공통된 병폐입니다. 이는 한 사람만의 잘못, 한 마디 말의 실수가 아닙니다.

　근자에 어사대[46]에서 주림을 축출하려고 작성한 글을 보고 그 비루함에 거듭 탄식이 나왔습니다. 아이들이 모여 노는 곳에 교활한 무리들까지 뒤섞여있으니, 더 무얼 바랄 수 있겠습니까? 나라의 복을 그르치는 원인은 아마도 여기에 있지 저기에 있지 않은 것 같습니다.[47]

　適聞晉貳奉常, 鄕于柄用, 深爲吾道慶. 大蠢之去, 四方屬目, 惟新之政, 藐未有所聞. 鄕來相聚, 不爲不久, 不能有以相發, 每用自愧, 屬閱來示, 尤爲愓然.

　宇宙無際, 天地開闢, 本只一家. 往聖之生, 地之相去千有餘里, 世之相後千有餘歲, 得志行乎中國, 若合符節, 蓋一家也. 來書乃謂'自家屋裏人', 不亦陋乎? 來書言朱林之事, 謂'自家屋裏人, 自相矛盾', 不知

---

44)『尙書』「舜典」에 "실수나 불행으로 지은 죄는 풀어 주고, 형세를 믿고 끝내 후회하지 않는 자는 죽인다.(眚災肆赦, 怙終賊刑.)"는 말이 나온다.

45)『周易』「夬卦」의 上六 효사는 "호소할 데가 없으니, 끝내 흉하다.(無號, 終有凶.)"이다.

46) '臺端'은 당나라 때 侍御史를 부르던 말이었다. 후에는 御史臺를 이렇게 '臺端'이라 불렀고 어사대의 관원을 '端公'이라 불렀다.

47) 여기서 말하는 '여기'란 '어사대'를 말하고 '저기'란 탄핵 당사자인 '朱林'을 말한다.

孰爲他家? 古人但問是非邪正, 不問自家他家. 君子之心未嘗不欲其去非而就是, 捨邪而適正, 至其怙終不悛, 則當爲「夬」之上六矣. 舜於四凶, 孔子於少正卯, 亦治其家人耳. 妄分儔黨, 反使玉石俱焚, 此乃學不知至, 自用其私者之通病, 非直一人之過, 一言之失也.

近見臺端逐林之辭, 亦重嘆其陋. 羣兒聚戱, 雜以猥狡, 尙何所望? 非國之福, 恐在此而不在彼也.

정부지⁴⁸⁾에게 보내는 편지
與鄭溥之

조중성(趙仲聲)이 돌아와 전해준 편지를 받고 큰 위안을 받았습니다. 대부시승(大府寺丞)으로 승진하게 된 사실도 알게 되었습니다만, 이 자리 역시 현자가 처하기에 족한 곳은 아니지요. 지금쯤이면 다시금 요직에 발령 나셨을 터인데, 칩거하는 사람이라 듣지 못했을 뿐이겠지요.

지난해에는 산속이 대충 정돈이 되었기에 서산(西山)으로 유람을 떠났었습니다. 그러나 일이 계속 이어지는 통에 남은 해 동안 산에 한 번도 올라오지 못했습니다. 근자에 벗들이 다시금 모여들기 시작했으니, 다음 달 삭망에 소공복(小功服)⁴⁹⁾을 벗는 즉시 산에 올라가 오래 머물 요량입니다.

지난 겨울에 소기의(邵機宜: 邵叔誼)에게 보낸 편지에서 학문의 본말에 대해 자못 궁구한 바 있으니, 지금 가서 한번 보도록 하십시오. 선암(仙巖)을 유람하며 신흥사(新興寺) 벽에 써 놓은 몇 마디 글은 산에 거하는 한적함을 드러내기에 충분합니다. 섣달에 다시 「태극도

<hr/>

48) 鄭湜. 字는 溥之이며 시호는 文肅이다. 福建省 閩縣 城門鄕 사람. 乾道 2년 (1166)에 진사가 되었고, 紹熙 원년(1190)에 中書舍人 羅點의 추천으로 秘書郎이 되었다. 慶元 원년(1195)에 起居郎 및 權直學士院이 되었다가 趙汝愚의 일에 연루되어 관직에서 물러나 고향으로 돌아갔다. 朱熹가 '僞學' 사건을 피해 福州로 왔을 때 그의 집에 한 동안 머문 것이 있다.

49) 종조부모, 재종형제, 종질, 종손 등의 상사에 다섯 달 동안 입는 상복을 말한다.

설(太極圖說)」을 논한 원회(元晦: 朱熹)의 편지를 받고 곧장 편지 한 통을 써서 답했는데, 지금 함께 보내드립니다. 이 노인장은 재기가 영특하시고 평생 뜻한 바가 이욕(利欲)에 빠진 적이 없으니, 요즘 세상에 나란히 할 만 한 자가 실로 없습니다. 다만 강학의 오류에 눈이 가린 채 헤어나지 못하고 계시니, 참으로 가련합니다. 사인(士人)들이 바야흐로 의론을 펼치고 있는데 이 노인장의 이 학문에 큰 발전이 있도록 도와줄 수 있다면 어찌 경사로운 일이 아니겠습니까? '성(誠)'이란 자기를 이루는 것일 뿐만 아니라 사물을 이루어 주는 것이기도 합니다. 이 마음의 영명함에 막히고 가려지고 매몰된 바가 없다면, 아프고 가려운 곳이 어딘지 다 알 수 있습니다. 나라의 다스려짐과 버려짐, 백성의 편안함과 근심, 윤상(倫常)의 질서정연함과 뒤섞임, 사대부 학문의 옳음과 그릇됨, 심술(心術)의 삿됨과 정의로움 등을 눈과 귀로 살피신 다음 마음으로 생각해보십시오. 그러면 이 마음의 영명함에 분명 막히고 가려지고 매몰된 바가 있음을 알게 될 것입니다. 물(物)에 있는 것은 곧 내게 있는 것의 징험이기도 합니다. 어디를 가건 '돌이켜 구해보는' 노력을 다하지 않을 곳이 있겠습니까? 이것이 바로 제가 뜻을 같이 하는 벗들과 날마다 절차탁마하며 놓고 싶어 하지 않는 것입니다. 아름다운 문장 같은 것은 그저 그대의 여사(餘事)일 뿐입니다. 근래 들어 의론하시는 것이나 지키시는 절조나, 모두 늠름하니 옛날에 가깝습니다. 원컨대 그 정성을 쉬지 말고 더하시고, 그것을 채우고 기르는 공부에 날마다 힘쓰십시오. 그리할 수 있다면 우리 도에 있어 크나 큰 행운일 것입니다! 도가 행해지고 행해지지 않고야 본디 천명에 달려 있습니다만 그렇다고 우리가 어찌 배움에 스스로 나아가지 않을 수 있겠습니까!

저는 일찍이 현자가 어떠한 사안에 대해 정대(廷對)[50]하는 것은 상주문을 올리느니만 못하다고 망령되이 논의한 바 있습니다. 저의 어리석은 뜻인즉 천재지변에 기인해 [정사에 있어서의] 부족함을 아룀으로써 주상의 [스스로를] 수양하고 성찰하려는 내실을 도와주기만 하면 될 뿐이지, 후세에 재이(災異)에 대해 말하는 사람처럼 사실에 나타난 징험을 왜곡되게 추측할 필요는 없다는 것이었습니다. 일찍이 원우(元祐) 3년(1100)에 여익유(呂益柔)[51]가 정대하길, "옛날에 재이에 관해 말한 사람은 많았사옵니다. [한나라] 유향(劉向)·동중서(董仲舒)·계심(季尋)·경방(京房)·익봉(翼奉) 등은 모두 음양의 이치에 정통하여서, 당시 어떤 사안에 관해 의견을 바친 것이 한두 가지가 아닙니다. 그러나 군자들은 이를 취하지 않았으니, 그것이 일에 나타난 징험을 말했기 때문입니다. 공자께서는 『춘추』에 재이와 관련된 내용을 기록하시고 후대 왕의 경계로 삼게 하였습니다. 그런데 군자는 이를 취하였으니, 이는 이것이 일에 나타난 징험을 말하지 않았기 때문입니다. 물정(物情)을 옆으로 끌어들이고 비슷한 사례를 일일이 찾아 지목해보자면 우연히 일치되는 것이 없을 수 없사옵니다. 그러나 하나라도 부합하지 않은 것이 있을 시, 임금께서는 그것을 소홀히 여겨 두려워하지 않습니다. 공자께서 『춘추』에 재이를 기록하고, 일에 드러난 징험을 기록하지 않으신 까닭은 실로 임금께서 매사에 조심함으로써 하늘의 징계에 응답하기를 원하셨기 때문입니다."라고 하였습니다. 그의 말이 비록 다 정확한 것은 아니지만, 대략적으로 볼 때 일리 있는 말이라 이를 만합니다. "한번 조심하고 한번 방종하

---

50) 어떠한 사안에 대해 황제의 자문이 있을 경우 조정에서 신하들이 대답하는 것을 말한다.

51) 呂益柔(?~?) 北宋 哲宗 元祐 3년(1088)에 진사 2등으로 급제해 顯謨閣待制를 역임했다.

니, 순일함을 지키지 못한다."는 말은 특히나 적실합니다. "구름이 장차 모이려고 할 때는 다시 흩어지고, 비가 장차 내리려고 할 때는 다시 그친다."와 같은 말을 하늘의 뜻이 드러나 그렇게 된 것이라고 여겼는데, 제가 보기에 반드시 그런 것은 아닌 것 같습니다. 또 인조(仁祖)가 이슬 맞고 서서 [하늘을 우러른] 일[52]을 가지고 증명하려고 했는데, 이 또한 본지에 잘 맞지 않는 듯하니, 다시금 정밀히 생각해주시기 바랍니다.

군심(君心)의 잘못을 바로 잡고 옳은 도(道)로 이끄는 일에 어찌 모든 방법을 다 쓰지 않을 수 있겠습니까? 그렇기 때문이 어려운 일을 책하는 것을 일러 공(恭)이라 하나,[53] 순임금이 요임금을 모시던 방법으로써 하지 않는다면 이는 그 임금께 불경(不敬)을 저지르는 것입니다. 사려가 깊고 정밀하며, 매사에 먼저 강령을 찾은 다음 그 조목을 상세히 함으로써 즉시 시행할 수 있도록 하는 것, 이것이 그대의 장점입니다. 그러나 본말이 편중되어 있어 일관되지 못합니다. 이때문에 근원처를 이야기할 때는 비록 순정한 듯 보이나, 문장 끝까지 읽어보면 도리어 혼란한 느낌만 들고 전체를 통솔해 나가는 기세가 없습니다. "만물은 나란히 자라남에 서로 해함이 없고, 도는 나란히 행해짐에 서로 거스름이 없다. 작은 덕은 냇물처럼 흐르고, 큰 덕은

---

52) 이와 관련하여 文天祥의 「御試策」에 다음과 같은 내용이 보인다. "인조 33년에 이슬을 맞고 서서 하늘을 우러른 채 천재지변을 두려워하는 마음에 통천서를 부수고 민생을 구제했다.(仁祖之三十三年也, 方且露立仰天, 以畏天變, 碎通天犀, 以救民生.)"

53) 『孟子』「離婁上」에 "임금에게 어려운 일을 책하는 것을 恭이라 하고, 선을 펼치고 사악함을 막는 것을 敬이라 한다.(責難於君謂之恭, 陳善閉邪謂之敬.)"는 말이 나온다.

감화됨을 두텁게 한다."[54] 반드시 강령을 먼저 들어 시행한 후라야 능히 여기에 미칠 수 있습니다. 백 리 길을 갈 때 구십 리를 가야 반이라 했습니다.[55] 채찍질하시기 바랍니다.

趙仲聲歸, 奉書, 慰浣之劇! 竊知晉丞大府, 此亦未足以處賢者, 今當復有淸切之除矣, 屛居者未之聞耳.

往年山間粗成次第, 便有西山之遊, 相繼有事役, 殘歲遂不得一登. 比來朋友復相會集, 後月朔, 除一小功報服, 卽登山爲久駐之計.

去冬與邵機宜一書, 頗究爲學本末, 今往一觀. 游仙巖題新興寺壁數語, 頗足以見居山之適. 膢月得元晦復論「太極圖說」書, 尋以一書復之, 今倂往. 此老才氣英特, 平生志尙不沒於利欲, 當今誠難其輩. 第其講學之差, 蔽而不解, 甚可念也. 士論方伸, 誠得此老大進此學, 豈不可慶? 誠者非自成己而已也, 所以成物也. 此心之靈苟無壅蔽昧沒, 則痛癢無不知者. 國之而冥於其心, 則此心之靈必有壅蔽昧沒者矣. 在物者, 亦在己之驗也. 何往而不可以致吾反求之功? 此所願與同志日切磋而不舍者. 文藻特溥之餘事, 比來議論節操, 凜凜近古. 願加不息其誠, 日致充長之功, 則吾道幸甚! 道之行不行固有天命, 吾人之學安得而不自致哉!

某向嘗妄論, 賢者對事不逮奏篇, 蓋愚意以爲但當因天變疏陳缺失, 以助主上修省之實, 不必曲推事驗, 如後世言災異者. 嘗見元祐三年呂益柔廷對, 有曰: "昔之言災異者多矣. 如劉向·董仲舒·季尋·京房·翼奉之徒, 皆通乎陰陽之理, 而陳於當時者非一事矣. 然君子無取焉

---

54) 『中庸』 30장.

55) 『戰國策』 「秦策五」에 "시에서 이르길, '백리를 갈 때 구십 리를 가야 반이다.'라고 했으니, 이는 다 가서가 어렵다는 뜻이다.(詩云, '行百里者半于九十.' 此言末路之難也.)"라는 구절이 보인다. 모든 일은 뒤로 갈수록 어렵다는 뜻이다.

者, 爲其著事應之說也. 孔子書災異於『春秋』, 以爲後王戒, 而君子有
取焉者, 爲其不著事應故也. 夫旁引物情, 曲指事類, 不能無偶然而合
者. 然一有不合, 人君將忽焉而不懼. 孔子於『春秋』, 著災異, 不著事
應者, 實欲人君無所不謹, 以答天戒而已." 其言雖未精盡, 大槪可謂得
矣. 如"乍警乍縱, 不能純一"之言, 可謂切當. 至以"雲將族而復散, 雨
將下而復止", 爲天意象類而然, 則愚以爲不必如此言也. 又如證以仁
祖露立事, 亦恐於本指未相應, 更願精思之.

　格君心之非, 引之於當道, 安得不用其極. 此責難所以爲恭, 而不以
舜之所以事堯事君者, 所以爲不敬其君也. 思慮審精, 每及一事, 旣擧
綱領, 又詳其條目, 使立可施行, 此溥之所長也. 然其本末偏重, 實未
一貫. 故言根原處雖若精純, 終篇讀之, 却覺渾亂, 無統臨運率之勢.
"萬物並育而不相害, 道並行而不相悖, 小德川流, 大德敦化." 必綱擧
領挈, 然後能及此也. 行百里者半九十, 願着鞭焉.

풍전지에게 보내는 편지
與馮傳之

    늦봄에 군의 성읍에서 저보를 읽고 이미 승진하셨음을 알게 되었습니다. 이제부터 나아가 등용되심은 우리 도(道)에 있어 행운이니, 감히 함께 기쁨을 보태드리지 않을 수 있겠습니까!

    우리들이 벼슬길에 나아감에도 나름의 대의가 있습니다. 배운 자가 귀한 까닭은 이 대의에 밝기 때문입니다. 배우지 않은 자라면 본디 말할 만하지 못하려니와, 이른바 학자라 일컬어지는 자가 세속의 이론과 사사로운 학설에 얽매인다면, 이는 의(義)에 아직 밝아지지 못하고 사사로움이 아직 다 없어지지 않은 탓일 것입니다. 보내주신 편지에서 외면으로 인해 동요되어서는 안 된다고 하셨는데, 맞는 말씀입니다. 만약 유속의 이론만 힐끔거린다면, 도를 알고 의에 밝다 할 것이 어디 있겠습니까? 이득인지 손해인지 계산하고, 비난인지 명예인지 계산하는 것, 이 둘 모두 사사롭기는 마찬가지입니다. "위대하구나! 성인의 도는. 바다같이 넘실대는구나. 만물을 기르시고, 높음이 하늘까지 닿았구나. 넉넉하고도 크도다."[56] 하늘이 하늘이 될 수 있는 까닭은 바로 이 도 때문입니다. 그래서 "오직 하늘만이 크다."[57]라고 한 것입니다. 하늘이 사람에게 충(衷)을 내리심에[58] 사람은 중(中)

---

56) 『中庸』 27장.
57) 『論語』 「泰伯」에 "크도다. 요의 임금 됨이여! 높고 높도다! 오직 하늘이 큰데, 요임금이 하늘을 본받았구나.(大哉, 堯之爲君也! 巍巍乎! 唯天爲大, 唯堯則之.)"라는 말이 나온다.

을 받아 태어났습니다. 그러니 도는 본디 사람에게 있는 것입니다. 『맹자』에서 "대체(大體)를 따르라"[59]고 한 것은 이것을 따르라는 말입니다. 또 "대체를 기르라"[60]고 한 것은 이것을 기르라는 말입니다. 또 "기르면서 해치지 말라"[61]고 한 것은 이것에 해를 입히지 말라는 것입니다. 또 "먼저 그 큰 것을 세우라"[62]고 한 것은 이것을 세우라는 말입니다. 여기 거하는 것을 일러 '광거(廣居)'라 하고, 이것을 세우는 것을 일러 '정위(正位)'라 하고, 이를 행하는 것을 일러 '대도(大道)'라 합니다.[63] 넓은 집[廣居]에 거하지 않고, 바른 자리[正位]에 서지 않고, 큰 도리[大道]를 행하지 않는다면 어찌 대장부가 될 수 있겠습니까? 그대의 기질은 드넓어서 도가 있는 듯 보이지만, 큰 데 뜻을 두고 있지 않습니다. 그렇기 때문에 깊은 곳에 임하여 그 높음을 나타내고, 적은 데 더해서 많다고 할까[64] 두려울 뿐입니다. 더욱 힘쓰시면서 스

---

58) 『尙書』「湯誥」에 "위대한 상제께서 하민에게 충을 내리시니(惟皇上帝, 降衷于下民.)"라는 말이 나오는데, 孔穎達은 "충은 선이다.(衷, 善也.)"라고 했으나 『朱子語類』권18을 보면 朱熹는 "안에 있으면서 가운데 있는 것(爲其在裏而當中)"으로 해석하면서 '善'으로 풀어서는 안 된다고 하였다.

59) 『맹자』「盡心上」.

60) 『맹자』「盡心上」.

61) 『맹자』「公孫丑上」.

62) 『孟子』「告子上」.

63) 『孟子』「離婁上」에 "인은 사람이 머물 편안한 집이요, 의는 사람이 따라야 하는 바른 길이다. 편안한 집을 나와 거주하지 않고 바른 길을 버리고 따르지 않으니 슬프다.(仁, 人之安宅也. 義, 人之正路也. 曠安宅而弗居, 舍正路而不由, 哀哉!)"라는 구절이 나온다.

64) 『禮記』「儒行」에 나오는 구절이다. "선비는 몸을 씻어 덕에 목욕하며 몸을 바르게 해서 그 말을 임금에게 고하고 엎드려서 그 명을 듣는다. 고요히 바르게 하여 나아가도 임금은 모른다. 임금의 허물을 들어서 간하되 급히 하지 아니한다. 깊은 데 임하여 그 높음을 나타내지 않고, 적은 데 더해서 많다고 하지 않는

스로 한계 짓기 않는다면, 우리 도에 있어 크나 큰 행운이겠습니다.

春末在郡城閱邸報, 竊知已遂改秩, 自此進用, 吾道之幸, 敢不贊喜!

吾人仕進自有大義, 所貴乎學者, 以明此義耳. 不學者固不足道, 號爲學者而又牽於俗論私說, 則是義猶未明, 私猶未徹耳. 來敎謂不可爲外面擾動, 是矣. 若眄眄然顧流俗之義論, 則安在其爲知道明義也? 計利害, 計毁譽, 二者之爲私均也. "大哉! 聖人之道. 洋洋乎! 發育萬物, 峻極于天, 優優大哉." 天之所以爲天者, 是道也. 故曰: "唯天爲大." 天降衷于人, 人受中以生, 是道固在人矣. 『孟子』曰: "從其大體", 從此者也. 又曰: "養其大體", 養此者也. 又曰: "養而無害", 無害乎此者也. 又曰: "先立乎其大者", 立乎此者也. 居之謂之'廣居', 立之謂之'正位', 行之謂之'大道'. 非居廣居, 立正位, 行大道, 則何以爲大丈夫? 傅之氣質, 恢乎似道, 顧恐不志其大, 而臨深爲高, 加少爲多耳. 願益勉旃, 無苟自畫, 則吾道幸甚!

다. 세상이 다스려지더라도 경솔이 나아가지 않고, 세상이 어지럽더라도 좌절하지 않는다. 같더라도 좇지 않으며 다르더라도 어기지 않으니, 우뚝 서서 홀로 행함이 이와 같은 자가 있다.(儒有澡身而浴德, 陳言而伏, 靜而正之, 上弗知也. 麤而翹之, 又不急爲也. 不臨深而爲高, 不加少而爲多, 世治不輕, 世亂不沮. 同弗與, 異弗非也, 其特立獨行有如此者.)"

주원회에게 보내는 편지
與朱元晦

    조정에서 가뭄을 이유로 다시금 훌륭하신 분을 사절로 내려 보내셨는데,[65] 만일 기꺼이 고개 숙여 나아가시겠다면 강서(江西)의 백성들에게 얼마나 큰 행운이겠습니까!

    초겨울에 허 씨(許氏)네 아들이 찾아왔기에 5월 8일자 편지를 비로소 받을 수 있었습니다. 막내 따님께서 끝내 일어나지 못했다는 소식도 들었습니다. 마음 아파하며 애도하는 바입니다! 지난달에 또 5월 2일자 편지를 받고 크나 큰 위로를 받았습니다.

    못난 저는 깊은 우환을 만나서, 둘째 형님 자의(子儀: 陸九叙)가 한여름에 병에 걸려 일어나지 못하더니, 지난달 말에 막 장례를 마쳤습니다. 7월 말에는 세 살 난 아이를 잃었는데, 돌아가신 교수(敎授) 형님의 뒤를 잇기로 되어 있던 아이입니다. 근래 들어 또 질손녀 하나를 잃었습니다. 조카사위 장보지(張輔之)도 몇 달을 몸져 누워있더니, 선형의 장례 후에 영영 떠나버렸습니다. 가슴 아픕니다! 우환이 거듭되기가 이보다 더 심한 수는 없습니다. 마음에 닿는 것마다 슬픔을 부추겨 거의 견디지 못할 지경입니다. 저는 옛날부터 혈질(血疾)을 앓아왔는데, 요 이삼년 사이 점점 심해지더니 근래 들어 다시 치

---

65) 이 구문에서 앞에 '屈' 자를 쓴 것은 사절로 내려가게 한 명령 자체가 상대에게 있어서는 大器小用의 느낌이 없을 수 없음을 뜻하는 것이다. 상대를 높이기 위한 상투적 표현이다.

질이 되어 참으로 고생을 하다가 며칠 지나 조금 나아졌습니다.

부자연(傅子淵)이 지난달 이곳에 왔습니다. 그의 거동과 언사를 살펴보면 광망하고 방자한 점이 많았습니다. 그 스스로 말하기를, "아무개가 돌아온다는 말을 듣고 이 병이 갑자기 나았습니다."라고 하더니 막상 근자에 이곳에 왔을 때에는 그다지 절차탁마하지 못하였습니다. 그 스스로 말하기를, 더욱 열심히 허물을 깎아내고 있다고 하였는데, 벗들이 보고서 또한 그렇다고 하였습니다. 그의 장자의 경우, 요 일이 년 사이에 마을 사람들이 그 돈후함과 이치를 좇음이 자연보다 낫다고들 하였고, 자연 또한 그 아들을 매우 자랑스러워했습니다. 그런데 얼마 전에 무슨 병인지도 모르고 어느 날 저녁 갑자기 세상을 뜨고 말았습니다.

유정부(劉定夫)는 기질이 완강하고 사납기가 벗들 중에 견줄 자가 드물 정도였는데, 근래 들어 좀 유해지더니 비로소 스스로를 책망할 줄 알게 되었습니다. 대저 학자들의 병통은 반드시 그 실체가 무엇인지 찾아내어 고해줘야지, 그저 짐작으로 고하거나 선현들의 가르침이나 인용하면서 그를 치죄하려 들면[66] 절대 승복하려 하지 않습니다. 설령 그 사람이 변명하지 못한다 해도, 서로 세력이 같지 않은데 억지로 권면하고 무고하게 죄를 자복하게 한다면, 그 사람에게 무슨 보탬이 되겠습니까? 어찌 보탬이 없기만 하겠습니까? 그것으로 그를 해칠 수도 있을 것입니다.

朝廷以旱暵之故, 復屈長者以使節, 儻肯俯就, 江西之民, 一何幸也! 冬初許氏子來, 始得五月八日書, 且聞令小娘竟不起, 諒惟傷悼. 前

---

66) '文致'는 문장과 법을 우롱하여 사람을 죄에 집어넣는 것을 말한다.

月來又得五月二日書, 開慰之劇.

某不肖, 禍釁之深, 仲兄子儀, 中夏一疾不起, 前月末甫得襄事. 七月末, 喪一幼穉, 三歲, 乃擬爲先敎授兄後者. 比又喪一姪孫女. 姪婿張輔之抱病累月, 亦以先兄襄事之後長往. 痛哉! 禍故重仍, 未有甚於此者. 觸緒悲摧, 殆所不堪. 某舊有血疾, 二三年寖劇, 近又轉而成痔, 良以爲苦, 數日方少瘳矣.

傅子淵前月到此間, 聞其擧動言論, 類多狂肆. 渠自云: "聞某之歸, 此疾頓瘳." 比至此, 亦不甚得切磋之. 渠自謂刊落益至, 友朋視之, 亦謂其然. 其長子自一二年來, 鄉人皆稱其敦篤循理, 過於子淵. 子淵亦甚譽其子. 比日不知何疾, 一夕奄然而逝.

劉定夫氣稟屈強恣睢, 朋儕鮮比. 比來退然, 方知自訟. 大抵學者病痛, 須得其實, 徒以臆想, 稱引先訓, 文致其罪, 斯人必不心服. 縱其不能辯白, 勢力不相當, 强勉誣服, 亦何益之有? 豈其無益, 亦以害之, 則有之矣.

두 번째 편지

二

    외대(外臺)⁶⁷⁾로의 임명이 어찌 덕 있는 어르신을 대하는 도리일까
마는, 아마도 새로운 조정에서 현자를 등용하려는 조짐이겠지요. 오
늘날의 폐석(肺石)⁶⁸⁾들도 평소에 인망 있던 자들이라, 그저 궁 안 뜰
과 거리 바깥에서 호응하며 소리만 높이지는 않을 것입니다. 혹 이제
부터 현자를 천거하려는 뜻이 있는 것은 아닐까요?

    금릉(金陵) 호거강(虎踞江)에서 보면 중원이 한눈에 다 들어옵니
다. 조정에서는 『춘추(春秋)』의 대의가 바로 이곳에서부터 생겨났음
을 잊어서는 안 될 것입니다. 지금 크신 현자를 얻어 잠시 다스림의
뜻을 맡기셨으니, 초거(軺車)⁶⁹⁾가 어찌 구정(九鼎)⁷⁰⁾보다 가볍겠습니
까? 안팎의 기대가 무겁습니다. 형산(衡山)⁷¹⁾보다도 더 높아지신다

---

67) 州郡의 장관을 이르는 말이다.
68) 『周禮』「秋官・大司寇」에 보면 周나라의 외조 마당에는 회화나무 3그루와 가
    시나무 9그루, 嘉石과 肺石이 있었다고 한다. 嘉石은 죄인을 그 위에 앉혀 많
    은 사람들이 보도록 한 것이고, 肺石은 이 돌을 쳐서 억울한 백성의 원통함을
    알리는 용도로 사용되었다. 여기서는 송사나 탄핵 등을 관장하는 刑部 혹은
    어사대 등의 관원을 지칭한 것으로 보인다.
69) 지방관으로 나가는 사람이나 조정의 명령을 선포하러 가는 사자가 타는 수레를
    말한다.
70) 九鼎은 원래 夏禹 때 주조했다는 세발솥으로 곧 국가 정권을 상징한다. 또한
    어마어마한 무게를 상징하는 말로도 사용된다. 초거가 구정에 그치지 않는다는
    말은 지방관으로서의 직책이 나라를 다스리는 직책보다 무거움을 뜻한다.
71) 형산은 옛날에 霍山이라 칭해졌기 때문에 衡霍이라 칭한 것이다.

면, 저는 존형을 우러르며 그로 인해 날로 새로워질 것입니다. [관직을] 마다하는 상소는 필시 윤허되지 않았으리라 생각됩니다. 원컨대 존형께서는 더욱 부지런히 치료 받고 약을 드시어 민심을 굽어 살펴 위로해 주십시오. 근력이 강하지 못하다 하더라도 병든 몸이나마 잘 간수하며 누워 보양하신다면, 정신이 어느 정도 수습될 것입니다. 강동(江東)의 관리와 백성들을 보면, 선량한 자들은 생업을 지키고 간악한 자라도 두려워할 줄을 압니다. 현을 다스리시다 여유가 생기시거든 간혹 산방을 찾아와 샘물과 바위도 한번쯤 돌아보십시오. 이것은 구구한 저의 사사로운 바람입니다.

왕순백(王順伯)은 회수(淮水) 일대에 있습니다. 매우 부지런히 힘을 다하고 있는데, 저는 아무 것도 도움 줄 것이 없습니다. 어르신께서 한번 광림해주신다면, 보탬 됨이 또한 적지 않을 것입니다.

外臺之除, 豈所以處耆德, 殆新政起賢之兆耳. 當今肺石, 平時亦有物望, 不應徒呼唱於內庭外廂而已, 豈抑自此有意推賢耶?

金陵虎踞江上, 中原在目. 朝廷不忘『春秋』之義, 固當自此發跡. 今得大賢, 暫將使旨, 則軺車何啻九鼎? 中外倚重, 當增高衡霍, 斯人瞻仰爲之一新矣. 竊料辭免之章, 必未兪允. 願尊兄勉致醫藥, 俯慰輿情. 縱筋力未強, 但力疾臥護, 則精神折衝者, 亦不細矣. 若乃江東吏民, 善良有養, 姦惡知畏, 而行縣之餘, 或能檢校山房, 一顧泉石, 此尤區區之私願也.

王順伯在淮間, 宣力甚勤, 然不能無莫助之患. 倘得長者一照映之, 爲益又不細矣.

권 14

포상도에게 보내는 편지
與包詳道

　　우주 간에는 절로 실리(實理)가 존재합니다. 학자가 귀한 까닭은 이를 능히 밝힐 수 있기 때문입니다. 이 이치[理]가 밝아진다면, 절로 실제 행동을 하게 되고 실제 일을 하게 됩니다. 실제 행동을 하는 사람은 "말하지 않아도 믿음이 있어서"[1], 근래 오로지 입만 놀리고 한가로이 마음으로 헤아리기만 하는 자들과는 천양지차가 나고, 연(燕)나라와 월(越)나라만큼이나 거리가 멉니다. 오로지 입만 놀리고 한가로이 마음으로 헤아리기만 하는 자들은 모두 기질이 아름답지 못하고 식견이 밝지 못한데다가, 그간 익혀온 것이 습관이 되었기 때문에 그리 된 것이니, 도리어 그 과오를 바로잡기 쉬운 세습을 따르는 자들만도 못합니다. 헤아리기를 그치지 않는다면 마음을 잃음은 더욱 심해질 것입니다. 깨달은 후에 돌아보면 참으로 스스로 독점하려 했던 천한 사내[2]가 되어 있을 터이니, 실로 부끄러운 노릇이 아니겠습니까! 만약 맹렬히 깨달아 용감히 고칠 수 있다면, 하늘이 내게 준 것은 밖에서 안으로 스며들어간 것이 아닌지라 다른 데서 찾을 필요도 없을 것입니다. 경건히 보전하고 부지런히 함양하여 배우고 묻고 생각

---

1) 『中庸』 33장 "군자는 움직이지 않아도 공경하며, 말하지 않아도 믿음이 있다. (君子不動而敬, 不言而信.)"는 대목을 인용한 것이다.
2) 『孟子』 「公孫丑下」에 보이는 내용이다. "사람이라면 누구인들 부귀를 바라지 않겠느냐마는 부귀한 가운데에 홀로 사사로이 독점하는구나.(人亦孰不欲富貴, 而獨於富貴之中, 有私龍斷焉.)"

하고 변별함으로써 독실히 행해나간다면, [그대의 발전을] 그 누가 막을 수 있겠습니까?

宇宙間自有實理, 所貴乎學者, 爲能明此理耳. 此理苟明, 則自有實行, 有實事. 實行之人, 所謂不言而信, 與近時一種事唇吻, 閑圖度者, 天淵不侔, 燕越異向. 事唇吻, 閑圖度之人, 本於質之不美, 識之不明, 重以相習而成風, 反不如隨世習者, 其過惡易於整救. 圖度不已, 其失心愈甚. 省後看來, 眞登龍斷之賤丈夫, 實可慚耻! 若能猛省勇改, 則天之所以予我者, 非由外鑠, 不俟他求. 能敬保謹養, 學問思辨而篤行之, 誰得而禦?

포민도에게 보내는 편지
與包敏道

　배움에 다른 황당한 기교란 없습니다. 그저 이치[理]에 밝아지고 의(義)에 정통하면 모든 움직임이 다 의리에 부합되어 사사로움을 부리지 않게 될 뿐입니다. 이 이치에 진실로 밝아져 그치지 않고 실천한다면 기질이 아름답지 않은 자도 모두 변화할 수 있습니다. 이는 지극한 이치라, 말하지 않아도 믿을 수 있습니다.3) 『시경(詩經)』에서 "[신의 강림을 위해] 나아가 다다르니 말도 없고, 그때는 다툼도 없네."4)라고 한 것은 이를 두고 한 말입니다. 보내온 편지에서 서술한 바는 아직 이 경지에 도달하지 못하였으며, 평소 기질이 다시금 지필 사이에 넘쳤습니다. 더욱 면려하길 바랍니다! 내가 큰 기대를 걸고 있는 두 형님께서는 근자 들어 더 이상 오하(吳下)의 아몽(阿蒙)이 아닙니다.5)

　爲學無他懷巧, 但要理明義精, 動皆聽於義理, 不任己私耳. 此理誠明, 踐履不替, 則氣質不美者, 無不變化. 此乃至理, 不言而信. 『詩』曰:

---

3) 각주 1 참고.
4) 『中庸』 33장에서 『시경』을 인용한 부분이다.
5) 『三國志』「吳書·呂蒙傳」 裴松之의 주석에서 「江表傳」을 인용한 대목에 나온다. "저는 아우께서 무예만 있는 줄 알았는데, 이제 보니 학식이 드넓고 빼어난 것이 더 이상 오하의 아몽이 아니십니다.(吾謂大弟但有武略耳, 至于今者, 學識英博, 非復吳下阿蒙.)" 吳下는 장강 이남 지역을 가리키고 阿蒙은 呂蒙을 가리킨다.

"奏假無言, 時靡有爭." 此之謂也. 來書所述未能臻此, 平時氣質復浮溢於紙筆間矣. 幸益勉之! 至望二賢兄, 比來皆非復吳下阿蒙矣.

포민도에게 보내는 편지
與包敏道

　사의(私意)와 공리(公理), 이욕(利欲)과 도의(道義)는 양립할 수 없습니다. 다만 대체(大體)를 따르느냐 소체(小體)를 따르느냐가 사람에게 달려있을 뿐입니다. 힘쓰고 힘써 말을 많이 하지 마십시오. "물속에 잠겼으나, 또한 또렷이 드러난다."[6]고 하였으니, 가릴 수도 없고 무고할 수도 없습니다. 두 형님에게도 미처 답을 하지 못하고 있으나, 뜻은 이것과 다르지 않습니다.

　대인의 일은 지극히 공변되고 지극히 바르며, 지극히 광대하고 지극히 곧습니다. 표주박으로 떠서 바닷물을 헤아리고 대 구멍으로 하늘을 엿본 것과 같은 견해들을 일일이 깨뜨리고, 저들의 사사로운 심곡(心曲)을 씻어버릴 수 있다면, 하늘은 절로 크고, 땅은 절로 넓고, 해와 달은 절로 밝고, 사람은 본디 곧아질 터이니, 이 어찌 통쾌하지 않겠습니까! 이 어찌 즐겁지 않겠습니까! 여러 공들에게 기뻐할 만한 것은 일념으로 도를 향하고 있어서 저 사심(私心)에 빠진 자들과 다르다는 점뿐입니다. 각각 병통을 가지고 있어 더욱 절차탁마해야 하지만, 그대와 비교해볼 때는 현격한 차이가 납니다. 역기선(易幾先)이 "만사에 인연을 따른다."고 말한 것은 정말이지 몸에 밴 습관 때문입니다. 우리들은 넓은 집에 거하고, 바른 자리에 서고, 큰 길을 걷고 있습니다. 뜻을 얻었거든 백성들과 함께 말미암고, 뜻을 이루지 못하

─────────────

6)『中庸』30장.

였거든 홀로 그 도를 행하면 그만이거늘, 어찌 이런 말을 기꺼이 할 수 있겠습니까.

여러 공들에게 미처 답하지 못하니, 이 편지를 보여주면 좋겠습니다.

私意與公理, 利欲與道義, 其勢不兩立. 從其大體與從其小體, 亦在人耳. 勉旃, 勉旃, 毋多談. "潛雖伏矣, 亦孔之昭." 不可揜也, 不可誣也. 二賢兄亦不及答書, 意不殊此.

大人之事, 至公至正, 至廣大, 至平直. 剖蠡管之見, 蕩其私曲, 則天自大, 地自廣, 日月自昭明, 人之生也本直, 豈不快哉! 豈不樂哉! 若諸公所可喜者, 皆是專於向道, 與溺私欲不同耳. 固是各有病痛, 須索商量, 但比之足下則相懸耳. 如幾先所謂"萬事隨緣"者, 政所謂習氣使然也. 吾人居廣居, 立正位, 行大道, 得志與民由之, 不得志獨行其道, 豈肯作此等語也.

不及答諸公, 幸以此示之.

엄태백[7]에게 보내는 편지
與嚴泰伯

　배움을 강론하지 않은지 오래입니다. 우리가 서로 의지하고 도와주며 몹시 친숙해져 있지만, 어찌 감히 장난어린 의론을 끼어 넣었겠습니까? 고인께서는 "보이지 않는 바를 조심하고 들리지 않는 바를 두려워하라."[8]고 하셨습니다. 열 눈이 보는 곳, 열 손가락이 가리키는 곳에 어찌 감히 장난어린 의론이 있을 수 있겠습니까? 힘써 생각하고 조심하시기를 바랍니다!

　學之不講久矣. 吾人相與扶持於熟爛之餘, 何敢以戲論參之? 古人謂: "戒謹乎其所不睹, 恐懼乎其所不聞." 十目所視, 十手所指, 庸敢有戲論乎? 勉思而謹之, 是願是望!

---

7) 嚴滋. 자는 泰伯이며 臨川 사람이다. 『儒林宗派』 권11에 육구연의 문인으로 기록하고 있는데, 그의 자를 '太伯'이라고 적었다.
8) 『중용』 제1장의 "그러므로 군자는 보이지 않는 바를 조심하고 삼가며, 들리지 않는 곳을 두려워하는 것이다(是故君子戒愼乎其所不睹, 恐懼乎其所不聞.)"를 말한다.

두 번째 편지

二

　송무회(宋無悔) 편에 그대 편지를 받았습니다. 그간 소식을 알게 되어 매우 위안이 됩니다. 군옥(君玉)에게 보낸 답서는 매우 훌륭했습니다. 그간 새로워진 공력을 가히 볼 수 있었는데, 예상컨대 지금도 나날이 발전하고 있겠지요. 등문범(鄧文範)과는 필시 수차례 왕래하셨을 것입니다. 문범은 [흉중이] 명백하여 흡족하나니, 이 또한 얻기 어려운 인재입니다. 송 수재(宋秀才)가 지향하는 바는 마음에 듭니다만, 몸에 밴 습관 중에 병폐가 많습니다. 지금 비록 조금 고치기는 하였으나, 요컨대 완전히 평상심을 회복하지는 못했습니다. 갖은 침과 약을 써보았으나, 결국에는 스스로 깨닫는 데 달려 있을 뿐입니다. 능히 스스로 생각할 줄 아는 사람이라면 무슨 어려움이 있겠습니까? 하지만 그릇된 습관이 너무 깊고 무거운 자라면 도리어 [스스로 생각하다가] 그릇됨만 가중시킬까 두렵습니다. 진실로 명예를 좇아 바깥의 것을 흠모하지 않고, 과시하길 좋아하여 이기길 구하지 않는다면, 도는 실로 알기 어렵지 않습니다. "군자의 도는 담담하지만 질리지 않고, 간략하지만 문채가 있으며, 온화하면서도 조리 있다."[9] 그러니 큰 소리 내고 과한 표정을 지을 필요가 어디 있겠습니까? 다만 사람이 그릇됨을 몰라 이를 편안히 여기지 못할 뿐입니다.

　올해 과거는 아무래도 [이곳에서 저를] 따르는 자가 너무 많아 성을

---

9) 『中庸』 33장에서 인용하였다.

떠나지 못할 것 같습니다. 처음에는 성에 들어갈까 생각했는데, 산간에 벗들이 많아져서 오래 비워두고 싶지 않기에 가려던 생각을 접었습니다. 그리하여 만나 뵙지 못하게 되었으니, 부디 이 도를 위해 면려하십시오!

宋無悔來, 得書, 知彼時消息, 甚慰. 答君玉書極佳. 足見新功, 度今又當日進. 文範必數得往還, 此公明白可喜, 未易得也. 宋秀才志向可喜, 而氣習中多病. 今雖小愈, 要未必能一成平復. 針藥蓋已備嘗, 亦在其自曉了耳. 若善自思者, 亦有何難, 但恐繆習深重, 每每反用以滋其繆耳. 眞不徇名慕外, 好誇求勝, 道實不難知也. "君子之道, 淡而不厭, 簡而文, 溫而理." 又何必大聲色也. 但人不知非, 則不能安乎此耳.

今歲科擧, 相從者旣多, 恐難離城. 某初有入城之意, 今亦以山上朋友之多, 不欲久曠, 遂止其行. 未得相見, 千萬爲此道勉旃!

세 번째 편지
三

도리(道理)에는 기이한 것이 없습니다. 사람의 마음속에 본디 있고 천하가 함께 말미암는데, 어찌 알기 어렵겠습니까? 다만 속된 습관 잘못된 견해로 인해 통렬히 성찰하고 용감히 고치지 못한 탓에, 막히고 가려져 있을 뿐입니다. 고인이 "한 가지 부끄러움도 참지 못하는데, 평생의 부끄러움을 참겠는가?"[10]라고 했던 게 바로 이런 것입니다. 이는 실제 일을 말함이지 장난삼아 논한 것이 아닙니다.

고인은 명성을 구하지 않았고, 승부를 따지지 않았으며, 재지(才智)를 믿지 않았고, 공과 능력을 자부하지 않았습니다. 그저 온 몸이 순수한 도의(道義)였을 뿐입니다.

평상시에 해온 의론과 평상시에 해온 학업은 모두 어린아이 장난이었으니, 가슴 속에 둘 필요 없습니다. 하늘이 내려주신 충(衷)[11]이 내 안에 있은 지 오래이니, 우뚝 스스로 선다면 그 누가 막을 수 있겠습니까? 스스로 힘써 분발하면서 다른 것일랑 구하지 마십시오.

내일 아침에 틈이 나면 건너가 만나보고, 공력이 얼마나 새로워졌는지 한번 보겠습니다.

---

10) 「左傳」「昭公 31년」에 나오는 말이다.
11) 『尙書』「湯誥」에 "위대한 상제께서 하민에게 충을 내리시니(惟皇上帝, 降衷于下民.)"라는 말이 나오는데, 孔穎達은 "충은 선이다.(衷, 善也.)"라고 했으나 『朱子語類』권18을 보면 朱熹는 "안에 있으면서 가운데 있는 것(爲其在裏而當中)"으로 해석하면서 '善'으로 풀어서는 안 된다고 하였다.

道理無奇特, 乃人心所固有, 天下所共由, 豈難知哉? 但俗習繆見, 不能痛省勇改, 則爲隔礙耳. 古人所謂一慚之不忍, 忍終身慚乎? 此乃 實事, 非戲論也.

古人不求名聲, 不較勝負, 不恃才智, 不矜功能, 通身純是道義.

平日議論, 平日行業, 皆同兒戲, 不足復置胸臆. 天降之衷, 在我久 矣, 特達自立, 誰得而禦? 勉自奮拔, 不必他求.

來早得暇見過, 以觀新功.

부자연에게 보내는 편지

與傅子淵

　　근자에 산에 살다보니 날로 새로워지는 징험이 참으로 많은데, 안타깝게도 그대와 함께 누릴 수가 없군요. 벗들과의 강습을 가지고 말해보자면, "벗이 먼 곳으로부터 찾아오니 기쁘다."[12]는 말은 한번 훑어보고 짐작으로 해석해서는 안 되나니, 정말로 그런 사실이 있었을 것이기 때문입니다. 우리들은 불행히도 후세에 태어나 성인을 직접 뵙고 스승으로 섬기지 못한 탓에, 혈기가 점차 쇠해가다가 오늘날에 이르렀습니다. 비록 그렇긴 하지만 "아침에 도를 들으면 저녁에 죽어도 좋다."[13]고 하였습니다. 지금 정도에 이를 수 있는 것만 해도 성인으로부터 받은 은택이 어찌 두텁지 않다 할 수 있겠습니까? 다행함이 어찌 크지 않다 할 수 있겠습니까?

　　언제 한번 오시어 이 앙모하는 마음을 기쁘게 해주시려는지요?

　　比來居山, 良有日新之證, 惜不得與子淵共之. 以朋友講習而說, "有朋自遠方來而樂", 不可以泛觀料想而解, 當有事實. 吾人不幸生於後世, 不得親見聖人而師承之, 故氣血向衰而後至此. 雖然, "朝聞道夕死可矣." 今能至此, 其被聖人之澤豈不厚, 而其爲幸豈不大哉?

　　何時一來, 快此傾倒.

---

12) 『論語』「學而」에 나오는 말이다.
13) 『論語』「里仁」에 나오는 말이다.

나장부에게 보내는 편지

與羅章夫

"옳은 것을 드러내고 그릇된 것을 없애며, 허물을 고치고 선으로 나아간다." 이는 진리입니다. 그릇된 것을 없애지 않고 어찌 옳은 것을 드러낼 수 있으며, 허물을 고치지 않고 어찌 선으로 나아갈 수 있겠습니까? 그릇됨을 알지 못한다면 어찌 그릇됨을 없앨 수 있으며, 허물을 알지 못한다면 어찌 허물을 고칠 수 있겠습니까? 스스로 그릇됨을 안다고 말해놓고 그릇됨을 없애지 못한다면, 이는 그릇됨을 모르는 것입니다. 스스로 허물을 안다고 말해놓고 허물을 고치지 못한다면, 이는 허물을 모르는 것입니다. 진실로 그릇됨을 안다면 없애지 못할 것이란 없고, 진실로 허물을 안다면 고치지 못할 것이란 없습니다. 사람의 우환은 오직 그릇됨을 모르고 허물을 모르는 데 있을 뿐입니다. 학자가 귀한 까닭은 바로 앎에 이르러 허물을 고칠 수 있기 때문입니다.

"著是去非, 改過遷善." 此經語也. 非不去, 安能著是, 過不改, 安能遷善? 不知其非, 安能去非, 不知其過, 安能改過? 自謂知非而不能去非, 是不知非也. 自謂知過而不能改過, 是不知過也. 眞知非則無不能去, 眞知過則無不能改. 人之患在不知其非不知其過而已. 所貴乎學者, 在致其知, 改其過.

요유경에게 보내는 편지

與廖幼卿

그대는 방금 부중소(傅仲昭)가 요무경(廖懋卿)이 앉아 있던 도중 깜빡 잠이 든 일을 언급하면서, 스스로 분발하지 못해 그런 것임에 분명하다고 말했습니다. 하지만 그렇지 않습니다. 중소는 이 도리를 알지 못합니다. 중소만 이 도리를 모르는 것이 아니라 짐작컨대 유경 그대 또한 이 도리를 모를 것입니다. 사람이 배울 줄을 모르면 정신과 심사의 운행이 모두 이 도(道)와 반대 방향으로 치닫게 됩니다. 그러나 어느 날 바른 말을 듣고 그릇됨을 알게 된다면, 이제껏 걸어온 길은 그로 인해 차단됩니다. 만약 새로워지는 일에 용감히 나아간다면, 정신이며 근력이며 모두 예전을 뛰어넘을 수 있습니다. 그러나 이렇게 할 수 있는 사람은 많지 않습니다. 다만 예전의 습관에 안주하지 않을 수만 있다면, 나날이 새로워지지는 못하더라도, 미련하게 구습을 알지도 못하고 또 우기기만 하는 사람들보다는 훨씬 훌륭합니다. 지금 무경이 아직 날로 새로워지는 공력을 얻지는 못하였지만, 피곤해 잠든 것은 벌써 옛날의 식견과 습관이 틀렸음을 알고 더 이상 그리로 나아가 고집하고 답습하지 않으려 했기 때문입니다. 이는 큰 해가 되지 않습니다. 조금 더 기다려 그가 확 바뀌는 것을 천천히 볼 수 있다면 정말 좋겠습니다. 벗 사이에 이런 도리를 깊이 알지 못하고서 너무 심하게 다그치거나 너무 야박하게 탓을 한다면, 그것이 도리어 해가 됩니다.

適聞傅仲昭語及懋卿坐間假寐, 仲昭以爲此必未能自拔, 此殆不然.
仲昭未知此理. 非但仲昭未知此理, 料幼卿亦未知此理. 人未知學, 其
精神心術之運皆與此道背馳. 一旦聞正言而知非, 則向來蹊徑爲之杜
絶. 若勇於惟新, 固當精神筋力皆勝其舊. 然如此者難得, 但得不安其
舊, 雖未有日新, 亦勝頑然不知與主張舊習者遠矣. 今懋卿雖未有惟新
之功, 若其困睡, 則是已知舊見舊習之非, 不復就其上主張運用, 故如
此耳. 此不爲深害, 但少俟之, 徐觀其幡然, 則大善矣. 朋友間不深知
此理, 迫之太甚, 罪之太切, 則又反爲害矣.

부제현에게 보내는 편지
與傅齊賢

의리는 광대하지 않은 적이 없습니다. 능히 의리로 돌아올 수만 있다면, 사사로움이 숨을 소굴이 어디 있겠습니까? 마음이 물욕에 의해 가려지지 않았다면 의리는 당연히 거기 존재할 터인데, 어찌하여 망연자실한 채 살피지 못하십니까? 우매하여 가리어진 바를 진실로 없애지 못한다면, 제 구구한 뜻은 거의 헛수고나 마찬가지일 것입니다. 힘써 분발하십시오! 오래도록 움츠린 채 있어서는 안 됩니다.

義理未嘗不廣大, 能惟義理之歸, 則尙何窠穴之私哉? 心苟不蔽於物欲, 則義理其固有也, 亦何爲而茫然哉? 蔽不眞徹, 則區區之意殆虛設也. 幸勉旃! 毋久自屈.

서필선에게 보내는 편지
與胥必先

　　유덕고(劉德固)는 아직 산에 머물러있을 것입니다. 이전에는 그와 더불어 책을 읽을 시간이 없어서 다만 「비괘(比卦)」를 조금 자세히 설명했을 뿐입니다. 책이란 또한 급히 많이 읽을 필요가 없으니, 독서에 있어 가장 중요한 것은 정독과 숙독이지요. 덕고에게 몇 번이고 [이런 도리를] 설명하면서 「비괘」를 숙독하는 것이 좋겠다고 말하였습니다. 덕고는 이전에 문의(文義)를 제대로 파악하지 못한 곳이 많았습니다. 그러나 근자에 그에게 가르쳐 일깨워준 것은 문의가 아닙니다. 저는 매번 덕고에게 해설을 해줄 때마다 먼저 문의가 탁 트이게 해줌으로써 생각하는 수고로움을 덜어주고 의혹이 일지 않도록 해주었습니다. 또 말단이 근본을 해치거나 문의가 실제 내용을 방해하지 않도록 해주었습니다. 저는 늘 문의란 가볍고 사실이 무겁다고 말하면서, 사실이란 한 순간도 떠날 수 없지만 문의인즉 깨닫건 깨닫지 못하건 그다지 중요하지 않다고 하였습니다. 이것이 제가 문의를 해설하는 오묘한 뜻입니다. 필선 그대 또한 몰라서는 안 됩니다. 그러나 이것이 어찌 억지로 할 수 있는 일이겠습니까? 실리(實理)에 밝고 실사(實事)와 실행(實行)을 행하는 자가 아니고서는 종종 문의 사이에 골몰한 채 벌레 같이 하찮은 식견을 가지고 스스로 기뻐할 뿐이지요. 그런 자가 어찌 무거운 책임을 지니고 먼 길을 떠나, 스스로 성현의 담장에 설 수 있겠습니까?

劉德固須尚留山間. 前此未得與渠同讀書, 但說得「比卦」稍詳. 書亦政不必遽爾多讀, 讀書最以精熟爲貴. 煩喩德固, 且熟讀「比卦」爲佳. 德固前此於文義間多未通曉, 近所以開發之者非在文義. 每爲德固解說, 必令文義明暢, 欲不勞其思索, 不起其疑惑, 使末不害本, 文不妨實. 常令文義輕而事實重, 於事實則不可須臾離, 於文義則曉不曉不足爲重輕, 此吾解說文義之妙旨, 必先亦不可不知也. 然此亦豈可强爲之哉? 非明實理, 有實事實行之人, 往往乾沒於文義間, 爲蛆蟲識見以自喜而已. 安能任重道遠, 自立於聖賢之門牆哉?

두 번째 편지
二

편지를 받아보니 떨치고 일어나려는 뜻이 깊이 보여 매우 기뻤습니다. 그러나 저 밭과 마찬가지로, 오래도록 황폐해진 뒤에는 거칠게나마 개간을 했다 하더라도 뒤이어 일구고 김매지 않는다면 그 즉시 잡초로 뒤덮여버립니다. 깊고 절실히 공력을 쏟는다면, 탁 트여 무성히 자라나 지금과는 사뭇 달라지겠지요. 소홀히 여기지 마시고 힘써 분발하시기 바랍니다.

양식은 무엇 하러 모으십니까? 한번 와주시겠다면 그저 행운이겠습니다.

得書甚有奮拔之意, 良以爲慶. 然譬諸田疇, 荒穢之久, 雖粗加墾闢, 若畲耰不繼, 則茅立塞之矣. 用工深切至到, 則通暢茂悅, 當又與今不侔. 願勉旃毋忽.

何以聚糧爲? 肯來是幸.

세 번째 편지

三

보초(蒲稍)와 녹이(綠耳)[14]를 상상해보면, 노둔한 말은 주둥이를 때려 상처 내고 채찍을 휘둘러 부러뜨린다 해도 제대로 나아가지 못하니, 참으로 꼴 보기 싫습니다. 말의 정신이나 골격은 하늘이 부여한 것인지라 보태거나 뺄 수 없다지만, 사람이 되어서 "비록 우매해도 현명해질 수 있고, 비록 유약해도 강해질 수 있다."[15]는 고인의 말씀이 버려진 채 입증되지 못하도록 내버려두고 있다면, 어찌 가슴 아픈 일이 아니겠습니까?

蒲稍·綠耳尙可想見, 駑駘傷吻弊策, 而不進於行, 誠可厭也. 馬之精神骨骹, 得之於天, 不可損益. 今爲人而坐使古人"雖愚必明, 雖柔必强"之言棄而不驗, 豈不甚可痛哉!

---

14) 모두 고대의 준마 이름이다. 『漢書』권96 「西域傳」에 "보초와 용문, 어목과 한혈을 황문에 보충하였다.(蒲稍, 龍文, 魚目, 汗血之馬充于黃門.)"라는 말이 나오는데, 孟康은 注에서"네 필의 준마 이름이다.(四駿馬名.)"라고 설명하였다. 보초는 蒲捎라고도 쓰며, 회색빛 준마이다. 綠耳는 周나라 穆王이 몰던 여덟 필의 준마 중 하나이다.

15) 『中庸』20장에 나오는 말이다.

설공변에게 보내는 편지
與薛公辯

베껴 보낸 편지들은 하나 하나 점검, 대조해보았습니다. 맨 마지막에 있던 조연도(趙然道)에게 보낸 답장에는 오탈자가 매우 많아서 베껴 보낸 본을 자세히 보충 수정한 후라야 읽을 수 있었습니다. 편지속 글자들도 참으로 법도가 없었습니다. 예를 들어 '부(傅)' 자의 경우, 반드시 위를 향해 점 하나를 찍어야지, 점을 찍지 않으면 '전(傳)' 자가 되어버립니다. 옛날에는 '전' 자를 새길 적에 '전(專)' 가운데에 '사(厶)' 자를 쓰지 않고 다만 점을 찍지 않는 것으로 '부' 자와 구별 지었습니다. 베껴 보낸 편지의 경우, 앞의 것들은 조금 읽을 만하였으나 뒤의 몇 편은 매우 눈에 거슬렸습니다. 글자의 모양새가 단정치 못할뿐더러 획의 장단도 모두 거꾸로 되어있어 온당치 못했습니다. 이제껏 이러한 부분에 관해 이야기해왔거늘, 어찌하여 기억하지 못하는 것입니까?

보내온 편지에 사용한 용어들도 병폐가 지극히 많아서, 읽고 있자니 참으로 마음에 차지 않았습니다. 조사의 사용이 법식에 맞지 않고, 전거(典據) 또한 매우 부족했습니다. 이 늙은이는 평상시 후학들의 언사와 편지에 사용하는 문자가 반드시 규범에 맞아야 한다며 가장 심하게 점검하였습니다. 우리 아이 지지(持之)의 경우 책 읽기를 몹시 게을리 하며 글이라곤 절대 짓는 법이 없습니다. 하지만 그 아이가 어쩔 수 없이 쓴 편지나 과거 연습한 문장들을 보면 조사(助詞) 사용에 아무런 병폐가 보이지 않습니다. 조어(造語) 또한 힘 있고 간결하여 쓸데없는 말을 길게 늘어놓지 않으니, 이 또한 이 늙은이가 평상시에 하는 말을 조금이나마 들었기에 가능한 것입니다. 그런데 지금 그대의 글을 보건대 내 문하에 들어온 적조차 없는 듯 느껴지니, 스스로 반성해보아야 할 것입니다.

진중하고 고요하면 심신이 자연 날로 영명해지지만, 경박하게 뛰어다니면 깨닫기가 어려워집니다. 마음이 영명해지면 하는 일마다 발전이 있을 것이요, 스스로 깨닫지 못한다면 모든 행동이 도리에 어긋나고 말아 수치를 남기고 비웃음을 사기에 딱 좋을 뿐입니다.

所錄諸書已逐一點對. 末後復趙然道書甚多脫誤, 可子細將所錄本添改, 庶可讀也. 書, 字畫甚無法度, 如'傅'字須向上着一點, 不着點便成'傳'字. 古刻'傅'字, '専'中不着'厶'字, 但以不着點與'傳'字爲別. 所錄書, 其前尙稍可看, 向後數篇甚刺人眼. 結字旣不端正, 畫之長短皆顚倒失宜. 向來蓋嘗說及此等處, 何爲都不省記?

來書辭語病痛極多, 讀之甚不滿人意. 用助字不當律令, 尤爲缺典. 老夫平時最檢點後生言辭書尺文字, 要令入規矩. 如吾兒持之, 甚懶讀書, 絶不曾作文, 然觀其不得已書尺與爲場屋之文, 其助字未嘗有病. 造語亦勁健, 不至冗長, 此亦是稍聞老夫平日語故能然. 且今觀吾子之文, 乃如未嘗登吾門者, 卽此便可自省.

安詳沉靜, 心神自應日靈, 輕浮馳騖則自難省覺. 心靈則事事有長進, 不自省覺, 卽所爲動皆乖繆, 適足以貽羞取誚而已.

장덕청[16]에게 보내는 편지
與張德清

　　장계열(張季悅)과 주원충(周元忠) 등 벗들로부터 몇 년 동안이나 그대의 성덕에 대해 이야기를 들어온 터인데, 근자에 화기애애한 모임을 누차 가지고난 뒤 여러 현자들의 말을 더욱 믿게 되었습니다. 또 얼마 있다 은퇴하여 스스로 몸을 보양하실 계획이라는 말을 듣고 더욱 우러러 탄복하였습니다! 그런데 얼마 전에는 또 웬 못된 도사가 법도에 어긋나는 지저분한 일로 그대를 끌어들여 계속 소송을 걸면서 무고하고 비방하는 통에 마음이 심히 불편하다는 소문을 갑자기 듣게 되었습니다. 지금은 그대가 고상한 행동으로 처음 뜻을 완수하여야 할 때입니다. 그런 무리들과 속세에서 승부를 다투실 필요가 어디 있단 말입니까? 속세에서 말하는 승리가 어찌 진정한 승리이겠습니까? 속세에서 말하는 패배가 어찌 진정한 패배이겠습니까? 그대는 평상시 여러 현자들과 교유하셨으니 도(道)의 승부를 따져야지 속세의 승부

---

16) 글의 내용으로 보아 이 편지의 대상인 張德清은 도교 正一派의 33대 天師인 張景淵이 아닌지 의심된다. 그의 자는 德清이 아니고 德瑩이다. 그는 32대 천사 張守眞의 장자이다. 張道陵을 시조로 하는 도교 정일파는 茅山, 靈寶, 淸微, 淨明 등 분파가 존재하는데, 그중 正一道라 불리는 天師道가 가장 대표적이다. 宗壇은 江西 龍虎山에 있다. 육구연이 강학하던 象山精舍는 龍虎山 가까이에 있었으며 육씨 집안과 용호산 천사부 사이에는 밀접한 관계가 있었다. 예를 들어 육구연의 사촌 누이의 남편인 張禹錫은 '天師世家' 중 지명도 높은 인물이었다. 육구연은 32대 천사 張守眞이 죽었을 때 輓詩를 지어 그를 애도한 바 있다.

를 따져선 안 됩니다. 또 그대가 처음에는 호방히 물러나고자 하는 뜻에서 글을 짓고, 다른 현자를 구해 뒤를 잇게 하고자 하였는데, 그대의 가문에서 "띠 풀[茅]을 가지고 불을 시험할 수는 없다."[17]는 말이 나왔다는 이야기를 계열로부터 들었습니다. 이는 이른바 이루 말로 할 수 없을 만큼 속되고 비루한 말인지라, 이런 말로 성덕을 무너뜨리거나 깎아내서는 안 됩니다. 거듭 원하건대 깊이 생각하시어 본래 뜻으로 다시금 돌아가십시오. 훗날 함께 상산 꼭대기를 찾아와 대도(大道)를 논한다면, 그것이야말로 진정한 천사(天師)요, 속된 천사가 아닐 것입니다.

積年聞季悅・元忠諸友講道盛德, 比歲屢得款集, 盆有以信諸賢之言. 又聞非久有退居自養之舉, 尤切歎仰! 近者忽又聞有不肖道士以淫侈不軌之事誘引小子健訟以相誣毀, 深用不平. 然在左右正宜高舉以遂初志, 何必與此輩較勝負於流俗之中哉? 流俗之所謂勝者, 豈足爲勝? 流俗之所謂負者, 豈足爲負? 左右平時與諸賢交游, 當問道之勝負, 當不問流俗之勝負. 又聞季悅言德淸其初浩然有引退之文, 且欲別求賢者以嗣其事. 而盛族乃有"茅不可試火"之語, 此可謂不勝俗陋鄙猥之言, 切不宜以此等語虧損盛德. 更願深思, 追還素志. 他日同來象山頂頭共談大道, 此乃眞天師, 非俗天師也.

---

17) 여기서 띠 풀이란 정일파의 분파인 茅山派를 빗댄 표현이다. 추정컨대 장덕청이 모산파의 사람을 후계자로 지목하려 하자 그의 집안 즉 천사도에서 이를 강력히 반대한 것 같다.

고응조에게 보내는 편지
與高應朝

지난달에 두 통의 편지를 한꺼번에 받고 근황을 모두 알게 되었기에 실로 커다란 위로를 받았습니다. 근래 들어 산방의 상황에 대해서는 아마도 안무사와 조운사[18]로부터 모두 들으셨을 것입니다.

늦봄에 조카의 부음을 듣고 산방을 나선 이후 아직까지 산에 오르지 못하고 있습니다. 그 아이는 사산(梭山) 가형의 아들로, 문학과 행실 모두 고아하여 온 집안이 의지하던 바였는데, 아직 장년이 되기도 전에 아무 병 없이 세상을 떠나고 말았습니다. 제가 마음 아파하는 까닭은 단지 골육의 정 때문만이 아닙니다. 모여 있는 친족이 많다보니 이처럼 우환과 탈도 많군요. 오늘에야 질녀의 상을 마쳤습니다. 다행스러운 바는 여러 형님들이 모두 운명을 편히 받아들이며 지나치게 상심하지 않고 계시다는 사실입니다.

이 이치가 날로 밝아져서 향리의 벗들 가운데 이를 함께할 수 있는 자가 날로 늘어가고 있습니다. 매번 응조 그대와 응지(應之)를 생각할 때마다 감회가 일지 않은 적이 없습니다. 응지는 한번 넘어진 후 다시 일어나지 못하였는지, 그간 그가 지은 「여 낭중 제문(祭呂郎中文)」을 보았더니 잘못된 곳이 매우 많더군요. 급히 옛날 편지 중에서

---

18) 송대에는 각 路에 安撫司를 두어 군사와 민정을 살피게 하였는데 간략히 帥司라 칭하였고, 轉運司에서는 재정과 전운을 맡아보았는데, 간략히 漕司라고 칭했다.

이제껏 보내온 편지 몇 통을 찾아내 봉한 다음, '석응지공안(石應之公案)'이라고 제목을 붙였습니다. 다시 만날 때 꺼내 보이며 계도하고자 함이었지요. 후에 임안(臨安)의 해사(廨舍)에서 만났으나, 사무가 너무 바빠 정신없어 보이기에, 그것을 꺼내 보이고 싶지 않아 말로만 언급했습니다. 그런데 그가 한사코 보고자 하여서 대략 꺼내 보여주었습니다. 그가 가져가고 싶어 하기에 제가 말했습니다. "안됩니다. 그대의 심사를 보건대, 오늘은 이 일을 할 수 없습니다. 이 편지들은 제가 직접 그대에게 분석해주지 않으면 그저 쓸모없는 물건에 지나지 않습니다." 그의 용모와 말하는 모습을 보니, 예전과 전연 딴 사람이 되어 있어서 차마 볼 수가 없었습니다. 그런데 오늘 급기야 대각(臺閣)에 거하게 되었다니, 더더욱 안타까울 따름입니다.

응조 그대가 보낸 두 통의 편지와 「집재기(葺齋記)」를 보니 그대 또한 답답하게 막혀있는 병폐가 있는 듯하여 심히 염려스러웠습니다. 안무사와 조운사 관사에 제 글 엮음이 있는데, 한 장령(韓將領)의 모친인 장 씨(張氏)와 주 씨(朱氏)가 베낀 것입니다. 듣자니 한 장령 댁에도 한 질이 있다고 하니, 분명 한 장령께 얻어 보았으리라 생각됩니다. 다만 안무사와 조운사 관사에 있는 본이 산간 벗들의 교정을 거친 것이라 오류가 없으니, 거기 있는 본을 빌려다가 교정한 다음 정밀히 읽어보시고 깊이 생각해보신다면 분명 깨닫는 바가 있을 것입니다.

前月倂收兩書, 備知近況, 慰浣良劇. 山房比年況味, 想盡得之帥漕書中矣.
春尾以猶子之訃出山房, 至今未得復登. 此乃棱山之子, 文行皆高, 家庭所賴. 年未及壯, 無疾而逝, 所以傷之者, 又不止骨肉之情也. 聚族旣廣, 患故如此類多. 今日方除一姪女之服. 所幸諸兄皆能安之以命, 不至過傷也.

此理日明, 鄕里友朋寖有能共此者. 每思應朝·應之, 未嘗不興懷. 應之一跌不復, 中間見其「祭呂郞中文」, 迷繆之甚. 急於舊書問中尋得其向時書數紙封之, 題曰'石應之公案', 擬相聚時, 發此以啓之. 後在臨安廨舍中相會, 見其事役匆匆, 神志不定, 不欲出示, 却語及之. 渠力索觀, 略出示之. 渠欲持去, 吾曰: "不可. 觀足下神思, 今不能辦此. 此書非吾親自與汝剖決, 亦長物耳." 觀其容貌言論, 與曩者判然如二人, 使人不忍視之. 今遂居臺閣, 益令人憐之耳.

閱應朝二書·「葺齋記」, 亦甚念足下有茅塞之患. 帥漕處皆有吾文一編, 此乃韓將領親張氏·朱氏所錄, 聞亦有一編在韓將領處, 想必從韓處見之矣. 第帥·漕處本, 却經山間友朋點對, 無錯誤, 可從帥處借本點對, 却精觀熟考, 當有所發也

질손 준에게 보내는 편지
與姪孫濬

　집으로 네가 보낸 세 통의 편지가 연이어 도착했다. 매우 그립구나. 하지만 너는 글에도 뜻에도 큰 발전이 없었다. 예컨대, "사인들의 의론이 온통 그에게 쏠려 종주로 삼고 있다."라든가, "공(公)을 다하고 선을 즐기는데, 사람들이 분별하지 못할 뿐이다."와 같은 말이 있던데, 이 세상에 어찌 요행히도 그런 사람이 있겠느냐? 이 자는 하찮은 악당으로 권귀들에게 아첨이나 하고, 몰래 참언과 삿된 말을 퍼뜨려 선량한 사람들을 억울하게 해하였다. 내가 조정에 있을 때부터 수군거리는 말들이 몹시 많았거늘, 예전에는 소사성(少司成)에 발탁되더니, 또 더 높은 관직에 올랐구나. 짐을 지고 수레에 타는 추악함[19]은 온 나라가 부끄러워하는 바였다. 그런데 벼슬에 나아가는 길[20]에 관한 논의가 그렇게 되어버린 것은 어찌해서이냐? 네가 교유한 사인

---

19) 『周易』「解卦」의 六三 爻辭에 "짐을 지고 또 수레에 타면 도적을 부른다.(負且乘, 致寇至.)"는 말이 나오는데, 이는 분수에 맞지 않는 것을 누리는 것을 말한다. 「象」에서 이르길, "짐을 지고 수레에 타는 것은 가히 추하이다. 나로부터 도적을 이르게 하였으니 또 누구를 허물하리오.(負且乘, 亦可醜也. 自我致戎, 又誰咎也.)"라고 하였다.

20) 원문의 '賢關'은 벼슬에 오르는 길을 뜻한다. 『漢書』 권56 「董仲舒傳」에 보면 董仲舒가 올린 상소문이 나오는데, 거기에 "사인을 기르는 큰 곳으로 태학만한 곳이 없습니다. 태학은 어진 사인을 배출하는 곳이요, 교화의 본원입니다.(故養士之大者, 莫大乎太學. 太學者, 賢士之所關也, 教化之本原也)"라는 말이 나온다.

들은 모두 사인이라 하기에 부족하고, 네가 본 사람들은 모두 변변치 않은 자들이더냐?

'침착하고 용맹스럽다[沈鷙]' 이 두 글자는 사가(史家)들이 누군가의 장점을 칭찬할 때 주로 사용하던 말이며, 관저(關雎) 또한 맹금이니 나쁜 단어가 아니다. 이제껏 보내온 편지에도 때때로 이런 뜻이 보이던데, 이는 단어상의 병폐에 그치지 않으므로 가히 두려워해야 한다. 이밖에도 용어와 표현에 오류가 있어 온당치 못한 곳 또한 매우 많았다. 이미 네 부친께 후에 일일이 네게 알려주라 당부하였다. 과장(科場)에서의 성패는 운명에 달렸으니, 따질 것이 못 된다. 후생이 작문할 때에는 온당함에 힘써야 한다. 그러나 겨우 그렇게 되었다고 해서 시문(時文)이 어렵지 않다고 말해서는 안 되나니, 그 높은 뜻을 어찌 부지런히 생각하지 않을 수 있겠느냐?

새로운 정치가 썩 마음에 흡족하지는 않지만, 태자를 보필할 사람을 잘 얻어 그의 방법과 계략이 매우 훌륭하다고 한다. 정말로 그러하다면 나라가 바로 설 것이요, 종사에 무궁한 복이 될 것이니, 이보다 더 큰 다행이 어디 있겠느냐?

사람의 마음은 지극히 영명하다. 다만 가려진 탓에 그 영명함을 잃었을 뿐이다. 아이들이 모여 놀 때 과실을 소매에 넣어 와 그들에게 주고, 나무꾼이나 목동을 보고서 예를 갖춰 대해주며, 시정잡배 및 세금 내는 농촌 사람을 술집으로 초대해 실컷 먹여주면 그를 칭송하고 찬미할 것이다. 하지만 사대부들이 이를 근거 삼아 판단한다면, 되겠느냐? 구름은 용을 좇고, 봉황은 호랑이를 좇는다. 물은 습한 데로 흐르고 불은 마른 데로 나아간다. 사물이란 유유상종이라 하였다. 천하에 어찌 사람이 없겠느냐? 하물며 이건 관직에 나아가는 일 아니더냐? 불러들인 사람이 어떠하냐에 달려 있을 뿐이다.

家間遞至汝三信, 甚念. 汝文字意旨皆不長進. 如所謂"士論翕然宗之", 所謂"盡公樂善, 人無間耳", 斯世何幸乃有斯人耶? 此人么麼奸宄, 諂事權貴, 陰爲讒慝, 媒孽善類, 自吾在朝時, 物論固已籍籍. 往者擢爲少司成, 又進而爲大, 負乘之醜, 海內羞之. 今賢關之論, 乃復如彼, 何耶? 豈汝所交之士皆不足以爲士, 而所見之人皆非其人耶?

'沈鷙'二字, 史家多以稱人之長, 關雎亦鷙, 非惡辭也. 向來家書中亦時有此等旨趣, 此非特辭語之病, 甚可畏也. 其他用字下語差錯不安者甚多, 已令汝尊後便, 逐一告汝. 場屋得失有命, 不足計. 後生作文, 却要是當. 若只如此, 未可便道時文不難辦, 安得不勤厥躬之慮也.

新政雖未甚滿人意, 且得輔道儲君者得人, 甚有方略, 誠如是, 國是立矣, 實宗社無疆之休, 何幸如之?

人心至靈, 惟受蔽者失其靈耳. 羣兒聚戲, 袖少果實與之, 見樵牧而與爲禮, 見市井不逞與村農輸納者, 邀入酒肆犒之, 則稱頌贊美, 士大夫即據此以爲評裁可乎? 雲從龍, 鳳從虎, 水流濕, 火就燥, 物各從其類也. 天下曷嘗無人, 況賢關乎? 在所以召之者如何耳.

두 번째 편지

二

　늦봄에 상산(象山)에서 돌아왔으나, 항아리엔 비축해놓은 곡식도 없고, 보따리엔 남아 있는 돈도 없어 다시 산에 들어가지 못하고 있었다. 근자에 제생들이 식량을 모아 길을 열어주니 자연에 대한 그리움이 더욱 절실해졌는데, 나를 맞이해 갈 가마꾼까지 보내주었기에 비로소 다시 산에 오르게 되었다. 이 산은 황폐해진지 오래라, 밭으로 일군 곳도 채 반이 되지 않는다. 지금은 먹을 입은 매우 많은데 농사짓는 사람은 터무니없이 적다. 오두막 짓고 사는 사람들의 인력에도 한계가 있는데, 해마다 빈번히 부역에 차출되기까지 한다. 다행히 향학열이 두터워 그 뜻이 지치지 아니할 뿐이다. 네가 이 산에 오래 머물 수 있다면 그보다 더한 기쁨이 어디 있겠느냐? 조물주께서 끝내 도와주실 수 있으실지 알 수 없구나.

　사산(梭山) 형님께서 네게 해준 말씀은 참으로 지당한 말씀이나, 그것에 이르기 위해서는 마땅히 방법이 있어야 한다. 이 도가 밝아지지 않은 지 오래이다. 뭇 소인배들이야 본디 거꾸로 치닫는다 하더라도, 군자들마저 이 도에서 종종 평탄한 땅을 얻어 거하지 못하기 일쑤이며, 들려오는 시사 또한 그러하다. 이 모두가 쉽게 이야기할 수 없는 것들이다. 어지러이 떠도는 말들은 그저 불쌍히 여기면 그만, 따질 게 뭐 있겠느냐? 얼마 전에 옛날 원고에 적어 놓은 한 단락을 읽었는데, 너도 자세히 한번 읽어보아라. 사우들과 만나 묻고 대답한 내용은 이 편지 및 이 글만 읽어봐도 알 수 있을 것이다.

吾春末歸自象山, 瓶無儲粟, 囊無留錢, 不能復入山. 近諸生聚糧除道, 益發泉石, 遣輿夫相迎, 始復爲一登. 玆山廢久, 田萊墾未及半. 今食之者甚衆, 作之者甚寡. 結廬之人事力有限, 頻歲供役, 賴其相向之篤, 無倦志耳. 儻得久於是山, 何樂如之? 未知造物者卒能相之乎.

梭山所與汝言, 眞至言也. 第致之當有道耳. 此道之不明久矣, 輩小則固背馳, 君子於此往往亦未得平土而居之, 所報時事又如此, 此皆不可易言之也. 紛紛之說但可憐憫, 豈復有可商校者? 近閱舊藁中有一段文字, 汝可精觀. 相識見問, 但出此書及此文可也.

세 번째 편지

三

배우는 자들이 앎에 이르지 못한지 오래도다! 그들의 뜻과 식견이 천오백여 년 간 세상에 이름을 떨쳤던 사인들을 뛰어넘지 못한다면, 『시경』·『서경』·『주역』·『춘추』·『논어』·『맹자』·『중용』·『대학』의 편장들도 깊이 가라앉아버려, 유자후(柳子厚)가 말한 것처럼 "호사자들에게 화려한 문자나 남겨줌으로써 세상에 자랑하고 명예나 낚게 할"21) 것이다. 요·순·우·탕·문왕·무왕·주공·공자·맹자의 마음을 장차 누구로 하여금 잇게 하겠느냐? 부자께서 말씀하셨다. "셋이 길을 가면 반드시 나의 스승이 있으니, 좋은 점은 골라서 따르고, 좋지 않은 것은 거울삼아 고치도록 한다."22) 또 말씀하셨다. "어

---

21) 子厚는 唐代 문인 柳宗元(773~819)의 字이다. 이 내용은 「與楊誨之疏解車義第二書」에 보이는데, 聖人과 凡人은 그 근본에 있어 차이가 있지 않다는 주장을 펼치다가 나온 이야기이다. "만약 성인과 내가 다른 부류라면, 요순 이하 모두 위로 찢긴 눈에 높은 코, 팔은 넷에 다리는 여덟, 비늘과 털과 깃과 갈기가 나고 날고 뛰어 변화하는 부류였어야 할 것이다. 만약 그렇지 않다면, 또한 사람이 뿐이거늘, 그대만 제외되고자 하는가? 만약 성인은 그저 성인이고 현인은 그저 현인이고 중인은 그저 중인이어서 각자 뜻대로 살 뿐이라면, 무엇 때문에 글을 쓰고 도리를 만들어 천년 백년 뒤까지 전했단 말인가? 이 모두 세상에 무익한 것일 뿐, 호사가들에게 화려한 문자나 남겨줌으로써 세상에 자랑하고 명예나 낚게 함일 따름이니, 성인도 중하다 하기에 부족하다.(若果以聖與我異類, 則自堯舜以下, 皆宜縱目邛鼻, 四手八足, 鱗毛羽鬣, 飛走變化, 然後乃可. 苟不爲是, 則亦人耳, 而子擧將外之耶? 若然者, 聖自聖, 賢自賢, 衆人自衆人, 咸任其意, 又何以作言語, 生道理, 千百年天下傳道之? 是皆無益於世, 獨遺好事者藻繢文字, 以矜世取譽, 聖人不足重也.)"

진 이를 보면 그와 같아지기를 생각하며, 어질지 못한 이를 보면 안으로 자신을 되돌아본다."23) 이 말씀의 요지를 참으로 얻을 수만 있다면, 하릴없이 떠돌아다니는 모든 자들이 다 나의 스승이 될 것이다.

너는 기질이 겉으로는 유약해 보이나 내면은 실제 약하지 않다. 예전에 뜻이 아직 곧아지지 못하였을 적부터 은연중에 굽히지 않으려는 기세가 있었다. 이러한 점을 깊이 생각하고 통절히 성찰하여 사사로움을 모두 없앤 후, 우뚝 홀로 선 채 곧장 고대의 성현을 목표 삼아 반드시 넓은 집에 거하고 바른 자리에 서고 또 큰 길을 걷는다면, 누가 너의 발전을 막을 수 있겠느냐? 이런 것에 있어 큰 용기를 지니지 못하고서, 한 번의 실행을 놓쳐버린 뒤 그저 보통 사람이 되고자 한다면, 이는 내가 알 바 아니요, 참으로 맹자께서 "마침내 필히 망하고 말 것이라."24)고 말씀하신 자일 것이다. 인자(仁者)는 먼저 어려움을 겪은 뒤에 좋은 결과를 얻는다. 저 도라는 것이 어찌 알기 어려운 것이겠느냐? 이른바 어렵다란 자기의 사심을 극복하기 어렵고 습관을 뛰어넘기 어렵다는 것이다. 내가 깊이 생각하고 통절히 성찰하라고 한 것도 바로 그 어려움을 생각하여 쉬운 방법을 도모했으면 하는 뜻에서 한 말이었다. 인자는 반드시 용감하다. 안자(顔子)는 '하루라도 극기복례하면'이라는 말을 듣자마자 바로 '그 항목을 묻겠습니다.'라고 하였으니, 큰 용기라 이를 만하다. 네가 능히 은연중에 굽히지 않

---

22) 『論語』「述而」에 나오는 말이다.

23) 『論語』「里仁」에 나오는 말이다.

24) 『孟子』「告子上」에 나오는 말이다. "지금 사람들은 천작을 닦음으로써 인작을 원하고, 인작을 얻은 뒤에 천작을 버리나니, 실로 미혹된 자인지라 마침내는 망하고 말 것이다.(今之人修其天爵以要人爵, 旣得人爵而棄其天爵, 則惑之甚者也, 終亦必亡而已矣.)"

으려는 기세를 이런 데에 쓸 수만 있다면, 인(仁)과 지(智)와 용(勇)이 세 가지 덕이 모두 네 안에 갖추어질 것이다. "인은 스스로 말미암는 것이지 남으로 인해 말미암는 것이겠느냐?"[25] 이 말씀이 나를 속이지 않는다는 것을 마땅히 알아야 한다.

"국가가 한가할 때에 형정을 밝히면 대국이라도 반드시 두려워할 것이다."[26] 어찌 나라 살림만 그렇겠느냐? 나라 살림은 몸 다스림과 한 가지이다. "하늘에 구름 끼고 비가 오지 아니할 때에 저 뽕나무 뿌리를 취하여 창문과 방문을 얽어서 칭칭 동여매면 이제 너의 아래 백성들이 나를 업신여기랴?"[27] 너는 이를 유념하여라. 신하에게 있어 나라는 집과 같고, 임금은 어버이와 같으니, 비록 나를 써주지 않았다 해도 안방에 문안 올리는 마음을 잊을 수는 없다.

너의 강등과 승진 및 여러 조치에 관해 때때로 듣고 싶으니 편지에서 그런 내용들을 생략하지 말도록 해라. 나 중사(羅中舍)에게 내 뜻을 전달해다오.

學者之不能知至久矣! 非其志其識能度越千有五佰餘年間名世之士, 則『詩』·『書』·『易』·『春秋』·『論語』·『孟子』·『中庸』·『大學』之篇正爲陸沉, 眞柳子厚所謂"獨遺好事者藻繪, 以矜世取譽"而已. 堯·舜·禹·湯·文·武·周公·孔子·孟子之心, 將誰使屬之? 夫子曰: "三人行, 必有我師焉, 擇其善者而從之, 其不善者而改之." 又曰: "見賢思齊焉, 見不賢而內自省." 誠得斯言之旨, 則凡悠悠泛泛者皆吾師也.

汝氣質外柔弱而中實不弱, 自向者旨趣未得其正時, 固已有隱然不

---

25) 克己復禮에서 이 부분까지 모두 『論語』「顏淵」에 나온다.
26) 『孟子』「公孫丑上」에 나오는 말이다.
27) 『詩經』의 「豳風·鴟鴞」에 나오는 시구이다.

可搖撼之勢矣. 能於此深思痛省, 大決其私, 毅然特立, 直以古聖賢爲的, 必居廣居, 立正位, 行大道, 則誰能禦之? 於此不具大勇, 却放過一着, 姑欲庶幾於常人, 則非吾之所知也. 眞孟子所謂"終亦必亡而已矣." 仁者先難後獲. 夫道豈難知哉? 所謂難者, 乃己私難克, 習俗難度越耳. 吾所謂深思痛省者, 正欲思其艱以圖其易耳. 仁者必有勇, 顏子聞'一日克己復禮'之言, 而遽能'請問其目', 可謂大勇矣. 汝能以其隱然不可搖撼之勢用力於此, 則仁·智·勇三德皆備於我. 當知"爲仁由己而由人乎哉?"之言不我欺也.

"國家閒暇, 及是時明其政刑, 雖大國必畏之矣." 豈獨爲國爲然哉? 爲國爲身一也. "迨天之未陰雨, 徹彼桑土, 綢繆牖戶, 今此下民, 或敢侮予." 汝其念之. 人臣之於國猶其家也, 於君猶其親也, 雖不吾以, 而問安寢門之心所不能忘也.

黜陟施設, 時欲聞之, 便信毋略乎此. 見羅中舍致吾意.

네 번째 편지

四

    사람은 목석이 아닌지라 호오(好惡)가 없을 수 없으나, 호오란 그 바름을 얻어야 허물이 없을 수 있다. 그래서 "오직 인자만이 사람을 좋아할 수 있고 사람을 미워할 수 있다."[28]라고 한 것이다. 사람을 미워하되 바른 방식으로 하면 원망과 미움에 이르지 않는다. 부자께서는 "나는 인을 좋아하는 자와 불인을 미워하는 자를 아직 보지 못하였다."[29]고 말씀하셨다. 인을 좋아한다는 것은 그 사람을 좋아하는 것이 아니라 그 어짊을 좋아하는 것이다. 인을 미워한다는 것은 그 사람을 미워하는 것이 아니라 그 어질지 못함을 미워하는 것이다. 오직 인을 좋아하기 때문에 사람들이 모두 어질어지도록 만들고, 불인을 미워하기 때문에 사람들의 어질지 못한 병을 치료하는 것이다. "도에 맞는 자가 도에 맞지 않는 자를 길러주며, 재주 있는 자가 재주 없는 자를 길러준다."[30]는 것이 어찌 현명한 부형의 마음뿐이겠느냐? 현명한 자제의 마음이 또 어찌 부형의 마음과 다를 수 있겠느냐? 따라서 사람을 포기하고 외물을 잘라내는 모든 마음이 다 불인이다. "비는 길한 것이며, 비는 돕는 것이니,"[31] 이것이 곧 인이요, 인도이

---

28) 『論語』「里仁」에 나오는 말이다.
29) 『論語』「里仁」에 나오는 말이다.
30) 『孟子』「離婁下」에 나오는 말이다.
31) 『周易』「比卦」의 「象傳」에 이르기를, "비는 길한 것이며 비는 돕는 것이니 아래에서 순종함이라.(比吉也, 比輔也, 下順從也)"

다. 내가 이런 자들과 함께 하지 않는다면 누구와 함께 하겠느냐? "못 위에 땅이 있는 것이 임(臨)이니, 군자는 이로써 가르침을 생각함에 다함이 없으며, 백성들을 포용하여 보존함에 끝이 없다."[32] 늦게 나아가는 후생으로서 만약 이와 뜻을 달리하지 않는다면, 마땅히 선생 및 장자(長者)들과 마음과 덕을 같이 해야 할 것이다. 선생과 장자 역시 현명한 제자들과 앞뒤로 함께 해야 할 것이다. 내 일찍이 말하기를, 당우(唐虞) 태평성세 때 논밭의 백성들이 힘을 다해 경작하고, 10분의 1의 세금을 내어 윗사람에게 바쳤던 것 역시 요·순·고요· 기와 한 마음 한 덕이었기 때문이라고 하였다. 그래서 "집마다 가히 표창할 만한 인물이 즐비"[33]했던 것이다. 이 화기(和氣)가 우주를 가득 메운 것을 일러 "차츰 변하여 화평을 누리게 되었다."[34]고 말한다. 말세의 피폐한 속세에 처해 있다면, 이를 불쌍히 여겨 지켜내고자 하고 또 치료하여 구제하고자 하는 마음이 미움이나 혐오를 이겨야만 바름에 근접했다고 할 수 있다. 너는 이 말을 깊이 생각하라. 이미 알았다 여겨 소홀히 하지 않는다면, 반드시 발전이 있을 것이다.

호 학록(胡學錄)[35]에게 편지를 보내 작년에 내가 네게 준 편지를

---

32) 『周易』「臨卦」의 「象傳」에서 인용한 공자의 말이다.

33) 이 성어의 출전은 『漢書』 권99 「王莽傳」이다. "현명한 성주가 다스리는 세상에는 나라에 현인이 많았다. 그래서 당우 시절에는 집집마다 봉토를 하사받을 만한 인물이 즐비했다.(明聖之世, 國多賢人, 故唐虞之時, 可彼屋而封.)"

34) 『尚書』「堯典」에서 요임금을 찬양하며 이른 말 중에 "능히 큰 덕을 밝히시어 구족을 친하게 하시니, 구족이 화목해졌고, 백성을 고르게 밝히시니 백성들이 밝아졌다. 만방을 조화롭게 하시니 만백성들이 차츰 변하여 이에 화평을 누리게 되었다.(克明俊德, 以親九族, 九族旣睦, 平章百姓, 百姓昭明. 協和萬邦, 黎民於變時雍.)"는 표현이 보인다.

35) 學錄은 문관의 명칭이다. 송나라 때는 國子監에 學正과 學錄을 두고 학규를 집행하고 훈도를 맡게 하였다.

다 보았느냐고 물어보았다. 만약 그가 보지 못하였다면 모두 꺼내 보여주도록 하여라. 너도 한 번씩 꺼내 읽도록 해라. 이미 다 안다고 여기지 말고. 네가 일전에 보낸 편지를 보니 내가 한 말을 깊이 이해하지 못한 듯하였다. 의문이 생기거든 꺼리지 말고 털어놓아라. 너를 위해 모두 분석해줄 테니 말이다.

人非木石, 不能無好惡, 然好惡須得其正, 乃始無咎. 故曰: "惟仁者能好人, 能惡人." 惡人得其正, 則不至於忿嫉. 夫子曰: "我未見好仁者, 惡不仁者." 蓋好仁者, 非好其人也, 好其仁也, 惡仁者, 非惡其人也, 惡其不仁也. 惟好仁, 故欲人之皆仁, 惟惡不仁, 故必有以藥人之不仁. "中也養不中, 才也養不才", 豈但是賢父兄之心? 賢子弟之心, 亦豈得異於其父兄哉? 故凡棄人絶物之心, 皆不仁也. 比吉也, 比輔也, 此乃仁也, 人道也. 吾非斯人之徒與而誰與? "澤上有地, 臨, 君子以敎思無窮, 容保民無疆." 後生晩進苟無異趣, 當與先生長者同心同德. 先生長者亦須賢子弟爲先後疏附. 吾嘗謂唐虞盛時, 田畝之民竭力耕田, 出什一以供其上者, 亦是與堯·舜·皐·夔同心同德, 故曰: "比屋可封." 此和氣之所以充塞宇宙, 謂之"於變時雍." 處末世弊俗, 當使憐憫扶持, 救藥之心勝其憎嫉嫌惡, 乃爲近正. 汝當以此言深思, 毋忽其爲已曉, 則當有進益.

有書與胡學錄, 問曾盡見去年吾所與汝書否. 若有未見, 汝當盡以示之. 雖汝亦當時一閱之, 毋謂已盡知之矣. 觀汝前一書, 亦未深解吾說. 若有疑, 不妨吐露, 當盡爲汝剖白也.

권 15

도찬중에게 보내는 편지
與陶贊仲

    마땅한 인재가 없는 관계로 제가 벼슬살이를 시작한 지도 열 달이 되었건만, 훌륭한 일이라곤 해낸 것이 없습니다. 겨울 봄 내내 비가 오지 않아 씨앗이 땅으로 들어가지 못하더니, 봄에 산천의 신께 기도를 올리자 그 즉시 응답이 있어 산 계곡물이 불어나고 밭도 충족히 젖었습니다. 그러나 그 뒤로 또 큰 비가 내리지 않아 땅이 오래 가물어 쉬이 갈라지고, 이미 한 달이 지난 오늘 다시금 [신께] 가뭄을 고해야 할 형국이 되었으니, 가히 두려운 상황이라 할 수 있습니다. 어제도 다시 기도를 올렸는데, 제단을 찾아가자 또 그 즉시 비가 내렸지만 못을 이룰 정도는 아니었습니다. 오늘 아침 다시 찾아가 비를 청함에 가랑비를 내려 응답을 보여주었으나, 흠뻑 적셔주지는 않았습니다. 다행히 아직 어둔 기운이 흩어지지 않아 그래도 희망이 있긴 하지만, 만약 비가 내리지 않는다면 반드시 스스로를 탄핵하여 관직에서 물러남으로써 이 백성들에게 사죄할 것입니다.

    「태극도설(太極圖說)」에 관해서는 사산(梭山) 형님께서 그 시비를 따진 바 있는데, 대체적으로 "'무극이며 태극'이라는 것은 노자(老子)의 학문이라 주자(周子: 周敦頤)의 『통서(通書)』와는 다르다. 『통서』에서는 태극을 말하였지 무극은 말하지 않았고, 「역대전(易大傳)」에서도 태극만 말하였지 무극은 말하지 않았다. 태극 위에 무극 두 글자를 덧붙인 것은 노자의 학문에 눈이 가린 결과이다. 또 「태극도설」은 본래 주자발(朱子發)[1]의 부록에 보인다. 주자발은 진희이(陳希夷)

의 태극도를 주무숙(周茂叔: 周敦頤)이 전해 받았고, 이를 다시 이정 (二程)이 전해 받았다라고 분명히 말했으니, 그것이 노자의 학문에서 온 것임이 분명하다. 『통서』와 이정의 언론 중에는 '무극' 두 글자가 보이지 않는다. 이로써 이 세 사람 모두 무극설이 옳지 않음을 모두 깨달았다는 것을 알 수 있다."라는 이야기였습니다. 사산 형님은 회옹(晦翁: 朱熹)과 만나서 이야기하고, 이어서 또 편지로도 이야기를 나누었는데, 회옹은 절대 그렇지 않다고 여겼습니다. 저 또한 사산 형님의 말이 맞는다고 생각하기는 합니다. 그런데 사산 형님은 회옹이 남을 이기기를 좋아한다고 여겨 더불어 변박하려 하지 않았습니다. 제가 생각하기에, 사람의 소견에는 어쩌다 꽉 막힌 채 통하지 않는 부분이 있어서, 어떤 주장을 할 때 늘 자신만 옳다 여기고 남은 틀리다고 여기게 마련입니다. 그러니 반드시 더불어 명백하게 변론해 보아야지 그가 남을 이기기를 좋아한다는 이유로 변론을 끊어버려서는 안 됩니다. 그래서 저는 그 말에 다시 꼬리를 달아 회옹과 명백히 변론을 하였습니다. 그 편지에 관련 내용이 상세히 나와 있는데, 혹시 보셨는지요? 회옹처럼 고명하신 분도 눈이 가려지는 것을 면치 못했으니, 거리에 떠도는 말이나 주워들은 사람들과 어찌 이런 이야기를 나눌 수 있겠습니까?

"인의충신(仁義忠信)과 지치지 않고 선을 즐긴다는 것"[2]은 어리석

---

1) 朱子發은 송나라 때 학자인 朱震(1072~1138)이다. 湖北省 荊門 사람인데, 세상에서는 그를 漢上先生이라 불렀다. 그가 지은 『漢上易傳』은 象數를 宗으로 삼았으며, 18년에 걸쳐 완성하였다고 한다.

2) 『孟子』「告子上」에 나오는 말이다. "천작이 있고, 인작이 있으니, 인의충신과 지치지 않고 선을 즐기는 것, 이는 천작이요, 공경대부, 이는 인작이다.(有天爵者, 有人爵者. 仁義忠信, 樂善不倦, 此天爵也. 公卿大夫, 此人爵也.)"

고 못난 사람이라도 모두 알고 행할 수 있습니다. 성현이 성현인 까닭은 그저 이것을 넓혀 나갈 수 있기 때문입니다. 배우는 자라면 마땅히 이를 근본으로 삼아야 합니다. 천문과 지리, 그리고 상수(象數)처럼 정미한 학문은 빼어난 식견을 지닌 자가 오래도록 배움을 쌓지 않고서는 쉽게 이야기할 수 없습니다. 저는 「설시설(揲蓍說)」한 편을 지어 역수(易數)의 큰 단서를 조금 펼쳐보고, 이로써 이단을 물리치고 후학들을 깨우치고자 하였습니다만, 업무에 시간을 뺏긴 통에 완성하지 못하고 있습니다. 조만간 초고가 완성되면 반드시 한 부 올리겠습니다. 언제나 만나서 이런 속이야기를 다 할 수 있을까요?

"덕이 이루어지면 윗자리에 있고, 예가 이루어지면 아랫자리에 있다. 행실이 이루어지면 앞자리에 있고, 일이 이루어지면 뒷자리에 있다."[3]고 하였습니다. 『논어』에서도 "들어가서는 효도하고 나와서는 공손하며, 행실을 삼가고 말을 신중하게 하며, 널리 사람들을 사랑하되 어진 이를 가까이 해야 한다."[4]하였고, "말은 충실하고 신의 있게 하고, 행동은 돈독하고 공경되게 하라."[5]고 하였습니다. 『맹자』에서도 "인의예지가 마음에 뿌리 내려 그 빛을 냄이 함치르르하게 얼굴에 나타나고, 등에 넘쳐흐르고, 팔다리에 베풀어져서, 팔다리가 말하지 아니하여도 깨닫는다."[6]고 하였습니다. "인의충신과 지치지 않고 선을 즐기는 것"은 모두 덕행에 관한 일이라, 높아지고 귀해지고 윗자리에 있고 앞자리에 있게 될 것입니다. 악사들이 소리와 시(詩)를 구별하고, 축사(祝師)들이 종묘의 예를 구별하는 일, 활쏘기와 말 타기,

---

3) 『禮記』에 나오는 말이다.
4) 『論語』「學而」에 나오는 말이다.
5) 『論語』「衛靈公」에 나오는 말이다.
6) 『孟子』「盡心上」에 나오는 말이다.

서예와 수학 등은 모두 예(藝)인지라, 낮아지고 천해지고 아랫자리에 있고 뒷자리에 있게 될 것입니다. 고인들은 능력 있는 자보다 어진 자를 높였으니, 거기에는 절로 정해진 순서가 있었던 것입니다. 부자께서는 "군자란 재능이 많아야 하는가? 그렇지 않다."[7]고 말씀하셨고, 증자께서는 "제기(祭器)를 챙기는 일이라면 맡은 자가 있다."[8]고 말씀하셨습니다. 이른바 예란 모두 옛날 성인들에 의해 발명되고 창시되었습니다. 그렇기 때문에 "백공(百工)의 일은 모두 성인이 만들었다."[9]고 한 것입니다. 하지만 성인은 애초에 이런 일들을 숭상하지 않았으며, 이 일에 능하다 하더라도 이로써 사람들을 가르칠 뿐, 사람들에게 요구하지 않았습니다. 덕행과 중용 같은 것들도 사람들에게 요구하는 법이 없었지요. 세상이 쇠락하여 도가 희미해지고 덕행이 천박해지자 빼어난 능력 지닌 소인들이 비로소 예를 사람에게 요구하기 시작했습니다. 그 일을 진귀하게 여기고 학설을 비밀로 함으로써 값을 배로 불려놓았으니, 참으로 이른바 시장의 도[市道]라 하겠습니다. 이로 인해 풍속에 날로 추해졌습니다. 이런 상황이 오래 유행하며 전해지자 기예의 실익은 훌륭해지지 못하고, 현혹하여 장사나 하려는 풍토만 더욱 확장되었는데, 배우는 자들이 그 본말을 구분하지 못하고 높낮음을 알지 못하는 탓에 이런 자들에게 현혹되지 않은 자가 없습니다.

근자에 수학에 대해 담론하는 자들을 보니 그 비루함이 날로 심해지고 망령됨이 날로 기승을 부리더군요. 그 문호를 직접 찾아가 전수

7) 『論語』「子罕」에 나오는 말이다.
8) 『論語』「泰伯」에 나오는 말이다.
9) 『周禮』「考工記」에 나오는 말이다.

받지 않고서 어떻게 시비를 가릴 수 있겠습니까? 그러나 높고 낮음, 윗자리와 아랫자리, 앞자리와 뒷자리의 뜻만 가지고 유추해보아도 그 선택이 얼마나 거짓되고 망령된 것인지 대략 알 수 있을 것입니다.

　편지를 다 쓰고 난 뒤, 아무래도 찬중 그대가 망령된 용부(庸夫)들의 말에 유혹되지 않을 수 없을 것 같기에, 다시금 이 편지를 써서 선택에 도움이 되고자 하였습니다.

　某承乏將十閱月, 未有善狀. 冬春久晴, 種不入土. 春季嘗一致禱于山川之神, 其應如響, 山溪漲溢, 田畝充足. 然自是又無大雨, 地上以積乾易涸, 今旣踰月, 又以旱告矣, 勢甚可畏. 昨日復致禱, 詣壇之時, 雨亦隨下, 然竟不能成澤. 今早復叩之, 亦以疏雨見應, 未蒙霑然之賜. 幸醞釀未解, 猶有可望. 不然, 定當投劾, 以謝斯民也.

　「太極圖說」, 乃梭山兄辯其是非, 大抵言"無極而太極是老氏之學, 與『周子通書』不類. 『通書』言太極不言無極, 『易大傳』亦只言太極不言無極. 若於太極上加無極二字, 乃是蔽於老氏之學. 又其『圖說』本見於朱子發附錄. 朱子發明言陳希夷太極圖傳在周茂叔, 遂以傳二程, 則其來歷爲老氏之學明矣. 『周子通書』與二程言論, 絶不見無極二字, 以此知三公蓋已皆知無極之說爲非矣." 梭山曾與晦翁面言, 繼又以書言之, 晦翁大不謂然. 某素是梭山之說. 以梭山謂晦翁好勝, 不肯與辯. 某以爲人之所見偶有未通處, 其說固以己爲是, 以他人爲非耳, 當與之辯白, 未可便以好勝絶之, 遂尾其說, 以與晦翁辯白, 有兩書甚詳, 曾見之否? 以晦翁之高明, 猶不能無蔽, 道聽塗說之人, 亦何足與言此哉?

　"仁義忠信, 樂善不倦", 此夫婦之愚不肖可以與知能行. 聖賢所以爲聖賢, 亦不過充此而已. 學者之事當以此爲根本. 若夫天文・地理・象數之精微, 非有絶識, 加以積學, 未易言也. 某欲作一撲著說, 稍發易數之大端, 以排異說, 曉後學. 坐事奪, 未克成就. 早晩就草, 當奉納一本. 何時合幷, 以究此懷?

德成而上, 藝成而下, 行成而先, 事成而後.『論語』曰: "入則孝, 出則弟, 謹而信, 汎愛衆, 而親仁." 曰: "言忠信, 行篤敬."『孟子』曰: "仁義禮智根於心, 其生色也, 睟然見於面, 盎於背, 施於四體, 四體不言而喩." 曰"仁義忠信, 樂善不倦", 此等皆德行事, 爲尊爲貴, 爲上爲先. 樂師辨乎聲詩, 祝師辨乎宗廟之禮, 與凡射·御·書·數等事, 皆藝也, 爲卑爲賤, 爲下爲後. 古人右能左賢, 自有定序. 夫子曰: "君子多乎哉? 不多也." 曾子曰: "籩豆之事, 則有司存. " 凡所謂藝者, 其發明開倉皆出於古之聖人. 故曰"百工之事, 皆聖人作也." 然聖人初不尙此, 其能之也, 每以敎人, 不以加人. 若德行中庸固無加人之理. 世衰道微, 德行淺薄, 小人之有精力者, 始以其藝加人, 珍其事, 秘其說, 以增其價, 眞所謂市道. 故風俗日以不美, 流傳之久, 藝之實益不精, 而眩鬻之風反更張大. 學者不辨本末, 不知高下, 未有不爲此輩所眩者.

吾觀近時談數學者, 陋日益甚, 妄日益熾. 未嘗涉其門戶, 得其師傳, 安能辨其是非? 但以前尊卑·上下·先後之義推之, 則自知所抉擇, 譎妄之情狀, 大概亦可見矣.

作書畢, 恐贊仲不能不惑於妄人庸夫之說, 故復書此, 以助抉擇.

두 번째 편지

二

「형공사당기(荊公祠堂記)」와 원회(元晦: 朱熹)에게 보낸 세 통의 편지를 함께 보내니, 세세히 살펴가며 숙독해보십시오. 이 글들은 모두 도를 밝힌 글인지라, 일시적인 논변에 그치지 않습니다. 어쩌다 보니 원회 편지는 이곳에 없군요. 요컨대 볼 필요도 없으며, 만약 본다 해도 잘 이해가 가지 않을 것입니다. 내 글은 조리와 분석이 매우 명확할 뿐만 아니라, 열거한 회옹(晦翁)의 편지 속 문장 또한 모두 그 전문을 베낀 것으로 단 한 글자도 더하거나 빼지 않았습니다. 회옹의 편지를 보면 불분명하게만 느껴져 이해가 잘 가지 않을 터이나, 내 편지를 보면 분명히 이해할 수 있을 것입니다. 내가 밝히고 있는 이치[理]는 천하의 정리(正理)요 실리(實理)요 상리(常理)요 공리(公理)이며, 이른바 "몸에 근본하여 서민을 고증하며, 삼왕(三王)을 살펴보아 어긋나지 아니하며, 저 천지를 세워도 거슬리지 아니하며, 저 귀신에게 질정을 해도 의심이 없으며, 백세에 성인을 기다려도 의혹되지 않는다."[10]는 것입니다. 배우는 자라면 바로 이 이치를 궁구해야 하고 이 이치를 밝혀야 합니다. 하지만 오늘날 궁리(窮理)를 말하는 자들은 모두 범범한 자들인지라, 진실한 사우(師友)를 만나지 못한 탓에 망령되이 이단사설로 서로를 속이고 있습니다. 남을 속이고 기만할 뿐 아니라 스스로를 속이고 기만하고 있습니다. 이를 일러 그릇되

---

10) 『中庸』 29장에 나오는 말이다.

다 하고, 이를 일러 몽매하다 하니, 무슨 이치를 밝히고 무슨 이치를 궁구하겠습니까?

찬중 그대는 사람됨이 질박하고 내실 있습니다. 비록 배움이 지극해지지는 못하였으나, 질박함을 지키고 분수에 따라 스스로를 점검하고 성찰할 줄 아니, 모든 것이 다 옳다고는 할 수 없겠지만 기만을 일삼는 망령된 자들에 비해서는 훨씬 낫습니다. 배울 적에는 오로지 옳은 것만 보면 그 뿐, 다른 사람과 승부를 따질 필요는 없습니다. 오늘날 배움에 도를 잃은 자들은 그저 사설이나 익힐 뿐이어서, 번갈아가며 서로를 속임으로써 이기고자 하는 마음을 기를 뿐입니다.

고인이 말한 '이단'이란 불로(佛老)만을 가리키지 않습니다. '이단' 이 두 글자는 『논어』에서 나왔으며, 공자께서 하신 말씀입니다.[11] 공자 시대에 중국 사람들은 불교에 관해 듣지 못하였고, 노자(老子)가 있긴 하였으나 그 학설이 대단히 성행하지는 않았습니다. 공자 또한 노자를 배척하지 않았으니, 이단이 어찌 오로지 노자만을 가리키는 용어였겠습니까? 천하의 정리(正理)에 둘이란 있을 수 없습니다. 만약 이 이치를 밝히 안다면, 천하에서는 이와 다른 것을 주장하지 못하고, 귀신도 이와 다른 것을 주장하지 못하며, 천고의 성현도 이와 다른 것을 주장하지 못할 것입니다. 그러나 이 이치를 밝히 알지 못해 사사로이 단서를 연다면, 이것이 곧 이단일지니, 어찌 불로에 그치겠습니까? 근자에 궁리를 말하는 자들은 불로의 경지에도 이르지 못하였습니다. 그들이 만약 불로를 차용하여 학설로 삼는다면 이 또한 망설(妄說)이요. 불로를 배척한다 말한다면 이 또한 망설입니다. 지

---

11) 『論語』「爲政」에 "이단에 빠지면 결국 해로울 뿐이다.(子曰, 攻乎異端, 斯害也已.)"라는 말이 보인다. 여기서 '이단'은 유가 학설 이외의 것을 범칭한다.

금 세상에는 타고난 자질이 충후(忠厚)하고 행동이 조심스러우면서
도 정성스러운 자가 있으니, 그런 자라면 비록 학문을 담론하지 않는
다 하여도 벗이 될 수 있습니다. 그러나 학문을 담론하되 사승(師承)
이 없거나 사승이 있으되 바르지 않은 자만은 도에 가장 큰 해를 끼
칩니다. 그런 자와 함께 기거하며 더불어 변론을 주고받는다면, 점차
그 그릇되고 망령된 언설에 물만 들 뿐이어서 훗날 씻어내기 어려워
지리니, 차라리 질박하게 실제적인 것만 보면서 스스로 노력을 다하
는 편이 낫습니다. 비록 지금 다 옳을 수는 없겠지만 훗날 사우를 만
나게 될 시 도리어 정돈하기 쉬울 터이니 말입니다. 이치는 반드시
궁구해야 합니다. 하지만 오늘날에는 궁리할 줄 아는 사람이 하나도
없습니다.

　언제 한번 오셔서 이 뜻을 따져볼 수 있을까요.

　「荊公祠堂記」與元晦三書倂往, 可精觀熟讀, 此數文皆明道之文, 非
止一時辯論之文也. 元晦書偶無本在此, 要亦不必看, 若看亦無理會
處. 吾文條析甚明, 所擧晦翁書辭皆寫其全文, 不增損一字. 看晦翁書,
但見糊塗, 沒理會. 觀吾書, 坦然明白. 吾所明之理, 乃天下之正理, 實
理, 常理, 公理, 所謂"本諸身, 證諸庶民, 考諸三王而不謬, 建諸天地而
不悖, 質諸鬼神而無疑, 百世以俟聖人而不惑."者也. 學者正要窮此理,
明此理. 今之言窮理者皆凡庸之人, 不遇眞實師友, 妄以異端邪說更相
欺誑, 非獨欺人誑人, 亦自欺自誑, 謂之繆妄, 謂之蒙闇, 何理之明, 何
理之窮哉?
　贊仲爲人質實, 學雖未至, 且守質朴, 隨分檢省, 雖未必盡是, 卻儘勝
誑妄之人. 爲學只是要睹是, 不要與人較勝負. 今學失其道者, 不過習
邪說, 更相欺誑, 以慈養其勝心而已.
　古人所謂'異端'者, 不專指佛老. '異端'二字出『論語』, 是孔子之言.

孔子之時, 中國不聞有佛, 雖有老氏, 其說未熾. 孔子亦不曾闢老氏,
異端豈專指老氏哉? 天下正理不容有二. 若明此理, 天下不能異此, 鬼
神不能異此, 千古聖賢不能異此. 若不明此理, 私有端緒, 卽是異端,
何止佛老哉? 近世言窮理者亦不到佛老地位, 若借佛老爲說, 亦是妄
說. 其言闢佛老者, 亦是妄說. 今世卻有一種天資忠厚, 行事謹愨者,
雖不談學問, 卻可爲朋友. 惟是談學而無師承, 與師承之不正者, 最爲
害道. 與之居處, 與之言論, 只漸染得謬妄之說, 他時難於洗濯. 不如
且據見在朴實頭自作工夫, 今雖未是, 後遇明師友, 卻易整頓也. 理須
是窮, 但今時卻無窮理之人.

何時得一來, 以究此義.

손계화에게 보내는 편지
與孫季和

　편지가 도착하였기에 꺼내 읽어보고서 이미 강을 거슬러 서쪽으로 갔음을 알게 되었습니다. 상세한 동정을 듣게 되어 기쁘면서도 한 번도 뵙지 못한 것이 못내 안타까웠습니다. 남자로 태어났으면 뽕나무 활과 쑥대 화살12)을 천지 사방으로 쏘아 사방의 뜻을 내보여야 하나니, 이것이 바로 부모가 자식을 가르치고 자식에게 바라는 첫 번째 마음일 것입니다. 그대의 모친께서 이번 출행을 기왕에 허락하셨고, 또 두 형님이 남아 모친을 곁에서 모시고 있는데, 어찌 봉양을 못한다 말할 수 있겠습니까? 안자(顔子)의 집안은 한 소쿠리의 밥과 한 표주박의 물로 남들은 견디지 못할 만큼 힘든 형편이었지만, 그 아들은 스승을 따라 천하를 주유하였고, 송(宋)·위(衛)·진(陳)·채(蔡) 등 나라에서의 곤경을 겪으면서도 후회하지 않았습니다. 이것이 어찌 속세의 사람이나 이런저런 것에 얽매이는 사인이 능히 알 수 있는 뜻이겠습니까? 맹자께서는 "인(仁)은 사람의 마음이요, 의(義)는 사람의 길이다. 그 길을 버리고 말미암지 않고, 그 마음을 놓아버리고 찾을 줄을 모르니, 슬프도다!"13)라고 말씀하셨고, 또 "지금 무명지가 굽어펴지지 않는다고 해서 크게 아프거나 일에 해가 되지는 않지만, 만약

---

12) 뽕나무 활과 쑥대 화살은 남자가 큰 뜻을 세움을 비유적으로 이르는 말이다. 중국의 옛날 풍속에서는 남자가 태어나면 이것으로 천지 사방을 쏴서 장래의 웅비를 기원했다

13) 『孟子』「告子上」에 나오는 말이다.

그것을 펼 수 있는 사람이 있다면 진나라건 초나라건 멀다 하지 않고 찾아가나니, 그 손가락이 남과 같지 않기 때문이다. 손가락이 남과 같지 않은 것은 싫어할 줄 알면서 마음이 남과 같지 않은 것은 싫어할 줄 모르니, 이를 일러 일의 중요도를 모른다고 한다."14)고 하였습니다. 이 마음을 놓치거나 잃어버리지 않고, 함정에 빠지지도 않으며, 하늘이 준 것을 해치지 않고 온전히 할 수만 있다면, 천만 리 멀리 있더라도 슬하에 있는 것과 다르지 않습니다. 하지만 만일 그렇지 못하다면, 날마다 고기반찬으로 봉양한다 해도 불효일 뿐입니다.

배움에 있어 도(道)에 이르지 못하고서, 날마다 답답하게 작은 지혜나 파고들어가 이 말 저 말 덧붙이면서 마치 저 좀 벌레나 누리 떼처럼 한가하게 지낸다면, 군자의 눈으로 볼 때 그저 딱할 따름이지요. "산길에서 사람이 다니는 곳은 줄곧 다니면 이내 길이 되지만, 잠시만 쓰지 않아도 띠 풀로 막힌다."15)고 하였습니다. 예전에 석응지(石應之)는 부지런히 다니며 길을 내가고 있었는데, 다시 이설에 미혹되어 아직까지 막혀있기에 매번 탄식하며 슬퍼하고 있습니다! "지혜로 나라를 얻었어도 인(仁)으로써 그것을 지키지 않는다면 비록 얻었다 하더라도 반드시 잃을 것이다."16) 그대가 전에 얻었던 것은 본디 응지에게 미치지 못하였습니다. 그런데 임안(臨安)에서 재차 모였을 때는 이미 처음 모였을 적의 기상마저 사라지고 없었습니다. 그 후 편지나 소문을 통해 알게 된 그대의 말과 행동 모두 나의 마음을 흡족케 해주지 못하였습니다. 아마 꽉 막혔다고 말해도 과하지 않을 것입니다.

---

14) 『孟子』「告子上」에 나오는 말이다.
15) 『孟子』「盡心下」에 나오는데, 맹자가 高子에게 해준 말이다.
16) 『論語』「衛靈公」에 나오는 말이다.

만약 사사로운 것으로 명예를 훔치고 세상을 기만하고자 한다면, 이는 어려운 일이 아닐 것입니다. 하지만 이는 앞서 간 철인들이 후학들에게 바라는 바 아닐 것이며, 기뻐하는 마음은 안타까워하는 마음의 만 분의 일도 되지 못할 것입니다. 삼가 생각한 후 힘써 행하기 바랍니다.

그간의 상황은 요컨대 편지로 다 펼칠 수 없습니다. 그대가 능히 분발할 수 있다면 기쁘겠습니다. 총경(總卿)의 의문은 논하지 않아도 그만입니다.

茲以書至, 發讀, 知已遡江而西, 既喜聞靜動之詳, 又恨不得一見. 男子生而以桑弧蓬矢射天地四方, 示有四方之志, 此其父母敎之望之第一義也. 令尊夫人既許其行, 又有二令兄在侍下, 豈得便謂失養? 顔子之家, 一簞食, 一瓢飮, 人不堪其憂之地, 而其子乃從其師周遊天下, 履宋·衛·陳·蔡之厄而不以爲悔, 此豈俚俗之人, 拘曲之士所能知其義哉? 孟子曰: "仁, 人心也, 義, 人路也. 舍其路而弗由, 放其心而不知求, 哀哉!" 又曰: "今有無名之指, 屈而不信, 非疾痛害事也, 如有能信之者, 則不遠秦·楚之路, 爲指之不若人也. 指不若人則知惡之, 心不若人則不知惡, 此之謂不知類也." 誠使此心無所放失, 無所陷溺, 全天之所與而無傷焉, 則千萬里之遠, 無異於親膝下. 不然, 雖日用三牲之養, 猶爲不孝也.

學不至道, 而日以規規小智穿鑿傅會, 如蛆蠱如蟊賊以自適, 由君子觀之, 政可憐悼耳. 山徑之蹊間, 介然用之而成路, 爲間不用, 則茅塞之矣. 往年石應之駸駸有成路之興, 復迷於異說, 至今茅塞, 每爲悼嘆! "知及之, 仁不能守之, 雖得之, 必失之." 季和鄉時所得, 尙未能及應之. 臨安再相聚時, 已無初相聚時氣象. 是後書問與傳聞言論行事, 皆不能滿人意, 謂之茅塞, 不爲過也. 苟以其私偸譽斯世, 固不難也, 但非先哲所望於後學, 其所賞, 不足以當所惜之萬一耳. 幸謹思而勉行之.

　是間爲況, 要非紙筆所能宣達, 季和能着鞭, 則自相孚矣. 總卿之疑, 不必論可矣也.

당 사법에게 보내는 편지
與唐司法

　비루한 제 글 몇 편을 넣어드렸으나, 요즘 세상에는 사사로움에 치우친 사람들이 너무도 많은지라 제 이야기를 즐겨 듣고자 하지 않을 수도 있습니다. 총경(總卿)이 주(朱) 어르신을 좇아 어울린다는 말은 더욱이 듣고 싶지 않습니다. 지금 세상에서는 종사(宗師)조차 말을 받아들이고자 하지 않으니, 하물며 구차하게 문호 따위나 사사로이 여기는 학도들이야 말해 무엇 하겠습니까. 배우는 자라면 이치[理]를 구해야 하나니, 오직 이치만을 따를 뿐, 구차히 문호를 사사로이 여겨서야 되겠습니까! 이치란 천하의 공리(公理)요, 마음이란 천하의 한 마음입니다. 성현이 성현이 될 수 있는 까닭은 그저 사사로움을 용납하기 않았기 때문입니다. 안연(顔淵)과 증삼(曾參)은 부자의 도를 전했지 공자의 문호를 사사로이 여기지 않았으며, 공자 또한 문호를 사사로이 여기며 남과 더불어 사사로이 경영하지 않았습니다.

　급히 답신을 보내느라 글이 어지럽습니다.

　鄙文納去數篇, 第今時人偏黨甚衆, 未必樂聽斯言, 總卿從朱丈遊, 尤不願聞者. 今時師匠尙不肯受言, 何況其徒苟私門戶者. 學者求理, 當唯理之是從, 豈可苟私門戶! 理乃天下之公理, 心乃天下之同心, 聖賢之所以爲聖賢者, 不容私而已. 顔·曾傳夫子之道, 不私孔子之門戶, 孔子亦無私門戶與人爲私商也.

　薄遽占復, 草草.

부극명에게 보내는 편지
與傅克明

　　모 군(毛君)에게 보낸 편지와 「'안연은 덕행을 잘하였다.'[17]에 관한 논의(顔淵善言德行論)」를 보고서, 배움에 해이해지 않고 큰 뜻을 저 버리지 않았음을 알았기에 큰 위로를 받았습니다. 배움에 있어 사우 (師友)를 가까이하지 않았다면, 사문(斯文)이 밝히 드러나지 못하는 것을 가지고 실로 보통 정도의 재주를 가진 사람을 나무라기 어렵습 니다. 그러나 독단적인 행동과 사사로운 생각을 아직 끊어내지 못했 다면 마땅히 큰 뜻을 나무라야 합니다. 지금의 사인들이 책을 읽는 뜻은 과거 문장을 배워 급제하고자 하는 데 있으니, 어찌 큰 뜻이 있 을 수 있겠습니까? 그들 가운데 호사가로서 서책을 통해 선배들의 의 론을 읽고 배우고자 하는 뜻을 세운 자도 있겠으나, 그 뜻이 어찌 전 일하고 순정하겠습니까? 마음을 오로지하여 뜻을 다하지 못한다면, 이른바 향학이란 것도 한가로이 한번 나갔다 한번 들어왔다 하는 꼴 을 면치 못할 것입니다. 지금 사사로운 생각에 온 세상 사람들이 빠 져있으나, 평생 익혀야할 것들이 어찌 한가로이 한번 나갔다 한번 들 어오는 식으로 배워 알 수 있는 것이겠습니까? 반드시 크게 의심하고 크게 두려워하며 깊이 생각하고 통렬히 반성한 뒤, 마치 더러운 것을

---

17) 이 말은 『孟子』「公孫丑上」의 "재아와 자공은 말을 잘하였고, 염우와 민자와 안연은 덕행을 잘하였으며, 공자는 이를 겸하였다.(宰我子貢善爲說辭, 冉牛閔 子顔淵善言德行, 孔子兼之.)"에서 나왔다.

버리듯, 원수나 적을 피하듯 세속의 누습을 끊어내야만 이 마음의 영명함 속에 절로 인(仁)이 남아있을 것이요, 절로 지(智)가 남아있을 것이요, 절로 용(勇)이 남아있을 것입니다. 또 사사로운 생각과 세속적인 누습도 마치 눈이 햇볕을 쬔 것처럼, 남겨두고 싶어도 사라지고 말 것입니다. 이것을 일러 '앎이 지극하다.'라고 하고, '먼저 그 큰 것을 세운다.'[18]라고 합니다.

언제나 한데 모여 이런 뜻을 궁구해볼 수 있을까요.

見所與毛君書及顔淵善言德行論, 知爲學不懈, 大旨不畔, 尤以爲慰. 然學不親師友, 則斯文未昭著處, 誠難責於常才. 獨力私意未能泯絶, 當責大志. 今時士人讀書, 其志在於學場屋之文以取科第, 安能有大志? 其間好事者, 因書冊見前輩議論, 起爲學之志者, 亦豈能專純? 不專心致志, 則所謂鄕學者未免悠悠一出一入. 私意是擧世所溺, 平生所習豈容以悠悠一出一入之學而知之哉? 必有大疑大懼, 深思痛省, 決去世俗之習, 如棄穢惡, 如避寇讐, 則此心之靈自有其仁, 自有其智, 自有其勇, 私意俗習, 如見晛之雪, 雖欲存之而不可得, 此乃謂之知至, 乃謂之先立乎其大者.

何時合幷以究此懷.

---

18) 『孟子』「告子上」에 나오는 말이다.

장무헌에게 보내는 편지
與章茂獻

보잘것없는 재주로 이곳에서 벼슬살이를 시작한 뒤 저는 아침저녁으로 두려움 속에 지내고 있습니다. 이곳 백성들의 기원하는 바에 비하자면 [政績이] 바다에 떠있는 배처럼 하찮지만, 여항이 평화롭고 송사가 잦아들어 서로 간에 편히 지내고 있으니, 전보다 많은 것이 좋아진 셈입니다. 동료들도 협력하며 전혀 다른 뜻을 품고 있지 않으며, 맡은 바 업무를 보건 서로 왕래하건 강습하지 않는 적이 없습니다. 혹자는 이를 가리켜 정적의 효험이라고 말하지만, 제 구구한 마음속에는 지금 커다란 두려움이 한 가지 있습니다. 병가(兵家)에서 활쏘기에 대해 이야기할 적에, "활촉이 손가락에 닿지 않으면 화살을 안 쏜 것과 같다."[19]고 말합니다. 지금 활쏘기를 배우는 자들의 손가락에 화살촉이 닿도록 하는 것은 실로 쉬이 할 수 있는 일이 아닙니다. 『맹자』에서 이르기를, "우물을 아홉 길 팠지만 샘이 나타나지 않는다면 그것은 우물을 버리는 일이나 마찬가지이다."[20]라고 하였고, 옛말에서도 이르기를, "백 리를 갈 때 구십 리를 가야 절반이다. 이는 마지막 길이 어려움을 말한 것이다."[21]라고 하였으니, 앞에 이르지를

---

19) 이는 『敎射經』에 나오는 말로, 원문은 "화살촉이 손가락에 닿지 않고서는 적중시키지 못한다. 손가락이 화살촉을 느끼지 못하면, 이는 눈이 없는 것과 같다. (鏃不上指, 必無中矢, 指不知鏃, 同于無目.)"이다.
20) 『孟子』「盡心上」에 나오는 말이다.
21) 『戰國策』「秦策五」에 나오는 말이다. "시에서 이르기를, '백 리를 갈 때 구십

못한다면 비록 저버리지 않았다 하더라도 신뢰할 만한 것이 되기에 부족하고, 치세에 이르지 못한다면 비록 어지럽지 않다 하더라도 전해지기에 부족합니다. "물은 습한 데로 흐르고 불은 메마른 곳으로 나아간다. 만물은 유유상종이다."[22] 사람의 마음이 똑같이 받아들이는 것에 있어서는 메아리나 그림자보다도 빨라 속일 수가 없습니다. 낮고 깊음, 많고 적음, 두터움과 얇음, 정교함과 거침의 구분이나, 실정과 거짓, 명성과 실제, 성함과 쇠함, 꺼짐과 자라남의 변화 또한 속일 수가 없습니다. 법도가 되는 가르침을 가슴 깊이 새기고 있으니, 어찌 감히 두 마음을 품을 수 있겠습니까? 미력한 저는 아직 이런 것에 이르지 못한 탓에 마치 호랑이 꼬리를 밟듯, 봄날 얼음 위를 지나듯 전전긍긍하고 있으니, 어찌 감히 배고프고 목마르다하여 거리낌 없이 먹고 마시면서 구차히 스스로를 용서하겠습니까? 제가 모르는 것을 가르쳐주시고, 제가 미치지 못한 바를 함께 도모하여 주십시오. 힘껏 손잡아주시고 다그쳐주십시오. 이것이 제가 동지께 바라는 바이오니, 저 멀리 버려두지 말아 주십시오!

　某承乏於此, 凜焉朝夕, 祈於斯民, 渺若航海. 閭巷熙恬, 訟爭衰息, 相安相向, 不替有加. 同官協力, 擧無異志, 職事過從, 無非講習. 或者指是以爲效績, 區區之懷, 方有大懼. 兵家言射, 謂"鏃不至指, 同於無

리가야 절반이다.'라고 했으니, 이는 마지막 길이 어려움을 말한 것이다.(詩云 '行百里者半于九十', 此言末路之難也.)"
22) 『周易』「乾卦」의 九五爻의 「文言傳」에 "같은 소리는 서로 응하고 같은 기운은 서로 찾는다. 물은 습한 데로 흐르고 불은 건조한 데로 나아간다. 구름은 용을 따르고 바람은 호랑이를 따른다.(同聲相應, 同氣相求, 水流濕, 火就燥, 雲從龍, 風從虎.)"는 말이 나온다.

矢." 今學射者求鏃之至指, 良不易致. 『孟子』曰: "掘井九仞, 而不及泉, 猶爲棄井." 古語曰: "行百里者半九十." 言末路之難也. 知不至, 雖弗畔, 不足賴也. 治不至, 雖不亂, 不足傳也. 流濕就燥, 物以類從, 心所同然, 捷於影響, 固不可誣也. 而其淺深多寡厚薄精粗之辨, 情僞名實盛衰消長之變, 亦不可誣也. 服膺典訓, 何敢貳心? 至其綿薄, 弗克自致, 若蹈虎尾, 涉於春冰, 亦何敢狃饑渴之飮食, 苟以自恕. 敎其不知, 圖其不逮, 力提而申策之, 是所望於同志, 幸勿退棄!

나춘백에게 보내는 편지
與羅春伯

　저는 여름에 관직 임명을 받았는데, 하필 감기에 걸려 몸져누운 바람에 하마터면 위태로워질 뻔 하였습니다. 한 달을 넘기고서야 조금 살아났으나 치질로 다시 고생을 하였습니다. 7월 4일에야 비로소 집을 떠나 9월 3일에 이천(二泉)에 도착하자마자 그날로 업무 교대를 하였습니다. 여기는 본래 한가롭고 고요하기로 이름난 곳입니다. 저는 이곳에 도착해 단 한 글자의 고지도 내지 않았고, 매사에 번거로움을 더욱 덜어내었으며, 일이 생기면 그 즉시 수결하였기에 제법 민심을 거스르지 않은 듯합니다. 사인(士人)과 백성이 서로 존경하고, 서리들도 엄숙히 맡은 바 일에 전념하고 있습니다. 옥중에는 원래 있던 두 명의 중죄인밖엔 없는데, 한 명은 상주하였으나 아직 비답을 받지 못하였고, 다른 한 명은 비답을 받았으나 헌대(憲臺)에서 아직 심리하러 오지 않았습니다. 이들을 제외하고는 감옥도 가히 잠잠한 편이라 할 수 있어서, 바깥에서 보면 정말로 태평스런 관부처럼 느껴질 것입니다. 그러나 매해 이어진 영접하고 전송하는 일로 인해 관의 창고는 기실 텅 비어있는 형편입니다. 장부도 즉시 정리해야 하고, 객사도 수리해야 하고, 또 길도 닦아야 하고, 전답도 개간해야 합니다. 성곽도 세워야 하고, 손보아야 하는 군비도 적지 않습니다. 이에 아침저녁으로 골몰히 연구하고 세심히 고찰하느라 겨를이라곤 전혀 없지만, 외부인들은 아마 알지 못할 것입니다. 참으로 이른바 혼자만의 고심이라 할 수 있겠지요!

오늘날에는 벼슬아치들 간에 서신을 주고받는 것이 상례인지라 아침저녁으로 직무 이외의 일들을 응대하느라 하루 일과의 반 이상을 허비해야 합니다. 요즘에는 감히 이런 일들을 소홀히 할 수 없으나, 다만 이런 일을 직무보다 앞세울 수는 없습니다. 졸렬하고 아둔한 자질이다 보니 아직까지도 부족한 점이 많습니다. 예를 들어 대간(臺諫)의 시종에게도 계차(啓箚)를 올려야 하는데, 아직까지도 처리하지 못하고 있습니다. 믿는 바는 여러 현자들께서 이런 것으로 허물하지 않으리라는 것이지요. 만에 하나 일을 소홀하고 태만히 처리한다는 혐의를 받게 된다 하더라도 벗이 나서 변호해주리라 믿습니다. 직무 처리에 있어 충고할 점이 있다면 앞으로도 계속 모두 말해주십시오.

춘백 그대는 자질과 명망이 날로 높아지고 있으니, 두 곳23)의 높은 자리에 오른 것도 당연합니다. 먹물로 붓을 적셔놓은 채 그대의 답장을 기다리겠습니다. 날이 추워지는데, 나라 위해 자중자애하십시오.

某夏中拜之任之命, 適感寒伏枕, 幾至於殆. 月餘少甦, 又苦腸痔. 七月四日始得離家, 九月三日抵二泉, 卽日交割. 是間素號閒靜, 至此未嘗有一字揭示, 每事益去其煩, 事至隨手決之, 似頗不忤於人心. 士民相敬向, 吏輩亦肅肅就職, 獄中但有向來二大囚, 一已奏未報, 一已報而憲臺未來審覆, 除此牢戶可闃寂矣. 自外視之, 眞太平官府. 然府藏困於連年接送, 實亦匱乏, 簿書立當整頓, 廬舍所當修葺, 道路當治, 田萊當闢, 城郭當立, 武備當修者不少. 朝夕潛究密考, 略無少暇, 外人蓋不知也. 眞所謂心獨苦耳!

---

23) 송나라 때 두 곳[兩地]이라 하면 中書省과 樞密院을 가리켰다. 이 편지의 대상인 나춘백이 맡았던 資政殿學士는 중서성에 속해있었고, 그가 또한 簽書樞密院事로도 있었기에 이렇게 표현한 것이다.

今時仕宦書問常禮, 與朝夕非職事應接者, 費日力過半. 比來於此等固不敢簡忽, 第亦不敢以此等先職事. 拙鈍之質, 迺今尙有缺典. 如臺諫侍從當有啓箚, 今皆未辦. 所恃羣賢必不以此督過. 萬一致簡慢之疑, 更賴故人有以調護之. 職事間有當控訴者, 續得盡情.

春伯資望日隆, 宜在兩地優矣. 濡筆以待慶牘, 向寒爲國保愛.

설상선에게 보내는 편지
與薛象先

이달 3일에 이천(二泉)에 도착하자마자 그날로 업무 교대를 하였습니다. 공문은 실로 오래도록 철저히 읽어보았습니다. 제반 업무는 모두 옛날 관례를 따랐고, 이곳에 도착한 이래 단 한 글자의 고지도 내지 않았습니다. 수행인도 두지 않았고, 방(榜) 또한 서리가 바친 예전 것을 그대로 따랐더니 관아에는 옹색함이 제법 느껴지지 않으며, 일도 생기는 즉시 수결하였더니 제법 민심을 거스르지 않은 듯합니다. 여기는 본디 소송이 적은 곳이라 그런지, 아직까지도 소송이 일지 않고 있습니다. 이곳 사람들의 핏줄에는 호령이나 형정(刑政) 바깥의 것이 흐르나 본데, 존형이라면 능히 알 수 있을 것입니다. 그러나 반드시 처리해야만 하는 업무 또한 매우 많아, 골몰히 연구하고 세심히 고찰하느라 하루 하루 겨를이 없습니다. 다만 바깥에서 이러한 상황을 보지 못할 뿐이지요.

재정 면에서 보면 세 해 동안 이어진 영접과 전송으로 압류된 것이 꽤 많은데, 이를 갚을 계책이 없습니다. 그 사정을 살펴보니 사람들의 말과 서로 맞지 않은 곳이 많았습니다. 황원장(黃元章)이 업무교대를 할 때 관의 창고에 있던 돈[錢]은 만 팔천 꿰미[貫]가 넘었는데, 지금 남은 것은 겨우 5천 꿰미입니다. 매해 수입은 주사(酒肆)에 의지하기 때문에 이듬해 써야할 비용은 거기에서 가져와야만 합니다. 군자고의 결핍은 더욱 심각합니다. 어찌할 도리가 없는 지경에까지 이른 것은 아니지만, 어떻게든 통제하지 않으면 날로 궁핍해질 것입니다.

감사(監司)와 군수가 자주 바뀌는 것이 오늘날의 커다란 병폐입니다. 근자에 저보(邸報)를 읽고서 존형의 청원이 윤허되지 않았음을 알게 되었습니다. 이는 속군(屬郡)에게만 있어 다행한 일일 뿐 아니라, 중호(重湖)24)의 백성들에게도 조금이나마 편히 살 수 있는 은혜를 베푸는 일이 될 것입니다.

막 도착하자마자 우선 양사(兩司)를 영접하고 전송할 사람들을 파견하고자 하였는데, 병졸들이 이런 저런 것을 요구해왔습니다. 마침 의용군25)들이 가을 사열 중이었는데, 병졸들을 보니 의복조차 하사받지 못한 자도 있었습니다. 성절(聖節)을 경축해야 할 때가 되자 서리들은 의식에 필요한 물품들이 헤지고 망가졌다며 수리해야할 것들을 일일이 아뢰어왔습니다. 이 또한 소홀히 할 수가 없습니다. 자성(子城) 보수비용도 날마다 군자에서 가져가 쓰고 있는데, 동악묘(東嶽廟)까지 짓기 시작해 공사를 겨우 반밖에 마치지 못하였습니다. 여러 창고에서 날마다 지출해야하는 비용이 모두 수입보다 많습니다. 회계에 관한 일이란 정밀하고도 상세히 하지 않을 수 없습니다.

형문(荊門)에서는 해마다 말 먹일 풀을 2천 꿰미나 바치고 있는데, 사계절로 나누어 보내며 어사대도(御使臺都) 전물고(錢物庫)로 가져가 납부합니다. 봄과 여름에 이미 충분히 들여보냈으니 이제는 가을 세금을 내야할 때입니다. 이전에는 삼 할을 동전(銅錢)으로 납부했습니다. 우리 군은 근년 이래로 철전(鐵錢)을 사용해온 지역이었는데,26) 금령이 날로 엄해져 이제는 동전으로 납부할 방법이 없습니다.

---

24) 重湖는 洞庭湖의 다른 이름이다. 湖南省에 있는 洞庭湖는 남으로 靑草湖와 통하기 때문에 이렇게 부른다.
25) 송나라 때는 鄕兵을 義勇이라 불렀다.
26) 남송 때는 동전이 북방으로 유입되는 것을 막기 위해 금나라와의 변방지역 19

그래서 매번 이 때가 되면 회자(會子)[27]를 악저(鄂渚) 지역으로 가지고 가 동전과 교환해야 하는데, 그 비용이 퍽 많이 듭니다. 바라옵건대 오직 회자로만 납부할 수 있도록 특달(特達)[28]께서 윤허해주신다면 크나 큰 행운이겠나이다!

이곳의 상황을 볼 때 이제는 양식을 저축하고 병력을 모아야 할 때입니다. 이전에는 사람들이 이러한 것을 미처 강구하지 못했습니다. 장(張) 통수께서 이곳에 성을 쌓을 뜻이 있다고 합니다. 듣자니 원선(元善)이 수비군을 나누어 주둔시킬 뜻이 있다고 하던데, 지난번 모였을 때 그 이야기를 미처 나누지 못하였습니다. 응성(應城)에 가 유(劉) 현재를 만났을 때 원선의 뜻이 이와 같다고 말씀드렸습니다. 두 공의 비분강개함이 이와 같으니 혹 천시(天時)가 이른 것이 아니겠습니까? 도울 방도가 있으면 좋겠습니다. 자성 짓는 일은 가을 사열이 끝난 뒤에 일손을 보내 진행할 것이며, 일의 단서가 보이기를 기다려 일일이 갖추어 아뢰겠습니다.

此月三日抵二泉, 即日交割, 公文諒久已徹視. 諸事皆仍舊貫, 到此並無一字揭示, 無隨行人, 一榜亦吏呈舊比從之, 戶庭頗無壅塞, 事至隨手決之, 頗無忤於人心. 是間元少訟訴, 今至於無. 其血脉蓋有在號令刑政之表者, 兄能諒之. 然事當料理者甚衆, 潛究密稽, 日不暇給, 外殊不見其形也.

財計亦以連三年接送, 占壓頗多, 卒未有還補之策. 考其實, 與言者殊不相應. 元章交割時公庫緡錢萬八千有奇, 今所存僅五千緡耳. 歲入

개 路를 철전 사용 지역으로 지정한 뒤 오직 철전만 유통되게 하였다.
27) 南宋 시대에 발행된 지폐를 말한다.
28) 재주가 매우 뛰어나다는 뜻인데, 여기서는 상대방에 대한 존칭으로 사용되었다.

倚漿肆, 所以爲來歲資者, 又當取諸其中, 軍資庫尤爲匱乏. 其勢未至於不可爲, 然不爲之樽節, 則日蹙矣.

監司郡守數易, 誠今日之大弊. 比閱邸報, 知兄未得請, 亦不獨屬郡之幸, 幸少安以惠重湖之民.

乍到, 首遣兩司迎接, 兵卒各有借請, 義勇又適秋閱, 見迓兵卒, 又有未請衣賜. 會慶聖節, 吏以儀式諸物弊壞, 舉陳當修, 所不敢忽. 子城甌工費日取於軍資. 又創東嶽廟, 工纔半. 諸庫日支, 率多於所入. 會計之事不容不精詳而爲之所.

荊門歲輸馬草二千緡, 分作四季起發, 赴使臺都錢物庫交納. 春夏已納足, 今正當輸秋季錢. 前此係三分輸納銅錢, 本軍比年係行使鐵錢地分, 令禁日嚴, 無得銅錢輸納. 每是將會子到鄂渚兌換銅錢, 所費頗多. 今欲乞只以會子輸納, 望特達允從爲幸!

此間形勢, 正宜積粟聚兵, 前此諸人乃未及講求. 張帥有意爲城於此. 元善聞有分戍之意, 前日相聚時乃不及此. 到應城見劉宰, 言元善有此意. 二公慨然如此, 豈亦天時耶? 幸有以相之. 子城次第, 秋閱畢便發手爲之, 俟見端緒, 當一一具聞也.

두 번째 편지

二

　이곳에 도착하여 백성들의 고충이 무엇인지 물어보았으나 오직 두
가지 사실만을 알아냈습니다. 그 한 가지는 세전(稅錢)이나 역전(役
錢)이나 모두 동전으로 분납하게 하는 것이었습니다. 근년 들어 동전
에 대한 금령이 날로 엄해지고 있으나, 이곳은 또한 철전을 사용하는
지역이라 민호들은 동전 얻기가 어려워 괴로워하고 있습니다. 이에
관부에서 동전을 차출해 회자와 바꾸어준 다음 3할의 이자를 받고 있
는데, 그 이문은 서리들 차지인지라 백성들이 이중고를 겪고 있습니
다. 또 한 가지는 방장(坊場)29)에서 이름을 살 때 내는 돈은 반드시
은으로 납부해야만 살 수 있는데, 민호들은 이 또한 곤란해 하고 있
습니다.

　매명은(買名銀)은 반드시 조정과 창대(倉臺)에 알려야만 하고, 곤
란을 겪고 있는 것은 또한 농민이 아닙니다. 하지만 세전과 역전을
동전으로 납부하게 되면 주군(州郡)과 서리들만 이익을 보게 되니,
기필코 백성들의 청을 받아들여 모두 혁폐해야 합니다. 이곳은 철전
을 사용하는 지역이고, 동전의 사용은 엄히 금지되어 있으니, 도의상
관부에 [동전으로] 바치라고 다그칠 수 없기 때문이다.

　올해도 재정이 한창 쪼들리고 있어, 평상시에 의지하는 바라고는

---

29) 관방에서 향촌에 설치한 임시 시장을 말한다. 여기서 사람들은 술과 각종 용품
　　들을 팔았고, 관부에서는 세금을 받아 이익을 취했다.

오직 상세(商稅) 뿐입니다. 그런데 근자에는 변방 군의 각고[30] 금지가 매우 심한 탓에 행상들이 뜸해져, 요 두 달 동안 세금 수입 면의 손해가 거의 천 꿰미에 달합니다. 민호에게 철전[31]을 납부하게 하면 군의 살림에도 보탬이 될 것입니다. 하지만 감히 이런 것을 따질 수는 없으니, 의(義)로써 일을 통제하는 것이 당연하다고 생각할 따름입니다. 그래서 감히 사대(使臺)에 비용 지출[32]을 감면해달라고 청하는 것입니다. 앞서 보낸 편지에서 드렸던 청을 윤허하지 않으셨는데, 아마도 집사께서 깊이 살피지 못하신 것 같습니다. 다시금 바라옵건대, 의로써 판단하신 뒤 교화의 글을 하사하시어 면해주신다면 더할나위 없는 행운이겠나이다! 호북(湖北)에는 철전을 사용하는 지역이 얼마 되지 않기 때문에 다른 지역에서 이 일을 예로 끌어다 적용하고자 하는 우환은 결코 없을 것입니다. 또한 사대에서 이 일에 대해 어찌 듣겠습니까? 지금 그렇게 하지 못한다면, 훗날 관부와 서리들이 이를 가지고 백성들을 괴롭히게 될 터, 그땐 그 허물을 누가 지겠습니까? 간절히 바라옵건대 통렬히 살펴주시옵소서. 이 뜻을 속히 펼치느라 다른 것은 미처 아뢸 겨를이 없습니다.

某到此詢訪民間疾苦, 但得二事. 其一事稅錢役錢等, 令民戶分納銅

---

30) 榷沽, 榷酒酤 혹은 榷酒, 酒榷 등으로 표현한다. 한나라 이후로 정부에서 시행해온 술 전매제도를 가리킨다.
31) 원문에는 '동전'이라 되어 있으나, 문맥상 '동전'이 아니라 '철전'이 되어야 할 것 같다. 동전이 없어서 고충을 겪고 있다는 말이 앞에 나와있기 때문에 여기서 '동전'을 내게 하라는 말은 문맥에 어긋난다.
32) 원문의 '陌'은 '佰'과 통한다. 100文의 돈을 가리키는 말이다. 『舊五代史』「王章傳」에 보면 "관의 창고에서 민전을 출납할 때는 80전을 맥으로 삼는다.(官庫出納緡錢, 皆以八十爲陌.)"는 기록이 보인다.

錢. 比年銅錢之禁日嚴, 此地已爲鐵錢地分, 民戶艱得銅錢爲苦. 官或出銅錢以易會子, 收三分之息, 而吏胥輩收其贏, 故民以重困. 其一事是坊場買名錢, 須納銀買名, 人戶亦困於此.

然買名銀須聞于朝與倉臺乃可, 又所困者非農民. 至如稅錢役錢納銅錢, 乃州郡與胥吏得利, 故斷然因民之請而盡罷之. 蓋以鐵錢地分, 其銅錢之禁嚴, 民不敢有此, 義不當責之輸於公.

今歲計方窘, 平時所藉者商稅. 比以邊郡榷禁嚴甚, 商旅爲之蕭條. 此兩月稅課之損幾及千緡. 若令民戶輸銅錢, 於郡計亦有補. 然不敢計此, 以爲制事以義, 乃當然耳. 故敢求免貼陌於使臺. 前書未蒙垂允, 無乃執事未之深察. 更望斷之以義, 賜化筆免之, 不勝幸甚! 湖北係鐵錢地分無幾, 決無他處援例之患. 且在使臺亦何聞此. 不然, 異時官吏或挾此以擾百姓, 誰執其咎? 切幸痛察. 力疾布此, 未暇他及.

주자연에게 보내는 편지
與朱子淵

　저는 재주도 짧고 지혜도 졸렬하여 관리 노릇하는 데 익숙하지도 못한데, 급히 성에 올라 방어를 하게 되었으니, 참으로 담장을 마주하고 서있는 것처럼 할 줄 아는 것이라곤 아무 것도 없습니다. 처음에 들었을 때는 이곳에 저축해놓은 물자가 있는 줄 알았는데, 직접 사정을 살펴보니 간신히 쓸 수 있을 정도밖엔 없었습니다. 요 몇 년 동안 창고에 비축한 재물도 압류된 것이 제법 많아 수입에 한계가 있는지라, 쉬이 메울 수가 없습니다. 황원장(黃元章)이 처음 업무교대를 했을 적에는 관부의 창고에 만 팔천 꿰미[貫] 이상의 돈[錢]이 있었다는데, 지금은 겨우 5천 꿰미밖엔 없습니다. 원장이 만 꿰미를 비축해둔[33] 것은 자성을 수리할 계획이 있었기 때문일 것입니다. 그 비용을 대략 다 모은다 해도 십 분의 일에도 미치지 못하니, 이 공사는 참으로 진행하기 어려울 것입니다. 군자금과 상평창에 넣을 돈과 압류된 금액 등도 어찌 갚아야 할지 모르겠습니다.

　보내주신 세 편의 기(記)를 읽고 나니 제 낯이 너무 두꺼운 것 같아 부끄러웠습니다! 노둔한 말과 천리마의 차이가 바로 여기에 있겠지요. 갓 부임한 터라 통상적인 예의를 한 차례 갖추는 일을 이제야 끝내고, 장부는 아직 깊이 따져보지도 못했습니다. 한 달은 더 지나야 조금 파악할 수 있을 것 같으니, 그 본말을 고찰한 다음 상세한 내용

---

33) 椿은 물품을 비축해두던 內庫를 말한다. 송나라 때는 封椿庫가 있었다.

에 관해 가르침을 청하겠습니다. 한 알의 약제라도 아끼지 않으시리라 생각합니다. 그 김에 모든 것을 먼저 시행에 옮기신다면, 더욱 바라마지않는 바입니다. 제가 언제나 깊이 유념하는 바는, 사람은 자포자기해서는 안 되고, 의(義)란 잠시라도 잊어서는 안 된다는 점입니다. 비록 노둔하고 절룩거리는 말일지라도, 스스로 채찍질하고 면려한다면, 열흘 동안 달린 것과 비슷해질 것입니다.[34] 지금 세상의 똑똑한 인재들에 대해서는 늘 부(富)를 이웃과 함께하였으면 하는 소원을 품고 있습니다.[35] 집사(執事: 2인칭) 같은 분이 남방에 오래 머무셔야 되겠습니까. 근자에 이런 저런 이야기가 분분하나, 민병(民兵)을 가르치는 일 뿐만 아니라 대부분이 제가 잘 알지 못하는 것들입니다. 백준(伯駿)이 구주(衢州)에 임명되었다니 기뻐할 일입니다만, 백준 또한 탄궁 맞아 본 새처럼 아직 심중에 두려움이 남아있는지라 여러 조치에 있어 그 재능을 다하지 못하지 않을까 두렵습니다. 원덕(元德)이 곧은 충절을 보고해 올렸다는데, 시사가 어찌 되었는지 모르겠군요.[36] 천하는 일가인지라 아픔과 가려움이 언제나 서로 관계

---

34) 『荀子』 「勸學」에 "천리마가 한 번 뛰어올라야 열 보밖에 뛰지 못하지만, 노둔한 말이 열흘을 가면 천 리 멀리도 갈 수 있다.(騏驥一躍, 不能十步, 駑馬十駕, 功在不舍.)"는 말이 나온다.

35) 『周易』 「小畜卦」의 九五는 "믿음을 두는지라 이끌어서 부를 그 이웃과 같이한다.(有孚, 攣如, 富以其隣.)"인데, 象에서 말하기를, "유부연여는 홀로 부하지 않음이라.(有孚攣如, 不獨富也.)"라고 하였다.

36) 元德은 李祥의 字이다. 그는 常州 無錫 사람이며, 隆興 元年에 진사가 되었다. 여기서는 趙汝愚가 韓侂冑의 모함으로 재상직에서 쫓겨난 사건을 이야기하고 있는 듯하다. 韓侂冑가 황제에게 건의하여 같은 성[趙]을 가진 자가 재상의 자리에 있으면 이롭지 못하다면서 무고하여 그를 파직시키고 知福州로 좌천시키자 당시 國子祭酒로 있던 李祥은 博士 楊簡, 太府丞 呂祖儉 등과 함께 상주하며 조여우를 힘써 변호한 바 있다.

되게 마련입니다. 집사께서 이 이치를 밝혀주기를 바라는 마음, 없지 않습니다. 원컨대 함양하시며 대비하신다면, 명주께 충언을 올릴 수 있는 날을 눈 비비고 고대할 수 있을 것입니다.

　某才短智拙, 不習爲吏, 作此乘障, 眞如面牆. 初聞是間素有儲積, 今稽其實, 亦僅足耳. 年來庫藏, 占壓頗多, 所入有限, 未易還補. 元章初交割時, 公庫緡錢萬八千有奇, 今纔五千耳. 蓋元章椿留萬緡, 爲修子城計. 略會其費, 曾未十一, 是役固未易擧. 而軍資常平占壓[37]之數, 未知所償.

　讀所惠三記, 不勝厚顔! 駑驥之分, 其在此矣. 乍到, 一番常禮, 乃今甫定, 薄書未及深究. 更須旬月, 當稍自竭, 稽其本末, 詳以求敎. 刀圭一粒, 想無吝也. 便風能豫以其凡先施, 尤所望也. 某居常深念, 人不可以自棄, 義不可以少忘. 雖其駑蹇, 每自策勵, 庶幾十駕. 其於當世賢才, 每懷隣富之願. 有如執事, 豈宜久於南服. 比來紛紛, 多所未喩, 何止敎民兵一事. 伯駿得循, 固可喜, 然此公自亦傷弓, 恐設施處未必能盡其材也. 元德直節已報行矣. 時事不知竟如何? 天下一家, 痛癢未嘗不相關也. 發明此理, 不無望於執事, 願涵養以需之. 明主可爲忠言, 便當拭目.

---

37) 『육구연집』 원문에는 '厭' 자로 되어있으나 내용에 근거하여 '壓'으로 바로잡는다.

유 조운사에게 보내는 편지
與劉漕

　따져보니 남포(南浦)에서 모인 후로 네 번이나 해가 바뀌었더군요. 중원 동쪽으로 관리 되어 나가신 이후로 편지나 소식이 다시 끊겨버렸으니, 성대하신 덕을 그리며 앙모하느라 이 마음 어찌나 애달픈지요. 행산(杏山)은 저 높이 우뚝하고 몽천(蒙泉)은 밝고 투명하며, 아래에 있는 금련(金蓮)은 꽃이며 잎이며 셀 수 있을 만큼 뚜렷이 보입니다. 백성들은 공손하고 선비들은 순후해 이끌어가기 쉬우며, 못된 짓을 하고 말썽부리는 자들은 성명을 기억할 수 있을 정도로 적으니, 졸렬함을 감추기에 이보다 더 편한 곳이 어디 있겠습니까? 다만 성채 쌓은 일에 한계가 있고, 해마다 빈번히 전송하고 영접하는 일로 인해 재정이 텅 비었습니다. 지금 의지할 것이라고는 각고(権酤)[38]와 상세(商稅)밖엔 없습니다. 그런데 근래 들어 변방에서 금지법을 매달 더욱 엄밀히 시행하고 있어 행상들이 이로 인해 뜸해졌으며, 장무(場務)[39]의 하루 수입도 갑자기 줄어들기 시작했습니다. 어리석고 못난 제가 이곳에서 정사에 임하다보니, 제대로 뒤처리 할 방도를 알지 못하겠습니다. 어르신이라면 어떻게 구제하시겠습니까?
　오중권(吳仲權)은 무강(武岡)에 임명되었으나 아직 떠나지 않고 있

---

38) 각주 30 참고.
39) 五代와 송나라 때 소금과 鐵의 전매를 관리하던 기구이다. 소금과 철을 생산하고 전매하던 기구가 場이고, 세금을 거두던 기구가 務이다.

습니다. 부자연(傅子淵)은 형양(衡陽)에 머물고 있는데, 사인들이 그 밑으로 모여들고 있고 태수의 예우 또한 대단합니다. 예전부터 그를 달가워하지 않던 한 두 명의 동료가 거슬리는 말을 자못 하는 듯하지만 자연은 여유롭게 이를 대처하고 있습니다. 등문범(鄧文範)은 현승(縣丞)이 되었는데, 덕화(德化)와 정사에 대한 명성이 자자합니다. 일찍이 다스렸던 두 읍에서도 무너지고 망가진 것들을 재정비하였기에, 백성들이 그를 높이 떠받들었습니다. 역사에 기록한다 하여도 부끄러울 게 없을 정도이지요. 이들 모두 전부터 모임에 참여하던 손님들이라 혹 궁금해하실까봐 적었습니다.

언제나 다시 예전처럼 모여 이런 회포를 펼쳐볼 수 있을까요.

計南浦之集, 行將四換歲矣. 伏自使華之東, 尺紙問訊亦復闊絶, 懷仰盛德, 我勞如何! 杏山崔巍, 蒙泉淸澈, 金蓮在底, 華葉可數, 民愿士淳, 易於開導, 作姦爲祟者, 姓名可記, 藏拙之地, 孰便於此? 第斗壘事力有限, 頻歲送迎, 寖爾空竭. 榷酤商征, 今日所仰. 比來並邊法禁日密, 行旅爲之蕭條, 場務日入, 頓以虧損. 迂愚臨此, 未知所以善後, 長者何以振之?

吳仲權得武岡, 尙遲次. 傅子淵在衡陽, 士人歸之, 太守亦甚禮之, 但向來有一二同官不相樂, 頗有違言, 然子淵處之裕如也. 鄧文範爲丞, 德化政聲甚美, 常攝兩邑, 皆整其弊壞, 民之戴之, 不愧於史冊所書. 皆向來會中客, 恐欲知之.

何時復如曩集, 以快此懷.

오두남에게 보내는 편지

與吳斗南

　　보내주신 『역고경(易古經)』을 받고, 고아하신 뜻을 알게 되어 기뻤습니다만, 너무 바빠서 한번 주욱 읽어볼 겨를조차 없습니다.

　　우주를 가득 메우고 있는 것은 하나의 이치[理]일 뿐입니다. 상고적 성인들은 이 이치를 먼저 깨달았기에, "[복희씨가] 천하를 다스릴 때에 우러러 하늘의 상(象)을 관찰하고 굽어 땅의 법도를 관찰하며, 금수의 문양과 땅[에 있는 사물들]에 알맞은 것들을 관찰하였다. 가까이는 몸에서 취하고 멀리는 사물에서 취하여 비로소 팔괘를 만들어 신명의 덕과 통하게 하고, 만물의 정황을 분류"[40]하셨던 것입니다. 그런 후에 괘효사[辭]가 있게 되었고 변화[의 원리]가 있게 되었고 상(象)이 있게 되었고 점[치는 법]이 있게 되어 이로써 백성들을 깨우치셨던 것입니다. 후세의 성인들은 비록 수백 년 수천 후에 났지만 그들이 안 것과 깨달은 것이 상고적 성인들의 것과 다르지 않습니다. 그래서 이를 일러 '부절처럼 똑같다.'고 하고 '그 법도는 하나이다.'라고 하니, 이 이치를 참으로 아는 사람이 아니라면 이런 말을 할 수는 없었을 것입니다. 아는 것이 반드시 여기에 이른 후라야 천하의 뜻에 통할 수 있고, 천하의 업(業)을 결정할 수 있고, 천하의 의심을 결단할 수 있습니다. 이 도가 쇠미해진 이후로 학자들은 들은 것에 빠지고 본 것에 갇혀 스스로 밝은 덕을 밝히지 못하였습니다. 자신의 뜻

---

40) 『周易』「繫辭下」에서 인용한 구절이다.

을 스스로 판별할 수 없는데 어떻게 천하의 뜻에 통하고 천하의 업을 결정하고 천하의 의심을 끊을 수 있겠습니까?

지금 세상에 전하는 설시법(揲蓍法)[41]은 모두 양자운(揚子雲)의 잘못을 답습한 것인데도 천여 년이 지나도록 이를 능히 알아내는 자가 하나도 없습니다. 양자운의 『태현(太玄)』은 시괘(蓍卦)를 뒤섞어 놓고, 음양을 어긋나게 만들었으니, 말대로 임금이 임금답지 못하고, 신하가 신하답지 못하며, 아비가 아비답지 못하고, 아들이 아들답지 못하게 되었습니다. 한나라 이래로 오랑캐가 강성해지기 시작해 오늘날까지도 바른 길로 돌아가지 못하고 있습니다. 그런데도 세상의 유자라는 자들이 여전히 『태현』에 근거해 『주역』을 말하고 있으니, 깊이 탄식할 노릇입니다. 언제 함께 모여 이러한 이치를 궁구해봅시다.

마침 며칠 동안 번다한 일을 제쳐놓고 지내기에 대충 대충 답신을 썼습니다. 양해해주시리라 믿습니다.

『易古經』爲睨, 喜知雅志, 第劇中未暇周覽.

塞宇宙一理耳. 上古聖人先覺此理, "故其王天下也, 仰則觀象於天, 俯則觀法於地, 觀鳥獸之文與地之宜, 近取諸身, 遠取諸物, 於是始作八卦, 以通神明之德, 類萬物之情", 於是有辭有變有象有占, 以覺斯民. 後世聖人, 雖累千百載, 其所知所覺不容有異. 曰'若合符節', 曰'其揆一也', 非眞知此理者, 不能爲此言也. 所知必至乎此, 而後可言通天下之志, 定天下之業, 斷天下之疑. 自此道之衰, 學者溺於所聞, 梏於所見, 不能自昭明德. 己之志不能自辨, 安能通天下之志, 定天下之業, 斷天下之疑哉?

---

41) 蓍草法이라고도 하는데, 50개의 산가지로 점치는 방법을 말한다.

今世所傳揲蓍之法, 皆襲揚子雲之謬, 而千有餘年莫有一人能知之者. 子雲之『太玄』, 錯亂蓍卦, 乖逆陰陽, 所謂君不君, 臣不臣, 父不父, 子不子. 由漢以來, 胡虜强盛, 以至于今, 尙未反正. 而世之儒者猶依『玄』以言『易』, 重可嘆也. 何時合幷, 以究此理.

適値數日紛冗撥置, 占復草草, 必有以亮之.

권 16

장덕무[1]에게 보내는 편지
與章德茂

이 달에 두 번이나 편지를 받고서 고아한 청담(淸談)[2]을 들은 듯하여 큰 위로를 받았습니다! 큰형님께서 연로하시고 병드신 탓에 들어가 알현하지 못하는 것을 한스러워하고 계셨는데, 거듭 정성스러운 예물을 받드시고는 감격에 겨워하고 계십니다! 제 아이 지지(持之)가 제사[3] 시중을 들게 되었을 때도 과분하게 대우해주셨다니, 더욱 송구하고 부끄럽습니다. 얼마 전에 형제분을 여의는 슬픔을 겪었다 들었습니다. 실로 깊이 추도하는 바입니다. 후에 제대로 위로해드리지 못하더라도 너그러이 용서해주시기 바랍니다. 아이가 남겨주신 가르침의 만분의 일이나마 제법 이야기할 줄 아는데, 놀랍고 빼어난 말씀이 많더군요.

형주(荊州)에서는 도망친 병졸들이 주군(州郡)을 여관쯤으로 여기면서 자유롭게 돌아다니고 있는데도 이를 두절하지 못하고 있습니다. 평상시에 이와 같다면 위급한 상황이 생길 시에 어떻게 막을 수 있겠습니까? 만약 병적(兵籍)을 조금 정리하면 남의 이름을 사칭하는 폐

---

1) 章森. 字 德茂이고 陳亮과 절친한 사이었다. 大理少卿 및 試戶部尙書를 역임했다.
2) 원문의 '談塵'는 고인들이 청담, 즉 고아한 언사를 진행할 때 손에 쥐고 흔드는 塵尾를 말하는데, 널리 淸談을 지칭하는 말로 쓰인다.
3) 원문의 '尊俎'는 제사 때 술이나 음식을 담는 제기를 뜻하는데, 제사 혹은 연회를 가리키는 말로도 사용된다.

단을 없앨 수 있을 것이니, 대부에 어서 청을 넣으시고 이웃 군에 협약을 맺자고 부탁함으로써 도망치는 우환을 막으십시오. 마침 공문을 받았는데, 그 결정이 참으로 흡족하였으니, 이미 순위(巡尉)와 의용(義勇) 등에게 공문을 하달하고 그들을 엄히 체포하라 하였다는 내용이었습니다. 근자에 양양(襄陽)에서 도망쳐온 병졸이 이곳에 숨어들었는데, 체포하는 자가 즉시 도착했기에 잡아가도록 명령하였습니다. 이 고을에도 제가 경내에 들어와 보니 도망쳐온 병졸들이 적지 않았습니다. 아직 잡아들이지 못한 자가 아마도 아직 부(府) 안에 있을 것입니다. 곧바로 사람을 보내 체포하려 하였으나, 이들이 혹여 무리라도 지을까 염려스러우니, 병관(兵官)과 순위, 그리고 의용 등에게 이문(移文)을 보내시어 보조하도록 명해주시기 바랍니다. 이들을 체포하도록 허락해주신다면, 후에 이런 일이 다시 일어나지 못하도록 징계할 수 있을 것입니다. 높으신 분께 무례를 범하였기에, 황공스러운 마음 이길 길 없습니다.

此月兩拜手翰, 如奉談塵, 慰浣之劇! 伯兄以老病不獲進謁爲恨, 重蒙致禮之勤, 豈勝感戢! 小兒持之獲侍尊組, 所以待遇者皆過其分, 尤切悚愧. 如聞屬有手足之戚, 諒深追悼, 後時修慰不專, 尙幸裁恕. 小兒頗能道餘敎萬一, 警策多矣.

荊州逃卒視州郡爲逆旅, 周流自如, 莫知禁戢. 平日若此, 緩急安能防閑? 比方稍修其籍, 革頂名之弊, 圖致請於太府, 丐與隣郡爲約, 以絶逃逸之患. 適得公移, 甚愜下意, 卽已行下巡尉·義勇等, 嚴其跡捕. 近有襄陽逃卒投募在此, 捕者尋至, 卽令擒去矣. 敝邑自某入境, 逃卒亦不少, 有未獲者, 恐在府下. 徑差人跡捕, 或恐此輩羣黨, 欲丐移文兵官·巡尉·義勇等, 爲之應援. 倘蒙捕獲, 亦可懲後也. 干冒威尊, 不勝惶恐.

두 번째 편지

二

    제가 관할하사는 성(省)안에서 관직을 맡은 후로 어느덧 반년이 지났습니다. 명의상으로는 북쪽 외곽이지만, 경비 삼엄한 성지(城池)를 끼고 있는 터라, 가장 가깝고 절실한 은택을 입고 있습니다. 근근이 맡은 바 직분을 지키며 일을 그르치는 지경에 이르지 않은 것은 모두가 대부(大府)께서 베풀어주신 은덕 덕분입니다. 그런데도 편지조차 올리지 못하고 있으니, 기사(記史)⁴⁾로서의 책임을 다하지 못했다 하겠습니다. 이는 숭산과 화산에 오르고서 거기가 산을 줄을 잊고, 강과 호수에서 헤엄치며 거기가 물인 줄을 잊는 것과 같으니, 인지상정에 비추어보아도 벌 받아 마땅할 것입니다. 근자에 저리(邸吏)의 별보(別報)⁵⁾를 읽고서 제 이름이 추천자 명단에 첫 번째로 올라가 있음을 알았습니다. 저를 칭찬해주신 언사에 총애하는 뜻이 깊이 담겨있기에 읽고 겁이 덜컹 났나니, 이 두려움을 어찌 설명해야 좋을지 모르겠습니다. 고대 태평시절의 공도(公道)가 성세에 다시금 나타나고, 선배들의 전형이 성대히 남아있는 지금, 처음 뜻을 더욱 더 면려하여 노둔한 재주나마 힘써 다 바침으로써 그 말씀을 저버리기 않도록 노력하지 않을 수 있겠습니까? 세속에서 행하는 사사로운 예의로 감히

---

4) 章表나 書牘 등을 담당하는 관리를 말한다.
5) 각 路, 州, 郡에서 京城으로 파견한 進奏官을 邸吏라 하는데, 이들은 시정과 관련된 사항을 보고하여 발행하던 신문을 邸報 혹은 邸抄, 朝報, 報狀, 除目이라 불렀다.

문하(門下: 편지에 사용하는 2인칭)를 번거롭게 해드리지는 않겠습니다. 엎드려 바라나니, 고명하신 분께서 이 점 통찰하여 주시리라 믿습니다.

직무에 관하여 고해야 할 내용들은, 비록 공문이 있긴 하나 다시금 차자(箚子)를 갖추어 아뢰겠습니다. 부지런히 사려하시고 두루 듣고 계시며, 또 가까운 곳에서 밝히 살피고 계시리라 믿고, 나머지는 모두 아뢰지 않겠습니다. 이토록 깊은 인정을 받았으니, 더욱이 말로만 감사해서는 안 되겠지요.

某備數屬壘, 倏閱半祀. 名雖北鄙, 寔帶嚴城. 光潤所蒙, 最爲親切. 粗謹職守, 未至癏敗, 無非大府之賜. 尺牋闕焉, 不干記史. 是猶陟嵩·華而忘山, 泳江湖而忘水, 揆之常情, 宜獲罪戾. 比得邸吏別報, 乃知姓名首塵薦剡, 所以獎借之辭寵甚, 聞之惕然, 弗稱是懼. 治古公道還於盛世, 前輩典刑蔚乎斯在, 敢不益勵素志, 勉竭駑朽, 蘄無負斯言. 世俗私謝之禮則不敢以累門下. 伏冀高明, 必垂洞察.

職事所當控聞者, 雖有公狀, 亦合更具禀箚. 慮勤聽覽, 且恃照臨之密邇, 皆缺弗致. 今受知之深乃如此, 尤不容以言謝.

세 번째 편지
三

18일에 보내주신 가르침 잘 받들었습니다. 백성을 사랑하고 가뭄을 근심하는 정성이나 현자를 높이고 간특한 자를 막고자 하는 뜻이나, 두 가지 모두 지극하고도 뚜렷하여 경탄과 앙모의 마음 이길 길이 없었습니다. 공도(公道)를 책임지는 일은 오래 전부터 문하(門下: 2인칭)의 몫이었으니, 오늘날의 이야기만은 아닙니다. 제 뜻은 보잘 것 없지만 그래도 무엇을 선택해야 하는지는 대략 알고 있으며, 부화뇌동하거나 구차히 영합하는 일은 저 또한 수치로 여기는 바입니다. 동료들과 더불어 일할 때 어떤 것을 추구해야 하겠습니까? 일에 있어서는 적절함만 구하면 되고, 이치에 있어서는 온당함만 구하면 됩니다. 의론을 펼칠 때에도 반드시 자기 것만을 고집할 필요 없으니, 서로에게 기대하고 서로를 면려하고자 한다면 이렇게만 하면 될 뿐입니다. 평상시 일에 관해 논의할 때도, 처음에 서로 맞지 않은 부분이 있을 시 각자 적절하다 여기는 의견을 내놓은 다음 곡진히 생각을 다 털어놓는다면, 한참 동안 주거니 받거니 한 후에 시비가 분명해져 그 즉시 의(義)에 승복하게 될 것입니다. 사람들 또한 원하던 바를 얻어, 처음에 이 말을 주장한 사람이 누구였는지도 거의 알지 못할 것입니다. 사사로움을 없애라는 가르침을 우러른다면 망령된 소리는 거의 사라질 수 있습니다.

사실을 조사하라는 명령에 관해서는 실정을 고하지 않을 수 없습니다. 오늘날 가뭄의 기세는 가히 두렵습니다! 양양(襄陽)과 악주(鄂

州) 사이에 있는 한수(漢水)에는 배들이 여울 바닥에 [닿은 채] 물고기 비늘처럼 늘어서있는데, 열흘 혹은 한 달이나 엄류된 채 나가지 못하고 있습니다. 한수 가에 비가 얼마나 오지 않았는지, 이것만 보아도 알 수 있습니다. 강물이 불어나고 줄어드는 상황에 대해서는 대부(大府)께서도 모두 알고 계시겠지요. 회수(淮水) 가까이에 또 장강(長江)과 나란히 있는 여러 관할 군들에서 모두 아뢰어오고 또 뒤이어 순방도 해보았는데, 보고한 바와 상황이 똑같았습니다. 제가 맡은 고을에서는 초엿새에 기우제를 올렸습니다. 비록 그 즉시 비가 쏟아지지는 않았지만, 제단 남겨놓은 곳을 찾아가 아침저녁으로 공경히 제사 올릴 때마다 제사관들 모두 비에 옷깃이 젖을 수 있었습니다. 오직 보름날만 종일토록 맑게 개어 사방에 구름 한 점 없었습니다. 기망일 아침에 군의 관리들을 거느리고 상천(上泉)에 비를 빌었더니, 다시금 비를 맞으며 돌아올 수 있었습니다. 그때부터 지금까지 비가 하루도 내리지 않은 날이 없습니다. 경내에서는 유독 양수(襄水) 서쪽에 있는 마을에 먼저 큰 비가 내렸습니다. 7일과 8일 저녁에 성에서 하늘을 올려다보니 어둑어둑 한 것이 비가 올 기색이 역력하였고, 새벽까지 천둥 번개가 요란했습니다. 12일과 13일 사이에는 독산(獨山) 등 양수 동쪽 마을에도 큰 비가 내렸습니다. 17일과 18일 사이에는 강가에 있는 안락(安樂)의 동쪽 마을에도 종종 큰 비가 내렸습니다. 며칠 전에는 군(郡)의 성채에도 비로소 흠뻑 비가 내렸습니다. 남쪽 마을 가장 가문 곳에도 비가 내리더니 아직까지 그 기세가 꺾이지 않고 있습니다. 당양(當陽)도 17일, 18일 이후로 비의 양이 많아지기 시작했습니다.

강 동서쪽의 밭은 이곳과 비교해볼 때 차이가 많이 납니다. 강 동서쪽에는 황무지가 없지만 이곳엔 황무지가 매우 많습니다. 강 동서쪽의 밭은 이른 밭과 늦은 밭으로 나뉘어서, 이른 밭에는 점조화(占早禾)6)를 심고, 늦은 밭에는 만대화(晩大禾)를 심습니다. 하지만 이곳의 밭에는 이르고 늦고의 차이가 없고 다만 논과 밭의 구분만이 있을 따름입니다. 밭에는 보리와 콩, 삼 혹은 좁쌀을 심거나 채소와 뽕나무를 기를 수 있을 뿐, 벼는 심을 수 없습니다. 논에는 벼를 심습니다. 이곳의 밭은 만약 강 동서쪽에 견주어본다면 십 분의 팔, 구가 이른 밭에 해당할 것입니다. 논은 대부분 샘물에 의지합니다. 그래서 두 산 사이에 있는 논을 욕전(浴田)이라고 부르는데, 실은 곡(谷) 자에 민간에서 물 수(水) 변을 붙여 만든 용어입니다. 강 동서쪽에서는 [논을] 원전(源田)이라 부르고 물을 괴어놓은 곳을 방죽[堰]이라고 부릅니다. 계곡물에 의지해야 하는 곳을 또한 욕(浴)이라 부르는데, 대부분이 낮은 곳에 있기 때문일 것입니다. 물 언덕도 방죽이라고 부릅니다. 강 동서쪽 봇물은 높고 평평한 곳까지 미치지만, 이곳은 그렇지 못하니, 봇물을 강 동서쪽만큼 많이 또 제대로 만들지 못했기 때문일 것입니다. 오직 남쪽 마을만은 산에서 멀리 떨어져있고 강과 가까우며, 높고 평평한 땅이 많고 대부에서도 가까운 까닭에 거주민이 조금 많은 편입니다. 그래서 샘물에 의지하지 않는 밭이 많은 것입니다. 이곳의 밭이 가장 아래에 있어 해마다 수입이 매우 많습니다. 백양(白楊) 마을 전체 밭 중 이곳의 밭이 반 이상을 차지합니다. 이피(梨陂)나 자피(柘陂) 등의 마을도 십분의 이 이상은 됩니다. 그러나 서쪽 북쪽 동쪽 마을에는 이런 밭이 없습니다. 이른바 논이라는 곳에는 방죽을 제대로 설치하지 않으면 높은 곳도 평평한 밭이나 진배없

---

6) 占早禾는 早禾를 가리킨다. 占城稻 혹은 占禾라고도 부른다. 일찍 익고 가뭄에 강한 품종이다.

습니다. 적은 곳은 십분의 일, 많은 곳은 십 분의 삼, 합쳐봐야 십 분의 이에 지나지 않습니다.

상천은 군의 성채에서 거의 30리나 떨어져있습니다. 기우제를 올리러 가던 날 그곳 밭을 빙 둘러보았더니, 거북 등처럼 갈라진 곳이 열에 한 둘이었고, 그 밖에는 아직 물이 있었습니다. 하지만 방죽 안에는 이미 물이 말라붙어서 비가 내리지 않으면 반드시 크게 농사를 망칠 판이었는데, 지금 비가 내린 덕에 무사할 수 있었습니다. 오직 백양 마을 등 밭이 높고 평평한 곳 중 아직 씨를 뿌리지 못한 곳에서는 시행령에 따라 늦은 벼 및 식량을 대신할 수 있는 것들을 심었습니다. 다행히 올 해는 호수 북쪽 등 평상시 침수되어 벼를 심지 못하던 곳에 벼를 심을 수 있게 되었으니, 더 이상 물로 인한 우환이 없을 터이고, 또 단비가 내려준다면 곡식을 심지 못한 밭을 대신할 수 있을 것입니다.

아이가 돌아와 시험 치러 가는 길에 대부를 거쳐 갈 것이기에, 이러한 사정을 적어 가지고 들어가 알현하게 하였습니다. 오직 백성들을 깊이 근심하는 마음에 속히 아뢰고자 상세히 언급하였으니, 엎드려 바라옵건대 통찰하여 주시옵소서.

奉十八日手誨, 愛民閔雨之誠, 尙賢戢姦之旨, 可謂兩盡而兼著, 豈勝歎仰! 公道之任, 歸門下久矣, 非適今日. 某區區之志, 粗知所擇, 雷同苟合, 竊亦所恥, 同官相與, 當何求哉? 事惟其宜, 理惟其當, 議論設施, 不必在己, 相期相勉, 大抵以此. 平居論事, 始有未合, 各獻其宜, 侃然自竭, 反復之久, 是非已明, 伏義如響, 人得所欲, 殆莫知初說焉誰主之也. 仰視滅私之訓, 妄謂或庶幾焉.

核實之命, 不容不以情報. 今玆旱勢, 可畏殊甚! 襄·鄂之間, 沂漢之舟, 鱗積灘底, 曠旬淹月而不得進. 漢上雨暘, 可見於此矣. 江流增減,大府具知之. 瀕淮並江諸郡屬嘗具稟, 續加詢訪, 舉亡異辭. 敝邑初六日致禱, 雖未卽得需澤, 壇遺之所, 朝暮致敬, 祠官未常不沾濕也. 惟望日終日晴徹, 四無纖雲. 旣望之朝, 率郡官迎致上泉, 復冒雨而歸. 自是日及今, 陰雨無曠日. 境內獨襄水西鄉先得大雨. 七日八日之夕, 自城上望, 雨色如黛, 震霆爲之達旦. 十二三間, 襄水東鄉如獨山等處亦得大雨. 至十七八間, 沿江鄉及與安樂東鄉, 往往得大雨矣. 比日郡城乃始霑霈. 南鄉最旱處亦且得雨, 雨意至今未怠. 當陽亦十七八以來雨始加大.

江東西田土, 較之此間, 相去甚遠. 江東西無曠土, 此間曠土甚多. 江東西田分早晚, 早田者種占早禾, 晚田種晚大禾. 此間田不分早晚, 但分水陸. 陸畝者, 只種麥豆麻粟, 或蒔蔬栽桑, 不復種禾. 水田乃種禾. 此間陸田, 若在江東西, 十八九爲早田矣. 水田者, 大率仰泉, 在兩山之間, 謂之浴田, 實谷字俗書從水. 江東西謂之源田, 瀦水處曰堰, 仰溪流者亦謂之浴, 蓋爲多在低下, 其港陂亦謂之堰. 江東西陂水, 多及高平處. 此間則不能, 蓋其爲陂, 不能如江東西之多且善也. 惟南鄉去山旣遠, 且近江, 高平之地多, 又邇大府, 居民差衆, 故多不仰泉石之田. 此田最下, 歲入甚多. 白楊一鄉, 此田居十五以上. 梨陂·柘陂等鄉, 不下十二. 惟西北東鄉分, 則無此田矣. 然所謂水田者, 不善治堰, 則並高處亦與平田相類矣. 少者不十一, 多者不十三, 通之不過十二.

上泉距郡城幾三十里. 迎泉之日, 迂視其田, 計其龜坼者十一二, 外此皆尙有水, 然堰中已乾, 而不繼, 必大敗, 今得雨, 可無害也. 惟白楊鄉等處高平田全未種者, 見施行令種晚穀及可助食者. 今歲亦幸有湖北平時水浸有不可種禾者, 民皆種禾. 若復無水患, 又得時雨, 或者可補未種之田耳.

小兒歸就試, 經從大府, 輒布此令進謁, 竊惟軫憂斯民之深, 所欲亟聞, 故詳及之, 伏幸台察.

네 번째 편지

四

얼마 전 보내주신 가르침을 받고 깊이 탄복에 마지않았습니다. 제 아이 지지(持之)로 하여금 도덕 군자의 빛을 다시금 우러르게 하고, 또 총애로써 대해주셨으니, 얼마나 두터운 행운인지요. 아이가 집에 보낸 편지에서 남겨주신 가르침을 모두 갖추어 적었던데, 읽고 더욱 깊이 감격하였습니다.

들리는 바에 따르면 역(易) 씨 성을 가진 식량 부족한 자가 억지로 돈을 가져와 창고의 곡식을 가져갔다 하더군요. 혹자가 장림(長林) 경내에서 있다고 말하기에 물색해보았으나 그런 일이 없었고, 또 당양(當陽) 경내에 있다고 말하기에 지금 수소문 중에 있으나 아직 보고받지 못하였습니다. 실정을 파악하게 되면 곧 이어 아뢰겠습니다.

근래 들어 비가 내리지 않은 곳이 없는데, 이제는 점차 너무 많이 내리는 우환이 생겨나고 있습니다. 13일에 어쩌다 날이 흐리기에 첨판(僉判)·교수(敎授)·지현(知縣)과 함께 한 사람이 말 하나에 병졸 몇을 거느리고서 전답 사이를 순시했는데, 싹이 길게 자라나고 물이 사방에 가득 넘쳤습니다. 전에 거북 등처럼 갈라졌던 땅도 이제는 물을 얻어 [싹이] 무성한 것이 원래 물이 부족하지 않던 땅보다 더 나았습니다. 아직 모를 심지 않은 높은 언덕에도 지금은 반 이상 모가 심어졌습니다. 모내기 하는 밭이 매우 많아서, 종종 무리지어 모를 심고들 있습니다. 어떻게 이 모를 준비할 수 있었느냐고 묻자 해마다 이렇게 한다고 대답했습니다. 만약 봇물을 마련하지 않고 김을 매지 않으면 다 말라 죽어버릴 터이지만, 이곳 사람들은 게으른 습성이 몸에 밴 탓에 빈 말로는 권면하기가 쉽지 않습니다. 올 겨울에는 이러한 습성을 없애보고자 조치를 취하고자 하는데, 과연 없앨 수 있을지는 모르겠습니다. 밭에서 기른 좁쌀과 콩은 대부분 중간 정도의 수확량을 보여 꽤 넉넉하지 싶습니다. 지난 편지에서 '호전(湖田)'이라고 칭했던 곳은 비록 아직 보지는 못하였지만 상황을 보아하니 물 탓을 하지 않을 수 없을 듯합니다. 양양(襄陽)에서는 오직 남장(南漳)과 의성(宜城) 사이에만 비가 내렸고 그 밖의 지역에는 오래도록 비가 내리지 않았습니다. 그곳 양수(襄水) 여울 밑에 배를 정박하고 있는 자들의 경우, 초이레와 초여드레 편지를 받아보니 아직도 물이 없어 앞으로 나아가지 못하고 있다고 합니다. 초이레에 비가 약간 내렸으나 물이 고일 정도는 아니었다고 하였는데, 12일에서 13일 사이에 북쪽에서 온 사람이 말하기를 양양에도 비가 내려 물이 고이기는 하였으나 골고루 내리지는 않았다고 하였습니다. 그 후 어떻게 되었는지 모르겠군요.

오래 전부터 북쪽 경계 지역에 가뭄이 심해 황하 남북에서는 사람들이 서로 잡아먹기까지 한다는 소문이 들립니다. 이 말을 처음에는 감히 믿지 못하였으나, 지금 동쪽 승초(承楚), 서쪽 균방(均房)으로부터 온 자들의 말이 한결같은 걸 보아 아마도 그런 사실이 있는 것 같습니다. 삼가 생각하건대, 훌륭하신 어르신의 백성 사랑하는 마음은 저 위로 우(禹)·직(稷)과 짝할 만하여, 원근과 내외에 구분을 두지 않으실 것입니다. 다만 한스러운 것은 중화와 오랑캐 사이의 위, 아래 구분이 아직 크게 바로잡히지 못하였고, 황조(皇朝)에서 베푸는 인덕의 교화가 아직 막혀 있다는 현실입니다. 군자의 근심은 갑자기 풀어서는 안 되는 법입니다. 조만간 양지(兩地)[7]로 불려 들어가 시행해야 할 조치를 강구하신다면, 백성들이 즐겁게 살 수 있는 날이 곧 도래하겠지요.

봄 사이에 조노분(趙路分)과 양필(良弼)이 와서 금군(禁軍)을 사열하였는데, 꼿꼿한 모습이 옛날의 절개 있는 사인 같았습니다. 그로부터 얼마 후에는 정장(正將) 맹통(孟通)과 통령(統領) 성화(成和)[8]가 일이 있어 앞뒤로 이곳을 찾아왔습니다. 마침 동료들의 활쏘기 연습이 있어서 모두를 이끌고 그곳으로 간 다음 기예를 관람하였는데, 숙련된 솜씨로 말 타고 활 쏘는 모습이며 비분강개하여 의론을 펼치는 모습이며, 지난 날 보았던 무관들도 이보다 더 훌륭할 수 없을 것 같았습니다. 아래에서 민풍을 도야해갈 인재가 이와 같으니, [이들을 거느리고 미루어 넓혀 나간다면 무슨 일인들 해내지 못하겠습니까!

장림(長林)의 왕(汪) 현재께서는 처음 간특한 백성들의 소송 때문에 견디기 힘들어하셨는데, 제가 서리들을 차갑게 다스리는 것을 보고는 의아해하셨습니다. 이에 제가 다른 이유에서가 아니라 이런 자들에게 법을 집행하여 조짐이 보이기 전에 방지하는 것은 어쩔 수 없는 일이라고 말씀드렸더니 마침내 의구심을 푸셨습니다. 간특한 백성들이 함부로 기망을 부리며 사사로이 분풀이를 하고자 하는 것은 참으로 크나큰 해악입니다. 장림에서 일일이 분석하여 장계로 아뢴 내용은 모두 사실입니다. 이것을 함께 갖추어 올리니, 한번 읽어봐 주시기를 엎으려 바랍니다.

어제 공문을 받고 두 현에서 술로 포병(鋪兵)[9]의 군량을 대신 지급

---

7) 송나라 때 두 곳[兩地]이라 하면 中書省과 樞密院을 가리켰다.
8) 正將과 統領은 모두 地方軍의 관직명이다. 지방 각 軍의 將領은 統制, 同統制, 副統制, 統領, 同統領, 副統領 등으로 나누고, 그 밑에 正將, 副將, 準備將 등을 두었다.

했다는 사실을 알게 되었습니다. 장림에는 결단코 그런 사실이 없습니다. 장림의 포병은 모두 군창(軍倉)에서 쌀을 받고 군고(軍庫)에서 돈을 받는데, 모두 흰 쌀이요 제대로 된 돈이지 실물로 대신 지급하는 경우는 없습니다.[10] 당양은 지금 조사 중에 있지만 도리로써 헤아려보건대, 심(沈) 현재께서는 매우 도리에 맞게 일처리를 하시는 분인지라 소문과 같은 지경에는 이르지 않았으리라 사료됩니다. 설사 그 비슷한 일이 있다 하더라도 응당 무슨 곡절이 있을 것입니다. 보고가 들어오거든 즉시 갖추어 아뢰겠나이다.

최근에 잡아들인 강도와 도적 중에 둘은 길손을 강탈한 자라 곤장으로 조금 엄히 단속하였습니다. 들자니 이들이 무리지어 절과 도관(道觀) 및 향촌의 민호를 찾아가 심한 소란을 피웠다 하기에 제재하지 않을 수 없었습니다. 이 또한 감히 품고하지 않을 수 없습니다.

서촉(西蜀)에는 기근이 들고 회수(淮水)와 절강(浙江)에는 누리 떼가 기승이라 하니, 참으로 근심하지 않을 수 없습니다. 처주(處州)에서는 호민(豪民)들이 도적이 되었다 하니, 더욱 가련합니다! 이곳에는 그럭저럭 비가 내리기는 하였으나 아직 위태위태합니다. 이에 날마다 가르침의 말씀을 고대하며 죄를 면해보고자 하오니, 끝까지 은혜를 베풀어주소서.

屬奉手誨, 益深佩服. 小子持之, 再望道德之光, 蒙接遇之寵, 爲幸厚矣. 家問中備述餘敎, 尤深感激.

---

9) 관부에서 순시를 돌거나 공문을 전달하던 병졸을 가리킨다.
10) 송나라 때 공무원의 월급은 돈과 옷과 양식으로 지급했다. 돈 이외의 실물, 즉 옷이나 양식으로 지급하는 것을 일러 '折支'라고 하였는데, 남송 때에 이르러서는 절지가 차지하는 비율이 더욱 높아졌다.

傳11)聞民有姓易者, 爲乏食戶, 强以錢取去倉粟. 或云在長林境中, 及物色之, 乃無此事. 又云在當陽境內, 方此詢究, 尙未報也. 俟得其實, 續當布聞.

比來雨澤無不霑足, 但次第有過多之患. 十三日偶天陰, 與僉判・敎授・知縣, 人以一馬數卒, 行視田間, 苗甚秀發, 水皆盈溢, 向曾龜坼者, 今得水茂暢, 過於不缺水者. 高坡未揷秧者, 今揷已過半. 秧田甚多, 尙往往成鑷揷秧. 問何以能備此秧, 則曰年例如此. 若其不修陂池, 不事耘耔, 則皆枯死. 此地惰習, 未易空言勸之. 今冬欲措置革此習, 又未知果能革否. 陸地耕種粟豆者, 却多中稔, 爲有餘矣. 前書所謂湖田者, 雖未及物色, 勢不能不病水耳. 襄陽唯南漳・宜城間得雨, 外此皆久無雨. 是間舟泊襄水灘下者, 初七八間得信, 猶言水澁不能前進. 初七日有微雨, 不成水. 十二三間北來者, 却云襄陽得雨成水, 但未通洽, 未知此後如何?

久傳北界旱甚, 河之南北至相食, 初未敢信. 今東自承楚, 西自均房來者, 其言若一, 恐或有是. 竊惟長者愛民之心, 追配禹・稷, 無間於遠邇內外. 獨恨華夷首足之分, 未克大正, 皇朝德施仁風, 猶有限隔. 君子之憂, 未容遽釋. 且晚召還兩地, 以究設施, 則樂民之樂爲有日矣.

春間趙路分・良弼來閱禁旅, 介然如古節士. 尋有孟正將通, 成統領和, 因事相繼過此. 適値同官習射, 率然延至其間, 以觀其技. 馳射精熟, 議論慷慨, 異時所見武弁, 不多其比. 陶冶下風者, 人材如此, 推而廣之, 何事不可爲哉!

長林汪宰, 初甚不堪姦民之訟, 旣見某薄治其吏, 亦不能無疑. 因曉以吾人無他, 於此輩行法以防微, 不得不爾, 卽遂釋然. 奸民肆其欺罔, 以快私忿, 眞大蠹也. 長林具析申狀, 皆是事實. 倂用備申, 伏幸過目.

昨日得公移, 聞二縣以酒折鋪兵糧. 長林斷無此矣. 長林鋪兵, 皆在

---

11) [원주] '傳' 자 아래 한 글자가 더 있는데, 문맥에 의거하여 삭제하였다.

軍倉請米, 軍庫請錢, 皆是一色白米好錢, 未嘗有折支也. 當陽方此詢
之, 然以理揆之, 沈宰處事極有理, 不至如所聞. 或恐有疑似, 又當有
曲折, 須其報卽具申也.

近日以所獲刼盜中, 有二人是攫客, 稍以榜約束之. 兼聞此輩羣黨,
擾寺觀與鄉村民戶頗甚, 故不得不裁之, 亦不敢以禀聞也.

西蜀之飢, 淮·浙之蝗, 皆令人不能置懷. 處州豪民爲盜, 尤可憐也!
此土雖雨澤粗足, 尙用懷懷. 日俟教誨, 以免罪戾, 伏幸終惠!

다섯 번째 편지

五

　기실(記室) 어르신께 안부 여쭙는 것을 조금 소홀히 했더니, 경모하는 마음만 쌓여갑니다. 올 가뭄으로 여러 마을이 조금씩 손해를 입었는데, 남쪽 마을이 자못 심합니다. 처음에는 강과 호수 근처 아랫마을처럼 보통 때 씨 뿌리지 않던 곳에 올해는 씨를 뿌릴 수 있을 터이니, 그러면 부족함을 메울 수 있으리라 생각했습니다. 그런데 요 두 달 사이 장강과 한수 유역에 비가 내리지 않았는데도 물이 범람한 곳이 세 군데나 되어 씨 뿌려놓은 밭이며 채소, 가지, 마, 좁쌀 등이 전부 사라지고 말았습니다. 시험 치르러 가거나 격문에 의해 소환되어 나간 동료들이 이러한 사실을 친히 목격하고 돌아와 그 상황을 이야기해주는데, 참으로 가슴이 아팠습니다! 얼마 전 동료들에게 일을 나누어 맡기어 사방으로 나가 둘러보게 하였는데, 며칠 전에 돌아와 더욱 상세한 실정을 들려주었습니다. 가뭄과 홍수가 지나간 뒤라 곡식이 부족한 판국에 곳곳의 쌀을 사들여 와야 할 배들은 뭍 아래 줄줄이 정박한 채로 있으니, 아무래도 도통사(都統司)가 이르러 향촌에서 쌀 실어가는 것을 막은 듯합니다. 본 군(軍)에서는 올해 백성들이 식량으로 어려움을 겪고 있어 그때그때 상평창을 열어 진휼하고 있는데, 내다 판 쌀이 거의 거의 2천 섬이나 되며, 봉장고(封椿庫)[12]에서

---

12) 封椿이란 송나라 때의 재정 제도로, 한 해 동안 쓰고 남은 것들을 창고에 모아두었다가 급할 때를 대비한 것이다. 宋 太祖 建隆 3년(962)에 중앙에서 시행하

나간 돈은 상평전(常平錢)¹³⁾보다 2천 꿰미나 많습니다. 뒤이어 창대(倉臺)에서 보낸 공문을 보내와 이 돈으로 쌀을 사들여 내년 진휼 비용을 준비하라고 재촉하였습니다. 이에 곡식 여문 마을로 사람들을 나누어 보내 쌀을 사들이게 하였지만, 팔겠다고 오는 사람이 거의 없었습니다. 앞으로 며칠 동안 쌀이 시장에 나오지 않는다면, 백성들은 다시금 식량으로 인해 어려움을 겪게 될 터, 결국은 상평창의 쌀을 팔아 진휼해야할 것입니다.

근래 들어 몇 번이고 방법을 고안해 상금을 주겠다는 방을 내걸고 쌀 실은 배가 강으로 내려가는 것을 금했는데, 서리들은 번번이 쌀 사들이는 것을 막는다는 혐의를 받게 될까 두렵다면서 핑계를 댔습니다. 처음에는 일리가 있다고 여겨 동료들과 깊이 의논하여 그 말을 따랐습니다. 하지만 요즘은 사태가 촉박합니다. 또한 보았더니 영주(郢州)에서도 백 천금의 상금을 걸고 쌀 실은 배가 강으로 내려가는 것을 금하였는데, 그곳에서 막 거인(擧人)이 된 자의 친척이 이 금령을 어겼다가 주(朱) 전운사(轉運司)가 말해준 덕분에 면죄 받고 상금까지 받았다고 합니다. 서리에게 물어보니 여전히 쌀 사들여가는 것을 금하느니 하는 말만 하였습니다. 어제 동료들과 모여 쌀이 새나가는 것을 금하는 것에 관해 의논하고, 서리들의 말이 과연 공도(公道)에서 나왔는지, 아니면 사심에서 나왔는지 논해보았습니다. 동료들이 모두 말하기를, 이들은 분명 친척이나 친구, 혹은 가까이 지내는 자들 가운데 쌀장사 하는 자가 있어서 이런 핑계를 대고 있는 것일 뿐, 어

였고 후에 각 지방으로 확대 시행하였다. 매달 남는 돈을 모아둔 것을 月椿錢. 이라고 부른다.
13) 관부에서 예축해 놓았다가 빌려주는 용도로 사용하던 은전을 말한다.

찌 공적인 마음에서 나왔겠느냐고 하였습니다. 망설이며 아직 판단을 내리고 있지 못할 때 갑자기 사대(使臺)로부터 공첩(公牒)을 받았는데, 일을 미처 시행하기도 전에 이미 길이 막혀버렸으니, 이른바 생겨나지도 않은 사악함을 막고, 싹트지도 않은 악을 두절시킨다는 것 아니냐며 심히 탓하는 내용이었습니다. 그렇지만 이는 서리들의 뜻이며, 저희 읍에는 처음부터 이런 일이 없었습니다. 누가 감히 이런 말을 대부(大府)에 고하였는지 모르겠으나, 그 사이에 암투가 있지 않을까 의심되니, 살펴봐주시지 않을 수 없습니다.

저는 평소에 말을 꾸밀 줄 모르거니와, 문하(門下: 편지에 사용되는 2인칭) 앞에서는 더욱이 사실대로 말하지 않을 수 없습니다. 이제껏 양양(襄陽)에서 쌀 매매를 금지시켜 와서 그곳에 도착한 쌀 배들은 발이 묶인 채 나아가지 못하고 있습니다. 그러다 마침내는 나루터 관리를 매수하여 밤에 훔쳐가는 자까지 생겨났습니다. 금령은 기댈만 하지 못하다고들 늘 말합니다. 근년 들어서는 장무(場務)14)의 어려움이 더욱 심하여 장사치들은 대부분 사로(私路)로 다니고 있는데, 사로는 옛날에는 작고 좁아서 아는 자가 드물었으나 지금은 대로인 양 통행하고 있습니다. 경내 부근도 흉년이 몇 년 간 이어졌으며, 올해가 유난히 심합니다. 근래에 듣기로 당주(唐州)와 등주(鄧州)로 들어가는 쌀은 대부분 뱃길을 통하지 않는다고 합니다. 하찮은 백성들은 눈앞의 다급함을 해결하느라 훗날을 도모할 겨를조차 없사온데, 하물며 향리를 위해 도모하고, 주현을 위해 도모하고자 하겠습니까? 만약 곡식이 남아돈다면 새나가는 것을 막지 않아도 괜찮겠지요. 그러나

---

14) 五代와 송나라 때 소금과 鐵의 전매를 관리하던 기구이다. 소금과 철을 생산하고 전매하던 기구가 場이고, 세금을 거두던 기구가 務이다.

지금은 몹시 부족한 형편이니, 곡식이 새나가는 것을 좌시하는 것은 옳지 않은 처사일 것입니다. 저희 읍은 매우 협소합니다. 올해의 경우 겨우 수십 일 비가 내리지 않았더니 이내 시장에서 쌀을 찾아볼 수 없게 되었습니다. 마을 사람들에게는 여축해놓은 곡식이 없어서, 촌장을 들락날락하는 동료들이 하나같이 말하길 곳집을 본 적이 없다고 합니다. 인가는 대부분 띳집이어서 집 구조가 그다지 깊숙하지 않아 그 안을 대략 들여다볼 수 있는데, 있는 것이라곤 항아리에 든 한 섬의 곡식이 전부입니다. 풍속이 변하는 것은 하루아침에 되는 것이 아닙니다. 지금 이 일을 도모하지 않는다면 후에 더욱 큰 폐단이 생겨날 것입니다. 지금 말씀드린 쌀 새어나가는 상황은 남쪽의 우환으로 인해 새어나가는 것도 아니요 북쪽의 우환으로 인해 새어나가는 것도 아닙니다. 스스로 여유가 있거나 혹은 얼추 자급이 가능하다면 이를 다른 사람에게 넘겨주어야 하나니, 이것이 곧 제가 바라는 바입니다. 하루 하루를 근심하며 훗날을 도모하지 못하는 이곳의 사람들이 하나같이 쌀을 내보내는 것에 의지해 살고 있기에 그냥 보고만 있을 수 없습니다. 이에 다급히 편지를 써서 아뢰나니, 그런 말씀을 올린 자의 간악함을 살피시고 이어 이 일을 처리할 온당한 방안에 대해 상의할 수 있게 해주십시오. 달리 보고 올리겠으니, 크게 살펴주시기를 바라옵니다.

稍疏記室之詢, 徒積傾仰. 今歲之旱, 諸鄕皆有少損, 而南鄕頗甚. 初擬瀕江湖下鄕常歲所不種者, 今歲可種, 謂可以補. 近兩月間, 江·漢之流, 無雨而漲溢者凡三, 所種之田, 與蔬茄麻粟, 皆爲烏有. 同官赴試與被檄而出者, 皆親目其事, 歸言其狀, 爲之怛然! 比已分委同官, 四出檢視, 前數日方歸, 所得尤詳. 旱澇之餘, 米穀自少, 而諸處糴米之舟, 皆麟次岸下, 如都統司至使人於鄉村攔截載負米者. 本軍今歲以民艱食, 逐時發常平以賑之, 所糶幾二千石, 見椿糶過常平錢二千緡. 倉臺公移踵至, 催以此錢趂時糴米, 以備來年賑濟. 雖分差人於熟鄉收糴, 而來糴者絕少. 比數日以來, 米不出市, 民復艱食, 見出常平賑糶.

近來屢謀出賞牓, 禁米舟下河, 而吏輩輒以恐有遏糴之嫌為言, 初以其有理, 亦與同官熟論而從之. 近日事勢尤逼. 又見郢州以百千之賞, 禁米舟下河, 此間新發舉人親戚之家犯其禁, 用朱漕之言免其罪, 竟納賞錢. 試以問吏, 吏復為遏糴之說. 昨日同官相聚, 復有議洩糴之禁, 因評吏言果出於公乎? 抑有私意乎? 同官皆謂此輩必有親故厚善之人商販米者, 故以此為地耳, 豈有公心哉? 疑未決間, 忽被使臺公牒, 深怪事未施行, 已蒙止絕, 殆所謂止邪於未形, 絕惡於未萌. 雖然, 此事乃如吏輩之意, 敝邑元無是事, 不知誰敢致此說於大府, 疑必有交鬬其間者, 有不可不察也.

某平時不能飾說, 況在門下, 尤不敢不用其情. 鄉來襄陽遏米價, 米舟至者, 皆困不能前. 然卒以賂津吏, 有夜竊過者. 常謂法禁往往不足恃. 比年場務益艱, 商旅多行私路, 私路舊微小, 少所知者, 今皆坦途通行. 比境連年不熟, 今歲尤甚. 近聞米過唐・鄧間, 多不以舟. 小民趨目前之急, 不暇為後日計, 況肯為鄉曲計, 為州縣計乎? 使米粟有餘, 無禁其洩可也. 今方甚不足, 以坐視其洩, 恐亦未宜. 敝邑褊小, 今歲纔數旬不雨, 市輒無米. 鄉民素無蓋藏, 同官出入村塢者, 皆謂未嘗見囷倉, 人家多茅茨, 其室廬不能深奧, 大率可窺, 其有者, 乃儋石之儲耳. 風俗所自來非一日, 今日不為之計, 後將益弊. 今所謂洩米, 非洩於南之患, 洩於北之患也. 己若有餘, 或能粗給, 則推以與人, 乃所願也. 此方有旦暮之憂, 而不為後日計者, 方累累舉所恃以洩, 恐不容坐視. 薄遽亟此布稟, 丐察言者之奸, 續容商議所以處之之宜. 別當具稟, 伏幸台察.

장원선[15]에게 보내는 편지
與張元善

    조대(漕臺)에서 몇 차례나 편지를 보내와 번다한 일이 많았기에, 안부를 여쭙지 못하였습니다. 매번 설상선(薛象先)에게 부탁해 제 뜻을 전해 달라 하였는데, 만났을 적에 분명 이야기했으리라 생각됩니다.

    엄산(嚴山)에 창고를 짓는 일은 그다지 좋은 생각이 아닙니다. 만약 뱃길로 양양(襄陽)까지 가져간다면, 장강과 한수는 물살이 급하고 얕아 오랜 시간을 허비해야 당도할 수 있고, 또 물이 불어날 때에는 파도가 험난하고 사나워 그 또한 불가능합니다. 육운(陸運)의 경우, 엄산에서 반죽(班竹)까지 말을 타면 65리 길이라고 하지만 산길이 좁고 험하고 구불거려 기실 그 이상 걸립니다. 또 곳곳이 물로 막혀있어, 봄 여름 사이에는 길이 끊기기 일쑤입니다. 본 군(軍)에서 반죽까지는 85리이며 길 또한 평평합니다. 또 엄산은 저자가 있는 곳이 아

---

15) 詹體仁(1143~1206). 字는 元善이며 建寧 浦城 사람이다. 한때 외삼촌의 성을 따라 張氏로 바꾸었던 적이 있기에 여기서는 장원선이라고 표현했다. 그는 乾道 연간 초에 崇安 五夫里를 찾아가 朱熹에게서 학문을 배웠다. 乾道 6년 (1170)에 朱熹는 建陽에 寒泉精舍를 지었는데, 이 때 詹體仁이 그를 좇아 학문에 전념했다. 乾道 8년(1172)에 완성한『資治通鑑綱目』의 일부분은 詹體仁의 손에서 나왔다. 淳熙 2년(1175)에 朱熹와 呂祖謙이 寒泉精舍에서 江西 鵝湖로 가 모임을 가질 때, 그도 함께 수종하였다.『象數總義』,『曆學啓蒙』등의 저술을 남겼다. 光宗이 즉위하자 提擧浙西常平, 戶部員外郎, 湖廣總領에 임명되었고, 곧 司農少卿으로 승진하였다.

니어서 인가가 드문지라, 풀을 저장한다면 가능하겠으나 곡식을 저장한다면 감시하는 데 어려움이 따를 것입니다. 차라리 군창(軍倉)을 지어 곡식을 저장하는 편이 나을 것이니, 지금 자성(子城)도 공고해진 마당에 마치 침상에 누운 듯 편안할 것입니다. 저는 작은 길로 장림(長林)을 순시하면서 늘 그곳을 지나다니곤 했는데, 상세히 서술한 내용이 공문에 다 나와 있으니, 한번 판단해보시기 바랍니다.

구강(九江)·덕화(德化)의 현승 등약례(鄧約禮)는 자가 문범(文範)이며 품계는 문림랑(文林郎)[16]인데, 올 겨울에 임기가 끝납니다. 그의 집안은 대대로 건창(建昌)에 살았으며, 임천(臨川)의 시랑(侍郎) 이덕원(李德遠)의 사위이기도 합니다. 일전에 그의 거처에 불이나 덕화로 부임하러 가기 전에는 이 씨 댁에 우거하였습니다. 지금 그의 처형이 임기가 다해 임천으로 돌아왔기에 신임자와 교대하기 전에 건창으로 한번 돌아가 살 집을 짓고자 하니 사대(使臺)에 부탁해 공문 한 통만 보내주십시오. 만일 윤허해주신다면 이쪽으로 분부해주시면 됩니다. 조만간 그쪽으로 공문을 보낼 테니까요. 일찍이 상선을 통해서도 은근히 부탁드린 적이 있는데, 별 어려움 없으리라 생각합니다. 등약례는 향리의 수재로서 단정하고 순정하며 정사의 치적도 매우 볼만합니다. 근년에 두 읍을 다스리면서, 어려운 일을 당하여서도 넘어지고 무너진 것을 구제함으로써 그곳을 더욱 훌륭한 고을로 거듭나게 하였기에, 백성들은 그를 하늘처럼 모시며 그가 떠나는 것을 안타까워하고 있습니다. 사서(史書)에 기록된다 하여도 부끄러움이 없는, 훗날 약상자 속의 보물로 간직할 만한 인물이 될 것입니다. 한창려

---

16) 文林郎은 隋나라 때 설치된 散官 명칭이다. 송나라 때 文林郎은 從九品上에 해당했다.

(韓昌黎)는 「수계(守戒)」17)에서 "사람 얻는 데 달려있다."라는 말로 문장을 끝맺음했는데, 참으로 정곡을 찌른 말입니다!

　제가 다스리는 읍은 두 현령 모두 어질고 교관(教官)도 때론 보탬되는 바가 있으며, 첨서(簽書) 이하 모두가 마음을 다해 직분을 수행하며 딴 마음 품은 자가 없습니다. 오직 세관(稅官)들만 자못 오류가 많기에, 근자에 지사(指使) 한 명을 뽑아 보좌하게 하였더니 업무가 홀연 바로 잡혔습니다. 못난 저는 옆에서 지원하고 권면함으로써 그 좋은 뜻이 줄어드는 대신 늘어날 수 있도록 해주었을 뿐이데, [덕분에] 거의 허물 짓는 일을 면하게 된 것 같습니다. 지금은 농부와 장사꾼이 평온한 나날을 보내고, 이졸들이 엎드린 채 두려워하고 있습니다. 도적들은 잠잠히 숨죽이고 있으며, 날뛰었다가는 바로 잡히고 맙니다. 송사가 적어져 열흘 넘게 조용히 지나간 적도 있으며, 형틀은 먼지 낀 채 버려져있고, 오형(五刑)은 있으되 이를 적용하는 일은 매우 드물어서 어쩌다 시행했다 하면 구경꾼들이 모여들 정도입니다. 이것이 어찌 어리석고 졸렬한 제가 이루어 낼 수 있는 일이었겠습니까? 외람되이 다행스럽게 여기는 것은 훌륭한 동료들을 만났다는 사실이지요. 막 이곳에 왔을 적에는 송사가 제법 많았는데, 이곳 풍속이 나쁜 것이 아니라 [어디건] 해악을 끼치는 무리는 없을 수 없기 때문이었습니다. 이들은 성시를 거들먹거리며 돌아다니면서 이졸들의 장단점을 틀어쥐고서 도리에도 맞지 않는 분쟁을 일으켜 기어코 이기

---

17) 韓昌黎는 中唐 시대의 문인 韓愈(768~824)를 가리킨다. 唐宋八大家의 한 사람으로 字는 退之이며 시호는 文公이다. 「守戒」는 그가 지은 잡문으로, 매사에 있어 미리 준비하는 것이 중요하지만, 그러기 위해서는 제대로 된 지도자를 얻어야 한다는 주지를 담고 있다.

려 듭니다. 상대 또한 이를 달갑게 여길 리 없어 마침내 기나 긴 송사가 벌어지는 것인데, 제사(諸司)[18]에서 제지하지 못하면 대부(臺部)까지 올라갑니다. 처음부터 안건을 정밀히 탐구하고 곡직을 따져본 뒤 의리(義理)로 깨우침으로써 스스로 새 사람이 되어 의(義)에 굴복할 수 있게 해준다면, 고치고자 하는 자가 열에 여덟아홉은 될 것입니다. 하지만 끝까지 회개하지 않는 자라면, 일시적으로 잠시 나긋나긋 복종하는 듯해도 훗날 다시 못된 짓을 하려고 시도할 것이고, 같은 악당들 또한 이들을 지켜보면서 늘어났다 줄어들었다 할 것입니다. 다행인 것은 제사가 모두 현명한 덕에 이러한 무리들이 다시 못된 짓을 하지 않고 있다는 점입니다. 오늘날 송사가 줄어들고 풍속이 돈후해 진 것은 모두 이 덕분입니다.

지난 번 편지를 받아보니 장(張) 감사를 모른다고 하셨던데, 장 감사는 지향하는 바가 매우 바르고, 의론이 모범적입니다. 이곳에 부임한 이래 작성한 공문들을 보니 모두가 조리 있어서 매번 탄복하곤 하였습니다. 장 헌대(張憲臺)[19]께서 구강(九江)에 계실 때 다른 사람을 통해 그를 알게 되었는데, 그가 장 헌대를 식사에 초대한 자리에서 자신이 펼치고 있는 정사에 관해 이야기하는 것을 들으니 대체적으로 가법(家法)을 잘 간직하고 있었다고 합니다. 듣자니 상덕(常德)은 병이 많아 빈객 접견을 거의 하지 못하고 있으며, 공문도 대부분 집안으로 가지고 들어가 서명한다고 합니다. 만약 손에 쥔 채 지체하는

---

18) 諸司는 각 部院에 속하지 않은 司를 말하는데, 주로 通政司와 行人司를 가리킨다. 通政司는 공문의 전달과 공지를 담당하며, 行人司는 지방에 내려가 詔諭를 반포하는 일을 담당한다.

19) 憲臺은 원래 御史官職을 통칭하는 말이었으나 후대에는 地方官吏가 知府 이상 장관을 부를 때 사용하던 존칭이 되었다.

일만 없다면 큰 요체에 무슨 해될 것이 있으며, 누워서 정사를 본다한들 무슨 해될 것이 있겠습니까? 비록 덕성(德星)이 모였다고 말한다 해도 안 될 것이 없을 것입니다. 그런데 제가 사실을 알아보니, 크게 잘못된 점이 있었습니다. 지금 해악을 끼치는 무리들 모두가 헌대(憲臺)로 뛰어간다고 합니다. 이들이 다른 사(司)로 가지 않고 헌대로 가는 것은 분명 업신여기는 마음이 있어서일 것입니다. 그런데도 그것이 가당한 것인지 따지지도 않고 걸핏하면 송사 안문(案文)을 내놓으라 하고, 안문이 한번 나가면 대체 어디로 갔는지도 알 수가 없어, 번번이 괴이하기 짝이 없다고 합니다. 듣자니 헌대의 이졸들이 가장 무례하면서 또 가장 유능하다고 합니다. 그곳에서 보낸 공문들을 보면 모두 이졸들 손에서 나온 것 같습니다. 저희 읍에도 이런 일이 몇 번 있었으니, 다른 군의 상황도 미루어 알 수 있습니다. 아직은 사건의 본말을 다 말씀드리고 싶지 않습니다. 만약 알고자 하신다면 후에 다시 품고하겠습니다. 듣자니 상선이 그들과 친하다던데, 저들이 멈출 수 있도록 무슨 말을 해주었는지 모르겠습니다. 간악한 이졸과 교활한 백성이 서로 결탁하여 군현을 어지럽히고 양민을 해치며, 정사를 상하게 하고 풍속을 망쳐놓음이 적지 않습니다. 제대로 된 사람이 관리가 되지 않으면 안 되는 것이 이와 같습니다.

오래도록 물음을 받들지 못하여 붓을 들어 이처럼 주저리주저리 썼으니, 일소에 부치십시오.

漕臺數有便郵, 其發多値冗, 不克附問, 累託象先致意, 會次當必及之.

嚴山蓋倉, 其說未善. 若謂以舟致之襄陽, 則江·漢湍淺, 曠日持久, 當漲溢時, 風濤險悍, 類不可行. 陸運則自嚴山至班竹, 號六十五里,山路阻隘崎嶇, 其實不止此數. 又類有水隔, 春夏之間, 每用阻絶. 本軍至班竹八十五里, 乃坦塗. 又嚴山非市井去處, 人煙疏闊, 儲草則可, 儲粟則難於看守. 莫若葺軍倉以儲粟, 今子城既固, 如在枕上矣. 長林巡視小路, 常親歷其地, 叙說甚詳, 已備在公狀中, 幸裁之.

九江·德化丞鄧約禮字文範, 階爲文林, 今冬當代. 其家世建昌, 乃臨川李侍郎德遠之壻. 其居舊遭回祿, 未赴德化時, 寓居李氏. 今其妻兄官滿歸臨川, 鄧丞欲及未代前一歸建昌營居舍, 願丏使臺一檄. 若蒙垂允, 但付此間, 且晩卽附往也. 亦嘗託象先轉浼, 諒必無阻. 此公鄕里之秀, 端愨純正, 甚有宦業. 比年攝兩邑, 當事之難, 拯其弊壞, 更使爲佳地, 民之戴之, 不忍其去, 無愧史冊所書, 異時眞可備藥籠中物. 韓昌黎「守戒」, 以"在得人"卒章, 要哉言乎!

弊邑兩令皆賢, 教官時有裨補, 自簽以下, 皆悉心營職, 無有異志. 唯稅官頗謬, 近得一指使佐之, 其職頓舉. 拙者不過扶持勸勉, 使其善意不替有加, 庶幾蒙成以免戾. 今農賈安帖, 吏卒抑畏, 盜賊衰息, 作則輒獲, 訟牒之少, 乃至曠旬, 械笞塵委, 五刑植立, 試用希闊, 用必聚觀, 此豈迂拙所能坐致? 竊自幸者, 亦同官適逢其人耳. 方至此時, 積訟頗多, 非其俗惡, 乃不能無敗羣者耳. 此輩遨遊城市, 持吏長短, 無理致爭, 期於必勝. 敵不能甘, 遂成長訟, 諸司不止, 乃至臺部. 初既精求案牘, 辯其曲直, 既又曉以義理, 使得自新, 能自伏義, 願改者固十八九. 至於怙終之人, 雖稍柔服於一時, 尙圖復逞於他日, 同惡亦視此爲消長. 所大幸者, 諸司皆賢明, 此輩無所復逞. 今訟之日少, 俗之日厚, 亦正以此.

向來得書, 謂未識張監. 張監趨向甚正, 議論有典刑, 到任以來, 文移條理, 每每可服. 張憲在九江時, 假道識之, 蒙渠約飯, 亦自道其政, 大抵亦有家法. 聞到常德多病, 少見賓客, 公文亦多傳入宅書押. 若無所執, 何傷大體, 臥護政亦何傷20)? 雖曰德星聚可也. 稽之事實, 乃有大謬不然者. 今敗羣之人皆走憲臺. 此輩不之他司, 而之憲臺, 殆必有侮而動. 今不問宜可, 動輒索案, 案之往也, 又不知所處, 動輒可怪. 聞憲臺之吏最無禮而又能, 觀其文移行遣, 似皆出吏輩. 敝邑亦有數事, 他郡可推而知之. 未欲盡述其本末, 若欲知之, 後便禀聞也. 聞象先與之相善, 不知能有道以已之乎? 奸吏猾民, 託以擾郡縣, 害良民, 傷政敗俗亦不細矣. 官之不可非其人如此哉!

久不奉問, 引筆輒累累如此, 可一笑也.

---

20) [원주] 원본에 '引'으로 되어 있으나 문맥에 따라 '傷'으로 교정하였다.

두 번째 편지

二

   한 번에 세 통의 편지를 열어보고 그 겸손하신 돌보심에 실로 탄복하였습니다. [그간의] 기거에 대해 모두 알게 되고서 흡족한 위로를 받음과 동시에 그리움이 치달았습니다. 부탁드린 일들 또한 모두 윤허해주시니, 더욱 감복할 따름입니다.

   요 며칠 비교적 큰 비가 내려 경내가 제법 두루 해갈되었으나, 오직 강릉(江陵)과 경계 지역만은 아직 씨를 뿌리지 못한 곳이 대부분이라 아마도 때를 놓치지 않을까 싶습니다. 화적(和糴)21)이 저희 읍까지 미치지 않은 것은 실로 커다란 은혜라 이를 만합니다. 지난번에

---

21) 원래는 관부에서 자금을 내어 백성들의 양식을 공평하게 사들이던 제도인데, 당나라 중기 이후로는 관부에서 백성들에게 강제로 매입하는 제도로 변질되었다. 송나라부터는 더욱 광범위해져서 관부에서 和糴할 때는 銅錢, 鐵錢, 銀, 소금, 차, 향 등을 주고 사기도 하고, 지폐나 官告, 度牒 등을 사용하기도 하였다. 和糴에는 몇 십 가지 항목이 있으나, 대체적으로 지정된 장소에서 부호나 상인들을 상대로 곡식과 풀을 팔던 置場和糴과 강제 매입 두 종류로 나눌 수 있다. 전자의 경우 부호나 상인들이 미리 관리들과 내통하여 곡식과 풀의 가격을 조종하여 관부에서 손해 보는 경우가 종종 발생했다. 이를 막기 위해 점차 강제 매입이 많아졌는데, 가호의 등급, 가업, 세금액, 세량액 등에 따라 강제로 매입하고 또 支移, 折變, 加耗, 大斗, 大斛 등의 명목을 붙여 세금을 추가했다. 宋 孝宗 때에는 兩浙과 江東路의 각 1만 묘 이상의 전답을 가진 자에게 2천 5백섬을 和糴하도록 명한 바 있다. 남송 후기 때는 민간에서 부담해야 하는 和糴이 더욱 심해져서 常熟縣(지금의 江蘇省 소재)의 경우 추세가 7만여 섬인데, 和糴額이 만을 경우 30만 섬, 적어도 14,5만 섬에 달했다고 한다.

는 비가 안 왔다 하더라도 한 달을 넘긴 적이 없는데, 백성들은 벌써 식량으로 어려움을 겪었습니다. 이에 상평(常平)의 곡식을 속히 내어 사방으로 나눠주어 구휼한 덕에 낭패한 지경에 이르는 것을 겨우 면했습니다. 그 뒤로 비가 충분히 내려 중간에서 중간 이하 정도로는 곡식이 여물었습니다. 저희 읍에서는 스스로 조치를 취하고자 합니다. 즉 사적으로 약간의 쌀을 사들여 향리에 비축해두고 훗날을 대비하고자 합니다. 이 계획이 혹시 성사된다면, 모두 문하께서 내려주신 은택일 것입니다.

성을 보수하려도 두었던 회자(會子)²²)가 궁핍함을 구제하는 데 큰 도움이 되었습니다. 나머지 회자도 얻을 수 있다면 큰 다행일 터이니, 기일을 알려주십시오. 은강(銀綱)²³)을 납부하는 곳에서 각박하게 사람들을 구류해두는 근심을 면하게 된 것도, 모두가 넘치는 비호 덕분입니다. 교환해주신 회자 2만 꿰미[貫]는 액수가 너무 적습니다. 듣자니 작년에 회자를 바꿀 적에 관부의 집행이 지리멸렬하였고, 나약한 백성들은 또 게시문을 제대로 볼 줄을 몰라, 내려온 공문에서 3개월 이내로 기한을 정하였으나 부족한 액수가 있으면 예전대로 여기저기서 교역하고 매매해도 된다고 오해하였다고 합니다. 이에 수익에서 손해를 보지 않은 자들은 정해진 장소로 가서 교환하지 않았는데, 기한이 다 차서 더 이상 사용할 수가 없게 되자 후회막급이었다고 합니다. 지금은 지난날의 피해를 거울삼아 한데 모아놓고 교환하게 하였

---

22) 송나라 때 통용되던 지폐를 가리킨다.
23) 송나라 때 官府에서 수륙으로 물품을 운수하는 것을 '綱'이라고 칭했다. 일정 액수의 한 가지 물자가 하나의 綱을 이루는데, 米綱, 銀綱, 錢綱 등이 있었다. 동전의 경우 2만 꿰미가 1綱이었고, 금은 2만 량이 1綱, 쌀은 1만 섬이 1綱이었다. 수운은 배를, 육운은 말을 이용했다.

는데, 보내온 회자가 많지 않은 것을 본 관리들이 사람마다 액수를 제한하고 날마다 들이는 사람 수를 제한하는 통에 찾아오는 사람들이 매우 힘들어하고 있습니다. 일전에 사람 수를 제한하여 날마다 3, 4천 꿰미씩 바꾸어가게 하였더니 찾아오는 자들이 줄을 이었으며, 이후에도 그치지 않을 것 같습니다. 또 상인들이 회자를 얻기 어렵다는 이유로 이곳에 머문 채로 있는데, 누적된 액수가 혹은 3, 4백 이상, 많게는 7, 8백 이상입니다. 관리들은 장사치의 수가 많을뿐더러 또 장사치라는 이유로 그 수를 다시금 제한하여 바꿔주지 않으려고 합니다. 찾아와 자신들의 엄류되어 있는 처지와 물건 값이 깎인 것에 대해 하소연하는 모습을 보니, 상황상 바꿔주지 않을 수 없을 듯합니다. 보내주신 회자로는 며칠밖엔 공급하지 못합니다. 공문을 보내 다시 5만을 보내달라고 하였으나, 지금 상황으로는 이 금액에 그치지 않을 것 같습니다. 만약 부족하다 생각되면 다시 간곡히 부탁드리겠습니다.

며칠 전 신임 조대(漕臺)의 답신을 받았습니다. 온후하신 말투에 선배의 전형이 남아 있었기에 매우 기뻤습니다. 다만 전부터 알던 사이가 아니었던 터라, 편지로 속내를 다 바치고 싶지는 않았습니다. 설상선(薛象先)이 편지에서 임간(林幹)의 현명함에 대해 누차 언급하였기에 편지를 주고받아보고자 하는 마음이 생겼으나, 어쩌다보니 아직 못하고 있습니다. 조대 어른과 만나시는 자리에서 한 마디 무거운 말씀을 해주시어 저를 길러주시고자 하는 마음을 얻게 해주신다면 크나 큰 행운이겠나이다! 군현에서 사가(使家)의 사정을 알아주지 않고 또 도움을 주지 못한다면, 공문서에 견제 당하는 일이 매우 많다는 것을 깊이 유념하여 주시기 바랍니다.

장림(長林)의 왕(汪) 현재는 자식처럼 백성을 사랑합니다. 근자에 간민 양여익(楊汝翼)·방구성(方九成)이란 자가 자신의 무리 10여 명을 사주하여 수령의 관아를 에워싸고 왕 현재가 백성을 학대하였다며 고소했습니다. 그들이 낸 고소장에 이르기를, "본 군(軍)에 고소하고자 하나 지군(知軍)께서 너무 자비롭게 정리하실까 두렵고, 현에만 보내자니 백성들의 분노가 더 커진다."라고 하였습니다. 저는 이곳에 있으면서 한 번도 고식적으로 일을 처리해본 적이 없습니다. 교활한 이졸과 간민들이 온순하고 선량한 자들을 해하는 것을 보면 매번 법으로 다스렸으며, 단 한 마디의 허위라도 있으면 두 번 심문할 것도 없이 곧 내막을 파헤치곤 하였습니다. 그 근본을 따져 물어보고 그들과 더불어 반복 변론한 결과, 순식간에 그 간사함이 드러나 말문이 막힌 채 죄를 자복하고 떠나갔습니다. 보잘 것 없는 저이지만 이곳에 있으면서 남보다 조금은 나은 점이 있다고 스스로 여기는데, 송사 분쟁이 줄고 도적이 잠잠해진 것도 아마도 다 이 덕분일 것입니다. 어리석은 백성들은 형틀이 먼지 가득한 채 버려져 있고 이를 사용하는 일이 적은 것만 보고서 인자하다는 말을 종종 하곤 합니다. 하지만 간사하고 교활한 거간꾼들은 실로 두려워하는 바가 있어서인지, 자신들에게 불편하다는 이유로 저를 매우 싫어합니다. [그러던 차에] 중상모략할 만한 것이 없으니 그 사이에서 목청 높여 맞장구치며 크게 자비롭다는 등등의 말을 덧붙여 화란의 빌미로 삼았던 것인데, 수령 관아에서의 송사가 바로 그 증거입니다. 수령께서 기우제를 올렸으나 아직 응험을 보지 못하고 있는 터에 이 자들이 이 틈을 노려 고소장을 낸 것입니다. 왕 현재께서 예전에 지장림(知長林)으로 계실 적에 보내온 편지를 받들고 그 아름다움에 탄복한 바 있습니다. 그래서 고소가 들어왔을 때 이 이첩(移牒)을 집어 들지도 못했고, 얼마 후 [저소송 건 자들을] 의심하지 않을 수 없었으며, 그 판사(判辭)를 보고는 의심에 그친 것이 아니라 크게 노하고 말았습니다. 장(章) 어르신은 매우 현명하여 제가 이 편지를 보내 설명해드렸더니 얼음 녹듯 모든 오해를 푸셨습니다. 이런 점이 특히나 우리로 하여금 우러러 탄복하게 합니다. 왕겸중(王謙仲)이 융흥(隆興)에 있을 때 어떤 소문 하나를 듣고 즉시 편지로 고해온 적이 있었는데, 바로 지금 일과 똑같은지라 대충 베껴 보내오니 한번 살펴보시기 바랍니다. 이런 일 또한 몰라서는 안 될 테니까요. 후에 겸중이 보낸 답장을 보았더니, 과연 그런 일이 있긴 했는데, 매우 공평하게 판결이 나서 간악함을 조장하는 지경에는 이르지 않았다고 하더군요.

이곳은 백성들이 순박하다고 소문나 있지만 나약한 백성들이 순박할 뿐, 부호나 교활한 자들은 강절(江浙)보다 더 무도합니다. 편지 쓰는 김에 저도 모르게 이런저런 말이 많았습니다.

併啓三函, 良佩謙眷, 備承作止, 足慰傾馳. 事皆得請, 尤用感服.

近日得雨稍大, 境內頗周遍, 唯傍江陵界上多未種, 此恐無及耳. 和糶一事, 得不及敝邑, 可謂大惠. 屬者不雨, 曾未踰月, 民已艱食, 亟發常平之粟, 四散賑之, 僅免狼狽. 繼此雨澤霑足, 倘得中下熟, 敝邑欲自措置, 私糶少米, 貯之鄉間, 以爲異時之備. 此謀或遂, 皆門下之賜也.

修城會子, 甚濟空乏. 餘會若便得, 乃幸, 望示其期. 交納銀綱處, 免苛留之患, 皆藉餘庇. 兌換會子二萬貫, 其數甚少. 聞之去年換會子時, 官府行之滅裂, 細民又不善觀揭示, 誤認下文立限三月之內, 有不及之數, 並仍舊流轉交易買賣, 遂收不損壞者, 不赴場換易, 及至限滿, 旣行使不得, 悔之無及. 今此懲前日之害, 叢湊來換, 官吏見發到會子不多, 遂人限其數, 日限其人, 來者頗以爲病. 前日令其限數日換三四千緡, 來者原原, 後又將不止. 又以商人以會子難得, 滯留於此, 所積或三四百千, 或七八百千. 官吏見其數多, 又是商旅, 又限其數, 不肯換與. 來訴淹留折閱之狀, 勢不容不換與之. 所發會子, 不供數日耳. 公移再求五萬, 勢恐未止此數, 若覺未足, 又當上浼.

前日得新漕臺復書, 見其辭氣溫厚, 有前輩典刑, 甚爲之喜. 第前此不相識, 未欲遽以片紙輸腹心. 象先書中, 屢言林幹之賢, 欲通書, 偶亦未及. 漕臺會次, 得借一言之重, 使獲區區牧養之志, 不勝幸甚! 郡縣非得使家相知聞, 相假借, 則吏文之能掣肘者多矣, 切幸介念.

汪長林眞愛民如子, 近有奸民楊汝翼‧方九成者, 嗾其黨類十餘人, 擁帥庭, 訴其虐民. 詞中有云: "欲訴本軍, 又恐知軍刪定太慈. 若只送縣, 愈起讐民之意." 某在此, 初未嘗以姑息從事, 猾吏奸民爲柔良害者, 屢繩治之矣. 單辭虛僞, 或不待兩造而得其情. 尋問根本, 與之反覆, 頃刻之間有姦露辭屈, 伏罪而去者. 區區於此, 自謂有一日之長. 訟爭之少, 盜賊之衰, 殆亦以此. 愚民但見械答塵委, 試用希闊, 往往有慈仁之說. 其姦黠駔儈者實有所憚, 且惡其不便於己, 他未有可以中傷, 且倡和其間, 加大慈等語, 以爲媒孽之地. 帥庭之訟, 此其驗也. 帥方禱雨未應, 此輩乘時投辭. 帥舊知長林, 方得書稱歎其美, 見規某不能拈出此牒, 尋至亦不能不疑, 觀其判辭, 不止於疑, 遂至盛怒. 章丈賢甚, 某卽以書解之, 渙若冰釋, 此等尤令人敬服. 王謙仲在隆興時, 曾傳聞一事, 卽以書告之, 政與此相類, 謾錄往一觀, 此等亦不可不知也. 後見謙仲報書云, 果有是事, 但所判甚平, 却不至於長奸也.

此間號民淳, 但細民淳耳, 至其豪猾, 則尤陸梁於江‧浙也. 因筆不覺切切.

권 17

장 감사에게 보내는 편지

與張監

제가 어제와 마찬가지로 직책을 다하고 있는 것은 모두 크나 큰 비호 덕분입니다. 자성(子城) 토목공사는 해가 바뀌기 전에 일을 마쳤으나, 동북쪽을 둘러쌓는 일을 미처 완성하기도 전에 벽돌이 벌써 떨어졌습니다. 일전에 조대(漕臺)를 통해 매명은(買名銀)을 쓰겠다는 청을 직접 올렸는데, 지금 시도하고 있는 중이니 소식을 듣게 되거든 일일이 아뢰겠습니다. 조정 신하의 서신을 통해 말씀 한 마디라도 내려올 수 있기를 다시금 바랍니다. 이 일이 완성되면 변방 성의 기세가 장엄해질 것이고, 상평창고가 베게 위에 놓인 듯 편안해 질 터이라 반드시 유념해주시리라 믿습니다.

작년 겨울에는 비가 적었는데, 다행히 이곳에는 눈에 퍽 많이 내려 지금 보리가 무성히 자랐습니다. 그러나 정월 말에 또 한 차례 약한 눈이 내린 후로 근래 들어 도통 비가 오지 않아 밭의 채소들이 다 말라버렸고, 높은 곳에 있는 밭도 물이 있어야 농사를 지을 수 있어서 염려하지 않을 수 없습니다. 작년 겨울에 집에서 보낸 편지를 받아보았는데, 강동과 강서에서 추수한 벼들에 죽정이가 많아, 많은 백성들이 유랑민이 되어 떠나갔다고 합니다. 여기는 그런 우환은 없어서 다들 즐겁게 살고 있습니다. 다만 백성들로부터 사들인 곡식과 세금으로 걷은 쌀이 평년만 못해서 분명 식량이 감소하지 않을 수 없을 것입니다. 다만 사람들이 느끼지 못할 뿐이지요. 상세(商稅)와 각고(榷酤)[1]도 이전만 못한데, 이웃 군(郡)에 슬쩍 물어보니 종종 같은 대답을 하더군요.

　자세히 비교해보니 십 수 년 동안 모든 일이 대체적으로 더욱 어려워가고 있습니다. 『주역』에서 말하길, "궁하면 변하고 변하면 통하고 통하면 오래간다. 이런 까닭에 하늘이 스스로 보우하니 이롭지 않음이 없다."[2]고 하였습니다. '변하면 통한다.'는 것에는 반드시 그 길이 있을 것입니다. 반드시 가르침을 내려주시기를 바라옵니다.

　감히 장황한 인사말로만 기사(記史) 어른을 더럽힐 수 없었으니, 밝히 용서해주시리라 믿습니다.

　某效職如昨, 皆依大庇. 子城土工歲前畢事, 包砌東北一隅猶未周浹, 見甎已盡. 鄕蒙臺旨, 令自致買名銀之請, 今方圖之, 俟得消息, 當逐一稟聞也. 通廟堂朝士書, 更望一言之賜. 此事之就, 可壯邊城之勢. 常平倉庫如在枕上矣, 計必蒙垂念也.

　去冬少雨, 此間幸得雪頗大, 麥今甚秀. 正月尾又得薄雪, 比來殊未有雨意, 園蔬甚渴, 高田亦需水而耕, 不無可慮者. 去冬得家書, 謂江東西秋獲稻皆虛耗, 民多流移. 此間却無是患, 自今皆熙熙. 但和糴與租米亦皆不如常歲, 以此知米穀不能無耗折, 但人不覺耳. 商稅榷酤, 皆虧於往時, 稍詢旁郡, 往往皆如此.

　凡事自十數年來, 細校之, 大抵益難. 『易』曰: "窮則變, 變則通, 通則久. 是以自天佑之, 吉無不利." 所謂'變而通'之者, 必有其道. 斷願承敎.

　不敢爲累牘之禮以瀆記史, 當蒙亮恕.

---

1) 榷沽, 榷酒酤 혹은 榷酒, 酒榷 등으로 표현한다. 한나라 이후로 정부에서 시행해온 술 전매제도를 가리킨다.
2) 『周易』「繫辭下」.

두 번째 편지

二

　얼마 전 보내오신 서한을 받들고 보니 풍모에 위엄이 가득했기에, 세 번을 거듭 읽고 난 후 더욱 깊은 탄식이 나왔습니다. "노나라에서 악정자(樂正子)를 정(政)으로 삼으려 하자 맹자는 '내 그 말을 듣고 너무 기뻐 잠을 이루지 못했다.'고 말했다."[3] 맹자께서 기뻐하신 까닭은 장차 임금이 그 이로움을 볼 것이요, 백성이 그 은택을 입을 것이요, 도가 장차 세상에 행해질 것이기 때문이었습니다. 일전에 제가 기쁨을 표했던 편지를 저는 감히 여기에 견주고자 합니다. 이로써 외물이 현자를 어찌할 수 없다는 것을 잘 알 수 있습니다.

　귀정인(歸正人)[4] 이신(伊信)이라는 자가 일찍이 관아 뜰에 이르렀기에 어진 감사(監司)께서 성조의 은덕을 널리 베푸시는 뜻으로 깨우쳐주었습니다. 또 그의 의복이 남루한 것을 보고 조금이나마 구휼해 주었더니 이제는 더 이상 비명을 지르지 않습니다. 그와 비슷한 무리가 두세 명 더 있는데, 아마도 앞뒤로 도움을 구하고자 차례로 들어올 것입니다.

　공무로 인해 중원으로 나갔다가 이곳에 들렸을 때 마침 사정을 고해오는 자가 있었는데, 바로 장림(長林) 관부에 속한 화공이었습니

---

3) 『孟子』「告子下」.
4) 송나라 때는 외국으로 흘러들어가 살다가 본국으로 귀환한 사람을 '귀정인'이라 불렀다. 주로 남송 때 거란에게 함락된 북방에 살다가 남쪽으로 귀화해온 사람을 폄하하여 부르던 호칭이다.

다. 후에 그는 이치가 막힌다는 것을 스스로 알고 다시 숨어 달아났지만, 저는 그 뒤를 급박히 쫓지 않고 개과천선할 길을 열어주고자 하였습니다. 근자에 그가 출두하였기에 이치로써 깨우치고, 당양(當陽)에 명령을 내려 그 형수와 함께 논밭 너머 지역으로 가게 하였습니다. 조만간 그 상세한 상황에 대해 보고하겠습니다.

문서 장부가 내버려진 채 있는 것은 관부의 통상적인 병폐인데, 요즘 편벽한 지방에서는 장부를 소홀히 여기기가 유난히 심한 탓에 공사 문서 모두 살펴 고찰하기가 어렵습니다. 지금까지 군의 공안(公案)들은 오직 군자고(軍資庫)에 보관할 뿐이며, 그 사이 가각고(架閣庫)5)를 설치한 바 있으나 성문 규정이 전혀 없어 거의 쓸모없는 논의가 되어버렸습니다. 근자에 여러 문안들을 군자고로 가져가 그 안의 내용들을 검사한 다음 가각고에 보관하게 하였는데, 그렇게 하자 기록에 올라가지 못했던 내용들을 거의 모두 찾아 고증할 수 있게 되었습니다. 작년 가을 이래의 문안들은 하나도 빠뜨리지 못하게 하였습니다.

사대(使臺)에서 찾고 있는 굴언성(屈彦誠) 문안은 이미 오래 전에 발송하였습니다. 뒤 이어 찾으신 훼손된 공거(公據)6)와 단유(斷由)7)

---

5) 송나라 때 각급 국가기관에 설치되어 잇던 문서 보관용 건물이다. 처음에는 中書省, 門下省, 尙書省의 架閣庫에서 황제의 詔令, 制書 및 기타 공문서를 보관했는데, 徽宗 때에 吏部에도 架閣庫를 두면서 각 部에 모두 설치했다. 지방의 架閣庫는 江南西路에 설치되어 있었다.
6) 公據는 관부에서 보관하고 있는 증거를 말한다.
7) 송나라 때 '斷由'는 관부에서 '健訟' 및 특정 인물을 겨냥한 소송을 방지하기 위해 제공한 일종의 문서 증거, 증빙자료적 성격을 지닌다. '斷由'는 '健訟' 및 '妄訟'의 풍기를 억제하여 사법의 효율성을 높이고, 관리의 심판 행위를 규제하는 등의 역할을 하였다.

의 경우, 저는 현에서 봉해온 것을 한 번도 열어보지 않았던지라 있는지 없는지 몰랐습니다. 이에 속히 현의 서리들을 불러 물어보았으나 과연 거기에 없었습니다. 어서 수색해보도록 독촉하였으나 며칠이 지나도록 찾지 못하였기에 설량(薛諒)과 유습(劉習)을 추문했습니다. 설량은 늙고 병들어 지팡이를 짚은 채 출두한 터라 가마에 태워 데려와야만 했습니다. 유습은 스스로 이 일과 전혀 관련 없다고 진술하였습니다. 설량 또한 말하기를, 돌이켜보니 굴 씨의 공거와 단유를 다시 추궁했을 당시 이정(里正)은 오문해(吳文海)였지 유습이 아니었다고 했습니다. 후에 오문해를 찾아냈을 때도 역시나 같은 말을 했으나, 당시 그 안건은 이미 관부에서 찾아내 가지고 있었다고 말했습니다. 설량도 "당시 공거와 단유는 이미 문안에 부록되어 있었습니다. 지금 사라졌다면 문안 안에서 유실되었을 것"이라고 말했습니다. 장림에서는 일이 이렇게 된 것을 보고 거듭 사람을 내보내 현의 서리들을 직접 감시하였고, 서가를 뒤엎어 수색한 끝에 단유 하나를 찾아내었는데, 상황은 살필 수 있게 되었으나 공거는 끝내 찾지 못하였습니다. 지금 단유를 보내드립니다. [설량과 유습 등] 한두 사람 모두 자신의 책임임을 알고서 명을 기다리고 있으니, 만약 재판에 큰 방해가 되지 않는 한 이들을 풀어주신다면, 크나 큰 행운이겠나이다!

근래 들어 소송 문건이 더욱 적어져 열흘 동안 없기도 하고, 한 달로 계산해보아도 두세 장밖엔 되지 않습니다. 다만 몇 년 간 쌓인 소송 중에 아직 해결되지 않은 것이 여섯 일곱 사건 정도 됩니다. 요 며칠 동안 세 가지를 해결하였으니, 이 추세라면 더 이상 일어나지 않을 듯합니다. 기영(蘄榮)과 굴언성 두 사건만은 조만간 반드시 해결해야 합니다. 나머지 두 사건도 이치로써 깨우쳐 스스로 화해하도록 하겠으나, 능히 따를 수 있을지 모르겠습니다. 이 일 또한 열흘 정도면 판결날 것입니다.

과사절(過社節)[8]이 되니 몇 번이나 비가 내려 높은 곳에 위치한 밭도 경작이 가능해졌습니다. 매번 밤이면 비가 많이 내리는데, 농부들은 이를 풍년의 징조라고 점 치고 있지만 과연 맞을지 모르겠습니다.

이곳에는 평상시 도적이 많았는데 지금은 완전히 없어졌고, 있다 하더라도 그 즉시 체포됩니다. 예전에 잡아들이지 못한 도적 둘이 있었는데, 지금의 순위(巡尉)들은 모두 후임자들이고, 헌대(憲臺)에서 보내오는 독촉 문건도 이미 옛날 것을 그대로 베껴온 지 오래입니다. 그러다 근자에 압송해 잡아들이라는 문서가 도착했는데, 그 내용이 매우 준엄하였습니다. 이 두 도적은 당시 이미 멀리 도망쳤기 때문에 지금에 와서 도저히 잡아들일 방도가 없습니다. 당시 순위들도 이미 직책으로부터 도망쳐, 일을 그만두고 떠난 지 오래입니다. 지금 있는 순위도 한 명은 장차 임기가 다해가고, 한 명은 문서 살피는 일을 맡은 자이니, 그들에게 갑자기 전임자가 잡아들이지 못한 도적의 책임을 물어 이와 같은 이첩을 보내는 것은 온당한 처사가 아닌 듯싶습니다. 평소 이곳에서 해악을 끼치던 도적들은 지금 이미 다 체포했습니다. 도적질을 할 수 있는 자와 도적들이 늘 머무는 집은 여기 비밀문서에 적어두었으니, 만일 도적이 있다면 잡지 못할 리 없습니다. 평상시 길에서 강도짓을 하던 자 둘을 근자에 잡아들여, 하나는 유배 보내고 하나는 옥에 가두었습니다. 예전에 당양 경내에 예닐곱 무리가 사람들의 돈을 빼앗고 깊은 숲에 묶어 둔 다음 떠나간다는 보고가

---

8) 토지신에게 제사지내는 날을 말한다. 봄에는 토지신께 오곡이 풍성하게 익을 것을 기원하는데, 송나라 때는 입춘 후 다섯 번째 戊日을 社日로 삼아 그날 제사를 올렸다.

들어왔는데, 그들도 모두 유배 보냈습니다. 지금 도적이 없는 이유는 모두 이 덕분입니다. 그런데도 헌대에서는 이 문안을 반박해 내려 보내면서 이를 조사, 판결할 것을 명령하는데, 그 반박한 내용을 분석해 보면 도리라곤 없습니다. 얼마 전 판결관이 제출한 분석의 문장이 매우 조리 있었습니다. 지금 대충 베껴 보내드리오니, 한번 읽어봐 주신다면 크나 큰 행운이겠습니다!

또 한 명의 큰 죄인이 있습니다. 그의 죄는 제가 부임하기 전에 저지른 것이었습니다. 이곳에 부임한지 얼마 되지 않았을 때 누군가가 고소장을 제출했는데, [보았더니] 바로 살해된 자의 가족이었습니다. 당시는 당양에서 걸린 송사의 죄수 심판이 끝나지 않은 상황이었는데, 그들이 제출한 문건을 보았더니 걸핏하면 소송을 거는 자들임을 알 수 있었습니다. 얼마 후 들어보니 과연 아무 죄상이라곤 없는 사람인데도 [저들이] 끝도 없이 송사 걸기를 즐기는 통에 처벌 받은 일이 자주 있다고 하였습니다. 이에 대한 판결을 당양현으로 넘기면서, 공정하게 진상을 모조리 살펴 심판하되 조금이라도 거칠게 처리하지 말 것을 명령하였습니다. 마침 심(沈) 현재가 군에 있었기에 저는 늘 문장 중 소송과 관련된 부분을 뽑아 심 현재와 더불어 반복, 의논해 보았습니다. 심 현재가 말하길, 큰 죄인이 옥에 있으니 오직 진상만을 알아내야 할 뿐, 넣어도 빼어도 안 될 터, 이 일은 서리 손에 맡기지 않고 자신이 직접 따져 살필 것이라고 하였습니다. 심 현재가 차례대로 설명한 사건의 본말을 보니, 과연 한 군데도 대충 처리하지 않았습니다. 안건을 본 군(軍)으로 보내오자 군의 해당 관청에서는 여전히 미진한 부분을 더욱 파고들어 연구한 다음, 현의 서리들이 판결하여 발송한 내용을 추급하여 심의한 후 지금 웃전에 품고하였습니다. 걸핏하면 소송을 거는 자들은 헌사(憲使)가 이르자마자 헌대(憲

臺)에 고소장을 제출했습니다. 그들이 고소장을 제출한 날을 계산해 보니 이곳에서 웃전에 품고한 뒤였습니다. 헌대에서 안건을 찾았으나, 이미 위에 올려 먼저 법에 의해 처리된 뒤였습니다. 하지만 기왕에 안건을 찾으니 보내드릴 수밖에 없었습니다. 지난달에야 고소장을 찾아 다시 사리원(司理院)으로 보냈으나, [헌대에서는] 이미 전담자가 안건을 판정한 후에 선고했다고 말했습니다. 그러나 안건은 지금까지 도착하지 않고 있으며, 사리원 또한 밝히 조사할 방도가 없습니다. 본 군에서는 앞뒤로 두 번이나 품고하였습니다. 후에 올린 것은 [답이] 이미 내려온 지 오래이거늘, 이 안건만은 아직도 내려오지 않고 있습니다. 혹 헌대에서 그 사이에 의심을 품고 위에 아뢴 것일까요? 이 일의 본말은 매우 상세합니다. 당시 헌대에서 그 글과 의심스러운 부분만 본 군에 명을 내려 일일이 분석하게 하였다면 그 사건을 말끔히 해결되었을 것입니다. 그러니 형옥이 이처럼 지체되고 있는 것은 모두 헌대의 책임입니다. 그 죄수는 이미 교수형에 처하도록 판결이 나있는 상태이나, 살인의 증좌가 없으니 나라에 상주하여 재결해야 할 것입니다. 설사 별감(別勘)[9]을 진행하는 한이 있더라도 그 죄상과 형벌을 더하는 일이 있어서는 안 될 것입니다.

장(張) 어르신은 노련한 선배이시며, 근자에 향리에서 구강(九江)에 들리셨을 적에 자주 모시고 연회를 가졌으니, 저를 곤란하게 할 마음은 아마도 없으실 것입니다. 근자에 제가 수소문해보니 지금 헌대의 법사(法司)로 있는 황량(黃亮)이라는 자는 이곳의 하급 관리인

---

9) 송나라 때는 죄인의 진술을 매우 중히 여겨서 소송 중에 죄인이 처음에 했던 진술을 번복할 시, 그 사안이 중대하다 판단되면 다른 법관 혹은 다른 사법기관에 의뢰하여 재심을 진행하게 하였는데, 이를 일러 別勘이라 한다.

데, 징 태수가 왕 태수를 곤경에 처하게 하였을 때 그다지 권력이 세지는 않았습니다. 지금 듣자니 공목(孔目)10) 이하 그와 사이가 벌어진 사람들이 아주 많다고 합니다. 혹 그 자가 이 때문에 사적인 원한을 갚고자 한 것이 아닐까 여겨집니다. 만약 이런 상황이 벌어진 것이라면, 첨청관(簽廳官)11)과 검법관이 오직 황량의 말만 따른 셈이 됩니다. 장 어르신에게 본래 편지를 보내고 싶었으나 살피실 겨를이 없을까 저어되니, 감히 바라건대 무거운 한 마디 말씀을 빌려 알선해주실 수 있다면 큰 행운이겠나이다! 일전에 장 어르신께서 제게 공차(公箚)를 보내 인재를 물어왔는데, 저는 두 현재(縣宰)와 교관(教官)을 천거하였습니다. 심 아무개를 수령으로 삼고, 저를 지방관으로 뽑아주신 데 대해서 억울하신 마음이 없지 않으실 것입니다. 장 노인장께서 모든 일을 직접 전할 수는 없나니, 도리어 의심을 살까 두려워서입니다. 간관(幹官)12)과 검법관이 어떤 인품을 지닌 사람인지 모르겠습니다. 저를 도와 알선해주실 수 있다면 좋습니다.

사랑해주심만 믿고 함부로 어르신을 더럽혔기에, 살펴 용서해주시기를 엎드려 바라옵니다.

屬承手翰, 風誼凜然, 三復之餘, 益深降歎. "魯欲使樂正子爲政, 孟子曰: '吾聞之, 喜而不寐.'" 孟子所喜, 亦曰君將蒙其益, 民將被其澤, 道將行於時而已. 某前日贊喜之牘, 竊自附於此. 固知外物不足爲賢者

---

10) 관아에서 일하던 고급 관리이다. 주로 송사나 帳目, 인원 파견 등의 사무를 맡아 보았다.
11) 簽廳은 송나라 때 관서 이름이다. 즉 簽書判官廳을 말하며, 그 곳의 관리가 첨청관이다. 안건 심사에 올리는 문안을 관리한다.
12) 염철이나 酒酤稅 등 재정 관련 일을 맡은 관리를 말한다.

輕重也.

歸正人伊信者, 常至庭, 備諭以賢監司宣布聖朝恩德之意, 見其衣服
藍縷, 因得贐之, 今不復叫呼矣. 其類有二三人, 相次陳乞, 計次第關
聞也.

使華過此, 時有一陳狀者, 乃長林係官畫匠. 後自知理曲, 復藏避,
不欲追追, 以開其自新之路. 近方出頭, 喩之以理, 令下當陽, 與其嫂
行踏田界, 且晚卽申聞其詳.

簿書捐絶, 官府通弊, 是間僻左, 忽略尤甚, 公私文書, 類難稽考. 鄉
來郡中公案, 只寄收軍資庫中, 間嘗置架閣庫, 元無成規, 殆爲虛說.
近方令諸案, 就軍資庫各檢尋本案文字, 收附架閣庫, 隨在亡登諸其
籍, 庶有稽考. 若去秋以來, 文案全不容漏脫矣.

使臺所索屈彥誠公案, 申發已久. 續索所毀公據·斷由, 以不曾啓縣
封, 不知在不, 尋呼縣吏問之, 果不在其中, 責令搜求, 累日不得. 卽追
薛諒·劉習問之. 薛諒老病, 扶杖出頭, 勢必擡輿而後可前. 劉習自陳
初不與事. 薛諒亦云省追屈氏公據·斷由時, 里正是吳文海, 非是劉
習. 後追到吳文海, 果無異辭, 然謂當時已追到官. 薛諒亦云: "省憶得
當時二文公據斷由, 皆已附案, 今若不在, 乃是案中漏失." 長林見其事
如此, 重於發人, 親監縣吏, 倒架搜尋, 得斷由一截, 然情理尙可考, 公
據則竟不在. 今且發斷由去. 一二人皆知責俟命, 若不妨裁斷, 得免解
其人, 尤幸!

比來訟牒益寡, 有無以旬計, 終月計之, 不過二三紙. 第積年之訟,
尙有六七事未竟. 此數日已決三事, 勢不復起矣. 如蘄榮·屈彥誠二
事, 且莫必決. 餘二事亦皆諭之以理, 使自和解, 未知能從否. 要亦在
旬日當決.

過社節來, 屢得雨, 高田皆可耕. 每多夜雨, 農者之占, 以爲必稔, 未
知果驗否.

此間平時多盜, 今乃絶無, 有則立獲. 前政有二盜未獲, 今巡守亦皆

是後任者. 憲臺督責常文, 久已因循, 近乃押至, 其辭加峻. 此盜在當時, 卽已遠逃, 今固無可得之理. 當時巡尉, 已逃責罷去久矣. 今巡尉一人且將滿, 一人且書考矣, 一旦責以前任不可得之賊, 行移如此, 似亦非宜. 此間平時爲害之盜, 今盡捕獲. 能爲盜之人與常停盜之家, 皆以密籍在此, 苟有盜, 亦不容不獲也. 平時剝奪於道路者, 近獲二人, 已斷配一人, 一人見在獄. 鄉來禀聞當陽界內, 有六七輩打奪人錢物, 縛之於深林中而去者, 皆已斷配. 今日之無盜, 大抵以此. 憲臺輒駁下此案, 令檢斷去, 析其所駁之說無道理. 比間檢斷官具析之文, 條理粲然, 謾令錄呈, 得一過目, 幸甚!

又有大囚, 其犯乃在某未到任時. 到此未久, 卽見一人來投牒, 乃被人殺之家, 訟當陽勘囚情節未盡, 觀其辭, 卽知其爲健訟者. 已而聞之, 果無狀之人, 以好訟不已, 常遭徒刑矣. 卽判送當陽縣, 令從公盡情根勘, 不得稍有鹵莽. 沈宰亦在郡, 某亦常摘其詞中所訟與相反覆. 沈宰謂大囚在獄, 只得盡情, 出入皆不可, 其事皆親自研勘, 不在吏手. 觀沈宰序說本末, 果皆不苟. 及其解本軍, 軍院猶研究有節目未盡者, 竟追縣吏斷遣, 今奏案上矣. 健訟之人, 自憲使之至, 卽投牒於憲臺. 計其投牒之日, 乃在此間奏上之後. 憲臺遂索案, 比旣奏, 又先申憲矣. 然旣索案, 只合發往. 前月方得牒改送司理院, 且言已專人發案下. 然其案逮今未至, 司理院亦無從照勘. 本軍相尋有兩奏案, 一後奏者下已久矣, 此案獨未下, 豈憲臺致疑於其間, 以上聞也. 此事本末甚詳, 當時憲臺但以其詞與所疑令本軍具析, 則其事渙然矣. 刑獄淹延, 亦憲臺之任. 其囚已於絞刑上定斷, 獨以殺人無證, 法當奏裁. 縱令別勘, 其情與其刑皆不能有所加.

張丈老成前輩, 近自鄉里過九江時亦常侍尊俎, 未必有心相困. 近物色之, 乃今憲臺法司黃亮者, 乃此間人吏. 鄭守寶王守之時, 此人多不用事. 今聞自孔目已下, 多與之有隙. 或謂其人爲此以報私怨. 萬一出此, 所簽廳官與檢法官, 亦唯黃亮是聽而已. 張丈前輩, 某本欲作書,又恐不暇省錄, 敢借一言之重以調護之, 幸甚! 鄕來張丈有公箚問人材, 某常以兩縣宰與敎官爲對. 以沈爲宰, 某備員守臣, 莫不至甚有冤濫也. 張丈尊年, 諸事未可直致, 恐反致疑也. 幹官檢法者, 不知何等人品? 幸有以調護之. 恃契愛冗瀆, 伏幸恕察.

풍숙고에게 보내는 편지
與豊叔賈

　　저는 어리석고 거칠어 샘물과 바위틈에 거하는 것이 가장 적합하건만, 한번 떠나 관리가 되어 잘 하지도 못하는 일을 억지로 하고 있으며, 그만두고 싶어도 그러지도 못하고 있습니다. 예전에 형문군(荊門郡)에 관해 듣고 그다지 궁색한 곳은 아닐 것이라 생각했는데, 이곳에 와서 보니 소문과 매우 달랐습니다. 작디 작은 성이건만, 해마다 빈번이 영접하고 전송하느라 버티기조차 힘들 것 같고, 강역이 비록 약간 넓은 편이라고는 하나 산은 헐벗었고 밭은 황폐하며, 사람 발자취도 드물고 호구(戶口)는 강(江)·절(浙)의 작은 현에도 미치지 못합니다. 처음 도착했을 적에 함부로 자성(子城) 쌓는 일을 시작했는데, 다행히 이제 거의 끝나갑니다. 봄에는 관사에 불이 나, 새로 짓지 않으면 안 됩니다. 관부에 딸린 정자나 집들도 햇수로는 모두 오래되지 않았으나 그동안 차츰 무너져 내려 거의 지탱하지 못할 형국인지라 그 때 그 때 보수해가며 써야만 합니다. 관리 노릇하는 데도 익숙하지 못한데, 이처럼 궁핍한 때를 만난 데다 갖가지 공사마저 진행해야 합니다. 올해는 한강(漢江)과 민강(岷江)이 큰 비도 안 왔는데 갑자기 흘러 넘쳐 물가 아래 지역이 몹시 큰 피해를 입었습니다. 동료들에게 사방으로 나가 조사해보고 오라고 맡긴 다음, 실정에 따라 세금을 감면해주었더니 해마다 걷는 정상 세금이 절반이나 줄었습니다. 참으로 어떻게 뒷처리를 해야 할지 모르겠기에, 굽어 살피시어 도움의 손길을 주실 수 있을는지, 어르신께 바라고 있습니다. 제발

아끼지 말아주시기 바랍니다!

　某迂疏, 置之泉石間甚宜, 一行作吏, 强其所劣, 欲罷不能. 前者所
聞荊門郡, 計不至窘束, 至此大異所聞. 蕞爾小壘, 頻歲迎送, 勢不能
堪. 疆土雖稍廣闊, 然山童田蕪, 人踵希少, 戶口不能當江·浙小縣. 始
至, 妄意創築子城, 今幸向畢. 春間廨舍適有回祿之災, 不容不新之.
在官亭宇, 以數政皆不久, 積壞幾不可支, 吾只得隨宜修葺. 不習於吏,
當此匱乏, 重以百役. 今歲漢江·岷江皆無雨暴溢, 瀕水下地, 所傷甚
多. 分委同官, 四出檢視, 從實與之蠲租, 常賦殆虧其半, 廩焉未知所
以善後, 倘有以督而振扳之, 是所望於長者, 唯無愛是幸!

등문범에게 보내는 편지
與鄧文範

　내가 이곳에 있는 동안 사인과 백성들이 서로 편안히 지내고, 하는 일에도 큰 차질이 생기지 않았지만, 2월 9일 밤에 불이 나 큰 집채 십여 칸이 순식간에 잿더미로 변하고, 개인의 거처에 있던 짐들도 거의 다 망실될 뻔하였습니다. 다행히 관부까지 불길이 미치지는 않아서 문서와 인장 등은 조금의 손실도 입지 않았습니다. 식구들도 일시에 크게 놀라지는 않았으나, 일이 지나간 후에 자세히 살펴본 후 비로소 놀라움과 두려움이 일어 열흘이 지나서야 안정되었습니다. 그러나 보통 사람들의 마음과 비교해볼 때는 또한 차이가 있습니다. 아들 지지(持之)와 순지(循之), 그리고 질손 준(濬)이 불이 났을 때 퍽이나 큰 역량을 보여주었으니, 훗날 혹 기대를 걸어볼 만 한 것 같습니다. 다만 이 두 아이는 아직 배움에 나아가고자 하지 않습니다.

　근자에 밭에 물이 부족해 몽천산(蒙泉山) 꼭대기에 올라 비를 빌었더니 뚜렷한 응험을 보였습니다. [그때 제가 지은] 세 편의 축문(祝文)은 설(薛) 조운사의 처소에 있습니다.

　이곳 민생은 날로 편안해지고 있으며, 사인들 중에는 배움에 나아가고자 하는 자들이 있습니다. 군(郡)에는 도망친 병졸이 없고 경내에는 도적이 거의 없으며, 있더라도 그 즉시 잡아들입니다. 송사가 열흘 넘게 없기도 합니다. 그러나 태수에게는 한가로울 틈이 없습니다. 이곳에는 몇 년 동안 누적된 송사가 남아있는데, 하나 같이 어지럽게 얽혀있으며, 외부 군의 송사도 제사(諸司)13)에서 때로 이곳으로

보내옵니다. 거기다 성을 쌓고 집을 짓는 공사까지 해야 하는데, 몇
년이나 이어진 [관리들의] 전송과 영접으로 재정이 텅 비어있는지라,
이를 마련하느라 퍽이나 힘듭니다. 근자에는 상세(商稅)에 부족한 금
액이 너무도 많아서 스스로 해결해보았더니 어느새 세수(稅收)가 늘
어났습니다. 이에 하지 못할 일이란 없다는 사실을 알게 되었습니다.
처음 이곳에 이르자마자 호적 편제를 정비했는데, 도적이 적어진 것
은 대부분 그 덕분이었습니다. 근자에 갑자가 도적 아홉이 나타나 남
쪽 경내 마을의 연언사(軟堰寺) 장생고(長生庫)를 털었으나, 새벽녘
에 연화대(煙火隊)에게 체포되었습니다. 적들 중 하나를 죽이고 아홉
을 생포하였는데, 모두 용맹하고 사나운 도적이었습니다. 의용군 이
외에 연화대도 요즘은 퍽 믿을 만합니다.

  여러 가지 일들에 관해서는 설(薛) 조운사가 말해줄 수 있을 것입
니다. 바삐 이 편지를 보내니, 후에 다시 편지 하겠습니다.

  某在此, 士民日相安, 所爲不至齟齬. 第二月九日之夜, 宅堂有回祿
之災, 大屋十餘間, 頃刻成燼, 私居行李幾爲一空, 幸不曾延燒官府, 文
書印記等, 無毫髮損失. 骨肉間一時不至甚驚恐, 過後循省, 乃生驚怖,
旬日乃定, 然比之常人之情相去亦遠. 持·循二子與姪孫濬, 當火起
時, 頗見力量, 他日或可望, 第目今二子終未肯進學耳.

  近以田間缺水, 登蒙泉山頂禱雨, 靈應甚著, 三祝文薛漕處有之.

  是間民益相安, 士人亦有向學者, 郡無逃卒, 境內盜賊絶少, 有則立
獲, 訟牒有無以旬計. 然太守自無暇, 此間有積年之訟, 皆盤錯, 外郡

---

13) 諸司는 각 部院에 속하지 않은 司를 말하는데, 주로 通政司와 行人司를 가리
   킨다. 通政司는 공문의 전달과 공지를 담당하며, 行人司는 지방에 내려가 詔諭
   를 반포하는 일을 담당한다.

之訟, 諸司亦時遣至此. 又有築城造屋之役, 適連年送迎之後, 計財匱乏, 頗費調度. 近以商稅虧額之甚, 遂自料理, 頓有增羨, 乃知事無不可爲者. 始至卽修煙火保伍, 賊盜之少, 多賴其力. 近忽有刼盜九人, 刼南境村中軟堰寺長生庫, 遲明爲煙火隊所捕. 敵殺一人, 生擒九人, 皆勇悍之盜. 義勇之外, 煙火隊今亦可恃. 凡事薛漕必能言之. 凌遽遣此, 更須續致.

치정 형에게 보내는 편지
與致政兄

　제가 못나고 둔하고 불민하다는 것을 저 스스로인들 어찌 모르겠습니까? 그러나 만물에는 각각의 장점과 각각의 단점이 있습니다. 깊이 생각하고 힘껏 사고하여 사리의 정밀함을 추구하고, 밝디 밝아 어두워지지 않고 확연히 굳세어 흔들리지 않는 경지에 나아가는 일이라면, 감히 제게 남을 능가하는 장점이 있다고 믿습니다. 집에 보낸 편지에 상세히 썼던 저 자신에 관한 이야기는 자랑을 하고자 함이 아니라 이로써 사실을 어르신께 전달하고자 했을 뿐입니다.

　저는 늘 삼대(三代) 이래로 당(唐)·우(虞)·삼대의 유풍을 간직한 사람은 오직 한나라 조충국(趙充國) 한 사람 뿐이라고 말해왔습니다. 선제(宣帝)가 "누구를 부릴 만한가?"라고 묻자 조충국은 "노신을 따라갈 자가 없습니다."라고 답했습니다. 그의 식객이 공을 조정과 여러 신하들에게 돌리라고 권하자 그는 "전쟁에서의 이해(利害)는 후세의 법이 될 것이다. 노신이 어찌 일시의 공로를 자랑한다는 혐의를 피하고자 명주(明主)를 속일 수 있겠는가!"[14]라고 말했습니다. 고요(皐陶)

---

14) 『漢書』 권69 「趙充國傳」에 나오는 내용이다. 내용에 약간의 출입이 있다. 『한서』 본문에는 "당시 조충국은 나이가 일흔이 넘었기에 주상이 그를 연로하게 여겨 어사대부 병길로 하여금 장수를 맡을 만한 인물이 누구인지 물어보게 하였다. 이에 조충국은 '노신을 넘어설 자가 없다.'고 말했다.(時充國年七十餘, 上老之, 使御史大夫丙吉問誰可將者, 充國對曰, '亡逾于老臣矣.)" "가까이 지내던 호성사가 조충국에게 말했다. '사람들은 강족을 무찌르고 출격하여 저들의

는 "짐의 말이 반드시 시행될 수 있는가?"[15]라고 말했고, 우(禹)는 "내가 직과 함께 파종하여 어렵게 농사지은 음식과 날고기를 모두 올리니, 백성이 곡식을 먹어 만방이 다스려졌다."라고 하였으며, "나는 아홉 내를 터서 바다에 이르게 하였고, 밭도랑과 봇도랑을 깊게 파서 내에 이르게 하였다."[16]라고 하였습니다. 또 "저는 이와 같음을 교훈삼아 도산씨에게 장가갔지만, 신일·임일·계일·갑일을 지내고 아들 계가 고고히 우는데도 자식처럼 사랑하지 못하고, 오직 크게 토공을 헤아려 오복을 보필하여 이루었습니다."[17]라고 하였습니다. 기[夔]

수급을 베고 항복을 얻었으며, 저들은 이로써 무너졌습니다. 식자들은 저들이 곤경에 처했으나 병사를 내보내지 않아도 스스로 복종할 것이라고 말합니다. 장군께서는 황제를 알현하시거든 공을 출격한 두 장군에게 돌리시고 저는 그들에게 미칠 바가 못 된다고 하셔야 합니다. 그래야 장군의 계획이 실패하지 않습니다.' 그러나 조충국은 '나는 이미 늙었고 관작도 이미 높다. 내 어찌 일시의 공로를 자랑한다는 혐의 때문에 명주를 속일 수 있겠는가? 전쟁이란 나라의 큰 일이며 후세의 법도가 될 것이다. 내가 이 남은 목숨으로 폐하를 위해 전쟁의 이해를 말하지 않는다면, 어느날 갑자기 죽을 시 누가 그 말을 해주겠느냐?' 그리고는 자신의 뜻대로 고하였다.(所善浩星賜迎說充國曰, '衆人皆以破羌, 强弩出擊, 多斬首獲降, 虜以破壞, 然有識者以爲虜勢窮困, 兵雖不出, 必自服矣. 將軍卽見, 宜歸功于二將軍出擊, 非愚臣所及. 如此將軍計未失也.' 充國曰, '吾年老矣, 爵位已極, 豈嫌伐一時事以欺明主哉! 兵勢, 國之大事, 當爲後法, 老臣不以餘命一爲陛下明言兵之利害, 卒死, 誰當復言之者?' 卒以其意對.)"

15) 『尙書』「皐陶謨」.
16) 『尙書』「益稷」. 『상서』의 원문은 "우가 말하기를, ……'저는 아홉 내의 물길을 터서 사해에 이르도록 하였으며, 밭도랑과 봇도랑을 깊게 파서 내에 이르게 하였고, 직과 함께 파종하여 어렵게 농사지은 음식과 날고기를 모두 올리고, 힘써 있는 것을 없는 곳에 옮겨서 쌓아둔 것을 바꾸게 하니, 많은 백성들이 곡식을 먹어서 만방이 다스려졌나이다.(禹曰, ……' 予決九川, 距四海, 濬畎澮, 距川, 暨稷播奏庶艱食鮮食, 懋遷有無, 化居, 烝民乃粒, 萬邦作乂.')"이다.
17) 『尙書』「益稷」.

는 "제가 석경을 치고 석경을 어루만짐에 온 짐승들이 따라서 춤을 추었고, 백관들이 진실로 화합하였습니다."[18]라고 하였습니다. 이 말들은 모두 자신의 공을 자랑하기 위함이 아니라 사실을 직접적으로 말함으로써 사리의 당연함을 드러내고자 했던 것입니다. 따라서 군자의 행동이란 자기에게 있는지 남에게 있는지 따지지 않고서, 해야 할 일을 하고 해야 할 말을 해야 하나니, 남이 말하는 것과 내가 말하는 것이 다르지 않습니다. 후세에 마음에도 없는 말을 하는 것은 사실 스스로 내세울 만한 것이 없기 때문입니다. 옛날에는 군신과 붕우 사이에 꾸미는 말이 없었습니다. 그러니 부형 사이야 말해 무엇 하겠습니까? 당·우·삼대 태평시절에는 언론과 행동 사이에 명확한 피차의 구분이 없었습니다. 말세에 이르러 도가 쇠해진 연후에 "그대에게 좋은 계획과 좋은 생각이 있으면 들어가 안으로 그대 임금에게 전하고, 그대는 밖에서 그것을 따르도록 하라. 그리고 이 계획 이 생각은 모두 우리 임금의 덕이라고 말하라."[19]처럼 되었습니다. 선배들은 태갑(太甲)이 마침내 상나라 태종(太宗)이 되어 성탕(成湯)과 나란히 하였고, 부끄럼 없이 빛을 발함과 동시에 선악(善惡)과 시비(是非)가 환하고도 명백하므로 [주나라] 성왕(成王)은 견줄 바가 못 된다고 논했습니다. 성왕은 마침내 중간 정도 되는 군주가 되었으며, 떠도는 소문을 믿고 주공(周公)을 의심했으니, 지혜롭다 말하기 어렵습니다. 이때부터 주나라의 덕은 더욱 떨치고 일어나지 못하였습니다. "들어가 안에서 고하고 밖에서 그 말을 따르라"는 말은 덕이 쇠했다는 사실을 증명해줍니다. 후세 유자들의 의론은 대공(大公)을 드러내고 지

---

18) 『尙書』「益稷」.
19) 『尙書』「君陳」.

극한 신의를 밝히기에 부족합니다. 그저 사람들의 사사로움에 빌붙어 사람들의 미혹을 더하기에 좋을 뿐입니다. 한 수(銖)[20] 한 수 달아도 한 섬에 이르면 반드시 어긋나게 되어있고, 한 마디[寸] 한 마디 재어도 한 길에 이르면 반드시 차이가 나게 되어있습니다. 섬[石]으로 달고 길[丈]로 재는 편이 빠르고 실수도 적습니다. 후세 임금들은 언제나 군자와 소인을 구분하고자 하지만, 끝내는 군자를 소인으로 여기고 소인을 군자로 여기고 맙니다. 이는 모두 한 마디 한 마디씩 재고 한 수 한 수씩 단 데서 비롯된 과오입니다. 한 수씩 달고 한 마디씩 재는 방법으로 고대 성현들을 헤아려본다면, 아마도 죽어 마땅한 죄가 있을 것입니다. 그러니 하물며 오늘날의 사람이야 어떻겠습니까?

지금 저의 동료들은 모두 심력을 다해 서로 돕고 있으며 또 하나같이 재능을 지니고 있습니다. 그들에게 본디 양심(良心)이 있을 것임은 말로 할 필요조차 없을 것입니다. 그러나 사람들은 이치[理]를 밝히 보지 못한 탓에, 스스로 어둡게 가려지고 스스로 어려운 길을 걷고 있습니다. 또 다른 사람의 눈까지 어둡게 가리고, 다른 사람까지 어려운 길로 끌어들이고 있습니다. 선(善)의 단서가 시원스레 뚫리지 않고 그 마음이 형통하지 않은 탓에, 인재는 스스로의 재능을 위에 전달할 길 없고, 가로막히고 통하지 않는 길만 많아져 원망만 더해가나니, 이는 조화를 이루고 차이를 없앨 수 있는 방도가 아닐 것입니다. 오늘날 신하들 중 임금의 잘못된 점을 보고 그 잘못을 조장하는 자는 있지만, 임금 마음의 잘못을 바로 잡고, 임금을 당연한 도리로 이끌 수 있는 자는 아득히 멀어지고 없습니다. 거듭 탄식이 나옵니다.

---

20) 무게를 세는 단위로 1냥의 24분의 1에 해당한다. 지극히 적은 양을 상징한다.

某拙鈍不敏, 豈不自知? 然物莫不各有所長, 各有所短. 若其深思力考, 究事理之精詳, 造於昭然而不可昧, 確然而不可移, 則竊自信其有一日之長. 家信中詳言事爲者, 非是矜誇, 政欲以情實達於長上耳.

某常謂三代而下, 有唐·虞·三代遺風者, 唯漢趙充國一人而已. 宣帝問曰: "誰可使者?" 則曰: "無踰老臣." 其客勸其歸功朝廷與諸臣, 則曰: "兵之利害, 當爲後世法, 老臣豈嫌伐一時事以欺明主哉?" 皐陶曰: "朕言惠可底行." 禹曰: "予曁益播庶鮮食艱食, 蒸民乃粒, 萬邦作乂." 又曰: "予決九州, 距四海, 濬畎澮, 距川." 又曰: "予創若時, 娶于塗山, 辛壬癸甲, 啓呱呱而泣, 予弗子, 惟荒度土功." 夔曰: "予擊石拊石, 百獸率舞, 庶尹允諧." 此等皆非矜誇其功能, 但直言其事, 以著其事理之當然. 故君子所爲, 不問其在人在己, 當爲而爲, 當言而言, 人言之與吾言一也. 後世爲不情之詞者, 其實不能不自恃. 古之君臣朋友之間, 猶無飾辭, 況父兄間乎? 唐·虞·三代盛時, 言論行事, 洞然無彼己之間. 至其叔末德衰, 然後有"爾有嘉謀嘉猷, 入告爾后于內, 爾乃順之于外, 曰斯謀斯猷, 惟我后之德." 前輩之論, 以爲太甲卒爲商太宗, 追配成湯, 無愧而有光, 以其善惡是非灼然明白, 非成王比也. 成王卒爲中材之主, 以流言疑周公, 此難以言智. 自此而降, 周德不競矣. '入告出順'之言, 德不競之驗也. 後世儒者之論, 不足以著大公, 昭至信, 適足以附人之私, 增人陷溺耳. 銖銖而稱之, 至石必繆, 寸寸而度之, 至丈必差. 石稱丈量, 徑而寡失. 後世人君亦未嘗不欲辨君子小人, 然卒以君子爲小人, 以小人爲君子者, 寸寸而度, 銖銖而稱之過也. 以銖稱寸量之法繩古聖賢, 則皆有不可勝誅之罪, 況今人乎?

今同官皆盡心力相助, 人莫不有才, 至其良心固有, 更不待言. 但人之見理不明, 自爲蒙蔽, 自爲艱難, 亦蒙蔽他人, 艱難他人, 善端不得通暢, 人心不亨, 人材不得自達, 阻礙隔塞處多, 但增尤怨, 非所以致和消異. 今時人臣逢君之惡, 長君之惡, 則有之矣. 所以格君心之非, 引君當道, 邈乎遠哉! 重可嘆哉!

장백신에게 보내는 편지

與張伯信

　　일전에 공무로 인해 중원으로 나가셨다가 이곳에 광림하셨을 적에, 옆에서 모시고 함께 시를 읊조리며 날마다 덕과 의(義)를 실컷 느낄 수 있었으니, 제 마음의 위로와 기쁨을 가히 아실 것입니다. 처량히 맑은 바람과 이슬, 어지러이 흐르는 은하수, 나뭇가지에 걸린 달, 바위틈에서 졸졸 우는 샘. 향로는 앞에다 두고 차 끓이는 솥은 뒤에다 두고, 연못은 거울 같고 얼음은 투명한데, 눈서리에서는 빛이 뿜어져 나올 때, 그럴 때면 새로 지은 분옥정(噴玉亭)이 그야말로 봉래산이요 영주(瀛洲)입니다. 방사(方士)들은 헛되이 허환(虛幻)된 것 괴이한 것을 이야기하지만, 진짜 신선이 여기 있지 저기 있지 않다는 것을 어찌 알겠습니까? 기암괴석들은 모두 가르쳐주신 말씀대로 배치하였습니다. 폭포 사이에 우뚝 솟아 못 가를 사방으로 에워싼 채 꿋꿋이 서로를 바라보는 모습이 오로봉(五老峰) 뒤에 삼봉(三峰)[21]이 있는 것만 같아서, 걸어 다니는 도중 그것들을 바라보느라 정신이 없습니다. 옥천의 소리를 들으면 물화(物化)의 경지에 드는 것 같아 그 풍경의 값어치가 처음보다 열 배는 더 커졌습니다. 이 고장은 얼마나 큰 행운을 입었는지요? 앞으로 천하의 명승지는 모두 문하(門下: 2인

---

21) 蘇軾의 「南都妙峰亭」이라는 시에 "우뚝 솟은 묘고봉, 저기 쑥대풀 사이에 있네. 오로봉은 팽려를 압도하고, 삼봉은 동관을 비추네(亭亭妙高峰, 了了蓬艾間. 五老壓彭蠡, 三峰照潼關.)"라는 구절이 있다. 오로봉은 廬山에 있고 三峰은 華山에 있다.

칭)의 안배에 맡겨야 할 것 같습니다.

屬者伏承使華臨賁, 侍座陪吟, 日飽德義, 慰喜可知. 至如風露凄淸, 星河錯落, 月在林杪, 泉鳴石間, 薰鑪前引, 茶鼎後殿, 方池爲鑑, 廻溪 爲佩, 冰玉明瑩, 雪霜騰耀, 則噴玉新亭, 眞蓬壺·瀛洲已. 方士徒爾幻 怪, 安知眞仙在此而不在彼也. 奇石悉已如敎置之, 作者屹立瀑間, 瀕 池四輩, 聳然相望, 如五老後有三峰, 跬步之間便使人應接不暇. 如聞 玉泉, 亦蒙點化, 光價十倍其初. 此邦何幸? 自此天下名勝皆有望於門 下矣.

사청에게 보내는 편지
與似淸

9월 8일, 몽천(蒙泉) 태수 육(陸) 아무개가 명주암(明珠菴) 청장로 선사(淸長老禪師)의 시자(侍者)께 답장 올립니다.

임안(臨安)에서 한번 헤어진 뒤 지금까지도 말씀하고 시 읊조리던 고아한 풍모가 눈에 선합니다. 작년에 백팔(百八)[22] 조카가 남악(南嶽: 衡山)에서 돌아오는 길에 편지를 전해주었는데, 고마운 약까지 보내주시어 이별의 한에 큰 위로가 되었습니다. 도가에서는 모든 것을 연분에 맡기고 내 발걸음에 맡기니, 어느 곳이건 집으로 삼을 수 있습니다. 명주암에는 다행히 사랑하는 여러 귀인과 현사들이 계시니, 머물만 하시면 머무십시오. 명산대찰의 경우 더욱이 인연을 중시하니, 도롱이 쓰고 떠나면 그 뿐, 막힐 것이 없습니다. 더 고려할 것도 수고로이 계획할 것도 없이 도처가 도량이니, 그 어디서건 법륜(法輪)을 굴리지 못하겠습니까? 그 누구건 혜명(慧命)을 잇지 못하겠습니까?

일이 바쁜데다 심부름 온 사람도 편지를 어서 달라고 재촉하여 대충 적어 바칩니다. 밝히 헤아려주시겠지요.

九月八日, 蒙泉守陸某, 書復明珠菴淸長老禪師侍者.
自從臨安一別, 直至如今, 談詠高風, 便同覿面. 去年百八姪歸自南

---

22) 친족 관계 앞에 숫자가 붙는 것은 항렬을 표시한다.

嶽, 得書, 又承惠藥, 足慰別懷. 道人家信緣信脚, 到處爲家可也. 明珠
菴幸有諸貴人賢士相愛, 得住且住. 若是名山大刹, 更尙有緣, 頂笠便
行, 亦且無碍. 不須擬議, 不勞擘劃, 在在處處皆是道場, 何處轉不得
法輪? 何人續不得慧命?

　事忙, 來人索書, 草草奉此, 想蒙道照.

심 현재에게 보내는 편지
與沈宰

화재는 오직 거실에만 번졌습니다. 이는 저의 부덕에 대한 견책의 뜻일 것입니다. 간곡히 위로의 말씀을 해주시니, 송구한 마음만 더욱 커져갑니다.

장(臧)·장(張) 두 죄인에 대해서는 처음부터 위에 아뢰어 끝까지 치죄할 생각이었는데, 스스로 개과천선하고자 하는 뜻이 있기에 가볍게 죄를 면해주고 조금이나마 징계의 뜻을 드러내보였습니다. 궁금해 하실까봐 알려드립니다.

집 짓는 일에 관해 미리 염려해주시니, 그 후의에 더욱 탄복할 나름입니다. 장림(長林)에선 대나무 구하기가 어려워 어쩔 수 없이 백성들에게 수고를 끼쳐야 할 것 같습니다. 이에 백 민(緡)을 들여보내니, 번거롭겠지만 경비를 계산해두시면 후에 다시 갚도록 하겠습니다. 자성 쌓는 일로 군의 재정이 바닥이 난 듯합니다. 경비 조달할 방도를 마련하여 저를 도와 일을 완성해주시기를 몹시 바라고 있습니다!

한번 와주신다면 다른 일들은 그때 만나 뵙고 다 말씀드리겠습니다.

回祿之災, 獨中居室, 此某不德之譴也. 慰唁勤至, 益重悚惻.
臧·張二孽, 初欲以聞上, 而終治之, 以其有自新之意, 故從末減, 小示懲戒, 恐欲知之.
築室之役, 豫蒙軫念, 尤佩厚意. 長林艱得竹木, 不免以累治下. 旋令納去百緡, 煩令計費, 續當奉償. 郡中以子城之役, 殊覺空竭, 更賴調護之方, 振翼而成就之, 是願是幸!

承欲一來, 諸遲面旣.

두 번째 편지
二

거듭 받아본 시문들은 모두 호방하고 힘이 넘치더군요. 흠모할 따름입니다!

제가 일전에 정(程) 안무사(按撫使)[23]께서 강서시파(江西詩派) 시집을 보내주신 것에 답장을 보낸 적 있는데, 혹 보신 적이 있으신지요?[24] 거기서 시의 원류(源流)에 대해 제법 서술한 바 있으니, 이는 일시적으로 나온 말이 아니라 저의 견해가 대략 그러한 것입니다. [『시경』의] 국풍(國風) · 아(雅) · 송(頌)은 이미 도에 근본을 두고 있습니다. 풍의 변격도 모두 정(情)에서 우러나 예의에 머문 것으로, 이것이 바로 후세와 다른 점입니다. 후세의 시에도 당대 영웅들이 있어 기운과 식견, 그리고 흥취가 유속과는 다르기 때문에 만물의 자태를 본뜨고 성정을 도야함에 있어 혹 청고하기도 하고 혹 장엄하기도 하며, 혹 어여쁘기도 하고 혹 엄숙하기도 하는 등, 그 종류가 같지 않지만, 가지런히 각각 일가를 이루었기에 [범속한] 뭇 작품들과 한데 뒤섞어서는 안 됩니다. 자구와 음절 사이에 모두 율려(律呂)가 있어서 시가(詩家)들마다 서로 이채를 띱니다. 증자고(曾子固: 曾鞏)는 문장이 이처럼 훌륭하지만 시에 있어서는 능하지 못하다는 말을 들었고, 인품이 고상한 자들은 의리(義理)를 빌려 장점을 드러내다 보니 이에

---

23) 帥는 帥使를 지칭하는데, 송나라 때 각 路의 按撫使의 별칭이다.
24) 「정 안무사에게 보내는 편지」는 이 책 권7에 실려 있다.

옛날과 달라지지 않을 수 없습니다. 그러나 오로지 고시(古詩)만을 스승으로 삼고, 도(道)에만 집중해본다면, 후세의 작가들은 아마도 그 아래에 있을 것입니다.

언제 한번 만나서 이 도리를 함께 궁구해봅시다.

荐領詩文, 皆豪健有力, 健羨, 健羨!

某鄕有復程帥惠江西詩派書, 曾見之否? 其間頗述詩之源流, 非一時之說, 愚見大槪如此. 國風·雅·頌固已本於道. 風之變也, 亦皆發乎情, 止乎禮義, 此所以與後世異. 若乃後世之詩, 則亦有當代之英, 氣禀識趣, 不同凡流, 故其模寫物態, 陶冶情性, 或淸或壯, 或婉或嚴, 品類不一, 而皆條然各成一家, 不可與衆作渾亂. 字句音節之間皆有律呂, 此詩家所以自異者. 曾子固文章如此, 而見謂不能詩, 其人品高者, 又借義理以自勝, 此不能不與古異. 今若但以古詩爲師, 一意於道, 則後之作者又當左次矣.

何時合倂, 以究此理.

| 역주자 소개 |

이주해

연세대학교 국학연구원 연구교수
국립대만대학에서 중국 고전산문 연구로 석사 및 박사학위를 받았다.
주요 역서로는 『한유문집(韓愈文集)』(문학과지성, 2009), 『우초신지(虞初新志)』(공역, 소명출판사, 2011), 『파사집(破邪集)』(공역, 일조각, 2018) 등이 있다.

박소정

성균관대학교 유학동양학과 부교수(한국철학 전공)
연세대학교에서 「樂論을 통해 본 장자의 예술철학」으로 박사학위를 받았다.
주요 역서로는 『한국인의 영성(Korean Spirituality)』(모시는 사람들, 2012), 『문답으로 엮은 교양 중국사(中國文化史三百題)』(이산출판사, 2005), 『아이들의 왕(棋王, 樹王, 孩子王)』(지성의샘, 1993) 등이 있다.

한 국 연 구 재 단
학술명저번역총서
[동 양 편] 619

육구연집 陸九淵集 ❷

초판 인쇄   2018년 8월 20일
초판 발행   2018년 8월 30일

저   자 | 육 구 연
역 주 자 | 이 주 해 · 박 소 정
펴 낸 이 | 하 운 근
펴 낸 곳 | 學古房

주   소 | 경기도 고양시 덕양구 통일로 140 삼송테크노밸리 A동 B224
전   화 | (02)353-9908 편집부(02)356-9903
팩   스 | (02)6959-8234
홈페이지 | http://hakgobang.co.kr/
전자우편 | hakgobang@naver.com, hakgobang@chol.com
등록번호 | 제311-1994-000001호

ISBN   978-89-6071-786-2 94820
          978-89-6071-287-4 (세트)

값 : 38,000원

이 책은 2014년도 정부재원(교육부)으로 한국연구재단의 지원을 받아 연구되었음(NRF-2014S1
A5A7037589).

This work was supported by National Research Foundation of Korea Grant funded by the
Korean Government(NRF-2014S1A5A7037589).

이 도서의 국립중앙도서관 출판예정도서목록(CIP)은 서지정보유통지원시스템 홈페이지
(http://seoji.nl.go.kr)와 국가자료종합목록시스템(http://www.nl.go.kr/kolisnet)에서 이용하
실 수 있습니다. (CIP제어번호 : CIP2018026618)